NSEA

Allers et retours spatiaux

Du même auteur :
Collection « Vladimyriade »

Le projet Vladikite
Le songe d'Anne de Kiev / Henri-1er et Anne de Kiev
Fin du monde à Bugarach
Mars conquête décisive
Cosmos 21

Essais :
Conceptions cosmologiques
La particule spirituelle
(*essai en préparation-existentialisme*)
À paraître :
NSEA One- viasseau spatial
Les eaux mélées d'Azov
Vladimyriade

Blogs :
http//www.vladi.unblog.fr/
http//vladex.unblog.fr/

ISBN : 978-2-86849302-6 / 9000
Lys Editions Amatteis
BP 32
77190 DAMMARIE-LES-LYS
0660550560
SIRET 33291715200032
editions.am@tteis.fr
http://77livres.fr

Wladimir Vostrikov

N S E A

Allers et retours spatiaux

Lys Editions Amatteis

7

Préface

Les ouvrages des auteurs astrophysiciens sont mes lectures favorites en incluant les théories de Constantin Tsiolkovski - génie reconnu par le monde scientifique. Tsiolkovski qu'il ne faut surtout pas reléguer aux oubliettes, m'a donné une des idées de la trame à mon histoire de science-fiction. Comme beaucoup de terriens j'ai espéré que la Conférence internationale « COP-21 » qui s'était tenue à Paris en novembre 2015, apporterait de nombreuses solutions et de promesses pour l'humanité, notre planète et pour l'avenir de nos enfants et petits-enfants. Il faut bien assimiler le fait lucide qu'il n'y aura pas de plan « B » comme l'avait indiqué le président des Etats Unis et comme nous en avertissent constamment les associations pour la préservation de la nature et de l'environnement.

Quand on nous dit : « Oh vous savez, on ne sait pas tout ! » cela peut-être vrai, mais ce qui est intéressant, c'est justement de tout faire pour savoir. Si l'on ne fait pas cet effort, c'est qu'on se contente de ce qu'on sait et parfois ce qu'on sait se limite à nos propres connaissances, à ce qu'on nous a enseigné et à ce qu'on a appris par soi même, soit en écoutant, soit en lisant. Bien entendu on ne sait pas tout et si l'on savait tout, on n'aurait plus rien à découvrir cela va de soi, mais on commencerait par s'ennuyer, puisqu'il n'y aurait plus ni recherche ni aventure, ni découverte. Alors oui il faut, semble-t-il s'intéresser à tout, à tout ce qui nous motive et à tout ce qu'on peut découvrir de nouveau, l'être humain est ainsi fait, il veut savoir un maximum de choses sans pouvoir en expliquer les raisons. On peut vivre dans un quotidien d'insouciance parfois, ou se battre pour trouver sa place dans la vie professionnelle, se battre pour déjà trouver un emploi, se battre pour se défendre et se battre pour défendre les siens. Des raisons mystérieuses pour ne pas dire mystiques nous poussent aussi à nous pencher sur l'histoire de notre pays et aussi sur l'histoire du monde, l'histoire de notre planète, l'histoire du cosmos. On est inévitablement tenté par l'exploration spatiale, la découverte de nouveaux mondes, de nouvelles planètes, habitables seraient un plus. En 2016 on peut dénombrer plus de 3000 planètes repérées et identifiées comme intéressantes, car quelques unes semblent graviter autour de leur étoile à bonne distance, c'est à dire ni trop près, ni trop loin. Des études complémentaires sont en cours afin de déterminer la composition de leur atmosphère et celle du sol, les températures minimales et maximales et aussi point non négligeable, loin de là si l'on peut dire, la distance qui les séparent de notre Terre. Des événements pour le moins bizarres avaient eu lieu avant la deuxième guerre mondiale et aussi étranges pendant la période de l'après-guerre de 1945 à 1947 ; le survol des Etats Unis d'Amérique par des ovnis. Certains s'étaient même écrasés dans plusieurs états et aussi en Norvège. Toutes les informations concernant ces événements ont été tenus secrètes pendant des décennies, cependant certains journalistes commençaient à les décrire ayant eu vent de ces étranges affaires. Qui n'a pas entendu parler de soucoupes volantes et plus tard d'objets volants non identifiés qu'on avait décidé de nommer par les abréviations ovni. A partir de la fin des années quarante, début des années cinquante l'Amérique était prise de paranoïa, ils en voyaient partout. Des apparitions de même type ou différentes avaient eu lieu en Belgique, en France et dans les pays nordiques, des choses bizarres s'étaient produites dans les montagnes de l'Oural en Russie, on avait tenté d'expliquer qu'il s'agissait d'un accident plus ou moins naturel alors que d'autres les attribuaient aux extraterrestres. Très vite, toutes ces allégations avaient été étouffées pour ne pas créer de panique dans le monde qui était en pleine reconstruction après la guerre. Malgré cette atmosphère générale inédite sur les cinq continents, les Américains s'étaient amusés à sortir le film « La guerre des mondes ». Au début des années 2000 certaines informations ou certains secrets militaires étaient dévoilés et de nombreux livres écrits sur des événements qui auraient eu lieu à Roswell dans l'état du Nouveau Mexique. Des reportages reprenant d'anciennes actualités ont réapparu en noir et blanc à la télévision. On semblait ne plus garder le secret tout au moins dans les grandes lignes de ce qui s'était passé dans les années quarante et cinquante. Des ovnis auraient survolé de nombreux endroits des Etats Unis, certains s'étaient même crachés à Roswell où jusqu'à maintenant règne une atmosphère de mystère qu'il ne faut surtout pas dévoiler aux curieux de passage – leurs en raconter un minimum « autorisé » pour ne pas altérer le tourisme et le commerce. Oui, disent les marchands, les militaires avaient retrouvé onze corps d'extraterrestres et deux étaient même en vie. C'étaient de petits êtres qui ressemblaient aux humains, mais ils avaient une peau bizarre. Les militaires se sont vite aperçus que les deux qui avaient été récupérés vivants ne se nourrissaient pas. Un certain langage des signes avait fonctionné le premier jour et les terriens avaient compris que les extraterrestres étaient chlorophylophages. Les militaires avaient fait venir des botanistes et des agrobiologistes pour trouver les légumes et les fruits les plus appropriés à leur état. Les fruits et légumes des terriens avaient été approuvés par les extraterrestres qui s'en goinfrèrent tellement qu'ils en sont morts deux jours après. Avant de mourir, ils avaient laissé comprendre aux terriens que leur planète dans la constellation d'Orion était en situation d'extinction. Ils devaient trouver un autre endroit pour vivre. Ah oui, la mort pour eux était une dématérialisation. Toutes leurs technologies étaient extrêmement développées et les voyages entre leur planète dans Orion et la Terre étaient fréquents… Leurs congénères voyageaient aussi dans bien d'autres endroits du cosmos. En tout cas, après la guerre, à l'époque du président des Etats Unis Dwight Eisenhower, une société secrète avait été créée pour gérer les relations entre les extraterrestres et les humains. Certains affirment que dans tous les gouvernements des pays développés, Japon inclus malgré le tragique épisode des deux bombes « A » un département spécial gérait en secret les relations entre toutes les agences créées par les Américains. Ces agences se perpétuent jusqu'à présent et continueront dans le futur exactement de la même manière que dans le passé. Relations avec les extraterrestres car certains auraient réussi à survivre sur terre et seraient dans des endroits hyper protégés par les militaires de tous les pays concernés. L'entité commune à tous les pays, s'appelle la NSEA (**Nations Space**

Exploration Agency) elle est chargée également du développement de la conquête spatiale en parallèle avec les agences spatiales de chaque pays concerné. Chaque agence spatiale d'un pays peut prêter ou louer du matériel spécialisé jusqu'à son site de lancement de fusées, les relations entre elles se font par factures interposées et les fonds semblent venir dans chaque pays à partir de la planche à billets.

L'agence spéciale des Etats Unis d'Amérique s'appelle NSEA Inc et son siège se trouve à Houston.

L'agence spéciale du Royaume Uni s'appelle NSEA Ltd et son siège se trouve à Londres.

L'agence spéciale française s'appelle NSEA SA et son siège se trouve à Fontainebleau, une cinquantaine de kilomètres au sud de Paris.

L'agence spéciale allemande s'appelle, NSEA Gmbh et son siège se trouve à Stuttgart.

L'agence spéciale italienne s'appelle NSEA Lta et son siège se trouve à Rome.

L'agence spéciale russe s'appelle NSEA AO et son siège se trouve à Moscou.

NSEA empresa spa agence spéciale d'Espagne.

L'agence spéciale chinoise s'appelle NSEA whu et son siège se trouve à Beijing.

L'agence spéciale japonaise s'appelle NSEA Ltd et son siège se trouve à Tokyo.

Des agences NSEA se trouvent aussi dans d'autres pays comme le Brésil, puis l'Australie et le Canada qui dépendent de Londres.

La NSEA ne dépend pas directement de l'Organisation des Nations Unies, l'ONU mais plutôt de l'OMN (Organisation mondiale des Nations) de New-York - the WNO (World Nations Organization). Jusqu'en 2008 toutes les activités de la NSEA étaient restées secrètes. Des bruits avaient couru que la NSEA avaient eu un soutien théorique et technologique de la part des extraterrestres qui avaient même réussi à convaincre les terriens de ne pas utiliser la bombe atomique à des fins guerrières car le monde entier en serait pollué et irradié pour des décennies ou des siècles, mais plutôt d'utiliser l'énergie nucléaire pour le bienfait des terriens. Ce fût chose faite, du moins jusqu'à présent. Même si l'influence des extraterrestres continue d'être importante sur les terriens, les terriens n'en savent strictement rien. Où se trouvent-ils, se promènent-ils parmi nous, nous côtoient-ils dans les villes et les campagnes – bien que tout le monde se soupçonne toujours d'on ne sait quoi, personne n'a jamais pu déterminer d'une manière concrète où trouver ces personnages étranges. S'ils se promènent parmi nous, jusqu'à maintenant impossible de les identifier. En Haute Savoie en France et aussi dans les Montagnes Rocheuses des Etats Unis de nombreuses personnes prétendent que de drôles de gens rentrent dans des cavernes bétonnées depuis la deuxième guerre mondiale, où se trouveraient d'immenses espaces militaires qui seraient en contact permanent avec les « aliens ». Les mêmes soupçons ont envahi les habitants autour d'une grande base militaire russe située dans des cavernes immenses dans les montagnes de l'Oural. Dans certains pays où se trouvent les agences de la NSEA, ces zones militaires sont énormes – de la taille en surface des petits pays européens, où personnes ne peut pénétrer. Les choses très sérieuses avaient commencé très vite après la conquête de l'espace par l'homme et surtout après le programme « Apollo ». Dès 2011 le programme « Mars pneuma » débuta et la plus grande aventure spatiale se déroula après 2013 – 2014 –2015 et continue de nos jours en toute confidentialité, sans que l'humanité en sache grand chose. Des étapes importantes seront peut-être dévoilées comme celle de « Mars pneuma » mais plus tard après 2022.

CHAPITRE I

A la conquête de la planète Mars

Dans l'histoire, l'affaire des missiles à bord d'un cargo soviétique s'avançant vers la Baie des Cochons de Cuba est déjà très ancienne ; le drame avait pu éclater à tout moment entre Khrouchtchev et Kennedy pour déboucher sur une guerre atomique mondiale et bizarrement dans les rues des capitales du monde entier de l'année 1961 l'événement dramatique passait presque inaperçu du grand public. Les jeunes eux, pensaient au quotidien, à s'amuser, aller à l'école ou au lycée, faire les devoirs, écouter les parents et les professeurs et s'amuser encore. Léonard Templer a vingt ans, il est étudiant à l'école de Chimie de Paris. Ce jour là, dans la rame du métro de la ligne 12 Mairie d'Issy – Porte de la Chapelle, entre les stations Concorde et Madeleine, en se penchant sur le journal d'un voisin debout comme lui, se tenant à la barre verticale au milieu du wagon, l'information que Léo percevait semblait passer comme anodine pour tous, mais Léo eût un frisson qui lui avait parcouru tout le corps. Des gros titres dans « France-Soir » ils en font chaque jour, mais celui-ci mentionnait une possible guerre entre l'URSS et les Etats Unis. Oh, ils vont bien se calmer, se dit Léo dans sa tête. Enormément d'événements ont suivi, les tensions entre les pays du monde ne se sont pas vraiment apaisées, et le monde continue sans guerre « mondiale ». Vingt sept années ont passé depuis, nous sommes en 1988. Léo était jusqu'en 1980 sur la liste des candidats potentiels spationautes pour un prochain éventuel départ en mission spatiale. Il n'était pas le seul, ils sont toujours une douzaine, présents deux à trois jours par semaine dans l'un des centres de la NSEA, la Nations Space Exploration Agreement. Vingt ans plus tard, au mois de juillet 2008, la Commission Internationale de l'Espace est créée par l'OMN (L'*Organisation Mondiale des Nations*). Dans notre histoire nous ne parlerons pas des autres organismes ni de leur origine, d'où

14

émane justement la NSEA. La NSEA a regroupé plusieurs grandes organisations du monde, en ce qui concerne l'exploration spatiale, en une seule pour un programme commun extrêmement précis. Un nom lui a été attribué : « Mars Pneuma ». Pendant des années après le fantastique « Programme Apollo » américain, l'idée d'aller explorer l'espace, visiter d'autres planètes a été suspendue. Seuls des sondes, des satellites spécifiques et des observatoires spatiaux extrêmement performants sont constamment mis sur orbites terrestres ou envoyés explorer l'espace – mais plus jamais de vols habités d'exploration. Les organismes d'exploration spatiale du monde rêvent depuis cette période de continuer, d'aller autre part que la Lune, ils rêvent d'aller sur Mars. Mais c'est impossible, cela coûte bien trop cher, il y a d'autres priorités pour les nations. Avec la NSEA, un programme est élaboré et le rêve devient possible, nous verrons comment. La NSEA est en relation étroite avec toutes les organisations de recherches et d'exploration spatiales, c'est un accord datant des années quarante. La NSEA des Etats-Unis d'Amérique, la NSEA européenne et la NSEA russe d'exploration du cosmos sont en étroite collaboration. La NSEA France est située sur la base de Fontainebleau et en Haute Savoie. Les candidats spationautes y suivent des cours très spéciaux ainsi que des entraînements très spécifiques. C'est en 1981 que Léo dut laisser la place à un autre, question d'âge. Depuis le mois de décembre de cette année 1981, Léo était professeur de physique chimie à la faculté de Montpellier. Dans les années qui suivirent, ses compétences avaient été récompensées par de prestigieux diplômes et jugées sur le travail accompli en matière de recherche astrophysique, comprenant ses aptitudes exceptionnelles en chimie et physique terrestre et spatiales. Auparavant Léo devait se tenir prêt pendant une vingtaine d'années, à embarquer à bord d'un vaisseau spatial avec un équipage qu'il avait appris à connaître et qu'il appréciait. Tous ses collègues d'équipe étaient devenus des amis. Sa mission devait être celle d'une présence incontournable, d'un physicien navigateur en plus d'un ingénieur mécanicien à bord d'un vaisseau lancé dans le cosmos pour une destination, qui aurait été dévoilée au tout dernier moment, bien qu'on se doutât toujours que ce serait la Lune ou bien plus tard Mars. Arnaud Rivière le président de la NSEA de Fontainebleau rassemble entre deux et trois fois par mois tous les collaborateurs de la base de Fontainebleau. A ces occasions les spationautes potentiels reviennent de leur base d'entraînement de Bons en Châblais en Haute Savoie. Arnaud Rivière avait demandé à Léonard Templer de préparer les membres de l'organisation à prendre conscience et de bien comprendre les buts et les enjeux de leurs activités que tout le monde qualifie de « mystérieuses ». Léonard Templer prend la parole dans la grande salle de réunion de Fontainebleau devant un auditoire surtout composé de ses amis et de ses collaborateurs. Léonard Templer à soixante et dix ans passés est toujours en fonction et ses appréciations sont considérées par l'ensemble de ses collaborateurs comme des références lucides basées sur son expérience professionnelle de scientifique et sa faculté pédagogique à expliquer les choses :

- Mesdames, messieurs, chers amis, Arnaud Rivière m'a demandé de faire le point aujourd'hui, comme nous avons l'habitude de le faire depuis toujours ici, sur nos activités et les buts que nous poursuivons pour l'avenir. Toutes les années d'après les grandes épopées soviétiques et surtout américaines avec le programme Apollo, douze Américains avaient été sur la Lune, il ne restait plus aux Européens qu'à aller simplement dans l'espace pour des missions bien ponctuelles, mais jamais au-delà de la station Spacelab, MIR ou de la station spatiale internationale ISS, ce qui n'était pas du tout négligeable ; d'ailleurs les Européens ont démontré leurs compétences technologiques spatiales à tel point, qu'aucune puissance mondiale ne peut nier cet état de chose. L'exploration spatiale menée par les grandes puissances a été gigantesque. Les coûts d'exploitation de tous les projets spatiaux ont sérieusement affecté les richesses nationales de chacun des pays qui s'y est lancé. Ces projets ont été analysés, remis en question et jugés quant à la nécessité de continuer l'exploration spatiale, au lieu d'utiliser ces mêmes fonds pour des buts bien plus pressants sur Terre - comme la lutte contre la faim et la pauvreté. Malgré de nombreuses réticences de la part de nombreux pays dans le monde à l'échelle de l'OMN (l'Organisation mondiale des Nations) les pays industrialisés maîtrisant les hautes technologies ont décidé de poursuivre leurs buts, de découvrir de nouveaux mondes dans le cosmos en commençant par les plus accessibles. Les raisons sont nombreuses et les discussions tournent toujours autour des mêmes préoccupations terre à terre et cela est normal. Il faut s'occuper de la planète Terre et de ses habitants avant tout autre chose, et non pas s'investir dans des rêves de scientifiques et d'aventuriers prêts à se lancer dans des situations telles que d'affronter les pires dangers et une mort possible dans d'affreuses conditions. Néanmoins nombreux sont ceux qui parmi les populations de notre planète estiment qu'il est non seulement nécessaire mais aussi urgent et inévitable d'essayer d'aller voir ailleurs les éventuelles possibilités, de vivre, respirer un air comme sur Terre, trouver des sources de subsistance pour s'alimenter, se loger, avoir de l'espace, pour ne plus vivre dans des villes de plus en plus peuplées, où les modes de vie très divers associés à l'industrie excessive, des usines polluantes, les moyens de transport automobiles et camions font se détériorer l'environnement de notre planète. On se sent de plus en plus confiné et l'on peut devenir pratiquement claustrophobe dans ces agglomérations. La population mondiale atteignait trois milliards d'habitants sur notre planète après la deuxième guerre mondiale et le non contrôle des naissances dans le monde a fait atteindre un chiffre de sept milliards d'habitants en 2010. En 2018 ce chiffre passera à huit milliards d'habitants – c'est l'explosion démographique. Qu'on se plonge dans toutes les philosophies, l'humanisme légitime et la liberté sacrée dont nous jouissons, le monde sait que tous les problèmes que connaissent les nations, sont liés à la surpopulation engendrant les migrations massives d'un pays vers d'autres, d'un continent à l'autre, des plus pauvres aux plus riches, des plus dictatoriaux aux plus libres, créant ainsi la promiscuité et l'exigence de trouver du travail, des moyens de vivre et de se loger, toujours en poussant des coudes, en créant le désordre jusqu'aux vols et les crimes. Dans ce raisonnement, de possibles guerres n'ont pas été prises en considération car il faut toujours et avant tout essayer de rester optimistes, pour nos proches, nos familles, nos nations, pour nous tous les habitants de notre Terre. Si des guerres mondiales auront lieu, il deviendra inutile de réfléchir, la plus grande partie des populations de la Terre aura simplement été effacée du globe et le reste irradié à tel point que l'humanité tout entière disparaîtrait en quelques années. Mort, ruines et pollution seront le résultat de la folie des hommes. Les survivants chercheront des solutions et ne les trouveront plus. Conscients de cette situation - si le monde ne redevient pas plus raisonnable et tant que cela est encore possible, il est certain qu'on ira un jour sur une autre planète, dans un siècle ou deux, l'exode commencera et il sera incessant. Dans 1000 ans les vols sidéraux seront des services réguliers, avec des vols plutôt sans retour. Il faudra construire d'une manière permanente des vaisseaux spatiaux et des lanceurs fusées de plus en plus grande capacité. Cette construction sera la plus grande activité mondiale des peuples. Les mines de fer et autres métaux viendront à épuisement, les produits chimiques seront restreints et la vie redeviendra peut être un peu plus paisible sur Terre, après un laps de temps. Les grands voyages feront que certains minéraux primordiaux seront importés en quantité très limitée à partir d'exoplanètes, car on ne les trouvera plus sur Terre. Ces événements auront bien lieu à l'avenir et l'Homme a déjà entamé des procédures préliminaires. Des satellites d'exploration de notre système solaire, de notre Galaxie la Voie lactée et de l'univers dans son ensemble, ont été envoyés dans le cosmos. Des vaisseaux d'observation avec des véhicules d'exploration ont été envoyés dans notre système stellaire et sur ses planètes, notamment sur Mars. Des satellites fantastiques nous ont apporté énormément d'informations sur la planète rouge, comme ceux qui ont été lancés par la NASA américaine, la sonde « Mariner-4 » qui avait survolé Mars en juillet 1965 avec ses 21 premiers clichés du sol martien qui n'ont jamais mis en évidence de trace d'hypothétiques canaux, « Mariner-6 » et « Mariner-7 » en 1969, « Mariner-9 » qui avait transmis plus de 7000 images au cours de son survol autour de Mars en 1971 pendant onze mois d'affilée, les sondes « Viking-1 » et

« Viking-2 » le 5 septembre 1975, « Mars Odyssey en avril 2001, « Mars Climate Orbiter » et « Mars Polar Lander » qui s'étaient malheureusement écrasés sur le sol martien, mais qui ont tout de même réussi à transmettre beaucoup d'informations, puis les robots « Spirit » et « Opportunity » ainsi que la sonde européenne de l'ESA « Mars Express » et plus récemment « Curiosity » le véhicule à six roues qui continue inlassablement à explorer, creuser, analyser, déambuler, photographier, filmer, enregistrer et envoyer tous ses résultats qui parviennent à la NASA entre quatre et vingt minutes selon les positions de Mars sur l'écliptique. Ces renseignements nous donnent une cartographie précise de la géographie martienne ainsi que de la géologie, le climat, la composition chimique de l'atmosphère et du sol. Nous avons maintenant suffisamment de résultats et d'informations pour nous aventurer très bientôt sur cette planète. Je vous remercie pour votre attention et à très bientôt !

Lors de sa mise en réserve de son état de spationaute européen, l'entraînement de Léonard Templer, que tous ses collègues ont toujours appelé Léo était planifié de sorte à ce qu'il soit présent trois jours d'affilée à Fontainebleau sur des périodes de deux semaines. Le reste de son temps était consacré aux recherches astronomiques et aux calculs mathématico-physico-chimiques en laboratoires des sciences cosmologiques appliquées de Paris, les observatoires du Pic du Midi, de Meudon et les radars de Nançay. Les voyages étaient incessants pour les spationautes des équipages européens sur toutes les bases du monde, que cela fût Kourou, Cap Canaveral, Houston ou Baïkonour, ou Plessetsk ainsi que dans des villes dédiées aux recherches astrophysiques et de mise en application et d'organisation en vue des voyages spatiaux ; comme Washington, Houston, Chicago, Londres, Manchester, Chesterfield, Edinburgh, Moscou la cité des étoiles, Krasnoyarsk, Tcheliabinsk, Rome, Milan, Berlin, Stuttgart, Frankfurt-am-Main et bien entendu Montpellier, Orsay et Paris. La recherche scientifique spatiale n'a pas d'implication directe dans le domaine militaire, mais certaines avancées du domaine spatial peuvent très bien servir l'armée d'un pays comme la France, l'Angleterre et conjointement l'Allemagne et l'Italie en Europe sans inclure d'autres pays en dehors de la CEE, sauf ceux avec qui des accords de coopération existent comme les Etats-Unis d'Amérique et la Russie. Les drônes en sont le meilleur exemple. L'Europe est passée de l'euphorie, aux diverses crises économiques internationales et se tient toujours sur ses gardes en cas de conflit au niveau mondial. De nouveaux soupçons de menaces de la part des deux plus grandes puissances belligérantes de notre planète mettaient mal à l'aise la communauté internationale à la fin des années quatre-vingt. Le président Mikhaïl Gorbatchev et le président Ronald Reagan s'étaient rencontrés à plusieurs reprises à Washington, Reykjavik, Moscou et notamment à Genève en 1987, pour signer des accords de non prolifération des armes nucléaires, pour stopper la course aux armements. A cette même époque Margaret Thatcher première ministre britannique supervisait la préparation de sa guerre dans les Malouines, et le jour qu'elle visitait une « High school » elle avait surpris le monde en s'adressant aux lycéennes et aux lycéens dans un laboratoire de chimie, en affirmant qu'il ne fallait surtout pas manger le jaune d'un œuf à la coque avec une cuiller en argent, car le jaune altère l'argent comme de l'acide et qu'il fallait utiliser une cuiller en inox. La France quant à elle, reste en dehors des fanfaronnades et des menaces inutiles et poursuit sa stratégie militaire en développant son armement sophistiqué aussi bien aérien que terrestre. Le démantèlement du Mur de Berlin et la levée de la frontière entre la RFA et la RDA en 1990 est l'œuvre incontestable reconnue par tous, du président « soviétique » grâce à son courage face aux peuples de l'Union Soviétique et à son sens de discernement ainsi que de sa détermination à l'époque des événements. Toute l'Europe se sentait sensibilisée émotionnellement par des drames quotidiens entre les deux Allemagnes, comme des membres d'une famille voulant rejoindre les leurs, y perdaient bien souvent la vie. L'Europe avait souffert le martyr pendant la dernière guerre par l'aveuglement de l'Allemagne nazi, mais il ne fallait pas surenchérir une vengeance qui n'était plus dans l'ordre du temps. En 1990 le « rideau de fer » n'existant plus avec la démolition du mur entre les deux Allemagnes, il était urgent de tout faire pour baisser les tensions mondiales. Dans le domaine aérien et spatial, la France suit son programme d'abord dans des études méticuleuses de toutes les théories concernant les techniques de lancement des fusées, comme cela a été prouvé toutes les dernières années. La France et l'Europe persévèrent aussi dans la discipline rigoureuse de la propulsion des engins spatiaux dans le cosmos pour les lancements de satellites, sans tolérer la moindre faille, avec une précision millimétrée des paramètres géographiques atmosphériques et cosmiques. Les Américains et les Russes restent seuls à envoyer non seulement des fusées de plus en plus puissantes mais aussi des équipages avec plusieurs spationautes. Dans les lancements de fusées les ajustements se font sur des fractions de seconde et ces fractions de seconde ont une répercussion immédiate sur la trajectoire – la correction est permanente, bien entendu à l'aide d'ordinateurs performants conçus à cet effet, mais toujours sous le contrôle direct humain. Le travail de recherche lié aux entraînements exigeait de Léo Templer d'habiter parfois sur place pendant plusieurs jours ou plusieurs semaines. Il y a déjà bien longtemps qu'il côtoyait la vie des spationautes réservistes et il connaît bien le quotidien de ces nouveaux jeunes gens téméraires. Ces jeunes comme lui avant, partagent les mêmes conditions de vie entre les centres de Fontainebleau ou de Bons-en-Châblais de Haute Savoie dans les souterrains de la montagne des Alpes châblaisiennes. Léonard est le directeur de l'équipe des physiciens européens en collaboration étroite et indispensable avec celle d'Orson Trueman à Houston et celle de Vladimir Toumanov à Moscou et Baïkonour en Russie et au Kazakhstan. A elles trois, elles ont réalisé tous les travaux logistiques. Ceux qui ont composé ces équipes ont établi tout le programme minuté à la fraction de seconde près de chaque engin selon ses performances précises, dès que celui-ci enclenche ses boosters et même avant dans le « Puits de catapultage hydraulique pyrotechnique », le nouveau système « PCHP ». La trajectoire de chaque engin spatial est évaluée avec précision, d'abord dans le cerveau des génies mathématiciens, puis les données sont introduites dans les surpuissants ordinateurs qui compulsent les formules physiques avec les chiffres, les tangentes, les cotangentes, les sinus et cosinus, les formules de la force gravitationnelle de notre étoile avec ses racines et les élévations à des puissances impressionnantes, puis les attractions des autres planètes, les forces de libération, les vitesses inculquées aux engins, les moments précis des corrections de trajectoire qui peuvent altérer totalement tout ce qui a été évalué. Dans leurs estimations le point « temps » d'arrivée sur le sol martien est donné à la seconde près sur plus de six mois d'un voyage spatial.

Depuis l'année 2010 des transformations s'opèrent à très grande échelle sur les deux bases de Houston et de Baïkonour. A quelques kilomètres des installations traditionnelles des centres des opérations, des chantiers colossaux opèrent dans les sous-sols. Les deux bases éloignées l'une de l'autre de plus de 12,000 kilomètres, avancent au même rythme des transformations. Les plans et les consignes sont identiques pour les deux agences de la NSEA. A Houston, deux parfois trois gros camions bennes Volvo d'une capacité de 50 tonnes, comme ceux qu'on peut voir dans les mines à ciel ouvert, ou dans les régions d'Amazonie où l'on chasse les autochtones pour construire d'énormes et larges autoroutes, font le va et vient entre les grues au-dessus d'un puits déjà profond de plus de cent mètres et le lieu de déchargement au bout du site où une niveleuse de couleur orange rehausse une route. A Baïkonour le même genre de chantier opère depuis quelques mois aussi, le puits principal a atteint plus de cent mètres de profondeur et le deuxième puits parallèle atteint déjà plus de cinquante mètres ; là aussi deux ou trois énormes camions bennes « Saviem Renault » font le va et vient entre les grues et un lieu approprié où le remblai sert de paravent contre les flux des réacteurs des fusées. L'atmosphère régnant au milieu des travailleurs est entraînante, car on construit quelque chose de grand pour de grands buts en direction de l'espace, malgré que l'on creuse étonnement la terre, en profondeur. Des tensions existaient entre l'ancienne URSS et les Etats Unis d'Amérique comme avec les pays européens, puis au cours de certaines périodes ces tensions s'étaient estompées, mais malheureusement elles reviennent de temps en temps après les années 2010, 2013 – des désaccords fondamentaux provoquent des critiques des gouvernements l'un envers l'autre et chacun se croit au-dessus des incompréhensions de l'autre, les tensions reviennent et continuent en 2016. Les droits de l'homme, les crimes et les passe-droits touchent tous les niveaux sociaux et les grandes théories pour le bien des peuples capitalistes, communistes ou socialistes sont interprétées d'une manière complètement inhérente à chaque pays. 0,35% de la population mondiale détient toutes les richesses de la planète Terre, richesses et autorité imposées des uns sur les autres. Peut-être de grandes révolutions fomentent déjà dans les esprits des peuples de l'avenir, chez les jeunes, encore des guerres peut-être. Dans la société mondiale passionnée par l'exploration spatiale, la réflexion fait abstraction de tous les problèmes et pour ces passionnés il faut œuvrer vers la découverte de quelque chose de nouveau.

C'est en permanence que l'on communique par vidéo conférence sans jamais couper ces lignes entre Houston, Baïkonour, Kourou et quelques autres centres de lancement de fusées dans le monde. La NASA et l'ESA ont bien pris en considération la pollution que crée chaque lancement sur les orbites basses entourant la Terre. Ils veulent créer un énorme filet pour capturer toutes les ordures qui gravitent au-dessus de nos têtes pour les piéger et les envoyer brûler dans des couches denses basses de l'atmosphère au-dessus de lieux désertiques pour éviter tout danger qu'une météorite fabriquée par l'homme ne revienne de l'espace et heurte des innocents. Avec les nouvelles technologies, on enverra les engins plus loin, mais il restera toujours des détritus épars intermédiaires. Des études balistiques ont été faites et on s'est rendu compte qu'en envoyant des engins, des vaisseaux, des déchets nucléaires ou une fusée nucléaire obsolète aux fins fonds de l'espace, les spécialistes astrophysiciens n'excluent pas l'éventualité d'un danger, que pourrait représenter un retour inopiné sur une orbite imprévue, qui reviendrait croiser l'orbite terrestre et l'objet dont on voulait se débarrasser en l'envoyant dans l'espace infini – ne revienne nous mettre en danger, sur Terre. En janvier 2013 les puits « PCHP » avec leur puits auxiliaire ont été creusés, fortement bétonnés, aménagés et sont devenus opérationnels après quelques essais concluants.

10 Août 2013 Fontainebleau. Les voyages en TGV sont quotidiens entre Bons, Annemasse et Paris-Gare de Lyon. Etrangement la trajectoire du TGV reprend parfois l'ancienne ligne, à soixante kilomètres au sud de Paris, comme ce jour du 10 août 2013 et le TGV s'arrête en gare de Fontainebleau, sans que cet arrêt ne soit mentionné ni dans les horaires, ni sur les panneaux d'affichage dans les gares sur ce trajet. A l'arrêt, descendent huit jeunes gens et le train à grande vitesse repart comme s'il s'agissait d'un arrêt intempestif pour une cause inconnue comme cela arrive de temps en temps. Lorsqu'un train s'arrête dans un endroit où il ne devrait pas s'arrêter – c'est qu'il s'agit peut-être de spationautes qui en descendent pour aller rejoindre d'urgence leur base de Fontainebleau et partir en mission... Les huit spationautes de la CEE font partie de la NSEA ; toutefois l'OSE existe toujours étant une organisation européenne directement issue des gouvernements européens. A la sortie de la gare de Fontainebleau, comme ils le font de temps en temps, les jeunes gens montent dans le minibus qui les attend et dix minutes plus tard, ils s'installent de nouveau dans la grande salle de conférence au rez-de-chaussée du bâtiment administratif de la NSEA de l'autre côté de la Seine. Cette fois-ci, dans la salle sont présents des ministres des affaires étrangères des principaux pays de la CEE, les ingénieurs de la NSEA, des observateurs avec badges autorisés à être présents et le personnel propre à l'organisation spatiale européenne. Le directeur de projet est assis près du président de séance, c'est lui qui en réalité est à la direction de toutes les réalisations récentes. Au milieu de la tribune le président de la base de Fontainebleau, Arnaud Rivière prend la parole :

- Mesdames, Messieurs les ministres, nos invités les observateurs et chers amis, la raison de nous rassembler aujourd'hui concerne une décision pour laquelle le compte à rebours a déjà commencé. En juillet 2010 des décisions importantes avaient été prises par la Commission Internationale de l'Espace de l'OMN. Nous allons voler, mais, pas voler en entraînement sur nos avions de chasse comme nous avons l'habitude de le faire pour ne pas perdre la main, non - nous prendrons notre envol vers l'espace. Le programme que nous avons mis en place avec tous les pays participants, a été longuement élaboré dans tous les détails et nous l'avons baptisé « Mars Pneuma » tout simplement (Le souffle de Mars). La trajectoire que nous utiliserons sera celle de « l'opposition » de nos planètes, l'une par rapport à l'autre avec le Soleil au-delà de la Terre et non le Soleil entre la Terre et Mars, ce qui serait « la conjonction » que nous écartons. Nous utiliserons toujours sur une période de trente mois, la vitesse de notre planète pour aller à l'encontre de Mars. Au retour nous utiliserons le retard de six mois de Mars par rapport à la Terre pour prendre la trajectoire à sa rencontre. Notre programme en ce qui concerne uniquement les vols habités aller et retour s'échelonnera sur 30 mois et 20 jours c'est à dire 930 jours d'absence de Terre pour les spationautes. Des lancements auront lieu deux ans avant que les hommes viennent marcher sur Mars. La procédure que nous avons choisie est la plus longue, mais elle sera plus avantageuse pour nous. Avec l'autre procédure, nos spationautes auraient pu rester seulement 30 jours sur Mars, mais nous avons ajouté 520 jours de plus pour les besoins de notre cause. Les protocoles personnalisés seront distribués à chaque spationaute, exactement trois semaines avant leur départ. Le grand départ de deux vols habités est prévu, pour le premier le 20 novembre 2015 et le deuxième le 22 novembre du même mois 2015. Toutes les études préparatoires avaient commencé après l'année 1990 en coordination avec nos travaux communs effectués à bord des stations spatiales, Spacelab, MIR et ISS et les autres par la suite, en collaboration avec notre NESA mondiale et les autres agences nationales. Les données exploratrices de nos satellites ont atteint un niveau de sophistication sans précédent ; toutes ces compétences réunies, nous permettent de mettre en application notre programme, qui dans un mois et 22 jours débutera sa deuxième phase. A vrai dire la première phase a déjà commencé, puisque le compte à rebours poursuit son décompte depuis le 12 juin 2012. En quelques mots seulement, j'aimerais vous dire d'une manière générale, que pour les années à venir, nous n'irons pas, vers l'une des lunes de Jupiter ou de Saturne, Europe, Io, ou Titan, mais notre destination est : Mars ! Vous savez tous que la priorité avait été jusqu'à ces dernières décennies portée sur Mars, la planète dont certaines propriétés spécifiques sont en adéquation avec notre Terre, mais où tout de même, les conditions ne sont pas vivables pour nous les Terriens, avant des centaines d'années. Il faudra « terraformer » la planète rouge, ce qui est du domaine du possible pour nous, mais cela ne prendra certainement, pas moins de deux cents ans. Néanmoins entre-temps, je ne veux pas dire que le monde scientifique abandonnera Mars, non loin de moi cette pensée, puisque nous y allons au mois de novembre 2015 prochain. L'homme foulera le sol martien et passera 550 jours à sa surface. Comme je viens de vous l'indiquer, deux vols ont déjà eu lieu au départ de la base de Kourou en Guyane française. Le premier lanceur-fusée « AR » porte le numéro de vol VFAR-1, il est parti de Kourou le 5 octobre 2011, il a placé le satellite de télécommunication sur la trajectoire de Mars qui s'est positionné en orbite martienne haute le 3 mars 2012. (Mars et mars sont une coïncidence remarquable). Ce satellite géostationnaire est au-dessus d'un site déjà connu, qui est celui de « Gale près du Mont Sharp ». Il assurera les communications, l'observation et les transferts des données entre La Terre, les modules en orbite martienne et la base de Mars. Ce petit vaisseau pèse 640kg, il nous sera de première nécessité pour envoyer et recevoir toutes les impulsions électromagnétiques des commandes à distance avec tous les vaisseaux qui feront partie du programme « Mars Pneuma ». Le deuxième satellite a été placé en orbite haute autour de Mars par le deuxième lanceur-fusée « AR » qui porte le numéro de vol VFAR-2 parti le 7 octobre 2011 également de la base de Kourou. Ce satellite de 560kg renferme la radio spatiale certainement la plus complexe de tous les temps, et aussi la plus performante pour communiquer par téléphone entre les spationautes où qu'ils se trouvent en cours de voyage à bord des vaisseaux ou sur la planète rouge. Ce même satellite gérera les communications Internet, télévision et les contacts son et vidéo entre vaisseaux, modules martiens et la NSEA dans son ensemble. Les deux capteront des données qui seront retransmises vers les bases sur Terre en très haute définition audio et vidéo télévisuelle en plus des commandes électromagnétiques à distance. Notre système communication fonctionne en méthode « croisée de données » ce qui augmente la définition des signaux. Ce satellite en orbite martienne depuis le 8 mars 2012 nous évitera les blockouts lorsque Mars sera en position de conjonction par rapport à la Terre. Les deux satellites sont arrimés à un étage comprenant un moteur et le carburant en gaz xénon, nécessaires aux manœuvres en cours de transfert et aussi pour la correction de leur positionnement respectif au voisinage de Mars. Une série de vols est programmée au cours de l'année 2013, aux dates que nous avons arrêtées avec précision à l'aide des ordinateurs de la NSEA. Les lanceurs-fusées sont ceux de RossiyaKosmos pour leur association avec notre organisation NSEA. Le vol que nous appelons le VREN-3 assurera le transfert vers Mars avec un lanceur-fusée « EN » russe pesant à pleine charge 2500 tonnes, il ne pèsera plus que 400 tonnes sur l'orbite terrestre basse après s'être débarrassé du premier étage, le plus lourd. Il se positionnera pour le transfert vers l'orbite basse de Mars où il perdra encore du poids lors de ses ultimes manœuvres pour atteindre 120 tonnes seulement. Seuls 8,3 tonnes de charge utile atterriront sur Mars à l'aide des rétro-réacteurs du troisième étage que nous voulons conserver. Ce vol assurera le transfert de Kourou à Mars de deux modules d'habitation pliés de 3 mètres de diamètre qui feront le double sur le sol de la planète rouge, une fois dépliés. Leur hauteur sera de 5 mètres chacun. Pour le vol portant le numéro VREN-3, le départ aura lieu le 2 octobre 2013 et l'atterrissage sur Mars est prévu le 7 avril 2014. Un quatrième vol que nous avons appelé le VREN-4 sera assuré par un lanceur-fusée russe « EN ». Il aura exactement les mêmes caractéristiques que le précédent. Le vol aura également pour départ la base de Kourou, et il devra assurer le transfert de Terre à Mars d'une charge utile de 8,3 tonnes comme le précédent, c'est à dire, deux modules d'habitation de 3 mètres de diamètre et qui une fois dépliés sur Mars feront 6 mètres de diamètre et 5 mètres de hauteur. Le module devra atterrir comme le précédent à l'aide de rétro-réacteurs sur le sol martien. Je dois tout de même mentionner que les atterrissages sur Mars doivent être réalisés avec une extrême précision. Le vaisseau spatial doit se positionner à l'approche, de telle sorte qu'il ne doit en aucun cas rebondir sur les couches atmosphériques de Mars, bien que ces couches soient ténues comme on a pris l'habitude de les qualifier, elles sont suffisantes pour freiner nos vaisseaux ou les modules qu'on envoie à partir d'une orbite basse en activant le parachute. Le plus grand danger et vous le savez, nous maîtrisons cette manœuvre depuis bien longtemps, c'est d'entrer par rapport à la tangente que représente une ligne partant du vaisseau à la première couche atmosphérique à l'intérieur d'un angle vu à partir du vaisseau, inférieur à 1 degré. Le vol VREN-4 partira de la base de Kourou le 6 octobre 2013 et son atterrissage sur Mars est prévu pour le 9 avril 2014.

La NSEA prépare aussi les vols suivants au départ de la base américaine de Houston : Départ du vol VUSA-5 le 8 octobre 2013. Le lanceur-fusée est un « SAT » américain, il emportera une masse totale de 3050 tonnes et au bout de 900 secondes, il larguera son premier étage, en orbite terrestre haute il ne pèsera plus que 420 tonnes avec la charge qu'il emportera dans son transfert vers Mars, pour arriver sur son orbite basse le 10 avril 2014. A partir de l'orbite martienne basse, l'étage rétro-réacteurs fera atterrir sur la planète rouge, toujours en visant très précisément l'angle délicat à partir du poste de commandement de Houston de la NSEA, l'ensemble VUSA-5. Le fret de VUSA-5 sera du matériel de haute technologie, il s'agira de la « raffinerie de carburant et eau » américaine, qui pèsera exactement 10 tonnes. Cette unité atterrira sur le sol de Mars le jour même de son arrivée sur orbite, le 10 avril 2014. Nous aurons l'occasion de revenir sur la raffinerie plus tard. Le vol VUSA-6 partira de la base américaine de Houston le 10 octobre 2013. Il s'agira aussi d'un lanceur « SAT » le plus puissant de notre époque, qui emportera en modèle réduit, une centrale nucléaire. Le lanceur-fusée avec son compartiment cargo pèseront 3050 tonnes que « SAT » soulèvera de la surface de la terre, pour se lancer avec précision dans l'espace. Au bout d'une quinzaine de minutes la longue traînée blanche s'estompera et le premier étage s'échouera dans l'Océan Atlantique, tout brûlant et à peine endommagé qu'on récupérera, il ne restera que 420 tonnes lancées sur la trajectoire en direction de Mars. La trajectoire sera la même que celle de la veille à quelques kilomètres près. Mais qu'est ce que quelques kilomètres devant les 93,000,000 de kilomètres que l'ensemble aura parcouru ? Arrivé à proximité de Mars, l'ensemble de l'usine nucléaire avec son étage porteur de carburant, actionnera les rétro-réacteurs par l'impulsion électromagnétique précise de la NSEA de Houston qui agira à la centième de seconde près pour déclencher l'allumage et le guidage des rétro-réacteurs, comme pour tous les autres engins déjà atterris sur la planète rouge, en ayant aussi pris en compte le décalage précis du jour et de l'heure à la fraction de seconde près par rapport à la distance exacte entre Terre et Mars. La distance change chaque jour, à toute heure, à toute minute, à toute seconde, un parcours de plus de 500,000 km terriens quotidiens, soit un tiers de plus que la distance Terre-Lune. L'ensemble posé sur Mars pèsera exactement 10 tonnes utiles. Pour le vol VUSA-6 l'arrivée est prévue exactement le 12 avril 2014, l'heure sera précisée plus tard. Sur Mars tout matériel atterri en douceur, reste en état de marche et sera nécessaire dans des buts précis ultérieurs. La NSEA de Baïkonour procédera à 5 lancements. 2 sont déjà partis de la base de Kourou, dont nous venons de parler et 3 de la base russe de Baïkonour. Les lanceurs-fusées pour les vols que nous appelons « VREN » sont des lanceurs-fusées russes « EN » comme les deux que nous ferons partir de Kourou. Les missions de ces lanceurs-fusées sont d'acheminer dans leur soute « cargo » des approvisionnements indispensables au programme « Mars Pneuma ». Des réservoirs containers de nombreux produits chimiques, du gaz comprimé liquide d'hydrogène, d'oxygène, du Xénon, plus une certaine quantité de carburant « SL-ergols » ainsi que de l'alimentation et de l'eau. Un vaisseau sera chargé du carburant nécessaire au fonctionnement de l'usine nucléaire miniature américaine, c'est à dire un container « BU » très lourd contenant les « Barrettes de Plutonium ». Le poids de la protection est 50 fois supérieur à celui des barrettes elles-mêmes. L'isolation protectrice est importante non pas par rapport à l'espace, puisque là les radiations peuvent aller dans tous les sens sans que cela n'affecte en quoi que ce soit le vaisseau, mais plutôt par rapport à son arrivée sur Mars. Nous ne voulons pas qu'elles occasionnent une radioactivité supérieure aux normes des centrales nucléaires terrestres, sur nos spationautes qui seront déjà exposés aux dangers des autres radiations du cosmos. Chaque lanceur-fusée aura une masse au décollage de terre de 2500 tonnes. Une fois le lancement effectué chaque vaisseau-cargo aura perdu un poids énorme pour se retrouver sur l'orbite terrestre haute où il ne pèsera plus que 280 tonnes. Ces tonnes serviront à la propulsion et aux nécessaires corrections en cours de voyage vers l'orbite basse de Mars ainsi qu'à l'usage des rétro-réacteurs pour atterrir sur la planète de poussière rouge. Seuls 8,3 tonnes de produits divers toucheront la terre martienne dans leur container respectif. Le vol VREN-7 quittera Baïkonour avec sa charge le 12 octobre 2013 et arrivera sur mars le 14 avril 2014. Le vol VREN-8 décollera de Baïkonour le 14 octobre 2013 et touchera le sol martien avec sa charge le 16 avril 2014, nous vous préciserons les heures exactes d'arrivée plus tard. Quant au vol VREN-9, il partira le 16 octobre 2013 pour arriver le 18 avril 2014. C'est sur ce vol qu'il s'agira de transférer la cargaison d'un nombre plus que nécessaire de barrettes de Plutonium dans un conditionnement blindé, étanche spécial contre toute radiation, placées à l'intérieur de containers « BU » très lourds que nous venons d'évoquer et qui serviront donc de carburant pour la petite centrale nucléaire, que la NSEA placera à une distance de la base des Terriens, à environ un kilomètre. Mars portera donc le premier laboratoire-usine spatial pour la production de carburant, dont nous aurons grand besoin à l'avenir, soit pour continuer nos voyages vers des destinations plus lointaines soit plus simplement pour recharger en carburant les réservoirs de nos vaisseaux lors des retours sur Terre. Mars a une gravité de 0,38 par rapport à la Terre, c'est à dire 2,65 fois moindre. L'usine miniature de production de carburant à partir du gaz carbonique CO_2 représentant 98% de la composition de l'atmosphère martienne est du dioxyde de carbone. Ce gaz est en surabondance, on devra le combiner à de l'hydrogène, que nous enverrons dans l'un des cargos russes, ainsi l'usine sera prête à fonctionner immédiatement. L'hydrogène est nécessaire pour effectuer une stœchiométrie aboutissant au carburant qui nous est nécessaire dans cette atmosphère ténue que compose aussi quelques 2% d'azote avec très peu d'oxygène. Les formules stœchiométriques sont les suivantes : $CO_2 + 2H_2O \rightarrow CH_4 + 2O_2$ pour obtenir le carburant pour nos fusées. Les mêmes ingrédients martiens qu'on pourra aussi, grâce à notre raffinerie transformer par électrolyse $2H_2O \rightarrow 2H_2 + O_2$. Avec 8 tonnes d'hydrogène que la NSEA de Baïkonour acheminera, nos astronautes produiront plus de 112 tonnes d'un mélange de méthane et d'oxygène qu'ils utiliseront comme « ergol » pour les lanceurs-fusées. Ces quantités seront augmentées dès que tous les containers et réservoirs seront remplis. Lorsque nos recherches aboutiront à la découverte de l'eau martienne, nous aurons la possibilité de produire rapidement par électrolyse de l'hydrogène sur place. Les pannes sur cette usine seront rares et nous pensons qu'elles seront même inexistantes du fait d'une certaine rusticité du procédé ainsi que de tous ses éléments. Les autres raisons vous les connaissez, Mars a des ressemblances avec la Terre, Mars est inhospitalière, mais aussi, moins inhospitalière que toutes les autres planètes de notre système solaire ou d'autres exoplanètes qui sont bien trop éloignées pour qu'on s'intéresse à elles. Je vais passer la parole à notre ministre des affaires étrangères dans un instant, mais avant cela quelques précisions sont nécessaires.

Nous sommes le 10 août 2013. Il y a exactement 18 mois, en octobre 2011, la décision avait été prise très concrètement avec les premiers satellites de télécommunication que nous avons envoyés en périphérie de Mars. Nous utiliserons la procédure « d'opposition » entre notre Terre et Mars pour tous nos vaisseaux mais surtout pour les deux vaisseaux VUSA-13H et VUSA-14H, les vaisseaux principaux de notre épopée, puisque ce sont ceux-là mêmes qui transporteront nos spationautes. Ils atterriront avec leur quatrième étage propulseur et se serviront du troisième étage à moitié plein de carburant pour la phase d'approche d'atterrissage sur Mars. Ils largueront cet étage « 3 » qu'ils feront atterrir en douceur sur Mars une fois vide à l'aide de parachute et de cousins gonflables. C'est notre nouvelle conception des vaisseaux pour les vols de l'avenir. Les ensembles « quatrième étage vaisseau bouclier thermique » atterriront sur le sol martien avec chacun quatre spationautes, à l'aide de leur moteur rétro-réacteurs, ce quatrième étage dégagera une poussée de 95 tonnes. Ces deux ensembles seront également utilisés pour le retour sur Terre. La partie cargo sera embarquée dans un « module séparé » du quatrième étage. Ils contiendront des équipements indispensables sur Mars, notamment une petite ruche avec des abeilles. En ce qui concerne le véhicule « S-6 » à six roues à crampons, il partira à bord du vaisseau cargo VUSA-15. Nous allons recourir au système des parachutes que dans trois cas précis pour certains modules et cela se fera comme d'habitude avec les capsules explosives que tout le monde connaît maintenant ; ce sont celles qui actionnent les cousins gonflables sur nos voitures en cas d'accident, sauf sur celles de nos pauvres retraités qui n'ont pas eu le temps de s'en acheter une, ils utilisent toujours leur vieille voiture, jusqu'au bout malgré toutes les restrictions. A la base des modules propulseurs, seront fixés des ballons gonflés à l'hélium pour amortir le choc à l'arrivée sur le sol martien. Les couches atmosphériques de la planète Mars sont neuf fois moins denses que celles de la Terre mais en contre partie la gravité est plus de deux fois moindre que sur Terre, tout cela nous permettra d'envoyer sur son sol nos équipements, en relative douceur. Pour le retour sur Terre, nous en parlerons à notre conférence de Houston dans une dizaine de jours le 20 août 2013, mais je vais tout de même vous indiquer que les deux étages « 3 » restés en orbite, ces 2 VREN seront les moteurs qui ramèneront nos équipages dans leur vaisseau sur Terre, une fois la mission achevée. La raison de laisser deux étages « 3 » en orbite martienne avec leur propulseur, fait partie du nouveau processus que nous avons adopté. Chaque étage « 3 » aura un plein de propergols de 100 tonnes environ. Il s'agit de deux réservoirs citernes auxquels viendront s'arrimer chaque vaisseau amené sur la même orbite avec un étage « 3 » du sol de Mars. Les étages « 3 » sont interchangeables et possèdent leur propre moteur d'égale puissance de 95 tonnes de poussée. De plus, ces mêmes « troisième » étages des vaisseaux VREN russes sont identiques aux étages des vaisseaux VUSA américains – même capacité, mêmes branchements des commandes, les moteurs sont construits en commun, et mêmes fixations pour l'arrimage et le décrochage. Les vaisseaux étage « 4 » s'arrimeront donc instantanément, à l'étage « 3 » VR. Les étages « 3 » de remontée qui se seront vidés pendant la remontée seront redescendus sur le sol martien à l'aide d'un bouclier thermique gonflé à l'hélium et de deux parachutes de 100 mètres de diamètre. A partir de ce moment, chaque vaisseau donne une courte pichenette d'une poussée de 4 tonnes et en quelques minutes, le vol de retour se poursuit vers la Terre, aidé de son moteur ionique. Nous avons décidé d'adopter ce processus pour garantir le potentiel énergie du retour sur Terre. Maintenant, nous maîtrisons parfaitement l'atterrissage vertical de nos vaisseaux à l'aide des rétro-réacteurs. C'est le résultat de nos recherches, toujours orientées d'abord vers la sécurité des hommes. Les vaisseaux VUSA-13H et VUSA-14H départs prévus le 20 novembre 2015 pour le premier et le 22 novembre 2015 pour le second. Les autres, les précéderont ou les suivront, mais nous en parlerons le moment venu à notre conférence de Houston. Je vous remercie pour votre attention !

Entre les spécialistes concernés, chacun dans son domaine, des conversations passionnées se font dans des petits groupes. Il est nécessaire de revenir sur l'aspect général des missions du programme « Mars Pneuma ». Les deux premiers vaisseaux du programme ont déjà placé en orbite haute martienne, deux satellites de communication perfectionnés à l'extrême. Arnaud Rivière prend dans sa main gauche le micro et reprend sa place à la tribune :
- Mesdames, Messieurs, je passe maintenant la parole à notre ministre des affaires étrangères, Monsieur Hervé de la Planque.

Hervé de la Planque tient à son discours, très court mais dont la teneur a tout de même été suggérée dans certains de ses propos, par le ministre du commerce et de l'industrie :
- Mesdames, Messieurs les ministres des affaires étrangères européens, Mesdames, Messieurs les observateurs et les directeurs des programmes de la NSEA de Houston, de Paris, de Londres et de Moscou, Mesdames et Messieurs de la presse, Mesdames et Messieurs, mais quelles peuvent être les raisons d'envoyer des vaisseaux spatiaux si loin dans le cosmos - quels sont nos besoins de nous aventurer dans des endroits dangereux inconnus, froids, sans air respirable, dans l'espace où si nous nous aventurions sans scaphandre adéquat pour nous protéger, notre corps ne s'apercevrait de rien, et exploserait instantanément. Des molécules flotteraient dans le néant pour alimenter un nuage stellaire, une nébuleuse aveugle en mouvements lents dépourvue d'aucun de nos cinq sens. L'espace, le cosmos est dangereux, nos avancées technologiques, notre expérience de la vie, notre observation de notre planète Terre et de notre système solaire, de notre Galaxie et de l'univers - tout cela nous amène à réfléchir sur l'avenir de l'humanité. L'exploration spatiale est reconnue par tous les pays membres de notre organisation « Accord des Nations pour l'exploration spatiale » la NSEA, comme utile. Cette exploration spatiale est non seulement utile mais indispensable pour les pays de la CEE, des Etats Unis d'Amérique, de la CEI et des pays du Commonwhealth. Certains pays n'adhèrent pas à cette conception

du futur, d'autres préfèrent se tenir à part, éloignés de nos technologies spatiales comme la Chine qui a l'ambition de conquérir l'espace par elle-même. La Chine enverra d'ici quelques mois son premier vaisseau spatial, elle aussi se lance à la conquête de la Lune – n'empêche que lorsque la Chine a besoin d'une technologie occidentale, elle n'hésite pas à nous faire appel, ou venir copier nos idées. Par ailleurs, en ce qui concerne ce grand pays, nous profitons de leur savoir-faire pour de très nombreuses réalisations qui font aussi partie de nos inventions et entre toutes les autres, nos technologies aérospatiales. Nous partageons avec eux ces technologies, selon les accords conclus. Nous reparlerons de toutes les positions prises par chaque pays séparément le moment venu, mais ce n'est pas de notre ressort, car ces questions sont discutées à la Commission spéciale des affaires spatiales de l'OMN. Quatre modules d'habitation seront envoyés sur Mars pour commencer un début de colonisation, d'une manière pérenne de notre planète sœur, que notre monde apprivoisera. Ces modules ont été commandés par la NSEA et fabriqués dans des usines à Stuttgart qui ont su réaliser une carrosserie et des protections en matières composites contre les grandes fluctuations de températures, entre les modérées et les très basses. Chacun des cylindres mesure exactement trois mètres de diamètre et cinq mètres de hauteur selon les standards de la NSEA déterminés en commun. Les modules seront tous les quatre assemblés à Kourou selon nos normes d'où ils partiront arrimés aux vaisseaux russes « EN » qui portent les numéros de vol « VREN-3 » et « VREN-4 ». En ce qui concerne l'unité usine pour la fabrication du carburant sur Mars, dont Monsieur Arnaud Rivière vient de nous parlé, c'est la NSEA qui a réalisé la technologie stœchiométrique de la séparation des molécules du CO_2 en les combinant à l'hydrogène apporté sur Mars. C'est leur spécialité, bien que nous exportions dans le monde entier la nôtre, mais chacun contribue à sa façon. Vous trouverez toutes les coordonnées techniques et les explications pertinentes auprès de nos experts. Après le début de notre programme avec la mise sur orbite martienne de deux satellites de télécommunication, notre pays en accord avec nos partenaires a décidé la poursuite effective du programme « Mars Pneuma ». Dans les circonstances qui nous préoccupent aujourd'hui, les ministres et les directeurs ici présents m'ont confié l'honneur de lancer la dernière phase du compte à rebours avant les lancements de nos 14 vaisseaux spatiaux en direction de Mars. Mesdames et Messieurs je déclare au nom du gouvernement français, des gouvernements britannique, allemand et italien qui m'ont donné leur accord, pour ce qui concerne notre communauté européenne, ainsi qu'au nom de tous nos collègues, la dernière phase préparatoire du lancement des 14 vaisseaux spatiaux, qui emporteront nos huit spationautes avec notre technologie mondiale du programme « Mars Pneuma », entamée dès cet instant, en ce jour du 10 août 2013.

Le président de séance Arnaud Rivière annonce :

- Chers amis, je vous propose maintenant de prendre le verre de l'amitié pour fêter cet événement primordiale pour l'humanité, le premier d'une série que nous débutons aujourd'hui. Allons aussi nous restaurer vers les tables, le long des fenêtres derrière nous. Merci de votre précieuse présence ! Un petit groupe se forme autour d'Arnaud Rivière où se trouve aussi Léonard Templer. Un autre groupe se forme autour du ministre des Affaires étrangères Hervé de la Planque. Quelques astronautes-spationautes viennent rejoindre d'autres groupes et les discussions reprennent sur de nombreux détails du programme « Mars Pneuma » ainsi que sur le voyage imminent à Houston, et aussi la sélection des prochains spationautes.

Arnaud Rivière précise :

- Vous savez très bien qu'il ne nous est pas possible de vous choisir tous et que la commission de la NSEA a déjà fait son choix en collaboration avec nos partenaires. Ce n'est pas un choix dans la course aux réelles compétences de chacun, car chacun de vous est engagé pour l'aspect exceptionnel de votre caractère selon les tests psychologiques que vous avez accepté de subir et ce sont ces tests qui ont déterminé les noms des quatre spationautes potentiels de notre organisation européenne. Vous savez qu'en ce qui concerne les compétences acquises, celles-ci sont absolument communes à vous tous, c'est ce qui donne le caractère exceptionnel à votre état de spationautes potentiels. Nombreux sont ceux qui se préparaient pendant des années - dix, quinze, vingt ans et qui se sont vus un jour dirigés vers d'autres responsabilités car les places pour aller dans l'espace sont très restreintes et sujettes à des critères comme l'âge. Parmi les quatre d'entre-vous seuls deux prendront place à bord d'un vaisseau spatial. Malgré cela, vous avez tous séjourné dans l'espace qui vous grise tant. Chacun de vous a effectué un ou plusieurs vols à destination des six stations en orbite à plus de 350 km d'altitude, bien que le terme altitude ne soit plus adéquat dans cette dimension comme nous le savons. (Spacelab, MIR,ISS,ISE,IRS,IBS). Une dizaine de spationautes potentiels de l'OSE pour des missions futures seront réunis à Kourou dès la semaine prochaine pour la poursuite des cours et des entraînements spécifiques que vous connaissez. Cela ne veut pas dire que tous partiront sur les deux prochains vaisseaux, non ils seront là dans le cadre des entraînements habituels, pour toute éventuelle mission à accomplir dans le temps ou l'urgence. Tout ceci pour dire que, d'Europe, de France, seuls deux des quatre candidats partiront selon des critères draconiens comme par exemple, être célibataire, ou sans attache, ou sans famille, pour vivre une longue, très longue séparation.

William Lorren l'astronaute anglais précise :

- En fait il est inutile de discuter des places, les dix spationautes potentiels vont trinquer avec ceux qui sont déjà sur le départ sans savoir qui partira concrètement.

Les discussions sont prenantes et les astronautes essaient de satisfaire tous ceux qui leur posent des questions qui seront répercutées dans la presse. Les astronautes spationautes revêtus de leur combinaison bleue discutent dans une bonne ambiance, entre eux, mais déjà des journalistes et des passionnés viennent leur poser leurs inévitables questions :

- Vous croyez que vous aurez des menus sur Mars comme ceux qui sont sur ces tables là ?

Hans Gotten spationaute allemand répond :

- Bien sûr, même meilleurs, dès que la cuisinière à gaz sera installée on pourra faire mijoter des petits plats !

- Et qui est bon cuisinier parmi ceux qui partent ? Demande quelqu'un et Marc Peyratener l'un des spationautes français répond :

- Cuisinière à gaz, ce n'est pas vraiment prévu et il semble que de bons cuisiniers, on n'en a malheureusement pas, tant pis nous lirons les instructions sur les emballages, faudra mélanger les poudres avec de l'eau.

Un autre spationaute français, Stéphane Viardeau reprend :

- Ouais de l'eau, si on pouvait en trouver de l'eau sur Mars, ça serait bien, bof en attendant on aura l'eau des citernes.

Un journaliste demande incidemment :

- Dans votre programme des 30 mois et 20 jours ou des 930 jours, pendant lesquels vous resterez sur Mars, parmi vos missions, vous aurez celle de rechercher de l'eau, n'est ce pas ?

Et Stéphane répond :

- Vous avez raison jeune homme, et c'est une des missions principales de notre véhicule à six roues, que nous appelons simplement le six roues ou le « S-6 ». Une des missions parmi beaucoup d'autres prospections sera bien entendu d'essayer de trouver de l'eau et si possible en grande quantité.

Le journaliste veut en savoir plus :

- Pourquoi en grande quantité, un peu pour vous laver, faire la lessive, la vaisselle et peut être pour boire – vous n'aurez pas besoin de grandes quantités !

Un autre reprend :

- Et pourquoi pas en grande quantité, moi ça me plairait, on pourrait remplir une grande piscine et se baigner aux heures de petite chaleur, vous savez que la température ne monte que très rarement au-dessus de 10° en été, c'est plutôt 5° que 10°, on pourrait de toute façon se baigner dans une eau à température dirigée, sous un habitacle gonflé et très peu transparent à cause des radiations cosmiques !

Le journaliste ajoute :

- Et comment allez-vous vous protéger des ces rayons solaires ou cosmiques meurtriers ?

Marc Peyratener donne quelques explications :

- Toutes les précautions sont prises, les matériaux qui couvrent les espaces de vie sont des matériaux très spéciaux, ils ont la capacité de gérer des températures acceptables à l'intérieur des tunnels opaques des espaces vie et aussi de refouler la chaleur inutile par réverbération contrôlée – c'est un ordinateur qui gère, nous on contrôle le bon fonctionnement de l'ordi.

Le journaliste :

- Et si l'ordi tombe en panne ?

- Vous en avez de bonnes questions, et bien on le remplace !

Un homme du petit groupe croit deviner la situation, il s'exclame en hochant la tête :

- Faudra faire vite ! Et Marc reprend :

- Et ouais, remarquez ça sera encore pire la nuit en période de très grand froid, vous savez ça va très vite sur Mars, on passe d'une minute à l'autre d'une température déjà froide pour les humains, à un froid intense de moins 80°C, un froid à congeler sur place. Moins 120°C en hivers. Heureusement tout est prévu par nos spécialistes ici sur notre bonne vieille Terre. Si vous voulez tout est modulé selon des normes prédéterminées avec un système de thermostats sophistiqués.

L'homme remplace le journaliste dans ses questions :

- Et comment connaissez-vous d'avance ces normes ?

Stéphane Viardeau reprend la conversation :

- Oh simplement par les sondes spatiales que nous avons posées sur Mars auparavant et qui avaient tout enregistré sur des périodes de quatre ans et plus, à des périodes différentes. Par rapport à l'endroit géographique où les relevés ont été faits, soit dit entre parenthèses, ces endroits sont précisément ceux que nos spécialistes ont choisis pour notre séjour, ça tombe bien n'est ce pas ?

Le journaliste reprend le fil de sa pensée :

- Cela tombe bien en effet, et pour l'eau, vous n'allez pas trouver de l'eau tout de suite derrière un caillou ?

Un autre spationaute, entraîné, prêt à partir répond :

- Comme mon ami vous l'a expliqué tout à l'heure, notre véhicule le « six roues S-6 » est équipé de panneaux solaires ainsi que de batteries, ce véhicule aura la faculté de nous emmener jusqu'à l'un des pôles de Mars si on le décidait où il a été déterminé qu'il y a justement énormément d'eau sous forme de glace. Vous savez les pôles nord et sud de Mars sont de très épaisses calottes de glace, reste à savoir, quels sont les ingrédients chimiques qui rendent cette eau impropre à la consommation directe ou le raisonnement poussé un peu plus loin, impropre au développement d'une forme de vie, ou à sa consommation…

Le journaliste avance un autre aspect des questions que son public se pose :

- Dans la presse internationale, on peut souvent lire que la vie a existé sur Mars, allez-vous la rechercher ?

Stéphane explique ce qu'il a retenu de ses cours maintes fois revus :

- Des bactéries ont été localisées sur Mars et les spécialistes américains, européens français, allemands finlandais, russes et britanniques sont persuadés que des extrêmophiles y pilullent au moins depuis deux milliards d'années terrestres. Ces extrêmophiles n'ont pas eu l'opportunité de prendre une autre forme de développement, nous espérons y trouver des formes de vie plus développées que de simples bactéries ou des bestioles qui se contentent de vivre dans des conditions extrêmes. Mais rien n'est sûr.

Le journaliste :

- Pensez-vous que si l'eau est présente aux pôles de Mars, il y aura une possibilité de la capter et de l'utiliser ?

Un des spationautes de réserve reprend

- Bien entendu, nous capterons cette eau, la difficulté sera l'acheminement vers le site où la vie s'organisera.

Le journaliste perdure dans ses questions :

- Et par quel moyen, les températures extrêmes feront tout pour vous en empêcher ?

Et Marc lui répond :
- Ma foi, vous avez raison. D'abord nous prendrons de petites quantités de quelques centaines de litres dans des bidons, ces bidons il faudra les protéger des très grands froids qui les feraient éclater et glacer l'eau à l'extrême. Comme vous pouvez l'imaginer, il faudra penser à tout, à chaque instant, à chacun de nos mouvements. Il faudra penser constamment « comment nous habiller » comme disent les nanas... quel scaphandre prendre, quelle protection choisir pour le véhicule, où placer les bidons de glace... Une fois revenus à la base, il faudra faire fondre la glace en la plaçant en température dirigée dans des récipients prévus à cet effet, et à l'état liquide en synthétiser les composants, les séparer les uns des autres ; ça on sait faire, c'est la technologie des Russes. Dès qu'on aura réussi cette étape primordiale, nous pourrons utiliser l'eau de la planète Mars et nous n'aurons plus besoin d'emporter du poids supplémentaire à bord de nos vaisseaux de ravitaillement en provenance de notre chère Terre.

En fin d'après midi tout le monde se disperse, chacun rentre chez soi. Léonard Templer donne rendez-vous à l'aéroport de Roissy CDG aux spationautes ainsi qu'aux concepteurs de tous acabits en science et en ingénierie, qui feront le voyage de Houston avec lui. Dans une semaine Léo les accompagnera jusqu'à Houston. Deux Français, Stéphane Viardeau et Marc Peyratener, un Allemand Hans Gotten, et un Anglais William Lorren représentent avec de nombreux autres collègues, l'organisation spatiale européenne de Fontainebleau de la NSEA. Chaque membre en plus des entraînements physiques, psychologiques et les cours des professeurs, physiciens et chimistes dont il doit assimiler les sujets et les loger dans les profondeurs de sa conscience logique et mémorielle, a aussi une spécialisation qu'il a choisie. Tous les spationautes ont une culture mathématico-astrophysique à laquelle s'ajoutent d'autres connaissances. Hans Gotten sur les traces de Freud et de Young aura une mission spéciale, celle de l'analyse psychanalytique du comportement du groupe. Stéphane Viardeau aura une responsabilité orientée vers l'agronomie.

William Lorren, une responsabilité de chimiste et Marc Peyratener une responsabilité en mécanique et physique, s'ils sont choisis. Les Américains et les Russes ont les leurs.

Le 14 août 2013 à Stuttgart. A Stuttgart, le 14 août 2013, c'est « journée portes ouvertes à la « Deutsche Spacien Konstrukzion Gesselshaft ». Quelques journalistes et autres curieux sont allés visiter en se tenant au-delà d'une corde de protection rouge, les quatre modules d'habitation tout neufs, pour établir le quartier général et le logement des cosmonautes sur la planète Mars. Les modules se trouvent dans un grand hangar de la compagnie « Deutsche Spacien Konstrukzion Gesselshaft » dans les environs de Stuttgart. Un des accompagnateurs de l'usine explique :
- Ces quatre modules serviront d'abord de containers pour du matériel et de l'approvisionnement alimentaire pendant leur transfert sur Mars, car bien que pliés en trois il faudra utiliser le volume restant. Ces quatre modules seront livrés à l'aéroport de Stuttgart, dans trois ou quatre semaines par convoi exceptionnel, car avec leur emballage ils débordent en largeur sur la route. Ils seront chargés à bord d'un avion cargo Antonov-124 russe qui les débarquera sur le site aménagé de Kourou, le jour même de leur départ, c'est à dire le 20 septembre, le mois prochain. A Kourou, ils seront reconditionnés pour leur amarrage respectif, mais deux par deux, sur des lanceurs-fusées « EN » russes, pour les vols VREN-3 et VREN-4 de la NSEA. Le lancement vers Mars est prévu dans un peu plus d'un mois, le 2 octobre 2013 pour le premier et le 6 octobre 2013 pour le deuxième. Ces lancements seront effectués depuis la base de Kourou de la Guyane française.
Quelqu'un parmi les visiteurs intervient :
- Mais ces modules d'habitation qui serviront de containers lors de leur envoi sur Mars, ils prendront vraiment beaucoup de place dans les vaisseaux !
L'accompagnateur de l'organisation lui répond :

- S'ils prendront beaucoup de volume, en revanchent ils pèseront moins lourds en poids payant, mais là n'est pas le problème car les calculs réalisés par les ordinateurs nous obligent pratiquement à respecter le poids de chaque élément des lanceurs-fusées. Je veux dire par là, que si les modules prennent énormément de volume, nous sommes obligés de les charger avec des masses correspondantes aux évaluations, un peu moins peut-être, mais en aucun cas, plus. Autrement dit, l'espace vide sera comblé de provisions et de matériels – aucun volume ne sera perdu. Encore une fois, aucune surcharge n'est tolérée et rassurez-vous, toute les consignes sont suivies scrupuleusement. Tous ceux qui travaillent à la NSEA et au sein des autres organisations spatiales connexes sont motivés comme s'il s'agissait d'écarter du moindre danger leur propre vie. A nous tous réunis, Américains, Russes, Britanniques et Européens, notre intrépide aventure spatiale avec nos 16 vaisseaux sera la première d'une série d'expéditions, avec de nouvelles aventures. Nous préparons déjà les missions futures. Dans ce nouveau programme, notre organisation conjointe la NSEA prévoit vingt deux nouveaux vaisseaux spatiaux pour les vingt ans qui viennent et comme pour le programme « Mars Pneuma » chaque vaisseau aura son utilité par la charge qu'il transportera. Certains de ces vaisseaux atterriront sur le sol de Mars et d'autres, comme dans notre programme actuel, resteront en basse orbite de Mars 18 mois avant le retour sur Terre. Il faudra les surveiller en permanence pour leur donner les impulsions nécessaires pour qu'ils restent exactement sur l'orbite prévue.

Un jeune homme à lunettes demande :

- Quel genre de marchandise peut-on charger dans ces containers ?

- Absolument toutes sortes de marchandises à conditions qu'elles soient correctement emballées selon les normes d'emballage des marchandises dangereuses comme celles de l'IATA comme pour les avions de ligne. Pour ce qui concerne les marchandises comportant un certain risque, des précautions supplémentaires adéquates sont prises. Vous savez bien que des marchandises très dangereuses, dans nos fusées - il n'y a que cela, mais tout est évalué à la juste nécessité prévue et calculée d'avance. Il est impensable de ne pas embarquer de grandes quantités d'ergols, d'hydrogène, d'oxygène et aussi du xénon, gaz nouvellement utilisé pour la poursuite de nos missions spatiales, nous en reparlerons plus tard, sans parler de toutes les autres quantités de produits chimiques, absolument nécessaires à la poursuite de notre programme « Mars Pneuma » - comme des explosifs ou de l'eau en réserve avant d'en trouver sur Mars. Car pour l'eau de Mars, il faudra la débarrasser de tout ce qui pourrait nuire à l'organisme humain, bien entendu. Les containers emportent également, dans des emballages spéciaux du lait en poudre, des corn flakes, des purées de pommes de terre, des légumes déshydratés, des desserts...

Le même jeune ose une autre question :

- Vous n'avez pas mentionné des denrées comme la viande, le poisson !

- De la viande et du poisson sont embarqués normalement, mais nous avons une charte d'entente avec les Etats Unis et les pays du Commonwealth, ces produits, même salés sont conditionnés en conserves ou déshydratés ne comportent pas de viande de cheval ni du lapin ni autre extravagance.

- Dans les produits déshydratés en sachets, je suppose qu'il y a aussi des œufs. Emportent-ils du vin ?

- Tout à fait, cela fait partie de tout ce que les spationautes emportent avec eux et qu'ils auront sur place, sur la nouvelle planète qu'ils fouleront bientôt. D'ailleurs la plupart des produits de consommation seront déjà sur place sur le site d'atterrissage, dans les deux premiers vaisseaux que nous allons envoyer en premiers. Bien sûr qu'il y aura du vin, mais pas de bière ni de vin mousseux. Si vous voyiez les emballages, ça vous ferait rire. Ce n'est pas du verre ! Nous avons très bien évalué les quantité, si les spationautes additionnés des cosmonautes et des astronautes sont huit, comptez vous-même: une bouteille de vin par personne, non pas par jour, quoique cela se pourrait, hé, hé, hé, non mais une par semaine - sur trente mois cela fait : 30x4=120x8=960 bouteilles, on en a rajouté 40 pour faire un compte rond pour ceux qui pourraient avoir le moral en berne, cela fait donc 960 bouteilles de 75cl ; total 720kg et non pas 960kg, c'est tout à fait raisonnable.

- Mais monsieur, cela fait du poids en surplus !
- Oui, mais c'est nécessaire !
- Vous rendez-vous compte ? Les spationautes embarqueront 960 kg de vin, dites-vous, en plus de tout ce qui est indispensable...ça coûte cher en carburant et c'est nous qu'on paye !

- Ah, si ça coûte si cher, personne n'ira sur Mars, comprenez-vous monsieur, vous n'iriez pas vous non plus ! Et puis ce n'est pas 960 kg comme vous dites que nous emmènerons, mais plutôt une tonne que nous emmènerons ! De toute façon, le vin est déjà sur place. Rassurez-vous, le vin est en poudre, seul l'alcool est réel et les quantités en sont minimes, le poids est insignifiant. Par ailleurs, ceux qui boivent moins ou pas du tout de vin, boiront de l'eau ou de l'orangeade à la place, et le reste de vin, et bé il reste en attente. Le vin une fois dilué dans sa poudre se conserve très bien, comme sur Terre. Quant aux œufs, vous vous doutez bien que ce sont des œufs en poudre, mais vous savez les « marsonautes » ont été formés à se débrouiller dans les pires situations et ils sont très bons cuisiniers malgré ce qu'ils disent.

- Du vin, ce n'est pas un peu contraire au mœurs puritaines des Américains ?

- D'abord cela n'engage que vous monsieur de vouloir essayer de fixer une morale et puis, les quantités ne sont pas énormes. De plus le corps médical des quatre communautés dont nous faisons tous partie, préfère que nos spationautes, cosmonautes, astronautes boivent du vin qui leur fera circuler le sang et équilibrera les globules, plutôt que de prendre des médicaments type somnifères ou antidépresseurs qui leur feront maigrir les chairs et décalcifier les os. Mieux vaudra pour eux qu'ils chantassent plutôt qu'ils ne s'adonnassent à une mortelle dépression. Par ailleurs, c'est une opinion personnelle de votre part que de dire que les Américains sont puritains...

Une journaliste au milieu d'un autre petit groupe qui grignote des canapés, chacun avec un verre de Riesling à la main demande à un des hommes vêtu d'une combinaison rouge carmin avec le sigle de la NSEA sur la poitrine :
- Les pires des situations seraient quoi ?
- Difficile d'en parler, puisque les spationautes partent avec un esprit de conquistadores et nous tous ici, n'envisageons aucune défaillance dans nos programmes. Si vous posiez la question à un spationaute, savez-vous ce qu'il vous répondrait madame, moi je peux vous le dire à leur place, parce que je les ai déjà entendus répondre à de telles interrogations, il vous dirait « j'ai plus confiance à bord de notre fusée ainsi que de vivre dans nos modules sur Mars, que de prendre le train et vivre dans une maison de la petite banlieue ». Voilà ce qu'il vous dirait tellement ils se sentent tous en sécurité. Mais évitez de leur poser de telles questions qui ne peuvent être que négatives pour leur moral.

Journalistes et curieux se dispersent en fin d'après midi. Les sites européens d'assemblage de parties de fusées ainsi que de pièces diverses de moteurs divers ou tels que les modules d'habitation et autres prévues pour le programme « Mars Pneuma » sont nombreux et ces pièces sont rapidement acheminées soit à Baïkonour, soit à Houston. La coopération entre tous les pays concernés de la NSEA est réelle et efficace. Lorsqu'on traverse l'Europe et c'est pareil aux Etats Unis, en train ou en voiture, on voit bien des endroits étranges clôturés de hautes barrières avec des fils barbelés recourbés sur la partie haute, tout au long de plusieurs kilomètres – avec des petits panneaux blancs cadrés de rouge, du plus laconique au plus énigmatique : « Défense d'entrer, propriété privée » « Interdiction de pénétrer, zone électrifiée » ou « Zone protégée – haut voltage » ou « Toute personne non autorisée interdite sur le site » ou « Pénétrer dans cette zone est à vos risques et périls », avec des signes en « ZZZ » non équivoques. Depuis longtemps des sociétés, des compagnies et des entreprises travaillent dans le domaine de l'aérospatial sans faire de remous autour de leurs activités - tranquilles, sereines et déterminées. Les personnels ne se plaignent jamais. Si à l'extérieur, on leur demande : « Es-tu bien rémunéré ? » la réponse reste telle qu'on peut se l'imaginer : « comme ci, comme ça…». Il semble que pour ces gens-là, il est inutile de revendiquer, de manifester ou de se mettre en grève, car la situation est loin d'être dramatique sans être non plus, mirobolante. Tout va à peu près bien, et les buts sont toujours atteints sans attirer l'attention sur personne au sein de ces organisations productrices qui font tout par elles-mêmes. Seuls quelques composants bien spécifiques sont fabriqués en Chine. Les panneaux recourbés en alliage léger à l'épreuve des plus hautes températures des fusées, les coques de carrosserie, les tuyères des réacteurs, les systèmes de circuits électroniques top secrets, les peintures légères contre toute oxydation et le feu des très hautes températures, ainsi que les tuyauteries en alliages inox spéciaux pour le carburant et les expulsions des gaz à très haute température atteignant plus de 2000°C – tout cela ne peut être confié à l'étranger pour un tas de raisons compréhensibles. La fabrication se fait aux Etats Unis, en Angleterre, en France, en Allemagne, en Italie et en Russie, mais pas autre part. Pour le savoir-faire mis en commun entre tous les pays membres du projet « Mars Pneuma » les réalisations ingénieuses sont très nombreuses. Europe, Russie, Commonwealth, Etats-Unis d'Amérique forment une communauté spécifique pour un intérêt que ces états ont décidé de partager pour l'avenir de l'humanité. Il y a de cela quelques décennies, l'Union soviétique et les Etats Unis d'Amérique entretenaient ce qu'on appelait « la guerre froide ». Cette « guerre froide s'étendait à l'Europe, et au Commonwealth également. En Europe la situation avait dégénéré sur la construction du mur de Berlin à la fin des années cinquante et les tensions étaient ressenties dans tous les pays d'Europe occidentale, des Etats Unis et de l'URSS. Le Pacte de Varsovie faisait face à l'OTAN, l'Organisation du Traité de l'Atlantique Nord. Ces organisations étaient devenues de grosses administrations stratégiques militaires entre l'Est et l'Ouest. N'oublions pas que dans sa philosophie politique expansionniste, le marxisme qui a généré le soi-disant socialisme menant au communisme, devait envahir toute la planète de son idéologie. Certains savaient dès le début de l'hégémonie déterminée par des leaders dictatoriaux, que les « bons sentiments envers les peuples » allaient mal tourner. Certains prenaient leurs affirmations à la lettre et bénéficiaient de quelques privilèges, d'autres n'y adhéraient pas par simple manque de confiance, seuls quelques intellectuels avaient compris par leur raisonnement équilibré, que tout allait un jour ou l'autre contrer la Révolution par une volte-face. Cette volte-face a bien pris en considération certaines libertés, mais méprisait tout simplement le sens de la liberté réelle, celle de l'expression et des idées contradictoires, pour ne déboucher que sur l'éternel profit personnel, jamais avoué. Comme dit le vétérinaire qui soigne nos animaux de compagnie, que nous considérons comme membres de notre famille, s'exclame Léonard Templer : « Le capitalisme exploite l'homme par l'homme et le communisme, c'est le contraire ! ». Devant tant de dommage imposé à l'idéologie humaine et à la vie en société et ce depuis les Grecs et les Romains, des groupes émanant de tous les anciens belligérants d'entre les peuples, se sont créés. Ces personnes depuis la dernière guerre se réunissent, presque en secret. Leur idéologie pour la vie future s'est enrichie d'abord de l'écologie pour notre planète la Terre, pour sa sauvegarde en remédiant à tous les problèmes liés à la santé des êtres humains, à la dépollution de la terre et de l'atmosphère. Il faut tout faire pour contribuer à l'embellissement de l'environnement et une production de richesses raisonnée. Quant à explorer d'autres possibilités… seule restait l'exploration spatiale. Les spécialistes en odyssées spatiales ne manquent jamais d'expliquer les raisons qui les font croire dans leur persévérance des buts qu'ils se sont établis.

20 août 2013 Conférence de Houston. Le 20 août 2013. Un Boeing B-777 de Delta Air Lines emmène les quatre spationautes à Houston. Debout dans le hall des départs du terminal 2C de l'aéroport de Roissy Charles de Gaulle, Léonard est le premier arrivé. Il est là

depuis sept heures trente du matin. Sa femme l'a réveillé à cinq heures en même temps que sonnait le réveil. Après sa douche, Léo a pris tout son temps pour le petit déjeuner. A six heures quinze il embrasse Béatrice et descend en bas de son immeuble de la rue du Fer à Moulin à Paris. Il s'apprête à se rendre à pied avec sa valise à roulettes tirée de la main gauche avec sa mallette de commandant en cuir noir posée dessus, en direction de la Gare d'Austerlitz. Il ne se donnera pas la peine de parcourir les 450 mètres qui le séparent de la station de taxis de la gare, car après quelques pas seulement, il voit arriver un taxi avec l'ampoule verte allumée sur le toit. Il le hèle en levant le bras droit. Il profite de son bras levé pour faire un signe d'au revoir à Béatrice qui le regarde partir par la fenêtre de son quatrième étage. Le taxi l'emmène directement à travers les petites rues du cinquième arrondissement, le long du Jardin des Plantes, longe le Pont Saint Michel, le boulevard Sébastopol, l'avenue Magenta, sans s'arrêter aux feux qui tous sont au vert, puis l'autoroute A1 jusqu'à Roissy CDG terminal 2C, en à peine quarante minutes. Tôt le matin la circulation dans Paris et sa proche banlieue est tellement paisible qu'elle en est agréable. La musique de fond de Radio Luxembourg diffuse « Paris s'éveille » avant les divers commentaires et le journal du matin et déjà Léo doit payer le chauffeur ; quarante euros tout de même ; aux « autres » ils prennent facilement plus de cinquante, embouteillages exigent, se dit-il… Au revoir monsieur, et Léo se dirige vers le grand hall du terminal en arc de cercle. Il déambule, regarde les panneaux. Il est vrai qu'il est encore un peu tôt, mais Léo a ses habitudes, jamais il ne se permettrait d'être en retard à un rendez-vous. D'être en retard, cela lui était déjà arrivé par le passé et pendant des années il ne pouvait se le pardonner. Il regarde vers les baies vitrées qui donnent sur les arrivées des voitures et des taxis et aussi en face, le terminal B, toujours rien, personne. C'est vrai qu'il est encore un peu tôt, répète t-il en lui-même tout en recevant une légère tape sur son épaule droite. Un grand jeune homme brun, cheveux courts, les yeux marrons, visage souriant lui fait tourner la tête, Léo lui demande sur le champ :

- Ah te voilà, bonjour, bonjour tu vas bien ? Et sans attendre de réponse, lui demande : « Stéphane, où sont les autres ? »

- J'en sais rien ! Lui répond Stéphane, puis il ajoute : « j'crois qu'ils sont partis picoler à la cafétéria. »

- Picoler quoi à la cafète, celle qui est là au bout à droite ? Y a rien à part du café et des croissants ?

- Oh mais ils sont un peu stressés je crois !
Réplique Stéphane.

- Ah mais pour picoler ils ne sont pas stressés et de bon matin en plus ! Répond Léo et Stéphane continue :

- Ils s'en foutent, surtout Hans et William ils adorent la bière, on ne va pas leur en vouloir pour ça non ?

- Non, pas vraiment, mais ils vont puer la vinasse dans le zinc ! S'exclame Léo. Stéphane lui répond :

- Mais non, Marc est avec eux et il leur a commandé aussi du café avec des croissants. Le vol de Delta est à 10h50, on a le temps. On embarque quand ?

Léo précise :

- Ah non pas à 10h50 tu confonds avec Miami, nous c'est à 10h15 on peut aller aux contrôle dès huit heures trente. Stéphane répond :

- Ouais mais tu sais comment ils sont, ils veulent en profiter, dans 27 mois on va planer dans l'espace, de la bière on n'en aura pas…

- Oui mais, il faut qu'ils soient en forme, tu te rends compte s'ils vous feront des analyses pendant vos tests ?

Stéphane continue :

- Oh non je ne crois pas, on y va pour les briefings, toujours les briefings. En octobre nous sommes attendus à Kourou pour voir partir les VREN-3 et VREN-4, après je sais que pour moi ça sera Houston pour voir partir les VUSA-5, VUSA-6. Nous n'irons pas à Baïkonour, les Russes n'auront pas besoin de nous pour le VREN-7, le VREN-8 et le VREN-9. Des voyages en perspectives, nous en aurons. Il faut nous comprendre d'abord ils disent : « On ne peut pas être certains à cent pour cent que vous décollerez un jour » et ensuite, nous on se dit, « Qu'on n'est pas vraiment certain qu'on sera un jour dans l'espace et en plus qu'on marchera sur Mars », c'est du délire. Moi je le prends comme ça hein, s'ils nous choisissent, on part, sinon on reste. J'y pense de temps en temps et je me dis, le retour de Mars, si j'étais choisi, sera le plus beau jour de la vie ! De pouvoir revenir ici chez nous, sur Terre aller danser avec les filles en boîte et tout ça tu vois, alors il faut en profiter tant qu'on est là !

Léonard ne se considère pas comme une espèce de commandant mais il est avec eux pour coordonner les choses, pour faciliter la vie des spationautes et il dit à Stéphane :

- Hé, mais tu parles comme La Palisse toi, « si on part, on part s'ils ne nous choisissent pas, on ne part pas ! » C'est du La Palisse pur et simple. Pour l'instant on a des missions à respecter. Il faut être sérieux quand on s'engage dans une telle responsabilité, on ne peut pas mettre en péril des années de travail des plus grands savants et le travail des hommes qui ont tout élaboré pour ce programme, nous sommes responsables devant eux ?

- Tiens, arrêtes Léo, les voilà ! Il est neuf heures, allez les gars, on y va. Embarquement dans une demi-heure et décollage dans une heure et quinze minutes.

Des flashes d'appareils photo numériques et classiques retentissent de tous les côtés, alors que la petite équipe était persuadée d'être dans une situation incognito, comme à l'habitude de la NSEA. Lorsque les hommes se trouvent devant les appareils photo ou les caméras, ce sont les journalistes qui posent quelques questions et quelques réponses suivent :

- On ne sait pas encore, qui de vous sera à bord dans deux ans et trois mois dans les vaisseaux pour Mars, vous savez quelque chose de votre côté ?

- Malheureusement non, nous ne pouvons rien vous dire parce que nous ne savons rien.

Hans a une idée qui le fait sourire :
- Ils vont nous tirer au sort !
- Ça sera long à bord ! Quelqu'un dit et Stéphane répond :
- Vous voulez dire, avant de monter dans l'avion, oui, ça sera long comme d'habitude.
- Oui mais, je veux dire pour le voyage vers Mars, vous supporterez ?
- Ne vous inquiétez pas pour nous, nous vous enverrons des nouvelles, mais d'ici là on a bien le temps et puis ce n'est pas du tout sûr que ce sera l'un de nous qui partira, vous savez c'est bizarre les décisions qui se prennent, parfois il nous semble qu'ils font des complications, que même nous autres, nous ne comprenons pas !

Après le contrôle des passeports, la police et la douane les cinq passagers de la NSEA européenne prennent tout de même chacun une bouteille de whisky dans la boutique Duty free et attendent encore une vingtaine de minutes dans le hall d'embarquement. Le chef d'escale de Delta Air Lines annonce : « Les passagers du vol DL-8314 à destination de Houston sont invités à embarquer à bord de notre Boeing 777-300. Le départ est prévu très précisément à dix heures et quinze minutes. La compagnie Delta Air Lines vous souhaitent un très bon voyage ! ». Embarquement terminé, les hôtesses passent dans les allées de l'avion spacieux et regardent bien que les ceintures soient attachées car malgré le panneau allumé « fasten your seat belt » bien nombreux sont les passagers qu'elles doivent rappeler à l'ordre comme à chaque vol, à croire qu'ils prennent l'avion pour la première fois, ce qui n'est jamais le cas. L'énorme B-777 aux réacteurs colossaux bouge, tourne, retourne, les réacteurs vrombissent par à coups avec ce léger sifflement qui indique bien qu'on est encore sur le tarmac. Tout à coup les freins sont lâchés et l'énorme tube ailé s'élance en accélérant sa vitesse pour s'élever en souplesse dans le ciel. A bord chacun est bien installé, les hôtesses passent encore et repassent dans les couloirs entre repas, thé, café, boissons, séances cinéma et commentaires du commandant de bord qui amusent les spationautes qui en verront bien d'autres dans moins de trois ans. A l'arrivée à Houston vers 14 heures, heure locale, les cinq hommes n'ont pas le temps d'aller s'amuser, un minibus de la NSEA vient les chercher et les emmène directement à la base spatiale. Léo et les quatre spationautes européens arrivent à quinze heures trente à leur hôtel. Ils sont logés comme d'habitude lorsqu'ils viennent ici, à l'hôtel « Flying Saucer ». Ils connaissent bien cet endroit et se sentent comme chez eux. Les cinq hommes ne semblent pas endurer le décalage horaire dans le sens Europe-USA et ils sont en forme. Le soir un dîner est servi, un petit briefing suit avec quelques collègues de la NSEA et le directeur du programme « Mars Pneuma » est venu leur souhaiter la bienvenue. Le lendemain matin du 21 août 2013, le réveil est laborieux même pour des spationautes qui ont l'habitude des décalages horaires, d'une vie en dehors du temps terrestre qu'ils subissent pendant les entraînements, dans l'obscurité ou à la lueur des lumières artificielles sous les montagnes de Bons-en-Châblais. Le rendez-vous pour tous, est fixé à la base dans la grande salle de réunion. Aux spationautes européens, se joignent d'autres hommes et deux femmes – tous entre trente cinq et quarante deux ans, ni moins, ni plus. La rencontre se fait dans un semblant désordre qui en fait n'en est pas un, sur le sol uniformément bétonné devant l'immeuble principal de la base. Dans cet immeuble sont renfermées les bases de données et douze salles de commandement, chacune regroupant une centaine de sièges agrémentés d'écrans plats, d'ordinateurs et de claviers. Une espèce de tableau de bord au-dessus des claviers fait clignoter plusieurs diodes avec des codes à rentrer dans les systèmes. A l'arrière des salles d'opérations se trouvent des niches vitrées où viennent commenter en direct des reporters de télévision et de radio, toutes les manœuvres extraordinaires qui se font dans l'espace proche ou très lointain. La plupart du temps, chacune des salles dirige les opérations d'une mission précise. Les salles opérationnelles en relation avec les satellites spatiaux non habités comme les sondes spatiales, météorologiques, géographiques, militaires d'observation et les télescopes spatiaux se trouvent dans deux autres bâtiments parallèles au bâtiment principal. Dans l'immeuble du quartier général de la NSEA sont regroupées les salles opérationnelles en relation avec les vols habités et c'est devant ce bâtiment qu'on se rassemble d'abord pour se saluer et discuter un peu avant de pénétrer dans la grande salle de conférence. Dans le prolongement du bâtiment « administration et opérations », d'énormes hangars assemblent les fusées en position horizontale. Devant le plus grand hangar on peut apercevoir un quai de débarquement avec des plates-formes qui ont pour fonction de soulever des pièces lourdes d'engins qui arrivent à cet endroit par camion-remorque à plate-forme surbaissée en provenance du port de Galveston dédié aux activités spatiales de Houston dans le Golfe du Mexique débouchant au loin sur l'Océan Atlantique. A partir du plus grand hangar se profilent sur une épaisse route bétonnée, des rails trois fois plus épais que des rails de chemin de fer, de 15 feet, (cinq mètres) d'écartement sur une longueur qui semble s'estomper au-delà de l'horizon au loin vers le Golfe, longs de deux kilomètres. Au bout de ce chemin, se dressent les quatre tours ascenseurs métalliques hautes de 75 mètres au milieu desquelles se tiennent parfois majestueusement des fusées de 115 mètres de haut. Aujourd'hui rien ne se profile à l'horizon. D'énormes travaux ont eu lieu à Houston, ils ont creusé deux puits profonds d'une centaine de mètres. Le tout ferraillé et bétonné avec d'imposants murs très épais. Tous les spécialistes autour du programme « Mars Pneuma » se connaissent. Beaucoup se rencontrent déjà devant le bâtiment, le temps s'y prête en ce mois d'août 2013, le 21 exactement. Au Texas, il fait toujours bon. A 10 heures 30 la salle se remplit de tous les acteurs de la plus grande aventure humaine qui va débuter sa première phase dans l'espace, dans un mois et dix jours. D'abord à partir de Kourou, avec les 2 vols VREN-3 et 4, puis d'ici de Houston les 2 vols VUSA-5 et VUSA-6 et les 3 vols VREN-7, VREN-8 et VREN-9 de Baïkonour. L'audience ressemble par les regards inquiets et l'habillement des hommes et des femmes présents à celle qui se tenait à Fontainebleau une dizaine de jours auparavant, d'ailleurs Léo et les spationautes européens ont reconnu quelques têtes rencontrées à ces premières festivités. Ici les conditions vont changer d'une manière draconienne. Le président de la NSEA, Orson Trueman prend la parole :

- Mesdames, Messieurs voici le moment venu de vous annoncer ce qui se passera inéluctablement au mois de novembre 2015 ici sur notre base spatiale de Houston. Nous lancerons VUSA-13H notre treizième vaisseau, le premier vaisseau habité de la NSEA le 20 novembre. Ce vaisseau emportera quatre astronautes, toujours avec notre procédure « d'opposition » non pas la version la plus courte, mais non plus la plus longue, pour une période d'absence de Terre de 930 jours.

C'est à bord d'un autre vaisseau que le véhicule à six roues le « S-6 » sera acheminé sur Mars, pour les déplacements sur son sol. Il est prévu que le véhicule parcourra au minimum 1000 km à la surface de Mars, pour explorer le sol, les rochers, la poussière et la glace qu'il trouvera. Ce véhicule possède à son bord une machine « drilling equipment » capable de forer le sous-sol jusqu'à 1000 mètres de profondeur. Nous savons qu'il y a incontestablement de l'eau sur Mars et en grande quantité, si l'eau glacée n'est pas assez limpide à la surface, nous irons la chercher jusque dans le permafrost. Nous aurons de l'eau et l'eau nous servira dans de très nombreuses applications. Le véhicule «S-6» voyagera à bord du vaisseau VUSA-15 avec d'autres équipements. Les quatre premiers astronautes atterriront à bord du vaisseau de l'étage « 4 » qui servira de descente et de remontée sur Mars, le VUSA-13H. Ils se serviront du troisième étage plein d'ergols à 50%. Les quatre hommes iront rejoindre le matériel qui se trouve déjà sur place, notamment les quatre modules d'habitation dans lesquels ils rentreront d'abord par le sas de décompression où de l'air respirable sera insufflé, puis ils enlèveront leur scaphandre et feront leur toilette. Les quatre premiers à fouler le sol martien rendront rapidement les deux autres modules non seulement habitables mais aussi accueillants pour les quatre astronautes suivants qui arriveront deux jours terrestres plus tard. Le véhicule « S-6 » sera déchargé et garé à l'abri d'un rocher touchant l'un des modules. Le « six roues S-6 » permet d'y loger aisément trois astronautes pendant les longues randonnées que nos hommes entreprendront. Il contient aussi une petite cabine sas pour les sorties des explorateurs. Lors des randonnées, si trois astronautes partent en mission, obligatoirement trois autres resteront en veille pour les télécommunications et aussi au cas où il faudrait porter assistance aux trois premiers. Equipes de trois est un minimum car il faudra compter en cas d'urgence sur tous les hommes présents sur Mars. Je donne la parole à Arnaud Rivière qui nous expliquera le déroulement des opérations concernant le vaisseau VUSA-14H, à vous Arnaud !

Arnaud prend la parole malgré que le vol suivant soit un vol US :

- Merci Orson ! VUSA-14H est le vol du quatorzième vaisseau de la NSEA, prévu inéluctablement pour reprendre vos mots, à bord duquel prendront place quatre astronautes sur les huit qui partiront vers Mars. Ce vaisseau sera essentiellement un transport de passagers, avec leur réserve de carburant spécial fusée ergol, de provisions alimentaires et d'eau en quantité limitée mais suffisante. N'oublions pas que l'usine qui sera bientôt sur le site, fabriquera le précieux carburant nécessaire au retour des deux vaisseaux, et celle-ci produira également en quantité appréciable, de l'eau rendue potable. Nous avons pris des précautions pour avoir à disposition tout le carburant nécessaire au retour des deux vaisseaux, nonobstant la production martienne. Mais avant de pouvoir nous rassasier à cette fontaine, un vaisseau de la NESA nous aura déjà apporté une cargaison d'H2O à bord du vol VREN-12 qui partira de Baïkonour le 18 novembre 2015. Ces premiers huit spationautes marsonautes se consacreront d'abord à rendre habitable et confortable le premier campement sur la planète rouge à l'aide des modules que nous aurons envoyés précédemment par notre méthode automatisée. A l'intérieur tout y est aménagé pour un confort maximal. A l'extérieur dans d'autres tentes containers gonflables qui seront acheminés par les mêmes vaisseaux cargo des vols VREN, se trouvent des quantités de provisions et d'eau suffisantes pour trois années. Le revêtement des modules d'habitation sont adaptés pour supporter des températures allant de 40°C à moins de −160°C, c'est une marge tout à fait convenable. Les panneaux solaires ne seront pas aussi efficaces que sur Terre mais suffisants pour les besoins immédiats. Nous avons évalué que le module « usine de raffinage » à partir du dioxyde de carbone combiné à de l'hydrogène, permettra en une dizaine de jours de bénéficier déjà de cette énergie d'origine gazeuse convertie à nos normes d'utilisation. Nous savons tous ici que les allumettes et les briquets sont interdits sur Mars – mais bien sûr, je plaisante car chacun revêtira un scaphandre totalement hermétique aux gaz environnants et isolant contre les températures plutôt très basses que hautes et très variables. Donc, sur deux semaines au mois de novembre 2015, un vaisseau suivra l'autre, ou si vous préférez le « 14ème » suivra le « 13ème ». La troisième et la quatrième semaine du mois de novembre 2015, nous offrent les meilleures fenêtres de tir sur une période évaluée à un mois. Après, il sera trop tard, nous ne pourrons plus envoyer de vaisseau vers Mars, faute de ne plus pouvoir rattraper la planète rouge ou difficilement en utilisant des réserves d'ergols prévues pour d'autres manœuvres. Nous aurons amplement le temps de procéder à tous nos lancements car le moindre détail a été prévu depuis longtemps à l'avance. Nous utilisons des moyens technologiques spécifiques précis qui utilisent un effet de fronde combiné à la gravité du Soleil, de la Terre et de Mars et parfois celle de Vénus qui manifeste aussi dans certains cas de figure son influence. Les trajectoires Terre-Mars et Mars-Terre sont déterminées par des données précises qui ressortent des résultats de calculs de nos ordinateurs surpuissants de Fontainebleau et le super-ordinateur américain « Franklin », ainsi que ceux de la NSEA en Europe. Le départ du vol VUSA-14H est calé pour le 22 novembre 2015. Si vous voulez bien, reprenons toute la série des vols de novembre 2015 en y incluant les vols habités, par dates de départ :

Départ de Baïkonour
VREN-10 départ le 14 novembre 2015 carburant SL100 tonnes orbite Mars.

VREN-11 départ le 16 novembre 2015 carburant SL100 tonnes Orbite Mars.
VREN-12 départ le 18 novembre 2015 Eau de source.

Départ de Houston
VUSA-13H départ le 20 novembre 2015 des 4 spationautes. 3ème étage atterrit sur Mars.
VUSA-14 départ le 22 novembre 2015 des 4 spationautes. 3ème étage atterrit sur Mars.
VUSA-15 départ le 24 novembre 2015 équipement, véhicule « S-6 » et produits alimentaires.
VUSA-16 départ le 26 novembre 2015 équipements divers et produits alimentaires.
Je vous remercie pour votre attention ! Termine Arnaud Rivière et Orson Trueman reprend la parole pour indiquer :
        - Mesdames, Messieurs, notre conférence continue ce soir à partir de 19 heures. Nous traiterons du deuxième volet qui nous a amenés à pouvoir enfin réaliser notre programme « Mars Pneuma ». Des précisions et des explications seront portées à votre connaissance. J'invite maintenant tous les participants à rejoindre les groupes de travail et d'information pour les détails des opérations à venir autour des quelques tables dans les autres salles adjacentes. Merci pour votre attention et à ce soir !

        Les journalistes se précipitent à l'extérieur et entament de longs monologues avec leur téléphone portable en faisant des gestes comme si leur interlocuteur les voyait pour mieux se faire comprendre. Certains tournent sur place, d'autres tapent du pied, d'autres lèvent un bras en l'air dont la main tient encore un papier. Les plus consciencieux s'installent aux petites tables dispersées un peu partout jusque dans les niches prévues pour eux et parlent dans le micro accroché à leur chemise ou chemisette pour les filles tout en tapant sur leur ordinateur portable leur article à sensation du jour. Tant pis pour les fautes la secrétaire reprendra le tout pour tout bien aligner sans faute aucune dans les colonnes de « Washington Gazette », le « London Scientist », « Daily comments », « New-York breaking news », « Algemien journal ab Amsterdam », « Les nouvelles du matin », « Le journal du jour » et bien d'autres.

« C'est tout de même quelque chose d'incroyable, quelque chose d'inhabituel ! » dit un commentateur devant une caméra de télévision et cela lui donne l'idée de rassembler immédiatement quelques spécialistes autour d'une table, comme on dit, pour discuter à vif d'un tel événement. Peu à peu les gens quittent Houston, mais des émissions de télévision en direct ont lieu aussi sur le champ. Arnaud Rivière est invité avec Léo Templer, Marc Peyratener, William Lorren, Hans Gotten et Stéphane Viardeau. Ils s'installent dans une des nombreuses salles audio visuelle autour d'une table. Sur le fond du studio passent des images très grandes de fusées qui décollent, des vaisseaux navigant dans l'espace, des sorties d'astronautes extra véhiculaires et continuellement le sigle de la NSEA. Le journaliste présentateur américain de la chaîne NACSF de San Francisco entame la conversation ne sachant pas trop par quel sujet commencer, nos interlocuteurs européens ont l'habitude de ces interviewes et ils parlent couramment l'anglais, même avec un accent américain, sauf William Lorren, bien entendu :

- Avant de commencer, laissez-moi vous dire que notre chaîne est regardée lors d'événements de grande importance par 80 millions de téléspectateurs. J'espère qu'aujourd'hui nous allons dépasser ce chiffre habituel et que nous approcherons de la centaine de millions de téléspectateurs. Nous transmettons aussi nos émissions avec vos collègues européens, nous travaillons ensemble, ils ont toujours quelqu'un qui traduit lorsque c'est nécessaire, mais la plupart du temps nous donnons le circuit image et vos journalistes prennent la parole en utilisant nos techniques.

Tout à coup, le signal rouge s'allume « on air in 2 minutes » et le décompte décroissant est entamé. Le présentateur dit « nous allons commencer, top ! »

- J'aimerais vous poser beaucoup de questions, mais vous vous doutez bien que nos astronautes américains nous ont déjà renseignés sur beaucoup de sujets, j'aimerais simplement avoir votre confirmation sur leurs points de vue en ce qui concerne cette nouvelle aventure dans le cosmos.

Arnaud Rivière lui répond :

- Nous allons peut-être vous décevoir un peu car nous répéterons la même chose que nos collègues américains.

Le présentateur journaliste reprend :

- Ce n'est pas tout à fait ce que je crois, car ils ne nous ont pas répondu à toutes les questions. Croyez-vous que le moment soit bien choisi depuis l'année 2012 d'envoyer 14 vaisseaux spatiaux, en plus des deux qui ont déjà placé deux satellites très coûteux en orbite martienne haute pour les télécommunications en relation avec le programme « Mars Pneuma » ? Sachant qu'il y a trois ans de cela, le projet était d'envoyer 7 vaisseaux spatiaux seulement. Les calculs montraient que l'expédition coûterait la somme colossale de 30 milliards de dollars. Vous n'êtes pas sans savoir que le gouvernement américain avait préféré suspendre l'exploration spatiale pour quelques années…

Arnaud Rivière répond :

- Vous n'êtes pas sans savoir que l'OMN a examiné ces questions en 2010 et que la décision avait été que seuls les pays concernés par le projet devaient prendre la responsabilité du programme, comme pour mon pays, la NSEA est une organisation internationale, mais indépendante des états. Les états participent et ont un droit de regard mais la gestion et les prises de décisions sont inhérentes à la NSEA. Notre organisation se trouve dans chacun de nos pays où des accords ont été trouvés avec le gouvernement de chacun des pays concernés et nous ne rencontrons pas de problèmes majeurs.

Le présentateur continue sur sa lancée :

- Vous dites que vous ne rencontrez pas de problèmes majeurs, mais les fonds, qu'en est-il des fonds, est ce que la NSEA a bien la possibilité de gérer des sommes aussi colossales et comment s'y prend-elle ? Arnaud Rivière répond :

- Mais votre question est celle qui a déjà été discutée et résolue en 2010 par l'OMN, maintenant nous gérons les capitaux dont nous avons la charge et de toute façon, comme vous le savez une grande partie de l'exploration spatiale est tombée dans le domaine privé depuis que les états ont proclamé que quarante neuf pour cent de ce domaine devait revenir aux sociétés privées.

William Lorren intervient :

- Vous savez bien que ces sociétés privées pour la plupart d'entre elles, sont aidées par les états de nombreuses façons, les états sont partie prenante.

L'interviewer s'adresse aux spationautes maintenant :

- Comment expliquez-vous, vous les astronautes qu'avant, envoyer une fusée dans l'espace coûtait des centaines de millions de dollars et maintenant vous vous permettez d'en envoyer seize ! Expliquez un peu, qu'on comprenne !

Stéphane Viardeau se lance :

- Ecoutez mister, vous ne voulez pas, semble t-il réfléchir sur le fait que la NSEA a pris une décision justement en 2010 pour adopter de nouvelles techniques qui ont révolutionné les habitudes en matière de lancement de fusées très lourdes comme votre « SAT » la plus lourde de toutes et qui place les plus grosses masses en orbite.

Le présentateur enchaîne sur les moteurs des fusées :

- Je ne suis pas un grand spécialiste comme vous, mais d'après ce que j'ai appris, aucune nouveauté n'a amélioré les performances des moteurs des fusées…

Marc Peyratener veut remettre les choses à leur place et il dit :

- Mister des améliorations, il y en a, mais nous ne pouvons pas vous en parler, je vous suggère de venir à la conférence de ce soir dans la grande salle, je crois que justement tous ces sujets seront abordés avec les représentants de la Commission internationale de l'Espace auprès de l'OMN.

Le présentateur de la chaîne NACSF de San Francisco remercie les spationautes et Arnaud Rivière, puis il promet d'assister à la conférence spéciale du soir. Léonard Templer vient rejoindre le petit groupe et tous ensemble vont casser la croûte au restaurant de leur hôtel « Flying Saucer ». Une serveuse arrive et leur demande:

- Can I help you gentlemen, I would suggest roastbeef with mash potatoes and mash celery, and this is our today's main meal! (*Puis-je vous aider Messieurs, je suggérerais le roastedbeef avec purée de pommes de terre et purée de céleri, c'est notre plat du jour !*)

Arnaud Rivière est parti déjeuner avec le président de la NSEA de Houston Orson Trueman. Les spationautes Européens connaissent bien la serveuse, ils lui font confiance. Elle revient déjà avec deux assiettes du plat du jour et Marc lui dit :

- You know pretty, I feel like being at home, ici au « Flying Saucer » je me sent comme à la maison!

- Oh mais, c'est parce que vous venez souvent nous voir Marc !

Lui répond-elle, en mettant devant lui sur la table une belle assiette bien garnie et une autre devant Stéphane. Elle court en cuisine et sert les autres, avec son sourire gentil, mais qu'il ne faut surtout pas mal interpréter, nous sommes en Amérique. Le service continue jusqu'au désert, puis un café. Un petit repos chacun dans sa chambrée et on se prépare déjà pour la conférence exceptionnelle que donneront les directeurs de toutes les représentations de la NSEA. Vers 18heure 30 Kathy la réceptionniste du soir du « Flying Saucer » s'aperçoit que les Européens sont partis s'installer à leur grande table habituelle du restaurant, elle les rattrape et leur annonce :

- Gentlemen, la NSEA a avancé trois voitures pour vous sur le parking, voici les clés. Ah oui j'oubliais messieurs Vladimir Toumanov et Igor Samsonov viennent d'arriver, ils vont vous rejoindre !

- Merci Kathy, nous les attendons.

Répond Marc, puis les hommes commandent quelques plats légers, hamburgers, steak frites à Amanda la serveuse. Vladimir

Toumanov et Igor Samsonov font leur apparition, ce sont d'agréables retrouvailles. Ils s'assoient à la grande table et après les salutations commandent des brochettes de mouton avec du riz. Léo dit à Vladimir :

- C'est donc toi qui commence tout à l'heure, d'après le programme et moi je continue comme d'habitude sur les charges embarquées par les vaisseaux et leur utilité à destination.

- En tout cas c'est un grand plaisir de vous revoir tous ici les gars. La prochaine sera à Baïkonour. Vous serez logés comme d'habitude à la gostinitsa « Les quatre vents ».

Dit Vladimir Toumanov. Le repas léger terminé, le groupe se rend en voiture à la grande salle des conférences de la NSEA dans le bâtiment central. La salle est pleine de monde, Arnaud Rivière avec Orson Trueman attendent Léo, Vladimir et Igor. Dans quelques secondes les trois montent à la tribune. Orson Trueman prend la parole devant l'assistance de tous les experts, les observateurs, les journalistes et les actionnaires liés aux gouvernements participants à ce vaste programme :

- Mesdames, Messieurs, après de longues discussions préliminaires entre experts de la logistique afin de choisir parmi tous les projets présentés depuis des décennies, la NSEA a arrêté son choix sur la stratégie que nous vous avons déjà explicitée. Ce soir Vladimir Toumanov et Igor Samsonov de notre représentation de Baïkonour vont vous parler des innovations déjà accomplies dans le programme « Mars Pneuma ». Je passe la parole à Vladimir Toumanov.

Vladimir Toumanov, tapote son micro et commence à donner des explications concernant le nouveau programme exceptionnel, le projet qui révolutionne l'aventure spatiale et qui sera dorénavant utilisé pour les missions spatiales de l'avenir.

- Mesdames, Messieurs, le programme « Mars Pneuma » vous est déjà connu dans beaucoup de détails. Ce soir nous allons aborder l'aspect « départ » de nos vols spatiaux. Notre équipe internationale de la NSEA apporte une innovation sans précédent dans nos techniques, celle du lancement de nos fusées fusionnées à nos vaisseaux. Les bases de départ seront celles que tout le monde connaît : Houston et Baïkonour. Kourou ne peut en être équipé du fait de sa proximité avec l'océan. Kourou a aussi la capacité de lancer les fusées russes dans l'espace et nous utiliserons bien entendu cette compétence. La presse en a longuement parlé ces derniers mois. Nos bases ont été transformées, ce ne sont plus les bases que vous connaissiez jusqu'à présent, les techniques du lancement des complexes fusée-vaisseau sont totalement différentes. Permettez-moi de détailler cette nouvelle conception de lancement au départ de la surface de la Terre. J'aimerais vous familiariser avec ce que nous appelons la « Propulsion primaire ».

La Corée du Nord vient de procéder le 12 décembre 2012 au lancement d'une fusée très spécifique. Ce sont les premières secondes du reportage qui interpellent, j'espère que les spécialistes européens et américains ont remarqué cette première étape inhabituelle. La fusée est partie comme, « d'un puits. Dans la perspective des voyages interplanétaires dans notre système solaire, et peut-être un jour, interstellaires intergalactiques dans notre Galaxie et peut-être un jour dans quelques centaines ou milliers d'années, extragalactiques, les lanceurs-fusées devront évoluer dès la toute première étape du lancement. Nous avons eu cette idée à l'automne 2005 et nous l'avons présentée à tous nos confrères des organisations d'exploration spatiale des nations. Ces organisations nationales ont adhéré à notre organisation qu'est devenue notre « NSEA ». Le projet a été examiné et étudié sous toutes les coutures, puis accepté en 2008. Des travaux colossaux s'en sont suivis sur nos bases de lancement. Au début, certains se sont demandés, « Mais, quel est ce concept ». Les techniques les plus efficaces pour construire les lanceurs-fusées, cela nous savons tous le faire, mais comment trouver les moyens, non seulement les moins onéreux mais aussi qui feront preuve d'économie de toutes sortes. C'est cette question primordiale que nous nous posions au préalable. N'avions-nous pas abandonné dans les années passées toute nouvelle tentative de nous aventurer à nouveau dans l'espace, comme à l'époque de l'odyssée « Appolo » à aller nous les hommes, de nouveau dans le cosmos à la recherche de quelque chose de nouveau à découvrir, aller sur une planète sur laquelle nous pourrions nous poser. Tout était en suspend du fait des coûts insupportables pour les nations qui voulaient s'investir dans ces projets. Seuls des sondes, des satellites et des observatoires spatiaux sont expédiés sur des orbites terrestres ou autour de quelques autres planètes. Si une économie de 20 à 30% dans les coûts d'exploitation pouvait être réalisée, les nations pourraient de nouveau se lancer à la conquête de l'espace. Aujourd'hui nous avons résolu une partie de nos problèmes. La force de poussée la plus importante d'une fusée en partance est celle qui agit au décollage. Lorsque le compte à rebours s'arrête au zéro, déjà l'impulsion de la mise à feu a été enclenchée- on peut l'arrêter avant le point de non retour, mais seulement avant ce point. Donc on ne peut pas arrêter la mise à feu après la première fraction de seconde du zéro car là déjà, les boosters ont reçu l'impulsion de la mise en action. La fusée comporte trois étages de carburant, hydrogène, oxygène ou poudre ou autre « L », « LL », « SL », « ergols », cela représente 87% de la masse totale d'une grosse fusée, parfois légèrement moins. C'est à la première étape de la longue mission où toute la force de la poussée est la plus intense. Au décollage, déjà la fusée se soulève de 1 cm, ça bouge, ça tangue, les deux, trois ou quatre boosters avec leurs tuyères directionnelles s'ajustent par les impulsions des ordres des ordinateurs de bord qui calculent en temps réel les manœuvres prévisionnelles nécessaires à appliquer pour garantir la stabilité du complexe lanceur-fusée-vaisseau et surtout une position parfaitement verticale - primordiale de toute cette masse, avec son centre de gravité au beau milieu de l'ensemble et qui se déplace par rapport à la combustion. Et oui la masse du carburant diminuant, le centre de gravité monte en direction du sommet. Toute cette force et cette minutie dès les premiers instants de l'opération pour continuer chaque étape de la mission du complexe lanceur-fusée-vaisseau sont incontournables après le point de non retour. Toute cette évaluation, ces calculs extrêmement précis sans faille pour mener la mission jusqu'à l'altitude voulue, en octroyant une vitesse supérieure croissante pour atteindre 4km/sec, jusqu'à 11,2km/sec pour se dégager de l'attraction terrestre, soit pour terminer la course et se placer en géostationnaire, soit pour poursuivre une mission sidérale. Ce sont ces premiers instants du décollage du complexe lanceur-fusée jusqu'à une altitude déterminée de 95 secondes à quelques 40 km d'altitude qu'agissent les boosters. C'est à dire plus de 200 tonnes, comme pour les fusées européennes « Ariane » 230 tonnes de carburant utilisé ou 600 tonnes pour les « Saturne-V » ou « Ares » américaines. Loin de moi l'idée d'entrer dans les détails mathématiques des forces de libération par rapport à l'énergie cinétique qui doit être supérieure pour dépasser l'énergie potentielle de l'attraction terrestre, cela est évident mais pour atteindre cette altitude, lorsque les boosters du premier étage sont largués, on a consumé entre 200 et 600 tonnes de poids que représente le carburant quel qu'il soit, selon les lanceurs. On peut éventuellement économiser, entre 50 et 120 tonnes de carburant embarqué au profit d'équipements et matériels toujours utiles et nécessaires. On n'encombre jamais bien assez sa maison, ou pour plus simplement alléger les complexes lanceurs-fusées. Pour ne pas embarquer ces 50 à 120 tonnes de carburant complémentaires, il faudra placer ce « potentiel d'énergie » autre part. Il faudra déterminer l'endroit où pouvoir le « stocker » et aussi déterminer le moyen de l'utiliser. Si l'on décide que ce « potentiel énergétique » est soustrait aux boosters des lanceurs, il faut effectivement le « corréler » dans un endroit différent, d'où il produira une énergie équivalente, voire supérieure. Les Russes avaient utilisé leur avion à six réacteurs le « Mryia » pour lancer leur navette « Bourane », les Américains avaient utilisé pour le « Pégase » un « Tristar B-52 » à des altitudes de 13,000 mètres. Les navettes spatiales américaines étaient emportées par les fusées Atlas et les autres à l'aide des fameux gros boosters. Dans notre nouvelle conception mise en œuvre par la NSEA, l'énergie soustraite aux boosters ou autre étage d'un complexe lanceur-fusée est logée en sous-sol à cent mètres de profondeur, selon de très nombreux critères qui ont été sujets à toutes les évaluations théoriques et mathématiques. Les puits sont larges d'une douzaine de mètres, quatre rails courent du haut du puits jusqu'au fond. A ces rails sont arrimés des chariots coulissants à roulements capables de ne subir aucune usure, d'un alliage de conception à supporter de hautes températures, comme bien graissés. Un puits de service a été construit en parallèle au puits principal. Il comporte ascenseurs et monte-charge. Au fond un poste dédié à tous les assemblages spécifiques et les préparatifs techniques avec couloir menant à la chambre basse du puits principal, la chambre des machines d'une part et la chambre à explosion à réaction pyrotechnique qui animera la plate-forme hydraulique jusqu'au sommet du puits au moment de la mise à feu du premier étage du complexe spatial. Les chariots sur les rails du puits principal servent à descendre le complexe lanceur-fusée-vaisseau de 2500 tonnes ou de 3050 tonnes jusqu'au fond du puits. Au tout début de l'opération, le complexe spatial est bien entendu parfaitement positionné et arrimé sur la plate-forme pour la descente. Le déploiement d'une force de propulsion qu'on évalue à un minimum de 1g est le fruit de l'ingéniosité de nos ingénieurs pour ce qui concerne le lancement primaire du complexe lanceur-fusée avec son vaisseau et tous ses composants. Nous avons donc opté pour ce mode de « catapultage ». Nous utilisons un mode de propulsion à réaction pyrotechnique de départ enclenchant une mécanique hydraulique capable de déplacer verticalement 3200 tonnes à vitesse croissante, jusqu'à l'extrémité du puits à la surface du sol. Quelques fractions de seconde auparavant, au moment précis, l'étage propulseur et les boosters allégés de plusieurs dizaines de tonnes sont mis à feu. Un équilibre est déterminé entre le « catapultage » et la mise à feu des boosters pour ne rien perdre en force dynamique jusqu'au moment de la première séparation, celle du complexe spatial d'avec la terre. Des systèmes d'évacuation des gaz sont bien entendu mis en place tout le long du système « catapultage/puits ». Le complexe lanceur-fusée-vaisseau est placé sur la plate-forme ajustée à son système hydraulique résistant aux hautes températures. La plate-forme est aussi capable de résister à

3200x10exp4Newton de poussée pendant la montée progressive de plus en plus rapide à l'intérieur du puits. Cette poussée représente celle de nos fusées de type « SAT ». La plate-forme sert de base à la propulsion primaire terrestre du lanceur-fusée qui se bloque à un niveau juste en-dessous de la surface du sol, alors que le complexe lanceur-fusée-vaisseau a commencé sa propre propulsion en ascension déjà à 25 mètres avant la surface du sol. Atteignant le niveau du sol, le complexe tend à se déplacer vers des vitesses constamment croissantes. Sa propre propulsion a gagné l'énergie qu'elle aurait dépensée entre 0 et 1cm d'élévation, estimée à une cinquantaine de tonnes jusqu'à 120 tonnes de carburant. Correctement propulsée, l'énergie déduite de la masse du complexe est celle qui a été appliquée sur terre à l'encontre de l'attraction terrestre favorisant la libération du complexe en remplaçant une partie du carburant par une autre charge utile. Ce procédé permet donc au complexe de ne pas traîner des containers plus lourds en train de se vider jusqu'à la séparation des boosters, du premier étage. Ces containers de carburant sont autant d'entrave complémentaire à la « propulsion croissante ». Nous avons fait le choix pour un catapultage hydraulique à réaction pyrotechnique qui nous a convaincus pour son efficacité et qui s'avère être le plus fiable. Cette conception est une nécessité car, elle représente de l'énergie utilisée avant la surface terrestre qui sera inhérente à notre planète et non une entrave supplémentaire au complexe lanceur-fusée. Cette énergie est avantageuse en matière de poids embarqué, son application est issue de la conception et de la construction d'équipements certes très coûteux au départ, mais il s'agit d'une énergie, je vous le répète « non embarquée » dont les réserves sont à terre et réutilisables à l'infini - les pannes ne doivent même pas être envisageables. Il s'agit de matériels très lourds, dans lesquels chaque élément est rigoureusement testé, contrôlé, adopté, certifié et homologué. On réduit ainsi le poids à vide du complexe, en plus du poids du carburant complémentaire dans une mesure optimale. En matière d'économie de masse, toute idée, toute proposition doit être prise en considération et c'est ce que nous avons précisément fait. Des fusées sont lancées en direction de l'Ouest, pour se placer à 700 ou 1000km d'altitude en géostationnaire pour obtenir une position immobile, d'autres au contraire profitent de l'effet de fronde positif pour se lancer en direction de l'Est pour les lointains voyages cosmiques avec de nombreuses corrections de trajectoire. Avec l'effet de fronde ou contre, la correction de trajectoire se fait après une altitude déterminée et l'allégement du complexe est un avantage déterminant. Les ingénieurs et tous les techniciens à l'aide d'ordinateurs ont planché pour trouver les meilleures solutions pour aider au décollage d'une fusée jusqu'à l'instant de son arrachement du sol terrestre. On pourra dès 2030, installer ce système « catapulteur » sur Mars, mais avec un puits peu profond, car la gravité est de 0,38 par rapport à celle de la Terre, l'attraction martienne étant presque trois fois moindre. Un « catapulteur » pourra aussi être installé sur la Lune qui deviendra peu à peu la première base de la première étape des voyages cosmiques. Le système de catapultage est adopté pour des fusées à étages, des complexes associés à des doubles ou quadruples boosters. Un lanceur-fusée longitudinale forme un cylindre de plus ou moins de 100 mètres, plutôt plus que moins avec ses boosters, il épouse parfaitement le diamètre constant du puits du fond jusqu'à son expulsion glissant sur les rails, par la force de catapultage et l'enclenchement des tuyères des boosters. Les fusées à boosters nous ont dicté la nécessité incontournable de construire des puits de gros diamètre pour laisser le passage de l'ensemble du complexe le long du système de rails ajusté pour ce type de lancement. Encore une fois, la force déployée pour élever, décoller le complexe lanceur-fusée avec son vaisseau contribue à réduire un certain poids de carburant. La fusée surmontée de son vaisseau continuant son ascension, à l'aide de ses boosters, dès qu'elle quitte la surface de la Terre, a déjà gagné une part de poussée d'arrachement de l'ordre de 20%. Le système « PCHP » (puits catapulte hydraulique pyrotechnique) est prêt à opérer sur nos deux bases de Baïkonour et de Houston. Un nouveau lancement peut rapidement avoir lieu après le précédent. Le système

« PCHP » est extrêmement puissant. Je rends la parole à Orson Trueman et je vous remercie pour votre attention.

Orson Trueman assis au milieu de la petite tribune reprend la parole en ajoutant des informations complémentaires de première importance :

- Avec notre système « PCHP » nous avons acquis la possibilité de lancer davantage de masse dans l'espace pour en bénéficier plus, soit en orbite terrestre, lunaire ou martienne, soit sur à la surface d'une autre planète comme celle vers laquelle nous nous lançons avec notre mission « Mars Pneuma ». Comme promis, lors de notre conférence de Fontainebleau, étant arrivés à la conclusion de ce que sera notre aventure martienne, nous vous annonçons que le vol VUSA-17H est prévu au départ de Mars le 10 décembre 2017 pour une arrivée avec ses quatre astronautes sur Terre le 25 juin 2018. Enfin le vol VUSA-18H partira au plus tard deux jours terriens après, c'est à dire le 12 décembre 2017 pour une arrivée avec ses quatre astronautes sur Terre le 27 juin 2018. Mais il n'est pas exclus que le deuxième vaisseau suive plus rapidement que prévu le premier, cette liberté est laissée à l'appréciation des deux commandants. Demain sera une journée consacrée justement à la visite de notre puits « PCHP » sur notre site de lancement pour ceux qui n'ont pas encore eu l'occasion de se familiariser avec la première étape du programme « Mars Pneuma ». La prochaine conférence se tiendra à Baïkonour et les sujets traités seront les moteurs de nos lanceurs-fusées parmi bien d'autres comme des réflexions sur le choix de nos trajectoires et le calendrier que nous avons mis en place. A mon tour je vous remercie pour votre attention.

Près de deux cents personnes ont assisté à cette nouvelle réunion qui a apporté des détails sur les nombreux sujets de réflexion, aux curieux mais aussi à tous les spécialistes présents ainsi qu'aux journalistes qui s'empressent de répercuter ce qu'ils ont enregistré, dans les pages de leurs journaux. Les résumés des reporters de télévision sont transmis en direct, en soulignant constamment la nouvelle technique mise en place favorisant la reprise de l'aventure spatiale des nations. Certains reviendront le lendemain matin pour avoir quelques explications complémentaires au sujet du nouveau système de « catapultage hydraulique pyrotechnique» le « PCHP ». En attendant, tout le monde se disperse. De longues files de voitures se profilent sur la route de Houston et peu à peu les feux rouges arrière disparaissent dans la nuit. De nombreux taxis emmènent leurs clients, à plusieurs par véhicule, à travers une grande étendue désertique sur laquelle pousse une herbe brûlée par le soleil de l'été qu'on voit se refléter à la lumière des lampadaires, jusqu'à la grande ville qu'ils traversent pour prendre la route de l'aéroport. La traversée de Houston est complexe pour les chauffeurs qui évitent à tout instant des piétons qui veulent traverser les avenues bordées de palmiers, sans utiliser les passages pour piétons. Parfois un coup de Klaxon retentit et les piétons s'arrêtent ostensiblement avec des invectives flagrantes envers les taxis drivers qui doivent faire un écart ou freiner précipitamment. Sur les avenues fortement éclairées des boutiques sont encerclées de néon de toutes les couleurs. Les palmiers accompagnent les voitures tout le long de la route jusqu'à l'aéroport où chacun prend son vol de retour avec pleins d'images et de choses à raconter.

Le lendemain matin à 9 heures précises, les quatre astronautes potentiels européens, Marc Peyratener, Stéphane Viardeau, Hans Gotten et le Britannique William Lorren s'en vont à la base où de nombreux exercices les attendent. Là ils rejoignent les astronautes américains, avec qui les positions de chacun seront discutées et les informations globales coordonnées de façon à ce que l'ensemble travaille exactement sur les mêmes données et dans une seule langue, l'anglais. Cela n'empêche pas les astronautes d'avoir leur machine à traduire simultanément ainsi que leur dictionnaire, si cela s'avère nécessaire ; le cas devra être rare, car tous sont entraînés et habitués à la seule langue de travail, ce qui les a rendus depuis longtemps déjà, bilingues. Dans l'espace la poésie et la musique seront des passe-temps personnels et certainement pas partagés avec les collègues pendant leurs activités primordiales de tout instant. Les Américains Robert Hick, Frank Guillem, Oliver Fergusson et Jimmy Strattford accueillent les Européens et le Britannique comme d'habitude amicalement et chaleureusement. Inévitablement chacun passe à la centrifugeuse qu'on tend à pousser à 5g jusqu'aux limites supportables, mais les avertissements sont tels qu'il ne sera jamais exclus que les « g » pourraient être dépassés selon des circonstances nécessaires ou inattendues − tout le monde le sait et chacun redoute ce terrible mal de tête qui pourrait survenir brutalement à donner la sensation que les yeux vont éclater et la tête toute entière après. Les appareils de mesure médicaux, capteurs de tension artérielle, capteurs de tension cérébrale, capteurs de tension musculaires, capteurs cardiaques, tous atteignent les limites à ne pas dépasser et il devient impératif de descendre de régime pour arrêter peu à peu le dangereux processus. L'astronaute descend de l'engin le blanc des yeux ensanglanté, le regard hagard, titubant avec des gestes incohérents, la tête qui tourne en vertiges insurmontables, des infirmiers viennent le recueillir et un repos de plusieurs heures est nécessaire. « Dans l'espace, » leur dit-on, « des situations inattendues pires que tout ce que vous avez expérimenté et enduré peuvent survenir, votre entraînement est justement prévu pour vous attendre à ce genre de problème ». Dans la journée, vers 15 heures Léonard Templer, le vieux français, quitte la base après le repas de 13 heures, dit au revoir à tous les astronautes européens et américains et aussi à tous ceux qui sont présents, puis il prend sa valise à roulettes et une limousine l'emmène à l'aéroport où il attrape le vol AF-033 de 16 heures 30 qui le ramène tranquillement après quelques heures de somnolence à Paris CDG. C'est donc le lendemain matin, qu'il arrive à la rue du Fer à Moulin à 11 heures moins le quart, sa femme l'attend. Il lui dit :

- Je repars le 4 septembre à Baïkonour ! Et Béatrice lui répond instantanément :

- Oui bon, en attendant tu ne vas pas nous embêter avec ton boulot, alors que tu es à la retraite, tu ferais mieux de te reposer. On mange dans une demi heure, vas te laver les mains après les transports !

4 septembre 2013 Conférence de Baïkonour. Orson Trueman habite avec sa famille à Boston lorsqu'il ne doit pas être présent à Houston. Orson Trueman a atteint l'âge d'être à la retraite depuis des années, mais la passion de ses activités a fait de lui malgré ses réticences le « chairman » de la NSEA de Houston. C'est un homme au regard jovial, presque chauve, avec des restes de cheveux blancs sur les cotés, qu'il fait légèrement tailler par son coiffeur de temps en temps, les yeux marrons aux sourcils bizarrement en pointe, ayant subit l'opération de la cataracte il ne porte plus de lunettes, souriant, de corpulence impressionnante du haut de son 1 mètre 90, il est bedonnant, c'est un gourmet. Il a été passionné toute sa vie par un travail très prenant et sa compagnie est très agréable pour ceux qui le connaissent. Sa présence n'est pas nécessaire d'une manière quotidienne à la base de lancement texane et son titre est plutôt honorifique mais il connaît les moindres détails de tous les programmes qu'il a étudiés, promus à la réalisation et qu'il suit de près. Nous sommes le 4 septembre 2013. Orson Trueman embrasse sa femme, donne deux coups de fil à ses deux filles et part à 14 heures en taxi pour l'aéroport. Il saute dans l'avion de 15 heures pour New-York. A 16h30 il se trouve à JFK au terminal 1 dans le salon d'embarquement pour le vol SU-316. Il attend l'annonce de l'hôtesse russe pour embarquer à bord d'un avion à eux, aux Américains, le Boeing-767 que les Russes leurs ont acheté parmi d'autres comme l'incontournable Boeing-737. A l'international, rares sont les avions russes se dit Orson, c'est dommage ils en ont de très performants et tout à fait confortables, mais il semble qu'ils aient décidé de les utiliser sur les lignes internes de leur pays ainsi que sur des destinations de la CEI, de ce qu'étaient auparavant les républiques soviétiques. Orson se dit, c'est leur affaire. L'annonce a été faite et Orson se présente aux contrôle, il monte dans le B-767 où une gentille hôtesse blonde lui indique sa place. Départ à 18 heures (locales).

Pendant le vol Orson a le temps de somnoler, de regarder un peu la télévision, manger du poulet aux ceps accompagné de riz avec pour dessert une part de vatrouchka, le tout arrosé tout de même de vin de Californie. Un petit déjeuner, un petit repos, puis après neuf heures de vol, arrivée à Moscou Sheremetyevo-2 pile à 11 heures (locales). En utc se dit Orson ça fait, départ de JFK à 23heures utc et arrivée à 8 heures utc, ouais, ça fait bien neuf heures. Des gars envoyés par la NSEA l'attendent juste après le contrôle douanier :

- Bonjour Monsieur Trueman, vous avez eu un bon vol ?

Et ils l'emmènent à bord d'une limousine, directement à l'aéroport de Domodedovo pour le vol sur Baïkonour. Le chauffeur dit à son collègue :

- Dis au grand-père qu'on n'aura pas le temps de se promener aujourd'hui !

- Mais tais-toi crétin, et s'il comprenait, hein ?

- Mais, j'dis rien de mal, la dernière fois tu te rappelles bien qu'on avait fait la tournée des grands ducs avec lui et ses copains de la NSEA de Houston !

- Mais bien sûr que si, qu'il comprend le pépé, p'tit gars, t'en fais donc pas, on se baladera au retour !

S'exclame tout à coup Orson Trueman, dans un russe approximatif.

- Mais monsieur Trueman, avant vous ne disiez aucun mot en russe, qu'est ce qui vous est arrivé ?

- En réalité, nous sommes toujours en contact les uns avec les autres et avec nos collègues russes, tous les jours. Parfois ils nous apprennent quelques mots et même quelques phrases, d'ailleurs nous avons depuis toujours, plusieurs fois par semaine des cours de russe à Houston. Bien entendu pas pour tous ceux qui travaillent sur la base, mais pour tous ceux qui un jour auront quelque chose à voir avec Baïkonour et la cité des étoiles ou votre base de Plessetsk. Ça y est, on arrive, je reconnais le paysage. C'est joli chez vous, nous avons aussi des sapins et des bouleaux à Boston !

- Tous les pays sont beaux monsieur Trueman, ce sont les gens dont il faut toujours se méfier !

- Moi je ne suis jamais sur mes gardes ! Réplique Orson.

- C'est parce que vous êtes grand et fort monsieur Trueman, mais chez vous, vous avez tous des « guns », chez nous seuls les chasseurs sont autorisés à avoir des fusils chez eux à la maison. Ici dans la région de Moscou c'est interdit et encore, les chasseurs doivent avoir des permis spéciaux…

- Oh il y en a bien qui ont des « guns » chez eux et les dissimulent comme partout…s'exclame Orson.

- Je ne crois pas, trop dangereux vis à vis des autorités, ça ne se fait pas, non !

- Chez nous c'est un droit, et tout le monde défend ce droit, c'est le droit de se défendre en cas d'agression, il y a tellement de gens mauvais, qui aiment faire le mal. Ma femme est seule en ce moment et je me sens tranquille parce qu'elle peut se défendre avec ce que nous avons à la maison, vois-tu !

- Oh, ici aussi, et puis il y a des règlements de compte et c'est dangereux pour la population qui n'a rien à voir avec ces gens, ce sont bien souvent des règlements de comptes entre bandes…enfin, voici le terminal de Domodedovo que vous connaissez bien. Je vous accompagne à l'embarquement, d'ailleurs il y a d'autres passagers pour Baïkonour que vous connaissez.

- Oh c'est pas la peine de m'accompagner, je vois déjà William Lorren et Léo Templer, tiens voilà aussi Marc Peyratener et Stéphane Viardeau…merci, c'est quoi ton nom déjà ?

- Moi, c'est Vassili et lui c'est Anton, et bien bon vol et à bientôt, pour votre retour on m'enverra vous chercher ici « A la maison de grand père » !

- D'accord, à bientôt, à « la maison de grand père » !

Orson sait très bien, depuis le temps qu'il vient en Russie que « Domodedovo » veut dire « maison de grand père » et il utilise l'expression nonchalamment comme les Russes lorsqu'ils font une pointe d'humour. Il s'approche du petit groupe :

- Hi guies ! il faut aller s'enregistrer…
- Oui, c'est juste là au comptoir ! dit Marc et Orson annonce sa présence en présentant son billet.
- Embarquement à 14 heures 30 sur la « Touchka » dans quinze minutes guies ! Dit Orson.
- On le sait !

Répondent les autres. Une vingtaine de minutes après, le Tupolev-154 du vol spécial « Spetz-rejs » pour le cosmodrome de Baïkonour entame la piste de décollage. Dix minutes après le décollage, l'avion « Touchka » se positionne pour sa vitesse de croisière et les hôtesses s'affairent à apporter des plateaux repas, des brochettes réchauffées avec de la « gretchnevaya kasha » du sarrasin façon russe, vodka et jus de fruit à la framboise ou au cassis. Léonard fait la remarque suivante :

- Sur ce vol, l n'y a que des gars pour Baïkonour, il n'y a pas de passagers normaux, j'veux dire des habitants de la ville.
- Ouais, des Russes, des Américains, des Anglais des allemands et des Français ça fait déjà pas mal, je crois qu'il y a aussi des journalistes, comme d'habitude !

Répond Stéphane. En fait tous les passagers spéciaux de ce vol sont toujours des personnes qui ont quelque chose à faire ou à voir avec le cosmodrome de Baïkonour - des employés de tous les corps de métier, des spécialistes de tout ce qu'on peut imaginer et aussi des cosmonautes potentiels. C'est un vol vraiment spécial le « Spetz-rejs ». Parfois des sujets de conversation sont abordés et des passagers des rangs même éloignés de l'appareil viennent y prendre part. Ils s'expriment, parlent, font de l'humour surtout après quelques petits verres de vodka, disent leur angoisse ou décrivent leurs problèmes techniques et personnels, c'est une ambiance particulière à bord de chaque « Spetz-rejs » Moscou Domodedovo-Baïkonour. A travers les hublots, même à haute altitude, on aperçoit la forêt infinie de sapins parsemée de bouleaux, puis au bout de quatre heures de vol, des pins font leur apparition, puis trente minutes plus tard ce sont comme des garrigues aux arbustes à ras du sol et soudain d'immenses paysages ocres sans qu'on ne voit plus la moindre verdure ; paysage désertique agrémentés de quelques collines qui disparaissent peu à peu pour ne laisser apparaître que les étendues ocres de sable mêlées à de la glaise et de la terre permettant à l'herbe de la steppe de pousser. C'est à ce moment crépusculaire que le commandant annonce la descente sur l'aéroport de « Krayniy-Baïkonour ». Quelques soubresauts font tanguer les ailes dans un ciel limpide et l'on aperçoit d'immenses troupeaux de moutons qui broutent aux abords de la longue piste. Le « Spetz-rejs » roule et vient s'immobiliser tout près de l'aérogare. Descente de la « Touchka Spetz-rejs », au revoir aux gentilles hôtesses, contrôle rapide, il n'y a rien de vraiment spécial en ce qui concerne les passagers du « Spetz-rejs » sauf que des minibus attendent des cosmonautes potentiels. Nombreux sont ceux qui prennent le bus pour le « Spoutnik Hôtel » mais notre petit groupe prend celui de l'hôtel « Quatre vents ». « Kraynij Baïkonour » est une ville de cent mille habitants, elle se situe au sud-ouest du site immense de Baïkonour au bord de la rivière « Syr Daria » et c'est près des hôtels que se trouve la base vie de tous les personnels sur plus de 16 km2 de superficie. A l'hôtel des « Quatre vents » les occidentaux sont bien connus et ils sont accueillis comme s'ils revenaient au bercail. Chacun s'installe dans sa chambrée, et malgré une bonne douche revigorante, il fait très chaud le soir. Les voyageurs descendent dans la salle à manger vers 20 heures. Ici ce n'est pas un bon repas qui est servi, car c'est le « shvedski stol » la table suédoise, comme on dit ici pour le « self service » qui est rempli de bons hors d'œuvres et de desserts, les plats chauds sont servis par les marmitons qui font les cuisiniers l'air de jouer au piano. Une fois restaurés, rendez-vous est fixé pour le lendemain au centre des cosmonautes à 9 heures précises. Après une bonne nuit réparatrice d'un long voyage, Léonard Templer et Orson Trueman se séparent des jeunes qui s'en vont à leurs multiples occupations sur le cosmodrome, tous deux vont rejoindre la grande salle de conférence où déjà de nombreux spécialistes de tout acabit et des journalistes attendent, comme à Fontainebleau et à Houston. C'est la dernière conférence avant le début réel des opérations. Léo Templer monte rejoindre ses collègues et amis à la tribune. Dans la salle un certain brouhaha règne. Des personnes se parlent, d'autres cherchent leur place, d'autres encore invitent leur voisine à prendre place en dépliant le bras faisant signe de s'asseoir avec la paume de la main les doigts tendus indiquant le siège à côté d'eux. Sur la tribune présidée par Vladimir Toumanov se trouvent à sa droite, Igor Samsonov et à sa gauche Orson Trueman et Léonard Templer, puis une « directrice » toujours prête à faire l'animatrice de Baïkonour, Nadejda Feodorova. Les lumières baissent d'intensité, Nadejda Feodorova se lève en tenant un micro à la main, habituée à s'adresser aux auditoires, elle regarde en direction des techniciens à sa gauche sur la tribune l'air implorant, réclamant ostensiblement le son au départ de son micro qu'elle tient à la main gauche. Elle fait toc, toc avec les ongles de sa main droite et porte le micro près de sa bouche ; quelques mots de bienvenue et :

- Mesdames, Messieurs, le président de notre organisation de la NSEA de Baïkonour Monsieur Vladimir Toumanov !

Suivent les applaudissements et un silence attentif. Vladimir Toumanov est assis au centre de la tribune, il remercie Nadejda et entame son discours sur les derniers thèmes qui rassemblent l'auditoire.

- Mesdames, Messieurs, ici à Baïkonour les dernières informations de notre programme « Mars Pneuma » concernant différents sujets qui n'ont pas encore été évoqués auparavant, vous seront données aujourd'hui. La NSEA étant présente sur trois bases de lancement à l'échelle de notre planète, chacune des bases vous dévoile une part de son programme à partir de sa situation géographique, cela permet au monde d'avoir une vision globale de toutes nos activités et nous espérons en même temps, obtenir le soutien de toutes les bonnes volontés à notre égard. Les lancements de nos fusées-vaisseaux spatiaux se feront comme indiqué à Fontainebleau, notre quartier général de commandement européen, à partir de la base française de Kourou, sur des critères que la NSEA a partagés entre les pays participant au programme « Mars Pneuma ». Les quatre modules d'habitation construits à Stuttgart vont partir à Kourou le 20 septembre prochain par un avion cargo russe, Antonov-124. C'est par souci du respect des délais, que nous avons opté pour un embarquement non pas à bord d'un navire cargo comme cela avait été prévu auparavant, mais par un avion cargo, car nous voulons avoir une marge de manœuvre de quelques jours supplémentaires. Nos lanceurs sont de type « EN » tout comme les « SAT », ils bénéficient d'un moteur alternatif ionique qui prend très peu de volume et qui se situe en bout de vaisseau avec ses quatre petites tuyères latérales escamotables. Ce moteur n'occasionne absolument aucune gène à l'ensemble lanceur-fusée-vaisseau, mais au contraire nous permet de faire l'économie, pendant le transfert, de se mettre en action, au lieu de puiser sur nos précieuses réserves d'ergols nécessaires à l'atterrissage sur Mars et surtout pour le retour de nos deux fusées-vaisseaux. Leur départ se fera par nos techniques habituelles, premier étage suivi du deuxième étage qui placera l'ensemble après un tour de Terre, sur l'orbite martienne profitant de l'effet de fronde. Toutes les manœuvres sont prévues par les calculs de nos ordinateurs en ce qui concerne les horaires, les impulsions données aux moteurs, la mise sur orbite et tout le suivi en général. L'ensemble de l'opération de mise sur orbite doit être accomplie en 16 minutes exactement. Le deuxième étage ayant consommé la totalité de sa capacité est largué sur une orbite qui le fera redescendre comme d'habitude dans l'atmosphère terrestre où il se consumera. Le troisième étage servira à l'atterrissage sur Mars. Pendant le transfert, le moteur ionique consomme peu de carburant, qu'il va puiser dans la fission des atomes de gaz xénon pour expulser un flux ionique pas puissant du tout, comparable à votre souffle par la bouche sur votre main placée à 20 centimètres devant vous, disent les techniciens atomistes, mais suffisant pour corriger la trajectoire de nos vaisseaux et même favorisant une accélération qu'il faudra réfréner à mi chemin pour atteindre une vitesse raisonnable à l'approche de la planète rouge. L'atterrissage se fera à l'aide du troisième étage plein d'ergols. Le troisième étage servira encore plus tard. Nous verrons que les étages « 3 » des vaisseaux « VUSA » et

« VREN » sont interchangeables. L'atterrissage de l'ensemble troisième étage et vaisseau ou plutôt container cargo se fera en douceur sur le « Site de Gale près du Mont Sharp ». Ce site étant déjà connu, nous avons décidé de nous y poser. Les autres vaisseaux suivront la même trajectoire à quelques jours d'intervalle, suivis des vaisseaux habités par nos cosmonautes en novembre de l'année 2015. Le retour des cosmonautes au départ de Mars vers la Terre aura lieu le 10 décembre 2017 pour une arrivée sur Terre le 25 juin 2018 et le 12 décembre 2017 pour une arrivée sur Terre le 27 juin 2018. Voilà ainsi résumé le complément de notre programme « Mars Pneuma ». Je passe maintenant la parole à Igor Samsonov notre directeur du programme de Baïkonour !

Igor Samsonov est un camarade de longue date de tous les astronautes, cosmonautes. Il suit tous les entraînements, avec le précieux concours de tous les experts russes, américains et européens qu'ils soient physiciens, médecins spécialisés dans la santé des hommes en apesanteur, spécialistes des engins spéciaux semblables à ceux qui serviront dans des conditions totalement différentes de ce qu'on peut imaginer à la surface de la terre et tous les autres techniciens qui travaillent dans les moindres détails de l'ingéniosité humaine, dans un seul but : celui de la réussite des voyages spatiaux. Igor Samsonov tient des discours toujours en relation avec tous ses collègues européens et américains. Voici son intervention :
- Mesdames, messieurs, honorable assemblée (*comme disent les Russes*), vous vous posez inévitablement des questions qui se basent sur vos connaissances techniques existantes, celles que vous avez connues jusqu'à présent en ce qui concerne les lanceurs que nous allons très bientôt utiliser pour nos vaisseaux en direction de Mars. Rassurez-vous, nous allons utiliser pour les hommes que nous enverrons vers Mars, nos amis, nos frères terriens, les meilleures techniques les plus élaborées, comme si nous-mêmes nous participions à cette grande aventure pour l'Humanité. Nous utiliserons les fusées-lanceurs vaisseaux que nous considérons comme étant les

plus sécurisants. De tout ce que l'Homme a inventé et expérimenté, seuls les moyens les plus fiables et les plus sécurisants sont retenus – ce sont ceux-là mêmes qui enverront nos équipements et surtout nos frères terriens sur Mars qui reviendront en toute sécurité en juin 2018. Les moyens que les nations ont décidé de mettre à la disposition de la NSEA sont considérables à tel point, que notre programme statuera définitivement sur une décision irrévocable, pour des centaines d'années et peut-être pour le futur en général, de continuer ou non l'aventure de la recherche dans le domaine spatial, l'exploration de mondes extra terrestres. Nous devons explorer Mars pour nous persuader que des nuances existent dans l'univers, ou tout au moins dans notre système stellaire, d'une possibilité de domptage des conditions locales de ces mondes pour nous les approprier, et nous adapter à eux pour un temps intermédiaire. Poursuivons le raisonnement un peu plus loin, vivre en symbiose avec des créatures autres que celles qui nous sont familières, par exemple sur une autre planète, ou un jour découvrir des conditions égales à celles de notre Terre permettant aux Terriens de s'y installer, comme sur Gliese-581g près de son étoile Gliese-581. Le système de Gliese est bien trop éloigné pour nous ; 20,5 années-lumière, cela représenterait des centaines d'années de voyage extrastellaire dans notre propre Galaxie. Pour les centaines d'années à venir ce rêve est loufoque, donc bien entendu irréalisable et abandonné. Cela ne veut pas dire qu'à l'avenir l'être humain ne trouvera jamais la possibilité de propulser des engins à une vitesse proche de la lumière. Mais admettons qu'il l'atteigne cette vitesse, posons-nous la question : « Servira t-elle vraiment et pourra t-on vraiment l'exploiter ? ». A notre avis la réponse est simplement « non ». A cet effet, permettez-moi de faire une petite parenthèse. En ce qui concerne les voyages cosmiques, prenons l'exemple de la périphérie de notre système stellaire ou de celle de toute autre étoile. Certaines étoiles comme un vaisseau spatial pourraient prendre la tangente et s'éloigner dans le cosmos vers de lointaines destinations. Dans les galaxies spirales comme la notre, il existe des étoiles à la périphérie qui ont une vitesse de rotation autour du centre gravitationnel galactique étrangement supérieure à celles qui se trouvent à l'intérieur de cette même Galaxie. Ces étoiles périphériques sont en quelque sorte aspirées par d'autres champs gravitationnels et aussi par l'énergie sombre. Parvenu dans l'espace un objet ou une fusée de création humaine subit d'abord une propulsion pour échapper à l'attraction terrestre. Puis pour échapper à tout champ gravitationnel dû aux autres corps célestes comme les planètes, le Soleil, les étoiles et surtout le centre galactique qu'on situe dans la direction de la constellation du Sagittaire, notre fusée file à grande vitesse qui semble imperceptible aux spationautes, astronautes à l'intérieur de leur vaisseau. La fusée semble tout simplement immobile. En donnant des impulsions répétées, la fusée subit des accélérations toujours croissantes augmentant ainsi sa vitesse. Elle pourrait continuer les accélérations et s'approcher de la vitesse de la lumière pourrait-on espérer, mais elle ne l'atteindra jamais, pas même de 50% et ses réserves de carburant ne lui donnerait qu'un champ d'action très réduit du fait qu'il faille conserver de l'énergie pour d'autres manœuvres et surtout pour le retour. Bref, certaines étoiles périphériques, au lieu de suivre tous les autres corps célestes sans jamais les rattraper et qui se dirigent plutôt à l'intérieur du trou noir, finalité de toute la Galaxie dans quatre milliards et demi d'années, s'échappent de ce flux galactique. Notre fusée s'écarte de cette attraction et trouve un parcours divergent à l'exemple de ces étoiles. Celui de s'éloigner pour aller vers l'espace et à grande vitesse - en tout cas à une vitesse nécessairement supérieure aux corps attirés par le trou noir, devrait-on penser, et bien non leur vitesse est la même, mais leur espoir c'est d'échapper à la couche périphérique supérieure du champ gravitationnel entourant le trou noir. En d'autres mots notre fusée comme de nombreuses étoiles sont suffisamment éloignées et se trouvent « hors champ ». Ces étoiles avec leurs planètes et autres corps célestes, comme notre fusée envoyée dans le cosmos, prennent un chemin déviant échappatoire, avec un effet de fronde, attirés aussi par l'énergie sombre. Auparavant au sein de notre système stellaire notre fusée prend des trajectoires telles, qu'elle frôle Mercure en s'approchant du Soleil, puis revient vers Vénus et subit le fameux effet de fronde sur une trajectoire gravitationnelle elliptique de laquelle elle prend la « tangente » et s'en va vers le bord de notre système stellaire solaire pour bénéficier d'un autre effet de fronde et peut maintenant se diriger par exemple dans le système stellaire de « Gliese-581 » découvert par une équipe d'astronomes portugais et suisses le 4 avril 2007, découverte dont on sera déçu quelques années plus tard, en 2015. Nous prenons l'exemple de l'étoile Gliese-581 qui abrite plusieurs planètes comme « Gliese-581g » sur lesquelles les conditions atmosphériques ressemblent à celles de notre système solaire, y compris la Terre (il n'en était rien, Gliese avait été comme un mirage, une malinterprétation). Notre aventure martienne pourra servir à de futures explorations si l'humanité améliore ses moyens de propulsion, mais tant que ces moyens restent ceux que nous maîtrisons, nous pourrons tout de même « terraformer » Mars et installer une base habitable sur la Lune. Au sujet de la Lune, les lois internationales des Terriens doivent être respectées, ce n'est pas parce que les Chinois y installeront bientôt une base que toute la Lune leur appartiendra, non. Dans ce cas les Américains y ont déjà un territoire depuis le programme « Appolo ». Il existe des lois internationales, les Chinois se tiennent à part mais ils doivent respecter ces lois, je voudrais simplement à cette occasion le leur rappeler. Quels type de lanceurs sont à notre disposition, pourriez-vous vous demander…Nous avons testé et expérimenté depuis des décennies tous les moteurs les plus puissants, les plus, économiques, les moins dangereux, les plus performants. Nous utiliserons les lanceurs classiques consommant un carburant classique « les ergols » utilisés aussi bien sur les lanceurs-fusées « EN » que « SAT » ou « AR ». Selon les pays les carburants ont quelques nuances, néanmoins pour les besoins communs la « raffinerie » que nous installerons sur Mars produira un carburant adapté à tous nos besoins. Ces besoins se résument d'abord aux réserves qui serviront (*éventuellement*) en ergols pour les fusées-vaisseaux de retour vers la Terre, qui resteront 18 mois sur une orbite basse martienne et aussi aux besoins immédiats pour nos cosmonautes sur place sur la planète rouge. Nous vous communiquerons tous les détails le moment venu. Comme vient de préciser Vladimir Toumanov, nos fusées seront tout de même munies d'un moteur ionique qui nous permettra une certaine économie déjà répertoriée dans le calcul des charges. Les nations membres de l'OMN ont octroyé tous les moyens à notre disposition pour le programme unique « Mars Pneuma » tous les autres programmes spatiaux seront pris en charge par chaque nation individuellement à l'avenir, si tel en sera son souhait, seul notre programme est commun à titre exceptionnel. Nous aurions pu faire preuve d'économie sur ce programme mais le caractère exceptionnel de notre démarche nous permet d'envoyer des équipements supplémentaires en comparaison avec toutes les autres alternatives, c'est à dire 16 vaisseaux spatiaux à la surface de Mars ou en orbite de Mars au lieu des sept prévus auparavant. Neuf vaisseaux supplémentaires apporteront davantage de sécurité, d'approvisionnement et aussi de carburant pour le retour sur Terre. Nous avons déjà évoqué la nature des contenus de chaque vaisseau. VREN-3 et VREN-4 feront atterrir quatre modules d'habitation pour nos cosmonautes. Ils partiront de la base européenne de Kourou. A l'intérieur des modules pliés seront stockés six tonnes de produits alimentaires français dans chacun des deux vaisseaux. Ces deux vaisseaux munis du dernier étage moteur atterriront sur le sol martien et resteront intactes sur le site, en réserve. VUSA-5 apportera sur Mars « l'unité-usine » qui fabriquera du carburant à partir de l'atmosphère carbonique de Mars combinée à l'hydrogène que nous enverrons avec le vol VREN-7. VUSA-5 atterrira à l'aide de son moteur du dernier étage à rétro-réacteur. VUSA-6 atterrira toujours à l'aide de son moteur et de ses rétro-réacteurs pour déposer en douceur « l'usine nucléaire » de fabrication américaine. Cette usine miniature sera placée par les astronautes dès leur arrivée sur Mars à un kilomètre du campement de la base des Terriens, il est très probable que VUSA-6 la placera au bon endroit au moment de son atterrissage. VREN-7 et VREN-8, départs prévus les 12 et 14 octobre 2013 de Baïkonour. Ils apporteront dans des containers en priorité tous les produits chimiques, la réserve d'hydrogène et quelques équipements fabriqués en Allemagne et en Russie. Ces deux vaisseaux atterriront également en douceur sur le site martien et les vaisseaux seront parqués et bien protégés des vents violents, près des autres, toujours « en réserve ». VREN-9 départ le 16 octobre 2013 de Baïkonour, débarquera le carburant de Plutonium sous forme de barrettes en containers BU pour l'alimentation de l'unité nucléaire. Ces containers avec quelques équipements spéciaux justifient un seul vol VREN. Les vaisseaux VUSA-15 et VUSA-16 partiront de la base de Houston les 24 et 26 novembre 2015 avec des chargements d'équipements de vie et de confort, comme les bouteilles de gaz des scaphandres et autres en plus d'un chargement de produits alimentaires permettant aux huit astronautes-cosmonautes de vivre sur Mars comprenant aussi les réserves de retour sur Terre pour des périodes supérieures à 1000 journées. VREN-10 et VREN-11 partiront également d'ici, de Baïkonour départ les 14 et 16 novembre 2015, ils transporteront le carburant « SL ». VREN-10 et VREN-11 resteront en orbite martienne basse pendant presque 18 mois – les corrections se feront depuis la base martienne. Ces deux vaisseaux auront chacun 120 tonnes de carburant en orbite pour le retour sur Terre prévu le 10 décembre 2017 et le 12 décembre 2017 Ces deux vaisseaux réservoirs font partie de notre nouvelle procédure. VREN-12 aura pour seul chargement 8,3 tonnes d'H2O, de l'eau par mesure de sécurité. Cette eau servira uniquement de réserve de boisson en cas de nécessité absolue, mais dans notre programme, nous comptons sur la production locale le plus rapidement possible. L'eau sur Mars est notre meilleure garantie de mener à son terme notre mission avec confiance. Mesdames, Messieurs, VUSA-17H et VUSA-18H seront les numéros de vol des deux vaisseaux qui rapatrieront nos huit astronautes-cosmonautes. Chacun de ces deux vaisseaux sera arrimés à deux étages restés en orbite martienne basse. Les aller et retour entre les vaisseaux et Mars se feront à l'aide de nos deux puissants vaisseaux-modules intermédiaires. Les trajectoires que la NSEA a choisies sont celles des périodes favorables d'opposition déjà mentionnées à Fontainebleau et à Houston. Quelques mots sur notre nouvelle conception de lancement de nos fusées-vaisseaux. Les raisons sont simples. Les puits catapulteurs « PCHP » de Houston et de Baïkonour nous font économiser jusqu'à 20% de carburant. Nous avons pu augmenter nos réserves sur Mars, pour ne manquer de rien ; Alimentation, eau, carburant en quantités plus importantes par mesure de sécurité. Les vols d'après pourront être plus « légers » car la production martienne d'eau et de carburant s'améliorera avec le temps et les réserves apportées de Terre pourront être plus importantes. Nous vous invitons à venir visiter cet après-midi le « PCHP » de Baïkonour qui se trouve à 16 km d'ici sur la nouvelle base. Comme vous le savez certainement, nous construisons notre nouvelle base de lancement de Krasnoyarsk où les travaux ont commencé et le puits « PCHP » deviendra fonctionnel très prochainement. Nous transférons déjà bon nombre de nos équipements sur le nouveau site car nous voulons l'exploiter au plus tôt. Baïkonour avait été choisi pour sa position géographique plus proche de l'équateur, bien que très éloigné tout de même, alors avec notre système « PCHP » nous gagnons en puissance d'extraction de l'attraction terrestre, ce qui nous permettra aussi d'exploiter notre site de Plessetsk au nord de Moscou. Pour l'instant Baïkonour est notre base principale, car la plus fonctionnelle. Merci pour votre attention.

Igor Samsonov se lève et quitte la salle de conférence pendant que Vladimir Toumanov invite l'assistance se restaurer dans les restaurants de la base et pour ceux qui le souhaitent, aller visiter le site du « PCHP ». En dehors de la salle de conférence, tous les astronautes, cosmonautes se trouvent ensemble dans des réunions de travail et à 13 heures, les cosmonautes russes suggèrent à leurs collègues européens et américains d'aller tous ensemble au restaurant « Tchaïka ». En réalité c'est Igor Samsonov qui avait préparé l'invitation et le personnel du restaurant les attendait déjà. Igor Samsonov accompagne une délégation américaine, tandis que Léo Templer accompagne Vladimir Toumanov et une délégation européenne dans deux autres restaurants éloignés de la base. Il faut dire que tous ceux qui viennent en visite à Baïkonour sont toujours étonnés par l'environnement presque désertique à perte de vue, où la couleur ocre du plat terrain domine, où le ciel est souvent bleu et sans nuages. Un curieux tournis leur saisit la tête et un vertige à perdre pied les envahit devant l'immensité de l'ocre steppe à l'infini. Trois groupes se départagent dans quatre limousines qui emmènent les hommes de l'espace, par l'ocre route parsemée d'herbe sèche, sans arbres à l'horizon jusqu'au restaurant « Tchaïka », à une vingtaine de minutes du centre d'étude et d'entraînement des cosmonautes de Baïkonour. Les douze hommes montent les uns près des autres les quelques marches en marbre d'un long perron et pénètrent dans le hall du restaurant. Des jeunes femmes habillées en uniforme chemisette blanche et jupe bleu-nuit avec un petit tablier blancs et un bavolet blanc également dans les cheveux, leurs souhaitent la bienvenue. Elles les connaissent tous, mais mieux tout de même, leurs compatriotes.

- Bonjour les garçons, venez rentrez, dehors il fait si chaud, ici l'air conditionné vous fera du bien !

- Bonjour, bonjour mesdemoiselles ! Répondent les cosmonautes russes, comment allez-vous, comment vont les affaires, êtes vous de bonne humeur…

- Mais oui tout va bien venez dans la grande salle, nous avons installé deux longues tables pour que vous soyez tous ensemble et à l'aise.

Dans la grande salle, les fenêtres donnent sur la steppe d'un côté, au-dessus des fenêtres se trouvent des rebords en prolongation du toit qui protègent aussi bien de la pluie que des rayons chauds du soleil. Sur la longue table plusieurs petits bouquets de fleurs, une nappe exagérément rouge. La chaleur extérieure est atténuée par les ventilateurs et l'air conditionné ainsi que l'atmosphère tamisée de la salle aux rideaux épais en velours bleu. De l'autre côté, à travers des fenêtres on aperçoit les hangars et les rampes de lancement des fusées aux colonnes métalliques. Une serveuse arrive et dit :

- Vous retournez au travail vers quelle heure ?

Et la réponse se fait unanime, celle-ci est traduite par Mikhaïl Avkcentiev :

- Galia, ne plaisantes pas on reste avec toi !

- Cela veut dire que vous ne travaillez pas cet après midi, ai-je bien compris ? Dans ce cas vous voulez faire le lunch à la russe, n'est-ce pas ?

- Tu as tout compris Galia, notre Galina ! Apportes tout ce que vous avez de bon et mets tout ça sur la table, nos amis ont l'habitude et c'est ce qu'ils aiment le plus, choisir dans la multitude !

S'exclame Sergueï Koniakov et Galia demande :

- Oui d'accord, mais qu'allez-vous boire ?

- Nous allons boire ce que les cosmonautes boivent lorsqu'ils sont sur terre, apportes-nous vodka et vin du Caucase et des jus de fruit, cassis, orange et un peu d'eau gazeuse, vous êtes d'accord les gars ?

Là, même les Français, l'Anglais, l'Allemand et les Américains répondent :

- Da ! Davaï, c'est bien ce que nous voulons, yes we'll have that...

Ils connaissent tous le restaurant « Tchaïka » et d'après leurs expériences passées dans cet endroit, loin de tout, c'est là qu'ils se sentent le mieux. Ils savent que les serveuses vont apporter toutes les zakouskis disponibles et que des plats chauds suivront, des plats de toutes sortes, il ne restera qu'à choisir. Alors Galia, Valia, Katia, Sveta, Irina, Natacha, Macha, Nadia, Liouba, chacune apporte quelque chose, dans des plats qu'elles dévoilent en les posant sur la longue table, quant au sommelier Alekseï, il les suit et apporte dans un beau panier en osier quatre bouteilles de vin de Géorgie, plus quatre bouteilles de 75cl de vodka et une bouteille de whisky. Dans la salle spacieuse, autour d'eux quelques jeunes gens du site de Baïkonour avec des camarades de travail ou d'autres avec leur compagne se regardent dans les yeux et discutent tranquillement. Le restaurant est loin d'être bondé et les serveuses ainsi que le personnel en cuisine tous se mettent au service des cosmonautes. Les hors d'œuvres arrivent dans de longs plats certains en inox, d'autres en porcelaine, jambon fumé en tranches, tranches de saucissons divers, sur des feuilles de salade avec des bouquets d'aneth et de persil, des pots en terre contenant des terrines de différents pâtés, notamment le pâté aux champignons sauvages de Sibérie, des pots de champignons marinés, des plats ovales en terre cuite contenant des filets de harengs fumés entouré d'aneth et d'oignons blancs dans l'huile, des longs plats en inox avec des tranches de saumon fumé sur lit d'aneth. La longue table arrangée avec deux tables l'une à la suite de l'autre est envahie par toutes ces bonnes choses. Alekseï revient, il apporte plusieurs paniers contenant des tranches de pain de seigle, du pain blanc et aussi du pain noir parfumé. Galia et Natacha reviennent encore pour poser chacune deux pots contenant des cornichons salés et marinés dans leur jus. Les verres sont remplis à moitié, il s'agit de vodka, les Américains prennent leur whisky et inévitablement quelqu'un comme Anatoli Volkov lève son verre en se levant lui même et il déclame :

- Nos très chers amis astronautes, spationautes, ici à Baïkonour vous êtes chez vous, nous sommes tous les douze entre-nous chez nous, frères de l'aventure qui attend ceux qui seront désignés très bientôt, nous sommes persuadés que huit d'entre-nous partiront, c'est à dire pratiquement nous tous sauf quatre. Je lève ce verre en vous souhaitant à tous ce que je souhaite aussi pour moi, une aventure extraordinaire et un retour sain et sauf pour chacun d'entre nous, pour pouvoir revenir ici à la fin du mois de juin 2018 revoir nos gentilles serveuses ! – à vous tous !

Et Anatoli avale d'un coup sec le contenu de son verre et s'assoit pour s'en resservir un deuxième. Les toasts continuent. Robert Hick lève le sien et dit :

- Tu as raison Anatoli, je partage tes vœux mais avec du whisky, à la votre chers amis !

Hans Gotten avale sa vodka comme du schnaps et prend immédiatement un morceau de hareng fumé sur du pain noir, il partage son plaisir avec les autres :

- Alors ça, ça réchauffe le cœur !

Stéphane Viardeau se verse un verre de vin et Marc qui connaît bien les vins du sud le suit. Stéphane a une idée précise :

- Moi ces alcools forts, je les garde pour les grands froids, d'après ce que j'ai pu entendre à Fontainebleau, on en aura sur Mars, parce que là haut, la nuit il y fait bien plus froid qu'à Verkhoïansk.

- Bien sûr qu'on en aura sur Mars, sinon nous ne pourrons pas survivre, le seul moyen de faire repartir la circulation du sang par grand froid sera l'alcool fort, la vodka sera un véritable remède mes amis, alors ceux qui n'ont pas l'habitude, il faut vous exercer dès maintenant.

Dit Mikhaïl Avkcentiev, en reprenant des zakouskis, tout à coup Jimmy Strattford se lance dans une discussion en rapport direct avec la mission de Mars :

- Nous savons nous autres, tout ce qu'ils racontent pendant les conférences puisque nous sommes en plein dans la mission, nous savons que les gouvernements ont donné tous les moyens pour permettre aux hommes de réaliser la conquête de Mars, nous savons qu'ils veulent se rendre compte une fois pour toute que les expéditions d'exploration spatiale pourront déboucher sur une véritable conquête d'exoplanètes pour l'avenir de l'humanité ou bien, au contraire se rendre à l'évidence qu'on ne pourra jamais y parvenir, voilà ce que je pense ! (*this what I think personally*).

Sergueï Koniakov veut répondre, car Sergueï est cosmonaute potentiel et aussi chercheur en astrophysique :

- Jimmy, tu as raison, tiens passe-moi du pâté là, merci - tu as raison en ce sens qu'aller sur la planète Mars est bien du domaine du possible, toutes les estimations et les calculs précis nous ont permis de mettre en application un projet parmi des centaines de propositions et les nations ont pris la décision de mettre en chantier depuis des décennies la construction de nos lanceurs, nos fameuses fusées américaines, russes et européennes et en plus tous les équipements nécessaires connexes pour non plus aller sur la Lune, mais bien plus loin, sur Mars. Je pense à titre personnel, cela n'engage absolument personne, ni moi-même d'ailleurs, je pense que plus loin, nous n'irons jamais. Encore une fois c'est mon opinion personnelle !

Marc Peyratener le spationaute français n'est pas de cet avis, il voit les choses d'une manière plus large :

- Tu sais pourquoi je ne suis pas d'accord avec toi Sergueï, c'est parce que tu t'arrêtes sur les seules acquis techniques contemporains, je crois qu'il faut laisser les hommes du futur, qui seront toujours des terriens, d'aller au-delà de nos connaissances, au-delà de nos techniques qui paraîtront bien naïves dans cent ans ou mieux dans cinq cents ans, tu comprends ce que je veux dire, ils découvriront des choses dont nous n'avons pas encore la moindre idée, comme le fond diffus de l'univers que nous avons découvert à 380,000 ans après le « big bang », que nous avons réussi à répertorier et photographier – l'univers tout entier en une image qui nous fait découvrir des recoins qu'on ne soupçonnait pas.

- Oui tu parles des exploits de la « WMAP » Willkinson Microwave Anisotropy Probe de la NASA et de la fantastique sonde « PLANK » de l'ESA avec leurs résultats de 2010 et 2012. C'est vrai que c'est fantastique et je pense qu'on ne pourra plus jamais aller au-delà de tout ce que nous avons découvert, nous allons améliorer certaines données, mieux les expliquer quant à découvrir les mystères du cosmos, nous ne le pourrons jamais, moi aussi c'est mon avis personnel, à moi !

S'exclame William Lorren et Oliver Fergusson dit :

- Et attendez, voilà qu'on nous apporte les plats chauds !

Nadia et Katia enlèvent les longs plats qui contenaient les zakouskis et simultanément Galia, Sveta, Natacha et Marina déposent encore sur de longs plats des « schachliks », des brochettes de viande de mouton, des morceaux accrochés à des morceaux de poivrons, d'aubergines et de courgettes, des demi poulets grillés sur d'autres plats le tout avec des garnitures de pommes de terre, de haricots verts et de la semoule de sarrasin bien cuite à la vapeur qu'affectionne particulièrement l'équipe russe ; des sauces à la menthe et des sauces tomate à coté de la ratatouille. Les serveuses retirent les bouteilles de vodka et de whisky et remplissent maintenant les verres à vin. Chacun se sert et les conversations continuent. Frank Guillem arrache avec ses dents les morceaux de viande grillée de sa brochette, avale une rasade de vin de Géorgie et regardant ses amis et collègues, tantôt à gauche, tantôt à droite du milieu de la grande table où il est assis, il leur dit :

- Je vais vous dire une bonne chose sur tout ce que vous racontez, ce que vous dites est absolument sensé, vous avez tous raison, car vous savez que tout ce qui touche au cosmos est si peu connu de nous autres terriens, que tout ce qui reste à découvrir est mystérieux. Le mystère en matière de cosmologie, pour notre compréhension a trois critères déterminés. D'abord le premier critère est le fait de se pencher sur la science, d'être à l'écoute de la science de faire de notre mieux pour comprendre ce qui a été découvert par l'homme, considérer les découvertes, les études, les analyses et les explications en gardant toujours la tête froide – cela est le premier critère. Le deuxième critère est celui de la psychologie de l'homme, de sa compréhension de ce qu'il est convenu d'appeler le « réel », la réalité des choses, de ce qu'on voit, de ce qu'on entend, de ce qu'on touche, le « cogito ergo som » de Descartes, sans oublier qu'il est très possible que chacun voit les choses à sa manière et là encore le verbe « voir » est pris dans le sens large de ce que je veux dire, mes amis - autrement dit, chacun peut avoir une conception des choses de la vie à sa manière qui lui est propre et toujours au moins légèrement différente du voisin. Le troisième critère est celui qui est commun à nous tous. Nous, dans notre formation spécifique, nous avons tous cette aptitude qui nous a dégagés sur une voie assez exceptionnelle, celle d'être devenus des cosmonautes ou astronautes pour vous nos amis américains. Si je vous dis que c'est Einstein qui a fait la part des choses en faisant de nous ce que nous sommes devenus, oui ce troisième critère est bien celui de la relativité. C'est par les mathématiques et aussi par la réflexion mathématique que nous sommes devenus des cosmonautes. La réflexion mathématique effleure la philosophie et aussi la psychologie.

- D'accord avec toi Frank, mais pourquoi fais-tu appel à la relativité d'Albert ?

Dit Guenadi Vorobiev grand blond aux yeux bleus qui fixent toujours son interlocuteur. Il est assis presqu'au bout de la table à la droite de Frank et il ajoute :

- Tiens passe-moi du poulet s'il te plaît, laissez-moi vous dire une chose sur la relativité d'Albert Einstein. Quelque chose qui me fait justement penser à la relativité dans les possibilités que nous avons à notre disposition pour aller toujours plus loin dans le cosmos. Nous parlons souvent du niveau technologique que l'humanité a atteint. Certains affirment qu'on ne pourra plus jamais aller au-delà de toutes les découvertes humaines en matière de physique et de chimie, mais que dans les sciences, nous ne pourrons qu'améliorer nos connaissances et nos réalisations. Il n'y a rien de mal dans le souhait d'améliorer les choses, au contraire dirais-je, car par exemple ne croyez-vous pas qu'il faille justement améliorer les conditions de vie de toute l'humanité sur notre Terre avant toute autre aventure, ne croyez-vous pas qu'il faille combattre la famine dans le monde, la criminalité, l'injustice, la pollution répandue sur toute la planète, dans les océans et dans l'atmosphère. Ne croyez-vous pas qu'il faille assurer la distribution de l'eau potable à tous les humains sur notre Terre – tout cela est la vraie priorité, mais comme le disent nos présidents de la NSEA à Fontainebleau à Houston et ici à Baïkonour, une autre priorité a pris une place importante – celle de l'exploration spatiale car déjà notre planète est surpeuplée, nous devons examiner les possibilités de trouver d'autres endroits dans le cosmos pour y loger une partie de l'humanité – d'ailleurs ce que j'ai compris de cette bonne intention éventuelle de sauver l'humanité, c'est que seulement quelques centaines, au mieux un millier ou deux pourraient s'exiler sur une exoplanète dans mille ans ou plus. Il n'y aura jamais de grands vaisseaux spatiaux pour déménager toute l'humanité à n'importe quel moment du futur. Mais, voici ce que je voudrais vous dire justement au sujet de la relativité, c'est en relation avec les transports spatiaux, c'est Albert Einstein qui avait donné cet exemple marrant : Un homme se promène avec son chien. Tandis qu'il marche posément sur la route, le chien va et vient, fait cent mètres devant lui et revient, fait cent mètre derrière lui en courant à vive allure. La longue queue du chien s'agite rapidement de gauche à droite, de droite à gauche. Quand son maître fait un kilomètre, le chien en fait cinq, tandis que la queue du chien en fait vingt-cinq. Le soir venu un constat se fait : le chien est plus jeune que son maître et la queue du chien est plus jeune que le chien !

Tous les hommes se mettent à rire. Marc Peyratener assis en face de Guenadi lui dit :

- Mais où veux-tu en venir Guenadi, moi je pourrais te parler des jumeaux de Langevin, il y en a un qui s'en va dans sa fusée pendant trois mois à l'horloge terrienne, il fait un grand tour dans notre galaxie à une vitesse proche de la lumière à frôler d'autres étoiles, mais lorsqu'il revient sur Terre un siècle a passé et il est reçu par les petits-fils de son frère jumeau depuis des années disparu. Lui n'a vieilli que de trois mois, t'as vu ça toi, où est la relativité. La notion du temps et celle de l'espace sont directement influencées par la vitesse.

Guenadi répond :

- Tout cela nous le savons, toi, moi, nous tous ici mais ce que je voulais mentionner c'est que nos fusées se déplacent pour le moment à une vitesse relativement semblable à celle du chien, tandis que dans le futur, les vaisseaux spatiaux se déplaceront à une vitesse relativement semblable à celle de la queue du chien ! Tu comprends, c'est ça la relativité en matière de transport spatial. Je suis certain que nous aurons de nombreuses occasions de parler de tous ces sujets passionnants pendant le voyage Terre-Mars, sur la planète rouge et aussi pendant le retour Mars-Terre. Nous devrons occuper notre temps. Peut-être rapporterons-nous de nouvelles notions des choses générales de notre expérience. C'est un peu prétentieux de dire cela, mais je suis persuadé que nous ne serons plus les mêmes lorsque nous reviendrons, c'est ce qu'il me semble. Macha, apporte-nous du vin, c'est la fête aujourd'hui !

Sergueï Koniakov demande :

- Cela fait combien de temps que nous sommes ici chez « Tchaïka », vous avez raison, je ne m'en rends pas compte, mais on est bien ici au frais, dehors il fait une chaleur insupportable – hé les gars, faut pas sortir sous cette chaleur, malgré nos entraînements, on tomberait comme des mouches !

Robert Hick lui répond :

- Mais qui t'a dit qu'on va sortir, nous restons ici jusqu'à la nuit, on est bien là. Tiens on nous apporte des desserts et de la glace.

Dans une atmosphère détendue, les hommes de l'espace dégustent leur dessert et des glaces, finissent les vins de Géorgie qui paraissent légèrement doux et commencent à boire de l'eau gazeuse rafraîchissante. Ils vont prendre place dans des fauteuils confortables, continuent leurs discussions et regardent les chaînes de télévision, parfois par groupe de pays.

Dehors dans l'aridité des étendues de Baïkonour se profilent au loin des bus qui s'en vont en direction du « PCHP ». Trois bus climatisés arrivent sur le « site numéro 8 » celui du « PCHP ». Nadejda Feodorova la dynamique, demande aux personnes présentes de se regrouper autour d'elle, car elle n'a pas de microphone. Il faut dire que sa voix autoritaire est assez puissante surtout lorsqu'elle atteint ses notes basses de contralto et que c'est à ce moment là que son menton s'efface dans son cou agrémenté d'un collier de perles, montrant le haut de sa tête enchignonée brune aux petits yeux qu'on aperçoit à travers des fentes bien asiatiques et qu'adore son mari kazakh, c'est ce que disent d'elle les cosmonautes qui l'adorent aussi. Nadejda dans sa robe noire à grand décolleté commence ses explications :

- « Devotchki, molodoï tchelovek » (*les filles, jeune homme*) approchez-vous. Le « PCHP » se trouve à seize kilomètres des installations principales. A en croire certaines sources bien informées le « PCHP » deviendra rapidement le centre stratégique principale de la base de Baïkonour et cela est compréhensible, la plupart des fusées emportant vaisseaux ou containers spéciaux pour Mars partiront de cet endroit. Comme vous pouvez le voir, les bâtiments techniques sont éloignés comme sur la base principale. Ici dépassent du sol ces murs en béton armé insensibles aux hautes températures – les bétons ayant reçu un additif spécial lors de la coulée. Il faut dire qu'à la base du puits les bétons sont proportionnellement d'autant plus renforcés qu'en haut, car on a tenu compte, comme vous vous en doutez de la chaleur intense ainsi que de la pression qui atteint les limites de ce qu'on a jamais imaginé auparavant en force hydraulique. La force que le système hydraulique doit supporter est semblable à celle des turbines des plus importants barrages hydrauliques sur les fleuves. Ce que vous voyez en direction du puits c'est son orifice d'expulsion. Durant des semaines des essais avaient eu lieu pour tester l'efficacité du système « PCHP » et surtout sa compatibilité avec les lanceurs-fusées qui partiront d'ici dans l'espace. Lors des essais on faisait retomber les fusées à quelques kilomètres d'ici dans la steppe. Tout fonctionne à merveille avec des charges égales à celles qui partiront d'ici dans quelques semaines. Longtemps nous avons eu de l'appréhension pour ce système qui fonctionne à l'aide de plusieurs composants, tels qu'un explosif qui donne l'impulsion au système hydraulique pour se déployer à une vitesse puissante et croissante jusqu'à 20 mètres en dessous du sol. C'est à 25 mètres au-dessous du sol que la fusée est portée par ses propres réacteurs qui la font s'élever plus rapidement dans le ciel. Vous comprendrez que l'impulsion première de catapultage, fait bouger le complexe lanceur-fusée-vaisseau, lui donne cette force pour s'élever à transporter en trois secondes à vitesse croissante sa masse jusqu'au niveau du sol d'où le complexe prend son envol en puisant avec un petit retard sur ses réserves emmagasinées. Ce que je veux vous dire, c'est ce que vous ont expliqué nos directeurs de projet, c'est qu'en utilisant notre propulseur « PCHP » nous économisons aux alentours de 20% de carburant et ces 20% sont utilisés autrement. Ces 20% sont pris en charge, absorbés par la Terre, déduits de l'attraction terrestre immédiate. Dans son lancement le complexe lanceur-fusée-vaisseau ne peut en aucun cas subir le moindre retard sur le programme précis de la mise à feu des réacteurs du premier étage, en aucun cas car le lancement pourrait avoir des conséquences dramatiques pour notre programme « Mars Pneuma ». Nous allons maintenant descendre pour ceux qui le veulent bien par l'ascenseur du puits parallèle, jusqu'à la salle des machines. Suivez-moi. Douze personnes à la fois, l'ascenseur reviendra autant de fois que nécessaire pour chercher les autres, les chauffeurs vous guideront. Allons les douze premiers venez avec moi.

Les douze premiers prennent l'ascenseur et descendent avec Nadejda. L'impression est comme si on descend d'un immeuble d'une trentaine d'étages, on ne voit même pas les parois et on peut se parler, on ne ressent presque rien. Arrivés en bas, Nadejda éloigne le petit groupe dans une salle technique et donne rapidement quelques explications complémentaires :

- Par ce couloir, on arrive à une pièce étanche, complètement isolée du puits de lancement mais à partir de laquelle on contrôle le déroulement de la mise à feu du système hydraulique. Le vitres ont une épaisseur de quatre mètres et résistent aux plus hautes pressions. Au-dessus vous pouvez voir la plate-forme sur laquelle reposera le complexe lanceur-fusée-module à Baïkonour. A Houston la troisième partie sera le vaisseau habité. Voilà, vous pouvez remonter, et envoyez moi le groupe suivant.

Nadejda Feodorova donne trois fois les mêmes explications et remonte avec le troisième groupe de journalistes et de personnes autorisées. La visite terminée, les trois groupes remontent à la surface. Les bus ramènent les curieux à leur point de départ. Tout le monde se disperse chacun de son côté et les départs se font par bus vers l'aéroport pour prendre l'avion du soir le « Spetz-rejs » du retour sur Moscou certains s'en vont vers la gare de Baïkonour pour prendre le train de nuit qui mettra trois jours pour arriver à Moscou. Léonard Templer revient à son hôtel des « Quatre vents ». Les quatre spationautes européens, qui sont revenus dans la soirée après avoir passé toute l'après midi au restaurant « Tchaïka », Hans Gotten,

William Lorren, Stéphane Viardeau et Marc Peyratener sont descendus prendre une légère collation accompagnée de thé dans la salle à manger en compagnie de leur ami Léonard qui leur explique qu'il a signé tous les protocoles selon les dispositions prises d'avance par Arnaud Rivière, les quatre jeunes gens suivront quelque entraînement à Baïkonour pour une dernière répétition pour se familiariser avec le matériel russe qu'ils retrouveront sur Mars. Le maniement, les mises en route, les façons de procéder, le suivi, les notes techniques, les pièces détachées de secours, le maniement des scaphandres en tous points semblables aux scaphandres américains, les schémas électriques, les tuyauteries des vaisseaux, les circuits de secours en cas de diverses pannes, les instruments d'observation optiques et radar. Dix journées d'absence de Fontainebleau et de leur centre de Bons en Châblais sous la montagne et bientôt les tout derniers préparatifs du suivi des vols non habités de l'année 2013.

Léonard Templer leur dit :

- Hé les gars d'ici novembre 2015, on a le temps, il y en a qui parmi vous voudront peut-être rester avec leur famille, ou une femme, plutôt que de se lancer dans cette aventure. C'est encore loin la prochaine fenêtre de tir pour Mars par rapport à la Terre, c'est dans 27 mois, c'est vrai tout peut arriver avec des événements imprévus. Bon quant à moi je vais téléphoner à Béatrice, roupiller un peu et demain après le p'tit dej, j'vous dirai au revoir. J'irai prendre le « Spetz-rejs » du retour sur Moscou, le « Touchka ». Nous ferons le voyage ensemble avec Orson qui regagnera Boston.

L'équipe européenne est bien fatiguée, les responsables des projets également et chacun s'endort au « Quatre vents » jusqu'au lendemain matin. Léonard descend avec sa valise à roulettes parmi les premiers, vers sept heure-trente du matin. A peine qu'il s'assoit à la table habituelle, arrivent un à un les spationautes européens suivis des astronautes américains. Orson dit bonjour et va immédiatement se servir à la grande table du buffet suédois comme ils l'appellent ici ; les astronautes le suivent et prennent tous des corn flakes avec du lait. Orson et Léonard déjeunent tranquillement, devant leur café. Le petit déjeuner terminé, ils disent au revoir avec les encouragements habituels à tous les jeunes gens qui s'entraîneront pendant quelque temps avec les cosmonautes russes de Baïkonour. Une limousine vient chercher Orson et Léonard – direction de l'aéroport de Baïkonour. On devine la tour de contrôle à l'horizon ainsi que la silhouette du « Touchka » assurant le vol « Spetz-rejs » pour Moscou.

Arrivés à Moscou Domodedovo, Orson demande à Léonard :

- Tu savais toi que Domodedovo c'est la maison du grand-père ?

- Tu me prends pour qui, bien sûr que je le sais et depuis longtemps déjà, tiens v'la les jeunes qui viennent se charger de nous !

- Bonjour, bonjour, vous avez fait un bon vol ?

Disent-ils comme d'habitude en prenant les valises qu'ils mettent dans le coffre, puis ils assurent le transfert sur Sheremetyevo-2 dans le nord de Moscou. Le chauffeur demande :

- Vous rentrez directement ou vous voulez faire un tour à Moscou Monsieur Trueman avec votre collègue ?

- Non, non Vassili, nous sommes fatigués et nous devons prendre chacun notre vol du soir.

- Comment connais-tu son nom ?

Demande Léonard. Et Orson lui répond :

- Comment je le connais, comment je le connais, je le connais c'est tout et l'autre son copain, c'est Anton !

- Oui d'accord l'autre c'est Anton, moi aussi ils m'avaient accompagné, mais avec un minibus, puisqu'il y avait nos quatre spationautes que j'accompagnais. Ils ne m'avaient pas donné leur nom à moi.

- Oui, mais moi j'avais fait la fête avec eux il y a deux ans, quand j'étais venu avec mes hommes à moi.

- Ah bon, je comprends.

Au terminal de SVO-2 Vassili et Anton disent au revoir, tandis que Léo dit au revoir à Orson. Chacun prend son vol de son côté.

Orson attrape son Boeing-767 et Léonard son Airbus-320.

19 septembre 2013 de Stuttgart airport à Kourou. La NSEA de Baïkonour a fait appel à la compagnie russe qui possède huit gros avions qu'ils appellent le « Ruslan » c'est à dire l'Antonov-124. Naguère ces avions étaient destinés aux transports de troupes soviétiques et au matériel de guerre, tanks, camions mitrailleurs, canons, hélicoptères et avions de chasse en pièces détachées. Un autre avion, l'Ilyouchine-76 construit en bien plus grandes quantités avait les mêmes fonctions, la plupart avaient des visières parfois équipées de mitrailleuses en cas de nécessité, mais sa lourdeur malgré son élégance dans les airs, ne lui permet pas de faire la course avec un avion de chasse ennemi qui s'adonne aux acrobaties. Ces gros avions ont été construits par deux constructeurs russes différents. Ils n'en construisent plus, mais s'occupent plutôt de leur maintenance et ils ont aussi d'autres projets aéronautiques, d'ailleurs comme les Américains avec leur « Galaxy ». Ces avions sont en priorité à la disposition du ministère de la défense russe et à cet effet ils sont opérationnels immédiatement. Depuis le début des années 1990 la guerre froide entre l'est et l'ouest n'existe plus et les relations entre les deux grandes puissances ne laissent pas penser qu'un conflit dramatique puisse se créer, sauf des railleries assez habituelles dues au franc parler des dirigeants et aux informations indéniables circulant notamment par le biais d'Internet. Certains de ces avions sont rendus disponibles au commerce aéronautique – il faut simplement les louer. Le centre de contrôle de Baïkonour de la NSEA a un bureau qui s'occupe de la logistique terrestre. Jusqu'à dix wagons chargés de citernes aux parois métalliques épaisses de 6 centimètres arrivent chaque jour dans la gare de Baïkonour. Les trains convoyant ces citernes transportent au départ des grandes villes industrielles russes de l'hydrogène et de l'oxygène liquide et autres gaz dont le xénon en plus petites quantités. Ces gaz sont stockés pour remplir les réservoirs des étages des fusées. Le xénon est transvasé dans les petits réservoirs des moteurs ioniques à bord de chaque vaisseau spatial. Lorsque de grosses pièces de fusée sont fabriquées dans les villes industrielles

russes et qu'un certain retard se fait sentir, immédiatement le service logistique terrestre fait une demande spéciale pour utiliser l'Antonov-124 et les pièces sont acheminées pour l'assemblage sans aucun retard sur le programme. Cet avion peut traverser l'Atlantique au départ de Stuttgart avec aisance jusqu'à Kourou. Afin de faciliter la tâche de chacun, la décision avait été prise d'utiliser le « Ruslan » et c'est chose faite, toutes les dispositions sont prises depuis plusieurs semaines. « Ruslan » s'envole de sa base d'Ulyanovsk le 19 septembre à 12heures locales (9heures ut). Le personnel de la « Spacien Konstruktzion Gessellshaft » attend près des hangars où sont entreposés les quatre modules d'habitation destinés à Mars. Les opérateurs de la tour de contrôle viennent d'indiquer que l'An-124 est en approche. Les gens sur la piste regardent au loin sur leur droite et voient effectivement un petit avion avec une légère traînée qui s'approche et qui devient de plus en plus gros – soudain, juste devant eux, une grosse masse volante sombre est à deux mètres du sol, puis le touche. Le crissement des 26 pneus de ses roues sur le tarmac font penser à un monstre vivant ayant légèrement souffert de l'impact et le bruit assourdissant de ses réacteurs se combine au souffle de son immense stature. Le spectacle fait plier les personnes qui l'attendent en faisant voler leur tablier blanc, leur imperméable et une ou deux jupes. L'avion atterrit sur la piste Est de l'aéroport de Stuttgart à 14 heures locales (13h.gmt). L'équipage prend son temps pour descendre. Les portes latérales s'ouvrent dix minutes après l'atterrissage et le « Loadmaster » descend avec la sangle de son cartable sur l'épaule et un bloc note sur lequel volettent des documents agrafés. La douane arrive, accompagnée de quelques autres officiels et responsables. Des conversations aboutissent à des accords et quelques minutes plus tard le hayon arrière se déplie, puis le hayon avant sous le nez de l'appareil, des vérins stabilisateurs hydrauliques glissent de son corps, se déplient pour toucher le sol en quatre endroits, l'équilibre est parfait et les roues ne souffrent pas de surpoids d'une manière isolée par essieu – on voit le jour au bout d'un tunnel de plus de quatre mètres de haut et long de 36 mètres. C'est dans ce volume de 1000m3 que seront chargés les modules emballés sur des palettes en bois, spécialement conçues pour ce transport exceptionnel. Deux des quatre modules sur palette sont acheminés vers le hayon avant du « Ruslan ». Chacune des palettes est tirée par un tracteur des services aéroportuaires. Le premier tracteur monte jusqu'en haut du hayon à deux mètres cinquante du sol et roule le long de la carlingue de l'avion cargo, jusqu'à un point au milieu, où l'arrête un technicien. Le tracteur est détaché, le module « 1 » fixé sur sa palette est solidement arrimé avec sangles et filets aux crochets-taquets de la plate forme du plancher. Le tracteur roule et descend par le hayon arrière. Il traverse la carlingue d'un bout à l'autre. Le module « 2 » est poussé par un deuxième tracteur toujours par le hayon avant jusqu'au premier module sans le toucher, et sur sa palette il est arrimé comme le « 1 ». Le hayon avant se referme et le nez de l'appareil reprend sa forme naturelle. Le troisième module est poussé par un autre tracteur par le hayon arrière et arrimé sur sa palette comme les deux premiers. Le tracteur roule en marche arrière et le quatrième module est à son tour chargé et arrimé – sangles, filets et crochets taqués fixés au plancher. Le hayon arrière se referme. Quelques responsables de l'appareil après avoir fait une petite promenade sur le terrain pour se délasser, viennent maintenant discuter avec deux agents aéroportuaires qui viennent brancher sous le ventre de l'avion dans une trappe, d'abord la grosse prise à cinq cosses pour recharger certaines batteries et assurer l'électricité à bord et aussi la prise du tuyau à crans d'arrêt qui assure la recharge en air comprimé des bonbonnes qui n'ont plus leur pression maximale. Le générateur fonctionnera le temps du stationnement. Les hommes membres de l'équipage remontent à bord après la petite promenade. Des plateaux repas chauds du service « catering » de l'aéroport de Stuttgart leur sont apportés en queue de l'avion où sont situées les plus grandes cabines. L'avion reste sur sa place de parking, comme au repos pendant des heures. A dix huit heures trente, Le commandant, tranquille avec le copilote, le navigateur et deux ingénieurs s'en vont avec plusieurs membres de l'équipage guidés par les responsables de la firme allemande, dîner dans une brasserie en ville. Ils passent la nuit dans un hôtel trois étoiles pour se reposer d'une journée bien remplie. Le réveil sonne à 6 heures le lendemain et après un petit déjeuner copieux, un minibus les ramène à leur « karable » comme ils disent pour désigner un vaisseau. Un navire fend l'eau, un avion fend l'air. A bord de l'AN-124 l'équipage débarque les dernières poubelles après avoir terminé le petit déjeuner et s'affaire déjà, chacun à son poste. Le générateur qui a fonctionné toute la nuit est déconnecté et un signe de la main d'un des agents indique à l'équipage que la manœuvre est bien effectuée. Les portes arrière et avant sont encore ouvertes. Le commandant et ses équipiers, chacun est à son poste. Les dernières mises au point se font d'une façon bien rodée. Dans la cabine de pilotage la check-list est égrenée, l'heure du départ est confirmée par un agent d'escale de l'autorité portuaire qui dit au revoir et descend de l'avion. Le départ est confirmé une nouvelle fois par radio par la tour de contrôle et le copilote donne l'instruction de fermer toutes les portes. Il est 9 heures. Les techniciens de bord exécutent toutes les manœuvres. Au sol le gros générateur déconnecté est tiré au loin par un tracteur. Un signal de l'imminence de départ est donné par la « tour » et les quatre réacteurs sont mis en marche, l'un après l'autre : le quatre, le un, le trois et le deux. Quelques minutes pour réchauffer tous les circuits, quelques mots entre la cabine et la « tour », toutes les coordonnées sont rentrées dans l'ordinateur de bord, les derniers réglages sont effectués, les sabots qui entravent le train d'atterrissage sont enlevés par les agents au sol habillés de jaune. Le « Ruslan » bouge, il est tracté par le plus gros tracteur de l'aérodrome qui le manœuvre et vient le positionner en bout de parking. Le tracteur se déconnecte, le chauffeur fait un signe au commandant sur le côté gauche – au loin devant le nez de l'avion, le pilote de piste fige ses deux panonceaux vers le ciel et se sauve vers le tracteur. Encore une minute freins bloqués, puis les moteurs montent en puissance presque maximale – le paysage défile de plus en plus vite, les roues du train cognent la piste, les oreilles encaissent le bruit qui s'estompe dès que le décollage prend effet, au bout d'une minute un bruit sourd indique que le train d'atterrissage est rentré avec ses nombreuses roues, une quinzaine de minutes de montée jusqu'au palier « 110 » et un vol de croisière commence en direction de Kourou. C'est un vol très léger pour un Antonov-124 car il transporte cette fois-ci, pratiquement « que du volume » : un total de cinq tonnes de marchandise qui se composent des quatre modules et de leur emballage spécial, alors que « Ruslan » peut soulever au maximum 150 tonnes sur une courte distance, mais aisément 120 tonnes sur 4800 kilomètres, ou aussi 80 tonnes sur 8400 kilomètres, alors avec ces 5 tonnes bien arrimées et légères on se sent presque à vide, un véritable plaisir de voler avec légèreté sans cette appréhension qui existe toujours malgré la conviction que cet avion peut le faire, lorsqu'il transporte des charges autrement plus importantes. Après une heure et quinze minutes de vol l'Europe est déjà derrière. Point de contrôle par la tour, au-dessus des Iles Canaries. Après un vol de sept heures dans un ciel azur l'AN-124 annonce son arrivée imminente à Cayenne et le navigateur demande l'autorisation d'atterrir, simple formalité tout le monde est au courant. La plupart du temps au pourtour des aéroports les espaces sont dégagés et de la cabine, la longue piste dessine une belle bande toute droite et claire. L'AN-124 atterrit, freine et vient se positionner près des hangars qui attendent l'ouverture des hayons. En quelques minutes c'est chose faite. Les modules sont délicatement débarqués, on contrôle les indicateurs d'incidents qui peuvent virer « au rouge » - ils indiquent un bleu rassurant témoin d'une parfaite attention de tous ceux qui ont eu à faire aux maisons de spationautes. Une fois le déchargement terminé, les documents signés et tamponnés, l'équipage remonte dans son aéronef et repart pour une nouvelle mission que seule la tour de contrôle connaît. La destination est Santiago du Chili. De grosses turbines d'un barrage doivent revenir d'urgence dans les usines françaises où elles ont été construites, un éboulement les ayant détériorées, autrement elles pouvaient fonctionner à l'infini avaient assuré les ingénieurs. Transportés sur deux longues remorques tractées par deux tracteurs routiers en convoi exceptionnel, les modules d'habitation sont en une heure de temps dans les hangars où ils sont déshabillés de leur emballage et désaccouplés de leur palette. Le lendemain on vérifie qu'elles ont été correctement pliées de sorte à ne pas dépasser un diamètre de trois mètres. Certains équipements sont placés dans des endroits prévus à cet effet. Deux modules sont assemblés pour former un étage de fusée de dix mètres. La carrosserie de l'étage est lisse. Devant l'étage à modules d'habitation se trouve un tube toujours de trois mètres de diamètre, mais long de sept mètres, c'est l'espace cargo qui renferme des réserves alimentaires et 800 litres d'eau, plus d'autres matériels. A la pointe au bout se trouve le bouclier thermique. Derrière l'ensemble des modules, sont arrimés les trois étages à carburant comprenant le premier, le plus gros avec six mètres de diamètre avec ses quatre boosters et le deuxième étage lanceur. Quant au troisième il sert de réserve pour l'atterrissage sur Mars. 90 mètres de hauteur et une puissance telle que le complexe spatial décollera du sol et propulsera ses 2500 tonnes en quelques 900 secondes pour ne peser que 120 tonnes lorsqu'il sera dans l'espace interplanétaire sur sa trajectoire en direction de Mars. Tout est prêt pour le premier départ du 2 octobre 2013 ainsi que pour le deuxième du 6 octobre 2013.

2 octobre 2013 à Kourou. Sa secrétaire lui remet son billet d'Air France Paris Orly-Cayenne et retour et lui tend celui de Marc Peyratener. Arnaud Rivière lui dit :
- Ecoutez Clothilde, vous pourriez tout de même lui transmettre son billet vous-même à Marc !
- Oui mais je n'osais pas sans vous en avoir averti Monsieur Rivière !
- Oh arrêtez donc Clothilde, nous ne sommes pas dans un jardin d'enfants, portez lui son billet je vous prie, nous prenons le vol de 10h45 le AF608 comme d'habitude à Orly, pas demain, mais après demain matin le 30 septembre.
- Oui comme d'habitude, je lui apporte immédiatement, mais j'y pense, il revient de Bons en Châblais vers 14 heures par le TGV et

pour celui-là le terminus est à Gare de Lyon, oh ça ne fait rien je l'attendrai.

- Vous faites au mieux comme vous voulez, mais transmettez-lui son billet et rendez-vous après demain à Orly à 8 heures dans le hall des départs, terminal Ouest. Oui le TGV pour un gars tout seul et quand il n'y a pas urgence, nous ne demandons pas de dérogation pour qu'il s'arrête à Fontainebleau. De la Gare de Lyon à Fontainebleau, il en a pour 50 minutes, envoyez le chauffeur le chercher Clothilde.

- C'est bien compris Monsieur Rivière !

Clothilde a soixante et trois ans, elle a travaillé de longues années à l'OSE et maintenant pour la NSEA. Tant pis pour les directeurs de l'organisation, elle est indélogeable même contre une jeunette. De toute façon à la NSEA la femme est respectée et sa dignité n'est jamais mise à l'épreuve, aussi la compétence est la meilleure façon de rester en poste à la NSEA et tout le monde le sait. Clothilde est pilote chevronnée sur des Yak-52. Elle a toujours su garder sa licence étant stricte avec elle-même, par le sérieux de ses entraînements ainsi que sous l'effet grisant de sa passion : l'aéronautique et l'astronautique. Elle connaît tous les dossiers et même si sa voix devient tremblotante elle répondra toujours sans commettre la moindre erreur, sauf aujourd'hui – elle a oublié que Marc Peyratener n'était pas encore arrivé, elle se rattrapera en l'attendant jusqu'au soir s'il le faut, de toute façon par la force des choses de sa passion, elle habite en face !

Marc arrive à 19 heures au bureau de Fontainebleau, le chauffeur ayant été le prendre à la gare, sinon il ne s'y serait pas présenté, il serait allé directement à son studio que chacun des spationautes détient à sa disposition dans l'enceinte de la NSEA. Clothilde lui remet son billet, lui souhaite bon voyage à Kourou et s'apprête à partir dîner chez elle, lorsque Marc l'interpelle :

- Clothilde, je peux vous dire un mot, il faut que je parle à quelqu'un en qui j'ai une confiance absolue !

- Bien sûr Marc de quoi s'agit-il ? Répond Clothilde et Marc se confie :

- Clothilde depuis toujours, dans tous nos entraînements, nous avons aussi nos entretiens avec les psychologues qui nous encouragent en nous mettant devant la réalité des faits présents et à venir, ce n'est pas parce qu'ils nous mettent en garde vis à vis de l'expérience que nous avons tous décidé de mener, que je prends conscience de tout ce qui peut nous arriver, la seule raison que tous les spationautes qu'ils soient américains, russes ou européens comme mes copains les plus proches évoquent, c'est que nous avons confiance.

- Et bien mon petit Marc, si vous avez cette confiance, il n'y a pas de problème. Vous savez où vous allez, vous êtes entraîné pour faire face à toutes les situations qui peuvent survenir, pendant le lancement, pendant le transfert qui durera de longs mois, pendant votre séjour sur la planète inconnue en faisant face aux tourmentes des vents de poussière rouge, de la pauvreté extrême de l'atmosphère, de la gravité insuffisante à vos sens, de la pénibilité mais contrôlée à chaque instant de votre vie de chaque jour et de chaque nuit extrêmement froide et aussi du long trajet de retour – oui vous êtes entraîné à affronter toutes ces situations, mais n'oubliez pas ; dès votre retour sur terre en juin 2018, avec vos collègues vous deviendrez très riches !

- Clothilde, je sais cela. Mais nous ne deviendrons jamais les plus riches du monde malgré le courage que nous aurons prouvé, les fortunes les plus grandes auront toujours ce sentiment malsain d'être « supérieur » à nous, alors que c'est nous qui ouvrons le chemin de l'avenir pas eux – eux ils tapent sur leur claviers pour s'empocher de l'argent sans aucun sentiment de remords ou de peur.

- Oh la peur, un jour ils pourront l'avoir, cela s'est toujours passé ainsi dans le passé, mais pourquoi voulez-vous vous comparer aux plus riches fortunes Marc ?

- Parce que j'estime que nous avons plus de mérite que ces gens, tout simplement.

- Attendez Marc, le mérite, ces gens comme vous dites, ils vous le reconnaissent et ce n'est pas une raison qu'ils vous cèdent toute leur fortune. Parmi ces gens beaucoup ont cru dans le programme « Mars Pneuma » vous le savez, vous savez qu'ils ont investi, qu'ils ont avancé même peut-être à perte des sommes énormes...

- Oui, ils ont avancé de l'argent, vous dites peut-être à perte, mais pourquoi à perte – ces gens devaient avoir un plan, la certitude qu'en cas de péril sur notre planète, qu'ils auraient la priorité de s'exiler ailleurs, sur une autre planète, voilà la raison, mais lorsque vous dites « investi peut-être à perte » cela voudrait dire qu'on pourrait ne pas revenir et que tout ce programme serait voué à un échec total en investissement et surtout en vie humaine.

- Marc ce n'est pas ce que je voulais exprimer, je voulais dire simplement que les investissements ne seront jamais suffisants par rapport aux dépenses énormes encourues par le programme. Personnellement j'admets que malgré toutes les peurs que ma volonté arrive à mettre de côté avoir une certitude – celle d'une réussite sans faille car dans les études et les expériences menées jusqu'à ce jour, tout nous prouve que les êtres humains que nous enverrons si loin dans l'espace, reviendront sains et saufs. Simplement par le fait de l'intelligence humaine qui a tout prévu et qui a aussi tout expérimenté. D'ailleurs ne vous en faites pas, toutes les premières fusées qui partiront de Kourou, de Houston et de Baïkonour seront le test final confirmé dès qu'elles atteindront Mars, que l'expédition peut aller jusqu'à son terme, c'est à dire nous pourrons envoyer les huit spationautes exécuter le programme sans crainte. Vous conviendrez de cette logique Marc, non ?

- Entièrement d'accord avec vous, vous me répétez les cours que nous suivons quotidiennement. Je ne sais pas Clothilde si vous accepteriez mon invitation d'aller au restaurant, je voudrais continuer un peu cette conversation justement avec vous, si vous n'avez rien prévu de votre côté. Je sais qu'il y a encore des touristes, mais j'aimerais aller à celui qui est en face du château, d'habitude on l'aime bien celui-là, qu'en dites-vous ?

Et Clothilde répond :

- Bon et bien allons-y, il y en a pour un quart d'heure, non je n'ai rien prévu.

- Oui mais c'est moi qui vous invite Clothilde !

- Si vous sentez déjà la richesse arriver, c'est d'accord, allons-y, on y va avec votre voiture, les spationautes ça conduit bien...

Marc prend sa voiture Peugeot 308 décapotable garée dans le parking en face de l'immeuble principal de la NSEA et en un quart d'heure arrive avec Clothilde devant le parking presque vide en face du château. Ils sont accueillis chaleureusement comme d'habitude, ici on connaît beaucoup de personnes employées à la NSEA car ils affectionnent particulièrement cet endroit au panorama prestigieux et surtout la cuisine y est bonne. Marc tire une chaise en arrière et Clothilde prend place, il s'assoit en face d'elle. Ils ont choisi un coin tranquille sans le panorama. Un serveur arrive et prend la commande. Clothilde prend une sole poilée au beurre avec des noisettes de purée au four, accompagnée d'une salade verte – Marc choisi les brochettes d'agneau à la ratatouille avec du riz. Marc choisi une bouteille de vin en ayant demandé à Clothilde si celle-ci lui convenait.

- Le vin de Touraine me plaît ! a t-elle dit.

Quelques plaisanteries de la part de Marc font sourire la dame bientôt en retraite forcée et Marc ajoute :

- Moi les brochettes et la ratatouille, c'est une habitude d'enfance, vous savez que je suis de Perpignan. C'est évidemment ma mère qui prépare ce plat mieux que personne.

- Bien sûr que c'est votre maman la meilleure cuisinière, mais quelque chose me dit que vous avez quelque chose sur le cœur, alors dites-le Marc !

- Je vais vous décevoir Clothilde. Je reste spationaute potentiel, mais je ne veux plus m'embarquer pour Mars. Ce n'est pas que j'ai la trouille, jusqu'à il y a quelques mois la décision était prise, j'avais peur en cas de malheur de faire de la peine surtout à ma mère, bon à mon père aussi mais c'était surtout pour ma mère...

Clothilde secrétaire d'Arnaud Rivière est au courant de tous les dossiers, elle exprime sa réflexion :

- Vous savez Marc, tous les autres n'ont pas d'attache, je veux dire qu'ils n'ont pas de famille – tiens versez moi du vin - ils ont quitté leur famille lorsqu'ils en avaient une, d'autres n'en avaient pas connaissance aussi bizarre que cela puisse paraître, ils sont rentrés à la NSEA comme on rentre dans les ordres. Ces questions vous avaient été posées et vous aviez répondu que vous n'aviez pas d'attache suffisamment forte pour vous retenir contre le programme « Mars Pneuma ». Maintenant vous annoncez que vous n'y participerez pas. Bon en ce qui vous concerne je dois dire que je ne suis pas étonnée, savez vous pourquoi ?

- Non ! Réplique Marc et Clothilde continue :

- Et bien parce qu'à la moindre occasion vous filez à Perpignan. Votre mère bon d'accord, mais il y a peut-être autre chose non ?

- Si ! Vous avez raison, c'est Svetlana, la russe que j'avais connue à Moscou lorsque j'y avais été avec mon père pour ses affaires. Nous voulons nous marier et elle ne veut pas que je parte pour Mars, ma mère non plus d'ailleurs...

- Et bé que voulez-vous que je vous dise, vous le direz vous-même à Monsieur Rivière ?

Et Marc répond :

- Bien sûr que je lui dirai demain, cela ne m'empêchera pas de continuer, on pourrait m'aiguiller pour les expéditions vers la station spatiale, je reste dans mon domaine de l'exploration de l'espace sans m'envoler à perpette, c'est tout. Un petit dessert Clothilde...

Après le dessert Marc raccompagne Clothilde chez elle le cœur soulagé. Il sait très bien qu'elle répétera tout à Arnaud Rivière, cela lui fait une étape de moins à affronter, du moins cela atténuera la réaction d'Arnaud Rivière se dit-il.

Lendemain matin Marc se rend au bureau et rencontre Arnaud Rivière. Ils se parlent franchement et Marc a tout de suite compris que Clothilde lui a tout dévoilé, déjà peut-être la veille au soir, comme on dit, par téléphone. N'empêche que le surlendemain matin Marc est à Orly au Terminal Ouest à 7h45 il est arrivé par taxi. Arrive Arnaud Rivière et ils embarquent à bord de l'Airbus-340 pour Cayenne. Pendant le vol, et pendant le plateau repas, deux heures après le décollage d'Orly du vol 608 est au-dessus de l'Océan Atlantique abordant le survol des Açores, Arnaud Rivière dit à Marc :

- Ecoute Marc, je ne vais pas te parler de ton désistement devant les autres, on passe cela sous silence donc parmi les trois de ceux qui ont été désignés, il n'en partira que deux ça tu le sais- ce voyage nous fait perdre un temps précieux à ne rien faire pendant pratiquement dix heures. Et oui le temps d'arriver à Orly, le temps du vol et le temps qu'on nous amène de Cayenne à Kourou, sans compter le temps de nous reposer de tout ça, bon enfin on ne peut pas faire autrement.

- Vous n'avez qu'à dormir Monsieur Rivière, ça vous délassera !

Répond Marc et Arnaud Rivière se met à somnoler, mais au bout de cinq heures de vol, il se réveille toujours au-dessus de l'Atlantique :

- Tiens Marc, c'est dans ces environs que le drame s'était produit, tu te souviens – l'Airbus-330 de Rio de Janeiro - Paris CDG, il s'était abîmé par ici, c'était arrivé là dans cette région au-dessus de l'océan que nous survolons.

- Bien sûr que je m'en souviens, c'est pas vieux cette catastrophe, c'était en 2009 !

Répond Marc et Arnaud Rivière continue :

- C'étaient les sondes qui transmettent les données de vitesse à l'ordinateur de bord qui avaient givré et l'avion n'était plus guidé normalement en pilotage automatique, tout devenait anarchique, le copilote essayait de gérer la situation, le commandant était revenu d'une absence de la cabine et ils avaient essayé de mettre pleins gaz, l'avion remontait à pic et avait perdu de sa portance. L'avion n'avançait presque plus et malgré la toute puissance de ses deux réacteurs il descendait la queue la première à 120 km/heure pour s'écraser à la surface de l'océan. C'était horrible, passagers et équipages tous morts en deux, trois minutes.

Marc reprend :

- Ils ne comprenaient pas ce qui se passait en cabine, tout était déréglé, les indicateurs affichaient des données incohérentes – le pilote au lieu de tirer sur le manche, ce qui le faisait grimper, aurait du au contraire le baisser et faire planer l'appareil en réduisant la vitesse. S'il avait fait une telle manœuvre, cela aurait sauvé et les passagers et l'équipage. L'avion aurait planer pendant une heure ou deux en manuel, les sondes captrices de vitesse auraient dégivré et le pilote aurait pu à nouveau brancher son pilote automatique et continuer sa route, sans tomber à pic.

Arnaud Rivière regarde songeur à travers le hublot et pense les deux mains jointes :

- Ouais, il descendait sur la queue. Aux informations personne et pas même les spécialistes ne comprenait ce qui s'était réellement passé – on envisageait toutes les éventualités - que l'avion aurait été dérouté et aurait sollicité une autorisation d'atterrissage autre part ou même forcé un aérodrome de les accueillir car ils auraient pu se retrouver sans radio après un coup de foudre ou que l'avion avait pu exploser en vol suite à un attentat ou une panne telle qu'une explosion des réservoirs suite à une fuite ou à une étincelle, ou même qu'une météorite ait pu le détruire partiellement ou entièrement et provoquer sa chute dans l'océan – on cherchait avec les avions de la Marine dans les heures qui avaient suivi – on ne trouvait pas le moindre débris, pas la moindre trace. On évoquait même le triangle des Bermudes avec ses mystères, il faut dire que la zone toute proche avait enregistré de bien nombreuses catastrophes, les cyclones et les orages violents sont fréquents à ces endroits, ils auraient pu endommager irrémédiablement des éléments essentiels de l'appareil et provoquer le drame. On voulait abandonner les recherches au bout de quelques semaines et une année plus tard, enfin de compte les recherches avaient été reprises sur l'insistance des familles qui suite aux découvertes concrètes pouvaient enfin faire leur deuil. Certains corps avaient été retrouvés et d'autres laissés au fond de l'océan comme pour ne plus les perturber selon les vœux des proches.

Marc écoute et ajoute :

- C'est à quelques mois près, qu'un Boeing-737 d'une compagnie néo-zélandaise était en réfection dans le sud de la France, il avait notamment été repeint, il avait fait un vol d'essai au-dessus de la région du Roussillon et à son retour, il avait tourné à gauche au-dessus d'Elne ; normalement c'est toujours à cet endroit que cela se passe mais quelques cinq ou sept kilomètres après son virage, il était devenu incontrôlable. Le pilote avec des techniciens et un représentant de la compagnie néo-zélandaise, ils étaient sept, ils se sont écrasés à grande vitesse en piquant avec un angle de 15 ou 20° dans la mer Méditerranée au large de Saint Cyprien. Vous connaissiez la raison Monsieur Rivière ?

- A vrai dire, je ne m'en souviens pas, non je ne sais pas…

- Vous étiez certainement à Houston à ce moment là. Et bien on pense que lorsque l'avion avait été repeint, ils avaient enduit inopinément de peinture les sondes captrices de vitesse, c'était une version parmi d'autres.

Dit Marc et Arnaud Rivière répond :

- Oui, mais bien sûr que je m'en souviens, c'est bien triste tout ça. Enfin on arrive bientôt à Cayenne. Je ne sais pas s'il ne faudrait pas te laisser au bagne pour ton désistement, ha, ha, ha. Ça y est on voit la terre comme disaient les marins avant.

Arnaud Rivière et Marc Peyratener vont directement à leur hôtel à Kourou pour déposer leurs affaires. Quelques ingénieurs se joignent à eux et ils prennent tous ensemble leur repas. A 14 heure 30 les voitures les emmènent sur la base de lancement au poste de commandement, la grande salle aux ordinateurs. Une jeune femme guyanaise recueille toutes les dernières données, elle s'entretient avec chacun des opérateurs et papillonne de l'un à l'autre, c'est elle qui donnera le signal demain à la première heure. Arnaud Rivière lui demande :

- Le tir aura bien lieu à 8 heures Héloïse ?

- Oui Monsieur Rivière, mais il faudrait venir une heure avant, parce tout sera ficelé dès ce soir, aucun détail ne pourra plus perturber le compte à rebours. Demain à 8 heures pile, mise à feu des tuyères et le vaisseau VREN-3 prendra son envol. On a la fusée en visu devant là ; mais nous, on voit tout ça sur les écrans.

- Bien compris Héloïse, nous allons sur le pas de tir, vous venez Marc !

Le chauffeur d'un véhicule de piste emmène les deux hommes tout près du complexe fusée-cargo. De légers filets de vapeur s'échappent de plusieurs endroits du corps de la grosse fusée. Des tuyaux et des câbles d'alimentation électrique sont connectés à la fusée du haut de la tour à 80 mètres de hauteur. Les câbles et les tuyaux suspendus forment un arc de cercle. Des ingénieurs viennent près d'Arnaud Rivière et l'un d'eux lui dit :

- Tout est fin prêt pour demain patron !

Arnaud Rivière lui répond :

- Le remplissage de tous les éléments est terminé ?

- Oh oui depuis deux jours, les tuyaux sont ceux qui ont rempli les réservoirs en hydrogène et aussi en oxygène, on les laisse jusqu'au tout dernier moment de façon à s'assurer que la pression reste bien celle qu'on a décidé de leur attribuer, pareil pour les câbles électriques et les télécommandes.

- Oui, c'est ce qui provoque les petites échappées de vapeur à partir des soupapes de sécurité. Donc au-dessus des boosters, le deuxième et le troisième étages, puis en quatrième position se trouvent nos deux modules d'habitation avec du fret, puis le bouclier.

- Oui Monsieur Rivière, le complexe est rehaussé de dix mètres, les capacités en carburant sont augmentées pour assurer la livraison du quatrième étage.

- J'ai vu Héloïse tout à l'heure, elle m'a dit que vous avez rempli les réservoirs jusqu'à 702 tonnes en oxygène et 175 tonnes en hydrogène, c'est bien ça ?

- Euh oui patron, les quantités normales pour « l'EN » sont de 602 tonnes de O2 et de 100 tonnes d'H2, les ingénieurs russes nous ont donné cette consigne du fait du rehaussement du lanceur à 98 mètres de hauteur.

- Ouais, impec ! Dit Arnaud Rivière et l'ingénieur continue :

- Ils disent que tous leurs lanceurs, qu'ils soient lancés d'ici ou de Baïkonour devront suivre ce protocole, sauf que de Baïkonour, ils veulent rajouter 20 tonnes d'O2 et 3 tonnes d'H2, à cause de l'éloignement de l'équateur. Ah oui Monsieur Rivière ils souhaitent que j'assiste à Baïkonour à leurs lancements prochains, vous le saviez ?

- Bien sûr Pierre, vous êtes prévu là bas, nous le savons tous, ils comprennent l'efficacité sans faille des ingénieurs français et nous autres à la NSEA de Fontainebleau, nous vous faisons entièrement confiance. Tiens voici Igor Samsonov - bonjour Igor, tout va bien ? Une belle hauteur ces 90 mètres messieurs, c'est une très jolie réalisation Igor !

Et Igor Samsonov répond :

- Oui Arnaud, tout va bien. Nous avons tout contrôlé avec nos ingénieurs et aussi avec Pierre, ils connaissent bien leur fusée ! « EN » n'a jamais eu de problème, les problèmes lorsqu'il y a eu une explosion à Baïkonour venaient de facteurs indépendants de notre conception Arnaud. Tout se passera très bien, nous sommes sur place pour cela. Allons plutôt manger quelque chose. Vous savez que nous avons besoin de Pierre chez nous.

- Oui nous le savons. Pierre vous nous accompagnez au resto c'est juste à côté de l'hôtel, on y mange bien chez « Lorette » !

- Ouais, j'le connais bien c'resto, c'est vrai c'est cuisine familiale, y a toujours du monde chez « Lorette », à quelle heure ?

- 18 heure 30, les Russes préfèrent manger tôt eux, ils peuvent commencer même à 16 heures sans problème, n'est-ce pas Igor ?

- Tout à fait correct Arnaud, mais bon à tout à l'heure à 18 heure 30 chez « Lorette ».

Les voitures de piste raccompagnent tous les techniciens, sauf celle d'Arnaud Rivière. Reste sur place uniquement une patrouille de gendarmes d'une douzaine de militaires. Cinq ou six gendarmes dont le commandant, se trouvent à l'intérieur du car bleu marine – ils assurent la permanence à la radio et d'autres relevés les occupent. Les vitres sont teintées, les portes sont fermées, l'air conditionné est branché et fonctionne à fond – le car est connecté au système électrique du « pas de tir ». Arnaud Rivière s'approche du car et frappe à la portière – on lui ouvre :

- Entrez Monsieur Rivière, entrez donc !

- Bonjour commandant, bonjour Messieurs, tout va bien, votre présence ici est primordiale. Certains peuvent se demander ce que vous faites, c'est parce qu'ils n'ont pas assez réfléchi, je sais que par moment ça peut paraître long, mais je tiens à vous remercier – on ne sait jamais ce qui pourrait survenir.

Dit le patron de la NSEA de Fontainebleau et le commandant Delcourt lui répond :

- Merci de votre visite Monsieur Rivière, malgré qu'il fasse aussi chaud dehors, ça nous fait du bien d'être réconforté, parce c'est vrai, il ne se passe rien de spécial ici. Nous avons nos patrouilleurs tout autour du site qui sillonnent les chemins de ronde le long des barbelés avec nos deux blindés comme autour des aérodromes principaux en métropole et il ne se passe rien, heureusement. La raison principale de notre présence est que nous sommes sous les ordres directs du ministère de la Défense, c'est le Ministre qui sait ce qu'il fait. Vous savez il peut y avoir de simples farfelus qui voudraient s'introduire sur le site, mais le pire serait une situation inattendue, comme celle d'un attentat. Un attentat dicté par des illuminés déboussolés qui en voudraient à la technique moderne, aux avancées technologiques, vous savez que certains voudraient en rester à la bicyclette ou à la charrette attelée à un cheval. Remarquez que la bicyclette s'insère parfaitement comme moyen de transport pour l'avenir, la bicyclette jouit d'un engouement de tous les citoyens. Dans mon village de Mareaux-aux-prés dans le Loiret, les vieux depuis toujours se déplacent à bicyclette et jusqu'à maintenant – remarquez ils ont aussi leur voiture, mais pour les petits déplacements la bicyclette reste bien « la petite reine ». Bon, mais il y a bien d'autres raisons, que vous et le ministre savez, dans ce monde évolué comme jamais. Toutes les folies sont à prendre sérieusement en considération Monsieur Rivière.

- Vous avez raison commandant Delcourt. Vous pouvez vous libérer pour 18 heures 30 pour aller chez « Lorette » ? On y sera avec quelques amis qui y sont tous pour quelque chose dans cette situation que vous connaissez si bien ici.

Et le commandant Delcourt répond :

- Je serai des vôtres Monsieur Rivière avec plaisir, le capitaine prendra le commandement.

Arnaud Rivière monte dans la voiture de piste qui l'emmène jusqu'à son hôtel. Le temps de prendre une douche, de se reposer un peu et c'est déjà 18 heures. Alors il enfile un pantalon, met une chemise, des chaussures légères et jette son sac en bandoulière sur l'épaule gauche. Il traverse la rue qui ressemble à une rue du farwest dans le désert et se retrouve chez « Lorette ». Il est pile 18 heures 30. Les autres arrivent chacun leur tour, le commandant Delcourt, Marc Peyratener, Pierre l'ingénieur, Igor Samsonov avec trois de ses collègues ingénieurs et physiciens et le chef des opérations de la salle de commandement aérospatial de la base. Un chef de file vient les aider à prendre place, en déplaçant des chaises, en en ajoutant d'autres, en rectifiant l'alignement des deux tables l'une dans le prolongement de l'autre. Tout le monde est installé.

- Messieurs je vous laisse un moment avec la carte, prendrez-vous un apéritif ?

La réponse générale est oui ! Et du punch s'il vous plaît ! L'homme revient avec un grand verre pour chacun et une « bassine » avec du punch.

- Messieurs la maison est heureuse de vous offrir cet apéritif, mais aujourd'hui est un grand jour pour Kourou, aussi vous êtes les invités de Lorette. Passez vos commandes pour les plats chauds, nous amenons déjà les hors d'œuvres.

- Merci à vous Eric et merci à Lorette ! S'exclame Arnaud Rivière. Igor Samsonov est étonné et dit aussi avec son accent en roulant bien les « rrr » ; Merci !

Plusieurs serveurs viennent avec des hors d'œuvres de toutes sortes, des saladiers remplis de taboulé, de harengs fumés aux oignons, de longs plats de charcuterie, des pois chiches en salades aux herbes parfumées, des asperges cuites tièdes avec de la sauce Morlaix, des cœurs de palmier, des tranches de tomates, de concombres et de l'oignon rouge de Toulouge la spécialité des Pyrénées orientales. Des discussions de toutes sortes fusent à travers la table, le commandant Delcourt précise :

- Oh mais ne vous inquiétez pas messieurs, je délègue, et oui je délègue, eux quand ils s'amusent je ne suis pas toujours là, quoique parfois on fait la fête ensemble, mais la permanence est toujours assurée – nous avons trois capitaines et trois relèves, vous avez bien compté cela fait trente six hommes.

- Vos femmes sont avec vous ? Demande un Russe et le commandant Delcourt répond :

- Malheureusement non, ici nous sommes en mission – comme vous !

- Qui boit quoi ? Demande Arnaud et on consulte la carte des vins. Le sommelier arrive et donne ses conseils :

- Messieurs, si vous prenez du homard ou du poisson je vous conseille un Bordeaux blanc, le Château Pereac par exemple, si vous optez pour des brochettes de viande ou de la viande au grill, je vous conseille un Bordeaux rouge, du même Château Pereac !

- Et bien nous prendrons quatre fois deux si vous voulez bien monsieur le sommelier, s'avance Marc Peyratener et il ajoute : Comme ça tout le monde sera content et le Château Pereac aussi par la même occasion.

Pierre l'ingénieur apprécié des Russes lui dit :

- Ça c'est bien envoyé Marc, t'as bien calculé ton coup, et bien moi j'prendrai bien du homard à la mayonnaise !

Homard aussi pour les quatre Russes à la mayonnaise et aussi à la sauce américaine, brochette par-ci, viande grillée par-là, les serveurs déposent des plats bien garnis de sorte que chacun prenne lui même sa commande et se rajoute autre chose. Garniture, riz, pommes de terre en salade, salade verte... les fromages, les desserts et les armagnacs ont fait délier les langues. Tout le monde parle avec tout le monde. Pierre dans une conversation précise :

- Si monsieur ! Ça te paraît impossible et bien tu verras demain, 2800 tonnes de poussée !

- Merci Lorette, merci à vous tous...

Disent pratiquement tous les invités chacun leur tour, puis aux serveurs :

- A bientôt, à la prochaine c'est nous qu'on paye !

- Pas de problème dit le maître d'hôtel, si vous payez on accepte aussi, nous vous souhaitons une bonne réussite demain, au revoir !

Ce genre d'au revoir revêt un soupçon d'incertitude et aussi une certaine inquiétude pourtant refoulée. On s'attarde un peu à regarder un peu plus longtemps son interlocuteur dans les yeux, a t-il des raisons de croire que ça ne réussira pas ? Mais bien sûr que non, nous faisons entièrement confiance à nos génies – oui mais, si quelque chose clochait demain ? Mais, non tout ira bien on a tout contrôlé, vérifié selon le protocole spécial de surveillance suisse et aussi selon nos protocoles, ceux de la NSEA.

Le lendemain matin à six heures, Marc sort de sa chambre dans son pyjama et va frapper à celle d'Arnaud Rivière. Il l'appelle « patron » par humour, comme on fait dans les films :

- Hep patron, vous êtes réveillé ?

- Bien sûr, qu'est ce que tu crois, depuis quatre heures je ne dors plus, on descend tu es prêt ?

- Euh, j'arrive, je m'habille en une minute, j'ai un peu mal au crâne, il me faut du café !

En fait Marc a eu le temps de prendre une douche rapide et de s'habiller en une minute et trente seconde. Il s'est même séché et le voilà sur le palier.
- Tiens, t'es prêt toi, allons-y. A sept heures moins le quart on file sur le site à la salle des contrôles.
- Ouais, ouais, on a le temps Monsieur Rivière ! Qu'est ce qu'il y a là, oh des œufs brouillés à l'anglaise avec des toasts, c'est mon truc ça, tiens j'en prends et puis le café sinon j'tiendrai pas l'coup !
Arnaud Rivière répond à Marc :
- Oh t'as raison je prends de tout ça aussi, et Pierre où est-il, il vient avec nous ? Et au serveur il ajoute : Oui un bon café s'il vous plaît ! Marc répond à Arnaud Rivière:
- Mais Pierre, c'est un lève-tôt, il est ici depuis un mois à ce qu'il m'a dit, il doit être déjà là-bas. Bon c'est quand vous voulez !
Les deux hommes sautent dans la voiture à leur disposition et filent en direction de la salle de contrôle à deux milles mètres d'ici. Marc vient de parquer la voiture en marche arrière et en descendant, tous deux regardent vers la fusée debout comme la veille sur le pas de tir au loin, avec toujours ce petit flux de vapeur qui lui sort du corps. Il est sept heures et cinq minutes. Arnaud Rivière vient s'asseoir derrière l'écran qui lui est dédié, Marc en prend un derrière. Un silence attentif règne dans la salle, seule une jeune femme s'affaire d'un pupitre à l'autre, c'est Héloïse, elle dit « bonjour » puis s'en va derrière. Les hommes regardent un coup sur l'écran, un coup sur le compteur à rebours qui égraine les minutes et les secondes et aussi les dixièmes de seconde – les heures ne sont plus indiquées que par un zéro. Il n'y a plus rien à toucher, tout a été déjà réglé dans le moindre détail. La seule chose à faire est de regarder l'écran de l'ordinateur ou le compteur à rebours au-dessus du grand écran panoramique, qui transmet l'image de VREN-3. On se regarde, on regarde dehors, elle est toujours là avec sa

petite vapeur qui s'échappe et ses câbles pendants, puis arrive l'espace-temps des derniers moments avant l'événement, 8-7-6-5-4 - à −3 Marc se demande en une fraction de seconde s'il ne vaudrait pas mieux regarder la fusée au loin en direct et non sur l'écran. L'image de l'écran lui parvient avec un petit retard par rapport à celle qu'il perçoit en réalité, l'information circule à la vitesse de la lumière mais légèrement moins vite puisqu'elle passe par tous les détours des câblages, alors il sort et regarde en direct derrière un écran protecteur. … « 2-1-Ignition ». Il voit en direct une image qui lui parvient plus rapidement que celle que perçoivent Arnaud Rivière, Héloïse et les autres dans la salle. Un nuage de flammes énormes envahit le parterre autour de VREN-3 - ils ressentent une chaleur intense les envahir et toute la terre tremble autour d'eux à plusieurs kilomètres du pas de tir. Des choses étranges se passent, les flammes montent vers le corps de la fusée et enveloppent les boosters, ça peut les faire exploser se dit Marc. Les flammes, la vapeur et la fumée obstruent l'horizon, on aperçoit que les câbles sont tombés et ne sont plus accrochés à la fusée qui déjà bouge à peine et se lève peu à peu, toute droite sans flancher ni d'un côté ni de l'autre, elle n'est plus collée au sol. Elle prend de la hauteur, un mètre, deux, cinq, dix puis elle dépasse les tours de service de 80 mètres, qu'ils appellent « plateaux » le vrombissement rend sourde quelque temps toute l'assistance, quelques carreaux ou des vaisselles se cassent, plus que d'habitude. Toutes les formules sont ressassées et passent dans les têtes des concepteurs en même temps que sur les ordinateurs à bord du complexe lanceur-fusée-vaisseau-cargo spécial en défilant sur certains écrans où les chiffres imposent leurs froides réalités :

$$Et = \frac{1}{2} mV2 - \frac{\mathcal{E}Mm}{r} \quad \text{par toutes les coordonnées :}$$

Energie totale communiquée à une charge! Pour que la charge lancée d'un point de la Terre de rayon R s'éloigne indéfiniment (mais jusqu'à un certain but) il faut que l'énergie totale soit positive, la vitesse minimale de lancement est la vitesse de libération, telle que :

$$\frac{1}{2}mv^2 - \frac{Emm}{r} > 0 \rightarrow v \geq \sqrt{\frac{2eM}{R}}$$

Vitesse de libération communiquée instantanément au sol terrestre, bien entendu, mais dès l'instant « ignition » la masse de 2500 tonnes entame déjà sa réduction progressive, avec une poussée de 2800 tonnes !

Un des ingénieurs russes dit à son collègue, près de qui se trouve Marc :

- Je suis certain qu'on aurait pu lui inculquer 2600 tonnes de poussée, cela aurait été suffisant et on aurait embarqué moins de « Propergols » !

Et Marc lui répond :

- Ah ouais, c'est vrai, vous, vous utilisez de la poudre pour les boosters, mais es-tu sûr que vous avez embarqué suffisamment de carburant, t'aurais pu en mettre 100 tonnes de plus non ?

Le Russe répond à Marc :

- Oui, on aurait pu, mais nous ne l'avons pas fait ! « *Nonne, nonne* Marc, le calcul est parfaite, il ne fallait pas et il ne faudra jamais « ni plus – ni moins » !

Le VREN-3 s'est déjà séparé de ses boosters qui retombent doucement dans l'océan où aucun navire ou yacht ne croise en cette période jusqu'au 7 octobre 2013 inclus et jusqu'à minuit. Tous les curieux et les scientifiques se sentent soulagés de l'éloignement du tremblement de toute chose et de la terre ainsi que du bruit infernal – encore un léger bruit sourd persiste en provenance de l'ionosphère, de l'espace, un petit sifflement chuintant comme une fuite d'un conduit d'eau et même celui-ci s'estompe En seize minutes, le silence de la nature règne à nouveau sur la Guyane française. Maintenant c'est vers la salle de contrôle que se porte toute l'attention des journalistes où les spécialistes continuent leur travail de traque, de contrôle et de corrections diverses. Quelques bouteilles de champagne claquent et les verres se remplissent. Héloïse enlace chacun de ses collègue l'un après l'autre et voici qu'elle embrasse les filles contrôleuses de données qui rayonnent de joie, qu'elles communiquent à tous avec des cris de « hourra ! Bravo les gars ! Sensationnel ! ». Une heure et vingt minutes plus tard le patron de la NSEA, Arnaud Rivière déclare devant les caméras de télévision et les journalistes:

- Mesdames, messieurs nous sommes en mesure à cet instant de vous indiquer que le VREN-3 a déjà effectué un tour de Terre et dans sa lancée profite en ce moment même de l'effet fronde. VREN-3 a entamé sa libération de la gravité terrestre et prend la trajectoire que nous lui avons attribuée. VREN-3 vogue maintenant stoïquement vers Mars qu'il atteindra le 7 avril 2014. La même opération aura lieu ici à Kourou dans quatre jours, puisque VREN-4 partira dans exactement les mêmes conditions le 6 octobre prochain, également à 8 heures du matin. Nous vous remercions.

Tout se passe bien, malgré une appréhension légitime que tous semblent partager par rapport à tout le programme « Mars Pneuma ». Tant de choses restent encore à faire, tant de craintes, de soucis et de peur de ne pas réussir, d'aller jusqu'au bout. Dans les journaux du monde entier, souvent les mêmes remarques reviennent, comme si tous les journalistes s'étaient donné une consigne dans une sorte de syndicat international des journalistes. Le programme est lancé, mais on ne met pas de côté les critiques, elles ne sont jamais bien loin. Les critiques il y en aura toujours et elles ne manquent jamais d'apparaître dans les journaux mêmes qui font les gros titres en louant le prestigieux exploit. Les critiques apparaissent dans les pages intérieures où les analyses se font dans les détails. On aurait pu utiliser ces sommes énormes pour les besoins urgents de l'Humanité, pour améliorer les conditions de vie, de favoriser les recherches médicales. « Jamais les nations n'ont autant dépensé pour un programme ambitieux qui n'aboutira à rien ». « Douze fusées qu'ils veulent envoyer, douze ça n'est pas comme s'ils en envoyaient une seule et sachant combien coûte le lancement d'une seule fusée, où va t-on là ? » Demandent des milliers d'hommes à d'autres au comptoir des cafés. La vie continue normalement à Kourou. Les techniciens, s'approchent du pas de tir encore chaud, inspectent, regardent constatent : Les tableaux n'ont pas souffert des flammes, quelques consommables sont carbonisés et sont remplacés le jour même par de nouveaux, comme les tuyaux, les câbles et autres matériels qu'on ramène des hangars déjà chargés à l'avance, dans les camions 4x4 de la base. Une odeur de brûlé persiste toute la journée. Le soir c'est la fête à Kourou. On parle avec les hommes de Fontainebleau, de Houston et de Baïkonour. Ils tous sont satisfaits et attendent maintenant le deuxième tir. Ils savent qu'après viendra le tour de Houston, puis de Baïkonour, puis viendra la longue attente jusqu'au mois de novembre 2015. Le lendemain, c'est à dire le 3 octobre, des manœuvres impressionnantes ont lieu sur la base. Dans le hangar numéro « 4 » long de 60 mètres, haut de 12 mètres et large de 14, la grande porte nord s'ouvre sur un chemin de rails jusqu'au pas de tir où se trouvent les deux tours. Deux essieux à quatre roues de chaque côté sur les gros rails, sont espacés de trente mètres. Ils portent le booster du lanceur « EN » couché de tout son long. Devant, se trouve le tracteur, c'est un pont avec une cabine avec ses huit roues motrices fixées à deux essieux. Lentement le convoi amène le premier étage auprès des tours, le tracteur les dépasse juste assez pour que les grues le soulève et le pose délicatement, millimètre par millimètre sur le béton du pas de tir – à la verticale parfaite. Les techniciens hurlent ou communiquent avec leur talkie-walkie :

- Stop ! Ouais, c'est bon, encore un chouya, à peine deux millimètres, là ça y est, c'est bon ! Hé les gars, vous pouvez poser, écarter les boggies – allez et hop on repart pour le deuxième.

- Mais, qu'est ce que t'as à gueuler comme ça, on a compris depuis le temps qu'on le fait, oh, hé !

- Ça va, c'est pour que t'entendes …

- Ouais, bon on passe au deuxième, tu crois qu'on arrivera à tout monter aujourd'hui ?

- Hé, oh, faut savoir, tu dis ça toi, depuis le temps qu'on le fait ce boulot, alors ouais on y arrivera, tu verras.

Le train, tracteur à quatre essieux (*deux pour la remorque et deux pour le tracteur, en fait les essieux sont double sur chaque rail*) retourne sous le hangar numéro « 4 ». Le tracteur se déconnecte de la remorque et est aiguillé sur le deuxième tronçon à rails sur lequel repose tout prêt le deuxième étage sur une autre remorque à double essieux. Le deuxième étage est amené sur le tarmac près des deux tours où il est soulevé par les grues qui le placent délicatement sur le booster. S'en suit une fixation à déconnexion spéciale, puis arrive le troisième étage à partir du hangar numéro « 3 » suivi de la cabine contenant les deux autres modules d'habitation, avec son bouclier thermique. L'arrimage prend des heures et des heures de contrôle et de vérification. Tout correspond étrangement au travail déjà accompli deux jours auparavant. C'est exactement le même processus. Tout le monde est satisfait. Le troisième jour est consacré à « cajoler » le VREN-4. Le 4 octobre le remplissage des réservoirs se fait dès le matin, le soir déjà une vapeur s'échappe des valves. « Maintenant la force de compression est atteinte en bar F=P*S dit Pierre en regardant vers les haut ! ». Les tuyaux et les câbles pendent comme c'est l'habitude et Héloïse peut voir VREN-4 comme elle voyait VREN-3. Héloïse papillonne d'un ordinateur à l'autre et recueille des données qui recoupent celles qu'elle avait auparavant et Arnaud Rivière lui dit :

- Comme en aéronautique, deux vols se ressemblent mais ne sont jamais identiques, pour nous, deux tirs se ressemblent mais ne sont jamais les mêmes !

- Ça c'est vrai Monsieur Rivière, nous procédons comme si nous voyions cette fusée pour la première fois !

- Mais justement Héloïse, cette fusée vous la voyez pour la première fois !

- Pardonnez-moi Monsieur Rivière mais je l'ai déjà vue dans les hangars lorsqu'elle était en quatre morceaux sur les remorques et d'ailleurs je les ai vues auparavant lorsqu'ils avaient été livrés au port par les deux bateaux russes.

- Oui d'accord Héloïse, ne jouons pas avec les mots, la fusée là, verticale en une pièce, vous la voyez comme moi, pour la première fois, même si vous en voyez d'autres, semblables, elles ne seront jamais les mêmes. D'ailleurs après VREN-4, on n'en prévoit pas avant longtemps ici. Tout est prêt pour vous, on lance demain...

- Oui, oui Monsieur Rivière, c'est bien vrai ce que vous dites – oui pour moi tout est prêt, donc demain à sept heures.

Marc Peyratener reste la plupart du temps avec Pierre l'ingénieur, le soir ils iront encore chez « Lorette », Arnaud Rivière et Igor Samsonov y seront aussi. On fêtera la fin des préparatifs du deuxième vol russe de la NSEA. Lorette vient vers la grande table à nouveau disposée comme le 1er octobre et leur dit :

- Aujourd'hui je veux vous fê goûter du boudin de chez nous !

- Ah non, pas pour moi, merci Lorette !

Dit Marc, suivi de Pierre qui fait la grimace et Arnaud Rivière en veut bien lui... Lorette en dépose devant lui, il goûte et ne réagit pas tout de suite, puis tout à coup :

- Ah nom de dieu, ah, ah, ah ça brûle donne vite à boire Lorette, t'as fais ça pour qu'on te prenne ton Château Pereac, donne vite...

- Ça vous apprendra patron, quand on vous dit que ce n'est pas bon, on sait ce qu'on dit...

S'empresse Marc de taquiner Arnaud Rivière. Et il dit à Pierre :

- C'est bien fait pour lui, il croit tout savoir.

Bien bu, bien mangé, la note est pour Monsieur Rivière. Le lendemain matin après le petit déjeuner, tous ceux qui sont en relation directe avec le programme « Mars Pneuma » sont à nouveau dans la salle de contrôle de la base européenne. Marc reste à l'extérieur, derrière le paravent à vitrage renforcé, il veut encore une fois, voir en direct et non pas sur l'écran de son ordinateur ou même sur le grand écran l'envolée de VREN-4. « 7-6-5-4-3-2-1 ignition », les câbles et les tuyaux tombent, les flammes envahissent le pourtour de « VREN-4 » faisant craindre une explosion du booster, le complexe lanceur-fusée-cabine-cargo s'élève peu à peu, la terre tremble, le bruit est assourdissant, fumée, vapeur un enfer qui fait s'élever « VREN-4 » dans le ciel et au bout de seize minutes, on ne voit qu'un point qui lui aussi disparaît. Arnaud Rivière annonce la bonne nouvelle :

- Mesdames, messieurs, comme pour VREN-3, VREN-4 est en train de débuter sa mission. Le complexe fusée a réalisé un tour de Terre et profite de l'effet de fronde, il se dirige déjà vers la planète rouge, où il est attendu le 9 avril 2014. Je profite de l'occasion pour simplement ajouter que les deux satellites envoyés d'ici même, le 5 et le 7 octobre 2011 et qui sont en orbite martienne fonctionnent parfaitement. Ils nous aideront aux atterrissages et aussi à toutes les manœuvres qui seront en relation avec nos trois bases de Kourou, Houston et Baïkonour. Les deux complexes fusées-vaisseaux VFAR-1 et VFAR-2 sont partis d'ici comme je vous l'ai mentionné à l'instant, en fin d'année 2011 presque « incognito », maintenant vous connaissez les raisons de leur indispensable utilité. La prochaine étape se déroulera à Houston où la NSEA vous invite pour les lancements des autres complexes fusées-vaisseaux-cargo destinés pour le bien-être des spationautes qui iront s'installer sur Mars. Je vous remercie pour aimable attention.

Une petite fête s'en suit chez « Lorette » le restaurant préféré des gens de la NSEA. Arnaud Rivière, Marc Peyratener, Pierre l'ingénieur et l'équipe d'Igor Samsonov prennent l'avion de 18heure25 le vol AF-607 l'Airbus-340 jusqu'à Paris Orly. A l'aéroport d'Orly les Russes prennent immédiatement le bus assurant la navette jusqu'à Roissy–CDG. Igor Samsonov, ses deux ingénieurs et le physicien, arrivent juste à temps au terminal 2B pour le vol SU-575 de 11heurer45, c'est un Airbus-319.

8-10 octobre 2013 à Houston. Léonard Templer ne va pas à la base de Fontainebleau aujourd'hui. Nous sommes le 7 octobre 2013. Il embrasse sa femme et sort une nouvelle fois de son immeuble de la rue du Fer à Moulin à Paris avec sa valise à roulette. De sa fenêtre Béatrice le regarde et lui dit :

- Ah t'as l'air chouette avec ta valoche à roulettes à ton âge, vieux dingue, te rends-tu compte qu'au lieu d'aller t'emmerder à petaouchnok t'aurais pu aller à la pêche, moi si ça continue je retourne à Rennes avec la chienne !

- Oui, bon au revoir, ma chérie, je reviens bientôt !

Léonard va à pied jusqu'à la Gare d'Austerlitz toute proche, d'où il aurait pu effectivement prendre le train et aller à la pêche, mais il monte dans le premier taxi de la file :

- Bonjour m'sieur Roissy terminal 2C, ça ira ?

Et le chauffeur lui répond :

- Sans problème monsieur, à c't heure ça roule, on y sera dans quarante cinq minutes. On écoute les infos sur Europe, ça ne vous fait rien ?

Demande le chauffeur, Léo n'a rien contre et il lui dit :

- Toujours des statistiques, des statistiques, ils n'ont aucune poésie le matin !

Suit une rengaine, puis « Paris s'éveille ». Léo dit au chauffeur :

- Ça, c'est curieux tout de même, à chaque fois que je vais à Roissy à la même heure, j'entends cette chanson !

- C'est pour faire rire les lève-tôt, ça leur donne du punch !

Répond le chauffeur. Paris est rapidement traversé, autoroute A1 et arrivée à Roissy-CDG, terminal 2C. Merci, au revoir, Léo pénètre dans l'énorme hall et se dirige directement au comptoir de la compagnie américaine Delta Airlines où l'attend Stéphane Viardeau :

- Salut, Stéphane !

- Salut Léo, il est 8 heures 45, on y va ?

Et les deux compagnons passionnés par leurs activités passent les contrôles, le comptoir de la compagnie pour l'enregistrement, la police, la douane, le portique détecteur d'objets insolites ou interdits et s'engagent dans le tunnel qui les mène au Boeing-777. Une demi heure plus tard, le gros avion est tiré par un tracteur jusqu'à l'extrémité du parking et de là, les plus gros réacteurs du monde vrombissent et font avancer le B.777 jusqu'en bout de piste où il marque un point d'arrêt. Trente secondes après le gros avion roule et très vite s'élève dans le ciel en direction de l'Ouest. En cours de route, il corrigera sa trajectoire en biaisant vers le sud ; c'est l'ordinateur de bord qui s'occupe de tout cela, le commandant, le copilote et le navigateur suivent toutes les indications sans s'émouvoir. L'atterrissage a lieu à 14 heures locales, le même jour. A l'arrivée à l'aéroport, Léo et Stéphane hèlent un taxi jaune et arrivent à leur hôtel habituel, le « Flying Saucer » situé dans la base même de Houston. Assise derrière son comptoir, Kathy les voit arriver et leur adresse son bonjour de sa voix criarde :

- Hello Léo, hello Stef, how was your flight – Bonjour Léo, bonjour Stef, votre vol ça a été ?

- Yes-e, perfect-e ! Dit Stéphane. On peut monter dans nos chambres, tu nous a donné celles qui donnent côté ville ?

- Yes, je sais que tu n'aimes pas côté hangars de la base avec shelter, oh je veux dire hangar, hi, hi, hi !

Lui répond Kathy, toute émoustillée et Léo lui dit :

- Mais qu'est ce que tu lui as fait, elle a l'air toute bizarre avec toi ?

- Oh mais c'est ma copine, tu sais on se parle tous les jours au téléphone, elle ne peut pas se passer de moi, ce n'est pas de ma faute. T'as bien vu qu'elle a passé deux semaines chez moi à Fontainebleau. Moi tant qu'on a besoin de moi sur le site je reste ici au « Flying Saucer » sinon le week-end j'habite chez elle moi, qu'est ce que tu crois, toi ?

- Moi ? Non j'ai rien vu du tout. Mais qu'est ce que j'ai fait au bon Dieu pour que vous me glissiez tous entre les pattes ?

S'exclame Léonard Templer et Stéphane continue :

- Mais pourquoi, t'inquiètes-tu à ce point, moi quand je reviendrai à Paris, j'lui ai dit de préparer son passeport et sa valise, si elle veut elle vient avec moi et c'est tout...

Léonard Templer parle ouvertement avec Stéphane :

- Non mais tu sais ce qui se passe dans notre équipe de spationautes ? Vous avez la fâcheuse manie de tomber amoureux facilement et au mauvais moment, je ne sais pas si tu le sais, mais Arnaud vient de me faire savoir juste avant notre départ que Marc n'est plus sur la liste des candidats, tu veux en faire autant, et qui d'autre encore ?

- Pas du tout Léo, t'en fais donc pas comme ça, moi la petite, elle m'aime bien c'est tout, elle dit qu'elle ne peut pas se passer de moi, c'est une façon de parler, elle ne m'empêchera jamais de faire ce que j'ai décidé de faire et puis, je plaisante elle ne veut pas venir avec moi en France et elle n'est jamais venue chez moi à Fontainebleau, c'est pour te faire marcher. J'adore quand tu t'énerves et quand tu crois à tout ce qu'on peut te raconter, parce que toi, à part ton enthousiasme pour l'astrophysique, les sentiments tu ne connais pas !

Léonard est vraiment inquiet et il répond à Stéphane :

- C'n'est pas une question de sentiments, mais vous savez tous que vous êtes bloqués pour trois années consécutives, vous avez signé des documents, vous avez promis, vous avez donné votre parole, alors faut aller au bout de vos promesses et de vos engagements.

Après un déjeuner rapide qu'Amanda leur a servi, les deux représentants de la NSEA de Fontainebleau se dirigent à pied vers le centre de commandement. A l'intérieur de la grande salle de contrôle, Léonard Templer aperçoit Orson Trueman, il va directement vers lui. Orson l'aperçoit à son tour et vient à sa rencontre, il lui souhaite la bienvenue :

- Merci d'être venus tous les deux. Tout ce que nous allons voir ici servira à Fontainebleau et à Baïkonour ! Demain matin le 8 octobre, nous avons tous rendez-vous ici au centre, à la salle de contrôle à 6a.m. (*six heures du matin*) car le départ est fixé à 7a.m..

- Quelqu'un peut nous amener au « PCHP », je voudrais bien voir l'installation finale ?

Demande Léonard et Orson répond :

- Mais, moi je vous y emmène, venez !

En dix minutes les trois hommes sont sur le site. Le « PCHP » est éloigné du pas de tir habituel, ce n'est plus du tout la même technologie. Une aire spéciale est entourée de barbelés, dédiée au processus « PCHP ». Deux bâtiments en béton armé se trouvent de part et d'autre d'une capuche en toile d'un diamètre d'une vingtaine de mètres. C'est la protection des installations ainsi que de la fusée qui se trouve déjà à l'intérieur du puits, une protection contre la pluie, les orages, le vent ou un cyclone. Orson explique :

- S'il n'y avait pas cette toile tendue, ce n'est pas qu'on ait peur de la pluie, mais toutes sortes de poussières pourraient tomber dans le puits. Au dernier moment, la toile est repliée automatiquement. En dessous vous vous doutez bien que se trouve VUSA-5. Mais venez, nous allons prendre le monte-charge.

Orson Trueman appuie sur un bouton et le monte-charge arrive au niveau de la plate-forme supérieure où se trouvent les trois hommes. Il continue les explications pendant que Léonard Templer et Stéphane Viardeau hochent tous deux la tête en signe d'entendement :

- De la plate-forme supérieure où nous nous trouvons, les nôtres le savent, mais vous aussi Stéphane vous le savez, c'est d'ici que les astronautes monteront dans leur vaisseau par le pont suspendu qui sert aussi à tous les contrôles du haut du complexe VUSA-5 et après du VUSA-6. Vous embarquerez sur VUSA-13H ou VUSA-14H exactement de cet endroit, toi Stéphane et les autres aussi. Maintenant descendons avec le monte-charge - voilà nous nous arrêtons ici. Nous sommes au troisième étage qui est toujours prévu pour les ultimes contrôles. D'ici nous devons prendre l'ascenseur qui nous amènera au fond, venez suivez-moi !

Orson emmène Léonard et Stéphane jusqu'au fond du puits auxiliaire et il continue ses explications :

- Vous savez bien, les protocoles de construction sont exactement les mêmes pour Baïkonour que pour Houston. C'est la même et l'unique NSEA qui a défini toutes les modalités technologiques à tous les points de vue, dans tous les détails. A Baïkonour, sur leur « site numéro 8 » ils ont exactement la même architecture, dans chaque recoin, vous retrouvez exactement les mêmes éléments. Certains ont été conçus et fabriqués en France, d'autres au Japon pour les composants électroniques, en Allemagne et d'autres ici aux Etats Unis, c'est le fruit d'une parfaite collaboration entre les nations qui font partie de la WNO (chez vous vous l'appelez OMN). Ici nous nous trouvons dans la chambre d'observation des tirs – une vitre épaisse de quatre mètres nous sépare du puits dans lequel se produira une force détentrice qui engendrera la propulsion pure et simple du système hydraulique qui portera le complexe lanceur-fusée-étages-cargo jusqu'à l'extrémité du puits à une vitesse croissante, lequel complexe allumera ses réacteurs avant son expulsion du puits, mais il aura déjà atteint une propulsion qui l'aura suffisamment soulevé pour qu'il se déplace à vitesse intense progressive par ses propres moyens, d'abord boosters et après 15 minutes, le deuxième étage jusqu'à l'orbite de la Terre et vous connaissez toute la suite des événements. Remontons à présent. Bien évidemment, il n'y aura personne ici demain – sauf les caméras de contrôle qui nous enverront les images en direct à la salle de contrôle de l'extraordinaire explosion propulsive. Je vous ramène à la salle de contrôle et je demande qu'on vous amène une voiture à chacun. Demain il faudra être très tôt ici, non pas près du pas de tir, surtout pas, vous vous en doutez bien, mais dans la salle de contrôle.

Léonard et Stéphane retournent chacun dans sa voiture à l'hôtel « Flying Saucer ». Après le dîner servi par Amanda, Léonard part se coucher vers 10 heures locales et téléphone à Arnaud Rivière. Il lui raconte la visite au « PCHP » :

- Je peux te dire Arnaud, ce que j'ai vu est simplement stupéfiant, nous avions vu, examiné les plans, nous les avions approuvés, nous avions vu les prémices de ce qui vient d'être réalisé, je n'en reviens pas. J'espère que tout se passera bien. Une précision, la rampe de lancement est légèrement inclinée de 8° comme nous l'avions évalué, bien orientée vers l'Est, Sud-est. Bon et bien passe une bonne journée, moi je vais me coucher. Stéphane est avec les astronautes américains. Encore une fois, je suis stupéfait, le puits, la vitre, les installations. Je t'appellerai demain après le tir.

Stéphane en eu assez de la compagnie de Robert Hick, Oliver Fergusson, Jimmy Strattford et de Frank Guillem, alors après dîner c'est avec Kathy qu'il disparaît en ville.

A 5 heures du matin tous les réveils de la base de Houston ont dû sonner en même temps. Les hommes s'apprêtent là où ils se trouvent, quant au « Flying Saucer » Léonard descend au « Dinning-room » d'où émane déjà une agréable odeur de toasts et de café, Kathy et Amanda avec leur petit tablier finissent de garnir quelques tables avec tasses, petites assiettes et serviettes. Léonard s'assoit et demande du café qu'Amanda lui apporte avec le sourire. Il se lève et va se servir de tout ce qui peut le réveiller en évitant que sa tête de soixante et onze ans ne tourne. Scrambled eggs, toasts chauds, jam, cheese slices and sausages avec deux trois tasses de café, voilà qui doit le sortir de sa torpeur. Dehors le jour pointe. Le ciel sans aucun nuage est encore sombre, à peine azur orangé à l'Est, le soleil est encore bien en-dessous de l'horizon, mais on devine qu'il va jaillir avec ses rayons aveuglants très bientôt. Trois quatre minutes en voiture et Léonard est déjà dans la salle de contrôle.

- Hello, hello everybody, bonjour à tous, comment ça va, il est encore tôt, le soleil se lève à peine…

Léonard regarde le décompte de la grande horloge : 01h12m47s – 46s – 45s… L'orifice du « PCHP » n'est pas visible, mais on aperçoit de la vapeur qui sort entre les deux bâtiments en béton armé. Les derniers techniciens s'affairent encore dans le puits auxiliaire et tout autour. La grande bâche a été repliée. Vers 00h07m12s à l'horloge du décompte, au loin des véhicules semblent quitter le site du pas de tir. Ordre est donné à tous les techniciens et autres personnes de quitter le lieu. Dans les haut parleurs confirmation est donnée : « Le site PCHP est évacué. Caméras et systèmes puits opérationnels ». Quelques avertissements, quelques dernières informations et le silence se fait absolu – concentration totale. Le décompte s'égrène 00h00m09s – 08s – 07s – 6s – 05s – 04s – 03s – 02s – 01s – « ignition ». Un bruit sourd et intense est accompagné d'un tremblement de terre. Le mot « ignition » ne déclenche pas les moteurs de la fusée, ceux-ci se déclenchent une seconde après « ignition ». C'est la toute première fois dans l'histoire de la mise à feu des fusées en partance pour l'espace que « ignition » est décalé d'une seconde. Ici « ignition » est l'ordre donné au système « PCHP ». Cette seconde passe et instantanément un mastodonte de 3050 tonnes jaillit du sol, là il est déjà porté par ses moteurs mais expulsé par une force qu'on ne connaissait pas jusqu'à cet instant précis : Le « catapultage ». Tout autour du site de lancement un large jet de flammes et de fumée fonce vers le ciel azur virant vers le jaune soleil. La fusée ou plutôt le complexe a jailli avec sa poussée de 3500 tonnes légèrement penché vers l'Est et monte à vitesse croissante vers l'espace au-dessus. Le bruit semble amoindri par la résonance transmise au sol terrestre. La traînée de feu et de fumée pourrait faire croire que c'est la Terre qui a mis feu à l'un de ses propres réacteurs pour se déplacer autre part dans le système solaire. En 15 minutes le premier étage des boosters a été vu, il est retombé dans l'Océan Atlantique dans la zone strictement interdite aux navires de toutes sortes ainsi qu'aux bateaux de plaisance. L'interdiction durera jusqu'au 11 octobre 2013 minuit, les garde-côtes américains passent au peigne fin à l'aide de leurs radars toute cette zone. La joie éclate dans la salle de contrôle, les bouteilles de Champagne sont débouchées, quelques savants conscients du gâchis souvent constaté à ces occasions, conseillent de surtout ne pas bouger la bouteille pour ne pas provoquer des jets – d'abord, ce n'est pas la peine d'arroser notre précieux matériel et aussi il est dommage de jeter plus de 50% du contenu n'importe où, plutôt que de le consommer. Une conférence de presse se tient une heure et trente minutes après le lancement. C'est Orson Trueman qui est devant les caméras et les journalistes :

- Mesdames, Messieurs, c'est un succès, nous pouvons vous le confirmer dès maintenant, oui c'est bel et bien un succès. Notre vaisseau spatial a effectué déjà un tour de Terre sur une orbite qu'il a maintenant quittée car il a pris avec une légère impulsion la direction de la planète Mars. Le vaisseau subira quelques corrections en cours de voyage et c'est d'ici, de notre salle de contrôle que partiront toutes les impulsions électromagnétiques tenant compte du différentiel « temps croissant » entre le vaisseau et la Terre. Entre temps, le vaisseau subira une accélération constante à l'aide du moteur propulseur ionique. Lorsqu'il abordera la deuxième partie du voyage, le moteur ionique actionnera ses propulseurs avec la même intensité mais en position inversée, pour le processus de ralentissement. C'est un moteur de faible consommation de gaz xénon mais tout à fait suffisant pour nos besoins. Le deuxième tir aura lieu d'ici même, le 10 octobre dans deux jours. Le vaisseau VUSA-5 propulsé par notre fusée « SAT » transporte notre usine à fabriquer le carburant pour nos vaisseaux à partir des éléments présents sur Mars en quantité abondante, combinés avec ceux que nous ramènerons de Terre. Cette usine a aussi la faculté de produire de l'oxygène et aussi de l'eau qui sera propre à la consommation. Lorsque tous les complexes cargos seront envoyés vers leur destination martienne, nous aurons la totale confirmation que nous pourrons enfin envoyer, forts de nos expériences nos deux vaisseaux habités. Les vaisseaux avec leurs astronautes transporteront chacun quatre hommes. Il a été décidé que seuls des hommes participeront à ces voyages. Je vous remercie pour votre attention.

Orson Trueman et ses collaborateurs sont en constante communication avec Vladimir Toumanov et les siens. Et d'un autre côté les ingénieurs de Kourou sont en constante communication avec Baïkonour également. Toutes les données, les observations et les commentaires sont transmis et analysés afin d'éviter de petites distorsions dans les dernières manœuvres : Kourou avec Baïkonour pour les fusées « EN » des vols « VREN » et Houston avec Baïkonour pour les opérations de lancement à partir des nouveaux pas de tir que sont les deux et uniques « PCHP » dans le monde ; l'un en Russie, l'autre aux Etats Unis d'Amérique – mais qui tirent des fusées de leur propre cru. C'est la fête dans toute la ville de Houston, de gros titres déjà dans les journaux dès midi comme : « Congratulations !» - « La plus grosse fusée du monde vient de quitter Terre avec succès ! » - « Les savants de la NSEA viennent de prouver leur incontestable compétence ! » - « C'est une collaboration des nations, parfaite » - « Ils recommencent, the day after tomorrow » - « La conquête de Mars a bien commencé ». Toutes les chaînes de télévision du monde transmettent « des informations à l'échelle internationale ».

Le 10 octobre, Léonard Templer est déjà dans la salle de contrôle à côté d'Orson Trueman. Stéphane revient du « PCHP » avec ses collègues astronautes américains. Ils ont été constaté l'arrimage du vaisseau supérieur de l'usine nucléaire américaine, car une fois sur le sol de la planète rouge, ce sont précisément eux qui devront désarrimer le vaisseau de son étage fusée qui permettra l'atterrissage sur Mars (*ou le marserissage*). L'étage atterrisseur comporte des câbles qu'il faudra sortir dans deux ans de leurs trois logements sur la carrosserie pour maintenir l'usine nucléaire et la faire glisser le long du corps de la fusée jusqu'au sol. Après l'usine sera installée sur le plat et protégée par des rochers sur son site. Ces manœuvres ont été maintes fois répétées aussi bien pour l'usine à carburant que pour l'usine nucléaire, ici à Houston par tous les astronautes et également sur le site de Baïkonour. Les cinq astronautes entrent maintenant dans la salle des opérations et vont s'asseoir chacun à son pupitre. Il est 00h.12m.45s. A l'horloge de la base le compte à rebours continue à égrener les secondes, les dixièmes de seconde défilent sans aucun regard porté sur eux. Arrivent les dernières secondes 05s – 04s – 03s – 02s – 1s puis « ignition ». Dans les 100 minutes suivantes, le complexe lanceur-fusée-vaisseau est sur sa trajectoire vers Mars. Tous les vaisseaux sont maintenant sous le contrôle d'une équipe dédiée uniquement à leur seule intention dans chacune des bases. Léonard Templer retourne à Paris. Stéphane reste quelque temps à Houston, il sera bientôt rejoint par ses collègues européens car une familiarisation de chaque instant sera nécessaire à distance avec les manœuvres concernant chaque vaisseau, à partir des vaisseaux habités comme à partir de la base humaine qui sera placée sur Mars. Léonard satisfait de toute cette expérience, descend serein du Boeing-777 à l'aéroport de Roissy et décide de prendre le RER qui l'amène jusqu'à la station Châtelet, d'où il prend le bus qui l'emmène jusqu'au stop de Censier-Daubanton. En descendant du bus, il achète une baguette dans son emballage avec quatre croissants, il monte à son appartenant embrasse sa femme qui lui dit :

- Va te laver les mains après les transports !

Et elle ajoute :

- Faudra aller promener la chienne !

- Mais oui ma chérie !

Répond Léonard.

12-16 octobre 2013 à Baïkonour. A son arrivée à Moscou, l'équipe russe d'Igor Samsonov avait été transférée de l'aéroport Sheremetyevo-2 à l'aéroport de Domodedovo par le minibus de la NSEA de Moscou. C'était toujours Vassili et Anton qui assuraient la navette de l'organisation. Puis l'équipe avait pris le « Spetz-rejs » de nuit assuré par le « Touchka », le TU-154, de Domodedovo jusqu'à Baïkonour, un vol très familier pour eux. Ils étaient arrivés le lendemain matin à 3 heures, c'est à dire le 8 octobre, le jour du premier lancement de Houston. La grande limousine les emmena à l'hôtel « Tchaïka ». L'équipe s'était reposée pendant pratiquement deux jours, jusqu'au lancement du deuxième vaisseau parti de Houston. Ils étaient tenus informés de tous les détails. Pierre l'ingénieur apprécié par l'équipe russe de la NSEA de Baïkonour était parti la rejoindre pour les lancements de Baïkonour. De Paris, il prit le même itinéraire bien rôdé et arriva à l'hôtel « Tchaïka » à son tour le 10 octobre 2013. Le 11 octobre les derniers contrôles et les dernières vérifications tirent à leur fin et le soir, tout le monde se repose pour être bien en forme le lendemain matin, pour VREN-7. Tous les acteurs de l'aventure de Baïkonour se réunissent dans la grande salle à manger de la base. Les hommes vêtus de combinaison bleue viennent prendre chacun son plateau repas et s'assoient tranquillement à l'une des tables du réfectoire. Sur tous les murs figurent de jolies peintures réalistes de fusées réelles qui ont pris part aux activités spatiales russes, ici. Dans le prolongement, des représentations des techniques russes, suivent des peintures de la nature, des pins, sapins, forêts, rivières, pécheurs, bateaux. A la fin du repas Pierre s'aperçoit que tout le monde prend du thé. A son habitude il aurait préféré une bonne bouteille de pinard, mais l'ambiance ne s'y prête pas – on sent l'inquiétude et cette inquiétude est générale. Les Russes se la partagent et cette sérénité sera certainement propice au bon déroulement de la suite de toutes les opérations : être en forme, partir du bon pied et aussi dans la bonne humeur. Le lendemain matin à cinq heures, le petit déjeuner, le « zavtrak » est rapidement pris et tous les techniciens, ingénieurs et physiciens sont déjà dans la grande salle des opérations, chacun à son pupitre devant un ordinateur. Il est six heures, les check-lists et les contrôles se terminent. Le décompte prend fin à 7 heures pile, à 00h00m00s selon le compteur du compte à rebours. La seconde d'après le lanceur est mis à feu. De la salle des opérations, on ne voit pas de fusée pointer son nez vers le firmament. Le seul représentant français, européen est Pierre, il a pris déjà son poste la veille. Aujourd'hui il se trouve avec les autres ingénieurs dans la salle – ils n'ont plus rien à faire physiquement, il ne leur reste que le suivi du déroulement des opérations sur les écrans, ce ne sont pas eux les manipulateurs ingénieux de la base, alors le travail accompli, ils observent. Pour les cosmonautes présents dans la salle, leur tour viendra lorsqu'ils auront embarqué et seront passagers de leur vaisseau en partance pour Mars, puis ils ressentiront les mêmes appréhensions à leur retour vers la Terre. Ils sont entraînés sur d'autres équipements que les vaisseaux cargos, mais cette vision de départ des fusées leur permet de concevoir de loin, le déroulement de leur propre départ. Aucun représentant officiel américain ou européen n'est présent, sauf quelques techniciens tout comme il y en a, à Houston ou à Kourou. Le complexe lanceur-fusée-vaisseau-cargo le VREN-7 est parti après le compte à rebours du puits « PCHP » incliné à 5° vers l'Est de Baïkonour. Tout comme à Houston, les spectateurs autorisés et les techniciens ont eu la même impression que la Terre expulsait une force pour faire bouger la planète tellement le tremblement occasionné à la surface de la terre, le bruit sourd du départ, les flammes et les vapeurs expulsés des tuyères des réacteurs ont été fulgurants. Une fois le complexe éloigné de l'attraction terrestre, après avoir effectué un tour et quart d'orbite terrestre, le vaisseau-cargo s'est placé sur la trajectoire en direction de Mars avec l'impulsion nécessaire pour effectuer le calcul imposé par l'équipe de la NSEA russe. Le président de l'organisation, Vladimir Toumanov prend la parole devant les caméras de télévision et les journalistes présents :

- Mesdames, Messieurs, voici presque deux heures que notre vaisseau cargo vogue en direction de Mars. Nous avons réussi notre lancement de VREN-7, maintenant il nous reste le suivi de sa trajectoire avec les corrections que nous devrons apporter en cours de route. Après demain nous lancerons VREN-8 c'est à dire le 14 octobre, puis le VREN-9 que nous enverrons comme les deux précédents sur la route de la conquête de la planète rouge. Nous sommes convaincus qu'après les résultats que nous obtiendrons après les atterrissages de chaque vaisseau, nous pourrons envoyer dans moins de deux ans nos cosmonautes. Nous serons convaincus et soulagés, parce que nous aurons les preuves positives de nos ambitions et que leurs réussites seront bien le fruit du génie humain, ce dont nous ne voulons pas douter. Il faut toujours humilité garder dans le « Theo Pneuma » (*le souffle de Dieu*) – Nous croyons en nos facultés, à notre intelligence et à nos réalisations concrètes. Mais si nous accumulons toutes les preuves concluantes de ce que nous avons conçu et que notre programme « Mars Pneuma » se réalise grâce au travail acharné de tous les génies qui ont écarté le moindre doute, qu'il fût dans les calculs, dans la solidité des matériaux, dans la résistance des jointures, dans la résistance aux températures élevées, nous pourrons enfin envoyer nos cosmonautes avec un sentiment apaisé que les risques principaux sont écartés et que nous pouvons enfin réaliser notre décision de conquérir Mars. Merci pour votre attention.

Pendant toute la journée l'événement est fêté, mais les techniciens vaquent à leurs obligations. Le « site numéro 8 » est nettoyé, on constate que rien n'a souffert ni du souffle, ni de la chaleur intense des tuyères. En fin d'après midi, le convoi sur rails comprenant le tracteur à deux essieux et la remorque à deux essieux écartés de trente mètres sort du hangar transportant la partie booster. Le convoi arrive déjà près du puits « PCHP » et une grue hisse l'énorme élément au-dessus du puits et le pose simplement sur la plate-forme hydraulique qui se trouve en position haute. La grue détache ses câbles et s'éloigne, alors que la plate-forme s'abaisse de trente mètre, le haut des boosters se trouve au niveau des blocs en béton armé. Aux environs de 20 heures l'équipe de nuit fait venir le deuxième convoi sur des rails parallèles et procède de la même manière que pour les boosters – le deuxième étage accouplé au troisième est assemblé aux boosters et la plate-forme descend encore. Sur le pas de tir, la nuit à la lumière de projecteurs puissants, après une pause, les techniciens finissant leur café et leur brioche aux raisins, voient arriver doucement, sur le premier chemin à rail, le vaisseau-cargo. Il est hissé par les grues puis posé sur le troisième étage et arrimé à l'aide des crochets désenclencheurs. La plate-forme descend encore. On ne voit plus que la bâche qui recouvre l'orifice du puits. L'équipe de nuit du 13 octobre part le lendemain à 6 heures du matin se restaurer au réfectoire et ensuite prendre un repos bien mérité. Une troisième équipe prend le relais de 6 heures 30 à 17 heures pour les nombreuses manœuvres de préparation pour le vol VREN-8. Toutes les équipes sont choyées et le réfectoire est à leur disposition sitôt qu'une petite fatigue se ressent. Mais ce matin du 14 octobre, les trois équipes sont présentes pour le lancement. S'ils ne sont pas dans la salle principale de contrôles, ils voient tout ce qui se passe jusqu'au lancement à partir des écrans du réfectoire, où ils boivent leur thé du matin. Le lancement de VREN-8 se passe comme le précédent, puis les mêmes événements reviennent déjà dans la journée du 14 jusqu'au soir pour VREN-9. Les trois vaisseaux voguent dans l'espace en direction de Mars. Ces trois vaisseaux sont essentiels pour assurer la vie des cosmonautes sur la planète rouge et aussi lorsque viendra le moment du retour vers la Terre. Ils transportent des produits chimiques, des gaz liquides, du carburant SL et les incontournables barrettes de Plutonium pour alimenter toutes les techniques humaines sur le sol de Mars. Vladimir Toumanov est enchanté, il était certain du potentiel de réussite de son équipe et les trois bases spatiales sont dans l'euphorie en attendant les atterrissages sur Mars et les vols habités.

Suivi des vaisseaux cargo. Dans les trois salles de contrôle et de commandement des trois bases de Kourou, Baïkonour et Houston, l'effervescence est continuelle, de jour comme de nuit, y compris les jours fériés, été comme hiver. Les tâches ont été distribuées de sorte que chaque vaisseau ait son équipe attitrée. A Kourou chaque vaisseau VFAR-1 et VFAR-2 a une équipe de deux techniciens 24 heures sur 24, lorsque les manœuvres revêtent un caractère délicat. Les équipes se relaient de sorte que l'une d'elles assure toujours la permanence de nuit. On peut sans problème, joindre à tout moment une autre équipe où qu'elle se trouve. Sur la base ces équipes se trouvent dans une salle qui est indépendante de la grande salle de contrôle, mais dans le même bâtiment. Le suivi reste permanent. Pour les deux satellites de télécommunication, tout s'était bien passé et ils se trouvent exactement sur les orbites qu'on leur avait prévues. Approche de VFAR-1 au bout de trois mois de traversée de l'espace, avec rétro freinage en se servant du moteur du troisième étage, quelques tours autour de Mars, freinage à l'aide des rétro-réacteurs jusqu'à la position prévue, juste au-dessus du site déjà bien connu de « Gale - Mount Sharp », en « géostationnaire ». Cela s'est réalisé le 3 mars 2012. VFAR-1 est en constante surveillance du site. Tout a été déterminé grâce aux données que les techniciens reçoivent du satellite en permanence, de 4 minutes et 33 secondes jusqu'à 21 minutes de retard, selon l'éloignement de Mars par rapport à la Terre. La procédure a été la même pour VFAR-2 qui tourne en permanence à raison de cinq tours par jour martien autour de Mars, sa vitesse ayant été diminuée légèrement lors de la décélération progressive en approche. Les informations reçues sont d'une précision extrême. En tenant compte du temps précis des télécommunications entre Terre et Mars, suivant les positions d'une planète par rapport à l'autre à chaque instant, on peut maintenant travailler presque comme en direct. On sait d'avance la manœuvre qu'on aura commandée, mais on sait également d'avance qu'une erreur ne sera pas corrigible avant un laps de temps lié à la distance entre les deux planètes. De nombreuses tâches peuvent être ainsi accomplies avec la robotique déployée.

De même pour VREN-3 et VREN-4 chaque vaisseau-cargo a une équipe qui leur est dédiée sans rupture de temps. Lorsque le transfert poursuit sa trajectoire en vitesse de croisière et que rien est à redouter durant plusieurs jours, les équipes se dispersent et travaillent à compulser les données recueillies et s'entraident. Dans ces cas un seul observateur peut avoir l'attention fixée sur l'un ou l'autre des quatre écrans dédiés à chaque vaisseau ou satellite. C'est de la simple surveillance. Des réunions se tiennent la plupart du temps le matin pour prendre en considération, le décryptage, l'analyse des données qui nécessitent qu'une décision soit prise sur plusieurs critères : corriger à distance une trajectoire, inverser le flux d'un moteur ionique ou l'arrêter, diriger le vaisseau sur une bonne orbite temporaire autour de Mars, rester quatre jours martiens autour de la planète rouge pour le freiner jusqu'à une vitesse de 0,9 puis 0,8 km/sec, viser l'angle de 1° pour la rentrée dans l'atmosphère martienne, bouclier thermique à l'avant écartant le feu aveugle et meurtrier, puis à 12km d'altitude tourner le vaisseau de 180° et actionner les tuyères des retro-réacteurs sans replier le bouclier thermique qui sert à cet instant de parachute également propice au ralentissement. C'est exactement ce que les équipes au sol à Kourou ont réalisé pour faire atterrir précisément à l'endroit voulu sur le site choisi, les deux vaisseaux-cargo VREN-3 et VREN-4. Les cargos sont sur le sol martien depuis le 3 mars 2012 pour le premier et depuis le 8 mars 2012 pour le deuxième. Le troisième étage de chaque vaisseau se tient à la verticale, et au-dessus se trouve un module de cinq mètres de hauteur. Les équipes se sont « amusées » dans les quelques jours qui ont suivi à ouvrir les trappes et déployer les trois palans fixés à l'intérieur de chacune des deux carrosseries. Les palans sortis ont agrippé le module en trois endroits prédéterminés et l'ont descendu à la base des moteurs. Les deux modules d'habitation se trouvent sur le sol martien en attentant 24 mois et une semaine, l'arrivée des spationautes pour les héberger, une fois qu'ils seront totalement déployés pour devenir habitables. Ici se trouvent maintenant les premiers éléments de la base martienne des Terriens. Baïkonour est en symbiose communicative technique avec Kourou pour toutes ces manœuvres et à chaque résultat l'exploit est fêté. A Houston également deux équipes constituées de deux techniciens se relaient toutes les six heures devant les écrans de contrôle. Huit techniciens pour VUSA-5 et huit techniciens pour VUSA-6. Il faut dire que les deux vaisseaux étant de conception équivalente, les équipes sont interchangeables et peuvent très bien se remplacer l'une, l'autre. Entre deux relais, c'est l'inévitable « tea-breack » qui permet de transmettre oralement des impressions ou faire part des diverses actions entreprises. Les deux vaisseaux américains de la NSEA ont accompli un parcours parfait depuis leur lancement. Au tiers de son parcours VUSA-5 a subi plusieurs corrections de trajectoire ayant affronté des vents stellaires de poussières qui auraient pu être dangereux, mais ces petits débris des « Oriontides » se sont volatilisés. Le moteur ionique a accéléré le vaisseau qui atteignait les 30km/sec, mais avant mi parcours les équipes avaient décidé de l'escamoter pour quelques jours. Les techniciens l'ont re-branché à 55% du parcours pour commencer sérieusement le ralentissement. Aux abords de la planète rouge le vaisseau transportant l'usine à carburant a repris son approche jusqu'à un ralentissement de 4km/s. Le bouclier thermique est déployé contre le feu aveugle et meurtrier. Cinq tours sur une orbite martienne qui l'ont fait ralentir jusqu'à 0,8km/sec, et le satellite observateur porteur d'un ordinateur surpuissant a évalué l'instant exact et l'angle précis pour que VUSA-5 s'y engouffre. A 12km d'altitude la manœuvre de renversement à 180° est effectuée et les rétro-réacteurs sont allumés. Le bouclier thermique reste déployé comme pour les vaisseaux VREN, il sert à ralentir également le vaisseau. L'usine à carburant se trouve à 300 mètres des quatre modules d'habitation. VUSA-6 a subi les mêmes petites perturbations dues aux poussières des « Oriontides » et subi également quelques corrections avec arrêt et reprise du moteur ionique. VUSA-6 a bien été ralenti. VFAR-1 a parfaitement déterminé le moment exact, l'angle de descente et d'entrée dans l'atmosphère ténue de Mars, comme pour les autres vaisseaux de la NSEA. La petite centrale nucléaire est située à 800 mètres de la base terrienne sur le site de « Gale – Mount Sharp », il ne lui manque que le carburant surgénéré, les barrettes d'Uranium-238 que Baïkonour a déjà envoyées. La base terrestre martienne prend de plus en plus forme. De Baïkonour, les trajectoires des trois vaisseaux « VREN » sont suivies de la même manière que celles des vaisseaux « VUSA » par Houston. Les trois vaisseaux « VREN » le 7, le 8 et le 9 se suivent sur la trajectoire qui doit les mener à Mars, chacun à deux jours d'intervalle du premier au second et du second au troisième. Les satellites « VF » l'un en orbite géostationnaire haute et le second tournant autour de Mars sur une orbite haute, font des prodiges de croisement de données en recoupement. Les vaisseaux cargo russes de la NSEA sont guidés comme par un pilote automatique et abordent l'orbite de Mars en faisant plusieurs tours de la planète pour ralentir leur vitesse ainsi qu'à l'aide des rétro-réacteurs. Il faut préciser que ces puissants vaisseaux avec leur troisième étage sont équipés chacun de leur moteur ionique qui augmente la vitesse croissante dans la première phase et la diminue en inversant leur flux dans la deuxième. Vladimir Toumanov sait maintenant de l'expérience subie par les vaisseaux « VUSA » que les siens doivent traverser les redoutables vents de poussières des « Oriontides ». Dans la salle des opérations de Baïkonour le commandement est relié aux deux satellites « VF » de Mars, en constante collaboration conjointe avec la base de Kourou. Les recoupements des données font dévier à temps chacun des vaisseaux qui reprennent leur trajectoire sur leur destination. Malgré que les « VREN » aient subi des impacts de météorites, ils arrivent intacts sur le site « Gale – Mount Sharp » à des endroits très précis que les calculateurs leur ont imposés. VREN-7 avec ses produits chimiques et sa cargaison de produits divers comme 3 tonnes de terreau, des graines et autres marchandises alimentaires, se trouve à une centaine de mètres des modules d'habitation. VREN-8 atterrit juste à côté à cinquante mètres avec sa cargaison de gaz d'azote, d'hydrogène, d'oxygène et de xénon liquides, ainsi qu'une réserve d'eau de 800 litres. Le tout représentant un poids de 8300kg. VREN-9 se positionne grâce à ses rétro-réacteurs et à son bouclier thermique en sens inversé en forme de parapluie freinant le cargo, à quelques dizaines de mètres de l'unité « usine nucléaire américaine ». Les calculateurs des satellites « VF » l'ont aiguillé à cet endroit précis du fait que c'est justement ce vaisseau-cargo qui apporte le carburant dans des containers « BU », le Plutonium qui sera manié par les cosmonautes avec d'infinies précautions lors de leur venu sur Mars. Il ne faudra surtout pas commencer à irradier la planète rouge car malgré tout ce qu'on connaît d'elle, on ne peut pas encore concevoir ce que pourrait être la réaction d'une fuite nucléaire à la surface d'une atmosphère riche en dioxyde de carbone – elle pourrait envahir simultanément toute la planète avec ses vents violents lui tournant autour en très peu de temps. La base est maintenant prête à recevoir les terriens. Les différents éléments qui composeront la base se trouvent dans un lieu spécialement choisi, protégé par des remparts de rochers dans un creux de la vallée du « Gale ». Les concepteurs du programme « Mars Pneuma » ont bien étudié les éventualités d'une quelconque dégradation des installations. La grande majorité des équipements devrait rester intacte pendant les 24 mois et une semaine avant l'arrivée des terriens. Le périhélie de 2016 n'étant pas la période la plus favorable, mais c'est le choix de la NSEA.

La NSEA élabore déjà le programme du périhélie du 27 juillet 2018, car une équipe indépendante souhaiterait profiter des acquis de la NSEA. Un départ se prépare pour le 5 janvier 2018. La NSEA n'est pas contre leur initiative et au contraire prépare déjà le protocole de coopération. Cette équipe pourra en effet bénéficier de tout ce que la société spatiale secrète internationale, la NSEA laissera sur place sur la planète rouge.

Entre temps. Les vaisseaux cargos étant arrivés à destination, les entraînements continuent de plus belle, autant à Houston qu'à Baïkonour ou Fontainebleau. En ce qui concerne Fontainebleau, c'est surtout à Bons en Châblais qu'ils ont lieu, à tel point que les Américains et les Russes viennent s'y entraîner aussi. Paraît-il que sous les montagnes châblaisiennes des ondes mirifiques s'y propagent. Aux alentours les Savoyards disent carrément : « Là d'ans, y a t-y bien des extraterrestres ! » - « Et comment-t'y y sais toi ? » - « Mon grand père les y a vus après la guerre, toi tu ne peux pas y savoir, t'es ben trop jeûne ! » - « Eh bé, dis-le que j'suis bête, pendant t'y y es ! » - « c'est pas ce que j'voulais y dire, bien qu'y a du vrai dans c'que tu y dis, mais on y sait tous nous qu'il y a des extraterrestres, nous, on y sait ! ». Bien que le périmètre de sécurité ait été délimité depuis quelques années, alors que cette base était surtout destinée aux entraînements des troupes aéroportées et celles de la Marine, des commerçants avaient eu vent de quelque idée prometteuse – comme celle d'un sorcier des Alpes, d'orienter à son intention les bienfaits d'une source détenant des propriétés quasi extraterrestres. Evidemment seul Gaspard le Rebouteux en connaissait les bienfaits. Autour de lui se sont greffés des commerces connexes pour vendre d'autres bienfaits « naturels » et autres, comme des éclats de roches du sous-sol du Châblais à effet nucléaire positif pour la santé physique et morale, ou de l'eau minérale ionisée encore meilleure que celle de Lourdes (en flacons de 25cl). Lorsque les Américains ou les Russes viennent ici, été ou hiver, ils adorent cet endroit à l'écart de l'entrée de la base souterraine qui déborde de monde le week-end. Dès le samedi tout le long de l'année des files de voitures viennent d'abord de toute la Haute Savoie, mais aussi de la Suisse voisine qui a contaminé aussi l'Italie du Nord. Les deux hôtels affichent « complet », les solutions pour passer la nuit sont hétéroclites. Il faut aller voir dans les communes ou les petites villes voisines et souvent des gens de bonne qualité se retrouvent à passer la nuit sur le parking d'un night club, faisant le va et vient entre le dancing, un coup à picoler et un autre à prendre un petit somme dans la voiture. Après une nuit bien arrosée à manger de la fondue savoyarde ou bourguignonne, danser et draguer, tout le monde se disperse, ayant été déçu qu'aucun événement extraordinaire n'ait eu lieu à cet endroit réputé comme « mystérieux ». Américains, Russes et Européens rentrent à pied « chez eux » au centre. C'est le week-end et de toute façon, il n'existe aucune police pour les gens de l'espace, ces messieurs rentrent chez eux en toute tranquillité et en toute sérénité, car ils savent ce qu'ils font et ne débordent jamais de l'équilibre qu'ils ont appris à maîtriser en toute circonstance provoquante ou attrayante. En trois mots, ils se maîtrisent. Le dimanche matin, en ville le curé fait sonner les cloches et le monde envahit la place du marché de Bons en Châblais. La cohue dure jusque tard dans la nuit, la police municipale ne chaume pas et le maire prévoit d'augmenter ses effectifs. Les gens de l'espace ont un jardin fermé de tout regard indiscret où se trouve aussi bien le réfectoire plutôt restaurant, endroit chaleureux où ils peuvent s'attarder autant qu'ils le veulent. C'est à cet endroit aimé des étrangers faisant partie de la NSEA qu'après les entraînements divers en apesanteur ou en cabine à « g » que ces amis d'un long voyage prochain se regroupent et discutent. Jimmy Strattford pose la question à ses collègues :

- « Like you guies », comme vous les gars j'ai étudié la physique, la chimie et la cosmologie, j'arrive à comprendre le programme de la NSEA dont nous faisons partie le « Mars Pneuma » mais pourquoi ont-ils choisi ces trajectoires vers Mars qui nous sont imposées depuis ces dernières années, pourquoi n'ont-ils pas opté pour la trajectoire de Hohmann ? Cette trajectoire faisait partir une fusée une quarantaine de jours avant l'opposition et les vaisseaux arrivait sur Mars 121 jours après l'opposition, pendant ce temps le vaisseau prenait le chemin le plus rapide…

Hans Gotten répond :

- Tu crois qu'ils n'y ont pas pensé ? Bien sûr qu'ils y ont pensé, moi sans rentrer dans toutes les conceptions mathématiques de l'astrophysique, il me semble que je peux te donner la réponse, parce que j'y ai déjà réfléchi moi aussi. J'ai refait leurs calculs – essaie de le faire toi-même avec un dessin. Refais les trajectoires et les calculs et tu verras qu'ils ont bien évalué leur coup. Si tu prends la trajectoire de Hohmann, tu vois bien que c'est le trajet le plus rapide, c'est là son avantage parce que la vie à plusieurs dans un espace réduit est tout de même pénible, même si on s'aime bien, mais aussi les conditions techniques peuvent poser problème. En effet pour un long parcours il faudrait tout simplement un vaisseau plus grand pour les réserves vitales nécessaires aux astronautes. Or ce trajet plus court a un inconvénient, il consomme énormément de carburant – si tu as compris ça, t'as tout compris ! Nous, nous partirons avec des vaisseaux assez spacieux avec des réserves de carburant que nous utiliserons plus tard et à bon escient.

- Ah, tu as raison, je n'avais pas analysé les choses comme toi, moi je voyais le scénario le plus rapide, c'est tout !

Dit l'Américain et un Russe ajoute :

- Pourtant toutes les équipes ont travaillé ensemble. Alors t'en fais pas, nous y arriverons, nous avons évalué tous ensemble les stratégies et nous nous rendons bien à l'évidence que celle pour laquelle nous avons opté est bien la bonne.

- Toi aussi tu as raison, my friend !

Lui répond Jimmy Strattford. Le temps passe en entraînements et en voyages qui ne sont pas pour déplaire aux hommes de l'espace. On participe aux contrôles et aux travaux de déchargement automatisé des modules à partir des centres de contrôle. Le site martien est bien protégé sur la plaine du « Gale » aux abords des rochers du « Mount Sharp ».

Le temps passe et chaque jour des ajustements se font dans les salles de contrôle et de commandement des trois bases de la NSEA. Exactement les mêmes modules que ceux qui se trouvent déjà sur Mars sont en double sur les bases, ainsi que les simulateurs des cabines de chaque vaisseau respectif, le tout à la disposition quotidienne des spationautes. Ils sont tous accoutumés à l'étroitesse de ce qui les attend bientôt.

Novembre 2015. Nous sommes le 10 novembre 2015. Cela fait une dizaine jours, que trois cosmonautes de la NSEA russe de Baïkonour savent qu'ils ont été désignés pour embarquer à bord de VUSA-14H. Ils auront pour compagnon Hans Gotten, l'Allemand. Une semaine en arrière Hans Gotten avait appris qu'il avait été désigné avec Stéphane Viardeau parmi les spationautes européens pour entreprendre le plus grand voyage qu'aucun homme n'a jamais effectué avant eux. Les administrations de Fontainebleau, de Houston et de Baïkonour ont décidé de regrouper les équipes pour les toutes dernières mises au point. Ainsi Léonard Templer a accompagné Hans Gotten à Baïkonour. Ils ont pris comme d'habitude le vol AF de Roissy CDG jusqu'à Moscou et ensuite, les deux chauffeurs Vassili et Anton de la NSEA de Moscou les ont pris en charge de Sheremetyevo jusqu'à l'aérodrome de « La maison de Grand-père », Domodedovo pour certaines lignes intérieures, comme celle de Moscou-Baïkonour. Ils ont pris comme d'habitude le vol « Spetz-rejs » à bord du « Touchka » le TU-154.

De son côté Stéphane Viardeau a fait ses adieux à ses compagnons, amis et collègues de Fontainebleau et de Bons en Châblais comme l'avait fait aussi Hans Gotten le jour même. Arnaud Rivière a repoussé d'un geste en arrière son abondante chevelure blanche que sa femme lui enjoint de tailler et qu'il refuse tant que les deux vaisseaux habités ne seront pas partis, rejoint Stéphane à la base de la NSEA de Fontainebleau. – les deux hommes se sont préparés, chacun de son côté ; Stéphane équipé de deux valises, tandis qu'Arnaud d'une seule mais avec un cartable de bord en cuir noir contenant d'innombrables documents NSEA. Les deux hommes quittent Fontainebleau à bord d'une voiture de l'organisation, conduite par le chauffeur d'Arnaud Rivière pour Roissy CDG où ils attraperont le vol de la compagnie américaine Delta Airlines. Après un vol direct et confortable à bord du Boeing-777, Stéphane et Arnaud Rivière arrivent à Houston. A l'aéroport une limousine les attend et les conduit directement à l'hôtel « Flying Saucer ». Au comptoir de l'accueil, Kathy les reçoit avec son joli sourire. Arnaud Rivière monte dans sa chambre et Stéphane lui donne des nouvelles de Marc et il ajoute en riant :

- « Oh, by the way ! » Oh pendant que j'y pense, Marc m'a dit que je devais m'occuper de toi, puisque lui ne peut pas être là !

- Ah bon, il t'a dit ça, quelle coquin celui-là, c'est moi qui vais m'occuper de toi, tu ne connais pas Houston mieux que moi !
Répond Kathy en riant, l'air ingénue. Souvent pendant ces journées de préparation à Houston Arnaud Rivière cherche Stéphane sans le trouver alors il lui laisse des messages sur son portable. Le soir Arnaud Rivière lui dit :

- Tu as été aux entraînements aujourd'hui, je n'ai pas pu te joindre, ton téléphone est toujours sur répondeur ?

- Bien sûr que je suis en entraînement. La plupart du temps je suis avec mes coéquipiers du vol VUSA-13H. Avez-vous des nouvelles de Hans et les autres de Baïkonour ?

- Oui, ils vont très bien, tu les verras bientôt !

Répond Arnaud Rivière, tandis que sur place à Baïkonour les préparatifs finissent. Sur le « site numéro 8 » le « PCHP » est chargé de son lanceur-fusée-cargo le VREN-10. Chaque vol est spécial et unique, mais celui-ci revêt une caractéristique tout à fait particulière. Il est extrêmement dangereux. En effet il s'agit de l'un des deux cargos qui transfèrent un produit hautement inflammable et hautement explosif. Chaque module ou étage comporte un moteur à trois tuyères. 100 tonnes de « SL » serviront à ses propres moteurs lorsqu'il sera fixé au module de service du vol de retour VUSA-17H. Le quatrième étage du vaisseau-fusée est solidaire du troisième étage. Ainsi en une seule pièce le vaisseau comportera l'étage le vaisseau habité « 4 » plus deux étages « 3 », soit 220 tonnes de carburant au total. Les étages « EN » et « VU » sont entièrement compatibles. 220 tonnes pour le retour. Les ingénieurs, les spécialistes en chimie des produits explosifs garantissent que les précautions prises sont bien les bonnes et qu'il n'y a rien à craindre. Le blindage de chaque étage est tel que les flammes qui entoureront le lanceur-fusée-cargo n'auront absolument rien d'exceptionnel par rapport aux autres lancements qui tous comportent cette même problématique, depuis toujours résolue. Igor Samsonov souligne encore :

- Ce n'est rien de spécial, Pierre. L'instant dangereux est seulement l'instant du début de la procédure. Le vaisseau ne sera pas chauffé constamment, il le sera seulement au début et les flammes ne sont pas dirigées sur lui, mais elles sont au contraire expulsées vers l'arrière du complexe, pour la propulsion !

- Je le sais Igor, je ne m'inquiète pas et Hans non plus. D'ailleurs ni Hans, ni les autres. Ils vont tous partir sur une bombe et ils le savent.

Le lendemain matin à 6 heures il fait nuit noire à Baïkonour et le compte à rebours arrive à la fin. 5s – 4s – 3s – 2s – 1s - « ignition » (ogogne) ; la seconde d'après la surpuissante fusée « EN » s'échappe du « PCHP » dans un sillage de feu blanc entouré de flammes jaunes, oranges et rouges – une fumée blanche et grise qui prend les reflets rouges, oranges et jaunes s'enroule comme des vagues d'un océan en furie sur le fond noir du ciel immense de la steppe encore profondément endormie. VREN-10 a franchi les seize minutes redoutables, puis a fait un tour de Terre et s'est lancé mettant à profit l'effet de fronde sur l'orbite qu'on lui a appliquée le matin du 14 novembre 2015. Déjà l'équipe spécialisée dans la maintenance et l'équipement du « PCHP » est partie à bord de deux 4x4 constater la situation. Pierre s'affaire avec eux et commence à maîtriser les mots principaux nécessaires à son activité. « Davaï ! » - « Za rabotou ! ». « Le site numéro 8 » est nettoyé, préparé et déjà sur les rails arrive la partie basse booster de VREN-11. Ce deuxième lancement est exactement similaire à celui de VREN-10. VREN-11 transporte également du carburant « SL » et dans les mêmes quantités : 100 tonnes dans l'étage « 3 ». Déjà tôt le matin du 16 novembre, le compte à rebours égrène les dernières secondes : - 4s – 3s – 2s – 1s – « ignition » (ogogne). Une fusée jaillit avec une queue de feu et de flammes du puits « PCHP » et fonce dans le ciel vers le cosmos. C'est le même spectacle qui se produit au petit matin, dans cette nuit noire de la steppe silencieuse, à quarante huit heures d'intervalle. VREN-10 et VREN-11 sont envoyés sur une trajectoire déterminée pour rester en orbite basse martienne avec leur réservoir de plus de 100 tonnes chacun, autour de laquelle ils évolueront jusqu'au jour du retour des huit cosmonautes en direction de la Terre en 2017. Ils représentent avec leur trois moteurs une poussée de 120 tonnes, le carburant qui sera produit sur la planète rouge ne garantira que 95 tonnes de poussée, car le point éclair sera inférieur aux ergols terrestres, c'est la garantie du retour sur Terre le moment venu. En effet, au troisième étage « 3 VR » viendra se fixer le vaisseau étage « 4 VU » le module de service américain qui remontera de la surface de Mars avec l'étage « 3 VR » qu'on renverra sur le sol une fois vide. La même procédure sera utilisée pour les deux VREN-10 et 11 par rapport aux deux vaisseaux VUSA-17H et VUSA-18H. Le jour se lève. Les hommes arrivés à bord des deux 4x4 ont déjà, de nouveau tout préparé. La partie basse-booster de VREN-12 amarrée sur les quatre essieux tirée par le tracteur à double essieux s'avance sur les rails écartés, sur le fond de l'aube orangée. Sur le deuxième chemin de rails parallèle au premier, le deuxième étage accroché au troisième à l'aide des crochets mécaniques détachables est rapidement hissé et fixé sur le premier étage à l'aide des mêmes crochets détachables. L'ensemble est redressé à la verticale à l'aide des grues et des palans hauts de 165 mètres. A midi la partie cargo contenant son container avec son bouclier thermique est hissée au bout du complexe fusée. Le container contient 4800 litres d'eau de source de l'Oural et 3000kg d'alimentation diverses. Le 18 novembre au petit matin les dernières secondes s'égrenèrent...3s – 2s – 1s – « ignition » (*ogogne*). Le jour se lève et le ciel est toujours noir, le puits « PCHP » éjecte le dernier vaisseau de la NSEA de Baïkonour du programme « Mars Pneuma » avec le même fracas à effrayer la faune sauvage à des centaines de kilomètres à la ronde, donnant des pensées aux babouchkas et aux ouvriers qui partent tôt travailler, que la Terre se propulse dans l'espace pour s'en aller ailleurs.

La veille, le 17 novembre, Anatoli Volkov, Sergueï Koniakov, Mikhaïl Avksentiev et Hans Gotten avaient fait leurs adieux à leurs amis et collègues de la base de Baïkonour. Dans la soirée un dîner s'était tenu dans la grande salle du réfectoire en l'honneur des cosmonautes. L'ambiance avait été silencieuse, feutrée. Un petit discours court et gentil de la part de Vladimir Toumanov, quelques chansons lors de la veillée et les cosmonautes ont passé leur dernière nuit de Baïkonour à l'hôtel des « Quatre Vents ». Tôt le matin ils entendent le tonnerre fracassant produit par VREN-12 et constatent son envol à travers les vitres de la grande salle à manger où ils prennent leur petit déjeuner. Ils savent que le lancement a parfaitement réussi. Pour eux, c'est une raison complémentaire d'encouragement qui vient s'additionner à tous les autres lancements à destination de Mars. Aucun échec. A neuf heures, Léonard Templer est avec Vladimir Toumanov – tous deux accompagnent les cosmonautes jusqu'à Houston, d'où ils les verront partir pour la planète Mars. En attendant, Toumanov a organisé un vol spécial à bord d'un avion capable de traverser l'Océan Pacifique tout droit jusqu'à Houston en douze heures de temps – les quatre cosmonautes avec leur accompagnateurs Templer et Toumanov sont accompagnés également par une cinquantaine d'ingénieurs de Baïkonour et de quelques journalistes. Ils montent tous à bord de l'Illyouchine-62 avec ses quatre réacteurs en queue. La traversée est calme et sereine. Bien mangé, bien bu quelques verres de vodka-orange ou vodka pure pour trinquer, autrement la santé ne serait pas protégée, quelques heures de sommeil, une escale technique à San Francisco et après quelques heures encore, descente sur l'aéroport de Houston. Tous sont conduits dans deux autobus à l'hôtel « Flying Saucer ».

A Houston, l'ambiance est différente, l'atmosphère est tendue le 19 novembre 2015. On pense même retarder le premier lancement habité car une tornade vient de se produire en Floride, elle a soulevé des maisons, des autobus des voitures et des hangars. Heureusement pas de victimes, pas de blessés graves. Orson Trueman a quitté Boston pour huit jours, il est à Houston. Président de la NSEA américaine sa présence est nécessaire à chaque instant de l'expédition historique. Tout est prêt. Dans la salle de commandement Orson Trueman s'adresse à tous les collaborateurs du programme « Mars Pneuma » de la NSEA. Les astronautes Robert Hick, Oliver Fergusson, Jimmy Strattford et Stéphane Viardeau membres du premier équipage, ainsi que ceux du deuxième composé d'Anatoli Volkov, Sergueï Koniakov, Mikhaïl Avksentiev et Hans Gotten - tous sont présents. Les astronautes suppléants sont là également :

- Mesdames, Messieurs, mes chers collègues, aujourd'hui nous sommes réunis pour souhaiter « bon voyage » à nos compagnons, nos amis Robert Hick, Oliver Fergusson, Jimmy Strattford et Stéphane Viardeau. Ils seront les premiers à embarquer demain à bord du vol VUSA-13H à destination de Mars. Puis ils seront suivis de près par nos amis Anatoli Volkov, Sergueï Koniakov, Mikhaïl Avksentiev et Hans Gotten qui sont les membres de l'équipage du vol VUSA-14H. Demain matin l'histoire de l'humanité prendra une nouvelle tournure, de nombreuses pages de l'histoire des hommes seront écrites grâce à vous. Chers amis, en suivant de près nos frères explorateurs d'un monde nouveau, c'est comme si nous les accompagnions, nous sommes avec eux en permanence, par radio et autres transmission vidéo, télévisuelle ainsi que par le pilotage à distance de certaines fonctions des vaisseaux en cours de route et les équipements déjà présents sur le sol martien qui, il faut le mentionner obéissent parfaitement à nos commandes à distance. Je vous invite maintenant dans notre grande salle pour un dîner sur fond de musique classique qu'affectionnent nos astronautes.

Orson Trueman n'a pas choisi lui-même les extraits de musique classique, ce sont les astronautes qui ont voulu créer une ambiance sereine en ayant proposé chacun les morceaux comme, « Sur un marché persan » d'Albert Ketelbey, « Per Gint » de Grieg, Brahms, Schubert avec sa « truite vagabonde », la légèreté de Beethoven avec sa « Sonate au clair de lune et la Lettre à Elise », « la petite musique de nuit et un extrait de Cosi fan tutte » de Mozart, les danses polovstienes de Borodine, Gershwin, « la chanson du printemps » de Mendelsshon et deux nocturnes de Frédéric Chopin. Vers 21 heures 30 tout le monde se disperse, il faut s'insérer déjà dans le programme du lendemain matin.

Repos nécessaire pour tous. Après une bonne nuit mais trop courte, au « Flying Saucer » de Houston, à 6 heures du matin les quatre astronautes Stéphane Viardeau, Robert Hick, Oliver Fergusson et Jimmy Strattford ont déjà mis leurs affaires personnelles, des petits objets avec leurs souvenirs les plus chers, des images pieuses ou des portes bonheurs dans un compartiment spécial de leur valise de bord. Après un petit déjeuner léger, les quatre hommes disent au revoir à ceux qui les ont accompagnés et ils sont conduits dans une limousine discrète jusqu'au bâtiment bétonné près du pas de tir du « PCHP ». Ils entrent dans le bâtiment, et à l'intérieur les astronautes disent au revoir à Orson, Léonard et Arnaud. Ils sont astreints à un dernier contrôle médical, tension, cardiogramme, yeux, état psychologique, etc. Pas de désistement du dernier instant. Ils ressortent une heure plus tard dans des combinaisons blanches avec plusieurs sigles sur les manches et les épaules. Ils tiennent de la main gauche une caissette en matériau composite léger d'où sortent deux tuyaux et des câbles connectés à plusieurs endroits sur leur combinaison. Le signal est donné. Les astronautes montent dans la cabine ascenseur, penchée sur des rails du bloc bétonné qui leur permet d'atteindre à quelques mètres seulement, le vaisseau au sommet du complexe fusée-lanceur qui est enfoncé dans le puits « PCHP ». La porte est ouverte. Devant se tiennent deux techniciens et les quatre hommes entrent dans le vaisseau spatial, chacun son tour en faisant un signe de la main à tous ceux qui peuvent les voir de loin ou de près, ou par le truchement des caméras de télévision. Les dernières personnes à qui ils serrent encore la main, sont les techniciens qui referment la porte du vaisseau derrière eux. A l'intérieur du VUSA-13H chacun prend sa place attitrée et se met à l'aise aux commandes qui seront actives dans quelques minutes. Auparavant Jimmy Strattford le commandant de l'équipage, demande que l'on lise la check-list. Cette lecture est consciencieusement suivie par les techniciens de la salle de contrôle de la base. Quelques commentaires sont échangés. Orson Trueman donne le feu vert pour le décompte final qui coïncide exactement avec le compte à rebours. Kathy et Amanda ont la permission exceptionnelle de suivre le départ dans la salle de contrôle où l'on voit en direct l'intérieur du vaisseau. Une autre caméra prend des vues de l'extérieur du complexe spatial. Le pont reliant le haut du vaisseau aux plateaux est rétracté et disparaît dans un logement à l'intérieur des blocks bétonnés. Le complexe spatial mesure 115 mètres de haut, si bien que son nez dépasse de 15 mètres l'orifice du « PCHP ». La bâche qui entourait partiellement le corps de la fusée est retirée, des vapeurs plus denses ressortent du puits. Sur le grand écran les astronautes font le point en direct avec les nombreux techniciens qui contrôlent chaque élément sur leur écran d'ordinateur, l'un après l'autre. « Trois minutes ! » résonne la voix féminine dans les haut-parleurs. Sur l'horloge électronique numérique défilent les chiffres, quelques encouragements encore pendant une minute, notamment de la part des deux jeunes femmes du « Flying Saucer » puis des collègues, amis et directeurs. Les astronautes ont travaillé assidûment chacun dans le domaine qui l'intéresse le plus, depuis des années. Ils ont été sélectionnés non seulement pour leurs compétences scientifiques et mathématiques mais aussi du fait qu'ils soient tous sans attaches familiales, ni mariés.

Stéphane Viardeau dit à haute voix :

- Marc Peyratener, s'il se marie n'ira jamais plus loin que sur nos stations spatiales orbitales…

- (*So much the better*) Tant mieux pour lui, mais c'est déjà pas mal d'aller travailler à bord de l'ISS, parce que n'oublie pas, Marc reste tout de même un astronaute !

S'empresse de répondre Robert Hick. Et toute l'assistance de la salle de contrôle les entend. « Deux minutes ! » reprend la voix féminine et Orson Trueman intervient encore une dernière fois avant la technique :

- Hey, guies, on vous voit sur l'écran, c'est comme si vous étiez avec nous – (*in fact you're with us !*) En fait, vous êtes avec nous et nous sommes avec vous.

(*Last count one minute left*) – « Compte à rebours dernière minute » dit la voix féminine, puis le dernier décompte se fait par la voix d'un homme à partir de –59s...5s – 4s – 3s – 2s – 1s – « ignition ». A l'intérieur du vaisseau les quatre hommes sont assis dans leur fauteuil, mais en position presque allongée sur le dos, la position la plus appropriée pour supporter les « g », le casque leur donne aussi le sentiment qu'il encaisse une partie importante de l'accélération. Ils ont le visage reposé, les pulsations cardiaques réputées lentes chez eux bondissent à 150. Les quatre astronautes sont là avec les autres dans la salle de contrôle. Les rayons déjà intenses du soleil éblouissent le paysage texan. Le ciel est bleu complètement dégagé. A plus 1 seconde l'énorme masse jaillit du « PCHP » expulsée du puits et simultanément propulsée par ses 8 tuyères. 3500 tonnes de poussée ont extrait le complexe de 3050 tonnes de l'attraction terrestre et sans relâche le propulse en altitude. Un jet de traînée de flammes blanches, mêlées aux fumées et aux vapeurs en plein jour ne font pas apparaître les mêmes couleurs qu'on voyait à Baïkonour. Déjà l'énorme réalisation humaine la plus lourde, la plus grande, la plus volumineuse qui existe sur terre pénètre dans la dimension de l'espace. Trois minutes sur seize pendant lesquelles les astronautes avaient la langue plaquée au fond de la bouche, les traits des quatre visages à la peau enfoncée faisant des poches, le nez écrasé prêt à saigner, la poitrine enfoncée, le cœur comprimé, le corps sans chair, sans sang plaqué écrasé aux parois d'un fauteuil de sensation métallique, les yeux fermés leur donnaient l'air d'avoir exprimé une seule pensée commune aux différentes variantes, « vaille que vaille ! » - « adieu, va ! » - « à la grâce de Dieu !» - « advienne que pourra ! » - « on ne peut plus revenir en arrière ! » - « so help us God ! » - « c'est notre destin, nous l'avons choisi ! ». Puis rupture des communications son et image, des bruits disparates comme des parasites parviennent dans les haut-parleurs au sol, des crissements, un souffle et des zigzags sur les écrans provoquent un émoi interdit dans l'assistance de la salle de contrôle. Quelqu'un dit : « c'est presque indécent de les regarder souffrir ! ». Le grand écran s'éteint, les données défilent sur les écrans des ordinateurs. Les débits de propergols du premier étage, les boosters - 15 tonnes par seconde en fumée, c'est celui-là qui donne la plus grosse poussée de 3500 tonnes, on dit que cette poussée équivaut à 60 fois la poussée des 4 réacteurs de Concorde – au bout de 2 minutes et 30 secondes, le vaisseau file déjà à 2,7 km/seconde à la verticale, il est déjà à 62 kilomètres d'altitude – ça y est, l'étage des boosters s'est d'abord détaché, puis il a plané et est tombé comme d'habitude dans l'Océan Atlantique dans la zone où toute présence de navires quels qu'ils soient, cargos, tankers, plaisance est strictement interdite. Les débits défilent pour le deuxième étage, une tonne par seconde propulse le vaisseau, d'autres écrans montrent le défilement de chiffres comme la vitesse calculée et non captée, les diverses pressions des appareillages à bord, les températures, les composants de l'air respiré à l'intérieur du vaisseau – les taux de mélange d'oxygène 22% et d'azote 78%, la mesure de l'humidité. Tout est normal, toutes les données sont correctes. Avec le deuxième étage le vaisseau atteint 172km d'altitude et sa vitesse est de 7,7km/seconde. Il se détache et brûlera dans la haute atmosphère lors de son attraction par la gravité terrestre. Le troisième étage propulse maintenant le vaisseau dépassant un palier de 188km d'altitude, le moteur consomme beaucoup moins et fonctionne seize secondes encore, le temps de se placer à 18,000km d'altitude, après un tour de Terre à l'effet de « fronde » sa vitesse atteint maintenant le seuil de

11,2km/seconde. Le vaisseau VUSA-13H se désolidarise progressivement de l'attraction terrestre.

Onze minutes se sont écoulées, la vitesse est croissante et encore accélérée, elle dépassera vite les 40000km/heure et l'échappatoire de fronde le placera sur la trajectoire de Mars. L'étage « 3 » est vidé de moitié, c'est à dire de sa citerne « 1 » il reste amarré, ses moteurs sont arrêtés, c'est prévu. Les génies de Houston ayant parfaitement appliqué les données qu'ils avaient bien entendu expérimentées auparavant et confiées aux surpuissants ordinateurs:

Si v est la vitesse de libération d'une planète

G est la constante gravitationnelle universelle

M la masse de l'astre en kg

R le rayon de l'astre en mètres

$v = \sqrt{2GM / R}$

Du côté des contrôles on est rassuré, mais c'est encore le silence avec ces bruits qui inquiètent. Sur l'écran apparaissent les astronautes, tout à coup détendus. Des échanges de données se font entre eux, ils ne s'adressent pas à la base, mais Orson Trueman demande dans son micro :

- Dites-nous vite comment vous vous sentez, please !

Robert Hick répond :

- C'était plus dur que pendant les entraînements mais, nous nous en sortons je crois. Tout va bien, contrôlez les autres.

Jimmy Strattford confirme que tout va bien à bord, Oliver Fergusson, Robert Hick et Stéphane Viardeau confirment à leur tour leur bonne santé. Ils donnent quelques détails comme des maux de tête, l'impression de saigner du nez. Puis Strattford indique :

- Il nous semble que le poids intense que nous ressentions se fait plus léger. Nous avons l'impression que nos corps s'habituent à la vitesse, ce n'est pas la même sensation que celle que nous avions eue dans les premières minutes après le départ, alors les gars qui vont partir après demain, nous vous souhaitons bon courage. Il y a un moment difficile à passer, c'est celui que nous ressentons en moins fort lors de nos entraînements, mais après ça va.

Le vaisseau de l'espace vogue maintenant à sa vitesse de croisière, direction Mars. A la conférence de presse, les directeurs du programme « Mars Pneuma » indiquent qu'ils savent que cette expédition coûte extrêmement cher, jamais les nations n'ont autant investi dans un programme commun, lit-on dans tous les journaux du monde. Certains ajoutent « sauf dans la course aux armements ». Les discussions tournent toujours autour de ces sujets. La course aux armements c'est une conception qui engendre automatiquement l'idée de domination de certains hommes sur d'autres. Se peut-il que des gouvernements ou les autorités des nations proclamant qu'ils sont les meilleurs à tous points de vue dans leurs préoccupations du bien-être de leurs concitoyens, qu'ils soient également prêts à les sacrifier lorsqu'il s'agit d'imposer une conception idéologique ? Alors les armes existent, car ce qui exalte les uns peut effrayer les autres. Les armes, les armements sophistiqués, il y a des réserves dans le monde comme il n'y en a jamais eues, nucléaires traditionnelles et anciennes. Le potentiel de ces stocks est tel qu'il suffit à balayer sept fois la vie sur Terre, selon des spécialistes statisticiens en la matière qui délivrent leurs données lors des conférences internationales. Alors une interruption dans la course aux armements, pour les rendre encore plus sophistiqués peut être aisément supportée pendant quelques années.

Orson Trueman ajoute pour conclure à la fin de son exposé :

- Notre exploration de la planète Mars nous ouvrira d'abord une possibilité d'installer une véritable base de terriens, où l'on pourra vivre normalement pour nos études et nos explorations. Le travail à accomplir est immense, fatiguant et dangereux, mais avec le temps, aller sur Mars deviendra pour les terriens une expédition maîtrisée. La base martienne sera un tremplin pour aller plus loin car nous pourrons d'ici quelques années produire du carburant en assez grande quantité. Nous allons travailler dur sur le sol martien, nous allons tout faire pour rendre un îlot viable dans des conditions non seulement supportables face aux grands froids et aux tempêtes mais aussi confortables. Nous tiendrons le monde informé sur toutes nos avancées. Mars sera une base interstellaire pour nos vaisseaux. Rendez-vous compte, un vaisseau revient d'une très longue expédition et avant de revenir sur Terre il a la possibilité de se poser sur Mars pour recharger ses réserves en carburant, en eau potable, faire des réparations et que sais-je encore, sinon il ne tiendrait pas les trois ou six mois supplémentaires qui lui resterait pour atteindre la Terre. Dans certaines situations Mars sera une solution salvatrice. Mais il y aura énormément d'autres avantages. Une véritable immigration se fera vers Mars, oh pas dans l'immédiat, dans quelques centaines d'années, mais d'ores et déjà la base pourra accueillir des esprits conquérants, des pionniers et aussi des pionnières car ce n'est pas le travail qui manquera là haut. Nous organiserons des missions de durée déterminée. Bien payée, c'est la route des aventuriers que nos huit astronautes nous ouvrent. Je vous remercie pour votre attention.

Finit ainsi Orson Trueman devant les caméras et les journalistes. Les quatre astronautes communiquent maintenant régulièrement avec Houston, au bout de 24 heures terrestres une impression de vitesse de croisière semble s'être instaurée à bord. Les quatre hommes se déplacent un peu à l'intérieur du vaisseau, entreprennent déjà quelques activités et parlent constamment avec la base. Contrôles, vérifications ajustements deviendront des habitudes. Ils ne sont jamais seuls, ils vivent avec la base. Justement sur la base, les alentours du « PCHP » ont immédiatement été remis en état, le puits vérifié dans chaque détail, les mécanismes également et déjà le 21 novembre à 6 heures du matin le booster est hissé de la remorque « crawler » sur rails et descendu au fond du puits catapulteur. Sur le deuxième chemin des rails parallèle au premier se trouve déjà le deuxième étage arrimé au troisième – cet ensemble est descendu dans le puits, fixé à l'aide des crochets détachables « auto-hookers ». A 15 heures le vaisseau est acheminé à son tour, puis hissé et fixé sur le tout. Les techniciens disposent de plusieurs trappes le long du puits au niveau de chaque intermédiaire entre les étages du complexe fusée-vaisseau à partir desquelles les fixations sont effectuées. A certains moments ils se transforment en alpinistes pour des tâches particulières. Le complexe fusée-vaisseau fait exactement 115 mètres de hauteur. Tous les réservoirs sont remplis. Des petites vapeurs sortent de certaines soupapes le long de l'immense fusée à l'intérieur du puits. Les contrôleurs coiffés de leur casque jaune qui se trouvent au fond constatent que tout le travail est accompli dans les normes, ils décident de remonter à la surface. Les caméras qui prendront les images à travers la vitre de quatre mètres d'épaisseur sont dans leur logement. Des vérifications, des contrôles, des signatures responsabilisant les techniciens et les ingénieurs, tout est réglé, tout est prêt. Le soir la bâche entoure le nez de la fusée, c'est une mesure de protection contre les intempéries, l'humidité, de rares feuilles, les herbes sèches et la poussière que le vent peut amener jusque là. Le dernier block de documents est signé, contre signé et tamponné, le tout remis à la salle de contrôle. Le 22 novembre au petit matin, Anatoli Volkov, Sergueï Koniakov, Mikhaïl Avksentiev et Hans Gotten sont réveillés par le gentil personnel féminin du « Flying Saucer » : « *Come-on, get-up, breakfast's ready !* » disent-elle à chacune des portes des astronautes. Il est 5 heures. Des nuits comme celle-là, il n'est pas du tout certain qu'on puisse dormir d'un sommeil apaisé en oubliant la réalité, surtout la dernière nuit avant le départ. Les quatre hommes de l'espace font preuve de bonne humeur, feinte ou non, une petite plaisanterie de l'un pour encourager l'autre et aussi une bonne part d'inconscience et de confiance absolue dans l'ingéniosité humaine, tout cela fait qu'ils se trouvent maintenant dans la bâtiment blindé en béton armé au niveau du « PCHP » pour les derniers contrôles avant d'embarquer. Au revoir à Orson Trueman, Vladimir Toumanov, Arnaud Rivière et Léonard Templer. Les quatre astronautes sont aptes pour la poursuite de l'aventure. Montée dans la cabine du vaisseau, contrôles habituels, puis décompte du compte à rebours. L'énorme masse spatiale égale en tous points à celle qui était là il y a deux jours, prend son envol. Il est 10 heure 34, le vol VUSA-14H après un tour de Terre bénéficie de l'effet de fronde et au bout d'une quinzaine de minutes vogue à 18,000km d'altitude et se place sur sa trajectoire en direction de la planète rouge, avec l'étage « 3 » à moitié plein, moteur arrêté. Moteur ionique en marche. Les communications reprennent, la vitesse est estimée à 11,2km/seconde le vaisseau est en vitesse de croisière après toutes les horribles sensations passées et l'appréhension dépassée. Le « 14 » communique directement avec le « 13 ». Les deux vaisseaux sont maintenant inexorablement comme attirés par les satellites en orbite martienne qui leurs inculquent des coordonnées précises. Les « Félicitations » fusent de toutes parts du globe terrestre. Au bout de quelques heures, les communications sont bien audibles entre les vaisseaux et la base. Les préparatifs habituels ont repris leur cours autour du « PCHP » et déjà dans la soirée du 22 novembre 2015, VUSA-15 est installé dans le puits. Le lendemain tous les ajustements et les contrôles sont effectués et au petit matin du 24 novembre le vaisseau-cargo prend son envol à la poursuite des deux vaisseaux habités, il emporte le complément « confort » des équipements non pas de première nécessité, mais le stricte minimum pour se sentir bien comme dans un camp de vacances où tout est prévu pour un certain confort et la détente. Ce matériel et ces équipements courants dans chaque pays du monde ont une valeur multipliée par un coefficient de 36 pour leur utilisation sur Mars. Cette nécessité vient du fait que l'ennui et le désespoir peuvent faire mourir les hommes sans ces stratagèmes. De plus le 26 novembre 2015 suit le vol VUSA-16 ayant exactement la même masse que les trois vaisseaux précédents, son chargement est le complément du « 15 ». Les denrées alimentaires déjà envoyées représentent le strict minimum vital mais avec le « 16 » les spationautes auront davantage de choix dans leurs menus, de l'eau en réserve et des desserts en pagaille. C'est un complément « luxe » que les huit hommes méritent amplement. Les deux cargos suivent les vols habités et leur trajectoire à chacun est parfaite. Les satellites VFAR-1 et VFAR-2 font leur travail de guidage automatique, ils attirent vers eux les sept vaisseaux du « 10 » au « 16 ». Le troisième jour, après le départ de VUSA-14H, l'équipage de VUSA-13H s'aperçoit que le voyage prend une tournure inhabituelle dans les conversations radio téléphoniques – un écart de 7 secondes entre une phrase et sa réception par la base, alors que le jour du lancement l'écart n'était que d'une seconde – puis passé à 3 secondes en fin de journée terrienne, puis à 5, 6 et maintenant à 8 secondes, plus 8 secondes pour recevoir une réponse. Ce phénomène bien connu prendra de plus en plus d'ampleur. Bien que les entraînements aient prévu cet état de chose spatial, les conversations deviennent pénibles et à la fin de la troisième journée, la décision est prise comme prévue, de passer aux messages écrits. Les mêmes circonstances feront que VUSA-14H adoptera la même résolution dans le courant de sa troisième journée de début de voyage. Au bout de quelques jours, le temps de la croisière est arrivé malgré les innombrables tâches inhérentes à la fonction de spationaute, nécessaires et parfois désagréables. Dès le deuxième jour dans le cosmos, le protocole exige de faire des mouvements pour détendre les muscles et aussi pour ne pas laisser s'atrophier le corps tout entier, car en se laissant aller à la nonchalance celui-ci deviendrait flasque et cassable. Des distractions à bord, il y en a mais celles-ci sont constamment entrecoupées par une astreinte électronique si la mémoire personnelle s'évade dans un demi-sommeil. Dormir est aussi une absolue nécessité dans les deux vaisseaux qui communiquent constamment avec 2 x 6 secondes d'écart, ainsi Hans Gotten dit à Stéphane :

- J'ai oublié de te dire, quand je m'ennuie je pense à cette possibilité qui est à notre disposition…

Au bout de 12 secondes Stéphane répond :

- Mais va jusqu'au bout de ta phrase, on a été coupé ou t'es en train de réfléchir !

Et au bout de 12 secondes supplémentaires, Hans complète sa phrase :

- Mais si, j'voulais simplement te dire « qui dort dîne » dis-le à tes copains !

Douze secondes passent encore et Stéphane répond « roger ! ». Il est possible de parler entre les deux vaisseaux, mais avec la base c'est devenu vraiment pénible, on utilise plutôt les e-mails.

Le 23 décembre un message parvient aux deux vaisseaux, on informe les deux équipages que le 24 décembre 2015 des festivités sont organisées en l'honneur des spationautes. Le 24 l'événement est retransmis de la base de Houston aux deux vaisseaux. Un show américain avec des séquences des pays concernés par l'aventure, passe sur deux écrans de chaque vaisseau. La transmission des paquets de données parvient maintenant en 1 minutes et 6 secondes ; lorsque des questions sont posées la réponse des astronautes parvient sur Terre 2 minutes et 12 secondes plus tard, cet exercice est donc effectué trois fois, les autres plages de communications étant réservées aux transmissions habituelles. VUSA-13H et VUSA-14H reçoivent parfaitement l'émission des festivités en leur honneur et malgré les écarts de 1 minute et 10 secondes pour VUSA-14H et 1 minute et 16 secondes pour VUSA-13H la réception est d'une parfaite résolution, on s'y croirait. Arrive le nouvel an, les écarts de transmission s'allongent constamment et la fête à bord des deux vaisseaux n'est que symbolique. Arrive le 7 janvier 2016 et les cosmonautes russes en compagnie de Hans Gotten ont tout de même trouvé le moyen de faufiler une petite bouteille de vodka pour fêter le Noël orthodoxe russe, ils n'ont pas transmis l'événement à la base de Houston, c'était un truc entre eux.

Tous les détails des préparatifs des atterrissages des cinq vaisseaux sont compulsés par les équipes de la base de Houston, le satellite géostationnaire et celui qui évolue sur l'orbite de Mars, ainsi que par les astronautes qui se trouvent encore à bord de leur vaisseau. Il faut bien accepter un fait, c'est celui des communications avec la base, au fur et à mesure de la traversée interplanétaire il est devenu incongru de vouloir communiquer oralement avec eux à Houston, même avec des proches ou des amis ; les délais entre une question et une réponse devenant de plus en plus longs. Donc les équipages se consacrent avec obstination à toutes leurs occupations, des plus insignifiantes aux plus importantes sans faire de véritable distinction.

Un automatisme s'est créé. La seule occupation parmi les plus importantes est devenue le sport. Stéphane Viardeau par exemple ne s'adonnait jamais à aucun sport d'équipe ou individuel, mais il a toujours été actif physiquement, il n'avait pas besoin de faire partie d'aucune association qui tournerait vite à la sélection professionnelle. Il faisait du sport par lui même, avec sa copine, quand il en avait une jusqu'au moment où celle-ci le quittât pour un autre parce qu'il n'était pas assez à la maison pour prévoir l'avenir, avoir une vie de couple et avoir des enfants. Se marier est devenu une situation galvaudée et s'applique maintenant dans notre pays à n'importe quelle situation de couple, le mariage n'est plus ce qu'il était et en fin de compte, est-il utile, sauf pour les papiers des enfants ! Dit toujours Stéphane. Stéphane est pris par ses occupations, il consacre tout son temps à ses passions. Quand il était jeune, il était champion dans la réalisation de modèles réduits d'avions à hélice et aussi de turbo-pulso extrêmement bruyants. L'aviation l'a vite amené à devenir spationaute. Il est tellement habitué à attendre, qu'avec ses collègues Jimmy, Oliver et Robert il trouve toujours des sujets de conversation. D'ailleurs si ce n'est pas lui qui les trouve, ce sont les Américains. Pendant les six mois de transfert, il avoue qu'il ne s'est jamais ennuyé.

Le temps passe et arrive le mois de mai 2016. Chaque vaisseau qui arrive à proximité de la planète rouge est dans l'obligation d'effectuer quatre tours autour de l'astre pour diminuer sa vitesse et pénétrer dans l'angle de 1° et se trouver dans une atmosphère ténue pour atterrir. Le 18 mai 2016 ce n'est pas le cas pour VREN-10 qui se positionne sur une orbite basse martienne, avec sa charge de plus 120 tonnes de carburant, ni pour VREN-11 qui arrive le 20 mai 2016 en orbite basse martienne. Les deux vaisseaux VREN-10 et 11 ont une conception semblable aux autres vaisseaux envoyés par Baïkonour. Devant la complexité des conceptions de construction de vaisseaux spatiaux entre Russes, Américains et Européens, des accords spécifiques ont du être conclus pour pouvoir coopérer sans faille. C'est ainsi que la NSEA s'est créée. Chacune des trois puissances aérospatiales doit pouvoir s'adapter aux deux autres. La standardisation dans les grandes réalisations spatiales est devenue nécessaire et indispensable pour la NSEA, si bien que le meilleur exemple n'est pas une simple coopération orale, mais plutôt une conception des techniques adaptables les unes aux autres, comme le troisième étage « 3 » des deux VREN-10 et 11 parfaitement adapté pour faire corps avec l'étage « 4 » des deux VUSA-13H et 14H en s'y arrimant le moment venu, c'est à dire le jour du départ de Mars, pour le retour vers la Terre en 2017. Ainsi les deux vaisseaux américains qui s'appelleront VUSA-17H et VUSA-18H auront chacun un module moteur à 3 tuyères de 120 tonnes de poussée, l'étage « VU 4 ». Ils auront aussi à leur disposition un étage réservoir de carburant de 100 tonnes, en attente en orbite martienne que seront les étages «VR 3 » des deux VREN. Les modules de service américains étages « VU 4 » remonteront à l'aide de leur étage moteur « VU 3 » (remplis par l'usine de production de carburant) du sol de Mars jusqu'au troisième étage des VREN en orbite basse martienne. Ils se délaisseront de leur moteur américain « VU 3 » qui ira choir sur Mars à l'aide d'un parachute de 100 mètres de diamètre. Ainsi les deux vaisseaux reconstitués VUSA-17H et VUSA-18H américains s'en iront voguer sur une trajectoire de retour vers la Terre avec 200 tonnes de carburant pour l'atterrissage sur Terre. (100 tonnes dans l'étage « VU 4 » et 100 tonnes dans l'étage « VR 3 »). Les connections des complexes moteurs-réservoirs russes étages « 3 » seront connectés parfaitement aux connections américaines des étages « 4 ». Ces dispositions avaient fait l'objet de nombreuses rencontres et de nombreuses conférences, d'abord à l'OMN dans le cadre des programmes de « Standardisation des normes internationales » mais surtout avec tous les participants aux travaux de la NSEA depuis 2008. Ces travaux avaient commencé plus de cinquante années en arrière dans d'autres institutions et organisations internationales de Genève et New-York et bien d'autres encore. Ainsi les protocoles de pilotage restent exactement les mêmes pour tous les astronautes. Les deux moteurs américains retomberont sur Mars à l'aide de parachutes, le plus près possible du site de la base de « Gale Mount-Sharp ». Sur Mars, on ne peut pas se permettre de faire brûler ou s'écraser un équipement quel qu'il soit, tout doit être récupéré, réutilisé ou au pire recyclé, c'est pourquoi nous devons prendre en considération toutes les économies avec la sauvegarde du moindre matériel.

VREN-12 atterrit le 22 mai 2016 à quelques mètres des quatre modules d'habitation, c'est lui le « château d'eau » avec son eau de source de l'Oural et ses autres provisions. Après avoir réduit sa vitesse à l'aide du moteur ionique jusqu'à 3,1km/sec le vaisseau entame ensuite ses quatre tours autour de la planète rouge, pour ralentir encore puis il déplie à sa tête son bouclier thermique et entre dans l'angle de 1° en direction du sol martien. Il freine ainsi sa course jusqu'à 1km/sec, puis 0,8km/sec. Sa vitesse décroît toujours, puis à l'instant déterminé par les calculateurs le vaisseau se retourne de 180° les trois tuyères sont allumées face au sol martien. Le bouclier thermique n'est pas replié, il sert d'aide au freinage comme un parapluie, petit parachute. Le vaisseau atterrit en douceur en mode rétro freinage avec son moteur d'une poussée de 80 tonnes, aussi à l'aide de ses stabilisateurs, sur l'endroit précis déterminé par les satellites VFAR-1 et 2 qui font des prodiges de justesse. L'industrie aérospatiale française a octroyé à ses satellites pour les besoins de la NSEA, la plus fine prouesse électronique et électro technique dans la commande à distance, la plus poussée dans la perfection. Une parfaite justesse à laquelle œuvrent des milliers de travailleurs ingénieux et méritants, des hommes et des femmes déterminés et consciencieux pour les desseins qu'ils se sont fixés.

Le 23 mai c'est déjà VUSA-13H qui se trouve en orbite autour de Mars et au bout de quatre tours, Jimmy Strattford déploie l'épais bouclier thermique en tête du vaisseau et vise l'angle d'entrée de 1° dans l'atmosphère martienne. L'opération est satisfaisante le vaisseau est à une vitesse d'approche de 1,2km/s. Dès que le feu s'estompe à l'avant du bouclier, vitesse est de 0,8km/sec, il manœuvre le retournement du vaisseau à 180°, tuyères face au sol de Mars. Les rétro réacteurs sont allumés à 12km du sol. Il tient la commande de descente en rétro freinage, le bouclier thermique déplié comme un parapluie aide maintenant au freinage. Jimmy est guidé par les chiffres qui défilent sur les écrans des ordinateurs. Oliver assure la stabilité du vaisseau avec son « joystick » Robert Hick surveille les éléments vitaux et Stéphane est aux commandes du moteur rétro-freinage d'une poussée de 95 tonnes. Le vaisseau se pose lourdement sur des béquilles dépliées près des modules d'habitation en propulsant des jets de poussière orange invisibles des astronautes. Le flux moteur est immédiatement coupé. Le moteur ionique coupé également. Le bruit infernal qu'ils ne connaissaient plus pendant le temps de la traversée dans l'espace sidéral, s'est arrêté en même temps que le tremblement de tout l'ensemble. On souffle. On entend néanmoins comme des jets de grêle qui frappent les parois du vaisseau. C'est la météo martienne. Et Stéphane fait une remarque :

- Tout est différent regardez, on peut tenir debout, c'est fini de planer !

Des objets qui voletaient un peu partout dans la cabine sont soudain sur le plancher, comme pour indiquer que maintenant il faudra s'appliquer à ranger tout ce qui traîne et tout ce qui n'est pas à sa place. En quelques secondes on change complètement de géométrie dans l'espace. Les astronautes se sentent plus légers et peuvent marcher, ici la gravité est telle qu'on est attiré par le centre de l'astre comme sur Terre, sauf que sur Terre l'attraction terrestre est trois fois plus forte, ici on se sent léger.

- On pourra détacher le module à la main !

Plaisante Oliver, et Jimmy Strattford encore la tête engourdie mais serein en tant que commandant de bord ajoute :

- Tout ça c'est funny mais nous devons attendre VUSA-14H. Bien sûr nous pouvons descendre par nous mêmes, il y a 15 mètres, il faut déplier l'échelle escamotable. Pour l'instant repos, nous attendons. Dans 48 heures nous aurons revêtu nos scaphandres et nous descendrons. Dès que le flux de VUSA-14H s'arrêtera nous pourrons descendre, pas avant qu'il se soit positionné sur le périmètre d'atterrissage.

L'équipage « 13 » annonce à l'équipage « 14 » toutes les manœuvres qu'il a effectuées pour lui servir de marche à suivre. VUSA-14 arrive à son tour dans l'environnement de la planète rouge. Mikhaïl Avkcentiev dit :

- Nous ne couperons pas le moteur ionique, d'ailleurs il est si faible, qu'il soit allumé ou coupé la différence est de quelques newtons, c'est comme le souffle de la bouche sur la main, comme on dit. Autant qu'il souffle en rétro. Il est de grande utilité dans l'espace, ah là, oui c'est son milieu de prédilection. Le souffle de notre moteur ionique nous a permis d'augmenter la vitesse au début du voyage et aussi de ralentir dans la deuxième moitié. Dans la continuité aussi léger soit-il, il est loin d'être nul dans l'espace. L'espace c'est le vide, ce n'est « rien » à −273° voilà ce qu'est l'espace - la moindre pichenette peut envoyer un objet céleste aux fin fond du cosmos, mais attention, quand je dis pichenette, il faut que l'auteur de la pichenette ait un appui sur quelque chose, il faut un support par rapport auquel la pichenette exercera une force qui viendra s'appuyer d'abord sur le support et exercera sa force pour propulser l'objet au loin.

- Da, da, mais ton support ne peut pas être dans l'espace en même temps que l'objet céleste, si tu donnes une pichenette à partir de la surface de la Terre, tu n'arriveras pas à envoyer quoi que ce soit dans l'espace, avec l'attraction terrestre ça te retomberas sur la tête !

Dit Anatoli Volkov et Mikhaïl lui répond :

- Tu fais le malin, pourtant tu es de l'aérospatiale comme nous, tu sais bien que j'ai raison ! Quand on parle d'un objet céleste, cela veut dire qu'il est dans l'espace, quand on parle d'un support, on suppose qu'il est fixé à côté à quelque chose, disons sur un autre objet céleste – les deux ne sont pas soudés, ils sont dans ce cas tous les deux dans l'espace et l'espace est entre les deux ; si tu veux il n'y a pas d'atmosphère, mais une certaine attraction se ressent de l'un à l'autre, du plus gros au plus petit et aussi du plus petit au plus gros, c'est la gravité même si elle est faible, c'est la gravité qui s'exerce entre les deux objets, si tu les laisses assez près l'un de l'autre comme des poussières dans l'espace, ils s'aggloméreront. Mais revenons à la pichenette, elle se fait d'un objet à l'autre, tu sais bien que si tu te trouves sur le plus petit des objets célestes, c'est toi avec ta pichenette qui t'envoles au loin dans le cosmos. Or si tu te trouves sur le plus gros des objets célestes et que tu administres une pichenette au plus petit, le petit est propulsé par ta pichenette au fin fond du cosmos.

- Da, mais quel est le lien avec notre vaisseau et le moteur ionique ?

- Sur notre vaisseau, le support c'est lui, le vaisseau et la pichenette, c'est ce moteur ionique qui donne de la pulsion au vaisseau, puisqu'il y est attaché. Ce que je voulais dire, laissons-le allumé lors de la descente, ça fait un léger flux supplémentaire et ça ne consomme rien.

- Bon d'accord, on arrive camarades, chacun à son poste !

Dit Sergueï Koniakov avec un sourire et il prend la commande descente en rétro freinage de « l'étage-3 » du vaisseau. Lui aussi, comme Jimmy est guidé par le défilement des chiffres sur les écrans des ordinateurs. Quatre tours de Mars ralentissent la vitesse à 3,1km/s, Anatoli Volkov manœuvre la séparation, très spéciale ; étage « 3 » est détaché du quatrième, il est contrôlé par les deux satellites en orbite martienne, il est ralenti à l'extrême pour atterrir sur Mars à l'aide d'un parachute de 100 mètres de diamètre – à réutiliser ou en récupération si trop endommagé, car sur Mars aucun matériel ne doit être négligé. Déploiement du bouclier thermique en entrée dans l'atmosphère martienne dans l'angle spécifique de 1° pour VUSA-14H. Puis, retournement du vaisseau et mise en action des trois rétro tuyères de l'étage « 4 » d'une poussée de 95 tonnes, face au sol martien. Anatoli Volkov assure la stabilité de l'ensemble, Mikhaïl surveille le comportement des organes vitaux et Hans est aux commandes régulatrices des flux du moteur aux trois tuyères assurant le rétro-freinage. Le vaisseau atterrit à la verticale. Il touche le sol. Le satellite VFAR-1 géostationnaire, l'œil en direct a déterminé la place de parking toute proche du vaisseau « 13H ». Le moteur est immédiatement coupé. Du haut du vaisseau « 13H » par un hublot, ils ont vu l'atterrissage du « 14H ». C'est Jimmy Strattford qui leur parle:

- Congratulations guies ! Welcome on Mars !

- Merci Jimmy, nous attendrons un jour avant de descendre, le temps de nous remettre toutes les idées en place.

Répond Mikhaïl Avkcentiev et il ajoute :

- Hé, on vous entend 5 sur 5, c'est du talkie-walkie, c'est un véritable plaisir. Nous lançons notre nouvelle à la base de Houston.

- Okay, reposez-vous bien de tout ce stress, nous, nous avons connu tout cela y a deux jours martiens, allez, à plus tard !

Répond Stéphane Viardeau. Les conversations continuent d'un vaisseau à l'autre et avant de s'endormir quelqu'un ajoute encore :

- Heï, les gars n'oubliez pas vos scaphandres demain !

Sur Mars. Le 26 mai au matin martien, le signal est donné par Jimmy Strattford au vaisseau « 13H » :

- Hey, nous descendons sur le sol ! Nous laissons Robert Hick à bord, il assurera les transmissions entre nous, le « 14H », Houston et Baïkonour. Je descends avec Oliver Fergusson et Stéphane Viardeau. Reposez vous donc encore un peu les gars. Nous allons voir si nous pouvons mieux nous installer en bas. Nous allons tester nos scaphandres d'abord et repérer où se trouvent tous les équipements, nous vous tiendrons informés, à plus tard.

Stéphane, Oliver et Jimmy ont revêtu leur scaphandre à bord du vaisseau. Robert Hick contrôle les fermetures, les diodes reliées aux circuits électroniques des tabloïdes des ordinateurs qui confirment l'étanchéité et la mise à température de l'air dans les scaphandres à 20°. Il contrôle chaque passage par le sas de la cabine de décompression qui donne directement sur l'extérieur où il fait -40°. Il paraît que la température va augmenter dans les heures qui suivent. Jimmy est sorti le premier, le sas se referme, Stéphane le suit, le sas se referme et enfin Oliver ferme la marche vers l'extérieur martien. Jimmy entraîné avec son sang froid est sur le marche pied. La première chose qu'il fait est de regarder l'horizon et il constate que la vue est différente de ce qu'il pouvait apercevoir par le hublot du vaisseau. Tout paraît énorme, l'horizon s'étend au loin comme sur Terre, tout est orange marron, ocre parfois. Il entame la descente des 15 mètres qui le séparent du sol. En 20 secondes il touche le sol de Mars. Jimmy Strattford est le premier homme à fouler le sol martien – la nouvelle est transmise à Terre et en 10 minutes (terriennes) la nouvelle fait le tour de la Terre. Mais il n'y a pas seulement Jimmy Strattford, il y a encore sept de ses compagnons qui expérimentent chacun son tour l'identique sensation – celle d'être un conquérant d'un nouveau monde, celui de Mars. Mars est le nom que les humains lui ont donné depuis trois millénaires, le mot Mars n'est mentionné nulle part ici et les terriens font résonner ce mot pour que la planète l'assimile pour toujours. L'un après l'autre, Stéphane et Oliver ont descendu les 15 mètres du vaisseau, ils rejoignent Jimmy le regard stupéfait derrière la visière de leur casque, touchent la terre qui au premier toucher ne semble être que du sable orange sec. Ce premier toucher a déjà son importance, Mars est sec. Le vent est une véritable tramontane, les trois hommes avancent selon le programme prédéterminé, vers les modules d'habitation. Ils arrivent au pied des deux atterrisseurs russes des vols VREN 3 et 4 de la NSEA. Chaque atterrisseur se trouve près d'un compartiment cargo déposé à côté. Lorsque les VREN atterrissaient – au toucher du sol, la partie cargo se déconnectait du VREN automatiquement. Les tabloïdes indiquent sur quels boutons appuyer pour ouvrir la carrosserie du compartiment cargo des deux VREN. Stéphane actionne la manœuvre et les modules se déplient. Stéphane a supervisé les choses en Europe, c'est lui qui prend cette initiative – un module se déclenche mais sans s'ouvrir automatiquement de lui même. Les trois hommes approchent, dégagent la poussière épaisse autour du module avec leur pieds et à l'ouverture dans une poche se trouvent comme par un heureux hasard : trois pelles. Les pelles sont en main et en quelques minutes le pourtour du premier module est dégagé. Le module est déplié, six mètres de diamètre, les crochets bloquants ont pris leur place indéfectible, le sas étroit est la première chambre. Le deuxième module est déblayé du monticule de poussière orange, l'entrée déverrouillée, le module déplié et le sas est là aussi, la première chambre en entrant. Le troisième module est déblayé très facilement de la poussière orange, les crochets bloquants sont dans leur logement indéfectible, le sas première chambre dans l'entrée est opérationnel puis fermé contre vent et poussières. Jimmy qui n'a pas encore froid, sa combinaison fonctionnant parfaitement fait signe et parle en même temps par radio à Stéphane et Oliver, de le suivre aux bonbonnes d'oxygène et d'azote qui se trouvent dans les vaisseaux VREN juste à côté. A l'aide de treuils et de palans dont c'est la spécialité des Russes, quatre bonbonnes de gaz sont descendues. A ce moment voilà que trois homme de l'équipage du vol « 14H » descendent à leur tour les 15 mètres qui les séparent du sol martien. Sergueï Koniakov assure la permanence à bord du « 14H » il est aussi habillé de son scaphandre. Les Américains vont à leur rencontre. Les retrouvailles sont émouvantes. Les scaphandres s'enlacent dans les bras les uns des autres et se congratulent du succès de l'atterrissage au bon port de destination. Les Américains et Stéphane les invitent à venir les aider à acheminer les bonbonnes de gaz au plus près des modules. Mikhaïl Avkcentiev va d'abord déblayer autour du quatrième module d'habitation. Avec Hans à l'aide des pelles, les monticules de sable orange sont vite déblayés et le dernier module d'habitation est déplié. La première chambre étant le sas de décompression que bientôt les équipes appelleront aussi « sas d'acclimatation », le quatrième module de 6 mètres de diamètre et de 5 mètres de hauteur est presque opérationnel. Les bonbonnes sont descendues des vaisseaux VREN 7 et 8 à l'apparence vieillis et les branchements des gaz sont effectués à l'intérieur de chaque module d'habitation. Les valves sont ouvertes sur minimum. Les communications sont établies avec les cabines des vaisseaux « 13 » et « 14 ». Mikhaïl Avkcentiev et Jimmy Strattford invitent maintenant les deux dernières sentinelles à descendre de leur perchoir de fusée qui se font remplacées par Stéphane qui remonte dans le « 13H » et Hans qui remonte dans le « 14H ». Après avoir fait un petit tour, les équipages remontent dans leur vaisseau respectif.

Jimmy Strattford se met aux commandes avec Oliver Fergusson pour accueillir l'avant dernier vaisseau qui arrive de Terre, le VUSA-15. Sur leur tabloïde, toutes les coordonnées du vaisseau en approche finale sont précisées et VFAR-1 guide par pilotage automatique dans l'angle d'entrée, bouclier sorti, le ralentissement est déjà à 1,3km/s, puis après le feu écarté du bouclier retournement du vaisseau cargo. Le débit des rétro-réacteurs d'une puissance de poussée de 95 tonnes orientés vers le site d'atterrissage, fait chuté la vitesse et la descente est lente et précise, le cargo se pose à peine à deux cent mètres des modules. A peine touché la terre martienne, les moteurs se sont éteints. Nous sommes le 28 mai 2016 et les Terriens ont été les spectateurs d'un atterrissage d'un vaisseau en provenance de Terre. Dans deux jours terriens, Jimmy et Oliver répéteront exactement les mêmes manœuvres pour VUSA-16 qui atterrit le 30 mai 2016. Pendant quatre jours pour VUSA-13H et deux jours pour VUSA-14, les deux équipages ont passé la nuit et des demi-journées dans les vaisseaux, en même temps que de vaquer pendant quelques heures aux tâches de première nécessité, vêtus de leur scaphandre hermétique. Les conditions de vie vont vite s'améliorer, mais après avoir fait connaissance avec le sol martien. Les équipages remontent dans leur vaisseau puis en redescendent, mais maintenant que les deux derniers cargos sont arrivés Sergueï Koniakov et Robert Hick descendent à leur tour avec leur 6 heures de réserve d'air à mettre au profit d'une tâche, tandis que les autres astronautes cosmonautes sont tous remontés à bord de leur vaisseau respectif - leur réserve d'oxygène et d'azote, atteignant un seuil minimal. Tant que les derniers terriens ne remontent pas à bord, les scaphandres sont branchés en direct sur les prises d'air des vaisseaux, la porte de chacun des vaisseaux est refermée pour éviter au grand froid de pénétrer à l'intérieur. Sergueï Koniakov et Robert Hick se sont approchés des cargos nouvellement arrivés et en manipulant leurs tabloïdes ils ont déchargé le tracteur à six roues que la direction de la NSEA avait décidé de charger à bord du vaisseau VUSA-15. Sur le « S-6 » tous les éléments sont dépliés jusqu'à un click significatif et le fonctionnement est testé. Ça marche sur des batteries et aussi avec le panneau solaire. Ce jour du 1er juin 2016, il est 15 heures à l'heure martienne, le soleil est encore efficace pour une heure ou deux et l'horizon est orangé. L'heure est sensiblement la même que sur Terre - c'est une des caractéristiques étonnantes entre les deux planètes. L'universalité du temps martien est fixée au sommet du « Mount Sharp » qui montre des analogies par rapport à Greenwich. Les deux hommes montent à bord du « S-6 » et s'en vont jusqu'au VREN-9 à 800 mètres de la base. Serguëï Koniakov ouvre à l'aide de sa commande tabloïde l'entrée du module cargo et les palans russes déchargent l'un des deux containers « BU ». La porte du cargo est refermée et le container « BU » placé à l'aide des palans sur la plate-forme arrière porte bagage du véhicule. Hick et Koniakov livre le « BU » jusqu'au module du vaisseau « VUSA-6 ». Hick débloque la porte, fait plusieurs manœuvres et le module « usine nucléaire » est descendu avec les palans américains. Tout est prêt, l'usine est prête à recevoir les barrettes de Plutonium. Les barrettes sont extraites du container « BU » par des pinces mobiles du module usine et placées à l'intérieur du compartiment approprié. La trappe est refermée momentanément ainsi que celle du « BU ». Dans l'étanchéité de ce compartiment le dernier emballage est retiré et placé dans une poche spéciale étanche. Ce compartiment à combustion par fission nucléaire est refermé, la trappe est rouverte pour en extraire l'emballage, puis refermée. L'emballage radioactif est placé dans le container « BU » dont on referme à nouveau le couvercle. Hick et Koniakov à bord du « S-6 » tout en avançant, déroulent quatre câbles d'un rouleau d'une longueur d'un kilomètre et le véhicule arrive jusqu'aux modules d'habitation. Les deux hommes fixent les câbles dans les prises extérieures appropriées de chaque module et font le point avec les commandants Strattford et Avkcentiev chacun dans son vaisseau. Strattford dit à l'intention de Hick :

- Bob, tu peux mettre en route l'unité nucléaire. Vos réserves d'oxygène, azote vous donnent encore deux heures, allez-y, faites un contrôle et remontez, nous vous attendons.

Mikhaïl Avkcentiev précise :

- Vérifiez bien que l'électricité parvient normalement à tous les modules et après remontez !

Robert Hick manipule son tabloïde et tout à coup deux puissants projecteurs s'allument et surprennent les deux hommes. L'intense lumière parvient même jusqu'aux hublots des deux vaisseaux. C'était la première équipe qui les avait déjà placés à ces endroits pour bien éclairer le campement, la nuit. Sergueï Koniakov pénètre pour la première fois dans le premier module et constate :

- Ici l'électricité est branchée, j'entends des ronronnements, j'espère que ce n'est pas une bête martienne !

Il va dans le deuxième module :

- Tout marche et ça ronronne aussi.

Robert Hick a contrôlé le troisième et le quatrième :

- Tous les quatre ronronnent et tout fonctionne. Il annonce :

- On a envie de rester ici, on sent déjà la chaleur envahir tout le volume. Testons les cadrans de contrôles et contrôlons aussi les étanchéités des entrées des gaz, ensuite nous remontons. Module 1, tout est OK, module 2, tout est OK, module 3 tout est OK, module 4, tout est OK.

Les deux hommes jettent un regard tendre et amusé vers la Terre qui paraît comme une grosse étoile, 1/8ème de l'apparence de la Lune, à peine. On la reconnaît car elle est bleue. Sergueï Koniakov referme la dernière porte et les deux hommes remontent chacun dans son vaisseau. Il ne fait pas encore nuit et Robert laisse les projecteurs allumés, « ça consomme si peu ! » se dit-il. La nuit tombe vers 20h30, le vent souffle fort et en rentrant Koniakov dit :

- Heureusement que tout est arrimé et que les équipements soient lourds, le vent ne peut pas les bouger.

Au troisième jour après l'arrivée du deuxième vaisseau, le VUSA-14H, (ça fait cinq jours pour VUSA-13H) une décision commune est prise : « On déménage dans les modules » ! Les détritus et les containers biologiques sont descendus et placés dans une tente en matériau transparent hermétique aux armatures solides. Les stocks des provisions de bord sont comptés. Les réserves pour le retour sur Terre devront être complètement révisées le moment venu, avant les 550 jours de séjour dans cet environnement rouge-orange et les 185 jours de voyage de retour. Soit un ravitaillement de 735 jours sera nécessaire à prélever sur les provisions à bord des VUSA-16 et VREN-12. Donc au cinquième jour après l'arrivée de VUSA-13H, la porte de chaque vaisseau est refermée et les branchements d'arrivée d'air respirable sont interrompus. La vie doit s'organiser maintenant en bas. La base martienne est inaugurée par les huit hommes qui passent d'un module à l'autre, ainsi ils font connaissance de l'environnement de chacun, toujours vêtus de leur scaphandre. Le soir venu, surtout les premiers jours martiens, les hommes sont fatigués. Trois modules sont réservés à la vie des astronautes cosmonautes. Deux modules avec trois hommes et un module avec les deux commandants Jimmy Strattford et Mikhaïl Avkcentiev avec leur paperasserie. En fin de journée à l'extérieur, ils peuvent rentrer deux par deux dans le sas d'acclimatation des modules d'habitation, le troisième rentrera après les deux premiers. Ils doivent impérativement rentrer avant le déclenchement de la sonnerie d'alerte qui résonnerait dans tout le scaphandre, c'est à dire avant que les réserves du mélange de gaz qu'ils respirent ne soient épuisées. Ils doivent rentrer à deux dans le sas de l'entrée et fermer la porte étanche. A la lumière allumée au plafond du sas, ils ouvrent la valve à air et attendent deux minutes jusqu'au déclenchement du signal sonore et lumineux vert, qui annonce qu'on peut se défaire du scaphandre. Les scaphandres doivent être rangés dans l'armoire et les deux hommes peuvent rentrer dans le module d'habitation où règne le confort terrestre. Deux étages. Lumière au plafond partout. En haut du petit escalier se trouvent trois compartiments couchette avec une tablette et un rideau. La température ambiante aux deux étages est de vingt deux degrés. Dans chaque module d'habitation c'est exactement la même disposition, le même aménagement, couchettes, tablettes, en haut et cabinet de toilette, cuisinette, petite chambre commune avec tablette et sas « d'acclimatation » en bas au rez-de-chaussée. Les deux commandants ont leurs documents de bord, des ordinateurs ainsi que les équipements de télécommunication avec tous les modules et la Terre. L'exercice physique qui se faisait dans la promiscuité à bord des vaisseaux n'est plus aussi nécessaire car ici dans cette nature désertique tous les hommes se dépensent à un tel point que la fatigue les fait plonger dans un sommeil profond et réparateur dans une atmosphère quasi terrienne. Avec des quantités d'eau de source en réserve limitées dans VREN-12, la consommation se fait avec parcimonie. La température de l'eau est constamment rehaussée dans les containers pour ne pas geler, à l'aide des batteries du cargo ; mais maintenant VREN-12 est sous tension électrique de l'unité nucléaire grâce à un autre câble qui a été tiré jusqu'au vaisseau. Le transfert de l'eau se fait chaque semaine par container dans la journée, jusqu'aux quatre modules d'habitation et l'eau est déversée dans chacun des réservoirs respectifs. Les déchets organiques sont déversés et stockés dans des containers spéciaux à l'écart. Les eaux usées sont stockées pour un traitement ultérieur qui commencera dès que la seconde usine sera en action ; celle de la production de carburant qui assurera aussi le traitement et la filtration de l'eau. Mais dès qu'on trouvera de l'eau, qu'elle soit en blocs de glace ou souillée par des substances minérales, l'usine assurera une filtration efficace parfaite – cette eau deviendra potable. Tout est prévu pour des conditions de vie les plus proches de la normale ainsi que pour le repos. Dans le courant de la journée, les hommes travaillent à l'extérieur toujours revêtus de leurs scaphandres. Oliver Fergusson et Anatoli Volkov sont les spécialistes des deux équipes en matière de raffinerie à partir du pétrole brut. Ici il ne semble pas qu'il y ait eu du pétrole, car le pétrole provient de matières organiques telles que le bois, les plantes et les animaux de toutes sortes depuis des millions d'années disparus, désagrégés et transformés dans le grand cycle de la transformation de l'évolution. Ce ne seront pas Oliver ou Anatoli qui iront rechercher d'éventuels vestiges d'organismes ayant été vivants sur Mars plus de trois milliards d'années en arrière, ces deux là sont beaucoup plus terre à terre. Ils sont chargés de mettre en route l'usine à fabriquer le carburant ; non seulement de la mettre en route, mais aussi de faire en sorte qu'elle en produise de grandes quantités. L'autre aspect de l'usine réduite est qu'elle détient tous les systèmes de filtrage et de branchements, tels que les fils et surtout les tuyaux pour les séquences de séparation des différents éléments en suspension, pour déboucher sur le filtrage des liquides qui pourraient posséder au moins une fraction d'H2O. Quelques jours ont déjà passé sur Mars. L'organisation établie sur Terre est strictement mise en application sur Mars et le programme est exécuté au jour le jour selon les prévisions. On doit suivre ces plans, car sur Mars, on ne sait pas encore si l'être humain peut s'adapter d'une façon entièrement artificielle et être en possession de tous ses moyens physiques et psychiques. Les essais des hommes et des femmes ayant vécu en vase clos pendant une année sur terre, ne peuvent être pris sérieusement en considération, car ils savaient qu'à tout moment ils pouvaient sortir du studio où se faisait l'expérience. Dans la réalité martienne, la dimension sensorielle et psychique est totalement déconnectée des habitudes familières. Il suffirait d'un peu de laisser aller et une peur panique pourrait envahir quelque esprit affaibli par tant de stress. La claustrophobie, l'hystérie, des affections inattendues et imprévues pourraient survenir comme le « haut mal » (*épilepsie*) ou même des maladies pulmonaires ou cardio vasculaires, ou glaucome précoce qui pourraient être dus aux terribles rayons cosmiques, et bien d'autres mauvaises surprises, ou simplement une grande fatigue. Tout cela pourrait altérer le raisonnement rationnel des spationautes et des actions incohérentes pourraient bouleverser la sécurité du groupe. Le soir les huit se retrouvent dans la « salle commune » du « module numéro 4 » qui sert également de bureau et de laboratoire. Mikhaïl Avkcentiev propose :

    - Nous devrions rapprocher les quatre modules plus près les uns des autres, en fait on pourrait même les grouper et installer un couloir commun avec nos tentes rigides. De cette façon, nous n'aurions besoin que d'un seul sas de décompression.

    Oliver Fergusson ajoute :

- Les tentes se trouvent dans le vaisseau VUSA-15 Mike, un seul sas de décompression c'est compliquer les choses et réduire les problèmes sur une seule unité, ce n'est pas ce qui avait été prévu dans le programme.

Mikhaïl répond :

- Les concepteurs des plans n'ont pas tenu compte de la réalité des choses, lorsque nous rentrons dans le « module 4 » nous devons faire la queue, alors d'accord laissons les autres modules là où ils se trouvent, parce que les déplacer demanderait trop de dépense en énergie, mais construisons tout de même demain ou après demain, un sas de décompression, d'acclimatation comme une antichambre devant le « module 4 ». Nous pourrons ainsi passer à quatre dans le sas au lieu de deux.

Jimmy Strattford donne son accord :

- Okay, Mike, mais demain Oliver et Anatoli devraient s'occuper de mettre en route l'usine à fabriquer du carburant et l'eau.

Chaque soir, c'est le « debrieffing » au « module numéro 4 » et on en profite pour préparer un cacao général avant d'aller chacun chez soi. Au dixième jour Oliver Fergusson et Anatoli Volkov échangent quelques réflexions avec les autres collègues, notamment ils leur demandent de se tenir prêts à venir leur donner un coup de main le cas échéant auprès de l'usine à carburant et eau. Anatoli et Oliver mettent leur scaphandre, contrôlent toutes les sécurités et sortent à l'extérieur. Ils ne sentent même pas le froid à moins −40°. Ils s'approchent du vaisseau VUSA-5 et avec leur tabloïdes ouvrent la porte du cargo américain.

- Je crois que tu devrais aller chercher le « S-6 » et prendre ce câble et le brancher sur l'unité « power station ». Les batteries n'auront pas assez de charge pour fonctionnaliser les quatre palans !

Dit Anatoli. Oliver acquiesce et s'en va chercher le « S-6 » clopin-clopant. Anatoli reste sur place, il monte jusqu'à l'ouverture et rentre dans l'espace cargo du vaisseau, trouve les câbles des palans et les accroche aux quatre attaches arrondies soudées à l'unité usine. Il vérifie le niveau de charge des batteries sur les cadrans du vaisseau, les connecte à son tabloïde, des symboles combinés à d'innombrables chiffres défilent : Nm, W/sr watt par stéradian, dynes, accélération linéaire M/s^2, l'ampèrage est trop insignifiant pour effectuer un quelconque travail, la force en Nm (Newton-mètre) MLT^2 le prouve. L'énergie extérieure est indispensable. Oliver arrive avec le « S-6 » en ayant déroulé un long rouleau de câble électrique. Il monte à l'échelle jusqu'à l'entrée de l'espace cargo et branche le câble électrique au tableau commandant les palans. Les deux hommes descendent et d'en bas, manœuvrent les palans qui font descendre l'unité usine à carburant et à eau, qui pèse 8 tonnes. Ils ajustent la charge encore suspendue aux câbles des palans par rapport à l'emplacement exact. L'unité usine est posée à même le sol au pied du vaisseau cargo. Puis ils sortent aussi de la soute un container d'accessoires de 2 tonnes qu'ils font déposer par les palans près de l'unité usine. Ils n'ont pas de véhicule assez puissant à leur disposition pour déplacer une telle charge ailleurs et surtout de la soulever. C'est donc au pied du vaisseau VUSA-5 que l'unité carburant doit être mise en marche. Un gros tuyaux est fixé à l'unité tandis que l'autre bout est fixé à une caisse carrée, bardée de filtres à poussières. Oliver fait appel à Robert Hick pour les aider. Ils partent décharger une bonbonne d'hydrogène de 6 tonnes à partir du vaisseau VREN-7. La bonbonne est laborieusement acheminée auprès de l'usine à carburant et eau. Des branchements de tuyaux sont effectués, de la bonbonne à l'usine et d'autres de l'usine jusqu'aux réservoirs à carburant de 10 tonnes chacun. Le câble électrique branché au vaisseau est maintenant déconnecté puis reconnecté à la prise de l'unité de production carburant et eau. L'extrémité de ce même câble reste connectée à l'usine nucléaire « power station » Anatoli dit à Oliver et Robert :

- Ready ? On fait un essai, les gars !

Ils répondent : « Ready ! ». Anatoli manipule quelques boutons et Oliver rentre quelques données relevées sur les écrans de l'usine, sur le clavier de son tabloïde. Un bruit sourd se fait entendre, l'atmosphère très ténue de Mars n'est pas favorable à la propagation des ondes sonores. Les contrôles sont terminés et les trois hommes se rendent au « module 4 ». Un résumé de la situation est proposé par Anatoli et Oliver annonce :

- C'est seulement à partir de demain que nous pourrons constater si la stœchiométrie se réalise comme prévu. En attendant, il faudra aller à la recherche de l'eau.

Jimmy Strattford propose :

- Avant d'aller à la recherche de l'eau nous devons nous rendre à l'évidence. Une évidence que vous connaissez tous, nous trouverons de l'eau mais à l'état de glace et certainement mélangée à des impuretés. C'est une véritable expédition que nous devrons entreprendre, car il faudra se rapprocher du pôle nord où se trouve la plus grosse concentration de glace sous forme d'une calotte de 500km de diamètre. Procédons par étape. Très près de l'emplacement où nous nous trouvons, nous avons localisé un creux. Essayons déjà dans notre environnement le plus proche. C'est certainement un petit cratère comme il y en a beaucoup sur Mars, mais il semble que d'anciens lits de ruisseaux donnent l'impression que dans une époque très lointaine, ceux-ci se déversaient à cet endroit, comme vers un lac. Je propose de nous y rendre demain pour pratiquer un forage. Notre « S-6 » peut forer jusqu'à 1000 mètres de profondeur, mais pour cela nous devons être à plusieurs, pour l'approvisionner en tuyaux et en trépans comme pour les puits de pétrole. Anatoli et Oliver vont nous guider pour ce boulot, comme vous le savez c'est leur spécialité.

Au fil des journées martiennes qui à ce point de vue ne dépaysent pas les terriens, des installations ont été faites par Robert Hick, Hans Gotten, Sergueï Koniakov et Stéphane Viardeau. Sur le site de « Gale – Mount Sharp » les températures sont absolument effrayantes, de −80 la nuit à −30° au matin des meilleurs jours ensoleillés. Les spationautes peuvent constater ces fluctuations sur leurs différents indicateurs. Grâce aux concepteurs de la NSEA, le froid intense que la Terre n'a jamais plus connu depuis quelques milliers d'années, les spationautes supportent ces conditions extrêmes qui les congèleraient instantanément s'ils se retrouvaient brusquement hors de leur scaphandre. La température à l'intérieur des scaphandres est tout simplement de 20°, répandue de la tête aux pieds. Lorsque les spationautes faisaient des essais sur Terre, ils se plaignaient souvent du poids qui les entravait dans leurs mouvements et leurs déplacements. Ici sur Mars leur poids est insignifiant, ils peuvent sauter d'un rocher à l'autre avec une légèreté étonnante. Oh ce n'est pas comme sur la Lune, mais la différence gravitationnelle favorise étonnamment tous leurs gestes et leurs efforts en sont atténués. Les quatre hommes qui ne s'occupaient pas de « l'unité carburant-eau » ont pendant ces journées de 24,6 heures, monté les tentes rigides à armatures incassables. Une grande tente type abri de court de tennis gonflable est maintenant fixée d'une façon étanche au « module 4 ». Peu à peu des installations complémentaires sont réalisées. D'autres tentes, également rigides sont ajustées à la grande en prévision des tunnels qui les feront se relier. Une dernière grande tente est déployée toujours sur la même aire près des rochers, un peu à l'abri des très grands vents, elle constitue une serre. Hans Gotten et Stéphane Viardeau ont déchargé une partie des équipements des vaisseaux VUSA-15, VUSA-16 et VREN-12 à l'aide des palans qui ont puisé leur énergie dans les batteries qui était encore suffisante pour des petites charges de 100 à 200kg. Ce fret a été chargé à bord du véhicule « S-6 » et entreposé dans des emplacements protégés à l'intérieur des tentes. Au bout de la « tente serre », un endroit est destiné aux containers organiques de déchets en décomposition bactériologique qui serviront dans quelques trois à quatre mois de compost. En attendant, quelques 3 tonnes de terre martienne ont été répandues à l'intérieur de la serre étanche alimentée en air respirable équivalent à l'atmosphère terrestre. A cette terre Hans Gotten et Stéphane Viardeau ont mélangé la tonne de terreau ramené de la Terre. Robert Hick et Sergueï Koniakov ont analysé la terre rouge et n'y ont rien décelé d'organique. Les résultats sont exactement semblables aux analyses effectuées par les terriens à distance à l'aide des sondes envoyées précédemment, mais le mélange du terreau vivant avec la terre stérile de Mars doit donner des résultats selon les experts de la NSEA. Sergueï Koniakov est persuadé que la terre stérile apportera des éléments nutritionnels minéraux qui seront combinés à une sorte d'aération au bénéfice du terreau ; cet agrégat produira des conditions propices à la prolifération bactériologique et entraînera la germination des graines qu'ils ont apportées de Terre. C'est une expérience inédite sauf en apesanteur à bord des stations spatiales ; alors qu'ici ce sont des résultats probants qu'on veut obtenir, c'est une question cruciale pour l'avenir des voyages interstellaires mais aussi pour les hommes qui sont ici présents. L'expérience a son importance mais on voudrait bien aussi faire pousser quelques légumes. Les semaines passent et chaque jour comporte sa part de surprise, de peur et d'aventure. Le plus fastidieux pour les huit hommes est de constamment s'accoutrer de leur scaphandre, contrôler son bon fonctionnement à tout instant et suivre la consigne de porter un regard attentif vers ceux qui sont en leur compagnie. La consigne est ainsi instituée pour assurer la sécurité de chacun, car une déchirure de l'étoffe en matériau composite de carbone, peu probable du fait de sa solidité à toute épreuve, pourrait si elle se produisait faire courir un danger de mort. Aussi la consigne dans un tel cas est de se connecter immédiatement à un tuyau de secours à portée de bouche dans le casque et de rentrer dans le module le plus proche, fermer la porte étanche et envoyer l'air, puis rentrer à l'intérieur. Chaque semaine les deux unités « power station », l'usine nucléaire et « l'unité carburant-eau » doivent être dégagées des monticules de sable rouge orange qui se forment à leur proximité. Oliver et Stéphane ont eu l'idée de « bricoler » devant chaque unité une paroi protectrice. Ils ont décidé de l'améliorer chaque jour en la consolidant avec les moyens du bord mais aussi avec des blocs de rochers rouges. Peu à peu deux murs sont construits et indiquent maintenant d'une manière incontestable le passage de l'homme sur la planète Mars. Au bout d'un mois de vie dans des conditions très particulières, les huit hommes restent émerveillés devant les levers du petit soleil qui apparaît comme un disque deux fois plus petit que celui vu de Terre. Les couleurs orangées du ciel et son reflet sur la terre de Mars qui passe du rouge à l'orange, puis à l'ocre sur certaines collines, ce flamboiement matinal éveille en eux à travers un hublot, une admiration étonnée devant ce monde nouveau. Stéphane dit parfois :

- Il faut que je me pince pour saisir la réalité d'un instant, mais je peux me dire aussi que je rêve, que je me pince afin de me convaincre – ou que je rêve que je suis dans une réalité claire, précise. Comme disent certains astrophysiciens qui font référence aux grands spécialistes de la psyché, je ne vois que ce que je veux voir – c'est mon moi qui imagine ce monde qui m'entoure et la réalité axiomatique n'est rien d'autre que ce que j'imagine – par mon intellect personnel, par mon cerveau à l'aide de ce qu'il s'est attribué comme les sensations olfactives, le goût, la vue, le son, le toucher – alors se pincer reste une preuve totalement aléatoire, puisqu'elle aussi peut être imaginée par le « cogito » justement de « l'ergo sum » imaginée parce que voulue ; mais existerais-je vraiment ? Dans ce cas qui pense pour moi ? Et si les autres me persuadent qu'ils ressentent les mêmes impressions que celles que je décris, c'est peut-être aussi que dans mon for intérieur, mon cerveau me fait imaginer qu'ils existent des collègues, des amis qui m'entourent et qui me tiennent des propos dans le sens de mon ressenti, mais c'est parce que je veux imaginer les choses en ce sens. Parce que je le veux, c'est ce que mon moi veut entendre, voir et imaginer se pincer. Non laissons cela de côté, vous avez vu ce que je vois ? Alors profitons de ces moments qui pour l'instant présent me plaisent et dont j'ai une frousse que je dois réfréner.

Une journée passe avec six heures de travail en scaphandre, dehors. Transporter des objets d'un endroit à l'autre, faire des relevés d'échantillons à analyser, ajuster des branchements, consolider des éléments. Durant les journées de très grands vents qui soufflent à 200km/heure, l'horizon est bouché et les hommes ne sortent pas de leur module d'habitation ; ils voient impuissants par les hublots le sable s'agglutiner qu'il faudra dégager comme lorsqu'on dégage la neige en hiver devant la porte de sa maison ou de sur le toit de sa voiture. Malgré un chauffage intensif pendant ces périodes, les modules maintiennent péniblement la bonne température. Le thermomètre peut descendre à moins 180° par grand froid la nuit hivernale, mais sans vent à l'extérieur, à l'intérieur des modules la température est confortable – tandis que par grands vents, malgré les ingénieuses isolations des parois, le moindre degré qui s'en échappe est instantanément anéanti à son niveau ce qui refroidit encore plus que d'habitude tous les matériaux isolants au contact du froid. Le forage immobilise le « S-6 ». Les premières carottes sont de la terre rouge neutre, sans autre élément que le minéral. A cent mètres de profondeur les carottes sont analysées au laboratoire du « module 4 ». Les résultats sont immédiatement transmis sur Terre : « Trace évidente de bactéries dans de la glace, confirmer leur existence et indiquer exactement leur nature. Sommes à la recherche de l'eau, indiquer si de l'eau contenant cette spécificité serait potable après séparation du sel et après ébullition ». La réponse arrive sur Mars quatre heures plus tard. La confirmation vient des meilleurs laboratoires en collaboration avec la NSEA : « Eau contenant ce type de bactéries, doit être départagée de son sel pour devenir potable, ébullition conseillée. Bactéries unicellulaires type bacilles ». Jimmy Strattford en compagnie de Mikhaïl Avkcentiev examinent les résultats. Ils sont heureux, car l'eau existe sur Mars. Le forage continue et à moins 150 mètres de profondeur le diamant fait remonter des éclats de glace dans le logement des carottes. Oliver Fergusson fait remonter les trépans. Un gros diamètre recommence le forage jusqu'au niveau de la glace. On remonte maintenant de gros paquets de glace. Sergueï Koniakov les place sur la remorque. Le chantier est arrêté et les blocs sont amenés sous protection de bâches près du « module 4 ». Un nouveau morceau est analysé au labo. Exactement les mêmes propriétés que le premier échantillon. Mikhaïl Avkcentiev décide de procéder au filtrage de l'eau pour la débarrasser du sel. Pour cela de grands bacs sont remplis avec la glace et remorqués jusqu'à l'usine de traitement et de production de carburant et d'eau. L'unité usine est programmée par Oliver et Sergueï pour débarrasser l'eau de son sel. Dans les grands bacs la température est rehaussée, les morceaux de glaçons sont fondus et l'eau est traitée. Le résultat est très satisfaisant. On fait bouillir une centaine de litres et Mikhaïl Avkcentiev est le premier à boire du thé préparé avec de l'eau martienne. Les investigations continuent dans les analyses au microscope à l'intérieur du « module numéro 4 ». Lorsqu'on essayait de trouver des traces de bactéries dans les sables rouges, il était impossible de départager les grains de toute autre substance très fine. En fait il n'y avait que des grains, quant à gratter les rochers, impossible d'y voir quelque chose. Les roches, les pierres le sol, les parois montagneuses des cratères tout absolument tout est constamment abrasé, poncé par les vents violents de la planète. Lorsqu'une tempête se lève due à Mars se trouvant à la plus proche distance du soleil de 206,600,000 de km, le rayonnement arrive en 11 minutes et 7 secondes, plus rapidement qu'auparavant, les fines couches atmosphériques martiennes se réchauffent et produisent des différences de pressions atmosphériques entraînant des tempêtes terrifiantes pour les marsonautes. Depuis quatre mois de présence sur Mars une certaine habitude s'instaure. Les huit hommes préfèrent de loin se trouver sur cette terre étrange où la vie repart de zéro que d'être confinés pendant six mois dans les vaisseaux de transfert entre Terre et Mars. Un deuxième forage a été réalisé près du premier, il atteint maintenant 400 mètres de profondeur. Oliver ne veut pas trop insister sur la machine de peur de casser quelque chose. Des trépans plus larges ont agrandi les diamètres. Les prélèvements continuent de jour en jour. Les analyses montrent les mêmes bacilles sans évolution aucune. Les bactéries endormies s'étaient peut être diversifiées autre part sur Mars, mais vraisemblablement pas dans les parages du site « Gale Mount Sharp ». Un forage a été fait dans un endroit éloigné et les carottes examinées au labo. Des bactéries découvertes autres que des bacilles, des bactéries sphériques cocci ainsi que des spiralées. Cette découverte émeut peu les scientifiques – une forme de vie a existé sur Mars, mais sous quelle forme, la réponse est : sous forme bactériologique basique. De quelle provenance, peut-être apportées par les nombreuses météorites qui envahissent Mars. D'où les météorites ont pu recevoir ces bactéries, impossible de répondre. On soupçonne également que les grandes quantités d'eau enfouies sous le permafrost martien proviennent de grandes météorites qui étaient porteuses d'eau. Une météorite géante aurait recouvert les parties basses de Mars d'un océan profond de 100 mètres, lorsque Mars était âgé d'un milliard d'années. On présume aussi qu'un scénario semblable s'est produit créant les océans de la Terre elle même. Les très grands froids martiens atteignant des températures plus basses que les −150° qu'on lui attribue, ont congelé toutes ces matières eau combinée aux argiles, mais des laves volcaniques ont recouvert spontanément toutes les surfaces en les emprisonnant pour toujours – cela a dû se passer un milliard d'années après la naissance de notre système solaire, il y a 3,5 milliards d'années. Un milliard d'années après que des grumeaux disparates s'étaient agglomérés dans l'expansion de l'univers, 8 milliards d'années après le Big Bang. Cette eau est bien là, présente sur Mars. Toutes les observations, les relevés des astronomes et les études des autres scientifiques se révèlent exacts. Sur la base du site « Gale Mount Sharp » c'est l'enthousiasme dans le « module numéro 4 ». Les huit hommes sont réunis dans la salle du rez de chaussée au milieu des instruments et des ordinateurs. On a été chercher du vin qu'un journaliste avait décrié lors d'une interview. Quatre bouteilles de vin blanc pour les crustacés et le plat de poisson réchauffés aux micro-ondes et quatre bouteilles de Bordeaux rouge pour du poulet à la sauce champignon avec du riz. Des photos sont prises et transmises à Houston, Baïkonour et Kourou. Les journalistes du monde s'en emparent et les diffusent dans les journaux télévisés et les quotidiens : « Ils font la fête sur Mars ! » titrent-ils, puis ils ajoutent : « Oui la vie sur Mars a existé, mais seulement sous forme de bactéries ». L'environnement sur Mars est extrêmement difficile à dompter, mais tout y est aseptisé, il n'y a aucune pollution, d'ailleurs un peu d'effet de serre serait profitable à la planète rouge, alors les portes sont ouvertes aux industriels qui seraient intéressés d'y installer des sites de production. Des paroles en l'air, personne ne s'y lancerait à moins d'envoyer sur Mars une quantité maximale de travailleurs sans y aller soi-même pensent déjà certains pour profiter de l'occasion en se faisant passer pour bienfaiteur de l'univers. Tout est envisagé ou présenté avec dérision par des humoristes.

Huit mois passent. Sur Mars, les citernes de carburant sont remplies grâce à la mise en application stœchiométrique des composants présents sur son sol ainsi que de l'hydrogène en bonbonne emporté par les vaisseaux cargo : $CO_2 + 2H_2O \rightarrow CH_4 + 2O_2$. D'autres réactions chimiques font l'étonnement et créent la surprise des terriens. Le fer abondant sur la planète rouge sera immanquablement utilisé. L'unité « power station » produit de l'électricité en abondance et l'idée de fondre du minerai de fer pour en tirer profit a déjà germée dans l'esprit de tous et la décision est prise. Une journée de six heures de travail suffit pour construire avec des parois d'une des fusées qui ne sera plus d'aucune utilité dans l'espace, une façade de protection contre les intempéries. Un toit solide est réalisé pour protéger les cuves encastrées l'une dans l'autre, des tuyères de moteurs. On remplit ces cuves au tiers de leur capacité de minerai de fer le plus riche possible et très abondant ici. Le deuxième stade est programmé pour le lendemain. Après leur petit déjeuner, six spationautes se vêtissent de leur scaphandre et entreprennent la deuxième partie du projet : Celui de connecter l'unité « power station » nucléaire au four de fortune réalisé avec des morceaux de fusée. Malgré une température extérieur de $-30°$ le minerai a fondu à la fin de la journée et une partie du contenu de la cuve est déversée entre trois barres d'aluminium assemblées pour former un moule en « Π » (*un P cyrillique*). L'aluminium n'a pas le temps de fondre mais le fer en fusion se refroidit instantanément, résultat : Une jolie barre métallique de trois mètres est réalisée, puis une deuxième puis une troisième et une quatrième. La production industrielle martienne a commencé. Du minerai, à volonté, l'unité « power station » nucléaire ne bronche pas, les fluctuations de tensions lui sont très supportables. Viendra le temps lorsque la petite « power station » toute seule n'y suffira plus, mais quand, on ne sait pas. Pour l'instant ça va. A l'avenir, il faudra envoyer une station nucléaire additionnelle ou construire une centrale nucléaire bien plus importante en utilisant le minerai de fer présent en abondance, mais pour ce faire, la première chose à entreprendre c'est de construire en priorité une fonderie, une vraie fonderie métallurgique. Pour l'instant les spationautes bricolent mais à l'avenir il faudra voir les travaux en beaucoup plus grand. En tous cas la petite centrale nucléaire peut supporter dix fois les contraintes qu'on lui impose, on peut donc fondre du minerai en grande quantité en combinant $Fe + CO_2 + H_2O$ avec les ions et les cations en amont du Plutonium. Jimmy Strattford envisage maintenant de produire de l'hydrogène à partir des éléments martiens pour ne pas avoir recours aux bonbonnes terriennes. Les bonbonnes d'hydrogène seront toujours nécessaires, tout comme les bonbonnes d'oxygène, mais à l'avenir les programmes devront minimiser les poids à emporter. L'eau en abondance permet d'espérer de créer une unité usine d'électrolyse. Le projet est soumis à la Terre qui répond qu'on pourrait en effet se lancer dans une telle réalisation lors d'un prochain voyage. Ce qui est une évidence en même temps qu'une nécessité pour l'avenir. Peu à peu des structures métalliques viennent consolider le campement martien. L'équipe américaine fait fondre des granulés ramenés de Terre et obtient des pâtes incandescentes que les hommes parviennent à rouler sur un tapis métallique déplié, pour en tirer une épaisseur ni trop fine ni trop épaisse par soucis d'économie de la précieuse matière, pour en faire des plaques et des toiles en matière plastique. Ces surfaces transparentes sont idéales pour les couvertures des serres et des couloirs, car une fois assemblées thermiquement, elles protègent les humains contre les rayons cosmiques. Chaque jour une idée nouvelle surgit ou plus simplement une nouvelle page du programme « Mars Pneuma » est tournée. Dans les grandes tentes serres à température dirigée, six semaines après les semailles sur le terreau mélangé à de la terre martienne enrichie de compost, des petites feuilles apparaissent et puis les plants grandissent. Aux feuilles les hommes reconnaissent les fruits qui devraient apparaître. Au bout du troisième mois, les nombreux plants grandissent encore et prennent forme. Au quatrième mois, de beaux légumes comme sur Terre mûrissent. Les rayons du soleil sont d'une importance primordiale même dans ce recoin du système solaire, ils ont un pouvoir de stimulation photonique pour la chlorophylle et la montée de la sève des plantes. Lorsque la poussière envahit l'atmosphère, les serres se couvrent d'une poussière rougeâtre, l'éclairage est artificiel et bien souvent pour accélérer la pousse des légumes, celui-ci reste allumé la nuit. Au début, deux mois et demi après les semailles, les plants s'étaient couverts de fleurs et Stéphane avait été chercher la ruche dont il s'occupait. Celle-ci était bien protégée, restée dans l'un des vaisseaux cargo. La ruche avait son emplacement dans la soute aérée et avec une température constante de 18°C. Du sucre à disposition à débit automatisé, de l'air terrestre recomposé en permanence, les abeilles étaient bichonnées par Stéphane. Un mois après la présence et le travail des abeilles, apparaissent de très petits fruits de cornichons, de tomates, d'aubergines, de poivrons, de courgettes et aussi des potirons et des melons. D'abord petits, puis de plus en plus gros. Les graines en évoluant sur une terre peu épaisse et superficielle mais assez riche et aérée d'une substance nouvelle ont trouvé une voie pour croître, la vie sous toutes ses formes possède en elle cette force suffisante, pour entamer un nouveau tournant dans l'univers. Aucun autre légume que ceux de la famille des cucurbitacées ne peut s'adapter, semble t-il aussi vite. La terre n'est pas assez profonde, soit, mais l'addition de la terre martienne y est-elle pour quelque chose, possède t-elle des substances favorables à la croissance, on le saura bien un jour. Les marsonautes ne connaissent pas la réponse, mais les constatations sont immédiatement transmises à l'attention des plus grandes instances géologiques et aux instituts de recherches agronomiques. Il est noté dans la mémoire des tabloïdes que lors du premier voyage sur Mars : « Impossible de faire pousser des pommes de terre, des carottes, des navets ou des betteraves, ni du choux, les racines de ces légumes s'enfoncent peut-être trop profondément dans la terre, mais dans les serres la profondeur est restreinte » les fruits-légumes à graines de la famille des cucurbitacées ont bien poussé.

192

Essayer de faire pousser quelque chose sur le sol de Mars, à l'extérieur n'est pas possible, car la terre est stérile, ne contenant aucune biologie, vraisemblablement aucune bactérie à sa surface et rien de propice à la croissance des plants. Une atmosphère composée presque uniquement de CO_2 le fameux dioxyde de carbone est plutôt voué à faire faner que stimuler toute vie végétale et surtout le très grand froid qui ne connaît ni répit ni saison avec une température extrêmement fluctuante entre le jour et la nuit entre tiédeur et froid intense. La nouvelle est déjà connue sur Terre, depuis l'apparition des petites fleurs et le vol dans les serres des abeilles salvatrices, mais cette fois-ci des photos sont transmises avec huit astronautes autour d'une belle récolte de légumes avec l'un d'eux tenant un tuyau d'arrosage entre les mains. Comme dans un jardin normal. « Ah j'oubliai ! » s'écrie Anatoli Volkov :

- Nous n'avons pas transmis la photo avec les haricots verts que nous ramassons quotidiennement. Les haricots verts réussissent parfaitement. J'en ai encore ramassé 3 kilos. Ce sont de bonnes vitamines, de vraies vitamines naturelles. Ah si j'avais la certitude que l'unité « power station » nucléaire pouvait rester en fonction encore une quarantaine d'années, je serais bien resté ici, l'ennui c'est que j'aimerais bien rencontrer une jolie fille, comme il y en a chez moi. Non, même si la « power station » pouvait marcher encore des dizaines d'années, je ne veux pas rester seul ici. Sauf si on m'avait ramené une copine que j'aurais choisie moi-même pour être avec moi non, non et non je retournerai sur Terre !

- Bien sûr que tu retournes sur Terre, tu as signé un contrat, tu dois revenir avec nous, avec ton équipe où chacun a un rôle déterminé pour faire marcher le vaisseau. Au prochain voyage, tu pourras venir définitivement si tu le voudras !

Dit Mikhaïl Avkcentiev et il ajoute :

- Tu ne mets plus ton scaphandre dans la serre numéro 2 ?

- Non Mike, l'intérieur a été sécurisé. Je me sens bien mieux sans scaphandre, je le mets juste pour les travaux à l'extérieur comme les autres. Bon, allez, je vais aller faire la soupe, vous allez vous régaler. Hé, ici vous pouvez retirer vos scaphandres les gars, regardez les indicateurs : air ambiant = atmosphère terrestre, c'est grâce aux plantations ! Oh, je sais ça pue l'œuf pourri, mais la planète Mars tout entière pue l'œuf pourri, même dans nos modules cette mauvaise odeur nous poursuit partout malgré toutes les précautions, mais nous nous y sommes habitués maintenant...

Anatoli s'en va dans la cuisine. Une vie terrienne s'est instaurée sur Mars malgré les lieux confinés. Le temps passe et on écarte quotidiennement tous les dangers qui se présentent en permanence. C'est certainement cette méfiance qui représente l'aspect le plus pesant pour les hommes, qui commencent sérieusement à penser à organiser leur retour. Mais se disent-ils aussi : « Nous allons laisser tout ce matériel ici, il faut tout faire pour le protéger des intempéries et de tous les aléas. Tous ces équipements, ce matériel, tout ça pourra servir à ceux qui viendront ici après nous ». La vie continue avec les tâches quotidiennes, mettre son scaphandre, passer dans le sas d'acclimatation et de dépollution, sortir prudemment, rentrer dans le sas, bien contrôler tous les indicateurs de pression, de gaz et de températures, retirer le scaphandre – dehors c'est une bataille quotidienne pour la protection contre les vents, les grands froids, les poussières, l'érosion. Les équipements et tout le matériel sont protégés en permanence. Tout ce que les terriens vont laisser devra être utile pour ceux qui viendront après eux, se répètent-ils à longueur de journée et parfois ils ajoutent automatiquement, « Cette expédition a suffisamment coûté cher, alors ceux qui viendront ici après nous auront déjà tout ça sur place ». D'autres marmonnent doucement « Et qu'est ce que j'en ai à foutre, si j'en reviens pas ! » Le site de « Gale Mount-Sharp » a été précisément choisi pour ses murs de rochers qui protègent contre les rafales des vents apocalyptiques. Ce sont 12 « quatrième étages de vaisseau » qui se trouvent sur le plateau de « Gale » entouré de rochers. L'un des étage avait été renversé et il gît à l'horizontal car Sergueï Koniakov et Robert Hick ont prélevé ses tuyères pour en faire le four de leur fonderie, d'autres éléments ont servi à des bricolages et le renforcement des tentes rigides. Stéphane

Viardeau a la responsabilité de ses abeilles, c'est une tâche qu'il s'était réservée. Alors chaque jour, il vient les regarder dans les serres et parfois trois ou quatre astronautes s'y retrouvent. Hans, Anatoli, Stéphane et Oliver ont enlevé leur scaphandre dans le grand sas de l'aire de vie, la grande tente rigide avec une table, une cuisine et un sas donnant sur la serre numéro « 1 ». Hans leur dit :

- Cela fait du bien de se débarrasser du scaphandre, mais qu'est ce que ça « stink » (*ça pue*) ici, oh tant pis ce n'est que ce gaz de Mars, du moment que ce n'est pas vous !

Anatoli lui répond :

- Oh mais, t'as qu'à pas venir ici hein, si ça ne te plaît pas !

Hans a une petite idée dans la tête :

- Mais Anatoli, si je viens ici c'est pour mon travail et puis je n'ai rien dit de mal, si vous commencez à devenir susceptibles, ça m'intéresse. Tu sais bien que je dois faire un rapport sur le comportement de l'homme dans un milieu extraterrestre, surtout s'il se trouve sur une planète rouge. Il paraît que le rouge énerve !

Oliver qui semblait s'être retenu jusqu'à maintenant sent ses nerfs lui donner des fourmillements chatouilleux, d'ailleurs il s'était confié à Orson personnellement, qui lui a renvoyé un « message parlé » le priant de tenir le coup, « Tu es un sacré bonhomme Oliver, nous comptons tous sur toi, ce n'est pas le moment de flancher, continue avec tes amis, si tu perds courage, encourage les autres ils en ont autant besoin que toi ! ». Oliver avance son poitrail et dit à Hans :

- C'est toi qui nous énerves à nous psychanalyser à nous épier, quand tu regardes dans ton scaphandre avec les yeux de côté, si tu continues, I'm going to throw you to fly into the garden (*je vais t'envoyer voler dans le jardin*) !

Hans lui répond :

- Nous sommes tous sur les nerfs, si tu crois que je n'ai que ça à faire, que d'épier le comportement de mes amis, tu te trompes – moi, je ne me sens pas en sécurité et c'est mon plus grand souci ici, j'ai la frousse à chaque instant, j'ai la frousse de repartir d'ici, j'ai la frousse de monter dans nos engins le jour du départ, j'ai la frousse de la promiscuité, du long voyage et je ne sais pas si j'arriverai jusqu'à la Terre et toi tu veux me balancer dans le potager, vas-y, viens !

Dit Hans, mais sa déformation passionnelle enregistre en lui même « voici de bons arguments à noter et à analyser, c'est noté, malgré le stress qui n'est pas simulé ». Stéphane les arrête avec une petite phrase toute simple :

- Qui parmi vous m'aidera à rattraper toutes les abeilles avant le départ ?

- Mais, nous t'aiderons tous, t'inquiète donc pas Stéphane pour tes petites abeilles, nous n'allons pas les laisser ici avant de terraformer Mars, voyons !

Dit Oliver et le calme revient.

Houston. Orson Trueman est en réunion avec Vladimir Toumanov et Arnaud Rivière, dans la salle des décideurs du programme « Mars Pneuma » sur la base de Houston. C'est une petite salle tranquille où les décisions les plus importantes sont discutées. Orson Trueman demande qu'on leur amène du café et des brioches, il est 9 heures du matin :

- Je vous ai demandé de nous réunir pour faire le point, car nous sommes à six mois de la prochaine fenêtre de tir à partir de Mars, pour le retour des astronautes. La vie sur Mars est ce que nous savons de nos hommes, les informations nous parviennent d'une manière permanente. Nous savons tout ce qu'il s'y passe. Le temps commence à sérieusement éprouver nos amis, mais ils continuent malgré les bronchites et quelques problèmes de santé qu'ils ont réussi à juguler jusqu'à présent. La vie en promiscuité les ronge et il leur faudra affronter la promiscuité dans les vaisseaux de retour. Ils savent tout cela et leur caractère trempé leurs permettra de faire face à toutes les situations. Quels sont vos sentiments concernant cette expérience à ce stade déjà très avancé ?

Vladimir Toumanov est inquiet :

- Je sais qu'ils affrontent ce mode de vie avec beaucoup de courage, un courage presque inconscient car ils se sont placés dans la situation du tout ou rien, ils savent qu'à tout moment quelque chose de néfaste pourrait survenir et pourtant ils continuent parce qu'ils sont obligés de le faire – si quelqu'un se laisse aller au désespoir, heureusement les autres sont là pour le convaincre à continuer, à le stimuler. Nous savons que des événements de stress intense les a envahit, tous chacun leur tour. Il s'est toujours trouvé un des leurs qui a su redresser la situation, oui vous le savez bien ils utilisent de temps en temps des calmants. Il est arrivé qu'à la place de calmant certains ont préféré vider une ou deux bouteilles, ce sont des échappatoires que nous comprenons. Les périodes qui suivent sont des périodes pendant lesquelles ils doivent se rendre à l'évidence ; il faut continuer, malgré le sentiment général de l'ennui qui s'est instauré. J'ai eu des messages dans lesquels certains de nos amis avaient voulu tout interrompre et se jeter à l'extérieur des lieux de vie sans scaphandre, rongés par le désespoir. Les autres vigilants, toujours sur leur garde avaient perçu l'état mental de certains de leurs amis d'aventure et ils les ont encore encouragés et ils leurs ont donné l'envie de reconquérir leurs forces pour aller jusqu'au but qu'ils se sont fixé – celui de conquérir Mars, mais aussi d'en revenir chez soi.

Arnaud Rivière dit aussi son sentiment :

- Ils ont affronté le départ de Terre, ils savaient dès le début que le premier ou le deuxième de leurs vaisseaux avait pu s'anéantir lors de la lancée dans l'espace, ils savaient que le long transfert Terre-Mars de six mois pouvait s'interrompre par un accident à bord à cause d'une fuite ou d'une explosion de l'un des nombreux compartiments qui sont de véritables bombes, ils savaient qu'une manœuvre inadéquate aurait pu les envoyer sur une trajectoire différente de celle qui avait été prévue et qu'au bout de quelques semaines ils auraient péri par asphyxie, ils savaient qu'ils auraient pu être déviés à l'approche de Mars pour périr dans l'espace quelques jours plus tard, ils savaient que tous les dangers inhérents à leur séjour sur la planète Mars pouvaient et peuvent encore être catastrophiques, ils savent que le retour représente les mêmes dangers, dès que s'enclenchera le départ. Ils savent qu'un accident peut arriver pendant la remontée en orbite martienne du module carburant-moteur et le tout voler en éclats, ils connaissent les dangers qui les guettent pendant le trajet du retour vers la Terre. Ils connaissent les dangers que représentent les météorites et les rayons gamma. Ils savent les dangers qu'ils encourent lors de la rentrée dans l'atmosphère terrestre et ils savent que leur vaisseau s'il sera mal orienté pourrait disparaître carbonisé dans les couches denses atmosphériques et ils savent aussi qu'ils peuvent courir d'autres dangers beaucoup plus terre à terre comme tomber malencontreusement sur le sol terrestre comme des petits vieux en conséquence de la fatigue intense qu'ils auront subie et éprouvée, ils savent qu'ils peuvent ne pas survivre après cette expérience sur leur propre terre. Nous les avons envoyés vers un destin terrible, s'ils s'en sortent de tout cet enfer, c'est que la science et le génie humain ont vraiment tout évalué et prévu dans les moindres détails et que nous pourrons avoir une confiance totale dans nos réalisations futures. Je veux croire que la suite des événements sera aussi positive que tout ce qu'ils ont réalisé jusqu'à maintenant.

Orson Trueman :

- Nous sommes persécutés, tiraillés par les représentants des gouvernements de la WNO au sujet des contributions au programme, notre réponse réside dans le simple fait qu'ils ont approuvé ce programme et qu'il est indécent de revenir sur le bien fondé de cette initiative internationale. Nous devons arriver jusqu'au but final pour tirer des conclusions pour l'avenir des voyages interstellaires et aussi intergalactiques. Une chose est absolument certaine et tous les astrophysiciens et autres théoriciens ne convaincront jamais la WNO d'essayer de voyager au-delà. La science peut si elle le souhaite envoyer des sondes vers des destinations extra galactiques, mais jamais avec des hommes à bord de vaisseaux. Dans les avancées scientifiques, les extrapolations mathématiques peuvent faire rêver les illuminés scientifiques – les faire rêver uniquement, mais ils ne devront plus jamais s'adonner à des expériences humaines, même pas sur les têtes brûlées. Conquérir et terraformer Mars, pourquoi pas, c'est possible, mais cela coûte très cher. Notre compte à rebours pour le retour de Mars prendra effet un mois avant les départs qui sont fixés au 10 décembre 2017 - arrivée prévue sur Terre le 25 juin 2018 pour le vol VUSA-17H et le 12 décembre 2017 avec arrivée sur Terre le 27 juin 2018 pour le vol VUSA-18H. Il semble, d'après ce que j'ai cru comprendre, que les deux commandants Jimmy Strattford et Mikhaïl Avkcentiev ont convenu de quitter Mars à quelques heures d'intervalle, le même jour. En attendant continuons les contrôles et les encouragements.

Les trois sages de la NSEA passent la soirée au restaurant de l'hôtel « Flying Saucer » où Amanda et Kathy les harcèlent de questions. Elles veulent des nouvelles les plus fraîches possibles. Les vieux patrons de la NSEA partent se coucher. Ils ne dorment jamais du sommeil du juste. Chez eux, à la maison, il leur arrive fréquemment de faire des cauchemars, presque chaque nuit d'ailleurs. Arnaud Rivière l'a raconté à Vladimir Toumanov qui l'a raconté à Orson Trueman – tous les trois ont des attitudes similaires. Tout à coup, l'un des trois répartis dans trois régions différentes du globe et même parfois les trois en même temps - certains la nuit et d'autres alors qu'ils font leur sieste à l'autre bout du monde, le jour sursaute sur son lit, et se retrouve en position assise les yeux tout à coup exorbités grands ouverts, tout ronds, pleins de vide hallucinant – parfois ils hurlent : « Oh>>>> !» et bobonne accourt :

- (*What's the matter darling ?*) Qu'as-tu darling ?

- Ce n'est rien *honey*...toujours le même rêve, le même cauchemar...Je les vois s'en aller dans le cosmos, (*they cannot breath ! Oh my God It's horrible !*) Ils ne peuvent plus respirer, Oh mon Dieu, c'est horrible...

Cela se passe ainsi chez Orson lorsqu'il est à Boston chez lui.

- (*Ox Господи, ну что с тобой мой голубчик ?*) Oh mon Dieu, mais qu'as-tu mon pigeon ? s'écrie le Madame Toumanova.

C'est souvent ainsi chez les Toumanov à Baïkonour, tandis que chez Arnaud Rivière, c'est plutôt :

- Mais que t'arrive t-il mon chéri ?

- Oh ce n'est rien ma bichette, un mauvais rêve, toujours le même – ils ne reviennent plus !
- Tu ferais mieux de te rendormir mon chéri.!
Lui répond Madame Rivière.

A Léonard Templer qui pense continuellement à ses poussins de Hans et Stéphane, Béatrice lui dit dans ces cas de cauchemars en pleine nuit :
- Tu ferais mieux d'aller promener la chienne, ça te fera penser un peu à aut'chose !

Les derniers mois sur Mars.

Entre le début du mois de juillet et jusqu'à la fin du mois d'août 2017, Hans Gotten s'en est donné à cœur joie avec l'expérience qu'il avait mise au point avant son départ pour Mars. Exactement deux années auparavant la NSEA avait trouvé des interlocuteurs un peu spéciaux sur toute la planète (bleue). Le service des media de la NSEA avait lancé sur son réseau Internet un recrutement particulier. On recherchait dans le monde deux catégories de personnes qui seraient d'accord de collaborer avec l'Organisation, indépendamment de leur sexe. La NSEA se réservait le droit du 1er janvier 2015 jusqu'au 31 juillet 2015 de faire un choix parmi les réponses obtenues selon les critères établis par Hans Gotten et une équipe de psychanalystes européens et américains. La première catégorie devait regrouper des personnes d'âge mûr entre 40 et 60 ans. Avant 40 ans, la mentalité des personnes n'est que rarement définitive. Hans Gotten prétend même selon une étude européenne de 2012 que l'âge charnière, lorsque l'être humain ne peut plus compter sur ses facultés mémorielles seraient de 45 ans. Avant cet âge on acquiert un maximum d'information qu'on peut compulser, analyser, décortiquer et faire un choix ; après cet âge la mentalité humaine peut s'enrichir, heureusement et jusqu'à la fin de la vie, mais le déclin commence avec la stagnation de la faculté cognitive de la réflexion humaine, qui peut durer très longtemps heureusement encore une fois, mais la gymnastique mentale devient tout simplement plus lente. A ce stade on ne change guère de mentalité. Pourquoi une limite à 60 ans, simplement parce que les candidats interviewés dans la grande majorité ont montré une lenteur caractérisée par un début même difficilement perceptible de sénilité, malgré la plus grande richesse mentale qu'ils aient accumulée jusqu'à ce stade de vie. Hans Gotten veut des réponses rapides, non évasives, et sans détails alternatifs, sans descriptions qualificatives abstraites – il veut du concret et du rapide. Le service des média avait fait un tri sur des centaines de personnes dans le monde. Seulement dix-huit personnes ont été retenues. 3 plus 3 en Europe, 3 plus 3 en Russie et 3 plus 3 aux Etats Unis. La deuxième catégorie concernait des personnes âgées entre 30 et 60 ans dans le domaine où elles excellent, la transmission de pensée, la télépathie. 9 candidats également retenus. Les communications sont différées d'une quinzaine de minutes entre la réception des questions et encore quinze minutes pour faire parvenir les réponses, que cela soit du côté Terre ou du côté Mars. Des listes de questions écrites et orales ainsi que des dessins ont été établis. Du côté Terre, une équipe de la NSEA gère des petits groupes de six personnes dans chacun des centres de Fontainebleau, Baïkonour et Houston. Sur une trentaine de candidats seuls dix-huit ont été retenus avec contrat à l'appui. Hans envoie le premier message à destination des groupes en leur disant face à la caméra, mentalement : « Ici, il pousse des petits pois ». Hans n'a même pas cligné des yeux mais n'a pas ouvert la bouche et n'a fait aucun geste. Puis un commentateur reprend un peu son monologue pour faire durer la communication entre les deux planètes, pour meubler, ça fait plaisir aux Terriens. Les signaux parviendront sur Terre en une quinzaine de minutes car Mars se trouve en conjonction dépassée. Après une quarantaine de minutes dix-huit réponses parviennent à Hans. Simultanément dix-huit questions sous forme de messages vidéo sont transmis à l'attention de Hans, de personnes s'exprimant avec les yeux et qui ne prononcent aucun mot et ne clignent pas des yeux. Hans les examinent, une à une en essayant de déchiffrer leur pensée. Le manège se poursuit pendant deux mois, pendant lesquels Hans Gotten consacre six heures de son temps par jour, c'est dire qu'il va vraiment au fond des choses dans le domaine de la transmission de pensée. Sur Terre, à la première affirmation de Hans, personne n'a deviné, sauf un télépathe professionnel qui lui a répondu : « il y a des plantes ». Les autres ont vu : un lapin, un dessin d'une planète, des saucisses, un calendrier, une table, un fruit, un miroir, des lunettes, une silhouette humaine, des chaussures, un vêtement, une maison, la mer, un bâton, une voiture, un martien vert, un animal rouge. Celui qui s'est manifesté en écrivant sur sa feuille « il y a des plantes » est le premier retenu sérieusement, avec la personne qui a cru déceler un fruit. Plusieurs essais ont confirmé son choix. Sur toutes les propositions des Terriens, Hans répond positivement à toutes sauf deux. Les Terriens et les responsables de la NSEA sont éblouis. Une femme lui dit : « tu t'ennuies, lorsque tu reviendras je me marierai avec toi, si tu voudras de moi ! ». Hans retient celle-là et il lui répond uniquement par la pensée, face à la caméra : « Seras-tu là à mon retour ? ». La réponse ne vient plus par les canaux électromagnétiques entre Terre et Mars avec un quart d'heure de retard, elle vient en direct, la réponse crée un choc au cerveau de Hans et il tombe par terre. Ses amis accourent, le relèvent, lui parlent :

- Mais qu'est ce qui t'arrive ?

Demande Jimmy. Hans sort de sa torpeur et lui dit :

- J'ai trouvé une épouse à mon retour sur Terre ! Mais ce qui m'émeut, c'est que le programme de « télépathie » que nous expérimentons sur Mars, ici, nous a été suggéré par les p'tits bonhommes des cavernes des montagnes rocheuses. Il a fallu qu'on se trouve dans le cosmos pour comprendre que ça marche !

Les journées suivantes sont consacrées aux communications amoureuses entre Hans et sa promise. Il ne l'a jamais vue, il ne sait rien d'elle, c'est elle qui lui raconte sa vie, elle a un enfant elle est divorcée comme c'est l'habitude au vingt et unième siècle, elle dit qu'on dit d'elle qu'elle est mignonne et elle habite aux Etats Unis. Elle lui dit qu'il n'aurait jamais du quitter la Terre, ils se seraient rencontrés naturellement, que c'était écrit dans le ciel et qu'ils ne s'en étaient pas rendus compte en 2012. La vie a fait qu'elle a eu une fille et que son compagnon l'a vite quittée pour une autre quand elle était enceinte. Non, elle ne veut plus jamais le voir, ce n'est pas lui qu'elle aurait du suivre c'était Hans, mais Hans ne la regardait pas, il ne la connaissait pas, il ne l'avait jamais rencontrée, il était trop absorbé dans ses préparatifs de voyage dans le cosmos. Hans lui communique par la pensée, qu'il exige d'elle, qu'elle soit à Houston lorsqu'il reviendra sur Terre, ainsi il aura la certitude que ce sera elle. Il la reconnaîtra :

- Quel est ton nom ?
- Je m'appelle Ursula, Hans !

Mike Avkcentiev et Jimmy Strattford sont dans leur module, ils se demandent si Hans n'a pas le « mal de l'espace ». Ils reçoivent une instruction de la base de Houston. Celle-ci confirme les dates de départ de Mars. Nous sommes le 10 septembre 2017 sur le calendrier terrien. Les deux commandants appellent les autres spationautes par visiophones et leur demandent de venir se réunir avec eux le lendemain matin autour du petit déjeuner, dès qu'ils se sentiront en forme. La journée ne comportera pas de travaux spéciaux. « Nous passerons quelques heures ensemble dans le « module numéro 4 » pour faire quelques mises au points. Après une nuit comme cela arrive bien souvent, en tempête, les spationautes arrivent par les tunnels en plastique gonflé qui rejoignent directement le « module numéro 4 » qui communique avec la serre numéro « 1 ». Ils ne revêtent pas leur scaphandre, c'est de l'air qui y circule, mais avant d'y pénétrer on referme le sas et on vérifie les cadrans, mélange oxygène 22% et azote 78% en proportion normale, température extérieure, température dans la serre « 1 », ouverture sas – fermeture sas. Dans la serre on aperçoit les légumes verdoyants dont s'occupent avec grande attention et plaisir Anatoli Volkov et Stéphane Viardeau. Tous les huit sont réunis devant la cafetière. Les brioches sont sorties du four. Les discussions ne sont plus jamais formelles entre les pionniers de l'extrême. Ils se connaissent parfaitement et chacun se préoccupe de la sécurité de l'autre surtout à l'extérieur. C'était une instruction sine qua non qui figure dans le protocole de la mission qui prévalait dès le départ de Terre. De nombreux événements ont montré que c'est bien la meilleure attitude à avoir en milieu aussi hostile que l'absence d'air respirable. Chacun des huit hommes en a fait l'expérience à un moment d'inadvertance. Cette habitude perdure même en lieu sûr et prend la forme d'une politesse ostensible quasiment naturelle :

- As-tu eu du café ? Prends donc de la brioche, c'est bon pour reprendre des forces ! Bien dormi ?

- J'ai toujours ce mal de tête, de quoi ça peut bien venir ?

Demande Robert Hick et tous lui donne des conseils :

- Prends du paracétamol, 1gr, pas moins !

- C'est à cause du CO2 ça pue partout, tout le temps et ça s'infiltre jusque dans les vêtements !

- Ce sont des gaz qui restent en suspension tout autour de la planète, ils proviennent des anciens volcans. Ces gaz n'ont jamais pu s'échapper dans l'espace, ils adhérent à la surface, ils se complaisent avec l'oxyde de fer et le méthane. L'oxygène n'en parlons pas, il est presque inexistant.

Dit Oliver Fergusson et il ajoute :

- Hey, Stéphane (*when do you grow the bleue algues?*) quand vas-tu semer tes algues bleues?

Stéphane répond :

- Te casses pas pour les bleue algues, Jimmy et Mike, donnez moi deux gars, j'ai trouvé un endroit plus ou moins protégé des vents où je vais justement les semer ces algues bleues.

Jimmy Strattford lui répond :

- Pas de problème, ça te prendra combien de temps et qui veut accompagner Stéphane demain ?

Sergueï Koniakov et Robert Hick proposent leur service et Stéphane les remercie et il dit à Jimmy :

- Merci les gars, oh ça peut prendre une ou deux journées, nous n'en avons pas tellement, deux cent kilos à peu près, mais à l'avenir, il faut noter ça sur nos tabloïdes, il nous faudra quelques centaines de tonnes. Je suis persuadé que l'avenir de Mars passe par les « algues bleues ».

Mikhaïl Avkcentiev lui demande :

- De qui tiens-tu cette idée de l'algue bleue, parce que chez nous à Saint Petersbourg, nous avons un des plus grands instituts de phytogéographie du monde où sont répertoriés toutes les plantes connues de la planète Terre. Ils conservent aussi leurs graines et font pousser toutes sortes de plantes comme échantillons, tes graines viennent de là ?

Stéphane répond :

- Non non, elles viennent du Muséum d'histoire naturelle de Paris et plus précisément ce sont les agronomes jardiniers de notre institut français de recherches agronomiques qui nous ont confié ces deux cents kilos de graines. C'est Léo Templer qui nous les a fait remettre, l'initiative a été approuvée par tous les dirigeants de la NSEA. Léo Templer habite à deux pas du Muséum d'histoire naturelle à Paris, rue du Fer à Moulin, il est très ami avec tous les savants qui y passent et surtout avec les artistes agronomes jardiniers. Il y a eu des études très complexes qui ont été faites aux cours des deux derniers siècles en matière de phytobiologie et surtout de phytoclimographie. Si tu veux, le phytoclimogramme est un graphique extrêmement précis basé sur des relevés draconiens qui représente les conditions climatiques optimales pour le développement d'une plante ; ça peut être n'importe quelle plante, mais je suis persuadé que chez vous en Russie, à Saint Petersbourg vous avez les mêmes échantillons et que vous connaissez cette « algue bleue ». Cette algue a une prédilection pour les régions glaciales et humides, donc ils la connaissent chez vous. Cette algue prospère dans des endroits bien entendu humides, mais l'intérêt qu'on lui porte est surtout le fait qu'elle n'a pas besoin des mêmes conditions environnementales dont nécessite tout le monde végétal sur Terre, elle se contente d'humidité et supporte des froids intenses à la seule conditions de bénéficier de quelques rayons radiatifs comme ceux du Soleil, pendant même un laps de temps court mais qui lui est suffisant pour se recharger en une énergie qui lui procurera sa chlorophylle. Ces algues sont microscopiques et font partie des thallophytes cyanophycées aux cellules sans noyau. Ces algues, m'a expliqué Léo sont capables de s'incruster dans le dioxyde de carbone et tiens-toi bien, elles produisent de l'oxygène. Voilà pourquoi demain avec Sergueï et Bob nous irons ensemencer le cratère derrière notre base.

Maintenant Mikhaïl Avkcentiev continue :

- Vous savez qu'on a reçu quelques instructions de Terre, je dis « instructions » par habitude, ils n'ont aucune instruction ou ordre à nous donner. Nous sommes maîtres de nous mêmes et de notre destin, ce ne sont pas eux qui pourraient nous aider en quoi que ce soit. Par contre, ils peuvent nous donner des indications, des renseignements, des conseils mais pas de suggestion, ils n'en ont pas les moyens, ils ne sont pas à notre place ; oui bon, nous pouvons leur demander d'établir la meilleure trajectoire de retour sur Terre, mais ces calculs nous les faisons nous mêmes, et en plus nous avons l'expérience de l'aller. Nous savons mieux que quiconque comment nous devrons nous y prendre pour revenir. Les conditions seront différentes, cela est vrai. A l'aller notre trajectoire de la Terre à Mars était la trajectoire de poursuite et de rattrapage de Mars à une vitesse additionnée à celle de la Terre, tandis qu'au retour nous prendrons la trajectoire ralentie, celle de la vitesse de Mars additionnée à nos vaisseaux sur la trajectoire de rencontre avec la Terre. Les calculs sont dans les tablettes. Eux sur Terre n'ont que des répercussions de ce que nous avons vécu. Nous sommes mieux placés car nous nous basons sur la théorie mathématique et l'expérience vécue. Ils ne veulent tout de même pas qu'on les approvisionne en légumes, nous les gardons pour nous nos légumes.

Jimmy Strattford :

- Deux vaisseaux partiront le 10 et le 12 décembre prochain, l'un après l'autre selon le programme « Mars Pneuma », mais nous essayerons de partir pratiquement en même temps, à quelques heures d'intervalle. Vous me demanderez pourquoi et je vous réponds ; parce que cela sera plus agréable pour nous tous de nous sentir pas trop éloignés les uns des autres. L'autre explication est que le deuxième vaisseau n'aura aucune raison de s'attarder inutilement, les valises seront déjà toutes bouclées. Les préparatifs de départ commencent dès maintenant. Nous avons accompli toutes les missions qui nous ont été demandées : analyses des différents sols, des roches, des cratères volcaniques, de l'eau que nous avons trouvée à plusieurs endroits, les carottes de glaces, les gaz que nous ramènerons dans des bonbonnes ainsi que des échantillons de nos productions diverses, en carburant, notre eau filtrée, des plants et des légumes que nous allons surgeler et les échantillons métalliques que nous avons réalisés à partir du minerai martien. Les résultats des vingt huit forages que nous avons à notre actif, les prélèvements pour qu'on puisse contempler les bactéries de Mars. Nous n'avons trouvé aucune « bête » même pas « d'extrêmophiles » mais ça ils le savent déjà. Pour le départ effectif de Mars, voici comment nous procéderons. C'est très simple les gars. Quand nous sommes arrivés ici, il y avait 10 vaisseaux cargo le nez pointé vers le ciel, ils sont toujours là. Deux étages « 3 » standards de type cargo VREN pleins d'ergols nous attendent en orbite avec 100 tonnes pour chaque vaisseau, right ? Avec Oliver nous veillons quotidiennement depuis neuf mois à ce qu'ils gardent leur orbite basse. Nous les avons relevés à trois reprises. Deux navettes se trouvent ici, ce sont nos atterrisseurs les étage « 4 » VUSA-13H et VUSA-14H. Nous les avons connectés à deux VREN-3 à l'aide des treuils russes. Nous avons rempli les réservoirs avec le carburant de « l'unité de production martienne » vous suivez ? Nos deux atterrisseurs, c'est à dire les étages « 4 VUSA » auront chacun un plein de 100 tonnes de carburant de notre production et ils seront connectés chacun à un étage « 3 VREN » rempli de 100 tonnes de carburant martien, vous suivez toujours ? Nous irons rejoindre les étages « 3 VREN » en orbite, right ? L'avant dernière manœuvre sera de larguer nos réservoirs, ceux qui nous aurons servi à rejoindre l'orbite basse martienne, les étages « 3 VREN » vides. Nous les renverrons à la surface de Mars, en essayant de les poser à l'aide de parachutes de 2 X 100 mètres de diamètre sur le site de « Gale ».

Chaque vaisseau aura 200 tonnes à sa disposition pour l'atterrissage sur Terre. Cela sera suffisant car nous reviendrons légers par rapport à l'extraction terrestre. Le signal de départ sera donné à ce moment là pour nos deux vaisseaux à quelques minutes d'intervalle, une heure peut-être. Maintenant Mike explique nous comment nous allons procéder pour les deux vaisseaux qu'ils nous demandent de faire revenir sur Terre, je parle des deux « VREN ».

Mikhaïl Avkcentiev :

- Oui avant notre départ effectif, nous avons encore une petite mission à remplir. Nous avons réussi à produire de grandes quantité de carburant – les réserves sont pleines. Nous devons maintenant remplir les réservoirs des deux étages « 3 » et « 4 » des deux « VREN-cargos ». Ces « VREN » seront remplis de toutes nos marchandises que nous voulons ramener sur Terre pour plus ample analyse par les spécialistes terriens. J'ajoute que par mesure de sécurité, Jimmy est de cet avis, nous prendrons des échantillons de toutes les productions et réalisations à bord de chacun de nos vaisseaux, en très petites quantités.

Jimmy Strattford :

- Comme vous le savez, nos vols s'appelleront désormais : VUSA-17H et VUSA-18H. Si tout le monde est d'accord, préparons nos deux vaisseaux VREN pour leur départ de demain. Lesquels as-tu choisi Mike ?

- Nous prendrons le VREN-8 et le VREN-9.

Jimmy Strattford :

- As-tu des légumes pour aujourd'hui Anatoli ?

- Oui, bien sûr, je vous propose de la ratatouille, parce qu'avec Stéphane nous avons récolté ce matin des aubergines, des poivrons, des tomates et des courgettes. Avec Robert nous allons préparer du riz avec des brochettes de poulet. Right Bob ?

« Yes ! » Répond Robert Hick et Sergueï Koniakov débouche deux bouteilles de vin blanc. Il en verse dans les huit verres dans lesquels Oliver a déjà versé un petit fond de sirop de cranberries rouge finlandais.

Stéphane approche en souriant et dit :
- Les Américains ont appris à faire du Kir !
Les deux bouteilles sont vite vides, elles auraient certainement duré un peu plus longtemps sur Terre, c'est pourquoi Anatoli remet quatre bouteilles de Château Pereac sur la table, Bordeaux rouge bien entendu.
- Mais comment as-tu trouvé des bouteilles toi, je croyais que le wine était dans des containers ?
S'exclame Oliver et Stéphane lui répond :
- Ils sont grands les mystères des transports interplanétaires !
Quelques jours plus tard, les huit hommes extraterrestres marsonautes se retrouvent comme à l'habituée dans le « module numéro 4 » qui communique directement avec la serre numéro « 1 ». Jimmy Strattford est assis à la grande table de la serre où l'air est totalement respirable, frais et chaud en même temps. S'il faut il y a les humidificateurs à pression manuelle d'un litre d'eau martienne déposée sur les tables comme du ketchup, que chacun peut humer ou pour s'asperger, alors que lorsqu'ils se trouvent là, en pleine nuit, dehors il fait moins -130° centigrades. « Mais comment est-ce possible? » S'écrie Jimmy tout à coup. Alors là, à cette réflexion, les Terriens présents appellent ceux qui sont partis se coucher. « Hey, you guies, come on ! – hé vous les gars, venez voir, Jimmy est bourré ! Quoi Jimmy notre commandant ? S'écrient les Américains et Stéphane, ce n'est pas possible ! Ajoute Oliver :
- Moi, j'aurais bien compris que Mike soit bourré, mais mon commandant ce n'est pas possible !
- Pourtant si, mon cher camarade. Ton commandant Jimmy a de la trempe ça c'est certain, mais c'est un être humain – alors tu dois comprendre une chose très simple, s'il est bourré, c'est qu'il a attrapé le mal de l'espace, voilà tout !
La station martienne est installée à la manière américaine, il n'y a que la petite « fancy shop » qui manque. Celui qui aurait eu une telle idée ici, n'aurait pas pu la réaliser – on est trop peu nombreux ; cela se faisait pendant les guerres du siècle dernier sur Terre, mais ici

tout est paix, le commerce n'existe pas. Si tu veux quelque chose à boire, tu l'obtiens sans problème, on est entre frères, se disent les spationautes, mais si tu veux fumer de la m… ou du tabac – va donc faire un tour dehors ! T'en aura plein les coussins ! Pas de ça chez nous et encore moins dehors ! Anatoli ajoute :

La seule chose qui nous manque, c'est une présence féminine, attention les gars, je n'ai pas dit la seule chose qui nous manque « c'est une femme » ah non pas n'importe laquelle – ah non, loin de moi cette pensée ! Une telle attitude de la part des hommes déshonore nos sœurs les femmes. Moi monsieur, je choisis – et je souhaite qu'elle me choisisse aussi. Dans mon pays, les femmes ont toujours été considérées, du moins après la Révolution, parce que si tu lis Dostoeïvski, tu comprendras que sous l'autorité bourgeoise qu'on est en train de reconstituer, les hommes ne se privaient pas des exactions envers celles qui pouvaient être nos sœurs. Moi personnellement, si on touche à ma sœur, qu'on veuille la déshonorer, je tue, et je ne suis pas le seul, mes quatre frères en feraient autant.

Stéphane en rajoute :

- Cela me plaît ce que tu dis Anatoli, même si toi aussi t'es bourré, effectivement chez moi en Corse, c'est le respect de la personne avant tout. Si tu te mets au diapason de nostre païs, tu comprendras que tu respectes d'abord ta mère et ton père et puis tes sœurs et tes frères, tes grands mères et grands pères et les cousins après et les amis encore après.

Oliver Fergusson, l'Américain bibliste protestant est surpris et il s'interroge à voix haute :

- Mais pourquoi la mère avant le père, les sœurs avant les frères, les grands mères avant les grands pères ? Pourquoi, (*why on earth*) bon sang de bonsoir mets-tu en exergue le sexe faible en avant ?

Anatoli lui répond. Il a l'habitude depuis toujours de couper les cheveux en quatre, c'est sa passion comme pour beaucoup de Russes et Hans prend note :

- Oliver, tu crois me poser une question, alors que tu viens d'en donner la réponse toi-même !

- Non, je n'ai pas la réponse, je te pose une question et tu ne me réponds pas !

- Ah, mais bien sûr que si, tu as dit « le sexe » comment déjà ?

- Oui le sexe faible, pour parler des filles et des femmes, pourquoi les places-tu avant les hommes ?

Et Anatoli se délecte avec l'approbation de Hans d'avoir piégé son compagnon martien, loin de tout. Il lui donne son explication :

- Tu l'as dit toi-même : « faible !». Qui est faible, la brute ou la femme ? Alors je te réponds, la brute outrepasse ses droits et il n'y a personne pour le remettre à sa place d'homme égal à tous. Homme égal à son prochain qu'il soit femme ou homme. Souvent dans la société des hommes les femmes sont à la merci des hommes. Encore une fois, dans mon pays après la dernière guerre mondiale de 39-45, une majorité des hommes avait été tuée – restaient les femmes, mais parmi elles beaucoup avaient pris le fusil et étaient parties mourir au combat au lieu de s'adonner à leur occupations normales, celles de s'occuper de leurs enfants et de leur maison en attendant qu'il revienne, lui le soldat. Les épouses, les mères et les enfants avaient tant souffert, que oui dans notre pays nous offrons la gloire aux femmes et gare à quiconque qui aurait l'idée saugrenue de porter atteinte à leur dignité. C'est mon opinion personnelle, et jusqu'à preuve du contraire j'ai le droit de m'exprimer. C'est ce que je fais, sans critiquer les modes de vie des autres pays.

Le lendemain matin, Stéphane accompagné de Sergueï Koniakov et Robert Hick s'en vont accoutrés de leur scaphandre répandre les graines des algues bleues dans le cratère délimité par Stéphane. Munis d'un outil forme de binette, ils se rendent sur place, juste derrière le campement. Stéphane leur dit :

- Hey guies, c'est pas la peine d'aller trop loin, c'est partout la même chose, les mêmes paysages, un peu de plat, un peu de montagne rouge ou de roches, puis encore des cratères qui pourraient un jour devenir des plaines, c'est ce que j'espère. Alors ici, à côté du campement, et même à l'intérieur, partout où c'est un peu protégé, c'est bien plus pratique que d'aller à petahouchnoque de Mars, grattez, faites des petits sillons et semez. Semez avec parcimonie. Plus on fait de sillons, plus on sème. Semez le long des rochers dans la terre granulée. C'est pas la peine de semer à plein vent, ça ne prendra pas ! Faut enterrer légèrement les petites graines de façon à ce qu'elles soient tout de même légèrement protégées des grands froids. Elles ont comme une sorte de coquille, une carapace qu'on ne peut pas voir au microscope, on suppose que cette protection invisible ne laisse pas passer les basses températures, ou qu'elle n'en est pas sensible. C'est microscopique et mystérieux tout ça, allez donc savoir pourquoi, cette graine absorbe les températures moyennes, au-dessus de 0°. Si ça prend, le lichen prendra la suite, puis d'autres plantes qui ne craignent pas trop le froid intense, et l'oxygène apparaît – comme au début de la vie sur Terre... Merci les gars, votre nom sera associé au terraformatage de Mars mes amis. Allons manger, je crois, qu'on a plus de légumes. Nous allons nous remettre aux conserves et aux surgelés.

Dans la serre numéro « 1 » un repas est préparé par Anatoli et Stéphane : des pâtes à la bolonaise, viande hachée avec sauce tomate et gruyère râpé. Deux litres de vin par dessus pour les huit, un petit dessert et le repos dans la nuit martienne en pleine tempête, incompréhensible. Des bourrasques de vents cinglant les parois de tous les équipements, ajoutés à un bruit de pluie de poussière comme un orage, pourtant il n'y a jamais d'éclairs sur cette planète, est-ce que le champ magnétique du noyau de Mars les neutralise et que les tensions électriques qui pourraient produire un tonnerre infernal se volatilisent avant de se créer - c'est une question que les spationautes poseront à leur retour sur Terre aux physiciens. En tout cas, ici sur Mars pas d'éclairs, ni de tonnerre et donc pas d'orage qui pourraient les créer. Le noyau de Mars est composé de fer incandescent bouillonnant et toutes les réactions magnétiques ne se sont peut être pas produites pendant le séjour des Terriens. Heureusement car si cela se produisait ce serait une dévastation complète sur la surface de la planète. Les Terriens ont des doutes quant à la conservation des équipements qu'ils vont laisser derrière eux pour une utilisation future. Les deux VREN 8 et 9 sont chargés à l'aide du « S-6 ». Les boucliers thermiques escamotables-dépliables sont vérifiés et repliés, ainsi que les étages « 3 » et « 4 » remplis de carburant martien produit localement. Ils sont prêts à partir. Mikhaïl Avkcentiev donne le signal pour VREN-8. Les moteurs s'allument et le vaisseau se dirige souplement selon la trajectoire assignée qui est enregistrée dans le cœur du vaisseau cargo. Le deuxième tir du VREN-9 a lieu quelques minutes après, avec des coordonnées légèrement différées sur le même parcours. Les deux tirs au départ de Mars sont réussis. Ils emportent avec eux tous les précieux indicatifs de la planète rouge, afin de permettre aux hommes de venir vivre à sa surface à l'avenir.

Durant le mois suivant, rien ne presse, les hommes ont encore du temps devant eux, mais les préparatifs prédominent les expériences que les terriens doivent accomplir chaque jour. Les huit pionniers attendent le moment du départ avec une impatience nerveuse. Les rangements se font dans les tentes qu'on a protégées du mieux possible contre les terribles intempéries. On se rend compte qu'à l'avenir, une unité usine de fonderie sera d'une absolue nécessité, car on pourra construire des protections bien plus efficaces, avec des tôles et des piliers indéracinables – la fonderie sera une priorité pour la réalisation des infrastructures métalliques, sachant que le minerai de fer est d'une grande abondance. Sans fonderie, sur Mars rien ne sera vraiment réalisable. On a déterminé aussi que le sol rouge est argileux, donc une partie de la fonderie servira également à la production de briques pour les constructions diverses. Toutes ces constatations sont répertoriées dans la mémoire des tabloïdes et serviront aux voyages futurs. Avec une fonderie et une fabrique de briques, on pourra construire sur Mars de très grands hangars solides complètement étanches où l'air sera équivalent à celui de l'atmosphère terrestre. Ils serviront de base de vie, on pourra aussi construire des serres énormes pour les cultures, puisque même dans des serres restreintes comme celles qui ont été utilisées par les huit spationautes, les cultures ont été non seulement possibles, mais aussi d'une certaine abondance pour varier l'alimentation des hommes.

Dans le module numéro « 2 » c'est l'alerte en pleine nuit, à deux heures du matin ! L'alerte est répercutée dans toute la base. « Plus de flux d'air respirable ! » Anatoli Volkov, Sergueï Koniakov, et Hans Gotten mettent leur scaphandre et sortent un à un à l'extérieur. A la lumière des puissants projecteurs, ils vérifient les indicateurs de pression et les débits des gaz oxygène et azote. Les débits ont chuté et l'alerte se confirme dans les autres modules. Jimmy communique avec les trois hommes à l'extérieur et leur dit d'aller au bout de la serre « 2 ». Les trois habitants du module « 2 » une torche à la main gauche, n'enlèvent pas leur scaphandre et pénètrent dans la serre « 2 » où les indicateurs de l'air sont bas. Ils vont au fond, le vent souffle fort sur les parois opaques, c'est une nuit noire, mais avec une étrange lueur côté Est. Les lumières sont allumées normalement. Jimmy leur indique :

- Prenez une clé à cran plate, fermez la vanne de la bonbonne d'azote et déconnectez le tuyau de sortie numéro « 1 » et rebranchez le sur la bonbonne d'azote numéro « 2 », la bleue, elle est juste à côté, vérifiez le débit d'oxygène, il est à combien ?

Sergueï Koniakov dit :

- Débit d'oxygène, normal et contenance 60%. Le débit d'azote était au minimum. Maintenant azote contenance 100%. Nous ouvrons la vanne, ça y est, tout est rétabli. Dans une minute le mélange de l'air sera normalisé sur toute la base.

Anatoli Volkov est stupéfait par ce qu'il voit dans la nuit :

- Hé les gars, si vous jetez un coup à l'extérieur, le spectacle est unique, c'est Jupiter qui est tout gros dans le ciel, plus gros qu'une pleine lune, il nous envoie de la lumière, tout à coup on se croirait au petit matin ; la couleur de Jupiter est bleue marbrée de marron, de rouge et de bleu ciel en son milieu. On devine bien qu'il s'agit d'une planète gazeuse, de fins nuages traversent la planète, mais elle est énorme, je vais au labo pour enregistrer une vidéo et prendre des photos !

Les deux autres regardent aussi, puis Hans dit :

- C'n'est pas la première fois qu'on voit Jupiter, d'ailleurs Anatoli tu peux prendre Saturne également en photo, juste à ta gauche. Bon et bien, moi je m'en vais me coucher !

Serguei le suit jusqu'au sas de leur module « 2 » en leur envoyant un : « Bonne nuit les gars ! »

Anatoli rejoint son habitation une heure plus tard.

Le lendemain matin dans la serre numéro « 1 » il fait clair, des rayons de soleil arrivent à rendre l'intérieur chaud. Les thermostats ont interrompu pendant cinq minutes les circuits électriques du chauffage, puis les remettent en route, puis les interrompent, puis les remettent en route sans interruption, comme à l'accoutumée. Les VREN sont suivis par les Martiens grâce aux deux satellites VFAR-1 et VFAR-2 ainsi que par Baïkonour.

Rassemblés autour de la grande table dans la serre « 1 » les hommes discutent.

Stéphane Viardeau :

- En ce qui me concerne, personnellement sur Terre j'avais décidé de m'orienter comme vous, dans l'exploration spatiale, mais ma formation première est celle de pilote d'avion de chasse. C'est sur cette base que je suis devenu spationaute. Moi, je laisse aux chimistes la résolution des réactions chimiques avec leurs conséquences utiles ou l'analyse des méfaits qu'elles peuvent engendrer. J'ai un sincère respect pour leurs compétences. Je leur laisse les équations chimiques avec leurs ions, cations, molécules, atomes, combinaisons diverses, poids, masse atomique, nombre d'électrons pour chaque élément du tableau des abondances de Dmitri Mendeleiev classés ingénieusement par lignes, horizontalement de 1 à 7, je sais que les Lanthanides et les Actinides sont inclus dans la ligne 6 et 7 - 3ème colonne et que les autres éléments sont répertoriés par colonne de groupes de I à VIII selon les caractéristiques en électrons et les constantes physiques de masse, puis les protons de 1 à 18 colonnes.

Tout à coup Hans précise :

- Mais l'unité de production du carburant, tu comprends pourtant son fonctionnement !

Et Stéphane continue sur sa lancée :

- Oui bien sûr que je le comprends, mais je te parle de tous les détails. Les balances stoéchiométriques et les combinaisons de molécules créant des produits élaborés qu'on ne trouve pas à l'état naturel. C'est leur spécialité aux spécialistes, ça fait partie de leur génie. Pareil pour les physiciens qui sont dans leur domaine, je leur laisse les résolutions des problèmes de force gravitationnelle, électromagnétique, nucléaire forte et force faible, avec leurs « newtons », « joules », « volts », « watt », « teraélectronvolts » et toutes les autres unités et valeurs. C'est dans la combinaison des travaux des astrophysiciens, des mathématiciens, des physiciens et des chimistes que les découvertes les plus ardues se réalisent. C'est par des études fastidieuses, souvent éprouvantes mais aussi passionnantes qu'ont été mises à jour de grandes découvertes. Ces résultats servent de base incontournable dans toutes les évaluations, les études et la réalisation des projets. Des équations les plus précises possibles dans l'interprétation des problèmes à résoudre dans l'espace-temps et la composition de l'univers. La composition et le fonctionnement de notre groupe local galactique, notre galaxie la Voie lactée, notre système stellaire solaire, notre Terre et l'infiniment petit, le monde quantique. Ce sont ces découvreurs du fonctionnement universel avec la collaboration de biologistes et d'anthropologues qui, in fine, nous donnent les résultats qui nous étonnent et qui nous interpellent pour qu'on puisse atteindre notre propre philosophie et améliorer nos conditions de vie, comme la préservation de la nature, de notre planète Terre, la santé, le bonheur humain et familial, le respect de la vie humaine, animale et végétale et aussi l'entraide nécessaire dans un monde dans lequel s'est installée l'avidité face à la pauvreté.

Hans ajoute :

- Tu as tout à fait raison, et maintenant il faut ajouter la sœur de la Terre, la planète Mars qu'il ne faudra surtout pas polluer.

- Mars bien sûr, mais ce que je veux dire aussi c'est que dans ma vie je n'ai pas eu le temps de tout assimiler, alors je survole les résultats historiques obtenus, j'essaie de les comprendre, de les assimiler pour aller de l'avant et essayer d'entrevoir ce qui n'a pas encore été découvert en suivant le génie des astrophysiciens.

Anatoli Volkov, poète dans ses moments de liberté intervient :

- C'est un sentiment que je partage avec toi Stéphane, mais je pense que pour tout le monde c'est pareil, on ne peut exceller dans tous les domaines, on ne peut pas. Seuls les poètes et les musiciens transcendent la raison scientifique par des combinaisons qui viennent de la profondeur des âmes. A l'aide des notes musicales et des mots, des combinaisons aussi compliquées que les équations les plus sophistiquées, créent les chefs d'œuvres, mon ami. Nous voudrons toujours essayer de comprendre et interpréter ces résultats avec toutes leurs conséquences, mais nous n'arriverons certainement jamais à saisir les raisons de tout cela. Celles du hasard et de la nécessité.

Mike Avkcentiev :

- Moi c'est le rayonnement qui m'a toujours interpellé. Le rayonnement crée la matière et la matière crée le rayonnement. La Terre émet chaque jour - jour après nuit son propre rayonnement, c'est la répercussion du rayonnement solaire qui propage les images et les sons émis par chaque événement qui se produit à chaque instant sur notre Terre. Il y a aussi le rayonnement X et ultraviolet la nuit et le jour. Cette multitude de rayonnements forme des couches de rayonnements par vagues successives concrètes condensées qui se propagent instantanément d'abord dans l'atmosphère, puis l'ionosphère et l'espace sidéral en s'éloignant de chacun des points d'émission de la Terre vers tous les azimuts cosmiques, bien entendu à la vitesse de la lumière de 299,792km/seconde. Si bien que si l'on se plaçait instantanément avec un récepteur de rayonnement aujourd'hui en 2017 à une distance de 72 années-lumière, on verrait tous les événements de l'après-guerre de 1945. Est-ce possible? la réponse logique physique paraît être oui lorsqu'on se réfère aux démonstrations d'Albert Einstein en ayant une pensée aussi pour les jumeaux de Langevin. Pourquoi, pour quelle raison se propage ainsi le rayonnement, impossible de répondre ; utile ou inutile... Si cet état de chose était inutile, le rayonnement s'évanouirait dans l'infini et on ne parle plus de rien, mais je me pose toujours cette question, si le rayonnement de toute chose possédait une utilité mystérieuse, sans vouloir prétendre en percer le secret, si on voulait simplement rattraper un événement du passé, c'est à la chasse de son rayonnement qu'on partirait. Il faudrait pouvoir se déplacer à la vitesse de la lumière et ainsi se rendre aux événements de 1945 par exemple, il nous faudrait donc voyager plus de 72 ans. Mais comme aucun engin ne peut atteindre cette vitesse, en admettant que la vitesse d'un engin construit par l'homme voyage dans l'espace et atteint avec ses accélérations nécessaires pour augmenter sa vitesse, une vitesse maximale époustouflante de 40,000km/seconde. Nous, nous savons atteindre 41,000km/par heure, et non pas par seconde ! C'est 3600 fois inférieur à notre exemple ; tiens donne moi un papier et un stylo ! Le temps réel pour rattraper le rayonnement s'écrira :

$$C' = \frac{299,792 \times 72}{7,50} = 2878 \text{ années}$$

Étant donné que $\frac{299,792km/s}{40,000} = 7,50$

Il nous faudrait 2878 années pour rattraper l'événement, et encore…tu t'aperçois bien qu'au lieu de rattraper l'événement, tu t'en éloignes encore plus vite !
Par cette vitesse tu atteindras l'espace-temps souhaité, mais le rayonnement fuira d'autant plus vite et se sera encore plus éloigné de toi.

((((((((((O)))))))))) Les couches des rayonnements se dispersent tous azimuts. Un peu comme les couches périphériques des électrons autour des atomes, mais le rayonnement fuit, il s'en va ... sans s'arrêter... On peut appeler chaque couche (segment de temps). On ne pourra jamais rattraper le rayonnement mystérieux du passé.

Si le rayonnement dans sa sophistication se propage et déplace les événements sans toutefois déplacer la matière, il devient imaginaire, mais le rayonnement étant réel, il replacerait la matière à l'endroit de l'événement. Serait-ce de la « téléportation » ? A cela, ce n'est pas moi qui pourrais répondre. Cela ne pourrait pas impliquer la transformation des événements du passé, les bouddhistes l'ont affirmé lorsqu'ils conversaient avec le plus génial de tous les professeurs, le mien. Nous ne connaissons pas concrètement les mécanismes de cette propagation du rayonnement qui peut certainement reprendre le rayonnement photonique c'est à dire les images mais aussi le rayonnement ondulatoire électronique de la pensée humaine qui reprend et synthétise l'histoire de chaque vie. Y a t-il un but, ou y en a t-il aucun... l'apparente véracité de ce phénomène physique est certainement aléatoire ; il se produit, mais jamais les techniques humaines n'arriveront à le rattraper pour l'examiner, le regarder, l'écouter, essayer de le transformer pour revenir et changer le cours d'une vie passée et le cours de l'histoire du monde. Or nous pouvons penser que ce phénomène des rayonnements et des ondes ne se perd pas, peut-être s'estompe t-il avec le temps, peut-être que non car dans le domaine astrophysique beaucoup de questions se posent et les réponses semblent encore brouillées, voire impossibles à formuler. On peut très bien envisager que l'énergie sombre qui nous est totalement méconnue, puisse stocker et régénérer les rayonnements photoniques, les ondes électromagnétiques et toutes les autres comme les neutrinos, tout cela pourrait aboutir à l'éternité. Dans un sentiment pessimiste, cela pourrait simplement s'évaporer, diminuer d'intensité, faiblir et disparaître en se dirigeant aspirées dans l'entonnoir d'un trou noir. La lumière de certaines galaxies ou certaines étoiles nous parvient d'aussi loin que de millions d'années en arrière ; cette lumière était étincelante, la plus intense qu'une étoile puisse produire, due à une chaleur de millions de degrés, mais certaines de ces sources de lumière ont depuis des milliers d'années disparues, alors qu'on voit scintiller leur puissante chaleur d'un lointain passé. La mémoire pourrait transiter d'abord dans la matière noire, puis dans l'énergie sombre et déambuler dans ce que l'on pourrait imaginer un état comateux pour atteindre l'expansion universelle. Peut-être, mais à quoi bon et pourquoi ? Une intention pour créer et préparer l'arrivée de l'homme dans un endroit de l'univers - sur la Terre, on l'imaginait. Ou bien la vie est apparue sur Terre, et dans la complexité de l'évolution, celle-ci a abouti à l'homme. Là réside le principe anthropique et celui de la complexité. Dieu, ou rien avec des restes d'ondes...

Jimmy Strattford :

- Ce que j'ai surtout essayé de comprendre ces dernières années, c'est l'énergie sombre, qu'est ce que cela peut bien être ? (certains l'appellent aussi l'énergie noire). C'est la force la plus intense de l'univers. Dans le recensement des éléments composant le cosmos, l'énergie sombre est absente, alors que nous savons que c'est elle la plus puissante de toutes les forces. C'est elle qui repousse les amas et aussi les superamas galactiques. Elle semble être transparente et sa puissance est celle qui dépasse toutes les notions de force que nous concevons. Edwin Hubble astronome américain s'était aperçu que l'univers était en expansion. Dès 1930 Hubble examinait la voûte céleste avec un télescope performant et voyait non seulement les astres qui étaient depuis longtemps connus, les planètes, les étoiles, les constellations et aussi les objets célestes les plus éloignés, les galaxies, alors qu'on croyait qu'il y en avait qu'une seule, la nôtre. Prenant des repères dans la cartographie céleste et reportant ses observations sur le papier, il évaluait et calculait toutes les coordonnées qu'il pouvait relever. Le résultat fût flagrant, les galaxies s'écartent les unes des autres et en plus à grande vitesse, vitesse inversement proportionnelle aux distances qui les séparent. La moindre fraction de seconde de l'arc d'un angles prend au fin fond de l'univers des proportions énormes et Hubble l'avait déterminé avec une grande précision. Avant la découverte de l'énergie sombre, on ne la soupçonnait même pas. Selon les astrophysiciens, l'énergie sombre serait apparue après les premiers 380,000 années de l'existence de l'univers après le big bang. Alors une question se pose, où était-elle au moment précis de la première fraction de seconde du temps. Entourait-elle déjà et bien avant peut-être dans l'infini du temps, l'événement primordial ? C'est cette question que je me pose, je n'ai pas trouvé d'information ou de suggestion dans les magasines spécialisés en astrophysique à ce sujet. Vous savez bien que l'énergie est provoquée par la combinaison de la rencontre de la masse avec la vitesse de la lumière portée au carré $E=MC^2$ soit. Mais lorsque le premier neutron ou plutôt l'un des quarks, un up et deux down a explosé ou la première entité infinitésimale pesant la masse de l'univers tout entier tel qu'il nous apparaît, il était sous la forme d'un quark ou peut-être sous celle de l'un des trois bosons, ou d'un seul ? Quel est l'élément qui a provoqué cette déflagration, si ce n'est justement l'inimaginable puissance de l'énergie sombre. Moi, c'est ce que je me demande. On a beaucoup écrit sur ce sujet, mais les explications de ces auteurs ne m'ont pas encore convaincu. Il me semble qu'ils font des suggestions car les explications sont bien spéculatives pour mon entendement personnel. De nombreux scientifiques affirment qu'on ne pourra jamais rien savoir de ce qu'il s'était passé avant le big bang. Je préfère leur humilité sur ce sujet. Certainement que dans les méandres des accélérateurs de particules, des programmes de recherche autour de cette question sont en place, encore faudrait-il pouvoir créer un semblant d'énergie sombre entourant un boson ou un quark, dans leurs longs tuyaux... Et comme on ne sait rien sur l'énergie sombre, une telle expérience est vouée à une non considération. L'énergie sombre est estimée à 72% de la contenance du cosmos. Nous, en venant sur Mars, nous avons peut-être seulement effleuré la matière noire. Et qu'est ce qu'on fait à manger les gars ?

Sergueï Koniakov a une idée :

- Des grillades ! Oui je propose des grillades. Pour les deux semaines qui nous restent, profitons de Mars pour faire nos grillades, parce que dans nos vaisseaux, ça sera plutôt « purée et soupes à mélanger avec de l'eau ».

Jimmy demande :

- Et l'électrolyse, ça marche ?

Oliver Fergusson répond :

- Yes, ça marche même très bien, j'ai branché les tuyaux - un sur une bonbonne d'oxygène et l'autre sur la bonbonne d'hydrogène – c'est la première fois que nous aurons de l'hydrogène à partir de l'eau martienne, c'est formidable.

Jimmy ajoute :

- Envoie leur un rapport aux Terriens, ça leur fera plaisir.

Les conversations dans les tentes rigides opaques sous la voûte céleste orangée continuent pendant la dégustation des grillades faites sur un grill électrique et se poursuivent pendant le café jusqu'à tard dans la soirée martienne. Des astreintes prioritaires dans les recherches dans les buts scientifiques sont maintenant arrêtées. Le potager n'a pas été renouvelé par de nouvelles semailles pour de prochaines récoltes et Anatoli a dispersé les dernières feuilles et tiges sèches avec des graines éparses, dans le cratère que Stéphane a ensemencé d'algues bleues. Mikhaïl Avkcentiev évoque les satellites de Mars qu'on peut voir la nuit :

- Phobos est plus grand que Deimos, en tout cas nous savons que Phobos est très proche de sa planète alors que Deimos en est plus éloigné. Les amas galactiques regroupent une trentaine de galaxies en général selon ce que répertorient les astronomes. Dans l'amas galactique qu'est notre « groupe local » se trouve notre Galaxie la « Voie lactée ». Notre groupe local est composé d'une trentaine de galaxies sur des distances atteignant plusieurs millions d'années-lumière. La galaxie d'Andromède, la plus proche se trouve à 2,250,000 années-lumière. Le « groupe local » regroupe deux galaxies parmi les trente, qui sont les plus grandes : la Voie lactée et Andromède. Ces deux galaxies gravitent autour d'un centre gravitationnel qui les attire, elles se confondront dans 4,5 milliards d'années selon les estimations des astronomes. A l'intérieur des amas, il y a des amas globulaires qui regroupent une trentaine d'étoiles avec leur système stellaire. Un amas globulaire gravite autour d'un centre gravitationnel rapprochant les étoiles à des vitesse de 430,000km par seconde.

Robert Hick :

- Mike, tu nous parles d'amas galactiques, mais en regardant encore plus loin, il y a l'univers, des univers ce qu'on appelle le « multivers » ou le « plurivers » - c'est dans la théories des cordes tout ça et puis des complications dans ce domaine ils en trouvent chaque jour, les scientifiques.

Mikhaïl continue :

- Si le multivers existe, cela veut dire qu'il y aurait une multitude d'univers semblables au notre ou différents. D'où provient l'énergie sombre, comment s'est-elle créée et était-elle présente au moment du big bang ? Si le big bang s'est réalisé dans l'énergie sombre qui existait déjà, d'autres big bangs s'étaient réalisés auparavant et continuent à se réaliser à tout instant ou de temps en temps selon les caprices de l'environnement et sa stratégie inconnue dans le plurivers qui ne peut que constater les bigs bangs, et les aboutissements finaux que sont les big crunch et aussi ceux qu'on aime pas trop évoquer les bigs rips. Tu sais ce qu'est un « big rip » ? C'est une fin de l'univers qui pourrait survenir inopinément à tout instant. Mais regardons à l'intérieur des amas galactiques. Les systèmes stellaires, les amas stellaires sont à l'intérieur des galaxies, t'es d'accord ! Les planètes, les météorites, les astéroïdes, les gaz et les poussières font partie d'un système stellaire avec une ou plusieurs étoiles et les amas stellaires sont à l'intérieur des galaxies. Bien, la matière noire ou sombre agit extrêmement fort à l'intérieur des amas galactiques, d'abord sur les galaxies elles-mêmes. L'énergie sombre s'imbrique indirectement dans la matière, mais à certaines limites elle se transmute peut-être en particules de matière noire. Entre les étoiles et les planètes et autres objets célestes est logée la matière noire. C'est une force dans l'espace qui provoque l'attirance des planètes et des étoiles entre elles à raison de plus de 90% de la gravité selon ce qu'affirmait l'astronome Fritz Zwicky en 1933.

Robert Hick :

- Mais c'est ce que tu nous a raconté ce matin, Mike !

Mike continue :

- Oui mais, j'ajoute une précision. Cette force est si considérable que les astrophysiciens ne voient en elle qu'une matière dense, invisible et transparente. D'après leurs calculs, seule la matière peut agir ainsi dans l'espace. La matière sombre est totalement inconnue des scientifiques, elle est évaluée à 23% de la contenance du cosmos. Pourquoi j'en reparle, c'est parce qu'un astrophysicien new-yorkais a publié en 2012 son étude dans laquelle il affirme des choses assez étonnantes. D'après lui, tout est noir dans la matière noire. Permets-moi d'expliquer jusqu'à quel point ses affirmations peuvent étonner. La matière noire aurait des atomes noirs, ses protons seraient noirs et ses neutrons noirs aussi et même ses électrons noirs formeraient cette matière noire selon lui. Il s'agit donc de l'une des composantes les plus répandues de l'univers. Les molécules et les nucléons noirs formeraient la matière noire avec des planètes noires et des étoiles noires, baignant dans des galaxies naines noires avec de la vie noire et tout cela serait totalement invisible, imperceptible aux instruments astronomiques les plus sophistiqués, car transparents. Le moindre radar qui enverrait un rayon-signal dans l'espace devrait percevoir un écho très aisément au bout de quelques mois-lumière, mais aucun écho ne revient. La matière noire est imbriquée dans l'univers, parait-il maintenant dans notre propre système solaire et aucun écho de signal radar n'est jamais revenu de ce noir de l'espace. Les signaux traversent l'espace noir comme des neutrinos sans entrave. Peut-être qu'en envoyant des signaux radar noirs on parviendrait à capter des échos en retour, mais nous ne savons pas encore produire des produits noirs à partir d'une matière première noire, ni des signaux radar noirs avec l'espoir d'obtenir des échos. Les explications géniales des astrophysiciens font peut-être tout simplement fausse route. Si la matière noire que décrit le new-yorkais est bien celle à laquelle croient les astrophysiciens, l'incroyable jusqu'à maintenant, deviendrait possible. Les ovnis et les visites d'extraterrestres seraient bien réels, on ne se trompait pas, il n'y aurait plus aberration et les romans de science fiction toucheraient à la réalité, du moins dans la conscience de ceux qui sont réceptifs à cette théorie. Une question se pose à laquelle aucune réponse ne semble satisfaisante: Le photon peut-il être noir dans la composition de cet univers non parallèle. Ne faudrait-il pas reconsidérer les calculs et les théories. Pourquoi pouvons-nous voir et observer des millions de galaxies éloignées, au travers de ce qui serait de la matière noire constituée d'atomes et de molécules noirs. Si les photons traversent la matière noire, ce n'est donc pas une matière. Seuls les neutrinos ont la faculté de tout traverser ou alors, on pourrait être tenté d'écarter la théorie de la matière noire transparente.

Robert Hick :

- Vous aimez décortiquer les choses, couper les cheveux en quatre, vous les Russes. Pourquoi ne pas mettre tout ça dans un monde parallèle et on ne parle plus de matière noire.

Avkcentiev continue :

- Tu sais bien que les scientifiques sont très méfiants de nature, tant qu'ils n'ont pas constaté concrètement de résultats, les suppositions demeurent des suppositions aussi géniales soient-elles, toutes autant qu'elles sont. La théorie de Wells reste en suspend, mais toutes les autres théories entourant la matière noire aussi. Les calculs les plus précis à l'aide de la spectrographie des brillances émises par les galaxies et les astres restent assujettis aux lois de Newton et d'Einstein. La matière noire agit à hauteur de 90% des forces attractives à l'intérieur des amas galactiques ainsi qu'au pourtour des superamas galactiques. Les superamas et les amas galactiques se dispersent ensuite à grande vitesse assujettis à l'énergie sombre, mais restons dans la force attractive à l'intérieur des superamas et des amas galactiques. La loi de la gravité de Newton ne serait pas suffisante à expliquer l'attraction des amas stellaires à l'intérieur des galaxies et à l'intérieur amas galactiques ; celle-ci n'agirait qu'à raison d'un maximum de 10% alors que toute la force gravitationnelle restante est octroyée à la matière noire. Cette matière noire n'a encore jamais été mise en évidence à part ce qu'on croit avoir déceler par les observations des télescopes spatiaux. Le rapprochement des astres sont attribués inévitablement à la matière noire, avec une interprétation de traces laissées par les trajectoires, certainement retravaillées en laboratoire. Considérons que tous les objets stellaires, galactiques universels baignent dans l'espace vide - le vide total, où il n'y a rien sauf ce que nous connaissons, avec bien entendu des nébuleuses, des nuages de gaz et de poussières qui peuvent s'échapper des amas galactiques ou plutôt s'en rapprocher pour s'y agglomérer. Dans ce vide total cosmique régissent deux lois - base de toute la cosmologie, celles de Newton et celle d'Einstein. Deux constatations logiques semblent surgir: Pourquoi attribuer plus de 90% des forces attractives à la matière noire alors que dans l'espace vide la moindre impulsion, la moindre pichenette peut envoyer une poussière divaguer à l'infini. D'autant plus pour des masses les plus énormes avec une force démultipliée progressive. Les 90% des forces gravitationnelles y sont déjà incluses dans cette variabilité de la loi de Newton, il ne faut rien changer. Il faudrait l'adapter avec les variables inhérentes à chaque galaxie. Il paraît qu'on a déjà tenu compte de ce raisonnement et que le compte n'y est toujours pas, ou ne l'a t-on pas poussé assez loin dans la progression des forces. Des spécialistes n'excluent pas qu'il pourrait s'agir d'une illusion humaine due à la méconnaissance des lois fondamentales de la nature, donc tout est encore possible. Personnellement, mon opinion sur le sujet reste restreinte, mais il n'est pas impossible qu'elle rejoigne celle d'un nombre suffisamment considérable, pour dire que si l'on peut voir une multitude de galaxies au travers de la matière noire, avec les télescopes optiques et radios, c'est qu'une telle position reste spéculative jusqu'à l'obtention des résultats des analyses chimiques, moléculaires de sa substance. Ou alors les extraterrestres viennent bien avec leurs vaisseaux invisibles noirs. L'autre réflexion est alignée sur les lois d'Einstein, celles de la courbure du temps et de l'espace qui peut fausser complètement les observations et les conclusions hâtives. C'est pourquoi on pourrait sans aucune hésitation interpréter le fait en affirmant que le « wagon » est au repos et le talus en mouvement – tout dépend du corps de référence.

Anatoli Volkov :

\- Toi avec ton wagon !

Mike Avkcentiev :

\- Ce n'est pas « mon wagon » c'est celui d'Einstein. Interprétation et courbure du temps font peut-être resurgir la réalité. A Baïkonour, on nous a raconté que certaines étoiles, et pourquoi pas un vaisseau spatial pourrait prendre la tangente pour voyager dans le cosmos extra galactique. Dans les galaxies spirales comme la notre, des étoiles à la périphérie ont une vitesse de rotation étrangement supérieure à celles qui se trouvent à l'intérieur de la Galaxie. Ces étoiles périphériques sont en quelque sorte aspirées par l'énergie sombre externe. Dans l'espace une fusée subit d'abord une propulsion, pour échapper à l'attraction terrestre, ou martienne puis elle doit échapper aussi à tout champ gravitationnel dû aux autres objets célestes aux alentours comme les planètes, le Soleil, les étoiles et surtout le centre galactique qu'on situe dans la direction de la constellation du Sagittaire. La fusée doit aussi échapper à d'autres forces attractives. Néanmoins notre fusée une fois dans l'espace, elle file à grande vitesse qui semble imperceptible aux cosmonautes. Pour les observateurs à l'intérieur, la fusée semble tout simplement immobile. En donnant des impulsions répétées, la fusée subit des accélérations toujours croissantes augmentant ainsi sa vitesse, comme nous le faisons avec nos moteurs ioniques. Elle pourrait continuer les accélérations et s'approcher de la vitesse de la lumière pourrait-on espérer, mais elle ne l'atteindra jamais, pas même de 50% et ses réserves de carburant ne lui donnerait qu'un champ d'action très réduit du fait qu'il faille conserver de l'énergie pour d'autres manœuvres et surtout pour le retour. C'est toujours le même problème. Bref, pour les étoiles périphériques, elles n'ont pas de propulsion, mais elles se trouvent sur leur lancée ou sur une force d'attraction, qui au lieu de suivre la vitesse de tous les autres corps sans jamais les rattraper, qui eux se dirigent à l'intérieur du trou noir, finalité de toute la Galaxie dans quatre milliards d'années, ces étoiles s'écartent de cette attraction et trouvent un parcours divergent. Celui de s'éloigner pour aller vers l'espace extragalactique à grande vitesse - en tout cas à une vitesse nécessairement supérieure aux corps attirés par le trou noir. Des étoiles avec leurs planètes et autres corps célestes comme notre fusée envoyée dans le cosmos, prennent un chemin déviant échappatoire, avec un effet de fronde, attirés par cette fameuse énergie sombre. Auparavant au sein de notre système stellaire notre fusée prendrait des trajectoires telles qu'elle frôlerait Mercure en s'approchant du Soleil, puis reviendrait vers Vénus et subirait le fameux effet de fronde sur une trajectoire gravitationnelle elliptique de laquelle elle prendrait un « tangente échappatoire » pour fuir vers le bord de la Galaxie, pour bénéficier de l'autre effet de fronde, celui dont j'ai déjà parlé !

Jimmy Strattford :

- Oui, il y a des calculs pour cette théorie. Mais rappelez-vous au mois de décembre 2012 on apprenait qu'au delà de tout ce qu'on connaît du cosmos, un énorme trou noir a été détecté, c'était confirmé par des calculs assez approximatifs. On avait attribué à ce trou noir une puissance d'attraction dix sept milliards de fois plus forte que l'attraction de notre astre le Soleil. Plus encore un autre trou noir encore plus éloigné pourrait atteindre le double de cette puissance. On sait que le centre de notre galaxie est un trou noir. Ce trou noir ira rejoindre le trou noir d'Andromède. Notre galaxie la Voie lactée et la galaxie d'Andromède se rapprochent, elles fusionneront s'entremêleront l'une dans l'autre avant d'être englouties toutes les deux dans le trou noir commun dans quatre milliards d'années, peut-être avant. Pendant ce temps, difficile à évaluer ce qui se passera avec les autres galaxies, certainement subiront-elles la même destinée entre elles. Une question se pose inévitablement. Si des événements qu'on croit avoir perçus à des milliards d'années-lumière étaient déjà révolus et que rien n'existe plus autour d'eux, seuls resteraient nos galaxies les plus proches, pour ces groupes de galaxies, même si on perçoit leur énormité, ce ne sont plus que des vestiges historiques qui n'existent donc plus… Les galaxies que nous connaissons vont les suivre, dans des millions d'années - cela serait le processus d'un big crunch où l'expansion universelle aura perdu de son énergie expansive et la rétraction aura depuis bien longtemps été entamée. Ce qui resterait serait le multivers ou l'anéantissement total universel pour peut-être devenir une nouvelle origine de quelque chose de complètement inconnu. Pour l'instant les scientifiques observent, étudient et commentent - nous avons tellement de temps avant l'extinction de l'humanité qu'il faut tout faire pour vivre modestement en respect les uns avec les autres. On n'a qu'une vie, vivement qu'on retourne sur Terre !

Oliver Fergusson revient du coin cuisine avec la théière :

- « Tea time ! » Hé les gars retombez les pieds sur Mars.

Souvent dans le courant de la journée, les Américains ont cette habitude qui convient parfaitement aux Russes très grands buveurs de thé. Après le petit déjeuné, vers onze heures du matin, puis dans l'après midi vers seize heures et le soir avant de se coucher, on boit du thé. La théière est toujours en bonne place dans la grande tente numéro « 1 ». C'est toujours l'eau de source de l'Oural que consomment les martiens-terriens, tant qu'ils l'ont, ils la boiront l'eau de leur Terre. Celle de Mars est tout à fait consommable, mais elle garde toujours un goût ferrugineux et les hommes arrivent difficilement à se débarrasser de sa coloration légèrement orangée.

Un matin, par −50° Jimmy Strattford se met d'accord avec Mike Avkcentiev pour faire une inspection des deux vaisseaux. Depuis leur séjour sur Mars, l'inspection a lieu une fois par semaine. A l'intérieur des cabines de VUSA-17H et de VUSA-18H la température reste fixée à 18°. L'alimentation électrique vient de l'unité « power station » par un long câble jusqu'au pied de chaque vaisseau. Tout est vérifié, les circuits électriques et hydrauliques, les commandes, les différents cadrans, l'étanchéité, les pressions et les systèmes sanitaires, les équipements médicaux et les trousses de secours, etc. Aujourd'hui l'atmosphère est un peu plus tendue, c'est une inspection avant le départ fixé dans quarante huit heures. Les deux équipes chargent les échantillons en modèles réduits dans les soutes, du matériel y est placé également. A l'intérieur de la cabine de chaque vaisseau, les marchandises alimentaires lyophilisées sont chargées – les réservoirs d'eau complétés par l'eau du vaisseau ravitailleur VREN-12. Le plein des réservoirs d'ergols des deux étages « 3 » et « 4 » de chaque vaisseau a été déjà fait depuis quelques jours. Sur les cadrans, les pressions indiquent que l'hydrogène, l'oxygène et l'azote sont à des niveaux maximum. Le triple circuit des systèmes d'air et de chauffage ont été révisés. Les vaisseaux VUSA sont prêts à quitter Mars. Oliver Fergusson suggère de laisser les câbles que le « S-6 » a enterrés, tels quel. Dans la tente rigide « 1 », depuis plusieurs jours, les huit hommes révisent leur manuel d'instruction avec leur tabloïde. Dehors le vent s'est apaisé dans la nuit noire, le ciel laisse apparaître les étoiles et les astres avec une netteté comme on ne peut jamais les voir sur Terre. Les hommes ont mis de côté les sensations terrestres depuis les premiers jours sur Mars et se sont accoutumés aux sensations martiennes qu'ils vont maintenant abandonner pour retrouver celles qui leur sont bien plus familières. Ils savent qu'ils partiront avec beaucoup de souvenirs de moments difficiles, dramatiques, d'émotion et d'étonnement. Le rangement se fait consciencieusement jusqu'au dernier instant. VUSA-17H, sous le commandement de Jimmy Strattford partira le premier.

Une soupe lyophilisée légère est au menu avec du pain réchauffé pour le soir du 9 décembre 2017. L'espace de la tente rigide a été diminué dans ses trois dimensions, seul un carré reste accolé aux trois rochers formant une protection contre les éléments. Tous les équipements sont rangés et protégés par des bâches. Les bords de bâches qui dépassent sont enterrés solidement. A l'extérieur rien ne traîne, seuls les pointes des 8 vaisseaux restants sont orientées vers le ciel – vont-ils rester ainsi pendant des années ou vont-ils tomber, les satellites VFAR-1 et 2 surveilleront la base et transmettront les détails de ce qu'ils verront à la Terre... L'unité « Usine de production de carburant et d'électrolyse » est arrêtée. Elle est protégée par les tôles rigides fixés à des mâts métalliques, de même que la « Power station nucléaire ». le véhicule « S-6 » est sous protection, rangé pour des années, des mois peut-être, et les panneaux solaires sont repliés dans leur container. Le terrible froid ne s'estompe pas la veille du départ.

- Une chose que je ne regretterai jamais, c'est bien cette horreur de froid !

Dit Robert Hick, l'homme du Texas. Les astronautes, cosmonautes sont bien au chaud dans les modules d'habitation « 1 », « 2 » et « 3 ». Des pensées courent dans les imaginations ; voir, revoir du déjà vu, avoir de nouveau la frousse qu'ils avaient connue pendant le voyage aller et surtout bien réfléchir à chaque manœuvre à chaque mouvement, à chaque décision toujours prise en commun, continuer à avoir du courage coûte que coûte et encore se disent-ils : « advienne que pourra ». Etre à chaque instant sur le qui-vive, que cela soit à bord d'un vaisseau, dans les modules sur Mars et toujours chacun dans son scaphandre, les hommes sont habitués à ces obligations et ces astreintes, ils redoutent surtout la moindre faute d'inattention.

Ils sont tous revêtus de leur scaphandre, les derniers sacs sont sortis à l'extérieur. Chaque module est net de propreté – aucune poussière, aucune poubelle. Les conduits sont calfeutrés et les circuits électriques arrêtés les uns après les autres. Jimmy rentre encore une fois dans le module « 4 » prend son ordinateur et un cartable. Ils se dirigent maintenant avec Oliver Fergusson, Robert Hick et Stéphane Viardeau vers le vaisseau VUSA-17H qui déjà crache de petites vapeurs sur le côté du fuselage. Ils se disent au-revoir entre martiens en s'encourageant les uns les autres. Les quatre hommes montent dans leur vaisseau, la porte se referme après un dernier signe de la main d'un homme en scaphandre. Mike, Hans, Serguëi et Anatoli s'écartent et se dirigent vers le module « 4 » et s'enferment. Ils regardent par le hublot. Les communications sont 5 sur 5 entre les deux équipes et elles sont répercutées à Houston avec leurs 15 minutes de retard. VUSA-17H s'élève dans le ciel martien orangé du matin du 10 décembre 2017. Sur l'orbite basse martienne les connections entre le vaisseau corps « 4 » et le VREN « 3 » n'ont pas nécessité de sortie extra véhiculaire. VUSA-17H vogue à présent après le petit coup de pichenette sur la trajectoire Mars-Terre. La deuxième équipe se réjouit du succès et prépare son départ. Mikhaïl Avkcentiev demande :

- L'unité production carburant, neutralisée, fermée et protégée ?

- « Fermée » Répondent les autres.

- Les modules « 1 », « 2 », « 3 » vérifiés et fermés ?

- Affirmatif ! Répondent les hommes et Hans ajoute :

- Mike, on a mis l'outil à l'endroit en dessous sous la porte d'entrée comme prévu !

Mikhaïl demande :

- De quel outil me parles-tu ?

Et Sergueï répond :

- Mikhaïl, voyons – la clé de chaque module est placée en-dessous des portes d'entrée, bloquée comme prévu dans le règlement !

Avkcentiev réagit :

- Ah oui, d'accord ! Anatoli viens avec moi, nous allons fermer le « 4 » j'ai encore mes choses à prendre.

Mikhaïl prend son ordinateur, un tabloïde, et un gros cartable de commandant en cuir, comme Jimmy l'avait fait avant de partir. Ils appellent Hans et Sergueï, toujours dans leur scaphandre, Mikhaïl dit :

- Asseyons-nous et gardons une minute de silence – c'est la coutume chez les Russes avant un grand départ !

Sergueï, Anatoli et même Hans dont ce n'est pas la coutume ont baissé leur tête comme dans une prière, comme Mikhaïl. Au bout de quelques minutes de concentration Mikhaïl se relève en même temps que les autres. Certains font un signe de croix et ils sortent du module « 4 ». Mikhaïl et Hans se dirigent vers le vaisseau, tandis que Sergueï et Anatoli se dirigent vers l'unité « Power station, nucléaire ». Sergueï ouvre une trappe en matériau composite antigel, appuie sur 3 boutons, fait un code que connaît aussi Anatoli et le bourdonnement s'arrête. Les deux hommes s'éloignent et avec des télécommandes ils manœuvrent la mise en retrait du carburant ainsi que le refroidissement à l'aide de leur système, glace-eau, refiltré pour la neutralisation de la radioactivité, ions, cations et mise en containers spéciaux « BU » les barrettes sont enlevées et recouvertes dans un premier emballage de plomb, elles resteront radioactives pendant encore 30,000 ans, mais leur effet est suspendu dans les containers « BU ». L'unité est neutralisée, plus de courant sur la base terrienne de Mars. Les zapeurs de commandes sont placés dans le coffret en matériau composite qu'ils referment. Les clés sont placées dans des logements prévus dans la carrosserie. Au loin, de petites vapeurs se dégagent du fuselage du vaisseau. Anatoli et Serguéï le rejoignent à huit cents mètres de la station nucléaire. Ils aspergent leur scaphandre d'un liquide de désinfection contre la radioactivité puis referment la porte du vaisseau sans faire aucun signe de main. VUSA-18H arrive au bout du décompte, Houston ne le saura que dans 14 minutes : Toutes les manœuvres de connexion à l'étage « 3 » du VREN ont réussi. Une petite pichenette de quelques minutes et VUSA-18H suit la trajectoire du vaisseau précédent. Mars s'éloigne déjà et les cosmonautes ne voient la planète rouge que sur leurs écrans. Ils se concentrent maintenant sur le très long périple, les manœuvres à exécuter, ainsi que la maintenance du moteur ionique qui tout doucement avec son souffle à particules fera atteindre des vitesses faramineuses au vaisseau, et c'est le même moteur ionique qui à l'inverse fera décroître ces vitesses. Les conversations reprennent entre gymnastique, manœuvres, communications, contrôles et sommeil.

Retour sur Terre. Mikhaïl Avkcentiev donne régulièrement des nouvelles du VUSA-18H et Jimmy rappelle qu'il faut absolument se détendre les muscles en faisant de la gymnastique. « Autrement vous ne pourrez pas marcher sur Terre ! »
A bord du VUSA-17H. Robert Hick après un sommeil de quelques heures se réveille. Il se détend, s'occupe de sa toilette, fait de la gymnastique sur le vélo et revient à sa place en enjambant

Stéphane. Jimmy a déjà rejoint la sienne. Robert Hick s'adresse à Jimmy. Oliver et Stéphane écoutent dans un demi-sommeil :

- Tu te souviens, avant notre départ, sur Mars tu avais évoqué le « multivers ». Dans mon sommeil j'ai rêvé sans comprendre, de l'infiniment petit et de l'infiniment grand. J'étais comme dans une ouate moelleuse ou au milieu d'un nuage composé de tout sauf d'une simple vapeur, comme emporté par le tourbillon de l'expansion universelle, et je me suis dis que c'est dans cet état d'esprit incompréhensible que nous constatons le parcours de chacune de nos vies. Il faut que je me retrouve dans le cosmos, peut être au milieu de la matière noire que vous évoquiez avec Mike pour faire ce cauchemar.

Jimmy Strattford se concentre sur son écran sur lequel défilent des données du trajet et les chiffres produisent sur lui une sorte de tournis lorsqu'il se déconnecte de la réalité que ceux-ci affichent. Tout défile, mais sa pensée se réalise par le mécanisme de ses neurones miroirs dans son empathie de communication avec les êtres envers qui il voudrait trouver une explication transcendante :

- Dès qu'on s'intéresse au cosmos, l'inquiétude nous envahit d'une façon profonde. Lorsqu'on se remet les idées en place, on retombe sur ses pieds, que ce soit sur Mars, la Terre ou le vaisseau dans lequel nous nous trouvons. Tout devient plus serein, mais en contre partie, on récolte tous les soucis et tous les tracas de la vie habituelle, quotidienne, comme les études, le travail, le trajet, l'argent, la famille, les impôts, les voitures, les voyages, les vacances et toutes les relations avec autrui. Ne serait-il pas préférable de résumer le mystère cosmologique à un multivers sur fond d'infini, plutôt que sur la seule théorie du big bang. « Rien » étant inconcevable à mon sens. La situation d'un avant big bang paraît encore plus incompréhensible que la notion d'infini, car on se pose moins de problèmes insolubles, bien que l'infini en soi, est déjà incompréhensible. Imaginons des nœuds et des ondulations à la place des particules élémentaires qui aboutiraient à une entité qui lierait le domaine quantique à celui de l'espace-temps cosmique et qui formeraient en fin de compte une nouvelle conception physique qui lie incontestablement l'univers, par une particule qui est certainement la seule solution pour lier l'infiniment petit à l'infiniment grand. Cette théorie, dont les scientifiques recherchent justement cette fameuse particule, autre que toutes celles connues, expliquerait l'origine et la finalité de toute la matière et de la géométrie qui lient les hadrons d'interaction forte au rayonnement ondulatoire des fermions et des leptons. De cette interprétation tirée d'équations mathématiques physiques, les résultats extravagants font intervenir un concept géométrie-matière qui unirait les champs quantiques aux dimensions d'espace et de temps, d'espace-temps cosmologique. A l'échelle cosmique les replis des nœuds dans le tissu géométrique de l'espace-temps, s'ils créent une configuration géométrique macroscopique cela entraînerait tout simplement la formation de particules en interaction dans le domaine quantique. Dans l'infiniment petit, existerait seulement la matière ou plutôt les relations entre ses éléments, cette interprétation s'étend jusqu'à la réalité cette fois ci dans la géométrie de l'espace-temps. Les replis et les nœuds forment donc une particule à laquelle il faudra trouver un nom selon ce que je crois avoir compris des explications des scientifiques, à cette substance fondamentale. Cette substance semble ressembler fortement à une entité ondulatoire qui ne faiblit pas dans le cosmos infini. Cette substance est peut-être immortelle, de là, les spéculations ou les interrogations sont innombrables comme l'éternité. Les coordonnées des courbures de Gauss, le monde à quatre dimensions de Minkowski, la courbure de l'univers et la théorie de la relativité d'Einstein nous font inévitablement réfléchir sur les plis du temps et de l'espace. Souvent je lis leur livres puis je décroche et je me retrouve dans ce que tu viens de décrire, une espèce d'environnement ouateux, opaque, le sommeil de mon cerveau prend le dessus. Un corps vit avec ses facultés d'entités ondulatoires de replis-nœuds, un lien entre le quantique et le cosmique. A la fin le cerveau arrête le flux électromagnétique de son intellect – le corps meurt et le flux ondulatoire est parti à la vitesse de la lumière, il a un début et un arrêt. Les flux résidentiels retombent dans le monde organique. Si le flux ondulatoire s'en va en direction de l'infini, vers qui, vers quoi et pourquoi s'en vont ces particules, cette question reste en suspend. Pour rien ou pour quelque chose…Quant aux résidus organiques, ils retournent comme on dit à la terre et l'enveloppe qu'ils organisaient auparavant n'était qu'une enveloppe assujettie à l'intellect.

- Oh que j'ai sommeil !

Dit Oliver et il s'endort encore.

Dans le vaisseau VUSA-18H, les hommes boivent le thé au petit tuyau, se lèvent de temps en temps pour faire quelques mouvements et reprennent leur place devant les écrans. Ils surveillent, dorment devant les cadrans, se réveillent et se parlent. Anatoli dit tout bas :

- Ça vient de bien loin toutes les histoires sur le cosmos. Dans la vie courante sur Terre, on n'en parle rarement, on parle plutôt des tracas qu'on peut avoir, de sa maison ou du temps. L'autre jour je me demandais qui avait été le premier à avoir affirmé que les planètes tournent autour du soleil, Galilée ou Nicolas Copernic ? Et bien c'était Copernic le polonais. Galilée avait établi la théorie que le clergé ne lui avait pas pardonnée en 1632. Il y en a eu bien d'autres avant eux.

Sergueï Volkov cite :

- Dans l'antiquité, 300 ans avant J.C. tu avais déjà Aristarque de Samos, Aristote – les Grecs croyaient tous que tous les astres, les étoiles, tout tournait autour de la Terre. Les choses évoluaient, je ne connais pas l'histoire des Chinois sur ce sujet précis, je sais seulement qu'ils avaient des conceptions étonnantes, mais il y avait aussi Cicéron qui avait bien répertorié toute la voûte céleste, vers 60 ans avant J.C. C'était un homme politique romain. A son époque il écrivait déjà comme beaucoup de chroniqueurs de notre temps du vingt et unième siècle. Comme ceux de maintenant, il écrivait sur des sujets de philosophie, de morale et sur des thèmes existentiels. Bien qu'il ait eu des propos qui ressemblent étonnement aux écrits qui nous sont contemporains, il évoque les forces de la nature liées aux dieux et parfois à un seul Dieu, il ne se gêne pas pour inviter ses lecteurs dans des détails très longs et méticuleux qui les incitent à en abandonner la lecture. Ces propos sont étonnants et tout à fait actuels, ils pourraient très bien se rapporter à notre société contemporaine, mais le cheminement du raisonnement de Cicéron paraît empreint de naïveté. Alors que l'homme était respecté, il avait du pouvoir malgré qu'il se rangeât toujours du côté des politiciens les plus appréciés surtout du côté de César. Son attitude lui avait coûté la vie vers soixante et un ans, il fût assassiné pour avoir contredit Antoine, après la mort de César. Il avait soutenu Octavien contre Antoine, pour une fois il avait tenu tête à l'autorité suprême. Il avait traduit des textes concernant les richesses culturelles accumulées par les Grecs et il avait aussi écrit sur la politique et la société de Rome. César, Octavien et Antoine, il en parle tels qu'ils sont à ses yeux. Malgré son appartenance aux Stoïciens, il est admiratif de tout ce qu'il constate dans la nature. Il est extrêmement étonné que l'être humain, les animaux, les plantes, les arbres et la nature tout entière soient aussi parfaits. Quant à la philosophie et la connaissance du monde, de l'univers il se réfère aux Grecs. Bien évidemment pour Cicéron qui est en parfaite harmonie avec eux, le ciel, le soleil et les astres, tout tourne autour du centre du monde : « la Terre ». Il avait traduit notamment une description du zodiaque établie par les Grecs. Tout y était observé et consigné dans des détails effarants, les astronomes contemporains s'y réfèrent constamment. C'était trois cents ans avant J.C. Le zodiaque avait été institué pour rentrer la géographie du ciel dans les mémoires. Ce qui est étonnant chez Cicéron, c'est qu'il parlait déjà d'une « sphère » en décrivant la Terre.

Sergueï Volkov lui répond :

- C'est bien intéressant tout cela. On entend le ronronnement du moteur ionique et le chauffage, ça me donne sommeil. Je crois que je vais dormir une bonne douzaine d'heures. Je ferai de la gymnastique demain. Réveillez-moi si il y a quelque chose de spécial !

Jusqu'au milieu du parcours des deux vaisseaux, les observateurs VFAR-1 et VFAR-2 donnent des impulsions logiques en prenant en compte l'éloignement progressif des deux vaisseaux à chaque instant, se traduisant par des corrections de manœuvres automatiques pour garder une direction immuable vers la Terre. Houston prend le relais après quatre vingt jours de voyage et les observateurs orbitaux martiens sont déconnectés des systèmes de guidage. L'équipe des techniciens ingénieurs de Houston gère maintenant chaque instant, mais toujours avec un intervalle de 7 – 8 minutes. Peu à peu le retard dans les transmissions s'amenuise et les conversations pourront très bientôt redevenir pratiquement humaines, comme elles le sont entre VUSA-17H et VUSA-18H qui se tiennent informés et conversent avec à peine 10 secondes d'intervalle entre les questions et les réponses.

Nous sommes le 25 juin 2018. Rappelons que les deux vaisseaux sont équipés du dernier étage « 4 » composé de la cabine de vie et de commandes des spationautes avec la capsule bouclier thermique et de l'étage « 3 » VREN. VUSA-17H suivi par VUSA-18H à trois heures d'intervalle, pénètrent l'un après l'autre dans le voisinage encore lointain de la Terre à 30,000 km. Ils se rapprochent l'un après l'autre à 25,000km – 20,000 – 10,000 – 500km, à 350 km les spationautes aperçoivent de bien étranges phénomènes. La Terre devient de plus en plus grosse, elle est bleue splendide, admirable dans la nuit de l'espace, elle est lumière, elle se rapproche encore, les vaisseaux tournent autour maintenant, l'un après l'autre pour encore ralentir l'épouvantable vitesse – déjà deux tours, encore trois tours et les vaisseaux rentrent toujours l'un après l'autre par l'angle délicat qui fera renaître les Terriens revenant du lointain cosmos. Jimmy, Oliver, Stef et Bob aperçoivent d'étranges lueurs au-dessus du pôle Nord. Stéphane Viardeau sait de quoi il s'agit :
- Ce sont des farfadets ! Ils sont créés par les condensations énergétiques d'électricité statique qui se libèrent dans l'ionosphère tout en neutralisant des rayons cosmiques comme les rayons X et les rayons gamma, ceux que nous avons tant redoutés tous ces derniers mois. Ils se projettent à plusieurs dizaines de kilomètres de la surface

terrestre. Le flux électrique se propage vers l'espace d'un coté des farfadets et une retombée se fait par la queue en forme de poulpe, en direction de la surface de la Terre. La neutralisation des rayons se fait des deux cotés des farfadets. Les aurores boréales n'apparaissent qu'aux pôles, le centre de la Terre est un énorme aimant qui crée un vaste champ magnétique autour d'elle, la magnétosphère. La magnétosphère protège la surface de la Terre, sans elle, la vie ne serait pas possible. La magnétosphère protège des rayons gamma qui sont les plus puissants de tous, ils proviennent des supernovae et des étoiles, associés aux autres rayons cosmiques. Les lignes du champ magnétique sont en boucles entre le nord et le sud tout autour de la Terre. Les orages verticaux sont constants au-dessus de la surface terrestre et on peut les apercevoir la nuit en avion, ça jaillit par-ci, par-là. Les farfadets en font partie, ils ont l'apparence d'un pétard qui au tout début fait jaillir des étincelles d'un flux à très haute tension et ça se propage vers l'espace. Puis les étincelles s'estompent comme si elles s'éteignaient, quant à la queue, qui a pris l'aspect d'une méduse, elle laisse retomber ses tentacules vers la surface terrestre, ce sont de minces particules qui sont attirées par la gravité. Un astronaute japonais avait fait des relevés alors qu'il était à bord de l'ISS, il y a quelques années de cela. La station spatiale internationale gravite autour de la Terre à 28,000km/heure, vitesse que nous avons eue tout à l'heure et que nous réduisons de plus en plus.

Jimmy annonce :

- Concentrons-nous, cela fait déjà 8 heures que nous tournons autour de la Terre et c'est le moment de rentrer dans les couches denses de l'atmosphère, « So help us God ! ».

Ayant pénétré dans l'angle délicat atmosphérique, le grand bouclier thermique est déployé, il rencontre et écarte l'intense réchauffement, tout en ralentissant le vaisseau. Le feu jaillit de part et d'autre, ce ne sont pas les matériaux du bouclier qui brûlent, c'est le réchauffement à blanc des particules d'oxygène et d'hydrogène combinées à quelques poussières macroscopiques d'un état reconstitué des premiers instants après le big bang qui se réalise. Tout est question de minutes, de secondes. Le feu du bouclier s'estompe, Houston opère le délicat retournement de chaque vaisseau à trois heures d'intervalle à l'aide de deux petits réacteurs latéraux en les positionnant, l'un après l'autre, tuyères de l'étage « 3VR » pointées vers la Terre. Pour chaque vaisseau l'étage « 3VR » a une poussée de 80 tonnes, il ralentit la vitesse de 28,000km/h à 2,1km/s ou 7500km/h. Au bout d'une vingtaine de minutes l'étage « 3VR » est vidé dans les hautes couches de l'atmosphère terrestre, il est décroché et largué, il ne se désintégrera pas complètement et retombera par gros morceaux dans la zone sécurisée de l'Océan Atlantique. A ce moment précis, c'est l'avant dernière phase avancée de ralentissement dans les couches denses de l'atmosphère terrestre, le second étage « 4VU » de chaque vaisseau, enclenche ses rétro réacteurs d'une poussée de 95 tonnes. Au bout d'une dizaine de minutes ce module donne à chaque vaisseau une vitesse que l'homme peut déjà maîtriser, 800km/h. A 9,000 mètres d'altitude, les trois tuyères du « 4 » font ralentir intensément le vaisseau jusqu'à 200km/h, contre la gravité terrestre en décroissant sa vitesse, pour enfin atterrir comme un avion à atterrissage vertical et atteindre la vitesse « 0 » sol touché. Les boucliers thermiques du nez des deux vaisseaux sont restés grand ouverts comme des parapluies, après le retournement des complexes fusées vaisseaux ils ont servi de parachute ralentisseur. Si la situation avait paru incontournable dans les dernières heures du transfert Mars-Terre, la capsule aurait pu être utilisée comme moyen de sauvetage avec son bouclier thermique (le même) et ses parachutes traditionnels.

Les techniciens, personnels de piste, les médecins infirmiers pompiers et quelques journalistes autorisés accourent. La porte du VUSA-17H est débloquée par Oliver de l'intérieur. Les techniciens ouvrent délicatement. L'air terrestre pénètre dans la cabine et Jimmy annonce :

- Retirez les masques, l'air doit être meilleur ici !

Oliver est aidé par deux hommes, Stéphane également, Robert et Jimmy aussi. Les astronautes ont mal à la tête et marchent très difficilement, ils sont immédiatement transportés dans le bâtiment spécialement conçu pour la ré accoutumance terrestre des voyageurs de l'espace.

VUSA-18H arrive, le vaisseau atterrit en douceur à 50 mètres du premier dans exactement les mêmes conditions à 3 heures et quelques minutes d'intervalle. Mike Avkcentiev annonce à la base :

- Vous pouvez venir nous libérer, si vous voulez bien !

Sergueï, débloque le verrouillage de la porte et les techniciens de Houston l'ouvrent et leur souhaitent la bienvenue :

- Welcome back ! Comment allez-vous ?

Sergueï Koniakov répond :

- Nous sommes contents de revenir !

Les quatre hommes sortent difficilement les uns après les autres du vaisseau aidés par les hommes de la base. Ils enlèvent leur casque et prennent l'air de la Terre à plein poumon. Hans regarde vers le groupe qui les accueille et d'une petite voix faible, dit à Anatoli :

- Regarde, c'est elle, je la reconnais !

Et il appelle : « Ursula ! »

Les hommes de la base, permettent à Ursula de lui toucher la main et l'un des techniciens lui dit :

- Vous le verrez plus tard. Avec les autres il doit passer quelques tests, nous devons d'abord vérifier leur état de santé !

- Dans combien de temps ?

Demande Ursula et les techniciens lui répondent :

- D'ici une petite semaine, il faut qu'ils reprennent des forces.

Hans Gotten dit à Mike, Sergueï et Anatoli :

- Vous avez vu les gars ? C'est ça la vraie télépathie. C'est l'amour, elle me plaît, elle est comme je la « voyais » !

Les quatre hommes sont aidés dans leur démarche pénible, ils sont également transportés jusqu'au car et emmenés au centre de ré accoutumance. « Au premier abord, ils ont donné l'air d'être sortis d'un état comateux » écrit un journaliste autorisé.

Au deuxième jour, après leur retour sur Terre, les huit hommes demandent les uns après les autres :

- Et les VREN sont bien arrivés ?

La réponse est :

- Oui, ils ont atterri à Baïkonour. VREN-8 a eu une béquille cassée et VREN-9 a défoncé ses tuyères au sol, mais les cargaisons sont en bon état et déjà la NSEA étudie tout ce que vous avez décidé de ramener sur Terre.

Jimmy Strattford demande :

- Et la fameuse équipe qui devait aller sur Mars pour la prochaine « opposition » de juillet 2018, elle est- partie ?

Orson Trueman lui répond :

- Nous avons encore beaucoup de détails à régler, ce n'est pas pour maintenant. Ils auraient pu bénéficier de votre expérience et de tout le matériel que vous avez laissé sur Mars, mais nous verront tout cela plus tard.

A la fin du mois de juin 2018, une grande conférence se tient à Houston dans la plus grande salle de l'hôtel « Flying Saucer ». Orson Trueman le président de la NSEA américaine prend la parole :

- Mesdames, Messieurs, honorable assemblée, oui notre programme « Mars Pneuma » est un succès. Les huit hommes qui ont accompli cet exploit ont respecté tout ce que le monde scientifique astronautique leur avait demandé, dans les moindres détails. Nous voulons profiter de l'occasion qui nous réunit, pour vous communiquer certaines données qui vous éclaireront sur les résultats obtenus et leur valeur pour l'avenir de la recherche spatiale. D'abord, les huit astronautes sont en bonne santé, je ne dirai pas en « parfaite santé » car ils ont subi des conditions qu'aucun être humain n'a jamais eu à affronter. Ne croyez surtout pas que le fait de passer la plus grande partie du temps allongé, je parle là de leur voyage aller et celui du retour, pourrait être du repos car dans ces conditions le corps humain subit des contraintes dues à la passivité qui est très préjudiciable à la santé, comme la décalcification des os et l'amaigrissement de tous les muscles. Ce n'est malheureusement pas la gymnastique qui leur a fait garder une bonne forme physique, mais sur ce point je peux vous garantir qu'ils ont déjà repris du poids, ils adorent manger la nourriture terrestre. A ce propos, nos astronautes ont réussi à faire pousser des légumes sur Mars. La terre de la planète rouge est stérile, mais elle renferme des minéraux, les mêmes que ceux de la terre de notre planète – ils ont eu l'initiative d'essayer ce que des instituts et des organismes botaniques nous avaient proposé, d'abord dans un cadre d'étude et d'observation selon un certain protocole et aussi pour une éventuelle consommation locale martienne. Les cucurbitacées se sont parfaitement adaptées avec certaines autres graines comme celles des aubergines et des tomates. La terre de Mars avait été mélangée à du terreau et autres résidus de déchets biologiques. Le résultat au bout de quelques semaines a été que des cornichons, des concombres, des tomates, des courgettes, des melons et même des aubergines et un peu de poivrons ont été récoltés et consommés. Une des toutes premières choses que les hommes avaient entrepris de faire, c'était de construire, de monter d'urgence les tentes rigides qu'ils avaient dans leurs bagages. Le froid sur Mars est intense, jamais la température ne grimpe au-dessus de zéro et lorsque cela arrive en été, c'est un phénomène exceptionnel. La centrale électrique nucléaire a été installée dès les premiers jours et elle a permis jusqu'au dernier moment sur Mars, d'avoir une température semblable à la température terrestre dans les quatre modules d'habitation et aussi sous les tentes rigides chauffées à l'aide de radiateurs électriques. Les radiateurs électriques consomment énormément d'électricité, mais la base ayant été limitée à nos huit pionniers, la centrale a pu faire face à toutes les demandes. Dans les grandes tentes, des serres ont été installées et c'est là qu'a eu lieu la culture des légumes dont je viens de vous parler. Lorsque des petites fleurs sont apparues sur les plants, la ruche avec sa colonie d'abeilles a rempli sa fonction et les fruits ont mûri et grossi jusqu'à maturité, nous en avons quelques échantillons, ils sont congelés pour les analyses dans nos laboratoires. Les abeilles ont été capturées et ramenées sur terre, elles se portent bien, ça grouille normalement autour de leur ruche. De nombreux endroits du sol martien ont fait l'objet de prélèvements et ceux-ci sont dans les laboratoires de la

NSEA de Baïkonour, d'autres se trouvent à Fontainebleau en France et d'autres encore ici à Houston – pareil pour les nombreuses carottes de prélèvements du sous-sol de Mars réalisées sur 28 sites très différents les uns des autres. Les astronautes ont prélevé des bactéries d'aspects qui nous sont parfaitement familiers. Ce sont des bactéries semblables à celles qu'on connaît sur Terre, mais après toutes les investigations, aucune vie élaborée n'a été trouvée sur Mars, à part ces bactéries d'une forme de vie très primitive, qui n'ont jamais eu l'opportunité de se développer et d'évoluer. Les astrophysiciens avaient parfaitement reconstitué et expliqué la formation de notre système solaire : A partir des amas galactiques des étoiles s'étaient échappées avec une cohorte de matières disparates gravitant autour d'elles et qui ont congloméré et formé encore des étoiles puis des planètes, qui toutes ensembles ajoutées aux astéroïdes, comètes, poussières et gaz se sont peu à peu organisées en systèmes stellaires. Le nôtre a subi des températures extrêmement chaudes et lorsque les planètes ont trouvé leur orbite en équilibre avec toutes les forces cosmiques, elles ont refroidi. Mars n'a pas eu le temps de permettre aux bactéries d'évoluer vers d'autres formes de vie plus complexes. Nous pensons que les conditions avaient été extrêmement chaudes et qu'ensuite le refroidissement avait du être brusque, suffisamment brusque pour geler l'eau qui était à sa surface. L'eau est apparue justement entre ces périodes très longues entre la chaleur intense qui ne permet à aucune forme biologique d'évoluer et le froid qui a tout figé en permafrost dont les couches supérieures du sol. L'eau existe sur Mars, nos astronautes l'ont captée dans plusieurs endroits. Près de la base de « Gale Mount Sharp » l'eau coulait en permanence, mais elle nécessitait un filtrage performant. L'eau provenait des glaces que la machine foreuse prélevait dans le sous-sol. La glace est mélangée aux poussières et au sodium combiné au fer. L'eau est apparue sur Mars certainement entre les deux périodes de chaleur et de froid. Juste entre les deux, lorsqu'une comète s'était abattue à sa surface et a répandu un mètre d'eau dans toutes les parties basses, comme dans les vallées et les creux dus aux impacts des météorites. Un véritable océan qui a englouti toutes les parties basses de Mars, sous des vents violents soulevant les poussières et les jets de lave des nombreux volcans. L'éloignement de Mars par rapport au Soleil, est plus d'une fois et demi par rapport à celui de la Terre. C'est à dire de 249, 209,300km lorsque Mars se trouve en aphélie, alors que pour la Terre la distance est de 152, 097,701km en aphélie ; en périhélie ce n'est guère mieux 206, 669,000km pour Mars et 147, 098,074km pour la Terre. A la surface de Mars, tout n'est que roches et glace. Oui on peut y vivre d'une manière artificielle avec le concours des approvisionnements terrestres, mais cela ne sera jamais rentable si Mars n'est pas terraformée. Terraformer Mars est du domaine du possible. Nos équipes ont déjà, à titre d'une première expérience, semé et enterré des graines d'algues bleues – en semant de très grandes quantités nous pourrions à l'avenir avoir de l'oxygène d'une manière naturelle. L'algue bleue supporte les très basses températures et les scientifiques pensent que sur Terre cette algue a joué un rôle primordiale, sans elle rien n'aurait survécu ici bas. Nos astronautes ont installé une usine de production de carburant. Cette usine a fonctionné et elle a rempli les réservoirs des deux vaisseaux au départ de Mars, pour s'élever jusqu'aux autres réservoirs qui attendaient en orbite. D'après les relevés il reste encore quelques tonnes de carburant en surplus sur Mars dans des réservoirs. Le filtrage de l'eau s'effectuait à l'aide de cette même unité de filtrage et de traitement chimique. A l'avenir nous espérons pouvoir produire de l'hydrogène qui nous serait de grande utilité. L'électrolyse devra être améliorée dans l'éventualité d'un prochain voyage. Vous savez que le programme « Mars Pneuma » a coûté très cher et vous vous doutez bien qu'un prochain voyage ne se fera pas tout de suite, mais il se fera grâce à nos héros. Maintenant nous savons comment nous y prendre. Nous avions de l'inquiétude, tant d'événements peuvent survenir d'une manière inattendue malgré que tout ait été vérifié, calculé, évalué ; déjà pendant le voyage aller, nos deux équipes avaient affronté les poussières en provenance de la ceinture d'astéroïdes, des « Oriontides », ils racontent que le bruit fouettait les parois de leur vaisseau comme des coups de pistolet pendant des heures. C'était une expérience angoissante pour eux, car s'il s'était agi de petits grains de roche ou de grains ferreux, ils auraient pu traverser les vaisseaux de part en part, nous pensons qu'il s'agissait plutôt de fines poussières mélangées à des gaz vagabonds. Des météorites plus grosses auraient pu simplement détruire les vaisseaux. Les météorites représentent certainement un des plus grands dangers dans les voyages spatiaux. Un autre danger, ce sont les rayons gamma et autres rayons cosmiques. Nous déplorons quelques dommages à ce sujet. Des problèmes, il y en a toujours et partout, nos héros ont subi des brûlures, des doigts gelés, des décharges électriques, des coupures et des suffocations dues à des scaphandres percés. Ils ont souffert de l'isolation, ils ont eu des cauchemars, des hallucinations et des crises de nerfs, certains ont eu des bronchites, ils ont toujours su redresser la situation. Les relevés topographiques du site que nous avions choisi ont été scrupuleusement établis. La prochaine expédition devra obligatoirement installer une fonderie afin de profiter du métal ferreux en surabondance sur Mars et aussi pour fabriquer des briques pour la construction de bâtiments. Toutes les constructions devront toujours être conçues dans un souci permanent d'étanchéité totale avec les systèmes d'aération et d'air conditionné. Les traitements des déchets et des eaux devront se faire d'une manière méticuleuse. Encore une fois, pour un prochain voyage vers Mars, nous devrons obligatoirement compter sur la production de carburant locale ainsi que le traitement de l'eau et la production énergétique nucléaire avant le solaire. L'ensoleillement y est inefficace. Enfin, nous devons porter à votre attention que nous avons utilisé dans notre programme « Mars Pneuma » de nouvelles modalités aérospatiales. Les fusées-lanceurs portant nos vaisseaux ont un départ facilité par notre nouvelle méthode qui consiste à utiliser notre système « PCHP » nos puits de catapultage hydraulique pyrotechnique qui sont installés sur nos deux bases de Houston et de Baïkonour. Les économies de carburant pourraient nous permettre d'en amener en orbite basse martienne dans des modules, citernes vides par exemple. Cette méthode avait été approuvée déjà en 2010. Nous avons adopté une nouvelle conception de boucliers thermiques au nez de nos vaisseaux, qui servent comme d'habitude à faire face au réchauffement des matériaux dans les couches denses atmosphériques. Dans la phase finale des atterrissages, nos vaisseaux se retournent et utilisent trois rétro-réacteurs de 95 tonnes de poussée ; entre temps le bouclier n'est pas replié, il est déployé comme un parapluie et sert au freinage du vaisseau. Ces nouvelles techniques ont permis à tous nos vaisseaux d'atterrir pratiquement en douceur. C'est une méthode qui nécessite beaucoup de carburant ergols – nous en fabriquons maintenant sur Mars, cela nous permet de profiter de nos nouvelles technologies. Nous avons voulu éviter l'atterrissage de capsules habitées freinées par des parachutes, car l'espace vitale y est très réduit. Pour de très longs voyages notre méthode offre un certain confort. Notez qu'en cas de dernière nécessité, les équipages pouvaient passer du vaisseau à la capsule et atterrir au moyen de l'ancienne méthode. Nous avons utilisé la nôtre, la nouvelle. Permettez moi de vous présenter un petit inventaire des équipements dont nous avons eu besoin et ceux que nous avons dû laisser sur Mars. Deux satellites VFAR-1 et VFAR-2 sont en orbite martienne haute et nous donnent en permanence des renseignements sur ce qu'il s'y passe. Ils ont guidé tous nos vols en direction de Mars, surtout les atterrissages ainsi que la première partie des deux vols de retour.

14 vaisseaux ont été utilisés pour réaliser notre expédition :

2 vaisseaux cargo VREN contenant les modules d'habitation, dans lesquels nos astronautes ont pu vivre comme s'ils étaient sur Terre.

1 vaisseau cargo VUSA qui a amené l'unité de production de carburant et le traitement de l'eau sur Mars.

1 vaisseau cargo VUSA qui a amené l'unité centrale nucléaire qui a fourni toute l'électricité sur Mars.

2 vaisseaux cargo VREN chargés de produits chimiques divers qui ont été nécessaires à la réalisation de la base des Terriens sur Mars.

1 vaisseau cargo VREN contenant le carburant nucléaire Ur-238 et autres équipements.

2 vaisseaux cargo citernes réapprovisionneurs en carburant « SL propergols » restés en orbite martienne représentant 200 tonnes de carburant disponible à raison de 100 tonnes par vaisseau habité pour le retour sur Terre.

1 vaisseau cargo VREN avec un plein d'eau potable de source de l'Oural avec de l'alimentation.

2 vaisseaux cargo VUSA chargés de produits alimentaires complémentaires à ceux que les équipages avaient déjà en réserves avec du matériel complémentaire également.

2 vaisseaux habités VUSA emportant à l'aller et au retour nos huit pionniers de l'espace que l'humanité tout entière n'oubliera jamais.

Le programme « Mars Pneuma » - performances :

La NSEA européenne a mis en orbite martienne :

2 satellites, 1200 kg

La NSEA américaine a déposé 60 tonnes sur Mars.

La NSEA russe a déposé 50 tonnes sur Mars.

La NSEA russe a mis 360 tonnes en orbite basse martienne.

On compte un poids total soulevé de terre avec succès de : 33,600 tonnes dont 25,000 tonnes dans les étages à ergols.

Soit un total de 110 tonnes déposées sur Mars.

360 tonnes en orbite martienne avec 2 VREN-3 contenant chacun 100 tonnes d'ergols.

Les estimations en dépenses s'élèvent approximativement à 225 milliards de dollars américains.

Mesdames, Messieurs, honorable assemblée, nous ne savons pas à quel moment les organisations comme la NSEA décideront de retourner sur la planète Mars, mais lorsque nous retournerons nous savons exactement comment éviter les embûches et aussi comment améliorer les conditions de voyage et les conditions de vie sur Mars. Il n'est pas impossible que nous prenions une décision étonnante au cours des prochaines années, celle d'aller sur une autre planète, une exoplanète comme dans un système comme Gliese-581, mais plutôt un autre système que celui-là, où les conditions de vie pour les

248

humains seraient bien plus propices que sur Mars, mais n'oublions pas que les distance sont énormes et les vaisseaux bien petits, alors attendons encore quelques centaines d'années jusqu'au moment lorsque les humains auront inventé quelque chose d'incroyablement innovant.

Les présidents aiment paraître en conquérants, donner des explications et répondre aux journalistes. Que cela soit à Houston, Washington, Moscou, Paris, Londres ou Berlin. A eux trois, ils lisent exactement le même texte : « Nous maîtrisons maintenant l'atterrissage vertical à l'aide des réacteurs de nos différents étages. Notre nouvelle conception est le résultat de nos recherches, toujours orientées d'abord vers la sécurité des hommes » répètent les présidents de la NSEA, Orson Trueman, Vladimir Toumanov et Arnaud Rivière, là où ils se trouvent. Puis ils ajoutent : « VUSA-17H a atterri sur la base de Houston le 25 juin 2018 à 11 heures 08 du matin, quant à VUSA-18H qui a suivi le premier vaisseau habité au départ de Mars a atterri ce même jour du 25 juin 2018 à 14 heures 15 minutes. Les deux vaisseaux habités ont atterri l'un après l'autre à trois heures et 7 minutes d'intervalle avec une grande précision, guidés par télémétrie radio opérée par deux cent vingt sept ingénieurs techniciens qui ont contrôlé chaque élément stratégique des deux vaisseaux à la fraction de seconde près. Les spationautes devaient se laisser entraîner dans leur descente. Ils ont pu communiquer pendant les quelques minutes de blockout, mais seulement entre eux. Ils ont tous gardé bon moral, convaincus jusqu'au moment de remettre les pieds sur terre que leur confiance les mènerait à bon port ».

Le 4 juillet 2018, à New-York c'est la fête de « Independance Day ». Dans une grande limousine décapotable, vers 16 heures sur la Fifth Avenue, se trouvent Jimmy Strattford, Robert Hick et Oliver Fergusson. Ils sont debout et se tiennent à la barre dans la voiture qui roule doucement, des policiers devant et des policiers derrière sur leur grosses motos, ils revêtent leur uniforme de parade. Devant les policiers ouvrent la route en formation « > ». Une foule sur les trottoirs avec des petits drapeaux américains rouge et bleu étoilés salue les astronautes en applaudissant. Des confettis de documents passés et repassés dans les broyeuses à papier mélangés aux confettis de Noël et de Nouvel An de toutes les couleurs sont projetés par les rares fenêtres qui peuvent encore s'ouvrir sur la Fifth Avenue. La foule crie sa joie, les astronautes lèvent les bras vers elle et la saluent en souriant. Le soir c'est à la télévision qu'ils sont interviewés et la fête continue.

A Moscou, les cosmonautes Mikhaïl Avkcentiev, Anatoli Volkov et Sergueï Koniakov sont accueillis avec les honneurs à la « Cité des étoiles » où des discours sont lus et où ils reçoivent des gros bouquets de fleurs. Le soir à la télévision un programme spécial leur est consacré avec d'agréables festivités.

A Berlin, Hans Gotten est reçu avec les honneurs par les dirigeants de l'Allemagne, puis il se retrouve à Stuttgart, il est avec Ursula interviewé par la télévision. Après beaucoup de questions suivies de réponses, l'animatrice lui demande :
- Et pour Ursula, vous voulez nous raconter ?
Hans répond :
- Oh, il n'y a rien à répondre, j'ai rejoint ma fiancée !
L'animatrice voudrait continuer, alors elle s'y prend autrement :
- On a écrit dans certains journaux qu'Ursula travaillera avec vous, est-ce exact ?
Hans répond :
- Oui, c'est exact !
L'animatrice :
- Dans quel domaine ?
Et Hans répond :
- Dans le domaine de l'aérospatial, ici en Allemagne et à Fontainebleau où je suis stationné et aussi à Houston et Baïkonour !

L'animatrice dit encore :

- Il paraît, que lorsque vous êtes séparés, vous vous parlez par télépathie, est-ce exact ?

- Tout à fait exact ; d'ailleurs, nous pourrons bientôt, parler avec des extraterrestres par télépathie, où qu'ils se trouvent, mais il faudra d'abord bien localiser la planète et le personnage et ça, c'est ce qu'il y a de plus difficile !

Les 12 et le 13 juillet 2018, Stéphane Viardeau et Léonard Templer ont été faire la fête, chez Marc Peyratener à l'occasion de son mariage avec sa Svetlana. Aujourd'hui Stéphane pavoise sur les Champs Elysées à Paris en faisant des signes de la main gauche, car sa main droite tient une barre pour rester stable dans la fusée que les autorités ont fait spécialement venir du Musée de l'aéronautique du Bourget. Il défile entre les troupes de l'Armée de l'Air Française, c'est le 14 Juillet 2018. Le spationaute français est chaleureusement acclamé.

La NSEA, qu'on appelait aussi la « SSSI » la Société Spatiale Secrète Internationale qui voulait préserver une totale confidentialité avait eu seulement l'air d'échouer dans la dissimulation, car dans la réalité, les secrets les mieux gardés au monde ne sont pas prêts à être révélés, ni à partir des grandes cavernes souterraines, ni à travers tous les circuits informatiques constamment améliorés, ni à partir des énormes surfaces militaires aussi vastes que les petits pays européens.

CHAPITRE II

Exploration spatiale de la NSEA

Si Hans Gotten avait eu l'idée de communiquer par télépathie, c'est parce qu'il avait formé toute une équipe qui était restée sur terre, pendant son absence alors qu'il voyageait dans l'espace entre Terre-Mars et Terre et aussi lors de son long séjour sur la planète rouge. La télépathie lui avait été suggérée par les petits hommes protégés dans les grandes cavernes des immenses bases militaires. Le langage des signes ne suffisait pas à communiquer avec les extraterrestres en 1947, c'était grâce à l'intuition d'un militaire psychologue qui fît appel à une femme médium réputée pour son efficacité que les militaires de la base secrète américaine de Roswell purent « parler couramment » avec les petits hommes futés d'Orion. C'est aussi ainsi que Hans rencontra Ursula, alors qu'il était encore sur la planète rouge.

La planète Gliese 581g a été découverte en 2008 et elle a été confirmée en 2010. Jusque l'année 2014 le monde astrophysique ne revenait plus sur la semblante véracité des observations exceptionnelles de l'observatoire spatial Kepler-1, qui découvre constamment des planètes gravitant autour d'une étoile. L'intérêt principal de ces planètes est que certaines se trouvent à la bonne distance de leur étoile, ni trop loin ni trop prêt. Enormément de caractéristiques sont analysées, compulsées, étudiées avant que le verdict ne tombe et qu'elles soient déclarées comme susceptibles de pouvoir accueillir la vie sous certaines formes, très primitives ou évoluées. Toutes les précisions viennent s'ajouter aux premières observations. Or en août 2014 une information tombe concernant la planète Gliese-581g, celle-ci n'est plus considérée comme bonne à accueillir quelque forme de vie que ce soit. De plus ni elle, ni sa coplanète Gliese-667 n'existeraient simplement plus. Fort champ magnétique autour de l'étoile Gliese, plus taches et poussières en sont la déduction astrophysique. Elles ne sont qu'un « mirage » selon Ciel et Espace d'août 2014. C'est une grande déception. Les astrophysiciens confirment cette nouvelle position vis à vis du système Gliese qui comporte encore un certain nombre d'exoplanètes de types très différents. Lorsque l'on repère une étoile, le plus près possible de notre système solaire, tout porte à croire que des planètes gravitent autour. Le procédé pour repérer les planètes est celui de leur passage devant cette étoile. On en déduit des dimensions, des distances des spectres de lumière et les composants telluriques, chimiques et gazeux. Pour le système Gliese toutes ces informations semblent rétractées, mais rassurons- nous, d'autres planètes autour de leur étoile susceptibles d'abriter une forme de vie et permettre aux humains de s'y acclimater sont découvertes constamment, on en dénombrait une centaine, une vingtaine d'années en arrière, puis 900 quelques années plus tard et dans les 3000 en 2014 dont 2000 retiennent l'attention des spécialistes et l'on en découvre périodiquement de nouvelles. L'intérêt principal serait celui d'une proximité relative. Kepler-186f à 490 années-lumière est bien trop éloignée comme d'autres plus lointaines encore. Gliese-581g se trouvait à une vingtaine d'années-lumière, d'autres se trouvent bien plus près encore et c'est toujours leur analyse complète qu'on attend avec impatience. Certaines sont à 13 ou 15 années-lumière de notre Terre. Mises à part les étoiles jeunes, les étoiles très anciennes en perte d'activité - les étoiles naines brunes peuvent abriter des planètes sur des orbites à des distances beaucoup plus proches que celle de notre Terre par rapport au Soleil, comme entre quinze et vingt millions de kilomètres au lieu des cent cinquante millions de kilomètres qui séparent le Soleil de la Terre, soit une unité astronomique. Les étoiles jeunes et massives verront les planètes qui leur orbitent autour à des distances beaucoup plus grandes que celles qui séparent le Soleil des ses planètes dans notre système solaire. Toutes les planètes intéressantes doivent être soumises à l'étude des températures qui règnent à leur surface de façon à pouvoir envisager un premier postulat garantissant la non évaporation ou la glaciation systématique de l'eau qui s'y trouverait et sous forme liquide. Il s'agit d'eau, car bien d'autres liquides comme le méthane et autres hydrocarbures ou acides peuvent décourager des recherches plus approfondies pour se tourner vers d'autres candidates. Le nombre de planètes « habitées » pourrait être très élevé dans notre Galaxie et infiniment plus dans l'univers. Certains scientifiques parlent d'un million dans notre seule Galaxie de la Voie Lactée.

Nous sommes le 1er juillet 2019 au siège de la NSEA de Houston. D'innombrables conférences de l'organisation spatiale internationale se tiennent dans le monde entier. D'abord concernant le retour de Mars des deux vaisseaux spatiaux VUSA-17H et VUSA-18H et surtout au sujet du suivi des tout derniers lancements de huit fusées-vaisseaux qui assurent maintenant la suite de la conquête de Mars. Orson Trueman continue ses interventions devant les membres de la NSEA qui se compose comme au début de sa création en 1947 et sa remise à jour en 2008, des Etats-Unis d'Amérique, de la France, de l'Allemagne, de l'Italie, de la Russie, du Royaume Uni, de l'Espagne et aussi du dernier adhérent la Chine. La Chine entendait se tenir à l'écart par rapport de tous les autres pays membres de la NSEA. La Chine voulait conquérir en toute indépendance des lieux vivables intergalactiques pour tout simplement se les approprier, car avançait-elle « Notre peuple représente la plus importante population du monde l'Inde arrivant tout de suite après et c'est à nous que doit revenir la priorité d'évacuer nos hommes, nos femmes et nos enfants vers de nouveaux endroits habitables du cosmos ». L'Inde tenait les mêmes propos mais ses avancées technologiques en matière spatiales étaient trop en retard par rapport à toutes les autres et elle ne pouvait prétendre qu'à ses compétences d'envois de satellites de communications dans l'espace. La Chine avait vite rejoint l'organisation d'exploration spatiale des nations (Nations Space Exploration Agency) après les difficultés que l'équipage chinois envoyé sur la Lune, avait rencontrées. Le Peuple et les experts chinois s'étaient immédiatement rendus à l'évidence que, sans les deux navettes de sauvetage que la NSEA avaient envoyées sur la Lune, les quatre taïkonautes auraient perdu la vie. Les Chinois avaient tout tenté sur place à la surface lunaire avec leurs matériels sophistiqués, mais le module de remontée avait perdu toute son énergie, comme évaporée avec un moteur qui ne répondait plus au flux électrique, comme une pile vide. Envoyer un deuxième équipage n'était pas prévu dans le projet. Les Chinois avaient « perdu la face » et penauds, leurs experts auprès de l'OMN de New-York avaient immédiatement présenté les faits dramatiques devant l'assemblée générale. L'équipage chinois sur la Lune avait des réserves en oxygène, en azote, en hydrogène et en nourriture pour plusieurs semaines, néanmoins il n'y avait plus une seconde à perdre. La NSEA saisie instantanément de tous les faits avait envoyé deux de ses navettes prévues justement pour la destination de notre satellite naturel. En six jours de tension nerveuse, tout s'était bien passé et l'équipage chinois ramené sur Terre en toute sécurité et en parfaite santé. En 2013 déjà lors des lancements des vaisseaux cargo à destination de Mars, lorsqu'on préparait les lancements des deux vaisseaux habités, les VUSA-13H et VUSA-14H, Orson Trueman représentant les Etats Unis et ses autres collègues représentants qu'étaient Arnaud Rivière pour la France et l'Europe ainsi que Vladimir Toumanov pour la Russie, chacun des présidents des zones de la NSEA répétait inlassablement lors des réunions de travail : « Nous profiterons aussi de l'opposition de Mars en 2020 (Opposition par rapport à la Terre et au Soleil, Mars se trouvant au périhélie). L'opposition de 2020 ne sera malheureusement pas la plus avantageuse, comme c'était le cas en juillet 2003, la plus favorable des oppositions sur une quarantaine d'années, ni celle de 2016 un peu moins favorable. Nos vaisseaux habités rejoindrons les huit vaisseaux-cargo que nous venons d'envoyer afin de coïncider avec cette dernière opposition. Comme lors de la dernière épopée et forts de leur expérience de 2015-2016 qui avait duré jusqu'au mois de juin 2018, les directeurs des quatre bases mondiales avaient maintenant, la même certitude qu'ils avaient lorsqu'ils avaient envoyé quatorze vaisseaux à destination de la planète rouge, qu'ils peuvent dorénavant se lancer dans de nouvelles aventures spatiales. Les estimations, les techniques, les moyens et les calculs au début de l'aventure spatiale mondiale des années cinquante et soixante, n'étaient que des théories, mais après, les nombreuses expériences, les simulations, les essais commencés dans la deuxième partie du vingtième siècle, toutes ces théories ont abouti aux réalisations du programme « Mars pneuma ». Les directeurs de la NSEA ont été amenés à prendre des décisions qu'ils considéraient dangereuses certes, mais au sujet desquelles ils avaient une certitude cartésienne et que désormais ils devaient réussir. Orson Trueman au siège de la NSEA de Houston précise ce même jour du 1er juillet 2019 :

- Les pays membres de l'OMN nous avaient fait confiance en approuvant notre projet mondial d'aller conquérir la planète Mars et la lourde machine comprenant une multitude d'organisations internationales, ainsi que des entreprises et des sociétés spécialisées chacune dans un domaine indispensable - toutes avaient donné leur accord. Nous n'étions absolument pas dans une logique de réussite absolue quant au résultat final que nous connaissons aujourd'hui. Il existait une sorte d'appréhension, une peur indicible de ce, dans quoi nous nous lancions. Peur d'une faille minime qui aurait pu aboutir à des résultats dramatiques, qui aurait été jugés impardonnables de la part de la société mondiale.

Orson Trueman continue :

- A la question de Jimmy Strattford, le commandant américain du vaisseau VUSA-17H lors de son retour sur Terre le 28 juin 2018, ma réponse avait été qu'une importante société aurait formé une équipe d'astronautes pour reprendre le flambeau afin de retourner sur Mars et qu'elle s'était désistée de son projet ambitieux. Nous ne jugerons pas cette décision, mais toutes les initiatives en vue d'explorer le cosmos nous interpellent et nous motivent. Nous serons toujours prêts à venir en aide et coopérer avec tous ceux qui auront l'intention de se lancer dans l'exploration spatiale. Notre indéniable expérience doit servir à toutes les initiatives. Cela dit, la société en question ne se voyait plus capable de poursuivre l'aventure en comparant celle de l'organisation mondiale de la NSEA. Pendant les dernières semaines précédant leur retour sur Terre, les équipages des deux vaisseaux VUSA-17H et VUSA-18H étaient concentrés sur les minutieux détails qui devaient leur assurer la vie sauve et le retour chez eux, sur Terre. Rien d'autre ne comptait. En conclusion, le programme « Mars Pneuma » avait été une réussite totale. Non seulement la planète Mars a été conquise par l'homme, mais aussi un stock très important d'équipement se trouve sur son sol pour les expéditions à venir. J'ajoute surtout que le voyage n'a pas été un « aller simple », mais un aller-retour respectueux de la vie et du bien-être humain.

Orson Trueman finit son discours. Les directeurs des autres zones de la NSEA, les journalistes de télévision, de radio et des journaux ne prennent pas le temps d'applaudir Orson, ils communiquent déjà cette première prise de contact de la grande organisation spatiale mondiale avec les médias, tandis que le public, comprenant les représentants responsables politiques détachés auprès de l'OMN et autres spécialistes, ainsi qu'un nombreux public, approuvent la poursuite de l'exploration de la planète Mars et aussi le développement que prévoit la NSEA en matière d'exploration d'exoplanètes. Applaudissements d'une foule mêlée, prenant conscience que le monde est déterminé à se lancer à la poursuite des plus grands espaces mystérieux de l'univers.

Nous sommes le 20 juillet 2019 les bases de Shenzhou en Chine, de Houston aux Etats Unis, de Plessetsk en Russie, de Baïkonour au Kazakhstan, de Kourou en Guyane française et de Fontainebleau en France sont en vidéo conférence, pour faire le point. Du 5 juillet au 18 juillet 2019 huit fusées avaient pointé leur nez en direction de Mars. Six d'entre-elles transportent les vaisseaux cargo qui viendront se poser sur le sol du site « Gale Mount Sharp ». Le processus de lancement se fait à l'aide des puits « PCHP rénovés en PCHE* » au départ de Baïkonour et de Houston. Ce procédé économise des quantités appréciables d'ergols et allège ainsi les vaisseaux spatiaux. Les atterrissages sur la planète rouge se feront l'un après l'autre du 8 au 18 février 2020 sur le vaste site de « Gale Mount-Sharp », à l'aide du procédé des « rétro réacteurs » et du « parapluie en forme de chapeau chinois ». Le bouclier thermique sert aussi de parachute restreint pour freiner chaque vaisseau dans sa descente lors de la dernière phase, alors que celui-ci réalise sa volte face de 180° en se dirigeant vers la surface du sol de la planète rouge. Cette technique a été mise à rude épreuve par de nombreux détracteurs qui la prétendaient fantaisiste, mais elle a vite été adoptée et tous les vaisseaux en sont désormais équipés. Les deux derniers vols « USSAT-27H » et « RUSEN-28H » sont des vols habités. Quatre spationautes dans chaque vaisseau. USSAT-27H transporte deux Américains, un Anglais et un Allemand, tandis que RUSEN-28H transporte deux Russes, un Français et un Chinois. En ce jour du 20 juillet 2019, deux jours après le départ des deux vaisseaux habités, les décideurs de la NSEA qui participent à la vidéo conférence inter-NSEA, invitent la presse internationale et les représentants de tous les pays associés dans les grands projets d'exploration spatiale, de noter la date du 15 avril 2020 pour participer à la conférence internationale qui se tiendra dans la grande salle de conférence de l'UNESCO à Paris. L'Organisation des Nations Unies pour l'Education, la Science et la Culture organisera cette manifestation en relation avec toutes les organisations concernées de l'OMN.

15 avril 2020 grande salle de conférence de l'UNESCO à Paris. Les représentants des pays membres du monde, les observateurs gouvernementaux, les représentants des organisations internationales dans le domaine de l'exploration spatiale et surtout les représentants des compagnies, entreprises industrielles, de recherches, de chimie, de technologies appliquées, de métallurgie, de construction en alliages spéciaux, d'électronique nanométrique, de robotique et celles qui avaient signé des accords avec la plupart des laboratoires et centres de recherches mondiaux en relation avec la NSEA, trois milles personnes sont présentes pour la conférence jusque dans les contre-allées. D'autres personnes comme les journalistes et traducteurs se trouvent

dans des niches vitrées au fond et autour de la grande salle. Les traductions simultanées sont assurées dans toutes les langues des intervenants, malgré la langue de communication officielle qui est l'anglais - de l'anglais vers le français, le chinois, le russe, le portugais, l'allemand, l'italien et l'espagnol – Les traductions se font vice et versa, à partir de chacune de ces langues vers l'anglais ainsi la compréhension est répartie équitablement vers chaque personne présente. Les traducteurs ont été choisis après plusieurs confrontations avec la directrice linguistique de l'administration qui a dû écarter des traducteurs et des traductrices qui faisaient dans « l'à peu près » ce qui rendait le texte final, lors de quelques épreuves, en « pigeon English » ou charabia dans une autre langue. Après un brouhaha qui dure pendant une heure alors que l'assistance s'installe, la présidente de séance toque dans son micro du haut de sa tribune et souhaite la bienvenue à l'assistance :

- Bienvenue à tous, à tous les décideurs qui participent aux grands projets de l'exploration spatiale, aux institutions internationales, aux compagnies, aux entreprises à tous ceux qui contribuent à l'enrichissement de nos techniques en matière aérospatiale. Mesdames et messieurs les ministres, vos excellences les ambassadeurs, mesdames et messieurs, nous sommes persuadés qu'à la conclusion des débats, des accords seront signés entre les pays membres et qu'une nouvelle charte sera mise à jour concernant l'exploration spatiale dans des buts d'une coopération internationale en vue de toujours améliorer les conditions de vie de l'humanité en faisant des découvertes au-delà de notre maison la Terre. Maintenant je vous prie d'accueillir Monsieur Orson Trueman, président de la NSEA des Etats Unis d'Amérique.

Orson Trueman, grand monsieur d'un mètre quatre-vingt-dix, bedonnant, les cheveux abondants blancs gris, s'avance vers la tribune puis entame son message d'abord en anglais à l'adresse de la présidente de séance, puis en français, sans trop d'accent :

- Thank you Madam. Mesdames, messieurs, une coopération internationale existe depuis des décennies en matière d'exploration spatiale, la preuve la plus significative réside dans le grand événement que nous vivons en ce moment avec nos équipages que constituent nos huit astronautes qui se trouvent sur la planète rouge en ce moment même, ils ont en effet atterri sur Mars voilà déjà deux mois, le 16 février dernier. Notre organisation la NSEA a été « créée » en 2008. La coopération existant entre toutes les instances est très active et elle évolue constamment dans un sens positif, les désaccords sont très rares. Des comités d'éthique dans chaque pays travaillent et se consultent sur les réponses à formuler aux scientifiques, aux philosophes, aux anthropologues, aux ethnologues, aux psychiatres, aux psychologues, aux professeurs en médecine de tous les domaines concernant le corps humain et le cerveau. Des analyses sont faites par un comité international des Nations Unies qui compulse une conclusion collégiale finale concernant les besoins primordiaux pour l'avenir des habitants de notre planète. Il nous faudra maintenant trouver un accord auprès des pays membres, lors de la présentation d'un projet d'exploration spatiale aux sessions générales des Nations de l'OMN de New-York ou de Genève. Il est à prévoir que 10% des pays membres n'accepteront pas de subventionner les projets d'exploration spatiale. Une position toujours contradictoire, revancharde contre la proclamation universelle des droits de l'Homme et du Citoyen - contre la liberté, le dynamisme intelligent et le progrès. On prévoit qu'environ 80% des pays membres accorderont leur confiance aux projets innovants comme ils l'ont fait jusqu'à présent. Des résultats d'études conjointes devront être présentés. La communauté internationale fait difficilement face à tous les problèmes mondiaux, comme les conflits, les guerres, toutes les injustices et les inégalités, la misère, la famine bien que les pays membres aient compris depuis longtemps, que la coopération de tous était nécessaire. Pour l'entraide internationale des solutions existent, comme celles qui ont toujours été préconisées, aider les pays d'accueil quand ces pays peuvent déterminer un quota clair, une aide aux pays, en difficulté reconnue, ou en état de catastrophe naturelle ou bien en cours de réhabilitation suite aux guerres entre belligérants. Enfin, le contrôle des naissances doit être effectif. De nombreux pays ne pourront plus cautionner que des familles se composent de plus de trois enfants alors que dans de nombreux pays cette nécessité de limiter les naissances a été adoptée. La surpopulation mondiale explose sur notre planète, nous devons tous ensemble réagir, ne pas se laisser envahir par l'insouciance et l'inconsidération des problèmes liés à l'urgence de la situation planétaire. Il faut réagir fermement devant les problèmes liés à la délinquance, le banditisme, la criminalité et la douleur que certains infligent aux familles, le chômage dû à une certaine saturation économique mondiale, la faim et les problèmes encore non résolus liés au manque d'eau potable dans de nombreux pays. Le temps viendra de se souvenir des époques des migrants dans notre monde que l'on croyait vaste et aux ressources infinies, le temps viendra d'assurer une chaîne permanente de migration vers d'autres endroits de la Galaxie, sans jamais prétendre pouvoir aller au-delà. Pour les autres galaxies, il faudra penser en milliers, même en millions d'années pour s'y rendre – Il faudra se cantonner sur des distances et des planètes ou leurs satellites connus, que l'on aura détectés, étudiés et expérimentés, non seulement la planète Mars que nous réussirons à terraformer, mais aussi d'autres planètes de systèmes « étoile-planète » les plus proches dans notre galaxie. Des projets existent. Nous écartons de notre conception des voyages sidéraux, la théorie des « trous de ver » pour outrepasser le temps d'une galaxie à l'autre – l'utilisation de trous de ver est dans nos conceptions actuelles une utopie romantique. Certains astrophysiciens affirment d'ailleurs que les voyages à travers les « trous de ver » seraient impossibles du fait des courants cosmiques liés à l'énergie sombre et à la matière sombre qui rendraient toutes les forces contradictoires tous azimuts, chaotiques et voueraient tout objet à une destruction instantanée avant même l'effleurement de l'entonnoir géant.

Il est 15heure30 - la présidente de séance remercie Orson Trueman et appelle Léonard Templer à la tribune. Léonard prend la parole :

- Réfléchissons bien Mesdames, messieurs. La superficie des terres émergées sur notre planète est d'environ 133, 637,000 km2 - soit 26,2% de la superficie du globe terrestre, ou 133,637, 000, 000,000 m2 ou encore 13, 363, 700,000 ha soit : treize milliards et trois cent soixante trois millions et sept cent mille hectares)
Nombre d'habitants sur Terre : 7, 000, 000,000 d'habitants en 2012 et 7, 500, 000,000 en 2016.
Divisons le nombre d'hectares de terre émergée par le nombre moyen d'habitants: 13, 363, 700,000ha / 7, 500, 000,000 = 1,8 hectare (soit 18,000m2) - 18,000 m2 pour chaque habitant de la Terre. Ne les cherchez pas, on vous les a pris, d'autres se sont octroyé ce qui naturellement aurait dû vous revenir. C'est déjà pris avant votre naissance.

Sur une moyenne de cet 1,8ha par personne, des terres ne sont absolument pas cultivables, comme les glaciers, les montagnes, la toundra, les terres pierreuses et marécageuses, les déserts, etc. On peut estimer que seulement un quart des terres sont cultivables, également exploitables pour les forêts. Il convient de se rendre à l'évidence que la plupart des terres ont été allouées à de nombreux individus plutôt qu'à chacun des habitants de la Terre, pour des raisons indépendantes de leur volonté, comme l'appropriation des terres par des seigneurs autrefois et même de nos jours, des propriétaires qui ont pris de force des terrains à des habitants crédules sans défense dans l'histoire de chaque pays. Sont en cause aussi les guerres et les décisions arbitraires administratives selon les législations. Rares de nos jours sont des terres qui n'ont pas été prises pour les raisons ci-dessus évoquées. Néanmoins si l'on faisait une moyenne des terres cultivables et exploitables par habitant sur notre planète, le chiffre serait de l'ordre du quart d'un hectare et huit mille mètres carrés, soit 18,000m2/4 = 4500m2. Ce chiffre serait celui auquel chaque être humain aurait pu prétendre avoir un droit légitime comme habitant de notre planète commune à tous, plus les terres restantes inexploitables (13,500m2) toujours par habitant. Beaucoup de terriens ne sachant pas comment exploiter ou cultiver ces terres, se les ont fait prendre à la manière de ceux qui étaient riches ou sont devenus seigneurs et oligarques dans leur pays. Ces terres ils se les étaient partagées entre eux, des siècles en arrière, ou récemment. Au vingt et unième siècle, les terres sont devenues insuffisantes à la production agro-alimentaire nécessaire à nourrir la planète.

On affirme que la mer, les océans pourraient offrir des solutions étonnantes pour l'avenir dans l'optique d'une activité industrielle à très grande échelle, celle-ci contribuerait à un nombre phénoménal d'emplois et réduirait considérablement la crise mondiale en apportant des solutions agro-alimentaires. On pourrait davantage investir dans les constructions d'éoliennes, développer l'industrie maritime et écologique, produire de l'énergie à l'aide de turbines entre courants froids et chauds, utiliser les marées. Les constructions navales de navires et de plates-formes écologiques, augmenteraient les activités de pêche et d'élevage de poissons en fermage. Ce projet extraordinaire est certainement réalisable mais c'est la volonté politique des pays qui fait défaut, des intérêts sont en jeu de tous côtés et un accord est difficile à atteindre. Pour ce genre de projet il s'agirait d'un avenir proche, tandis que dans cent ans, cinq cents ou mille ans, les solutions seront inévitablement extraterrestres. C'est ce que l'ont disait dans les années 2010, mais la réalité dépasse la fiction. Les solutions extraterrestres doivent être activées dès maintenant en cette année 2020.

Constat général. La présidente de séance donne maintenant la parole au représentant de la NSEA de Londres, un anthropologue astrophysicien, Sir William Lorren, un mètre quatre-vingt, cheveux gris un peu longs, le visage au menton allongé les yeux et les sourcils tombants, il ajuste sa cravate et enchaîne immédiatement en anglais puis passe au français sans difficulté :

- Thank you madam. For a great majority of human beings…euh, euh, pour un grand nombre d'êtres humains, nous savons que nous ne pouvons pas compter sur la puissance divine avec béatitude. Dieu nous a totalement laissé nous débrouiller seuls, Il nous est impénétrable malgré tous les efforts déployés depuis plus de deux millénaires pour nous convaincre. Nous devons opter pour la pérennité de la vie en sauvegardant notre espèce humaine, par le fait accompli de l'héritage. Procréation, naissance, vie, et mort. Nous comptons sur l'héritage que nous recevons de nos ascendants pour la continuité de l'espèce humaine. Nous avons suffisamment évoqué pendant des décennies les malheurs de l'humanité telles que les guerres qui faisaient suite à des malentendus, des désaccords et surtout l'agressivité des dirigeants les uns envers les autres. La peur de la désapprobation d'un supérieur, d'un chef hiérarchique dans chacun de nos domaines, dans chacun de nos pays. Les hostilités continuent dans le monde malgré toutes les bonnes résolutions des Nations Unies et des pays engagés. Les maladies génétiques, les handicaps divers qui frappent d'une manière indéterminée des enfants innocents et leurs rendent la vie difficile tout au long de son cheminement, les inégalités entre les humains, l'injustice, le banditisme, les affronts faits aux femmes, aux enfants et aux vieillards, la faim dans le monde, la précarité. Nous ne pouvons plus continuer la vie de cette manière. Il a été décidé depuis quelques décennies déjà, d'essayer de trouver des solutions pour l'avenir de l'humanité, des solutions très concrètes, draconiennes que les politiciens de chaque pays doivent mettre en œuvre chez eux, pour que la tendance au respect de l'être humain de tout ce qui vit soit effective au plus tôt. Dans notre monde contemporain, les conflits entre les hommes sont innombrables et continus, comme ils l'ont été dans toute l'histoire de l'humanité. Rappelez-vous la guerre de 1914-1918, comment ne pas se rappeler l'année 2014, la commémoration du centième anniversaire du début de la première guerre mondiale, comment ne pas se rappeler les vieux anciens combattants, à la fin du siècle dernier et au début du vingt et unième, comme ceux que nous avons tous en mémoire, nous les plus vieux. Comment ne pas penser aux horreurs qu'ils avaient vécues, aux ordres que les soldats recevaient de se lancer dans la bataille, immédiatement face à l'ennemi et surtout sur l'ordre d'un supérieur, officier ou sous-officier, lieutenant, qui aveuglés par leur autoritarisme ne se gênaient pas de fusiller sur le champs, dans les tranchées un soldat qui aurait failli à l'un de ses ordres « divin militaire ». Ils savaient ces supérieurs qu'ils envoyaient les jeunes gens à une mort certaine. Eux-mêmes recevaient des ordres autoritaires auxquels ils ne pouvaient pas se soustraire. Stupidité cruelle du genre humain, pourquoi en amont ne trouvaient-ils pas une solution pacifique. Comment ne pas penser à toutes les actions inhumaines au milieu des bataillons de tous les pays, au non respect le plus basique de la vie. Les récits font frémir d'horreur, oui on s'en était souvenu, le 11 novembre 2014 à Londres, des milliers de *poppies* et l'émouvant moment pour nous les Britanniques du dépôt de la gerbe de fleurs de notre reine Elizabeth. Instant émouvant également pour tous les autres pays ayant souffert de la première guerre mondiale et qui se remémoraient un siècle plus tard, son début en 1914. Les horreurs des récits de l'époque soviétique et surtout stalinienne par les vieux Russes, les exactions bolcheviques comme envoi au goulag pour le moindre prétexte et pire encore, les décisions staliniennes, le petit père des peuples pouvait sur un simple regard donner un ordre d'exil ou d'exécution, comme l'ont copié plus tard certains dictateurs. Les horreurs de la guerre mondiale de 1939-1945 et l'après guerre. Des millions de morts à la guerre et dans les camps d'extermination nazis. Les peurs et les souffrances. Les guerres qui continuent dans le monde. Les catastrophes aériennes, maritimes - trains, routes, superstructures, dérèglement climatique mondial et toujours les guerres cruelles à travers les siècles… et maintenant les ressources deviennent insuffisantes sur notre planète ! A l'avenir, mesdames et messieurs, dans un proche avenir - il deviendra nécessaire de prendre des décisions extraordinaires, mais n'ayons pas peur, l'aventure humaine continuera, elle sera passionnante. je vous remercie.

La présidente de séance invite maintenant le représentant russe de La NSEA de Moscou, Plessetsk et Baïkonour. Vladimir Toumanov, cheveux gris qui lui restent sur les côtés et qui cachent encore légèrement ses tempes, un mètre soixante quinze de taille, légèrement voûté, costume gris métal se présente au pupitre de la tribune. Il ajuste deux feuillets et avec ses yeux verts qui semblent fixer un seul personnage au milieu de la grande assistance, il commence à parler dans un anglais à découper à la hache mais tout à fait compréhensible et la présidente de séance lui dit :

    - Vous pouvez parler dans votre langue Monsieur Toumanov si vous voulez bien ! A quoi répond l'intéressé :

    - Non merci Madame la présidente ! je préfère parler en anglais, que tout le monde comprend, car si je parle en russe, le temps que mes propos arrivent aux oreilles de l'interprète il se passe déjà un certain temps, la vitesse du son ajoutée à celle de la lumière, puisque c'est par le réseau électromagnétique que sont transmises mes paroles, puis l'interprète les compulse dans son cerveau pour les renvoyer dans une autre langue, encore un temps intermédiaire de perdu toujours sujet non seulement à la vitesse de la lumière, mais aussi à celle du son…

    - D'accord, d'accord, Monsieur Toumanov, je vous en prie faites comme vous le sentez !

    - Oui, oui, donc, aussi à celle du son… So let me continue, ladies and gentlemen, mesdames et messieurs, l'exploration spatiale de la Galaxie jusqu'aux systèmes stellaires les plus proches et les plus appropriés qui abriteraient des planètes propices au développement de la vie, nous ne cessons de le répéter - voilà à quoi nous devons nous consacrer. Remarquez, nous avons déjà entamé nos programmes. Il y a au minimum plus de 100 milliards de planètes dans la Galaxie qui gravitent autour d'environ cent milliards d'étoiles, sans parler des étoiles doubles qui vraisemblablement n'abritent que des planètes stériles, alors que les autres portent des systèmes stellaires semblables à notre système solaire. Certains de ces systèmes stellaires pourraient avoir des planètes gravitant autour de leur étoile plus ou moins ressemblantes à la Terre, c'est à dire qu'elles pourraient remplir des conditions telles que la présence de l'eau et d'une atmosphère contenant de l'hydrogène, mieux encore de l'oxygène et de l'azote dans des proportions qui puissent permettre à une forme de vie de se développer, comme par exemple les extrêmophiles ou d'autres formes de vie plus complexes. Si nous arrivons à localiser une planète qui pourrait simplement supporter la vie humaine, les perspectives seront innombrables. En 2012 plus de 200 exoplanètes ont été ciblées pour étudier leur potentiel d'intérêt. Bientôt, selon l'optima des critères récoltés, des sondes iront les explorer et préparer leur conquête, pour envisager une migration massive à l'avenir. En 2018 c'était plus de 3700 exoplanètes qu'on avait identifiées. Bien entendu une grande majorité, sinon presque la totalité de ces planètes n'offrent aucun intérêt selon les observations et les études des astronomes et des astrophysiciens. Certaines planètes pourraient être formatées ou terraformées dans des délais malheureusement très longs, comme pour notre proche voisine Mars, où notre communauté humaine a déjà installé ses représentants. Néanmoins Mars est la plus proche de la Terre et elle donne la possibilité d'effectuer des voyages à répétition, c'est à dire à chaque approche d'une opposition favorable tous les 22 mois et 27 jours avec au moins six mois d'avance pour lancer une expédition. En l'occurrence, pour nos cosmonautes qui se trouvent en ce moment sur la planète rouge, nous avons utilisé une parfaite fenêtre de tir pour les huit fusées et le voyage a duré sept mois. Quant aux voyages intergalactiques, il semble certain qu'il n'y aura jamais la moindre possibilité d'aller au-delà de notre Galaxie, c'est inconcevable même si un engin atteint une vitesse proche de la vitesse de la lumière. Qu'on se mette bien dans la tête que les « trous de ver » ou les téléportations ne sont que de jolies idées de science-fiction. Il se passe des événements phénoménaux à 5000 années-lumière de chez nous, dans notre propre Galaxie large de 100,000 années-lumière et l'on ne pourra jamais aller les voir de près, sauf par l'intermédiaire de nos sondes et de nos vaisseaux spatiaux qui nous renverront des images et des données dans des milliers d'années et encore on devrait ajouter, peut-être. Par exemple, les rayons que nous percevons d'une supernova très éloignée au fond de la constellation des Gémeaux ont été émis par la lumière qui les a propagés 5000 années en arrière. La constellation des Gémeaux est la figure adoptée par les Grecs anciens dans le « zodiac » du ciel nocturne comme vous le savez, dans cette image se trouvent les deux étoiles très lumineuses Castor et Pollux qui sont dans notre propre galaxie à 45 années-lumière pour Castor et à 35 années-lumière pour Pollux (*Castor visuellement sur la ligne de Capella et Pollux sur celle de Procyon*). Nous ne savons pas ce qui est en place, ce qui est déplacé ou transformé dans leur environnement depuis des milliers d'années. Il est indéniable dans la logique humaine de concevoir que d'autres mondes habités soient répandus dans l'univers. Il est plus que probable que des planètes dans des systèmes d'étoiles, dans notre galaxie et encore plus probable dans les milliards d'autres galaxies de l'univers, que la vie non seulement existe, mais que des êtres vivants les habitent. Ces êtres peuvent être semblables aux hommes, ou très différents. Ces êtres pourraient être immanquablement aussi intelligents et peut-être plus que nous, les humains. Ces êtres extraterrestres et extragalactiques souhaitent visiter une planète comme la Terre parmi d'innombrables planètes, mais malgré leur intelligence, ils se heurtent à l'impossibilité de traverser l'espace et le temps du simple fait que leur vie est aussi limitée que la nôtre, pourquoi seraient-ils éternels. Aller au-delà de nos habitudes est inutile puisque irréalisable. Les astrophysiciens, les physiciens et encore plus les philosophes ne disent pas la véritable réalité, la vérité. On peut explorer l'espace, mais jusqu'à une certaine limite, celle d'un espace-temps adapté à nos capacités, celle que les hommes peuvent maîtriser. Les autres dimensions sont théoriques, sauf pour notre esprit romantique humain. Nous approfondirons dans tous les détails nos projets lors de nos tables rondes, et de nos prochaines réunions. Je vous remercie pour *votrrre* attention.

La présidente de séance reprend la parole :

- C'est à Monsieur Arnaud Rivière de prendre la parole, le représentant de la NSEA de Fontainebleau pour la France et l'Europe. Je vous en prie Monsieur Rivière.

Arnaud ajuste la boutonnière de sa veste et les lunettes sur sa tête encore légèrement blonde sur les tempes et aux mèches abondantes. Ses yeux bleus courent de droite à gauche, mais avec ses lunettes de presbyte même récentes, il ne distingue qu'à peu près les figures des personnes dans l'assistance, son accent français ne dépayse pas, ici on a l'habitude :

- Madame la présidente, mesdames, messieurs, en un peu plus d'un siècle, ladies and gentlemen, c'est-à-dire depuis l'invention de la machine à vapeur et de la réalisation de la locomotive sur rail, en l'occurrence par James Watt, qui a réussi à donner une double action à un piston compressé dans un cylindre par la vapeur, l'Homme a prouvé qu'il a su augmenter la vitesse d'un objet, mais aussi des véhicules emportant des passagers subissant une accélération. Au départ le mouvement le plus rapide de référence, était le Cheval. Puis arrivent les machines transportant des passagers augmentant leur vitesse par rapport au sol. L'Homme en un seul siècle, a été beaucoup plus loin, car il a réussi à construire des engins qui atteignent non seulement des vitesses de 100km/heure et plus pour les voitures, mais aussi la vitesse vertigineuse de 40,322km/heure ou 11,2km par seconde pour envoyer des fusées dans l'espace afin de se libérer de la puissante attraction terrestre par la vitesse de libération. Vitesse légèrement moindre, de 38,000km/heure pour placer des satellites en orbite géostationnaire au-dessus de notre planète. Des vitesses supérieures accrues pour des fusées avec leur satellite ou leur vaisseau, en partance vers des objectifs lointains dans l'espace infini. Après un siècle de propulsion progressivement augmentée, l'homme perfectionne constamment les acquis scientifiques pour se projeter encore plus loin. Que va-t-il se passer dans un siècle à un tel rythme – la réponse paraît évidente, on tend à s'approcher le plus près possible de la vitesse de la lumière. Dès que la vitesse pour s'arracher de l'attraction terrestre sera atteinte par la vitesse de libération, qui nous est maintenant familière, les engins pourront se propager dans l'espace à une vitesse constamment augmentée pour atteindre une vitesse de croisière et entamer longtemps après, une vitesse de ralentissement constant pour pouvoir se poser sur une planète de notre système solaire ou un autre objet bien plus éloigné, dans notre galaxie de la Voie lactée, *yes « The Milky Way »*. Cet avenir, il conviendrait de l'entrevoir seulement dans notre galaxie spirale qui est déjà extrêmement riche en étoiles et d'autant plus en exoplanètes et énorme en distance : 100,000 années-lumière, comme vient de le mentionner notre ami Vladimir, oui c'est son diamètre. Comment tout cela se passera-t-il. La réponse réside dans les nouveaux carburants – les moyens mathématico-physiques, les nouvelles technologies, balistiques et les stratégies exploratrices spatiales, la vie dans les vaisseaux et les stations et puis l'application de la théorie des fameux « trous de ver » pour ce qui concerne les improbables voyages vers d'autres galaxies, etc. Mais comme le dit notre président directeur de la NSEA des Etats Unis, nous écartons cette dernière éventualité, qu'il qualifie de « romantique ». La grande question sera le temps et aussi la réflexion pour trouver les solutions. Sera-t-il raisonnable d'entreprendre de tels voyages entraînant une énorme perte de temps par rapport à la vie réelle terrestre et familiale. Evidemment des robots seront envoyés les premiers, mais suivront des immigrants humains certainement pour ne plus jamais revenir, leurs petits enfants arriveront-ils à utiliser le même matériel pour un retour très long et problématique vers la Terre, rien n'est sûr. D'autres partiront encore, ils quitteront la Terre surpeuplée, il faudra bien bouger et se résoudre à aller vers l'inconnu sans espoir de revenir un jour, pour vivre autre part dans le cosmos. Un scientifique avait dit qu'il ne fallait pas mettre tous les œufs dans le même panier, en faisant la comparaison avec les êtres humains, étant tous sur la même planète. Par sécurité, pour la sauvegarde de l'espèce humaine face aux dangers qui pourraient frapper notre planète, tels que sa destruction qui pourrait se faire simplement par l'homme, un holocauste nucléaire ou une guerre mondiale bactériologique qui détruirait inévitablement tous les belligérants. Attaqués, attaquants, les plus riches qui se seront cachés comme dans des paradis fiscaux, mais sous forme de blockhaus et qui un jour devront rouvrir leur porte sur l'extérieur contaminé, ainsi que tous les autres habitants de notre planète, tous devront inévitablement prendre des décisions. Un autre danger, une collision de notre Terre avec une comète ou des astéroïdes, un ou plusieurs astéroïdes géants en provenance non seulement de la « ceinture d'astéroïdes » celle qui se trouve entre Mars et Jupiter ou de celle de «Kuiper-Edgeworth» qui se trouve au-delà de la planète Neptune entre 30 et 150 unités astronomiques du Soleil, sur la trajectoire de Pluton ; comète ou astéroïdes qui viendraient s'écraser à la surface de la Terre, comme cela s'est passé il y a quelques 65 millions d'années - événement qui peut fort bien se renouveler. Le danger d'une destruction brutale pourrait aussi survenir de bien d'autres endroits de l'univers où des équilibres phénoménaux peuvent rompre à tout moment et se déplacer en direction de notre planète. Forces négatives des trous noirs à très grande vitesse se dirigeant vers notre galaxie en provenance d'une galaxie annihilée, ou Andromède qui un jour viendra fusionner avec la nôtre. Un phénomène cosmique indécelable remarqué trop tard pourrait également survenir, rappelez-vous l'astéroïde qui avait explosé au-dessus de Tcheliabinsk en 2013, personne ne l'avait détecté. Sauvegarder l'intelligence en la répartissant dans l'univers, pour qu'elle n'ait pas été vaine. Il serait dangereux de laisser l'intelligence sur une seule planète d'où elle pourrait être balayée par un cataclysme d'autodestruction ou cosmique pour disparaître à jamais. C'est la raison pour laquelle, les astrophysiciens ont des projets en cours. Nous colonisons déjà peu à peu Mars, la planète la plus prometteuse pour accueillir une fraction minime de l'humanité. L'humanité se dispersera dans bien d'autres endroits de l'univers en un bon million d'années, mais avant tout au sein même de notre galaxie. Avant de peupler Mars, il faut savoir que les instances internationales de l'Organisation mondiale des Nations ont depuis quelques années déjà prévu une charte signée par tous les pays membres, pour qu'en aucun cas, ne soit pas respecté un lieu de l'espace, tel que planète, comète ou satellite d'une planète où une vie serait repérée. Le développement d'une forme de vie devra suivre son cours normal dans son évolution comme cela s'est avéré sur Terre. Mais avant de peupler Mars, il faudra la terraformer, la rendre habitable, comme par exemple à l'aide de la prolifération que nous avons déjà provoquée de l'algue bleue qui devrait oxygéner peu à peu l'atmosphère de la planète rouge par photosynthèse. D'autres procédés aussi pourront se révéler efficaces avec le temps en se basant sur le génie inventif humain. Le processus durera 1000 ans, quelques siècles dans les meilleurs des cas. La conquête de Mars est dans le domaine du possible et nous le constatons maintenant, car huit Terriens y ont déjà séjourné pendant plus de onze mois, huit autres ont pris la relève et s'y trouvent en ce moment dans les conditions que nous ont décrit nos huit premiers explorateurs, qui en sont revenus voilà déjà deux ans. Les conditions de vie difficile sur Mars nous sont amplement connues depuis le retour de nos spationautes et nos nouveaux conquérants s'emploient à les maîtriser comme leurs prédécesseurs. Au début quatre bungalows cellulaires ont facilement été débarqués et installés pour y vivre en vase clos peut-être, mais ils ont été nécessaires au logement et à la vie des scientifiques en mission. Dois-je ajouter mesdames et messieurs que ces mêmes équipements ont tous une utilité indispensable à l'heure à laquelle je vous parle. Oui ils les utilisent, ils y vivent, ils y inventent, ils améliorent les conditions qu'avaient su créer leurs courageux et géniaux prédécesseurs. Tous les équipements en place sont récupérés et utilisés, ils n'ont pas subi de dommages importants. Viennent s'ajouter tous les nouveaux équipements que nous avons pu envoyer sur le site « Gale Mount-Sharp » par nos vaisseaux cargo. C'est une réalité, tous nos matériels lanceurs, fusées, vaisseaux cargo et vaisseaux habités ont rempli leur fonction comme prévu par nos spécialistes de la NSEA. Enormément de problèmes subsistent et doivent trouver des solutions. Nous avons envoyé six vaisseaux cargo transportant des modules qui contiennent du matériel pour les nombreuses installations, telles que des petites usines de traitement local de l'atmosphère martienne, gaz carbonique combiné à l'hydrogène par une stoéchiomètrie précise aboutissant à d'autres gaz. Traitement du sol et du sous-sol pour en extraire des minerais et produire aussi des gaz et autres matières premières nécessaires. Des transformations stoéchiométriques des éléments détectés pour parvenir à une production de combustibles. Pour ce qui est de l'avenir de notre présence sur Mars, l'installation sera longue et périlleuse comme pour les premiers explorateurs de nouveaux continents sur notre planète. Pour chaque vol interplanétaire le monde terrestre retient son souffle. En vue de la conquête d'exoplanètes, tous les matériels seront comme pour Mars réalisés en double ou triple exemplaires pour contrer les pannes et les destructions inattendues, contre les impondérables. Les robots ne dureront qu'un temps, très vite l'intelligence humaine devra reprendre toutes les manœuvres après les expériences préliminaires. Pour se rendre sur Mars les trajets sont très longs. Chaque voyage nécessite entre six et dix sept mois, plus une année de temps terrestre de présence. Un voyage aller-retour représente plus de deux années d'absence de Terre, tenant compte des techniques avancées des états suffisamment puissants et expérimentés pour envoyer des vaisseaux spatiaux dans des conditions extrêmes. Les fenêtres de tir les plus propices aux lancements des fusées qui porteront les vaisseaux dans l'espace se présentent dans des laps de temps assujetti aux révolutions des deux planètes, c'est-à-dire à un instant très précis déterminé par de puissants ordinateurs chaque vingt deux mois et vingt sept jours. Le départ se fera à un stade précis de six mois avant que Mars ne passe au plus près de la Terre, en opposition, mais bien avant les 78,000,000 de kilomètres de la distance la plus courte, en moyenne, qui sépare les deux planètes. Mars continuera sa course pour s'en aller en s'éloignant pendant une année jusqu'à 378,000,000 de kilomètres de l'autre coté du Soleil en aphélie. Les communications prendront un temps constamment décalé de 8 minutes et 66 secondes aller-retour jusqu'à 42 minutes aller-retour entre la Terre et le vaisseau habité qui aura voyagé ou atterri sur Mars. Pour des automatismes télécommandés à distance de la Terre, le signal atteindra son objectif entre 4 minutes et 33 secondes et 21 minutes proportionnellement à l'endroit où se trouvera le vaisseau spatial ou la station martienne. La planète rouge est très froide aux hivers très longs, moins de -220° centigrades n'ayant pas le temps de se réchauffer pendant le jour. Sa rotation est de vingt quatre heures 37 mn et 26 sec, soit 41 minutes de plus que pour notre Terre. L'été, la température grimpe jusqu'à 26° le jour et atteint moins -111° la nuit à l'équateur. D'épais nuages de poussière rouge entourent presque constamment cette planète. L'eau y était présente des millions d'années auparavant et se trouve sous forme de glace aux pôles et de permafrost en profondeur. Nous savons maintenant que nous pouvons l'exploiter et cette possibilité ouvrira des débouchés importants. 95% de gaz carbonique et très peu d'azote et d'oxygène rendent Mars inhospitalière, mais l'Homme la domptera. Mars est la planète qui ressemble le plus à notre Terre, il suffit de regarder les caractéristiques planétaires, c'est la raison pour laquelle on y a longtemps soupçonné la possibilité d'une forme de vie assez proche de celle de notre planète. On n'y a trouvé quelques bactéries qui interpellent la science, à nous maintenant de l'enrichir tandis que la conquête spatiale s'oriente dorénavant vers des mondes totalement inconnus - les exoplanètes ! Je vous remercie pour votre attention. Thank you for your attention.

La présidente de séance appelle maintenant Alberto Salicio à la tribune, en mêlant l'anglais au français.

- Thank you Monsieur Rivière. Mister Alberto Salicio, would you please proceed to the desk now!

Alberto Salicio, un mètre soixante-cinq, cheveux encore bien noirs, svelte malgré ses soixante et dix ans, sourcils noirs argentés, les yeux bruns foncé prend ses papiers, s'installe à la tribune et enchaîne après Arnaud Rivière avec sa voix chantante:

- Plus loin encore ! Si, mesdames et messieurs, nous devons toujours regarder plus loin ! Même si la vie semble unique sur notre planète par rapport à l'univers, dans un à deux «jours cosmiques» du calendrier de Karl Sagan, c'est-à-dire dans cinquante millions d'années, l'humanité aura essaimé tout l'univers. Avec ma petite intelligence, je ne le crois pas – Jamais plus loin qu'à l'intérieur de notre système galactique, pas au-delà. Comme mes collègues, Je ne crois pas aux trous de ver, je n'arrive pas à les concevoir, *ma* comme dans beaucoup d'autres domaines cela ne signifie pas que cette éventualité incomprise par moi ne se réalise un prochain siècle tout de même. L'intelligence humaine, la vie sera préservée quelque part où la guerre des étoiles ne l'aura pas atteinte. Pourquoi la guerre des étoiles, simplement parce qu'on peut être certain d'une chose, c'est que l'humanité ne peut s'empêcher de la faire, la guerre. Permettez de faire ici une citation de l'un de vos écrivains favoris monsieur Vladimir Toumanov, je veux parler de l'auteur de «Guerre et paix» Léon Tolstoï. Lorsque Léon Tolstoï avait terminé son ouvrage, il lui restait comme une impression qu'il manquait quelque chose, pourtant sa remarque se trouve dans plusieurs passages de son œuvre, néanmoins il avait voulu la souligner encore une fois. Cette remarque, il l'avait fait publier dans une revue littéraire de son temps et celle-ci se retrouve en appendice de son livre retraçant les événements de 1805, 1807 et surtout de 1812.... « *Pourquoi des millions d'hommes se sont-ils entre-tués alors que depuis la création du monde nul n'ignore que c'est mal agir tant du point de vue physique que moral ? Parce que cela devait inévitablement se produire, parce qu'en agissant ainsi ces hommes accomplissaient cette loi élémentaire, zoologique, à laquelle obéissent les abeilles en s'entre-tuant à l'automne et les mâles des animaux qui se battent entre eux au printemps. On ne peut donner d'autre réponse à cette terrible question* ». Lorsque la Terre sera complètement surpeuplée, affamée et meurtrie, elle pourrait s'autodétruire par le fait de la pénurie, des maladies, d'une contamination nucléaire ou de la décision d'une volonté autoproclamée déterminée à détruire une partie de la population mondiale. En fait le même scénario se répétera dans tous les endroits de l'univers où l'Homme se sera installé, il ne pourra jamais s'en empêcher, c'est dans sa nature. L'Homme étant dispersé dans l'univers, espérons que quelque part la vie continuera, mais ce ne sera plus notre propre vie.

Peut-on être sûr que cette intelligence sera sauvegardée? Peut-être pour un temps. Un temps de quelques milliers d'années seulement, pendant lequel l'Humanité se consacrera à coloniser l'univers. Elle ne sera pas épargnée par le «big crunch» mais cet événement est tellement éloigné, qu'il ne faut même pas y penser. Notre vie est splendide, dure et triste à la fois pour le temps limité que nous passons sur notre Terre. Alors qu'on évite les guerres, d'autres menaces sont toujours en suspens comme l'horreur que la nature elle même peut manifester par ses activités extrêmes, comme à l'intérieur du globe terrestre - le jaillissement de la lave en provenance directe du big bang. Les menaces peuvent venir aussi bien de l'espace comme de la Terre. Grazie mile per vostra attenzione.

La présidente de séance annonce maintenant :

- Merci Monsieur Salicio ! Monsieur Tchang Wising, représentant de la NSEA pour la Chine, venez à la tribune je vous prie, vous avez la parole.

Tchang Wising, qui ne semble pas vieillir malgré ses soixante dix ans, dans un costume bleu foncé, les cheveux noirs à peine grisonnants courts, ami et collègue de longue date de tous les autres représentants de la NSEA prend place derrière le pupitre devant la présidente de séance. Il regarde l'assemblée, jette un coup d'œil vers ses amis et entame son discours :

- Madame la présidente, mesdames, messieurs, honorable assemblée, le peuple chinois avait voulu dans un passé proche, ne s'occuper que des siens. A l'époque glorieuse de Mao Tsé Dong les choses étaient claires, la révolution culturelle avançait en même temps que l'économie de marché intérieure de la Chine, dans le seul intérêt des Chinois. Les marchés internationaux nous interpellaient, mais notre pays s'était recroquevillé sur lui-même, car c'était la conception de nos dirigeants, pour le bien du peuple. En 2020 nous pouvons dire sans se voiler la face que notre industrie spatiale est telle que vous le savez maintenant, nous serons sur la Lune en 2025. Les preuves ont été apportées que la Chine occupe depuis les années 2013 la quatrième place mondiale dans la conquête spatiale et le troisième rang économique. Nous voulons affirmer notre place, par nos exploits de ces dernières décennies, à notre peuple, à toutes nos bonnes volontés dans leurs efforts incessants, à tous nos ingénieurs concepteurs, nos techniciens, nos travailleurs et aussi au monde, que nous sommes dans un esprit de conquête ! La preuve en 2013, le monde ne s'y attendait pas, il est vrai que nous voulions évoluer d'une manière indépendante.

«Yutu » notre Lapin de Jade explore jusqu'aujourd'hui le sol lunaire comme les contes que nous racontons à nos enfants, le soir pour les endormir. Lorsque nos enfants regardent la lune, ils savent maintenant que certains d'entre eux fouleront bientôt son sol. Nous n'avons pas pu nous y rendre ces dernières années comme cela avait été prévu, mais dès aujourd'hui, je peux vous confirmer qu'en 2025, l'année du cheval nous serons sur la Lune. Permettez-moi au nom de notre organisation la NSEA d'Urumchi et de Shenzou, à laquelle contribue amplement depuis l'année 2014 la Chine, de remercier la NSEA de Fontainebleau en France et à Darmstadt en Allemagne, la NSEA de Houston, de Rocky Mountains aux Etats Unis et la NSEA de Moscou et Plessetsk en Russie, de vous remercier solennellement ici, d'avoir pu envoyer un vaisseau USSAT avec trois astronautes, accompagné d'un vaisseau automatisé RUSEN en orbite lunaire pour la descente du module de remontée vers le vaisseau USSAT. Vous aviez sauvé notre équipage de quatre taïkonautes en 2015. Ils sont revenus sur Terre sains et saufs grâce à la NSEA. C'est tout aussi solennellement que je peux vous confirmer qu'en 2025 nous serons malgré tout sur la Lune et qu'avec vous – vous les spécialistes de la NSEA, nous voulons créer une base qui sera bien plus performante que l'ISS. La base lunaire sera régulièrement approvisionnée par nos navettes communes. Notre base sur la Lune sera le tremplin pour la NSEA pour aller plus loin encore. Vous êtes déjà sur Mars, puisque huit « taïkonautes » viennent de s'y installer, mais à l'avenir les départs pourront se faire à partir de la base lunaire. Ce sera pour nous tous une économie en matière d'ergols pour toutes nos fusées. En effet l'attraction sur la Lune est six fois moindre, donc six fois moins de puissance sera nécessaire pour s'extraire de la gravité lunaire que de celle de la Terre. Vous autres les Américains, vous avez de nouveau établi votre base lunaire, mais avec notre coopération nous lancerons davantage de charge utile vers les destinations mystérieuses du cosmos à l'avenir. Nos lanceurs «Longue-marche-7 et 8» sont parmi les plus performants et s'alignent par leur efficacité sur Energia, Proton, SLS, Ares, Adriane-V et VI. Je suis heureux de cette coopération dont les accords ont été signés en 2015. Madame la présidente, mesdames, messieurs honorable assemblée je vous remercie pour votre attention.

La présidente de séance fait un court discours de clôture en ajoutant :

- Il va sans dire que la situation mondiale a incité la communauté internationale à réfléchir sur le devenir de nos civilisations sur les cinq continents et selon le calendrier de votre organisation de la NSEA et celui de l'Organisation Mondiale des Nations, la signature définitive de la charte pour la conquête spatiale se tiendra le 25 mai 2020 au siège de l'OMN de Genève. Rendez-vous donc au 25 mai prochain et merci à tous pour votre présence et vos interventions.

Des ateliers « tables rondes » sont organisés auxquels se sont joints des journalistes. La conférence a pris fin et tous les acteurs de la NSEA se sont répartis dans des salles adjacentes pour discuter en comités restreints afin de s'entendre sur les modalités de coopération futures, comme lors des salons de l'aéronautique et de l'espace.

Vladimir Toumanov avec sa femme Nadejda se rendent à leur hôtel, le Méridien de la Porte Maillot où sont logés tous les membres de la NSEA. Le lendemain matin après leur petit déjeuner, les Toumanov sont conduits en taxi à l'aéroport de Roissy CDG d'où ils s'envolent à bord d'un Airbus-320 pour Moscou Sheremetyevo. De leur côté, Orson Trueman, William Lorren, Alberto Salicio ainsi que Hans Gotten ont fini leur petit déjeuner. Ils disent au revoir et à bientôt à Léonard Templer et Arnaud Rivière, puis prennent leurs bagages et montent dans deux taxi également pour l'aéroport de Roissy CDG, d'où ils s'envoleront pour New-York, Londres, Rome et Munich. Orson à bord d'un Boeing-787 Dreamliner, William un Airbus-320, Alberto un Airbus-319 et Hans également à bord d'un Airbus-319. Après les au revoir à l'hôtel, Léonard et Arnaud prennent également leurs bagages et se dirigent en taxi vers la gare de Lyon. Léo prend son TGV pour Perpignan. Arnaud arrive à 11 heure30 à la gare de Fontainebleau où l'attend madame Rivière. A Perpignan, c'est

Noël l'ami de Léonard qui vient le chercher pour le ramener à leur mas de Rennes-les-Bains où l'attend Béatrice vers 16 heures. Léonard raconte à Noël dans un maximum de détails son séjour à Paris et Béatrice lui dit :

- Tu devrais arrêter d'embêter Noël avec tes histoires d'extraterrestres, va donc promener la chienne !

Léonard regarde Noël qui raconte une nouvelle blague, puis il lui dit :

- Elle croit qu'elle est à Paris, tu sais que nous habitons à la rue du Fer à moulin dans le cinquième arrondissement lorsque nous sommes à Paris, chez notre fille, et bé tous les soirs elle me dit : « va promener la chienne pour lui faire faire ses besoins ! » - Bon et bé, je vais le lui rappeler : – dis donc Béa, si tu veux que la chienne aille dehors se promener, tu lui ouvres la porte, voyons, tu n'es pas à Paris !

- C'est vrai, mais c'est toi avé toutes tes histoires à dormir debout avé tes fusées et tes copains, tu me fais perdre la tête – vous partez Noël ? Et bé merci de me l'avoir ramené et allez au-revoir, à bientôt !

Noël repart chez lui à Elne à bord de son Audi sport et il dit encore :

- Léo, j'avais à faire à Perpignan ce matin. De chez toi, je m'en vais maintenant à Tautavel où je dois voir mon beau-frère pour un chantier. C'est seulement après que je rentre chez moi. Si vous partez à Paris ou autre part avé Béatrice, je vous accompagnerais, de toute façon je garde votre maison quand tu n'es pas là, allez ciao, au-revoir !

Noël est un agronome écologiste très connu dans sa région. Il est imbattable sur les théories des meilleures façons de faire pousser les fruits et les légumes. Il connaît toutes les plantes sauvages des champs, des montagnes, aux abords des lacs, des rivières et de la mer. De la mer il connaît tous les fruits de mer et les poissons dont il raffole ainsi que les algues comestibles. Lorsqu'il se met à parler de pêche, surtout s'il fallait y aller en bateau, il faut toujours tenir compte qu'il n'aime pas du tout nager. Noël participe à toutes les initiatives qui visent à protéger l'environnement. C'est un ami de longue date de Léonard.

Le 25 mai 2020 la conférence de Genève. Le temps passe et arrive le jour de l'assemblée de l'OMN à Genève pour la ratification de la charte sur l'exploration spatiale. Pour Léonard, c'est une nouvelle fois le tracas de prendre le TGV de Perpignan jusqu'à Lyon avec changement pour Genève. Tous les membres de la NSEA ont réservé une ou deux nuitées à l'hôtel Hilton. La veille au soir de la conférence, l'équipe de la NSEA de Houston a commandé un dîner dans la grande salle dont les baies vitrées donnent sur les Alpes, avec à gauche la chaîne des collines couvertes de sapins des Voirons et le Châblais, puis le Môle sombre avec le petit Môle à droite, la chaîne des Aravis, l'Aiguille verte, le Jalouvre, le Balafrât et un sommet du dessus du plateau des Glières, et en arrière au milieu du panorama, majestueux, qui envahit d'émotion, le Mont Blanc dont les glaciers de la Mer de Glace et celui des Bossons continuent à fondre, peu à peu démunis de leur mystère d'antan. Tout devant à droite le petit et le grand Salève. Le regard passe au-dessus de la grande ville jusqu'au bout du lac Léman. Au milieu de Genève apparaît avec son aiguille et ses deux tours, la cathédrale Saint Paul. De l'autre côté des baies vitrées du ré de chaussée se trouvent la majorité des chambres sur plusieurs étages. A contre jour dans la soirée, la chaîne du Jura s'allonge au pied de laquelle se trouve l'aéroport de Cointrin et aussi le CERN avec son grand Collisionneur à hadrons, le LHC où se rendront tous les représentants de la NSEA au lendemain de la conférence de Genève. Une grande table à laquelle viennent prendre place Orson Trueman, Léonard Templer, Arnaud Rivière, Alberto Salicio, Tchang Wising, Hans Gotten, Vladimir Toumanov ainsi que William Lorren qui n'est pas venu seul, « ses deux petites fées » comme il les appelle, l'accompagnent. Des hors-d'œuvre sont apportés devant chaque hôte, asperges chaudes à la sauce Morlaix, charcuteries sèches des Grisons, deux bouteilles de vin blanc sec légèrement pétillant le « fendant » et deux bouteilles de « Bordeaux

Château Pereac » que débouchent deux serveurs de l'école d'hôtellerie qui est située au bout du parc du palais des Nations. Les verres sont remplis, Orson Trueman prend la parole :

- Mes chers amis de longue date, je suis heureux de vous voir tous réunis ici à l'occasion de la conférence de demain, où nous découvrirons des surprises ou des déceptions, mais ce sera un moment important pour nous et pour tout ce que nous avons l'intention de réaliser. Joigniez-vous à moi pour remercier « les deux petites fées » de William car ce sont elles qui nous ont tout organisé, de la coordination de nos billets d'avion, la réservation ici à cet hôtel Hilton de Genève ainsi que la restauration et nos trajets en taxi de demain pour le Palais des Nations et aussi nos rencontres avec nos collègues du CERN après demain, que représente ici le dottore Beneditto Giacometti qui nous a rejoint. A votre santé messieurs et à la votre Pamela et Belinda !

- A votre santé, Belinda et Pamela ! S'écrient tous les représentants de la NSEA, d'autres croisent le même enthousiasme en inversant les noms :

- A votre santé, Pamela et Belinda !

Alberto Salicio ne peut s'empêcher de voir les choses à sa façon habituelle :

- A votre santé les belles, il a bien de la chance de vous avoir *tutti les duo vostre* William !

Quant à William, il leur dit simplement :

- A votre santé mes jolies !

Pamela et Belinda, remercient tout le monde, chacune avec un léger sourire sur un visage sévère qu'adore William. Les serveurs débarrassent la grande table et apportent deux gigots d'agneau avec une sauce à la menthe et le jus « gravy » inévitables pour les anglo-saxons et aussi une sauce chaude à la crème fraîche aux morilles qui recouvre le gratin dauphinois. Au dessert, île flottante, un marbré et glace colonel à la vodka. Alberto Salicio qui a toujours le mot pour rire dit soudain :

- *Ma* le « marbré » il est au rhum, n'est ce pas , *alora* avec la glace colonel à la vodka, ça va faire du pyrophore - je vais le dire à Pamela et Belinda, qué les deux substances ensemble doivent s'enflammer comme les ergols composés d'hydrogène et d'oxygène, oh *ma* après un petit café ça ira.

Le dîner terminé, chacun prend du repos. Le lendemain matin à sept heures trente, Pamela et Belinda après avoir supervisé le breakfast dirigent les représentants de chaque zone de la NSEA vers les taxis qui attendent en bas au pied du perron. C'est un trajet de cinq minutes jusqu'au bâtiment « E » du Palais des Nations. A huit heures trente de nombreuses personnes déambulent dans les contre-allées autour de la grande salle « N°2 » dont les hautes baies vitrées donnent sur le parc. A gauche la sculpture en bronze et à droite au loin la sphère du monde symbole des Nations Unies. Droit devant le lac Léman avec une barrière d'arbres qui dissimulent en contrebas les vieux bâtiments du GATT (General Agreement on Tariffs and Trade), au-dessus encore et toujours, les Alpes, le Môle, le Mont Blanc, le petit et le Grand Salève. Quatre drones tournent continuellement au-dessus du grand parc surveillé aussi par des caméras truffés dans les recoins intérieurs comme extérieurs de tout le palais des nations. Une cloche électrique retentit et la salle se remplit de tous les acteurs de la conquête spatiale mondiale, à chacun est attribué un siège déterminé d'avance. Un président de séance, vieux grigou fonctionnaire international à la retraite ancien P-IV échelon 11 qui reprend du service en tant que consultant et qui a passé sa vie dans l'administration ouvre les débats :

- Mesdames, messieurs les ministres, excellences les ambassadeurs, les présidents de zone de la NSEA, les journalistes, mesdames, messieurs, je déclare au nom de notre administration, ouverte « la conférence internationale pour la signature de la charte de la conquête spatiale ». Le lieu de Genève a été choisi pour la conférence pour la raison qu'à New-York les temps sont aux pourparlers et aux négociations de tous les problèmes quotidiens et très nombreux que les Nations Unies doivent résoudre d'urgence. Des problèmes humains et politiques, la résolution de conflits, réhabilitation des zones ayant souffert des guerres, de la famine, de la sécheresse, des inondations, des conditions climatiques qui continuent à se dégrader ainsi que certaines catastrophes que la nature ne nous épargne pas. Monsieur Orson Trueman je vous prie, vous avez la parole !

La technique « son » a branché le micro sur le pupitre éclairé d'Orson Trueman qui prend la parole :

- Monsieur le président, Mesdames, messieurs du corps diplomatique des nations ici représentées, mesdames, messieurs les représentants de la NSEA, les journalistes et les corps médicaux, mesdames, messieurs, la plupart d'entre-vous a déjà assisté à nos différentes conférences concernant le développement de la conquête spatiale et vous savez de quoi il s'agit. En fait l'inventivité humaine est telle que son évolution continuelle nous amène inévitablement à prendre des décisions qui doivent s'orienter vers des améliorations des conditions vie des êtres humains d'une manière générale. Vous savez tous que la situation mondiale nous incite de plus en plus à diriger nos espoirs pour une partie de la population mondiale vers un monde nouveau, je veux parler non pas de ce qui nous passionne mes collègues et moi-même, mais aussi des déductions que font les dirigeants de la plupart des nations du monde. Il y a des pays qui n'adhèrent absolument pas à certaines de nos conceptions et ils ont décidé de se tenir à l'écart. Bien entendu tout doit être fait sur notre planète Terre pour la sauvegarder, l'embellir, réduire les pollutions de l'air et de l'environnement, favoriser une culture agricole raisonnable pour nourrir les populations – il va de soi qu'il s'agit là d'une priorité absolue. Il existe des alternatives pour l'avenir que nous ne devons pas écarter, ces alternatives vous les connaissez : Découvrir des territoires nouveaux comme le faisaient les conquérants de l'ouest aux Amériques, comme le faisaient toutes les populations de notre planète au cours des millénaires passés – le nomadisme était la première activité humaine, au moins pour la recherche de nourriture, recherche de terres riches et cultivables et toujours à travers les guerres. Des territoires existent quelque part dans le cosmos, nous ne disons pas, investissons uniquement dans la conquête spatiale, mais cette facette de nos activités doit prendre dès maintenant une place prépondérante dans l'industrie planétaire. Nous demandons d'augmenter certaines productions industrielles, notamment celles qui ont beaucoup souffert les dernières décennies comme la métallurgie, les hauts fourneaux, la construction métallique, la réalisation d'alliages, la chimie et toutes les industries plastiques et électroniques. Dans la réalisation de nos vastes projets, la base spatiale de Kourou en Guyane française située près de l'équateur aura une place primordiale dans nos futures activités. La NSEA s'adressera à toutes les nations membres pour agrandir la base en Guyane pour que celle-ci devienne la plus importante base de lancement de fusées avec leurs vaisseaux habités ou cargo. Bien entendu toutes les bases de lancement conserveront leurs activités, mais celle de Kourou aura une spécificité particulièrement intéressante au niveau international. En ce qui nous concerne, nos délégués américains ne manqueront pas de signer la charte comme vous le demanderez à la fin de la conférence. Permettez-moi maintenant monsieur le président, mesdames et messieurs de consacrer une trentaine de minutes de notre temps, pour adresser par les moyens techniques que la NSEA a mis à la disposition des « ingénieurs de la sonorisation » du palais des nations, des messages à nos huit astronautes qui se trouvent en ce moment sur la planète Mars. Ils ont atterri le 16 février dernier après un transfert de sept mois entre la Terre et Mars, à bord de deux vaisseaux indépendants. Les six vaisseaux automatiques envoyés avant eux, ont atterri normalement sur le site « Gale Mount-Sharp ». Ce sont des vaisseaux cargo qui ont emporté des équipements complémentaires à ceux qui se trouvent déjà sur la planète rouge. Notamment deux modules de vie supplémentaires et des équipements spéciaux destinés à la construction de divers bâtiments à l'aide d'un four à briques, ainsi que des équipements supplémentaires pour compléter la petite usine nucléaire. Enfin des équipements et du matériel de vie comme de l'alimentation et de l'eau. La distillation des glaces du permafrost sur

Mars est aussi un but primordial. Des bonbonnes d'hydrogène, d'oxygène et d'hélium liquides ont été envoyées également pour tous les besoins stoéchiométriques nécessaires à la combinaison avec les gaz locaux de méthane et dioxyde de carbone pour la fabrication d'ergols qu'avaient déjà maîtrisée les équipes précédentes. Les quelques messages que vous pouvez émettre dès maintenant sont envoyés directement vers Mars, ils sont enregistrés mais pas différés, si bien que nos astronautes les recevront avec une impression de « direct » mais au bout de 8 minutes et 26 secondes, par contre ils nous donneront quelques réponses que nous recevrons au bout de 8 minutes et une trentaine de secondes, il y a toujours un décalage croissant du fait de l'éloignement continuel de la planète rouge vers son apogée. Dès le début de la conférence, nos extraterrestres terriens devenus martiens ont entendu nos propos. Monsieur le président de séance vous pouvez dès maintenant contrôler la répartition de quelques-uns des messages. Merci pour votre attention,

Dans l'assemblée, les réactions se font les unes après les autres, le fonctionnaire à la retraite répartit les messages en pointant du doigt vers celui qu'il choisit sans aucun ordre précis. « Bon courage à vous tous, nous sommes fiers de vous ! » - « Dites-nous si vous portez continuellement vos scaphandres et si vous ne vous sentez pas un peu entravés dedans » - « Arrivez-vous à vous nourrir normalement ? » - « Comment avez-vous supporté votre voyage entre Terre et Mars ? » - « Allez-vous explorer davantage la planète Mars ? » - « Pensez-vous, vous rendre vers le pôle de Mars pour estimer la profondeur des glaces et leurs propriétés, est-ce de la glace propre ou contient-elle du méthane et d'autres impuretés ? » - « Avez-vous retrouvé les algues bleues plantées par vos prédécesseurs ? » - « Quelles sont vos nouvelles découvertes ? » - « Arrivez-vous à utiliser les serres et projetez-vous de semer quelque chose ? ».

Le président de séance annonce la fin de la session des messages envoyés aux huit spationautes :

- Mesdames, messieurs, nous reprendrons le contact direct avec les spationautes dans dix sept minutes exactement, me disent les techniciens !

- Non monsieur, plutôt dans dix-huit minutes, car il nous faudra une minute de battement pour entendre leurs tout premiers mots ! Interrompt un technicien et le président de séance annonce :

- D'accord. Nous vous remercions monsieur Trueman ! Je propose un break d'une quinzaine de minutes, le temps de reprendre contact avec Mars, ne vous éloignez pas de trop, vous pouvez aussi rester sur place si vous le souhaitez.

Un certain brouhaha s'installe, les délégués consultent leurs papiers, se parlent et écoutent les haut parleurs qui distillent des bruits en provenance de Mars, parfois des paroles des spationautes entre eux. Ce sont des laps d'instants ayant voyagé plus de huit minutes sans but précis pour les Terriens, mais déjà les spationautes se concertent avant de donner des réponses. Seize minutes ont passé et l'ingénieur du « son » annonce :

- C'est à vous Mars, nous vous écoutons !

Ce cours message ne parviendra sur Mars que dans 8 minutes et une trentaine de secondes, mais il s'adresse plutôt à l'assistance pour obtenir le silence – le bourdonnement s'arrête et à la dix-septième minute on entend parfaitement les voix des spationautes dans les hauts parleurs :

- Nous avons parfaitement reçu tous vos messages et nous donnons la parole à nos deux collègues américains ! Annonce une voix française :

- Hey guies ! Tout va bien, nous allons répondre à deux ou trois de vos questions et laisserons la parole aux autres, Jimmy et moi vous remercions pour vos encouragements, oui le temps du voyage a été très long. Lorsque nous sommes arrivés sur Mars nous avions du mal à marcher, alors nous ferons davantage d'exercices à bord pour notre retour à la maison. Ici l'attraction martienne est de 2,6 fois moindre que sur Terre c'est ce qui nous a beaucoup aidé par rapport à la fatigue – tu sais quand nous faisons un pas ici, c'est comme si on en faisait trois sur terre. Yes nous portons nos scaphandres tous les jours. Les habitations tentes en Plexiglas n'ont pas souffert et nous en avons monté plusieurs autres grâce aux vaisseaux cargo qui se trouvent tous sur le site de « Gale Mount-Sharp ».

Jimmy ajoute :

- Il y avait beaucoup de sable rouge, orange devant les modules, cela nous a pris trois jours pour tout déblayer avec les pelles qui se trouvaient aux endroits déterminés sous les portes. La nuit nous retournions dans les vaisseaux, car le froid est terrible ici, mais nous faisons face à toutes les situations. Nous avions remis la station nucléaire en marche, les barrettes ne sont absolument pas obsolètes malgré que l'unité nucléaire ait fonctionné pendant pratiquement quatre années dans le vide, les gars d'avant avaient laissé une petite marge de « non gel », sinon ça aurait explosé tout ça, bon nous vous passons les Russes !

- Privet ! Dit Igor et il enchaîne avec Pavel. La nourriture ça va, mais la vodka nous manque !

- Arrête, nous en avons de la vodka, sinon on crèverait ici. Heureusement que nous en avons parce qu'ici ce n'est pas la Sibérie, pour nous la Sibérie est un pays du sud. Nous vous parlons sans scaphandre, car nous nous trouvons dans la tente chauffée en plexi – nous avons ajusté les débits oxygène et hydrogène, 22 et 78. Oui nous mangeons bien, c'est Jean-Pierre le Français qui fait la cuisine et dans trois mois nous comptons avoir des légumes, nous les avons semés la deuxième semaine après notre arrivée, après avoir réparti la petite quantité de terre végétale de notre planète et le compost. Qu'est ce qu'elle sent bon par rapport à l'odeur d'œuf pourri sur Mars ! Il y avait beaucoup de compost dans la serre que nous ont laissé nos prédécesseurs. Merci pour vos encouragements. C'est Jean-Pierre qui vous parle maintenant !

- Nous sortons souvent dans nos scaphandres. Nous sommes obligés de les revêtir pour l'extérieur. Nous devons réparer, contrôler les circuits, rétablir la distillation de la glace en eau et nous avons énormément d'autres tâches. Malheureusement nous ne pouvons pas entendre vos réactions immédiatement, nous les écouterons après. Nous voyons et écoutons les émissions de télévision dans toutes les langues de nos collègues. Je passe la parole aux autres, au revoir !

- Oui nous avons mis en route la Rover, elle marche correctement, nous allons nous rendre au pôle sur la calotte glaciaire pour faire des prélèvements avec John ! Dit Li le chinois. Les autres resteront à la base, au cas où il faudrait nous porter secours. Nos équipements nous permettent de faire 3000km aller-retour. Nous ferons des prélèvements et des forages et après nous reviendront à la base. Nous serons guidés par les satellites qui avaient été envoyés en 2015 les fameux VFAR-1 et VFAR-2 nous serons en permanence en contact avec la base ainsi qu'avec Houston et Plessetsk.

Et John ajoute :

- Il faut que je vous dise, pour les algues bleues…il y a des endroits où nous n'avons rien trouvé, peut-être avons-nous cherché aux mauvais endroits, je ne sais pas, mais au pied des rochers à l'abri sur le site, de véritables buissons sont apparus et surtout tout au long des tentes en plexi et près des modules d'habitation, nous enverrons des photos. Je crois que le temps imparti se termine, nous vous disons au revoir et continuez à travailler pour l'avenir, nous sommes avec vous pour la signature de la charte sur le cosmos. Nous pouvons vous indiquer qu'en ce qui concerne nos prédécesseurs et notre propre conduite ici sur la planète rouge, que Mars est traitée avec respect. Nous pensons que l'homme sera toujours respectueux des endroits mystérieux et vierge, c'est seulement lorsque l'homme fait face aux hommes qu'ils ne se supportent pas. Pourtant, ici nous nous supportons et nous prenons soin les uns des autres. A vous Genève !

Les ingénieurs du « son » annoncent :

- Okay, c'est terminé avec Mars, vous pouvez reprendre monsieur le président !

- Nous vous remercions pour ces instants tout à fait exceptionnels, messieurs. C'était émouvant de communiquer avec nos frères terriens qui se trouvent si loin. Maintenant abordons le sujet sur l'exploration de notre galaxie avec monsieur Vladimir Toumanov qui nous expliquera une stratégie surprenante sur laquelle s'est penchée toute l'administration de la NSEA, à vous monsieur Toumanov :

Vladimir Toumanov :

- Mesdames, messieurs, quel soulagement de savoir nos envoyés spéciaux sur Mars en forme, que rien de mauvais ne leur soit arrivé et qu'ils puissent continuer leur mission. Pour les Voyages spatiaux, au-delà de la ceinture de Kuiper-Edgeworth, il s'agira d'exploration à l'extérieur de notre système solaire, mais bien entendu à l'intérieur de notre galaxie la Voie lactée. Les voyages spatiaux se dérouleront uniquement sur base des études de recensement d'objets cosmiques très spécifiques. Nous avons des projets d'explorer les nuages d'Oort car nous sommes persuadés qu'une planète importante s'y trouve. Nous avons en effet remarqué qu'une masse importante attire la planète Pluton. Les astronomes l'attribuent de plus en plus au système d'Oort plutôt qu'à notre système solaire. Il faut savoir qu'un tel voyage durerait plus de cent années, il serait donc très problématique. Des observations à partir des radiotélescopes, des télescopes terrestres et orbitaux nous ont déjà permis d'établir des cartes très détaillées sur les bases des catalogues « Messier » et NGC. Chaque parsec représente une immensité d'objets célestes qu'on ne pouvait pas soupçonner au début du siècle passé. On a pu répertorier peu à peu quelques galaxies extrêmement lointaines. Mais rassurez-vous, nous n'irons jamais aussi loin. Les expéditions dans un lointain futur, si elles se faisaient, dureraient des centaines, voire des milliers d'années dans notre seule Galaxie. Il s'agira dans un élan d'altruisme total de sauver une petite partie de l'Humanité pour qu'elle n'eût pas existé en vain. Il a fallu trois milliards d'années pour que la vie et l'humanité surgisse dans notre partie de l'univers et ce patrimoine, l'être humain voudra le conserver, le sauvegarder car il serait dommage qu'il s'annihile au gré des caprices humains ou cosmiques. Alors il faudra essayer de sauver un échantillon de notre genre humain. Il faudra choisir des hommes, des femmes, des enfants selon les pays, les continents, les langues, les tailles, le poids, la santé, jeunes et pas trop de vieux car les obsèques dans le cosmos seront précaires, etc. Le nombre d'humains est d'ores et déjà déterminé. Mais comment s'y prendra-t-on ? Pourrait-on se demander. Procédera-t-on comme Noé avec son arche – quelque chose dans le genre en tout cas.

Toumanov continue :

- Nous envisagions de réaliser un ascenseur spatial, comme imaginé par Constantin Tsiolkovski en 1895. On construirait une base, avec un ancrage indéfectible, avec un filin suffisamment résistant pour être déroulé sur 36000km et même plus, dans l'espace. De nombreux problèmes devront être résolus. Réaliser un filin ou un rail résistant et léger, comme à partir de nouveaux matériaux en fibre de carbone, ou bien utiliser un composant copié sur celui qu'utilisent les araignées pour tisser leur toile et placer une station géostationnaire à 36000km dans l'espace. Il faudra placer un contrepoids au rail et à la tension due à l'attraction terrestre ainsi qu'aux vents. Chose étonnante, je peux vous assurer que tout cela, nous savons le faire. C'est plutôt la phase du déroulement du filin, du câble ou du rail qui sera le plus difficile à réaliser. Le dresser à la verticale, ce n'est pas possible, il oscillerait et retomberait, le dérouler à partir de la station géostationnaire et son contrepoids peut-être, mais il irait dans tous les sens. Si on le déroule par étape, il faudra de nombreuses fusées, et cela sera très problématique également. Placer des charges lourdes et volumineuses, pour construire la station et le contrepoids sera évidemment très coûteux, du fait de l'inévitable jonction Terre-station et retour, par nos fusées-navettes les plus performantes du moment. De nouvelles navettes plus légères et plus volumineuses devront être conçues. Une fois la station et son contrepoids placés en géostationnaire, une menace permanente devra être absolument écartée par le génie humain. Celle des astéroïdes et des débris qui gravitent par milliers autour de la Terre à toutes les altitudes, que traversera le rail dans la stratosphère et dans l'espace. A cet effet un système est proposé comme pour la sécurité aéronautique (*voir Projet Vladikite le « BERS » entre autres possibilités*). Des scientifiques répartis dans le monde ont déjà des idées. Pour la suite de l'utilisation de la station géostationnaire, Constantin Tsiolkovski avait dessiné beaucoup de plans, il avait une grande imagination dans laquelle tout était logique et réalisable. A nous de trouver des solutions modernes. La station devra au début, être approvisionnée de la même manière que l'était la station MIR ou qu'est la station internationale ISS, mais cette fois-ci à l'aide du « rail ». Les charges monteront vers la station et son contrepoids en une quinzaine de jours à une vitesse moyenne de 100km/heure, peut-être plus rapidement. L'idéal serait que le rail puisse supporter plusieurs trains à la fois qui s'arrêteraient à des stations intermédiaires comme pour les téléphériques. La station avec son contrepoids assurera l'équilibre par ses forces inverses à l'attraction terrestre, par des pulsions régulières orientées à l'opposé de la Terre. D'après Constantin Tsiolkovski la station pourrait se maintenir assez longtemps à son point géocentré, avant que de subir des rehaussements en altitude et ce processus pourrait durer pendant des milliers d'années. Il s'agira toujours de contrer la tendance que la station aura à regagner la surface de la Terre, gravité oblige. De toute façon, tout sera fait pour l'en empêcher, car le but même de sa conception est de la maintenir à cette altitude. Le niveau exact de l'altitude a été fixé pour l'instant selon tous les calculs réalisés à 35854km Tous les matériaux apportés près de la station seront assemblés en un long îlot entouré d'une matière Plexiglas ou autre verre transparent et résistant d'une conception moderne la plus adéquate. La station sera longue de quatre kilomètres sur six cents mètres de large avec une hauteur en son milieu de 60 mètres. La station supportera d'innombrables maisons sur des terrains biologiques rapportés de la surface terrestre. Toutes les techniques terrestres seront présentes avec usines, ateliers, matières premières, pièces détachées de toutes sortes de la machine à laver à des pièces de rechange de moteurs de fusées et d'usines atomiques. Les transports locaux seront restreints à de petits véhicules électriques et aussi aux bicyclettes. Des jardins à température dirigée assureront la production de fruits et de légumes. La vie spirituelle sera assurée par des représentants de différents cultes et certains professeurs. Des écoles, une université et deux hôpitaux seront intégrés à cet ensemble. Quelques fermes assureront les besoins nutritionnels, mais il faudra surtout se contenter d'un régime végétalien riche en protéines végétales. Des piscines et des loisirs divers auront des emplacements déterminés. Il y aura de l'eau en grande quantité et qui sera toujours retraitée. Un jour la station se détachera de son ancrage, allumera ses très gros réacteurs nucléaires et se dirigera vers l'exoplanète qu'on aura choisie pour elle. La station deviendra instantanément « station-vaisseau ». Des procédés seront mis en place pour harponner de petites comètes de passage, pour le réapprovisionnement en $H2O$. Des laboratoires fonctionneront pour assurer toutes les stoéchiométries nécessaires. La surface totale de la station-vaisseau représentera 2, 400,000 mètres carrés pour huit milles hommes, femmes et quelques enfants. Soit cent mètres carrés par individu en moyenne, le reste étant attribué aux installations techniques et communes. La station-vaisseau sera un îlot terrien, la gravité y sera assurée par le procédé expérimenté par les astronautes cosmonautes spationautes terriens – le vaisseau tournera sur lui-même selon un protocole précis. Moteurs puissants, cela va de soi à l'arrière – nucléaire et ionique. Les moteurs nucléaires assureront les ultra fortes poussées propulsives puis s'arrêteront à des moments précis, tandis que les moteurs ioniques prendront la relève en assurant la propulsion de croisière en accroissant constamment la vitesse – une vitesse souhaitable la plus proche possible de celle de la lumière. La station-vaisseau n'atteindra jamais plus du tiers de « C ». Pour rejoindre une planète seize fois plus grande que la Terre aux alentours de l'étoile Gliese 581 qui se trouve à 490 années-lumière, il faudra environ 6,000 années pour la rejoindre. La population îlotienne vivra, se nourrira, étudiera, se soignera, jugulera toutes les maladies possibles, se reproduira, mourra tout au long du temps imparti, mais jamais sa population ne devra dépasser la norme de 8,000 habitants. Les lois se feront au cours du temps et ne ressembleront plus à celles de notre planète Terre. Toutes les conceptions intellectuelles et spirituelles seront peu à peu modifiées au gré des dizaines et des centaines d'années du temps terrestre, les cultes disparaîtront. Tous les matériels et équipements nécessaires à l'atterrissage sur l'exoplanète seront opérationnels, sans faille sur l'îlot terrien, car entretenus en permanence. Ils se déploieront pour conquérir la nouvelle planète mystérieuse, aux immenses étendues et vivable avec une atmosphère idéale pour des anciens terriens. Il n'y aura peut-être pas d'autochtones sauf quelques animaux dociles et intelligents peut-être, mais qui ne se laisseront pas faire. Il faudra composer avec eux, avec respect et c'est là l'objet de notre conférence. Nous nous engagerons à respecter le nouveau monde quel qu'il soit et nous signerons la charte sur la conquête spatiale. Quant à l'îlot terrien, le vaisseau spatial - celui-ci continuera à graviter autour de l'exoplanète à une altitude raisonnablement déterminée par les voyageurs, dont la plupart seront des scientifiques par nécessité et par hérédité, de père en fils et de mère en fille. La station-vaisseau sera à tout jamais joignable, car une partie de ses habitants restera à bord pour en assurer l'entretien. La station îlotienne tournera autour de l'exoplanète comme tourne la Lune autour de la Terre, mais elle alternera toutes ses faces. Des voyages continuels se feront pour remplacer les équipes de permanence. Pris par l'esprit conquérant, on oubliera d'envoyer des messages vers la Terre, qui d'ailleurs n'y parviendront pas avant mille ou deux milles ans sinon plus. Si ces messages parvenaient jusqu'à la Terre, ils assureraient de la possibilité indéniable de coloniser d'autres planètes en dehors de notre système solaire, pour les enfants de dizaines de générations à venir. Je vous remercie pour votre attention.

- Merci monsieur Toumanov. Je pense que nous allons interrompre la session et nous reprendrons le cours de notre conférence avant la signature finale de notre charte à quatorze heure trente. Je vous dis donc à tout à l'heure. Une cafétéria se trouve au rez-de-chaussée, c'est indiqué par un parcours fléché et vous pouvez aussi prendre une collation, avec thé ou café dans les deux kiosques sur le même niveau que la salle.

Après une restauration rapide, les délégués se dirigent sans se presser vers la salle « 1 » du bâtiment « E ». Un brouhaha et un bourdonnement de bavardages s'estompent peu à peu. Le président de séance regagne la tribune et prépare son annonce. La sonnerie retentit et la foule de délégués, de représentants de diverses organisations et divers pays pénètre dans la salle et chacun reprend sa place derrière son pupitre allumé :

- Je crois que c'est à vous monsieur Hans Gotten !

Hans Gotten a soixante cinq ans, il est médecin psychiatre et il est aussi le directeur général de la NSEA allemande de Darmstadt et Stuttgart. Il ajuste ses lunettes et courbé sur deux feuillets sur son pupitre, on ne le distingue pas bien du fond de la grande salle à part ses cheveux blancs. C'est un homme assez grand, un mètre quatre vingt cinq et ceux qui le connaissent savent qu'il a les yeux bleus.

- Monsieur le président, mesdames, messieurs, nos usines en Allemagne fonctionnent à plein régime. A part les accords qui avaient été pris avec la NSEA en ce qui concerne l'aérospatiale européenne, nous sommes prêts à augmenter nos cadences productives en matière de constructions métalliques pour nos vaisseaux et aussi nos fusées. Vous n'êtes pas sans savoir que le corps en alliage spécial de nos fusées européennes pour les étages 1 et 2 sont construits en Allemagne. A l'intérieur des étages 1 et 2 se trouve une structure métallique dont la fonction est de maintenir la paroi du corps des étages aussi rigide que possible. Le revêtement métallique est solidaire en tous points de chacun des étages grâce à la structure des traverses qui y sont assemblées et soudées. A l'intérieur des réservoirs, le plein d'ergols se videra peu à peu dès le début de la combustion, qui aboutit aux tuyères des réacteurs. Cette extrémité du moteur ne doit jamais se déformer jusqu'à son largage. Les boosters sont largués les premiers à l'instant même de la fin de la combustion. Ies boosters sont de conception identique, mais ont un diamètre trois fois moindre que l'étage-1. Ils sont remplis de comburant poudre, alors que les étages 1 et 2 sont remplis avec de l'hydrogène liquide et de l'oxygène liquide avec certains additifs. Pour certains éléments comme les satellites ou autres modules spéciaux, ce n'est pas à Darmstadt mais à Nordwijk aux Pays Bas que se font les essais de résistance des métaux, des éléments électroniques et autres à l'encontre des chocs vibratoires et sonores. Des décibels élevés peuvent endommager des circuits ou des appareillages qui pourraient être irrémédiablement altérés. Toutes les précautions sont prises en amont plutôt que de constater une faille qui pourrait mettre en danger un de nos programmes. Notre fosse de Darmstadt est conçue pour le corps des fusées, des lanceurs et des boosters. Notre fosse d'essais a un diamètre de dix mètres, je sais qu'aux Etats Unis à Houston et à Baïkonour au Kazakhstan pour la Russie, les fosses PCHE sont bien plus impressionnantes mais elles n'ont absolument pas la même fonction. C'est après nos fosses des bancs d'essais de Nordwijk et de Darmstadt que les lanceurs se retrouvent à l'instant ultime dans celles des PCHE, pour prendre leur envol. Mesdames et messieurs nous aurons besoin d'utiliser de plus en plus des avions cargo Antonov-124 de Vladimir Toumanov, mais nous utiliserons aussi nos avions A-400P Atlas d'Airbus. Les Antonov-124 nous sont nécessaires pour certaines pièces de gros gabarit des étages 1 et 2 de six mètres de diamètre que seul Antonov peut charger à son bord. Sinon nous expédierons les pièces moins urgentes et autres matériels par nos moyens maritimes. Il a été aussi décidé par la NSEA d'acheminer par avion sur la base de Kourou, certaines pièces d'assemblage de grandes dimensions dans des situations d'urgence. Pour les pièces en prévision d'assemblage à des dates plus éloignées, nous conserverons le moyen maritime par nos compagnies maritimes habituelles de Hamburg jusqu'à Cayenne et aussi vers Cachoeira do Firmino sur la côte nord-est du Brésil. Nous signerons également la charte pour la conquête spatiale. Danke schön, ladies and gentlemen.

- Merci à vous monsieur Gotten. Je crois comprendre que vous préparez déjà une certaine logistique entre les agences de la NSEA.

Dit le président de séance. Des discussions suivent entre les délégués à l'intérieur de la grande salle de conférence, tandis que d'autres personnes préfèrent sortir dans les contre-allées faire quelques pas et discuter devant le panorama, vue sur le lac. Des hommes d'affaires promettent des contrats, d'autres fixent des rendez-vous dans un très proche avenir, d'autres encore se mettent d'accord pour une coopération commerciale rapide tout de suite après les signatures de contrat. Les paiements seront assurés par les banques qui garantissent la solidité des entreprises et autres compagnies avec lesquelles elles sont liées. L'ambiance est positive car des affaires mijotent et cela se sent dans l'air fébrile des enthousiasmes industriels et commerciaux. Le président de séance, fonctionnaire de longue date du Palais des Nations, à la retraite indique :

      - Mesdames, messieurs, c'est maintenant au tour de monsieur Arnaud Rivière de prendre la parole, monsieur Rivière je vous prie :

- Mesdames, messieurs, l'ascenseur spatial est réalisable en théorie, à l'aide de techniques extrêmement complexes, mais nous le mettrons en veille pour un certain temps. La phase la plus compliquée réside selon nos calculs, dans la réalisation d'un câble, appelons-le ainsi, ce câble aura une section relativement importante à son point d'ancrage sur terre, mais son diamètre devra décroître considérablement avec l'altitude en se rapprochant de la station géostationnaire. Ces calculs nous ont permis de toujours considérer tout au long du câble les points de rupture, mais pour les éviter, nous devrons estimer son épaisseur à chaque portion. Tous les autres calculs nous ont montré une inévitable rupture environ tous les cinq kilomètres jusqu'à la limite de « Karman ». Donc sur les 100 premiers kilomètres en altitude cela fera vingt tronçons de cinq kilomètres avec un total de 5000 tronçons sur la totalité du câble en allongeant les espaces d'une manière croissante de cinq, jusqu'à cent kilomètres au plus près de la station géostationnaire. Les stations intermédiaires pèseront une tonne au début après le point d'ancrage sur Terre et atteindront jusqu'à dix tonnes aux derniers tronçons avant la station géocentrée. Plus de 30,000 tonnes au total. Il peut sembler que la gravité ne le permettra pas, mais nous aurons des éclaircissements à ce sujet. Bien entendu des études sont en cours pour considérer des matériaux très légers et extrêmement résistants comme les nanofibres de carbone et de roche volcanique. Je crois que monsieur Toumanov peut nous en parler, dès maintenant.

Le président de séance s'adresse à Vladimir Toumanov:

- Vous voulez faire un commentaire monsieur Toumanov, allez-y et je redonnerai la parole à monsieur Rivière tout de suite après si vous voulez bien, allez-y monsieur Toumanov !

Vladimir Toumanov :

- Je crois que nous sommes tous parvenus à réaliser un plan d'action pour la théorie Tsiolkovski. D'abord je propose que la station que nous nous apprêtons de construire sur une orbite géostationnaire soit nommée du nom de son inventeur, « Station Tsiolkovski », je pense que c'est la moindre des choses et que l'on ne la nomme pas du nom d'un auteur de science fiction, car l'invention, la conception première est bien celle de Constantin Tsiolkovski, aucune personne sensée ne peut le nier. Nous pensons que la « Station Tsiolkovski » pourra être réalisée. Du côté de la NSEA de Russie le projet a été étudié et discuté par tous les représentants, les concepteurs, les ingénieurs et techniciens et nos gouvernements. Concentrons-nous sur la marche à suivre selon l'exposé d'Arnaud Rivière. Nous pensons que la réalisation de l'ascenseur spatial pourra se faire en même temps que les travaux du PCHE en Guyane. Nous savons que les activités sur la base européenne de Kourou s'intensifieront, mais permettez-moi en quelques mots de vous exposer notre mode opératoire pour l'ascenseur spatial vers la station géostationnaire. Des pourparlers sont en cours avec les autorités françaises compétentes, d'une part et d'autre part des accords ont déjà été signés. Au fin fond de la pampa franco-guyanaise du sud, pratiquement sous l'équateur, un grand espace est déjà en préparation. Défrichement et nivellement ont commencé, nous sommes obligés de passer par ce début des opérations que les défenseurs de la nature n'apprécient pas, mais comment faire autrement. Les équipements lourds seront d'abord ceux du Brésil voisin, à cet effet nous avons l'intention de moderniser et agrandir leur port de « Cachoeira do Firmino ». Toutes les entreprises qui prendront part à la construction de la base géostationnaire

Tsiolkovski sur la base de Falaise Crevaux débarqueront leurs chargements soit à Cayenne, soit à « Cachoeira do Firmino ». Si les tensions des câbles qui relieront le point d'amarrage à la surface de la terre jusqu'à la station géostationnaire posent problème, nous les résoudrons encore une fois par le génie de son inventeur. C'est bien plus tard qu'on comprit la raison pour laquelle il était passionné par les aérostats, il en avait dessinés, imaginés et réalisés sans jamais pouvoir les faire évoluer dans les airs. Peu avant sa mort, une équipe en réalisait justement la construction selon les plans du projet qui lui tenait tellement à cœur. Pour ses obsèques le dirigeable avait été opérationnel, malheureusement lui, ne l'avait jamais vu. Son obsession des dirigeables était telle que dans le concept de l'ascenseur spatial pour lequel il avait tout pensé et calculé, il manquait quelque chose - cette fameuse tension tous les cinq kilomètres dont vient d'évoquer Arnaud Rivière. Il avait résolu le problème - le long du « rail » quel qu'il eût été, tous les cinq kilomètres se trouverait une station, avec un aérostat. En fait les stations aérostats aboutiront à la limite de « Karman ». 21 aérostats de taille moyenne. Au-delà de la limite « Karman » et jusqu'à 450km d'altitude, nous pensons répartir une dizaine d'aérostats de conception moins élaborée que les premiers, du fait de la légère décroissance de la gravité et de la raréfaction atmosphérique. Une tension amoindrie s'effectuera uniquement en direction de la station géocentrée. Chaque station intermédiaire sera arrimée comme pour les téléphériques à l'aide de crochets plats épousant la forme du câble. La construction sera très longue, mais je crois que des idées nouvelles surgiront entre-temps. Arnaud Rivière nous en expliquera les raisons, je vous remercie.

Le président de séance à la tribune ;

- Monsieur Arnaud Rivière, continuez je vous prie !

Arnaud Rivière jette un coup d'œil à Vladimir Toumanov et enchaîne :

- La station géostationnaire sera construite d'une manière ou d'une autre, puisque nous en avons pris la décision. Les raisons ont déjà été longuement évoquées, alors comment allons-nous, nous y prendre pour faire bouger les choses au plus tôt. Comment allons-nous entamer notre programme. Les lancements se feront de Kourou, Baïkonour, Plessetsk et de Houston comme nous avons l'habitude de le faire. Nous placerons le deuxième étage avec le vaisseau à 200 km d'altitude en dirigeant notre lanceur légèrement vers l'ouest selon la procédure. A cet instant, lors de l'acquisition réalisée, l'orbite sera circumterrestre. Le deuxième étage et le vaisseau feront un tour d'orbite circumterrestre en environ une heure et trente minutes. Puis le deuxième étage actionnera un jet, une impulsion de son moteur selon les calculs très précis de l'ordinateur en direction de l'orbite que nous avons choisie à 36000km d'altitude ou plutôt de distance à partir du sol terrestre. Le deuxième étage contenant encore des ergols, actionnera son moteur pour se retourner de 130° et freinera sa vitesse jusqu'à l'obtention de la position voulue – c'est à dire presque au-dessus de Falaise Crevaux, à 360km au-dessus du Brésil voisin, mais à 36300km de distance. Cinq jours de manœuvres et d'ajustements seront nécessaires pour atteindre la position orbitale exactement géostationnaire. Le deuxième étage ne sera pas renvoyé dans les couches denses de l'atmosphère pour se consumer, ni sur une orbite poubelle. Vaisseau non habité et deuxième étage seront les deux premiers éléments qui, dès le moment précis de la fin des manœuvres, deviendront les premières pièces de la station géostationnaire. Tous les autres lancements suivront régulièrement et la station s'agrandira peu à peu. Des vaisseaux habités pourront faire la navette aller et retour. Il faudra bien maintenir en état les premiers éléments comme nous l'avions fait dans le passé pour l'ISS et MIR. Peu à peu la station prendra de l'ampleur. Nous signerons aussi la charte. Je vous remercie pour votre patience et pour votre attention.

Des interventions diverses se poursuivent jusqu'à 18 heures. La charte de bonne conduite et de respect à la surface de mondes nouveaux est signée au moins pour prouver à l'opinion mondiale que les scientifiques sont de bonne volonté et qu'ils n'ont pas d'arrière pensées machiavéliques, du moins au début des conquêtes, qui espère-t-on se feront un jour. Mais la charte n'est pas anodine, les Américains étaient allés sur la Lune avec le programme Apollo et y ont laissé le drapeau des Etats Unis, les Russes envoient des sondes automatisées, les Chinois promettent de fouler à nouveau le sol lunaire en 2025 et la conquête exoplanétaire devra toujours être considérée comme patrimoine de l'humanité et non patrimoine d'une puissance terrestre isolée. C'était aussi la façon d'indiquer à la Chine que la NSEA était tout à fait capable d'envoyer des équipes sur la Lune et qu'elle voudrait bien que ce pays se range maintenant au côté plutôt international que national. Lorsque la sonnette avait retenti et que la conférence eût pris fin, les délégués s'étaient levés de leur place et s'étaient dirigés vers le hall et les vestiaires. En quittant le palais en traînant un peu, des cartes de visite avec e-mail, sites internet, adresses, noms et autres détails aboutissant aux formulaires de contrat et de commandes avaient été transmises de main à la main comme les hommes et les femmes d'affaires ont l'habitude de le faire. Des congratulations, des félicitations s'échangent, des rendez-vous sont déjà pris et des promesses se font jusqu'aux voitures sur le parking. Le soir venu, les représentants de la NSEA rejoignent leur hôtel Hilton et vers vingt heures, un dîner les rassemble à nouveau dans une salle spacieuse. Tous sans exception se rendront le lendemain matin au CERN.

Après une bonne nuit tranquille et après le breakfast, Pamela et Belinda ont fait venir trois taxis qui emmènent les responsables de la NSEA au CERN non loin de là. Après le hall d'entrée, une belle salle de réunion rassemble délégués et fonctionnaires scientifiques qui se reconnaissent ou se rencontrent pour la première fois. Les responsables de la NSEA s'installent autour d'une longue table en U légèrement incurvée. Le dottore Beneditto Giacometti est assis au centre, il accueille ses amis, et c'est lui qui préside la réunion. D'abord des questions et des réponses fusent de partout dans une atmosphère conviviale. Les sujets ne manquent pas notamment sur les planètes présumées habitables. Rayons cosmiques, comment s'en protéger, comment les prévoir, les rayons gamma sont-ils inévitables, méthodes de détermination des gaz sur les exoplanètes, pression atmosphérique au sol, gravité, stoéchiométries diverses, particules complexes nouvelles à durée de vie très courte, utilisables ou non dans le tableau des abondances de Dmitri Mendeleïev, nature de la matière sombre et de l'énergie sombre ; les sujets n'en finissent pas, les questions et les réponses s'enchaînent. De toute façon tous ces scientifiques sont toujours en contact et ils s'échangent continuellement les données, mais il est bon de se revoir de temps à autre et de connaître les nouveaux. Avant de sortir de la grande salle de réunion, Beneditto Giacometti annonce :

- Mesdames, messieurs, nous allons maintenant si vous voulez bien nous revêtir de la blouse blanche et du bonnet blanc conventionnels ici, pour ceux qui veulent continuer la visite de *nostre* LHC – certains le connaissent, je le sais, *alora* que vienne qui voudra, Alberto tou viens, no ?

Les représentants NSEA ne prennent pas le vélo, on les installe l'un derrière l'autre dans des voiturettes électriques étroites à quatre places avec chauffeur à l'avant. La visite du LHC commence avec ses quatre points de collision et la structure Alice (A Large Ion Collider Experimernt) qui est le détecteur des résultats de collision entre de nombreuses particules de plomb, en les séparant jusqu'à 20,000 à la fois pour en identifier la nature et le résultat. Beneditto Giacometti décrit encore superficiellement ce que sont les recherches au LHC du CERN :

- Il s'agit d'essayer de reproduire une température bien plus élevée que celle qui règne au centre du Soleil et on compte sur les noyaux de plomb avec leurs 82 protons pour atteindre des limites incroyables, *ma* que nous contrôlons, pour retrouver des instants qui avaient suivi en quelques fractions de seconde le Big Bang. Pourquoi des protons de plomb *qué* de l'uranium par exemple, je ne sais pas trop, nos spécialistes ont déduit que le plomb était le plus apte à obtenir des résultats. Cet environnement originel est ce que les scientifiques appellent « la soupe primordiale », elle est composée de quarks et de gluons, car à ces instants d'après le Big Bang, c'était bien cette mélasse qui prédominait et ce que l'on veut reproduire avec Alice c'est de chauffer la matière jusqu'à 100,000 fois la température du Soleil et la comprimer avec une pression de 100 fois la masse de la Terre reposant sur la tête d'une épingle. Ce n'est pas étonnant que certains nous attaquent en affirmant que nous pourrions détruire notre planète avec nos expériences. Ces chiffres dépassent notre entendement, mais il y a des situations dans lesquelles il convient de laisser parler les mathématiques qui compulsent à bon escient la physique et la chimie pour nous offrir des réponses.

Léonard Templer qui aime couper les cheveux en quatre insiste pour donner son point de vue :

- Beneditto, faut-il revoir les chiffres des auteurs impliquant le terme de «mini big bang» ou alors s'agit-il encore de malentendus. La seconde d'après le «Big Bang» la température a été évaluée à mille milliards de degrés, soit $10°$puissance 11 ($10°$exp.11). La température au centre du soleil est de 15 millions de degrés, soit $15°$x10exp.5. Soit dit en passant qu'il existe dans l'univers des milliards de soleils bien plus chauds que l'étoile de notre système planétaire. De nombreux articles de spécialistes mentionnent que dans l'étape Alice qui a engendré par la collision de deux faisceaux de noyaux d'atomes lourds de plomb, ont atteint des températures 100,000 fois plus grande que celle régnant au centre du soleil. On retrouvera alors une pression équivalente à 100 fois le poids de la Terre sur une tête d'épingle. Chiffres vertigineux certes, mais est ce que tout cela est exact, $15,000,000°$ de degrés X $100,000 = 15°$x10 puissance 10 soit ($15°$x10exp.10). Plus une pression au LHC de Genève de 100 fois le poids de la terre concentrée sur seulement une tête d'épingle. Si ces chiffres sont atteints, on approche du « Big Bang » ou d'une fraction de seconde d'après. Rien ne pourra résister. D'abord l'accélérateur imploserait avec sa protection à 100 mètres sous terre et se produirait une réaction en chaîne détruisant, Genève, Fernet Voltaire, la lac Léman, le Jura et suivraient les Alpes envoyés dans le cosmos et instantanément la Terre exploserait, puis le système solaire, puis notre galaxie serait plongée dans l'énorme trou noir, suivraient les autres galaxies annihilant la matière noire et en inversant la gravité de l'énergie noire de l'expansion à la rétractation dans d'autres trous noirs, suivraient les milliards de galaxies dans l'entonnoir tourbillonnant, matière contre antimatière englobant l'univers vers le «Big Crunch». Vous comprendrez qu'il y a quelques secondes le dernier observateur de l'horreur aura disparu également, mais nous, nous pouvons encore entrevoir cet avenir universellement dévastateur. On a déjà parlé d'un certain danger pour l'humanité à entreprendre l'expérience d'approche du « Big Bang » et on l'a pris en dérision. On ne peut pas parler d'un «mini big bang» car la singularité initiale est bien partie d'un mini point-quark et c'est précisément ce que l'on tente au LHC ou alors quelques chiffres ne sont pas à leur place, car un quark n'a rien de commun semble t-il avec la collision de deux faisceaux de noyaux d'atomes de plomb, qui à ce stade précis se trouvent bien au-delà de la première seconde du big bang - dans ce cas, on n'a rien à craindre et les chiffres sont des extrapolations aux échelles supérieures, sans que l'on atteigne la «terra incognita». J'ai comme une espèce de réticence envers le terme «mini big bang». Il me semble qu'on devrait plutôt parler d'une approche du « Big Bang » à très petite échelle, ce qui est déjà une étape fantastique de la science jamais atteinte par l'humanité. Car mille milliards de degré à la première seconde du « Big Bang » est 100 fois plus que ce qui vient d'être atteint. Et la densité de 100 fois le poids de la terre sur le pointe d'une épingle? La terre tient le coup? On m'a dit dans que tout est question de densité mais si le «Big Bang» est parti d'un quark et qu'au LHC tout est reproduit à une échelle très très réduite en intensité, alors comment évalue-t-on la densité d'un quark du «Big Bang» et la densité d'une collision d'atomes lourds de plomb au LHC…

William Lorren pose une question :

- Dottore Giacometti, lorsque vous avez obtenu vos résultats, cela ne prend que quelques secondes pour Alice d'après ce que je comprends et que font   les gens après. Est ce qu'Alice continue pendant des années à faire la même expérience…

- Cher William, nous avons plus de mille physiciens au CERN qui travaillent intensément sur les résultats obtenus en quelques fractions de seconde, il y a des milliards de données enregistrées qu'il faut analyser et interpréter pour comprendre les processus dans l'évolution chimique et physique de la matière. Nous essayons de trouver des explications parmi de milliers de possibilités. Le reste des opérations pour Alice et le LHC est en effet continuel. Vous vous doutez bien qu'il n'y a pas que la collision de protons de plomb sur laquelle nous nous concentrons, qui est seulement une des interrogations parmi d'autres à laquelle nous voulons trouver des explications et il y a énormément de travaux connexes.

Le LHC du CERN c'est un tunnel de 27 kilomètres de circonférence de quelques mètres de profondeur jusqu'à 100 mètres sous terre. Il y a dans le tunnel, pratiquement à tous les endroits une odeur persistante qui est due aux fils, aux condensateurs, aux résistances et aux magnétos qui chauffent, comme avec les très anciennes radios à lampes. Des équipements surprennent le très rare visiteur, c'est rempli de bobines, d'ampoules, des centaines, des milliers de fils dans des centaines, des milliers de gaines courtes et longues et toujours ces bobines petites, grandes, énormes, puis des coffres apparaissent tout à coup et disparaissent et surtout les fameux aimants hélicoïdaux pesant dix tonnes chacun, assemblés en cercle toujours autour de bobines cuivrées, des moteurs électriques petits et gros. Des hommes en blanc apparaissent de temps en temps après quelques kilomètres parcourus. On est surpris de les voir, seul ou à deux, parfois un tournevis à la main, d'autres avec des coffrets légers d'outillage électronique ou électrique, parfois des ouvriers cimentent quelque chose, ils ne sont jamais plus de trois. Des hommes escaladent des puits en hauteur d'une dizaine de mètres jusqu'aux plus hauts de cent mètres, d'autres en descendent, d'autres encore disparaissent dans des niches le long du tunnel. Quelquefois des femmes, toujours en blanc avec le bonnet s'affairent à remplir une mission. Une mission prévue pour la journée, ou une mission bien différente celle-là, alors qu'on arrive au bout de quarante minutes de faufilage jusqu'au point Alice, là où les protons se jettent les uns contre les autres à une vitesse proche de la lumière, c'est là qu'on essaie de retrouver ces moments, qui s'étaient réalisés juste après le « Big Bang » - à des millièmes de seconde avant la grande déflagration. Les femmes au bonnet blanc contrôlent tout ici comme des accoucheuses à la reconstitution de la naissance de l'univers, prêtes à veiller sur les tout premiers instants, en imaginant le père. En continuant, encore pendant quarante minutes, on s'arrête pour prendre un verre d'eau à la fontaine plastique puis, on aboutit à des salles munies de cadrans, d'innombrables ordinateurs dans une lumière tamisée où des hommes et des femmes s'affairent à propulser des données sélectionnées vers des mémoires informatiques. A un moment opportun ces données seront traitées pour voir si l'on peut les transformer en compulsant, en additionnant, en retranchant, en provoquant des réactions dont le résultat pourrait être mis de côté, en réserve pour l'utiliser dans une procédure suivante. Des mémoires se remplissent à raison de plusieurs dizaines de DVD à la seconde dans des ordinateurs surpuissants.

En sortant du complexe, les représentants de la NSEA regagnent le réfectoire du CERN. Un déjeuner est proposé au self-service, chacun s'y rend avec son plateau et après le café, la réunion continue dans la salle de conférence. C'est une visite de courtoisie, mais les physiciens et les concepteurs aéronautiques et spatiaux travaillent étroitement avec le CERN, ils ont ici des dossiers spécifiques. Ces dossiers portent simplement les initiales NSEA avec un numéro qui peut être instantanément compulsé entre les intéressés par vidéo. Rien n'étant fait à titre gracieux, chaque travail mérite salaire et une rétribution se fait automatiquement entre les services comptables et banquiers. On profite de ces moments de détente et les sujets de discussion ne touchent pas forcément les relations professionnelles...

Beneditto Giacometti raconte encore :

- Il a y encore quelques sept, huit ans de cela, rappelez-vous - ici a été découvert dans son recoin le plus difficile à dénicher, le Boson de Higgs. Le 14 décembre 2011, ici au LHC, notre accélérateur de particules était sur la voie d'une découverte fondamentale pour la physique, le boson de Higgs. Une infime fluctuation dans la projection de protons les uns contre les autres semble dévoiler la force qui retient ou plutôt qui inculque la masse aux particules élémentaires, c'est le chaînon manquant dans le Modèle Standard des particules élémentaires. En 2012 c'est la confirmation de ce qu'affirmait Peter Higgs avec ses collègues dès 1960. Surnommée la «particule de Dieu» le boson de Higgs est bien ce que pensaient Peter Higgs et ses collègues dans la composition de la matière, une véritable force différente des autres particules, elle est non seulement complémentaire mais surtout nécessaire à l'existence même de l'univers et à la matière. Des articles dans tous les journaux du monde donnent des explications. Ils ont bu le champagne ici au CERN. De Melbourne où se tenait une conférence sur ce sujet, le retentissement se propagea à toutes les villes du monde. Des explications et des schémas emplissaient les quotidiens et surtout les magazines spécialisés. Comment tout cela peut-il vibrer et produire la matière depuis le « Big Bang », écrivent-ils. On sait que la matière est faite de molécules, d'atomes et que les atomes ont des électrons qui leur gravitent autour, que l'atome quel qu'il soit est composé de protons et de neutrons formant des nucléons dans le noyau. On sait aussi que les protons et les neutrons sont composés de quarks. Un proton est composé de deux quarks «u» et d'un quark «d» et que le neutron est composé de deux quarks «d» et d'un quark «u». (*up – down*), qu'il y a les fermions qui renferment les leptons et les quarks – pareil pour les trois familles (Electron, Muon et Tau). Les quarks de la matière sont les «u» et les «d», les autres se trouvent dans le rayonnement cosmique et dans les accélérateurs à particules. Les leptons autour de ces hadrons sont l'électron et le neutrino-électron qui passe à travers tout, sans charge, il se balade. Les autres leptons «Muon» et «Tau» se propagent dans le rayonnement cosmique autour des quarks «s» étrange et «c» charme, «b» beauté et «t» top. Les forces fortes et faibles se trouvent justement dans les bosons vecteurs. Photons sans masse pour le rayonnement électromagnétique, les gluons pour la force forte entre les quarks et force nucléaire faible entre les trois bosons intermédiaires (w+ w- et z°) et la confirmation de ce que pensait Peter Higgs, le boson qui confère sa masse aux particules élémentaires. Voici comment, le boson de Higgs assure la «brisure» ou le «découpage» des nucléons, lorsque des charges se confrontent, lorsqu'il y a surnombre. C'est ainsi que se sont créés des mélanges de substances, les eaux mêlées des océans et des rivières, des gaz, des roches, de nous et de toute la matière qui évolue dans tout l'univers. Sans le Boson de Higgs, qui agit dans le champ primordial de Higgs, tout s'écroulerait ou plutôt ne se constituerait même pas. Le monde s'était étrangement passé de ce boson, mais dans la composition élémentaire de la matière, trois chercheurs, Peter Higgs, François Englert et Robert Brout en décortiquant les équations chimiques et les réactions des réacteurs nucléaires qui faisaient tourner les centrales atomiques, dans l'infiniment petit, une logique précise les intriguait. Comment dans la dimension subatomique qui regroupe les forces fortes et faibles, les nucléons pouvaient-ils se départager s'ils étaient intrinsèquement liés par les gluons et les bosons intermédiaires porteurs d'interaction. Il devait nécessairement exister une particule qui scinderait ces forces en leur conférant leur masse. Peter Higgs et les deux autres chercheurs certifiaient par leurs équations indéniables cette action primordiale, sans pouvoir la voir, la cerner concrètement pendant cinquante et deux ans. Le monde d'avant s'en passait, mais au mois de juillet 2012 la démonstration a eu lieu ici au LHC du CERN et on comprend un peu mieux la fragmentation nucléaire primordiale.

Selon quelques dernières lectures, et ce que dit le professeur Peter Higgs, prix Nobel 2012 de physique, son boson n'agirait pas dans notre entourage immédiat, mais plutôt loin au-delà dans la matière sombre et peut-être dans l'énergie noire où son rôle serait encore prépondérant. Dans le champ de Higgs ce boson confère la masse nécessaire aux particules élémentaires du Modèle Standard juste après le « Big Bang » et dont bénéficie tout l'univers jusqu'à nous, jusqu'à maintenant. Sans le boson de Higgs encore une fois tout ne serait que mélasse incohérente.

Beneditto Giacometti clos les discussions et souhaite bon retour à chacun dans son pays, dans les sphères passionnantes de la NSEA. Beneditto habite Genève et en voiture le trajet ne dure que quelques minutes, quant aux représentants de la NSEA, ils regagnent leur hôtel Hilton. Ils décident tous ensemble de partir. Très vite ils sortent de l'hôtel avec leur bagage sans rien régler du tout à la réception, car ce sont Pamela et Belinda qui s'étaient occupées de ces obligations légèrement fastidieuses. Orson Trueman et Hans Gotten disent au revoir aux autres collègues et partent en taxi pour Cointrin. Alberto Salicio en compagnie de Vladimir Toumanov prennent un taxi à leur tour et suivent les deux premiers pour l'aéroport international de Genève. Arnaud Rivière et Léonard Templer prennent la destination de la gare de Cornavin, où ils prendront le TGV, tandis que Tchang Wising un peu en retard sur les autres, attrape un taxi pour également rejoindre l'aéroport et prendre son avion, un Boeing-777 pour Beijing. William Lorren et ses deux petites fées comme il les appelle, prennent ensemble le taxi pour Cointrin et attraper l'avion Airbus-319 pour Londres. William s'assoit à l'arrière, au milieu des deux jeunes femmes, le sourire radieux entre ses cheveux aux tempes blanches.

Entre-temps, les décisions des directeurs de la NSEA qui ne font pas l'unanimité dans le monde sont prises en considération dans chaque pays concerné. Aux Etats Unis la Commission dédiée à la conquête spatiale présente le dernier projet de la NSEA en décrivant les décisions prises par cette organisation au niveau mondial, au Congrès américain de Washington. Les sénateurs donnent leur accord à 65%. Pendant plusieurs années, l'absence de la technologie américaine en ce qui concernait le retour sur Terre des astronautes laissait perplexe l'opinion mondiale. Les navettes spatiales américaines Shuttle s'étaient renouvelées efficacement après la fin du programme Endeavour. La solution s'élaborait doucement avec Orion et son système « pad abort ». Orion est venu s'ajouter aux capsules Soyuz, ces deux systèmes provoquant un certain stress. Des voyages dans l'espace se préparent avec les « spacecraft » mais la NSEA américaine persévère avec des idées et des technologies nouvelles, un petit détail peut changer beaucoup de concepts.

A Copenhague la Skandinavian Space Commission, la commission aux affaires spatiales rassemblant la Finlande, la Suède, la Norvège et le Danemark avait reçu l'approbation du gouvernement de chaque pays et un décret avait été signé au parlement danois, où il avait été soigneusement décortiqué auparavant. Les pays scandinaves apporteront leur contribution dans tous les domaines dans lesquels ils excellent, comme le design, la construction métallurgique et l'informatique. Le design sera primordial pour trouver les meilleures solutions au confort des voyageurs de l'espace. Déjà le savoir faire danois est largement appliqué en matière de confort dans les capsules spatiales et les vaisseaux spatiaux.

A Paris la commission portant le même nom mais dont les membres sont français, allemands, espagnols, anglais, italiens, hollandais, belges, polonais et portugais, a reçu l'approbation du gouvernement français, le projet ayant été porté à l'attention des députés à l'Assemblée nationale et aussi renforcé par l'assemblée des sages du Sénat du palais du Luxembourg. La décision française finale est primordiale et le décret est discuté au Parlement européen de Bruxelles dont des membres représentants s'étonnent que le projet n'ait pas été présenté d'abord au Parlement européen ; à quoi répond le Premier Ministre français secondé par le président de la Commission française dédiée aux affaires spatiales, Arnaud Rivière :
- Mesdames, messieurs les députés européens, certains d'entre vous ont manifesté leur désaccord avec le décret approuvé par le gouvernement français. Ici je dois vous préciser trois points extrêmement importants. Vous n'êtes pas sans savoir que c'est bien

sur le territoire français que des travaux gigantesques débuteront dès cette année 2020. Vous n'êtes pas sans savoir que les décisions inhérentes à notre contribution nationale sont d'abord discutées à notre échelle nationale, par notre Parlement, suit le vote des députés, la décision finale est approuvée par le Président de la République et c'est seulement à ce moment précis que nous pouvons venir discuter du projet au Parlement européen pour la décision finale. Cette décision finale portera sur l'obtention d'un accord global européen en ce qui concernera la contribution matérielle de chaque pays et aussi le montant du budget qui sera alloué. Le budget devra être fixé sur des périodes prédéterminées. Et enfin la troisième raison que certains députés européens semblent oublier est que notre Commission française dédiée aux affaires spatiales et à la conquête spatiale est déjà composée de tous les membres européens concernés. Chacun des pays membres est expressément invité à participer au grand projet spatial mondial et à ce titre les appels d'offres sont déjà largement publiés au niveau européen. Je vous remercie pour votre attention. J'espère que vous voudrez bien approuver et contresigner la loi européenne pour la conquête spatiale au niveau mondial.

Contrairement à certains détracteurs le Premier Ministre français est largement applaudi. Une loi européenne est promulguée et le budget dédié à la conquête spatiale est déterminé et approuvé.

A Moscou la Commission spatiale aux affaires dédiées à la conquête spatiale présente le projet global de la NSEA russe à la Douma. Vladimir Toumanov est accompagné du Premier Ministre du Kazakhstan Estafeï Abakhanov qui demande la parole :

- Estafeï Abakhanov vous avez la parole ! Et le Premier Ministre kazakh s'explique devant le gouvernement russe, son grand frère :

- Votre gouvernement vient d'approuver nos conditions relatives à l'occupation du vaste territoire sur le sol kazakh en ce qui concerne la base de Baïkonour. Conjointement nous avons encore approuvé vingt années de coopération. Je vous remercie pour votre décision de continuer ce travail commun, que notre peuple partage avec le votre. Après six décennies de coopération notre région de Baïkonour a complètement changé, par son aspect géographique dû aux gigantesques travaux sur la base ainsi qu'aux alentours. La population locale bénéficie d'une sécurité de travail et notre pays a formé de nombreux ingénieurs et techniciens venant d'Almaty ou de Karaganda. Nous comprenons que vos bases de lancement de Krasnoyarsk et de Plessetsk doivent également servir à tous vos projets, mais notre situation géographique tout de même plus rapprochée de l'équateur nous laisse espérer que notre collaboration durera encore pendant très longtemps. Permettez-moi de préciser que nos commissions kazakh et notre gouvernement sont en relation constante avec vos commissions et votre gouvernement amis, en ce qui concerne toutes les démarches au niveau quotidien et les coordinations de toutes nos instances. La commission de la protection de la nature du peuple kazakh est en constante relation de travail avec la commission du peuple ami russe en ce qui concerne l'amélioration des conditions écologiques ainsi que la coopération industrielle et commerciale entre nos deux pays. Je vous remercie.

La Douma a octroyé un budget à la NSEA de Russie en approuvant le projet de la conquête spatiale car les lanceurs russes demeurent les plus performants avec les lanceurs européens Adriane-V et Adriane-VI ainsi que les lanceurs américains Delta, Antares. De plus, même si les relations entre les Etats Unis et la Russie avaient été ternies la décennie précédente ayant eu pour cause les affaires internes à la CEI, l'Amérique et les autres pays engagés dans la conquête spatiale ne pouvaient se passer des techniques spatiales russes qu'étaient les capsules de retour sur Terre des spationautes, au moment de quitter l'ISS. Les puissants lanceurs russes sont aussi incontournables que les lanceurs américains.

A Beijing en Chine, la Commission « Taïkitchang » dédiée à la conquête spatiale dont le président est Tchang Wising a arrêté un texte précis qui répond point par point aux buts fixés par le Président chinois en matière de conquête spatiale où la Chine doit occuper une place de tout premier ordre. Le président chinois ne cesse de rappeler qu'en 2025 une station chinoise s'installera sur la Lune et que la Chine a déjà donné son accord exceptionnel à la NSEA pour une coopération internationale, coopération qui a toujours été écartée par les leaders de Beijing dans le passé. Les accords internationaux sont contresignés et un budget étonnamment important a été alloué. Les lanceurs Longue Marche-6 et Longue Marche-7 seront intensément utilisés. Longue Marche-8 étant en cours de conception. Ces lanceurs seront utilisés d'abord sur la base de Shenzou mais aussi peut-être à partir de la base de Kourou et Falaise Crevaux en Guyane. Le lendemain matin Arnaud Rivière décide de se rendre à Bons en Châblais à peine à vingt-cinq kilomètres du CERN de Genève.

Le 26 mai 2020 sur la base d'entraînement des spationautes européens, Arnaud Rivière est en conversation avec Marc Peyratener :

- Tu sais Marc que le moteur ionique est rentré entièrement dans les protocoles d'exploitation de nos vaisseaux, il est devenu incontournable, à la NSEA tout le monde est d'accord à ce sujet. Ce moteur a sauvé notre programme de la conquête de Mars et il est indéniable que ce concept sera largement utilisé dans la conquête spatiale en général.

Marc répond :

- Oui, absolument d'accord avec vous Arnaud, mais il faudra toujours évaluer, calculer les quantités nécessaires au vol d'un engin selon le programme pour lequel on optera… vous voyez ce que je veux dire, n'est-ce pas ?

- Tu veux parler des réservoirs, et bien les réservoirs seront toujours assujettis au temps que le vaisseau aura à parcourir vers la destination que nous lui aurons imposée. Il y a une formule que nous connaissons tous et cette formule est très précisément appliquée quant aux conteneurs de xénon. Je veux dire, tu comprends bien que, plus on va loin plus on emporte de xénon, en tenant compte, selon les cas, de l'aller et du retour, cela va sans dire.

Marc réplique :

- Ce sont donc les ingénieurs logisticiens qui font les calculs, les spationautes doivent se laisser faire et montrer une confiance absolue même si les gars se trompent...

- Mais arrête d'être négatif, comment pourraient-ils se tromper, tu sais bien que tous les calculs établis sont vérifiés et re-vérifiés par plusieurs équipes indépendantes les unes des autres. Ils ont les plans avec toutes les coordonnées et ce sont eux qui donnent les chiffres, lorsque toutes les réponses concordent on peut remplir les réservoirs, ou plutôt le réservoir, car du xénon ça ne prend pas un très grand volume.

- Oui, ben ça je le sais, le bombardement par des électrons ionise une infime quantité de xénon ce qui a pour effet la propulsion du moteur accroché au vaisseau. Ils m'ont dit qu'il fallait inverser le processus d'ionisation pour neutraliser la propulsion le moment venu, car dans le cas où l'on ne ferait rien, le moteur s'arracherait de la carrosserie du vaisseau.

- Ouais, bon ils t'ont encore fait marché, ce n'est pas le moteur qui se détacherait mais plutôt le vaisseau qui continuerait sa course alors qu'on ne lui demande qu'une chose à ce moment là, c'est de ralentir, alors on actionne le processus inverse qui neutralise l'ionisation, mais c'est leur truc ça, vous c'est le pilotage – une fois que tout est clair dans votre tête vous n'avez pas à réfléchir sur la théorie, c'est l'action qui compte, d'autres ont réfléchi pour vous. Quand tu appuies sur un bouton, tu ne vas tout de même pas analyser tout le circuit et réfléchir sur le comment du pourquoi, est-ce que je t'ai demandé si ta grand-mère fait du vélo, hein ? De toute façon le moment venu de ralentir le vaisseau il n'y a pas seulement le processus de l'inversement intrinsèque du moteur xénon, les autres procédés sont aussi le retournement du vaisseau lui même à 180 degrés en continuant l'action du moteur xénon toujours dans le même sens – ce qui le freine puisqu'il est inversé, mais il faut s'y prendre bien à l'avance. Le troisième procédé est celui de la phase finale, celle de la rentrée dans l'atmosphère ténue de Mars ou d'une autre planète en utilisant les réserves en ergols spécialement stockés. En ce qui concerne le retour sur terre nos programmes prévoient une logistique que nous avons bien expérimentée, celle des modules de réserve de comburant remplis en majorité d'hydrogène et aussi d'oxygène. Ces modules sont les étages « 3 » ou « 4 » de nos vaisseaux ravitailleurs qui tournent en orbite basse autour d'une planète de destination.

Marc fronce les sourcils, se gratte la nuque et répond :

- Oui bon, patron, d'abord vous savez bien que moi les voyages spatiaux ma femme ne veut pas en entendre parler, j'ai déjà donné, je m'étais entraîné, j'ai tout de même fait quelques tours autour de la Terre et vous m'avez remercié, maintenant, je viens entraîner les gars à Bons en Châblais dans la chaîne des Voirons. Si nous en parlons, c'est bien parce que c'est vous qui m'en parlez, mais c'est vrai c'est un sujet dont le système intrigue l'imagination. Vous aimez bien venir ici à Bons, hein, tranquille, de temps en temps descendre à la cafète, prendre une bière pression c'est quand même mieux qu'à la canette comme à Fontainebleau et puis on a un paysage magnifique ici.

Arnaud Rivière reprend Marc :

- Il n'y a pas que ta femme qui t'empêche d'aller dans l'espace, y a aussi ta mère, t'as peur de ta mère hein !

- J'n'ai pas peur de ma mère, je ne veux pas lui donner du tracas, lui faire de la peine, la contredire, moi j'y retournerais bien dans l'espace et si j'y reste quelques décennies, ma femme n'aura qu'à s'en trouver un autre. Et à propos, ma grand-mère, ouais elle fait du vélo, elle va encore à la plage à vélo, l'été.

Arnaud regarde Marc en riant :

- Ta femme, tu la larguerais comme ça, t'es pas bien toi, t'as pas honte de parler comme ça surtout qu'elle est enceinte, allez va la rejoindre avec ton TGV, ta mère t'attendra à la gare de Perpignan. Je suis sûr qu'elle t'aura encore préparé son poulet à la ratatouille.

- Ouais, c'est elle qui vient me chercher à la gare, je veux pas déranger Svetlana qu'elle est grosse comme une citrouille et la ratatouille c'est pour dimanche, que ma mère nous la fait - le vieux

Peyratener adore son poulet à la ratatouille, c'est pour lui qu'elle le prépare, nous ça vient après. Mais Arnaud, voyons, j'suis bien moi dans ce que j'fais. Lundi je reviens ici en voiture et ma femme vient avé moi, nous irons à Genève dans la semaine.

Marc est parti, c'est le week-end et Arnaud Rivière le passe à Bons en Châblais à la base d'entraînement des spationautes. Comme chaque fin de semaine lorsqu'il fait beau, c'est toujours les mêmes événements qui se produisent ici. Des touristes ont pris la fâcheuse habitude de croire qu'il y aurait ici comme une zone de distraction, autour de l'entrée de la base, une espèce de foire, la « vogue » ils appellent ça, ils viennent de partout et aussi de toute la Suisse. L'administration de la NSEA de Fontainebleau a demandé à plusieurs reprises aux services départementaux de la Haute Savoie d'agir en sorte que le périmètre autour de l'entrée du tunnel soit sécurisé, alors la police municipale fait ce qu'elle peut mais parfois il y a du débordement. Les spationautes qui ne rentrent pas tous forcément chez eux pour le week-end restent sur place et se reposent. Il faut dire que dans le protocole de recrutement des spationautes existe une clause que Marc Peyratener avait eu la ruse de contourner, celle de ne pas être marié et d'avoir des enfants et même, cerise sur le gâteau ne plus avoir de parents – être sans famille. La famille des spationautes potentiels devient la NSEA. Cette condition draconienne avait été critiquée dans les médias et enfin de compte acceptée dans les mœurs de la grande organisation, c'est la raison pour laquelle chaque fin de semaine la fête bat son plein dans les alentours de la base, surtout l'été. L'hiver tout le monde profite des stations de ski toutes proches. Arnaud Rivière est venu à la base pour expliquer comment s'organiseront les vols spatiaux en ce qui concerne la nouvelle base en Guyane où des travaux importants ont déjà commencés. Le dimanche soir, il rejoint sa femme et ses bureaux à Fontainebleau.

Juin 2020 Voyage en Guyane. Arnaud Rivière demande à Clothilde l'indéracinable secrétaire et aussi adjointe aux affaires de

Fontainebleau de prendre une nouvelle fois son billet d'avion par Air France pour Cayenne :

- Départ jeudi le 5 juin par le premier vol et Léonard doit m'accompagner, vous vous chargez de l'avertir et de tout le reste comme d'habitude, merci Clothilde.

- De rien sauf qu'il n'y en a qu'un de vol, Arnaud, c'est celui de d'habitude, l'AF-608 de 10 heure 45 d'Orly !

Léonard Templer habite à Rennes-les-Bains et il avise son épouse Béatrice de son départ pour Cayenne le jeudi 5 juin 2020 de Paris.

- Ici, le mois de juin c'est le mois que je préfère, enfin tant pis. Si tu veux Béa, tu peux m'accompagner en Guyane…

- *Nonne* merci et les chiennes ? Non, non et non. Par contre nous t'accompagnons jusqu'à Paris, nous resterons avé notre fille, à la rue du Fer à Moulin, tu ne crois tout de même pas que je vais rester ici à me morfondre à Rennes, l'été passe, mais là, non. Donc en voiture, quand tu veux avé les deux toutoutes. Oh on ira se promener tôt le matin avé les sacs en plastique pour ne pas nous faire engueuler par la maréchaussée !

- Mais de quels sacs en plastique tu me parles, Béa ?

- Comment de quels sacs tu me parles-là, Béa… tu fais le clown ou l'innocent au lieu de te reposer et profiter de ta retraite – des sacs pour les crottes des chiennes, là, oh !

Léonard et Béatrice conduisent à tour de rôle. Passer par le Pont de Millau leur fait gagner du temps et ils arrivent chez leur fille tôt dans la soirée. L'appartement des Templer est grand et leur fille est contente de les recevoir surtout avec la compagnie de deux chiennes. Le mercredi se passe en famille, brusquement la fille des Templer crie :

- Papa, papa, viens vite voir, à la télé y a un dingue qui a un casque et des vêtements rigides, il a essayé de se faire avaler par un anaconda de sept mètres, non neuf mètres qu'ils disent maintenant !

- Ouais, j'suis au courant, il veut attirer l'attention des gens sur la déforestation amazonienne !

Le lendemain matin, Léonard embrasse sa fille et sa femme. Il descend par l'ascenseur et se dirige vers la station de taxi près de la gare d'Austerlitz à trois cent mètres de là. Il n'a pas besoin d'aller si loin, il arrête une voiture dont l'ampoule verte mentionne que le taxi est libre. Cela tombe bien, alors qu'il est tôt il n'y a personne dans la rue, le taxi peut s'arrêter sans gêner qui que cela soit, Léonard annonce :

- Bonjour, Aéroport d'Orly, terminal Ouest s'il vous plaît.
- Sans problème ! Répond le chauffeur.

Léonard n'en revient pas, à chaque fois qu'il prend le taxi le matin entre six heures et sept heures, il entend toujours à la radio « Paris, Paris s'éveille... » Et il le mentionne au chauffeur qui lui répond :

- Ne vous étonnez pas m'sieur, tous les matins j'l'entends celle-là, oh mais y en aura d'autres, ne vous inquiétez pas !

Le sud de Paris et le Val de Marne sont traversés en trente cinq minutes comme d'habitude, bien que la circulation commence à devenir déjà légèrement plus dense. Léonard paie, prend sa valise à roulettes et se dirige vers l'une des entrées du terminal Ouest en surplomb, à droite de la tour de contrôle. Tout à coup arrive un autre taxi et Arnaud Rivière en descend. Les deux amis se disent bonjour dans le hall des départs et se dirigent vers un petit salon d'une cafétéria au bout du terminal à droite. Café, croissants, un peu de bavardage et c'est l'embarquement. L'avion est un Airbus-330. Traversée de l'Atlantique tout en regardant des films, déjeuner à midi heure de France et re petit déjeuner avant d'atterrir, car avant Cayenne c'est encore le matin, quoi que plus avancé qu'au départ de Paris. Une voiture de la base du site d'assemblage et de lancement d'Adriane de Kourou attend juste à la sortie des arrivées. Ici la police est un peu moins stricte pour les stationnements qu'en métropole. Le chauffeur attend avec un chariot dans le hall des arrivées et en voyant les deux dirigeants de la NSEA de Fontainebleau, il s'avance vers eux, leur souhaite la bienvenue en ajoutant « bonjour », embarque les bagages et les place dans le coffre de la voiture. Direction l'hôtel

« l'Envolée ». Léonard et Arnaud téléphonent, chacun de son portable à son épouse respective. Il est quatorze heures à Paris, ils les avisent de leur arrivée normale à « l'Envolée », comme s'il pouvait en être autrement. La nuit suivante a été perturbée du fait du décalage horaire pour les deux hommes et le lendemain, ils ont du mal à garder les yeux bien ouverts. La réceptionniste annonce :

- Bonjour monsieur Templer, bonjour monsieur Rivière ! Monsieur Trueman est arrivé ainsi que monsieur Toumanov, nous attendons encore messieurs Gotten, Lorren, Salicio et Rasmusen, c'est bien cela ?

- Si vous le dites, c'est que c'est bien cela, mais vous n'avez pas mentionné monsieur Wising…

- Ah oui vous avez raison, mais monsieur Wising est arrivé, il va vous rejoindre. Les autres sont déjà partis à la base.

Tchang Wising descend l'escalier, dit bonjour et vient directement s'asseoir à la table de Léonard et Arnaud, il leur dit :

- Ah bonjour mes amis ! Et qui se lève tôt, dort moins, mais avec la tête bien remplie il fera beaucoup de choses !

- D'où tiens-tu cette affirmation Tchang ? C'est de Confucius ou de toi ? Demande Arnaud et Tchang répond :

- Ne sous-estime jamais ton ami qui peut toujours t'étonner Arnaud !

- Oh c'est de toi, tu as l'air en forme Tchang. Après le déjeuner je propose qu'on aille rejoindre nos amis à la « base Adriane » et il faudra appeler Vladimir Toumanov, il est en ce moment à sa base de « Soyuz » nous avons à discuter tous ensemble.

Arrivés à la « base Adriane » devant le bâtiment des assemblages, Arnaud, Léonard et Tchang se dirigent vers la grande salle de réunion. Les responsables et les présidents des zones de la NSEA, Orson Trueman, Tchang Wising, Vladimir Toumanov, Léonard Templer, Arnaud Rivière se saluent et prennent tout le temps pour bavarder tranquillement. Soudain vers midi et trente minutes arrivent ensemble Hans Gotten, Alberto Salicio, William Lorren et Lars Rasmusen. Orson les accueille :

- Hello gentlemen, vous avez fait bon voyage, vous vous êtes bien installés à « l'Envolée » ?

Et tour à tour chacun serre les mains et affirme que tout est en ordre, quelques perturbations avant de partir aux aéroports, mais ils sont bien là et le travail peut commencer. Un déjeuner est servi à la cafétéria et les responsables de la NSEA regagnent la salle de réunion de la « Base Adriane ». Suivent de longues discussions avec déploiement de plans, dessins, photocopies de textes divers accords, protocoles de construction d'engins spatiaux et d'infrastructures terrestres qui ont ici une importance capitale. Ils sont entre amis et on n'a pas besoin de système sonorisation, pour neuf personnes. De temps en temps, une employée de la cafétéria vient apporter du café, du thé, des petits gâteaux ainsi que de l'eau minérale plate et gazeuse. Dehors il fait chaud, très chaud mais pas étouffant car l'océan apporte continuellement une fraîcheur moite qui neutralise l'atmosphère.

Orson Trueman prend la parole :

- Mes chers amis, nous avons déjà tellement discuté de tout ce que nous nous apprêtons faire, mais le temps des discussions et des soumissions à nos divers gouvernements est révolu. La responsabilité de la NSEA auprès de l'Organisation Mondiale des Nations représente 49,9%, la deuxième partie des responsabilités est répartie entre nos gouvernements à raison de 50,1%. L'OMN nous a ouvert la porte aux activités phénoménales auxquelles nous allons faire face les décennies à venir. Nos enfants et nos petits enfants continueront ce que nous autres aurons commencé. Messieurs, la conquête de nouveaux mondes, la maîtrise de Mars tout cela deviendra chose habituelle et quotidienne dans nos activités et nous maîtriserons de mieux en mieux nos voyages dans l'espace. Nos nouvelles idées, vos nouvelles idées entreront en application dès maintenant puisque les décisions ont été arrêtées. Je crois qu'Arnaud a des choses à nous dire, des choses qui vont étonner, des choses qui feront bouger les nations !

Arnaud prend la parole :

- C'est dès maintenant et à partir d'ici de la Guyane française que les événements vont évoluer. Houston et Baïkonour possèdent leur puits de lancement PCHE et en accord avec les nations et leur gouvernement, nous avons entamé de grands travaux. Les diverses sociétés de construction métallique, les hauts fourneaux pour les alliages très spécifiques, les BTP, les transporteurs, jusqu'aux petites et moyennes entreprises, nous avons besoin de tous. Ces travaux ont commencé non loin de Kourou. Kourou a fait ses preuves et son avenir est assuré, d'autant plus qu'il ne s'agit plus d'une seule base, mais de plusieurs, puisque les sites de lancement sont « Soyouz » et « Adriane ». A deux cents cinquante kilomètres d'ici au sud, nous avons créé notre site de « Falaise Crevaux ». Le gouvernement brésilien a été invité à participer à l'agrandissement du petit port de « Cachoeira do Firmino » dans le comté d'Amapa au Brésil. Des navires peuvent déjà accoster pour des livraisons de gros matériaux de construction venant du Brésil et d'Europe. Nous utilisons en priorité notre port de Cayenne, ainsi que la difficile piste de Kourou. La route de Cayenne à Falaise Crevaux est en cours de progression. Cette route devra supporter de grosses charges, tout comme celle que le gouvernement brésilien a construit à partir de Cachoeira di Firmino jusqu'à Falaise Crevaux. Mes amis, il faudra s'habituer à Falaise Crevaux, car cette base sera aussi importante que toutes les plus grandes bases de lancement de la planète. Des derricks, des grues et des machines excavatrices travaillent déjà sur ce site, le puits PCHE devra atteindre 120 mètres de profondeur. Nous ne pouvions pas le construire à Kourou pour un tas de raisons, aussi bien géologiques que socio-urbaines. Falaise Crevaux est en passe de devenir un centre mondial dans la conquête spatiale. Des bases de lancement, il y en a un peu partout, aux Etats Unis, en Russie, en Chine, en Inde aussi, mais Falaise Crevaux a une spécificité - celle d'être la plus proche de l'équateur. En Afrique cela n'a pas été possible, en Indonésie sur les îles non plus, autre part non plus pour des tas de raisons, alors qu'en Guyane les populations vivent avec l'espace comme vivaient les Incas avec leurs repères astronomiques. Ici c'est tombé dans les mœurs depuis quelques millénaires. Aujourd'hui, reposons nous un peu, voyons les affaires courantes et pour demain matin nous avons mobilisé l'hélico Mi-6 de la base. Nous nous rendrons sur le site de Falaise Crevaux.

Léonard intervient :

- Il faut nous nous entendre pour les lancements en géostationnaire. Nous avons tous un plan d'action et il faudra nous coordonner. Il faudra y réfléchir bien à l'avance. Toi Orson avec ton équipe de Houston, vous utiliserez vos fusées Delta et Atlas (SLS). Toi Tchang avec ton équipe de Shenzhou, vous lancerez vos Longues Marche-6 et 7, nous avec Arnaud, William, Hans et Alberto nous procéderons avec nos Adriane-V et espérons utiliser aussi Adriane-VI à partir de notre site de lancement « Adriane » de Kourou, quant à Vladimir Toumanov et ton équipe de Baïkonour et de Plessetsk, vous lancerez vos Proton et Soyouz. Nous espérons que vous reconstruirez Energya. Hans et son équipe prennent la relève à Darmstadt pour garnir l'intérieur protecteur du corps des deuxièmes étages de notre fusée Adriane, toujours dans la standardisation des équipements décidée par la NSEA. Hans, où en sommes-nous…

Hans déploie des plans sur la grande table, regarde ses amis de gauche à droite qui ont tous dirigé leur regard sur les plans et les dessins. Arnaud montre un haut fourneau avec son indexe :

- Pour moi, ça marche comme convenu et tout commence ici ! A Florange, plusieurs hauts fourneaux ont repris de l'activité depuis cinq ans déjà. Les alliages spécifiques coulent d'une manière quotidienne sur les longs tableaux de calibrage et de traitement électrique, jusqu'au refroidissement par l'eau. Toujours dans notre complexe de Florange, dans les grands hangars de nos ateliers d'à côté, nous travaillons les tôles selon les protocoles de la NSEA, c'est à dire après vérification chimique et physique des alliages et des épaisseurs de cette matière première, nous construisons à la chaîne, le corps du deuxième étage. La carrosserie de ce deuxième étage est exactement comme nous l'avions décidée dans les protocoles passés. Nous avons pu réaliser une première expédition sur Mars entre 2015 et 2018 et notre deuxième expédition sur la planète rouge est en cours. Nos spationautes ont pu se rendre sur Mars au début de cette année comme ceux qui les avaient précédés dans les mêmes conditions – Nous avons pu réaliser cet exploit grâce à nos « deuxième étages » adaptés selon les normes que nous avions fixées. Les vaisseaux spatiaux habités avaient chacun transporté un troisième étage qui en fait était exactement du même type que le deuxième. Vous savez donc que le « deux » est égal au « trois ». Ce sont exactement les mêmes, en matière de dimensions, de contenance et de toutes les autres spécifications comme les systèmes d'arrimage aux étages « un », « deux », « trois et « quatre ». Tous sont équipés des mêmes systèmes de décrochage au moment des séparations des étages. Ces « deuxième étages » s'adaptent par la standardisation que nous avons normalisée à toutes nos fusées, sauf la fusée américaine Saturne-V qui n'est plus utilisée, mais que nous espérons voir revenir un jour. Une fois la structure métallique de l'étage réalisée, nous l'envoyons immédiatement chez Hans à Darmstadt par convoi exceptionnel selon un itinéraire spécial, tracé par l'administration française en relation avec l'administration allemande. Nous avons dû élargir certaines routes, couper des arbres et éviter certains ponts par des déviations.

Hans Gotten prend la parole :

- Chez nous, nous avons aussi démoli des ponts pour en reconstruire de plus hauts. Dans nos ateliers de Darmstadt, notre contribution, c'est la garniture à l'intérieur de ces étages. Les étages deux, trois ou quatre, je crois qu'Orson nous parlera de certaines nouvelles disposition en ce qui les concerne. En fait ce sont des réservoirs d'ergols liquides complémentaires aux lanceurs, mais chaque étage est également équipé d'un moteur sophistiqué très puissant. Nous garnissons l'intérieur par nos procédés spéciaux. Les protocoles d'application des garnitures ont été déterminés par les concepteurs de la NSEA. Les propriétés des composants sont les mêmes que nous utilisons depuis des décennies, il y a quelques petites améliorations. En Russie aux Etats Unis et en Chine vous procédez de la même manière selon exactement les mêmes protocoles et la même standardisation. Notre NSEA européenne travaille à la construction des fusées Adriane et tout est réalisé en Europe, sauf certaines pièces détachées. En quelques mots, voici comment nous plaçons notre garniture à l'intérieur des modules. Vous savez que les réservoirs numéro deux ainsi que les autres sont remplis au tout dernier moment avant le décollage des fusées, les raisons sont diverses et les ingénieurs et techniciens se feront une joie d'expliquer à tous ceux qui leur en demanderont les raisons. L'hydrogène compressé est à une température de moins –250° celsius, tandis que l'oxygène est à moins –180° celsius. Ces deux données répondent déjà à de nombreuses interrogations et s'expliquent d'elles-mêmes. Le revêtement interne des trois étages au-dessus du « un » est isotherme et efficace pendant un temps bien déterminé, celui pendant lequel le module se trouve dans l'environnement atmosphérique terrestre et aussi dans l'espace face aux températures avoisinant le zéro absolu intersidéral de –273° celsius, je ne sais plus combien en Kelvin, là aussi ce revêtement joue un rôle isotherme d'une absolue nécessité, car dans l'espace les fluctuations de températures sont considérables, mais beaucoup moins importantes que dans l'environnement atmosphérique terrestre. Dans l'espace ces différences représentent entre 23° celsius pour l'hydrogène et 93°celsius pour l'oxygène. Le carter de l'engin est un divergent aluminium que vous réalisez à Florange, tandis que les traverses métalliques sont réalisées dans un autre alliage, le tout est recouvert d'une couche épaisse et progressive de divergent en carbone phénolique qui en aval s'épaissit en carbone et silicate phénoliques jusqu'à la tuyère du moteur - l'endroit le plus chaud dont la température atteint environ 2500° celsius lors des mises à feu et de la propulsion. Le revêtement se carbonise à cet endroit et se solidifie, sans s'effriter. L'intense chaleur n'attaque pas directement les tuyères en acier à cet endroit qui sans notre revêtement en carbone phénolique fonderait à 1200° celsius. C'est ainsi que la tuyère est protégée. Lorsque ce travail est terminé, nous avons complété une étape essentielle, celle du traitement de l'intérieur des réservoirs. Des rotations aériennes régulières se feront deux fois par mois. En principe le quinze et le trente de chaque mois, un avion Antonov-124 atterrira sur l'aérodrome de Darmstadt en provenance d'Oulianovsk en Russie.

L'avion en question ne vient pas forcément d'Oulianovsk, il peut revenir d'une mission mais c'est la base d'Oulianovsk qui est responsable de la logistique, Vladimir Toumanov et ses équipes nous en organisent toute la coordination depuis des années. Le gros tube de cinq mètres et quarante six centimètres de diamètre, et de vingt trois mètres de long est alors hissé sur des chariots très bas à essieux écartés et transporté jusqu'au haillon arrière de l'avion. Devant le haillon, se trouve un pont en pente douce qui est amené là dès l'ouverture de la soute. Le haillon est également baissé à l'avant du « Rouslan ». Un tracteur amène très doucement notre étage-réservoir sur son chariot dans le prolongement du pont en pente douce, puis il roule sur le pont et pénètre à l'intérieur de la soute de l'appareil, tout doucement pour ne pas frotter aux parois. C'est une manutention très précise que réalisent les techniciens russes, centimètre par centimètre. Une fois le module positionné au centre de gravité de l'avion, le chargement est arrimé par des pions aux plots du plancher à l'aide de sangles et de filets qui enlacent le gros tuyau. Les sangles sont tendues jusqu'aux crochets latéraux. A ce stade, c'est comme « blanc sur rouge, rien ne bouge » l'étage « deux » « trois » ou « quatre » est comme solidaire de toute la carlingue de six mètres de hauteur et de six mètres de largeur. Le tracteur sort par l'avant du « Rouslan » et laisse les chariots bas qui serviront au déchargement à destination à Toulouse.

Léonard continue de décrire le processus de la NSEA à Toulouse :

- A l'aéroport de Toulouse Blagnac, le quinze et le trente de chaque mois, le gros avion « Rouslan AN-124 » apparaîtra à l'horizon Est, face aux vents de l'Atlantique, il descendra progressivement et touchera la piste en douceur. Sur le tarmac de la zone fret quelques gars l'attendront. Dès que l'An-124 s'arrêtera devant le pisteur avec ses panneaux indiquant l'emplacement du parking habituel, au cas où les pilotes l'auraient oublié, les quatre réacteurs s'arrêteront et après quelques minutes la porte latérale de la soute s'ouvrira. Un pont mobile y sera instantanément accolé par les services aéroportuaires.

Les techniciens et ingénieurs accompagnateurs descendront avec leurs dossiers dans des cartables. Après les bonjours, ça va… ils amèneront le pont en pente douce, le même que celui de Darmstadt et le placeront à l'avant de l'Antonov. Un tracteur arrivera, pénétrera dans la soute, accrochera le chariot bas et repartira doucement par l'avant de l'appareil. De là, le module/étage sera transporté dans les ateliers de la NSEA. Le moteur « Volcan-7 » y sera fixé, en bas du réservoir. En fait ces étages sont également de véritables fusées. Nous en avons plusieurs ici à Kourou, ils attendent déjà d'être arrimés aux lanceurs principaux, les étages « 1-EPR » eux aussi sont équipés des moteurs « Volcan » mais plus puissants.

Quelques échanges de points de vue se font entre les responsables de la NSEA et des améliorations vont nécessairement aboutir les semaines prochaines en matière de technique et de logistique. Léonard reprend :

- Oui, ben c'est donc à Toulouse dans nos ateliers que nous plaçons le moteur au bas du réservoir de chaque étage. C'est sur l'étage numéro « 1 » qu'on fixe le « 2 » et les autres au-dessus. Dans l'étage « 1-EPR » le comburant sera composé d'hydrogène et d'oxygène liquides. Sur les parois latérales de l'étage « 1 » seront fixés les « boosters EAP » ces réservoirs ont une capacité de 238 tonnes chacun et leur moteur les propulsera pendant deux minutes et demi (150 secondes) à raison de 3,17 tonnes à la seconde jusqu'à 69km d'altitude. L'étage «1-EPR» allumé en même temps que les boosters, continuera l'ascension avec son moteur « Super-Volcan » jusqu'à 172km d'altitude. Entre-temps les boosters se détacheront, leurs parachutes se déploieront et ils retomberont dans l'océan. La vitesse du complexe passera progressivement de 1,15 km à 2,2km à la seconde, puis atteindra 6,8km à la seconde. Au dessus de 172km d'altitude l'étage « 1 » sera détaché et largué, il tombera d'abord doucement, puis de plus en plus vite, ensuite des parachutes seront déployés et il retombera doucement à la surface de la terre ou plutôt de l'océan. Nous nous sommes fixés l'altitude de 67km comme limite pour les boosters qui contiennent du carburant poudre et 172km pour le moteur « Super-Volcan » de l'étage « 1-EPR ». Pour notre deuxième étage ce sera un moteur « Volcan –7 ». On l'appelle ainsi parce qu'il continue d'accélérer le complexe après le détachement de l'étage « 1 » en fonctionnant pendant sept minutes seulement pour passer de 6,9km par seconde à 9,3km par seconde. Il passe alors de 649km d'altitude à 993km d'altitude, bien au-delà de la limite de Karman. Après 25 minutes de propulsion, c'est l'extinction du second étage. Notre complexe vogue maintenant à une vitesse de 9355 mètres à la seconde, sans propulsion, il est dans l'espace, un environnement neutre et sa vitesse continue d'augmenter légèrement par la force inertielle produite par la force propulsive, ce qui permet d'effectuer les opérations suivantes, telles que de placer un ou plusieurs satellites sur des orbites déterminées ou bien d'amener des charges à une certaine altitude. Les satellites peuvent être placés à des altitudes de 2000km et plus si nous voulons atteindre un but géostationnaire minimal. Pour le géostationnaire, la vitesse orbitale atteint à ces moments là les 38,000km à l'heure, alors que celle de l'ISS est de 28,000km à l'heure à environ 400km d'altitude. Pour le géostationnaire, on reste d'abord sur une orbite elliptique, qui peut être assez basse en périgée comme dans certains cas à 200km d'altitude environ, mais qu'on modulera jusqu'à 36,000km en apogée. Vous savez comment nous avons l'habitude de procéder. Dès que nous atteignons cette altitude minimale, notre deuxième étage reste toujours solidaire du complexe qui est alors rallumé et par impulsions de jets propulseurs il dévie de son orbite jusqu'à atteindre les 36,000km en altitude. Bien entendu le complexe s'allège en carburant d'une manière progressive très considérable. La poussée générale des moteurs du complexe est d'un coefficient de1,1 au départ. Celle-ci atteint le coefficient de 1,6 dans la stratosphère jusque dans l'ionosphère. 1,1 est tout à fait considérable pour le décollage et ensuite le complexe subit l'accélération et le frottement inversement proportionnel aux particules des couches atmosphériques. Là sur l'orbite d'apogée par rapport à celle du périgée, notre vaisseau effectuera encore des manœuvres pendant plusieurs jours. Il devra se maintenir sur l'orbite atteinte. Il se retournera d'un peu moins de 180° et devra parfaitement se stabiliser. Le complexe peut être automatisé, nous préférons le guidage à distance sur nos bases par nos techniciens avec leur « joystick ». Le vaisseau devra ralentir de 38,000km/h à zéro, par rapport à la perpendiculaire à la tangente terrestre qui passe par Kourou / Falaise Crevaux. Au début le complexe parcourra 133,000km autour de la Terre en quatre heures, il enclenchera ses rétro réacteurs d'une manière contraire à la direction obtenue. Il diminuera progressivement sa vitesse orbitale et restera ainsi sur l'orbite des 36,000km d'altitude. Voilà comment les choses se passeront, mais nous avons l'habitude de ces procédures. La cadence sera très différente de ce qu'elle est ici pour l'instant. Il en sera de même pour toutes les bases de lancements, de Houston, de Baïkonour, de Plessetsk ou de Shenzhou.

Le restaurant « Chez Lorette » se trouve à l'ombre de palmiers et de palétuviers. A l'intérieur, sous les ventilateurs, près du bar, assis autour de petites tables, les discussions et les bavardages sont continuels entre amis et collègues, qui toujours se mettent d'accord sur des questions d'arrivée de marchandises soit par avion ou par bateau, soit pour le dédouanement et les livraisons à la NSEA de Kourou. Les quelques transitaires de Cayenne connaissent tous les responsables de la base franco-européenne. Les démarches sont quotidiennes entre tous les bureaux des responsables douane et import. Un bureau de la NSEA se trouve à l'aéroport et un autre dans le port de Cayenne. Ces bureaux facilitent un dédouanement rapide des marchandises qui arrivent d'abord d'Europe en majorité comme d'Allemagne, de France, d'Angleterre, d'Italie et d'Espagne, puis de Russie, des Etats Unis et de Chine. D'autres arrivent en provenance de tous les coins du monde comme, l'Indonésie, l'Australie, le Japon, la Corée du sud, l'Inde et récemment, du Brésil, de l'Argentine et du Chili. Des licences sont scrutées à la loupe et imputées par livraisons partielle ou complète. Des déclarations d'importation sont tamponnées et les marchandises sont autorisées pour mises à la consommation sur le sol français, d'autres importations font l'objet d'une attention particulière et leur statut est discuté, analysé en métropole au Ministère des Finances. Les marchandises européennes passent en grande majorité par le canal « vert » avec une déclaration allégée, mais un inspecteur des douanes peut toujours les arrêter pour effectuer un contrôle selon son appréciation personnelle aléatoire ou bien au contraire très ciblée. Les douaniers sont comme des magiciens et les auteurs de trafics malsains, illégaux et dangereux tombent à chaque fois des nues et font les innocents. Pierre dit souvent « Aux innocents les mains pleines et un jour il s'en prennent plein la tronche et ce n'est que justice ». Pierre l'ingénieur qui travaille sur le site « Soyuz » en collaboration avec les Russes plaisante souvent au sujet des dédouanements au restaurant « Chez Lorette » :

- Hé les mecs, on importe pour mise à la consommation sur le territoire français, alors qu'on sait pertinemment que les fusées, lanceurs, modules étages « un » - « deux » - « trois » ou « quatre » avec les satellites, sont envoyés dans l'espace et qu'ils ne reviendront jamais. On les envoie dans un espace neutre et inconnu, là où il n'y a pas de douane, alors que la marchandise est réputée être sur le sol français de la Guyane. Il y a des statuts à revoir…

Et un autre lui répond :

- Ouais, mais attends, lorsque l'étage « un » ou les boosters retombent à la surface de la terre ou plutôt dans l'océan, nous devons aller les récupérer et nous les ramenons sur le territoire où ces marchandises sont enregistrées !

- Ouais, si tu veux, mais il y a des morceaux qu'on ne peut pas récupérer comme tous ceux qui retombent dans l'océan et en jonchent le fond, d'autres se consument dans les couches denses de l'atmosphère, d'accord mais pas tout !

- Tiens j'reprends un planteur, j'veux pas rentrer sur une patte!

Reprend un troisième et les conversations se prolongent souvent tard dans la soirée, ici le temps s'étend différemment qu'en métropole. Les responsables de la NSEA ont quitté la salle de réunion et chacun s'est dirigé en direction de « Chez Lorette » à pied ou en voiture. En entrant ils entendent les conversations et disent avec un sourire en coin :

- Bonjour Lorette, bonjour tout le monde !
- Bonjour Pierre, comment va ?
- Salut Pierre, t'es toujours là !
- Oh Pierre, qu'est ce que tu nous conseilles comme apéro ?

La réponse de Pierre est immédiate :

- Vous prenez ce que vous voulez, je ne veux pas vous influencer en aucune manière ! Moi quand je me trouve ici, c'est comme les copains, Rhum planteur et pas le punch, le punch c'est pour les petites filles ça et ça fait mal à la tête !

Arnaud lui répond :

- Eh bé, t'es bien parti toi, tu viens nous rejoindre après tes amis ?

Les responsables de la NSEA s'assoient à leur table habituelle où les installe Lorette et Joseph son mari. Alberto Salicio revient sur les discussions de tout à l'heure :

- Vous voulez dire que si deux éléments (étages – 2 – 3 ou 4) d'une « Adriane » sont construits chaque mois, cela voudra dire qu'en contre partie, il y aura deux lancements par mois ? On n'en avait jamais fait autant par le passé et cela me semble irréalisable de tenir *una cadenzia* pareille, c'est simplement impossible ! Je me souviens qu'en l'année 2014 la NSEA de l'époque avait lancé cinq « Adriane » et c'était considéré comme un véritable exploit sur une année ; alors *qué* vous - vous voulez envoyer vingt quatre fusées dans le cosmos pour la même période et je ne parle pas des autres stations, *ma* entre cinq et vingt et quatre l'économie des nations ne tiendra pas le coup !

Tchang Wising lui répond :

- Toi, tu ne réfléchis pas bien Alberto! Tu sais bien que nous avons toutes les autorisations des gouvernements et aussi des plus grands groupes industriels du monde, c'est ce qui nous manquait dans le passé. Tu vois, même la Chine qui avant ne voulait pas coopérer avec l'occident, la Chine fait partie de la NSEA. Avec mon pays tout devient possible !

- Oh ne te gonfle pas comme la « grenouille » Tchang, on s'est bien débrouillé sans toi jusqu'à présent !

Dit l'Américain Orson. Tout le monde rit et Tchang répond :

- Toi tu parles de la grenouille et moi je vais te dire quelque chose : « Le cheval court plus vite que le lapin, mais il ne le rattrapera pas, car le lapin court en zigzag de gauche à droite et vice et versa » !

Orson ajoute :

- Le Mustang américain a toujours dépassé ton lapin chinois, parce que le lapin se cache toujours dans son entreprise nationale !

Et Tchang répond encore :

- C'est en allant doucement que tu iras plus loin Orson et vous aussi !

- Qui veut aller loin ménage sa monture !

Dit Léonard et Alberto continue :

- Qui va piano, va sano !

William Lorren commence à bouger sur place et dit à son tour :

- Don't run around the bush!

Toumanov se rappelle d'un proverbe de son pays :

- Mesure sept fois et coupe une seule !

William s'en remémore encore une :

- Too many cooks spoil the broth!

Vladimir Toumanov :

- Tu as bien dit « the broth » ? C'est de la soupe ça, non ?

Et William répond :

- Yes la soupe, le bouillon – oui la soupe, trop de cuisiniers et la soupe n'est pas bonne !

Vladimir répond :

- Comme c'est étrange, en anglais « *broth* » ressemble à « *borctch* » en russe, reste à savoir si vous la faîtes avec du chou et de la betterave rouge !

- *I must confess, I don't know!*

Répond William et Lorette arrive avec la carte :

- Bonjour messieurs, quelle joie de vous revoir tous à la fois, je vous offre l'apéritif, qui prend quoi, bien, je note ! William, Scotch whisky, Orson aussi, Léonard un planteur, Arnaud un planteur, Alberto un gin tonic, Mister Rasmusen un planteur, Hans un planteur, Vladimir un planteur – tiens v'la Pierre qui vous rejoint, oh lui je sais, c'est un planteur – bon et je vous envoyer tous les hors d'œuvres comme d'habitude !

En réalité Lorette parle ainsi : Bonjou' messieu, quelle joie de vous revoi tous à la fois ! William, Scotch whisky, Owson assi, Léonaw un planteu', An'aud un planteu', Albewto un gin tonic, miste' 'asmusen un planteu, Hans un planteu', Vladimi' un planteu – tiens v'la pièw' qui vous 'ejoint, oh lui je sais, c'est un planteu' je vais vous envoyer tous les o'd'oeuv' comme d'habitude! Lorette est guyanaise. Elle avait repris l'affaire de ses parents qui avaient ouvert le restaurant trente cinq ans en arrière. Elle et son mari martiniquais sont incontournables désormais à Kourou. Les parents sont à la retraite et vivent près de la base dans une villa confortable. Lorette adore son travail. Arnaud et les autres disent souvent, que c'est elle qui porte la culotte. Aujourd'hui elle appelle son mari pour les apéros, mais celui-ci avait entendu les commandes et il les apporte sur le champ de lui-même. La réponse unanime est : « Merci Lorette, merci patron Joseph » ! Lorette revient et s'adresse à la tablée :

- Sinon le dîner, c'est boudin purée *(puwé),* entrecôte frites, saucisses de Francfort et poulet à la catalane !

Le choix de chacun est inscrit dans le petit bloc-notes de Lorette qui remet son stylo dans la pochette de son tablier. Elle s'en va annoncer les commandes en cuisine :

« Trois purées *(toi puwé boudin)* boudin, deux entrecôtes frites, une saucisse triple de Francfort frites et deux poulets à la catalane. La Francfort frites, c'est pour monsieur Laws, n'oubliez pas la moutarde les filles » ! Dit-elle aux cuisinières qui viendront servir elles mêmes.

Pendant que tous ces messieurs prennent l'apéritif, Arnaud se lève et s'approche d'une table voisine libre, déplie des schémas. Hans s'approche et lui dit :

- Arnaud, il y a certainement beaucoup de détails à rajouter, mais je vois où tu veux en venir, il s'agit de la fusée à quatre étages !

Arnaud fronce les sourcils et répond :

- Bien sûr Hans, il s'agit ici d'un croquis, les concepteurs de nos lanceurs sont justement en train de travailler sur notre nouvelle idée. Tu vois bien qu'Adriane est équipée de deux boosters, mais nous avons maintenant le choix, nous pouvons utiliser quatre boosters, alors c'est justement cela que je voudrais vous montrer. On voit succinctement sur ce petit schéma que les boosters sont allongés et qu'ils épousent parfaitement le corps de l'étage central « 1-EPR ». Nous avons donc l'option de pouvoir rajouter deux boosters complémentaires au corps du lanceur et le complexe est parfaitement équilibré. Les moteurs « Volcan » sont directionnels et les ingénieurs ont prévu un certain nombre d'astuces pour maintenir le complexe équilibré et toujours dirigé dans la bonne direction.

- C'est génial « *guies* » ! Avec un complément de puissance important, nous pourrons faire des choses que personne ne soupçonne encore, comme le rajout de deux étages supplémentaires sur notre Adriane.

Dit William et il ajoute :

- Je m'en vais téléphoner à mes deux petites fées, parce que ça, elles ne le savaient pas - les petites choses, je les tiens toujours informées de toutes nos avancées !

- Et qu'est-ce-que ça peut leur faire à tes deux petites choses, elles n'en ont rien à ficher de nos avancées comme tu dis !

Rétorque Léonard, tandis que Vladimir sourit béatement en les écoutant. William avec ses cheveux trop longs qui lui viennent sur les tempes et qui laissent apparaître comme un soleil, sa calvitie enchaîne :

- C'est très simple, à partir du moment où elles s'occupent de mes affaires, de tes affaires et de vos affaires en général lorsque ça devient nécessaire, nous devons leur rendre des comptes ! *Look*, ce sont encore elles qui ont tout arrangé pour nos voyages, même pour toi Orson. Elles ont réservé, commandé et dispatché tous nos billets, ce sont toujours elles qui nous ont arrangé les réservations de nos chambres d'hôtel ici à « l'Envolée » comme elles le font très souvent pour « *all of us* » même à Baïkonour et à Houston sauf pour Orson parce qu'ici aux US, il se débrouille il n'a besoin de personne. Et puis ce sont elles qui rédigent notre bulletin trimestriel, c'est aussi à elles que vous envoyez vos articles, ne l'oubliez pas. Pourquoi je les tiens informées ? C'est parce qu'elles notent tout dans nos archives, les détails viendront plus tard…

- Oui mais tu as une attitude qui me fait rire à moi, par rapport à tes deux petites fées là, ma femme ne me le permettrait pas ça !

S'exclame Alberto Salicio. William lui répond :

- *You live your own way*, oh tu peux vivre comme moi, mais il faut que tu divorces de ta femme qui te persécute. Toi aussi tu peux avoir deux ou trois petites fées ou même une seule pour fuir ta femme qui est tout le temps après toi. Elle te persécute, c'est parce qu'elle n'a aucune confiance en toi – regarde, quand on va quelque part, partout tu regardes les filles, les femmes et tu crois qu'elle ne connaît pas ton manège, c'est pour ça qu'elle te tient, elle connaît son coco d'Alberto. Bon chacun vit à sa manière, chez moi en Angleterre, les hommes regardent de moins en moins les femmes, d'ailleurs c'est pareille chez vous, *no* ? Alors des hommes comme moi, nous prenons soins de celles que les hommes négligent et croyez-moi, mes deux secrétaires le méritent bien.

Lorette arrive avec les deux filles de cuisine et annonce :

- Oh mais, vous parlez toujours des petites fées de William ! Dis donc William, laisse Alberto tranquille hé, parce que moi je la connais sa femme à Alberto, elle est déjà venue à Kourou, elle restait avec moi au lieu d'aller dans vos laboratoires et vos ateliers là, elle est très gentille, on est copine toutes les deux, voici vos commandes et deux « Château Pereac ». Vous nous appelez si vous en avez besoin d'autres, hé allez bon appétit messieurs !

- Merci Lorette et pourquoi tu ne nous envoies pas Joseph pour nous servir au lieu de courir partout toute seule ?

Disent les hommes de la NSEA et Lorette répond :

- Pourquoi, pourquoi pas Joseph, parce que vous l'avez vu, il a été gentil, n'est ce pas, il vous a tout de suite apporté les apéros, pour ça il est très gentil, mais là, il ne peut plus bouger de sa chaise, à faire le gentil il en a profité aussi. Maintenant, il est saoul comme une huître, ce n'est pas lui qui peut vous servir, heureusement les filles m'aident qu'est ce que vous croyez !

Le repas dure jusque tard dans la soirée, et après les desserts, les hommes commandent du thé avant d'aller se coucher. Ils ne vont pas bien loin en sortant de « Chez Lorette », l'hôtel « l'Envolée » également entouré de palmiers et de palétuviers est juste en face de l'autre côté de la rue ocre et poussiéreuse. Rendez-vous est fixé le lendemain matin à 7heure30 pour le petit déjeuner – et départ pour Falaise Crevaux vers 9 heures.

Après une bonne nuit de sommeil pour les uns et difficile pour d'autres, le scandinave annonce son retour à Copenhague car il n'a rien de particulier à faire dans ce lieu amazonien. A « l'Envolée » dans la grande salle à manger du ré de chaussée, un bon petit déjeuner est servi avec croissants chauds, brioches, beurre, confiture, café et œufs à la coque pour Orson et William. Arnaud Rivière demande à ses amis d'être sur le tarmac à 9 heures précises car l'hélicoptère MI-6 les attend déjà. Un quart d'heure plus tard le minibus de la NSEA emmène les huit amis jusqu'au pied de l'hélicoptère. Vladimir donne les caractéristiques de l'engin. Il peut soulever six tonnes et il a un volume de 185 m3 avec une hauteur cabine de 1,80m, rayon d'action 800km, etc. Alberto monte suivi de Hans. Arnaud et Léonard s'assoient d'un côté tandis que William, Orson, Vladimir et Tchang en face de l'autre côté toujours le long de la carlingue. Vladimir Toumanov va dire bonjour aux deux pilotes, on bavarde cinq minutes puis les pales du gros engin enchaînent des tourbillons qui montent progressivement en puissance balayant les herbes sèches et le sable ocre. Il s'élève comme un puissant ascenseur. Le vol commence au-dessus du site de Kourou et se prolonge au-dessus de la forêt amazonienne à perte de vue. Tôt le matin, les pilotes avaient déposé leur plan de vol de l'aller et celui du retour aux autorités aéroportuaires de Cayenne. Ils ont aussi pris une copie du bulletin météo. La tour de contrôle suit le Mi-6 d'abord à vue, puis au radar et à la radio pendant un peu plus d'une heure jusqu'à l'atterrissage sur le site dégagé de Falaise Crevaux. Là des géologues et ingénieurs des travaux du génie viennent accueillir les huit responsables qui ont commandé ensemble le gigantesque chantier quelques mois auparavant. La falaise est en réalité une colline d'à peine deux cent mètres de haut au milieu de la forêt amazonienne dense en arbres et en lianes entremêlés, quelques palmiers. Une large plate-forme a été déblayée longue de trois kilomètres sur deux environ. L'hélicoptère Mi-6 est ici sur son nouveau port d'attache, c'est le seul moyen rapide pour se rendre soit à Kourou, soit à Cayenne ou au port de Cachoeira di Firmino. Plusieurs dizaines de gros camion bennes orange circulent de tous côtés, certains se rendent vers le grand derrick, à quatre kilomètres à l'ouest, d'autres déblayent toujours quelque chose et font apparaître le sable orangé du sol dégagé de toute végétation. La Companiya Brasiliana do Construcciones do Brasil détient la majorité des travailleurs du chantier qui viennent pour la plupart d'entre eux, de Rio de Janeiro, de Belem et des grandes villes brésiliennes. Les architectes et les ingénieurs travaillent ici en expatriés, ce sont des Français, des Allemand et des Italiens. Un contrat important a été signé avec le Brésil et ce chantier représente pour ce grand pays sa contribution dans la conquête de l'espace. Dès que la piste d'atterrissage longue de deux mille huit cents mètres sera terminée, le gouvernement français fera parvenir au départ de leur base d'Orléans deux avions militaires Airbus A-400M cargo, tandis que le gouvernement brésilien deux Aero-Avengers cargo. Pour les six mois à venir, l'essentiel des travaux devra s'accélérer pour que soyons opérationnels avant la fin de l'année 2020. Benjamino Canopilieri est italien, il a la soixantaine. C'est un homme à la chevelure brune grisonnante, légèrement voûté et bedonnant, toujours des plans dans les mains il dispatche documents, plans et ordres, donne des conseils et partage les commentaires et les avis de tous ses collègues de la Companiya Brasiliana do Construcciones do Brasil, le groupe français des BTP et celui d'« Atomic-Techno ». Il invite les responsables de la NSEA à s'asseoir à une grande table sous une longue tente blanche qui sert de salle de réunion et de bureau. La tente blanche est prolongée par une autre, longue de quarante mètres constituée de plusieurs tentes accolées. Bien amarré, le tout résiste aux vents et à la pluie. Ce sont là les cuisines et le réfectoire avec tables, bancs et chaises en bois et en plastique. D'autres tentes, des bungalows et des mobil-homes sont disséminés sur tout le territoire nouvellement conquis. Benjamino Canopilieri raconte :

- Vous savez mieux que quiconque comme il a été difficile d'obtenir les autorisations du gouvernement français pour que nous puissions commencer le chantier. Vous les avez obtenues ces autorisations et le premier travail avait été de tracer deux pistes, une à partir de Cayenne et l'autre à partir de Cachoeira di Firmino, le port que le gouvernement brésilien a décidé d'agrandir et d'industrialiser. Les Brésiliens avec les Français ont réalisé la voie d'accès entre le port brésilien et Falaise Crevaux. La piste est praticable mais difficile, les dépannages n'arrêtent pas. Lorsqu'un camion s'enfonce dans la boue nous envoyons immédiatement des engins du génie avec de la main-d'œuvre. Les dépanneurs tirent les camions de leurs embûches et les terrassiers consolident sur le champ la route pour qu'elle ne s'affaisse plus à cet endroit, bien que nous sachions, que ce n'est que partie remise, car ça recommence plus loin. Nous avons tout de même réussi à faire acheminer tout ce que vous pouvez constater messieurs. Lorsqu'il y a urgence pour du matériel ou qu'on doive aller chercher des hommes à Cayenne, c'est l'hélico Mi-6 qui s'en charge. C'est le Mi-6 que vous pouvez apercevoir aussi chez vous là-haut à Kourou de temps en temps, le même qui vous a conduits jusqu'ici.

Arnaud répond :

- Merci Benjamino, il est incontestable que le chantier avance, peut-être doucement mais ça avance. Si nous avons tardé à débuter les travaux en 2016, c'était qu'il y avait quelques raisons à tout cela, d'abord nous sommes dans une région de la Guyane française, les autorisations ont été très longues à obtenir comme vous venez de le mentionner. Vous savez qu'en France la protection de la nature et l'écologie sont des sujets très difficiles à maîtriser, nous devons être à l'écoute de tous car il s'agit de l'avenir de notre planète disent les partisans écologiques. C'est pourquoi il avait été laborieux de les convaincre. Il fallait leur faire admettre que notre but était aussi d'œuvrer pour l'avenir de notre planète et de l'humanité. Le lieu de Falaise Crevaux a été un choix raisonnable du fait d'abord d'un rapprochement de l'équateur pour notre puits PCHE qu'on ne pouvait pas creuser à Kourou à cause de la proximité de l'océan – à vingt mètres il y a l'eau. Nous avons aussi l'intention de profiter du flan de la colline pour en faire la base de ce que sera dans un proche avenir « l'ascenseur spatial » selon le concept de Constantin Tsiolkovski. D'ailleurs la base sur la colline a déjà un nom, c'est la « Base Tsiolkovski » de Falaise Crevaux tandis que la base géostationnaire spatiale sera la « Base Kostia ». N'est ce pas Vladimir ?

Vladimir Toumanov répond, pendant qu'un déjeuner est préparé sous les tentes du fond où se trouvent les cuisines :

- Nous remercions la NSEA d'avoir su reconnaître le mérite de notre savant russe, décédé en 1935. Il avait imaginé le concept que tu viens de mentionner et nous remercions aussi la NSEA d'avoir décidé que la base pour l'ascenseur spatial de Falaise Crevaux portera le nom de « Base Tsiolkovski » tandis que la base géostationnaire s'appellera simplement « Base Kostia ». « Kostia » est le diminutif du prénom de Constantin Tsiolkovski, c'est ainsi qu'on l'appelait en famille depuis son enfance et c'est aussi ainsi que l'appelait sa femme. Nous avons pensé avec vous qu'il fallait donner un nom simple et facile pour tout le monde. Mais je crois que l'endroit où nous nous trouvons a aussi une histoire, Arnaud et Léonard, racontez-nous un peu !

Léonard se redresse sur sa chaise et regarde en direction de la forêt amazonienne par le côté retroussé de la grande tente blanche :

- C'était un homme jeune puisqu'il est mort à l'âge de trente cinq ans. Il était né non loin de Nancy en 1847. Il avait étudié la médecine, c'était un passionné. Ses parents étaient aubergistes et ils réussirent à lui assurer ses études, si bien qu'il était devenu médecin. Il avait servi dans un hôpital militaire à l'autre bout de la France en tant qu'aide médecin et il avait participé à la guerre de 1870, s'étant porté volontaire. En 1876 il explore les Antilles et aussi la Guyane où il était resté quelques mois. Il s'était intéressé aux autochtones à toutes ces tribus qui se faisaient la guerre entre-elles. Il y avait des noirs qui avaient fui l'esclavage d'Amérique du nord et qui s'étaient réfugiés dans ces lieux reculés et dangereux. Jules Crevaux s'était intéressé surtout aux Amérindiens complètements sauvages de ces régions. Après un premier voyage, il était revenu chez lui grâce à l'aide d'un compatriote qui l'avait aidé à embarquer sur un bateau en partance pour la France. En 1877. Il s'était rendu à la Société Géographique, où il avait fait un brillant exposé, il avait même reçu la Légion d'honneur. Il retourna en Amérique du sud et se mit à explorer de nouveau ce continent. Il avait parcouru plus de 1000km sur fleuves et cours d'eau, puis il retourna en France. Sa passion reprit le dessus et il repartit à nouveau vers le continent sud américain qui le passionnait tant. Au cours de ce troisième voyage, il avait parcouru encore des milliers de kilomètres à travers la jungle et sur les fleuves inhospitaliers. Il avait dû lire des histoires extraordinaires dans sa petite jeunesse, dans lesquelles de grands aventuriers et explorateurs intrépides s'aventuraient dans des régions sauvages du monde. Il avait réussi à convaincre les autorités qu'il était de l'intérêt de la France, d'aller à la découverte des forêts et de régions nouvelles et inconnues. Des hommes d'affaires lui avaient octroyé certaines sommes et donné les moyens logistiques pour se rendre avec des équipes d'explorateurs, des botanistes, des géographes et des travailleurs dans ces régions sud américaines, dont la Guyane. Jules Crevaux était un passionné j'insiste sur ce point, rien ne l'aurait arrêté, cette idée lui trottait dans la tête depuis son enfance suite à ses lectures fantastiques. Arrivé en Guyane pour la troisième fois, il avait encore traversé le pays et il était allé bien plus loin jusqu'en Argentine en navigant sur les fleuves. Il essayait de civiliser certaines tribus avec lesquelles il s'entendait bien, d'autres ne l'appréciaient pas du tout et un jour d'avril, les Indiens du territoire des Tobas avaient dispersé son groupe. Certains avaient réussi à se sauver et ils racontèrent que Jules Crevaux avait été tué par ces sauvages et qu'ils l'avaient mangé. Il avait trente cinq ans. C'était en avril 1882 au bord d'un Rio argentin. Et oui il y avait des anthropophages jusqu'en Argentine. Plus tard on décida de donner le nom de « Falaise Crevaux » à la colline qui nous surplombe, c'était un endroit qui l'avait fasciné car le sommet dominait la forêt amazonienne avec tous ses reptiles et animaux sauvages que sont les serpents, gros et petits, crocodiles, singes et oiseaux de toutes les couleurs et pires encore, les tribus sauvages. Tiens on nous apporte à manger ! Jusqu'au vingtième siècle, certains géographes étaient persuadés qu'à cet endroit de la Guyane se trouvait une longue et mystérieuse chaîne de montagnes où vivaient les Amérindiens. D'un côté ils avaient raison, mais de l'autre ils se trompaient complètement. L'endroit où nous nous trouvons n'a rien d'une chaîne montagneuse, ici l'endroit est dégagé, le sol est plat non seulement parce qu'il a été dégagé par nos machines, mais aussi parce qu'il s'agit d'un plateau. C'est vrai qu'en creusant, en-dessous, c'est de la roche n'est-ce pas Benjamino…

Benjamino Canopilieri répond :

- Et oui, quand on déblaye c'est d'abord de la terre, de la terre riche, vous voyez elle est noire, il semble que les Amérindiens se déplaçaient beaucoup du fait des guerres qu'ils se faisaient entre eux, mais lorsqu'ils s'arrêtaient, ils en profitaient pour faire de la culture. Ils ne restaient jamais longtemps sur place, ils étaient très nomades. Lorsqu'on creuse encore un peu, on trouve un sol ferme, c'est du sable avec des gravillons et plus profond encore c'est de la roche heureusement friable. Lorsque nous avions transmis les résultats des analyses des carottes prélevées, la NSEA avait décidé que l'endroit était tout à fait favorable à vos projets, c'est pourquoi nous sommes là

– Tiens, c'est vrai on nous amène à manger, venez prenons place sous les tentes du réfectoire.

Les huit amis et collègues se déplacent et s'installent aux tables désignées par Benjamino. Les employés aux cuisines sont guyanais des localités avoisinantes mais lointaines tout de même. Des hommes et des femmes au tablier blanc apportent des hors d'œuvres tout prêts de la métropole et choses inattendue trois bouteilles de Bordeaux « Château Pereac ». Puis suivent des rôtis avec petits pois et purée. Léonard reprend :

- Oui, dans un passé pas très lointain, toutes ces régions étaient complètement sauvages et dangereuses. Aujourd'hui nous préparons ici même, dans cet endroit mystérieux, l'avenir. Il est bon ce « Château Pereac ».

Tchang Wising veut approfondir les caractéristiques de « l'Adriane » :

- Arnaud, donne-nous des détails sur votre « Adriane », parce que vous avez communiqué à Urumchi et Shenzhou qu'il serait nécessaire qu'on aligne les diamètres de nos lanceurs « Longue Marche » sur les vôtres. Il faut maintenant ajuster les productions dans la standardisation de nos fusées, n'est-ce pas ? Et aussi j'aimerais savoir si Orson et Vladimir vont aligner leurs diamètres sur « Adriane ». Je veux parler des « Delta », des « Atlas », des « Soyuz » et des « Protons ».

Les nombreux ingénieurs et techniciens de la NSEA des Etats Unis développent en bonne entente avec tous les autres organes NSEA, la standardisation de leurs fusées. Vladimir et ses équipes font de même avec leurs fusées « Protons » et aussi « Soyuz ». Il faut impérativement standardiser, c'est inévitable. Orson répond :

- C'est vrai que nous devons coordonner nos standards au niveau de chacune de nos organisations. Nous sommes prêts, mais sans chatouiller l'honneur de nos confrères, nous avons été tout de même les précurseurs dans la conquête spatiale ne serait ce qu'avec le programme Apollo. Dans le passé nos fusées Saturne-V avaient imposé certaines normes pratiques incontournables. C'est pourquoi, je vous demande, qui a eu l'idée, qui a pris la décision d'adopter un diamètre de cinq mètres aux étages supérieurs des modules et des vaisseaux ?

Tchang Wising répond à Orson :

- Tout le monde sait que c'est vous ! Là n'est pas le problème Orson, mais bientôt tu viendras demander à ton ami Tchang, *mais c'est qui, qui a envoyé* « Yutu » le lapin de jade et moi je te répondrai, c'est Tchang avec ses frères les Chinois. *By the way*, d'ailleurs moi j'aime bien l'appeler « Yutu » et non pas « lapin de jade ». « Yutu le lapin agile » parce qu'il étonne le monde entier. Ne t'inquiète pas, car après « Yutu » quatre Chinois iront voir sur la Lune ce qu'il nous a préparé avec notre LM-7 et ça, c'est dans cinq ans, en 2025. Après nous vous inviterons à nous suivre sur « Chang'e ».

Orson rit jaune et répond :

- Tchang, n'oublie jamais notre programme « Apollo ». Notre drapeau est sur la Lune et fais attention que « Yutu » le laisse là où il est. D'ailleurs après votre expédition lunaire, en accord avec ton gouvernement ce sera la NSEA qui prendra la relève pour y construire notre station commune. Et le diamètre de vos fusées, comment allez-vous, vous aligner sur les autres ?

Tchang répond :

- C'n'est pas un problème Orson, nous avons déjà résolu ce dilemme. Nous avons des fusées « Longue Marche » dont le premier étage est raccordé au deuxième par une circonférence de treillis entrecroisés. Nos fusées ont un diamètre de 3,35 mètres comme vous le savez, presque toutes sauf les très anciennes. Or depuis « Longue marche –3 » nous raccordons entre deux et quatre boosters comme vous le faites pour votre « Adriane » et le diamètre devient 7,85 mètre, donc bien supérieur à vos 5,45 mètre. Il est vrai qu'il s'agit là de la base. Pour vos lanceurs avec quatre boosters la situation ressemble à la nôtre dans ce cas de figure. Les étages « 3 » ou « 4 » que vous construisez en Europe, nous pouvons les fixer sur l'étage principal. L'étage pyrotechnique vient se raccorder à l'aide du « treillis » de raccordement exactement comme notre étage supérieur. Il y a quelques ajustements à faire et figure-vous, c'est déjà fait, nous attendons la suite. Avec « Longue Marche – 7 » nos ajustements sont faits et nous attendons le moment venu !

Pendant que les hommes se restaurent de rôtis divers accompagnés de légumes, quelques bouteilles de « Château Péreac » défilent sur la table et Vladimir Toumanov explique la position des Russes en ce qui concerne la fameuse standardisation des fusées qu'exploite la NSEA :

- Pour nous, c'est assez simple car nous avons déjà standardisé les caractéristiques de nos lanceurs et aussi de nos divers modules. Prenez pour exemple les modules d'habitation, les lieux de vie ainsi que les laboratoires raccordés à l'ISS, ils sont depuis bien longtemps adaptés les uns aux autres. Le diamètre des raccordements des vaisseaux lorsqu'ils viennent s'arrimer, comme pour les ATV, tout est réglé depuis le début des opérations de l'ISS. Nos fusées sont aussi bien livrées à Houston qu'à Kourou et nous en envoyons aussi de Baïkonour. Les arrimages grâce à la standardisation des raccordements sont une pratique habituelle. Je voudrais aussi attirer votre attention sur les vaisseaux que nous avons envoyés en commun entre 2013 et 2015 sur Mars. Deux vaisseaux emportant huit cosmonautes ont après un voyage de plus de six mois, atterri sur la planète rouge, n'est-ce pas. Nous avions conquis Mars, les hommes sont restés toute une année dans des conditions extrêmement difficiles et ils sont revenus sur Terre en 2018 grâce à notre parfaite planification. Ce sont nos vaisseaux EN et SAT qui avaient assuré cet exploit. Je veux dire que oui, notre standardisation fonctionne déjà. Maintenant nous attendons Tchang, mais tu dis que vous êtes prêts, alors je propose de lever notre verre à notre nouvelle base de « Falaise Crevaux » car d'ici nous pourrons évoluer vers une stratégie de conquête intensive du cosmos, messieurs.

Orson Trueman reprend :

- Avec Delta-IV et Atlas-V et SLS nous couvrons toutes nos exigences communes. Tous nos raccordements sont ceux que vous connaissez et vous avez bien voulu vous raccorder à nos spécifications. Oublions Saturn-V car il semble que nous ne reviendrons jamais au magnifique programme « Apollo ». Imaginez, c'était une fusée de 110 mètres de haut et 10,10 mètre de diamètre à sa base, nous ne construirons jamais plus d'engin de la sorte, mais notre technologie évolue constamment et nous remplaçons de plus en plus « la puissance par l'ingéniosité » avec nos Delta, Atlas et SLS. La hauteur de Delta-IV est de 58 mètres, diamètre 3,80 mètre, poids 575 tonnes et poussée de 990 tonnes, vous me direz mais comment adapter nos étages « 3 » et « 4 » ? Alors je vous dis très simplement, la coiffe était déjà dimensionnée pour un diamètre de 5 mètres, tout est prévu. Nous pouvons placer en GTO, sept tonnes soit, mais nous avons l'intention d'y placer plus de 50 tonnes en GTO en quelques vols avec nos lanceurs Atlas-V et SLS. La coiffe a un diamètre de 5,4 mètres qui correspond exactement aux systèmes d'arrimages des étages « 3 » et « 4 » fabriqués en Europe. Normalement Atlas-V achemine aisément 9 tonnes en géostationnaire, mais avec notre étage « 3 » qui sera arrimé en complément, comme pour Delta-IV, nous positionnerons une cinquantaine de tonnes de charge sur la base « Kostia ». Sous la coiffe de nos deux fusées, le diamètre est de 3,80 mètre mais cela ne nous empêche pas d'arrimer le « 3 » et le « 4 ». Tous les ajustements sont prévus.

Alberto précise :

- Oui mais c'est vous la NSEA des Etats Unis qui avaient dicté ces paramètres, donc il n'est pas étonnant que vos paramètres soient ceux des normes imposées. Les Russes et les Chinois se sont adaptés, *alora* tout est en ordre, *no* ?

William Lorren ajoute :

- Il faut aussi préciser que malgré les divergences, les Russes ont toujours travaillé avec les Américains bien que les situations politiques contradictoires ne manquaient pas et ce n'est pas pour autant qu'ils se seraient départagés les uns des autres. Pour la conquête de l'espace, ce n'est plus la course comme avant, les temps ont complètement changé et au lieu de se sentir concurrents, les deux puissances se retrouvent partenaires. Ce partenariat allait se rompre après que les Etats Unis eussent construit leur propre capsule de retour sur Terre à partir de l'ISS, mais allez donc comprendre les raisons pour lesquelles ils s'obstinent à continuer à travailler encore ensemble. Les Russes continuent à envoyer des fusées à Houston alors qu'il y a sur place les Delta-IV, Atlas-V et SLS et les Américains continuent à atterrir au Kazakhstan.

Hans apporte un détail :

- Et nous en Europe, nous fabriquons les étages « 2 » « 3 » et « 4 ». Alberto tu voulais dire que pour la finition des étages, ils devraient passer l'Italie ?

Alberto répond avec sa tournure de phrase spécifique lorsqu'il parle en français :

- *Ma,* non ça sera comme avant. Avant c'était nous en Italie qu'on fabriquait le deuxième étage pour les « Adriane » *ma* la procédure est différente maintenant. *Alora* quand nous serons tous dans les temps, les étages « duo » « 3 » et « 4 » seront expédiés par bateau au départ de Genoa comme nous avions l'habitude de le faire jusqu'à maintenant. *Ma* dans certains cas, les étages seront expédiés de chez vous de Darmstadt, il n'y a pas de finition, de quelle finitions *tou* parles ?

Arnaud reprend :

- Les finitions et certains ajustements ont toujours lieu à Kourou, parce que c'est à Kourou qu'est accomplie la toute dernière étape, celle des raccordements. A ce sujet un centre d'assemblage est prévu ici à Falaise Crevaux et aussi un atelier qui prendra des proportions très importantes dans l'avenir. Benjamino Canopilieri et les compagnies qui travaillent sur ce site ont encore beaucoup de choses à réaliser comme la construction de l'aérodrome et aussi le puits PCHE*. La plate forme de la « Base Tsiolkovski » sur la colline, ça peut attendre. (*PCHE Puits de Catapultage Hydraulique Electromagnétique). Comme la nouvelle technologie de catapultage d'avions « EMAPS » sur les porte-avions.

Benjamino Canopilieri répond :

- Vous avez convenu depuis le début que la priorité, c'est l'aérodrome. Le puits vient en deuxième position ou presque en même temps. Les infrastructures et la plate forme pour la « Base Tsiolkovski » viendront en troisième position dans l'ordre des priorités. Nous pensons construire le puits aussi rapidement que ceux qui avaient été construits à Houston, Baïkonour et Plessetsk. Nous employons les mêmes spécialistes pour ces travaux. Les armatures métalliques internes sont fabriquées en France à Florange, elles sont acheminées avec de grandes quantités de ciment au port de Cachoeira, où nous avons implanté quatre silos pour le stockage du ciment. Nos services tiennent une comptabilité précise sur tous ces sujets. En fait, c'est à quatre kilomètres on peut voir le grand derrick d'ici et derrière il y en a un deuxième, car nous creusons deux puits, le PCHE et le puits secondaire de service qui servira aussi aux aérations et aux monte-charge et ascenseurs. Nous ne pouvions pas envisager de travailler pratiquement sous l'équateur, sans avoir de solution pour un confort minimal. Tout autour de Falaise Crevaux, de la colline et du plateau, coulent plusieurs cours d'eau. Lorsque nous avions débarqué ici il y a deux ans, selon les protocoles et les accords de la NSEA, les choses ne s'étaient pas faites d'elles mêmes, en toute simplicité. Il y a quelques villages dans cette région et leurs habitants bien que réticents au début nous ont beaucoup aidés. Ils connaissent parfaitement la géographie de ces lieux et nous avons évité bien des embûches grâce à eux. Maintenant ils sont contents de travailler sur nos chantiers, ils ont un salaire et subviennent aux besoins de leur famille. Nos équipements lourds sont arrivés par bateau au port de Cachoeira. A partir de ce port, nous avons exploité une piste à travers la forêt amazonienne et nous l'avons consolidée jusqu'ici, grâce aux services du génie de l'administration brésilienne. Des aménagements importants restent à faire. L'autre piste est celle qui mène à Cayenne. Dans un grand périmètre autour de Cayenne, se trouve une région urbaine qui s'est réalisée depuis quelques décennies. La route à proximité de la ville était bien aménagée mais au bout de cinquante kilomètres nous avons dû nous rendre à l'évidence. Nous ne pourrons pas l'utiliser avant quatre à cinq mois. Nos équipes travaillent jour et nuit à son aménagement. Le port de Cayenne est plus approprié aux manutentions et aux déchargements des grands navires que Cachoeira, qui se trouve à cent quatre vingt kilomètres d'ici. Le port brésilien nous est de grand secours du fait qu'il est plus accessible, il se trouve tout de même plus près que Cayenne qui est à deux cent cinquante kilomètres avec une piste lamentable. Cachoeira est approprié pour le trafic de marchandises en provenance du Brésil et son développement est aussi utile pour tout le comté d'Amapa. En quelques semaines, la piste entre Cachoeira et Falaise Crevaux est devenue rapidement praticable et nous avons pu acheminer nos équipements lourds, comme les excavatrices, les tractopelles, les camions, les matériaux de construction et des approvisionnements de toutes sortes. Tout transite d'abord par Cachoeira. La piste de Cayenne sera praticable dans cinq mois environ et il faudra la consolider et l'utiliser raisonnablement, tout au moins au début. La piste de Cachoeira avait été remblayée, consolidée de roches et de ballast pierreux concassé et même goudronnée par endroits. A présent le trafic est quotidien et incessant. Sur le plateau les aménagements se font au quotidien. Le plateau comporte déjà des parcs de stockage de sable, de matières premières comme les matériaux de construction, des aires de stationnement pour toutes les machines. Nous avons bâti des hangars, d'ici à huit mois nous construirons un centre commercial au milieu du lieu de vie. Pour le moment nous avons placé des mobil-homes, implanté des bungalows et les nombreuses tentes comme vous pouvez voir. Nous avons tracé, creusé, consolidé, bétonné les canalisations menant au site de traitement des eaux usées et un emplacement est dédié à la destruction systématique des ordures de toutes sortes en tenant compte des possibles récupérations ou recyclages. Vous pourrez bientôt constater que des constructions en dur seront prêtes pour abriter nos bureaux et nos ateliers. La centrale nucléaire près du fleuve est à un stade assez avancé. Les deux tours de refroidissement se fonderont raisonnablement dans le paysage et la nature, on les remarquera à peine. La construction de la centrale est assurée par le groupe français

« Atomic-Techno » que vous avez sollicité à Paris. Tout le projet avancera beaucoup plus vite après la construction effective de la route de Cayenne à Falaise Crevaux.

Arnaud Rivière annonce :

- Nous avons eu une réunion à Paris et les responsables d'« Atomic-Techno » nous assurent que les premières barrettes de Plutonium seront livrées par les Russes au cours du mois de juin 2021. Les essais se feront dès le mois de juillet 2021 et nous comptons lancer le premier complexe fusée-vaisseau en février 2023. D'ici là nous avons encore des détails et quelques ajustements à régler à Baïkonour et à Houston. Tout ce qui a été réalisé ici en deux années est absolument étourdissant, encore quelques mois d'attente et nous lancerons dans l'espace nos fusées-vaisseaux à l'aide du même procédé qu'utilisent Houston, Baïkonour et Plessetsk – le procédé du catapultage PCHE aidé du nucléaire, car nous aurons besoin d'une énorme puissance.

Benjamino Canopilieri finit son explication :

- Comme vous le savez, bientôt des maisons seront édifiées et toute une ville surgira peu à peu de cet endroit magnifique. Je dis bien magnifique car nous faisons tout pour sauvegarder la nature dans sa splendeur, tout est pensé pour ne pas enlaidir l'environnement de cette ville du futur. Le confort sous l'équateur, c'est l'eau. Nous captons l'eau en profondeur car nous avons détecté des rivières souterraines à l'aide de quelques données satellites que nous a transmis l'Institut Géographique de Paris. Nous ici, nous ne croyons pas aux sourciers. Vous pouvez si le cœur vous en dit, aller vous baigner, trois piscines avec des bungalows sont à disposition ainsi que des douches et des jacouzis. Pour nous, il avait été primordial de pouvoir nous rafraîchir, de nous laver après un travail souvent harassant. Avec cette chaleur ces piscines sont aussi un véritable plaisir. J'ajouterai que l'eau est d'une parfaite pureté. Les choses les plus compliquées restent à réaliser, comme la centrale nucléaire, les bâtiments administratifs et techniques, les canalisations et les branchements de toutes sortes. Architectes, ingénieurs et techniciens, tous sont à l'œuvre.

Orson Trueman, Arnaud Rivière, Léonard Templer, William Lorren, Alberto Salicio, Hans Gotten, Tchang Wising et Benjamino Canopilieri prennent le café qu'on vient de déposer devant eux. Une demi heure plus tard, Benjamino donne le signal du départ, les hommes se lèvent, se coiffent d'un casque jaune qu'on a mis à leur disposition et sortent de la grande tente réfectoire. Dehors c'est la chaleur moite, le soleil de quinze heures tape au plus fort. Benjamino invite les hommes de la NSEA à faire un tour du plateau à bord d'un minibus climatisé, en s'arrêtant à plusieurs endroits pour donner quelques explications. Après la base du plateau, le minibus s'engage sur une piste ocre jaune bordée d'arbres hauts, de palétuviers enchevêtrés de lianes parmi lesquels dépassent quelques palmiers. Une tranchée de deux mètres de large et profonde d'un mètre longe la piste. A certains endroits l'on peut apercevoir des tuyaux noirs de différents diamètres posés au fond, ainsi que des gaines vertes contenant de gros réseaux de câbles électriques. D'autres gaines rouge, jaune, bleue contiennent des câbles de fibre optique, fils de téléphone et autres. Sur le parcours plusieurs machines orange jaune s'affairent sur les bas côtés de la tranchée. Des camions orange jaune venant d'en face croisent prudemment le minibus des décideurs de la NSEA. Le parcours dure une dizaine de minutes. Le minibus s'engage sur un espace dégagé au sol sablonneux. Une certaine effervescence règne ici, des machines grondent, toujours les camions orange jaune font des tours et des détours. On aperçoit un long remblai à une distance d'à peu près un kilomètre, c'est la base annexe avec le « PCHE » de Falaise Crevaux. Au fond, devant le remblai, des bâtiments sont en construction. Au niveau du plus gros chantier, Benjamino arrête le minibus juste au pied du grand derrick-grue. Les hommes descendent et s'approchent des deux puits, ils ne voient pas le fond par dessus les rambardes et le vertige envahit les plus braves, ils ont tous un geste de recul involontaire devant l'abîme.

Benjamino annonce :

- Ne vous inquiétez pas de trop, ce que vous voyez, ce sont les renforts que nous avons appliqués aux parois lorsqu'on creusait au début, ça n'a pas changé depuis, ce sont toujours des lattes de bois comme pour les puits de mines, sauf qu'ici ces parois seront les plus épaisses de tous les puits du monde. Le bétonnage a commencé par le fond, nous avons atteint 60 mètres, il nous reste à peu près 70 mètres à réaliser. Ferraillage, soudure et bétonnage prennent beaucoup de temps et d'énergie. Lorsqu'on monte les parois en béton d'une épaisseur de deux mètres, on fixe également les rails sur lesquels viendront glisser les fusées avec leur vaisseau. Selon vos plans, tout au long des deux côtés de la paroi du puits, les ingénieurs électriciens installent un mât sans fin, les bobines à induction électrique, les « *coils* » comme vous les appelez y seront fixés. Le moment venu pour le catapultage d'une fusée avec son vaisseau, les « *coils* » recevront un flux électrique de cent vingt cinq mégawatts en provenance de la centrale nucléaire et le complexe fusée-vaisseau sera expulsé comme, si c'était la Terre elle-même qui l'expulsât de son ventre. Le puits d'à côté, c'est le puits de service, il sera terminé dans six mois environ, tandis que le PCHE sera terminé au mois d'octobre prochain de cette année 2020. Les gros câbles de haute tension sont enterrés depuis la centrale nucléaire de notre base de Falaise Crevaux. Les câbles aboutissent ici pour alimenter le PCHE et tout le site technique environnant. Je suis content d'avoir pu vous montrer les avancées de tous les travaux que nous avons entamés pratiquement, en même temps. La Companiya de Construcciones do Brasil les compagnies de BTP de France, d'Allemagne et d'Italie, « Atomic-Techno » et moi même, nous vous assurons de notre bonne volonté et j'espère que vous appréciez nos compétences !

Arnaud Rivière hoche positivement la tête et donne le signal du retour. Le minibus reprend la piste vers la base de « Falaise Crevaux ». On retourne sous la grande tente pour prendre des rafraîchissements et c'est le départ en hélicoptère Mi-6 pour Kourou.

Les deux pilotes russes ont pour instructions de déposer les responsables de la NSEA sur la base de Kourou à l'emplacement spécialement réservé à l'hélico, tout proche de « L'Envolée ». Après une douche bienfaisante, les hommes de la NSEA se retrouvent

« Chez Lorette » pour le dîner du soir. Pierre arrive à dix neuf heures et annonce :

- Messieurs, « Rouslan » (nom donné familièrement à l'avion gros porteur Antonov-124) est arrivé pendant votre absence, il a déposé du matériel en provenance d'Italie et aussi des tuyaux en provenance d'Inde avec un étage numéro « 4 ». L'équipage n'a pas voulu attendre, ils sont repartis pour une mission au Chili, ils nous ont dit qu'ils allaient charger une turbine d'un barrage pour la ramener à Stuttgart. Ils ont laissé les documents au bureau et ont dit « à dans deux ou trois semaines ! ». Bon qu'est ce qu'on mange Joseph ?

Le mari de Lorette répond :
- *Mais d'abo, vous voulez le pastis ou le om planteu ?*

Pierre répond :
- Moi aujourd'hui c'est le pastis et qu'est ce qu'on mange.

- *Lo-ette a fait des b-ochettes, vous pouvez les manger avé le « i » si vous voulez bien, ça vous va, qui veut quoi ?*

La commande est passée. Dès que les apéros sont terminés, Joseph dépose trois bouteilles de « Château Pereac » sur la grande table. Les brochettes arrivent avec du riz et de la salade. Après viennent les fromages et les glaces. Une bonne nuit à « l'Envolée » et les responsables partent en minibus vers l'aéroport de Cayenne. Ils s'arrêtent dans la salle des contrôles des lancements, disent au revoir à Héloïse et à tous les techniciens et ingénieurs. Dans l'aérogare, Léonard et Arnaud prennent leur vol en Airbus-330 pour Roissy CDG. Tchang, Vladimir, Hans, Alberto et William accompagnent Orson jusqu'à New-York JFK. Orson reprend un vol pour Boston en Boeing-737, Tchang un vol à bord d'un Boeing-777 jusqu'à Beijing, William un Boeing-787 le « Dreamliner » jusqu'à Heathrow, tandis que Hans et Alberto un Boeing-777 jusqu'à Frankfurt-am Main d'où Alberto prendra son vol pour Rome Fiumicino à bord d'un Airbus-319.

Nous sommes le 21 juin 2020. Orson avait demandé à Arnaud et Tchang de venir à Houston pour discuter de certains détails techniques. Une autre réunion devra se tenir à Shenzhou après. Le jour du solstice d'été, Arnaud Rivière le président de la NSEA de Fontainebleau est accompagné de Hans Gotten à qui il a demandé de se joindre aux discussions. Ils arrivent à Houston par le vol d'Air France à bord de l'Airbus-330. Tchang Wising président de la NSEA pour la Chine est arrivé à Houston par un vol American Airlines à bord d'un Boeing-777. Tous les trois se retrouvent à l'hôtel « Flying Saucer » où les attendent Amanda la réceptionniste et Kathy la serveuse. Amanda accueille Arnaud et Hans et dit à Arnaud Rivière :

- Your usual rooms are ready, vos chambres de d'habitude sont prêtes. Puis elle ajoute, When is Stephane coming ? Arnaud répond :

- Oh il viendra bientôt pour les lancements, mais vous devez le savoir Amanda, non ?

- Oui, but I wanted to hear your confirmation mr Rivière !

- Oh, je vois, en fait il arrive demain !

Dit Arnaud. Le soir, vers dix neuf heures, Orson Trueman téléphone à l'hôtel « Flying Saucer » et donne rendez-vous pour le lendemain matin aux trois responsables de la NSEA au centre de lancement de Houston. Amanda organise un petit « supper ». Arnaud, Hans et Tchang profitent pour bavarder et se raconter les dernières nouvelles. En fin de soirée, la fatigue arrivant les trois responsables NSEA partent se reposer. Ils se retrouvent au breakfast le lendemain matin dans le dinning-room, puis ils se rendent à la salle des contrôles de lancements où les attend Orson Trueman. Orson reçoit ses amis et ils font un petit tour des consoles pour saluer tous les techniciens qui s'affairent à donner des ordres radio électromagnétiques à de très nombreux objets gravitant autour de notre planète. D'autres contrôlent simplement le bon fonctionnement automatisé des autres satellites, d'autres encore essayent de diriger certains déchets ou objets obsolètes vers des zones plus appropriées dont certains descendent se consumer partiellement dans les couches denses de l'atmosphère et finissent par retomber dans l'Océan Atlantique, d'autres dans l'Océan Pacifique, dans des zones plus proches de l'Antarctique qui sont fortement pointées du doigt par toutes les instances de défense écologique. Ici, on passe outre en portant un certain fardeau sur la conscience. Orson emmène ses amis dans une salle de conférence. Il leur annonce qu'on doit faire le point sur les charges, masses que la NSEA s'apprête à envoyer en géostationnaire.

- Messieurs, notre but principal pour les années à venir, aussi bien ici à Houston, qu'à Kourou et Falaise Crevaux, ainsi qu'à Baïkonour et Plessetsk est d'envoyer un maximum d'équipements et de carburant pour nos fusées spatiales, que nous nous apprêtons à placer sur une orbite terrestre géostationnaire. La deuxième plate forme sera notre satellite naturel « *The Moon* ». Mais avant tout notre mission stratégique est celle de la réalisation de notre station « Kostia » en géostationnaire à 36,000km de la surface de la terre. Cette mission prendra du temps. Les charges que nos gouvernements nous permettent d'envoyer sur la station spatiale internationale qui se trouve sur une orbite basse entre 350 et 450 km d'altitude, que l'approvisionneur ATV transporte, sont de l'ordre de 6000kg par voyage. Les Européens utilisent leur approvisionneur X.I.V qui avait fait ses preuves d'une manière éclatante en 2015. L'IXV transporte non seulement des charges de cinq tonnes mais aussi, jusqu'à six passagers. IXV (Intermediate Experimental Vehicle) revient sur terre en se guidant à l'aide de ses palmes arrières pour un guidage extrêmement précis et amerrit en douceur grâce à ses parachutes déployés en haute atmosphère, que viennent seconder les parachutes principaux à basse altitude. De gros ballons comme nous en utilisons régulièrement font flotter le vaisseau jusqu'à l'arrivée de l'équipe de récupération. Conjointement avec tous nos décideurs de la NSEA, nous avons décidé de nouvelles procédures que nous avons déjà appliquées aux voyages sur Mars. Inutile de vous le signaler, vous en savez autant que moi pour ce qui concerne nos astronautes qui se trouvent sur la planète rouge - tout se passe comme pour la première expédition et même mieux car ils sont armés des connaissances acquises par leur prédécesseurs. Mars devient habitable grâce aux constructions à l'intérieur de cavernes que nos hommes ont déjà pu réaliser après 7 mois de présence. En ce qui nous concerne, il y a quelques innovations. Il s'agit du placement d'un troisième ou quatrième étage en orbite haute contenant un maximum d'ergols liquides Hydrogène et Oxygène. Ensemble nous nous lancerons dans la construction d'un véritable train d'étages de containers d'ergols, auxquels viendront s'arrimer les vaisseaux spatiaux. D'abord aux alentours de l'orbite de l'ISS et ensuite ces modules, tous munis de moteur « Volcan » de 95 tonnes de poussée quitteront l'orbite basse et se dirigeront à coups de jets répétitifs sur l'orbite de 36,000km. Atteignant cette altitude, le procédé sera celui du retournement comme pour les capsules que nous avons l'habitude de placer en géostationnaire, pour freiner la vitesse atteinte de 38.000km/h jusqu'à celle que doit avoir un corps sur cette orbite par rapport à un point précis sur la Terre, c'est à dire un point fixe à vitesse nulle et face à Kourou / Falaise Crevaux. Nous en avions parlé à Kourou et nous pensons y arriver avec de simples clés USB qui contiennent l'entière automatisation des procédures. A cet endroit dans l'espace, une station tournera au rythme de la Terre, mais toujours sur son point fixe. Nous tiendrons compte des oscillations de la Terre sur son axe, nous observerons la précession et ajusterons nos coordonnées. La « station service Kostia» aura de nombreuses fonctions, dont celle de stocker une très grande quantité d'ergols, les carburants pour nos vaisseaux. Elle aura une réserve propre en permanence pour injecter des variations de position vers le Nord ou vers le Sud par rapport à l'équateur selon les saisons hiver, printemps, été, automne au cours des toutes prochaines années. Le lundi à 12 heures GMT de chaque semaine de temps terrestre, sera consacré au méticuleux ajustement de la station géostationnaire sur son axe « Kostia-Kourou ». Voici en gros ce que nous devons corréler entre nous et avec nos collègues de Russie. La prochaine réunion se tiendra chez toi Tchang à Shenzhou.

Tchang répond :

- Orson, tu sais bien que Shenzhou est ma deuxième maison, mais que j'habite avec ma femme et ma belle mère à Urumchi. Je serai content de vous accueillir tous. Annoncez-vous sur mon adresse e-mail. Je vous propose de venir pour notre prochain lancement de

« Troisième Lapin agile » sur la Lune dans le cadre de notre programme chinois indépendant. Nous parlerons de notre programme commun NSEA et nous vous réservons quelques surprises. A bientôt mes amis.

Après le repas du soir, Arnaud, Hans et Tchang disent au revoir à Orson au « Flying Saucer ».

Le lendemain matin Stéphane arrive par le vol en provenance de Paris. Arnaud a décidé que Stéphane resterait un certain temps à Houston pour de plus amples concertations sur différents sujets touchant aux techniques d'amélioration de le vie en scaphandre dans un milieu hostile, comme l'espace vide ou vicié par du gaz méthane. Les trois hommes se séparent le lendemain matin à l'aéroport de Houston, chacun prenant l'avion de sa destination, Arnaud pour Paris laissant Stéphane à Houston où celui-ci se sent comme chez lui.

Il y a longtemps que Stéphane en pinçait pour Amanda la propriétaire et serveuse réceptionniste à tour de rôle avec Kathy sa cousine du « Flying Saucer », il devait user de stratagèmes divers pour toujours trouver un moyen de se retrouver avec la belle brunette qui était malheureuse pendant les longues séparations d'avec Stéphane. Maintenant c'était fini, Amanda n'avait plus besoin de laisser tout son business d'hôtel restaurant à sa cousine, comme lorsqu'elle disparaissait des semaines entières pour vivre avec son amoureux à Fontainebleau ou à Bons en Châblais. Il va sans dire qu'Amanda est heureuse de le retrouver après des mois d'incertitude. Stéphane est certain depuis qu'ils se connaissent de son amour indéfectible pour Amanda, il en était dingue et avec l'accord d'Arnaud qui le nomme à un poste stratégique important pour l'organisation, il décide tout naturellement de vivre en permanence à Houston. Son travail quotidien est désormais à Houston. Avec Amanda, ils vont chaque soir se baigner dans l'Atlantique. Stéphane reste en contact permanent avec Fontainebleau, Arnaud Rivière, Léonard Templer et ses collègues, d'ailleurs Arnaud l'a nommé à ce poste d'une manière quasi permanente. Stef et Amanda gardent toujours leur pied-à-terre de Fontainebleau.

Octobre 2020 la réunion générale périodique se tient à Shenzhou, car il faut faire concrètement le point avec la Chine. Tchang dépêche un chauffeur pour chacun de ses amis qui arrivent les uns après les autres à destination de l'aéroport de Shenzhen Bao'an. L'aéroport de Shenzhen Bao'an au design « métal » très moderne est l'un des plus importants de Chine. Ses pistes près du bord de la Mer de Chine atteignent 3800 mètres de longueur et peuvent accueillir les plus gros avions du monde. Tchang Wising rassemble tout les représentants de la NSEA à l'hôtel « Haikiang-Wu ». Vladimir Toumanov connaît bien l'endroit, il y venait depuis la fin des années 1980 avec ses collègues russes lorsque la Russie était encore l'URSS, il était alors simple ingénieur en aéronautique et leur présence à Shenzhou faisait partie de la coopération entre Soviétiques et Chinois en matière spatiale comme elle l'a toujours été dans le domaine de l'aéronautique. Vladimir Toumanov, Orson Trueman, Hans Gotten, Arnaud Rivière, William Lorren et Alberto Salicio sont attablés dans le restaurant de l'hôtel au ré de chaussée pour le dîner. Les sveltes serveuses de Shenzhou s'activent joyeusement avec le sourire en apportant les plats traditionnels, nems avec différentes sauces, légumes chop sue et champignons noirs, poulet et bœuf sautés à la sauce salée sucrée, pimentée. Le repas finit avec les inévitables petits verres de saké et les amis s'attardent en finissant la soirée avec des tasses de thé noir du « Yunnan » aux vertus endocriniennes séculaires. Le lendemain matin, Tchang a organisé une réunion avec la direction du comité « Taïketchang » de la base de Shenzhou, celle-là même qui prend toutes les décisions concernant l'implication de la grande nation chinoise dans l'exploration spatiale internationale. On parle de sujets techniques, de mises au point, de l'orbite de la Lune autour de la Terre, qu'il faut s'y prendre trois jours avant de lancer un vaisseau pour atteindre un point très précis sur le sol lunaire et que toute l'opération doit être la plus courte possible, avec un temps de présence très restreint. Avec le temps et l'expérience de la conquête de Mars, on peut envisager de rapidement s'installer sur la Lune et y créer une station intermédiaire pour les vols spatiaux dans notre système solaire.

Tchang se lance dans quelques détails :

- On a l'habitude de croire que l'unité gravitationnelle universelle de référence est celle de la Terre, c'est à dire « 1 ». Cela n'est pas tout à fait exacte car ce « 1 » est notre référence de base de la « fkg » terrestre, mais il convient d'apporter quelques nuances, ce n'est pas moi qui le dit, cela a été établi par Isaac Newton. Masse x gravité = poids, oui mais comment établir au plus précis le quotient « gravité » et par rapport à quoi, le calcul est étonnant. Ce quotient est de « $9{,}81 ms^{-2}$ » et « $1g$ » est l'accélération de la pesanteur en ms^{-2} d'un objet en chute libre sans tenir compte du frottement de l'air, son accélération est constante. De même que pour la Lune la pesanteur est de « $1{,}62 ms^{-2}$ » et la chute d'un objet sur la Lune fait que son accélération constante est de $1{,}62 ms^{-2}$. Sa pesanteur par rapport à la Terre y est donc six fois moindre. Et oui, si on divise $9{,}81 / 1{,}62$ on trouve bien « 6 ». Vous, Orson avec Hans, vous avez envoyé en 2002 vos deux satellites « Grace » dans le cadre de votre exploration conjointe sur la gravité et le climat terrestres, entre Américains et Allemands. Votre mission s'appelait « Gravity Recovery and Climate Experiment » dans le cadre du programme « Earth Observing System ». Oh c'était déjà un programme commun entre vous, la NASA en Californie et l'agence spatiale allemande de Potsdam et le lanceur des deux satellites était la fusée russe « Rockot » lancée de Plessetsk le 17 mars 2002. Si je vous parle de gravité et de pesanteur aujourd'hui c'est que nous devons résoudre des petits détails pour nos centres de lancement de Shenzhou et d'Urumchi en montagne. Les spécialistes que vous êtes, savez fort bien que des différences minimes de la gravité existent selon les régions de notre planètes – d'ailleurs cette loi s'applique également à toutes les planètes du système universel. L'accélération de la pesanteur dépend du lieu, car notre Terre n'est pas tout à fait sphérique, un peu aplatie aux pôles. La différence entre les diamètres polaires et équatoriaux est de 70 kilomètres je crois. L'accélération de la pesanteur est plus forte aux pôles, c'est minime, soit une différence de 0,2 entre pôles et équateur. Nos laboratoires établissent les calculs pour les lancements futurs d'Urumchi. Le rayon de la Terre varie selon les altitudes, il est moindre par rapport à la surface des océans et supérieur en montagne surtout sur l'Himalaya. Les normes de la gravité terrestre sont déposées au conservatoire des poids et mesure à Meudon en France, mais il s'agit d'une norme moyenne, alors que pour nous, nous devons tenir compte de chaque variation par rapport à un lieu très précis et au rayon terrestre de cet endroit.

- Pareil pour nous tous ! Toutes nos coordonnées sont différentes, les unes par rapport aux autres, sauf pour nos puits « PCHE » nous nous retrouvons tous avec un rayon terrestre identique, les seules coordonnées qui diffèrent sont celles des longitudes et des latitudes ! N'allons surtout pas à chaque calcul refaire la démonstration newtonienne et utilisons plutôt les normes établies que sont les constantes de la gravitation universelle. La force de cette interaction mutuelle est celle qui s'applique de A en B et de B en A, A et B étant par exemple deux astres qui subissent les forces attractives de l'un sur l'autre et vice et versa. Leur valeur commune, si je puis dire, la force attractive entre les astres est :
$F = G \times mA \times mB / d^2$.
G est la constante universelle de la gravitation telle que : $G = 6,67*10^{-11} m^3.kg^{-1}.s^{-2}$
Le poids d'un corps est vertical à la Terre donc on a comme tu l'as dit : $P = m \times g$
« g » est la valeur de la pesanteur, qui est de 9,81N.kg en moyenne au niveau de la mer, comme ici au niveau de la mer de Chine, tandis qu'aux pôles, g = 9,83 N.kg et à l'équateur g = 9,79 N.kg. Vous connaissez « g » à Urumchi, donc à vous et à vos ordinateurs d'établir l'échelle adéquate Tchang. Pour les lancements de vos « Longue Marches » le Newton, $N = kg.m.s^{-2}$)

S'exclame Arnaud Rivière et Tchang répond :

- Tu ne crois tout de même pas que nous allons revenir sur des détails réglés depuis des siècles, nous ne faisons que parler, c'est vrai, il est nécessaire de rappeler ces choses devant ces messieurs du « Taïketchang ». Ils doivent savoir que pour approvisionner correctement Urumchi, nos besoins tiendront compte du lieu géographique de notre base. Mes amis, demain matin nous nous rendrons sur la base de Shenzhou et nous accompagnerons du regard le lancement de « Troisième Lapin agile » qui ira rejoindre ses autres frères qui sont fatigués et il prendra la relève auprès de Chang'e notre déesse de la Lune. Ce soir nous nous réunirons à l'hôtel « Haikiang-Wu ».

Alberto dit à William :

- Oh laissons les calculs rébarbatifs de côté, ce ne sont que des détails, dis donc William, t'as pas intérêt à téléphoner à tes deux petites fées à Londres...

- Bien sûr que je vais appeler Pamela et Belinda, elles doivent s'ennuyer sans moi, les petites choses …

- Tu plaisantes, elles se reposent sans toi, mais quand je leur raconterai comment tu te comportes avec les jolies danseuses chinoises, elles ne te le pardonneront pas !

- C'est ce que tu crois, elles me pardonnent tout et tu es un vieux jaloux, mais pourquoi tu me parles des danseuses, Tchang ne nous a pas encore emmenés les voir ces danseuses ?

- Moi je suis déjà venu voir Tchang ici, mais toi tu ne les connais les pas encore, elles sont étonnantes…

William répond décontenancé :

- Yes, je n'ai vu que les jolies serveuses !

- Oui, ben tu verras ce soir !

Tchang et ses compagnons de la NSEA rentrent à l'hôtel. Le soir vers vingt heures le dîner est servi avec au menu un peu les mêmes plats succulents épicés, au goût et aux odeurs subtils et exotiques auxquels on n'est pas encore habitué. Vers vingt deux heures, après les desserts et le thé, les tables sont débarrassées, les lumières deviennent tamisées, le grand rideau rouge s'ouvre sur la scène. Ce n'est plus le restaurant du grand hôtel, la salle devient théâtre. Un grand spectacle est présenté à tous les invités et la clientèle sélecte de la région, le Ballet de Shenzhou. La première image qui saute aux yeux est le décor avec la grande muraille de Chine. Sa construction fût entreprise au troisième siècle avant J.C. sur décision du premier empereur Che-Houang-ti qui avait décidé d'entreprendre l'énorme tâche en sacrifiant des milliers de Chinois contre les invasions des Mongols et autres ethnies belliqueuses envers la Chine. La grande muraille a été constamment aménagée au cours de la dynastie des empereurs Ming entre le treizième et le dix-septième siècle. Sur la scène, la grande muraille fait des entrelacés à travers la montagne et une succession de palais éloignés les uns des autres aux parois rouge et contours dorés laissent entrevoir des fleurs de lotus, des roses rouges et des plantes vertes. Puis apparaissent comme de frêles papillons de jolies danseuses parées de voiles légers aux gestes gracieux au son de la musique traditionnelle du grand pays. Suivent des danses folkloriques et des acrobaties diverses. L'ambiance a été envoûtante et charmante.

Le lendemain matin Tchang emmène ses collègues compagnons de longue date sur la base de lancement de Shenzhou. La vue est dégagée, le petit groupe est installé dans la salle des contrôles d'un bunker en béton armé et aux vitres épaisses de 40cm. Le bunker est situé à deux kilomètres du site de lancement. A travers les vitres on aperçoit « Longue Marche-6 » avec de petits jets de vapeur qui s'en échappent. La fusée est prête à décoller, le décompte est entamé et après la dernière minute, ce sont les secondes qui sont égrainées, neuf, huit, sept, six, cinq, quatre (à ce moment précis déjà une action est activée), trois, deux, ignition ! Tchang annonce :
- Mes amis, « longue Marche-6 » a emmené « Troisième Lapin agile » en direction de « Chang-e » notre déesse la Lune. Nous suivrons les événements et vous serez tenus informés en temps réel partout où vous vous trouverez.

La Chine laissera « Troisième lapin agile » sur la Lune avec son atterrisseur qu'on pourra réutiliser lors d'un prochain voyage qui emportera une réserve importante de carburant pour un retour sur Terre, tandis que le deuxième étage de la fusée restera en orbite lunaire éloignée. Pendant deux journées des réunions se tiennent sur la base de Shenzhou pour la mise au point d'un calendrier précis des opérations à venir de la part de chacun des partenaires de la NSEA.

Orson annonce :

- Tchang, nous vous ferons parvenir tous les plans et protocoles pour la construction de notre nouveau système de retour sur Terre. Il est nécessaire d'adopter une standardisation universelle entre toutes nos unités pour que chaque élément puisse être parfaitement adaptable à n'importe quel endroit de notre planète sur tous nos systèmes. La coiffe de nos lanceurs est devenue depuis notre première campagne d'exploration de Mars, notre module principal pour la rentrée dans l'atmosphère terrestre. Le module a en fait la forme d'un parapluie qui le moment venu déploie des lames entrecroisées. Les lames sont indéformables et leur composition est un alliage thermodynamique inédit que nous n'avons pas encore dévoilé aux grands médias. Ces lames sont inaltérables jusqu'à trois mille degrés celsius et elles sont parfaitement réutilisables, cela n'empêche pas que chaque mission comportera quelques lames en réserve. Les lames de la coiffe parapluie sont actionnées par des barrettes qui pourrait être comparées aux baleines des parapluies, d'un type d'alliage inaltérable et indéformable. Lors de la rentrée dans l'atmosphère terrestre, la période de freinage atteint son premier palier, c'est à dire au bout du ralentissement en provenance directe de l'espace, de l'exosphère en traversant l'ionosphère où l'on escompte une vitesse chutant de 38,000km/heure et atteignant 900km/heure suite à la traversée des couches denses de la mésosphère, de la stratosphère et enfin de la troposphère. Notre module de retour effectue un retournement sur lui-même de 180°. A ce moment où la vitesse est sonique à 40km d'altitude, encore dans la stratosphère, la coiffe thermique se rétracte et se redéploye progressivement jusqu'au moment où trois rétro réacteurs se mettent en action. L'ordinateur de bord et les astronautes dirigent le module qui est freiné progressivement grâce aussi à la coiffe déployée qui est maintenant complètement refroidie et qui fait office de parachute. Le module atterrit comme un avion à atterrissage vertical. Je précise que des parachutes de secours sont également embarqués en cas de nécessité, si quelque dysfonctionnement était à déplorer. Je dois préciser que nous avons expérimentés ce procédé à de nombreuses reprises, lors d'amerrissages d'abord et aussi lors d'atterrissages. Ce système de retour sur Terre de « la coiffe parapluie » n'a jamais été envisagé au siècle dernier, jusqu'à notre première expédition sur Mars. Messieurs je vous remercie pour votre attention.

Vladimir Toumanov :

- Chers amis de la NSEA, vous pouvez venir nous voir en Russie quand vous le voudrez. A la Cité des étoiles, dans le secteur de la NSEA vous êtes chez vous. La prochaine fois je vous propose de visiter de notre base de Plessetsk.

Arnaud Rivière :

- Oui, nous irons à Moscou et à Plessetsk, c'est certain, mais concentrons-nous sur la nouvelle base de Falaise Crevaux, donnez-nous toutes les possibilités de réaliser notre projet final, nous autres les anciens nous n'en verrons peut-être pas les résultats, mais les jeunes réaliserons tout ce que nous avons prévu pour eux, pour les générations à venir. Les travaux progressent rapidement à Falaise Crevaux pour les lancements à partir du puits PCHE. Le puits sera rapidement opérationnel comme les vôtres à Houston et à Baïkonour. Les missions deviendront presque routine vers les stations intermédiaires sur la Lune et aussi sur Mars. Nous avons demandé à nos équipages présents sur la planète rouge de rapporter sur Terre lors de leur prochain retour, du minerai hautement précieux, du diamant. Le diamant est nécessaire dans certaines de nos technologies. Même en petite quantité, nous voulons que nos expéditions puissent être non pas amorties mais au moins, légèrement rentables par toutes les subtiles possibilités que nous offre généreusement Mars, si vous voyez ce que je veux vous dire. Le diamant sera ramené sur Terre en quantité restreinte. Nous devrons d'abord analyser le minerai qui nous apportera des données géophysiques importantes pour l'avenir et vendre le surplus aux diamantaires d'Anvers. Nous pourrons assez rapidement, produire sur place sur Mars des alliages qui serviront à la construction rapide d'abris, puis de bâtiments étanches en température dirigée. Ces alliages seront nécessaires à la réparation de certains éléments de nos vaisseaux. En effet nous prévoyons que la planète Mars deviendra rapidement une station intermédiaire entre la Terre et une exoplanète. Une aire de repos et de maintenance sur la route d'une longue expédition spatiale. A bientôt, les amis.

Les représentants de la NSEA reprennent chacun son vol à destination de sa base respective. Les réunions de travail de la NSEA continuent dans chacune des bases comme cela a été décidé depuis bien longtemps. Chacun doit être informé de ce qui se passe chez l'autre.

Fin février 2021, plusieurs vaisseaux se croisent dans l'espace à mi-chemin entre Terre et Mars à quelques dizaines de milliers de kilomètres et c'est l'occasion de converser entre vaisseaux habités en partance pour Mars et vaisseaux habités de retour sur Terre. Les conversations sont d'autant plus agréables que le laps de temps entre questions et réponses est presque immédiat. Ceux qui partent ne sont pas frustrés de cet état de chose mais pour les huit astronautes qui reviennent sur Terre répartis dans deux vaisseaux séparés, il s'agit d'un grand réconfort après presque deux années à côtoyer les mêmes aventuriers. C'est aussi l'occasion de discuter sur les dernières avancées humaines martiennes. Les deux équipes en voyage pour la planète rouge comportent cette fois-ci, deux hommes et deux femmes dans chaque vaisseau. Femmes et hommes sont formés dans des conditions identiques sur terre. Femmes et hommes sont aussi compétents dans chaque domaine qui est le sien. Ils et elles sont astronautes, cosmonautes ou taïkonautes avant tout et chacun a une spécialisation complémentaire absolument indispensable au groupe pendant les voyages et les séjours sur Mars. Ils sont aussi chimistes, physiciens, techniciens, ingénieurs, escaladeurs, médecins, chirurgiens, agronomes, bâtisseurs spécialisés en briqueterie, architectes, concepteurs ou conceptrices, informaticiens, ingénieurs en télécommunications. Tout ce que l'être humain aura à résoudre dans toutes sortes de circonstances inattendues, tout devra passer par ces femmes et ces hommes. Chaque femme et chaque homme maîtrise l'essentiel de toutes ces disciplines, mais un spécialiste confirmé se trouve toujours dans un groupe présent sur la planète rouge, ou dans l'un des vaisseaux. Pendant les transferts Terre-Mars, si l'une des spécialités fait défaut à bord d'un vaisseau, l'équipage devra toujours compter sur ses propres connaissances et compétences. Des conseils précieux sont toujours disponibles en direct avec des spécialistes sur terre ou le deuxième vaisseau ainsi que dans les bases de données informatiques. Tout est prévu pour être à l'abri des éventualités néfastes et chaque problème doit être résolu. Un météorite traverse une paroi d'un module est quelque chose d'effrayant et de dramatique, car un petit caillou peut endommager beaucoup de choses, d'abord traverser de part en part l'habitacle en créant instantanément deux trous et provoquer une dépressurisation rapide. Des actions doivent intervenir immédiatement comme revêtir le masque à oxygène avant que les yeux ne vous sortent des orbites et qu'éclatent les tympans de vos oreilles et que le nez saigne abondamment, puis colmater les dégâts qui pourraient aboutir à une issue pénible à imaginer. Bref, certains partent, d'autres reviennent, les voyages sur Mars deviendront de plus en plus fréquents pour aboutir à un tourisme pour les plus téméraires qui n'ont pas peur d'un éventuel non retour. La conquête de l'espace contribue à la création d'emplois et au développement de l'industrie en général à l'échelle mondiale. Tous les acteurs de l'industrie sont concernés. L'industrie de la briqueterie qui semble n'avoir rien en commun avec le cosmos, est ardemment sollicitée. La fabrication de briques est si importante sur Mars, que quatre navettes cargos sont en partance cette fois-ci. Quatre vaisseaux cargo séparés emportent les équipements spécifiques que les sociétés ayant saisi l'opportunité unique qui se présentait à elles, ont vendus aux prix fort à la NSEA. Entre temps, les deux équipages martiens profitent de l'opposition de 2022 et quittent Mars en novembre 2021 tandis que les deux nouveaux équipages mixtes partent de Terre au même moment (novembre 2021) pour atterrir sur Mars au mois en juin 2022. En temps universel, mais terrien. Le va et vient devient déjà routine et en juin 2023 un autre croisement se produira dans l'espace de notre système solaire. Déjà des réticences se font entendre pendant les sessions spéciales concernant l'exploration spatiale dans les organisations internationales, notamment à l'OMN – toujours les questions concernant les financements « astronomiques », c'est le cas de le dire, qui pourraient effectivement servir à autre chose, comme pour palier aux désordres et à la misère qui règnent dans notre monde. La NSEA n'est pas dans le domaine public international et beaucoup de ses activités passent par un canal confidentiel tout comme les financements par la « planche à billets » de chaque pays concerné.

Au mois de mai 2021. La base de Plessetsk se trouve à 800 km au nord de Moscou et à 200 km au sud d'Arkhangelsk. La base est facile d'accès, on peut s'y rendre en voiture et en train. Les rotations aériennes sont régulières à bord de Boeing-737 et aussi à bord d'avions russes Tupolev et Ilyouchine. La ville la plus proche est Mirny. Vladimir Toumanov organise d'abord une réunion de la NSEA à la « Cité des étoiles » de Moscou qui se trouve à quarante kilomètres au nord-est de la capitale russe dans une forêt de pins et de bouleaux. L'endroit est calme et la nature est belle. Le nom russe de la Cité des étoiles est « Zwiozdny gorodok ». Il s'adresse à ses collègues des autres bases de la NSEA qui ont répondu à son invitation :

- Mes amis, nous avons préféré organiser notre réunion ici à la Cité des étoiles dans la banlieue de Moscou, pour que vous puissiez aussi profiter pendant votre séjour de la capitale de notre pays. Soyez rassurés, nous nous rendrons à Plessetsk dans deux jours.

Sans marquer d'arrêt à son discours de bienvenue sur le prestigieux site russe, Vladimir Toumanov enchaîne immédiatement sur l'histoire du personnage qu'il vénère :

- Constantin Tsiolkovski, en russe Konstantin Edouardovitch Tsiolkovski est né au 19ème siècle le 5 septembre 1857 à Ijevsk dans la région de Riazan. Il est décédé le 19 septembre 1935 à Kalouga. Sa famille était d'origine polonaise. Dans son enfance il avait attrapé la scarlatine, il avait quelques difficultés en classe du fait qu'il était devenu presque sourd, ce qui entraînait la moquerie de ses petits camarades qui s'amusaient à le taquiner. Il avait dû quitter l'école, mais encore enfant il avait décidé de travailler tout seul à la maison. Son père voyait que « Kostia » voulait étudier et qu'il était assoiffé de connaissances, il l'envoie donc à Moscou chez l'un de ses amis à l'âge de treize ans. Constantin se passionne pour les mathématiques et il met en application des théories en pratique dans de nombreux domaines, comme le calcul de la force de libération nécessaire à un vaisseau pour s'arracher de l'attraction terrestre, en fabricant de petites fusées expérimentales et bien d'autres choses. C'est la fin du dix neuvième siècle et le moindre engin abritant un ou plusieurs passagers pour se déplacer est pompeusement appelé « karabl » en russe ce qui rappelle instantanément les aventures fantastiques de Jules Verne, dans le sens d'aéronef ou de vaisseau. Il avait été nommé professeur de mathématiques et de physique dans un collège de sa région, mais ses élèves n'avaient pas saisi la chance qu'ils avaient eue, ils s'étaient laissés aller aux taquineries que Tsiolkovski avait connues dans son enfance, il avait donc sollicité un changement d'établissement, ce qu'on lui accorda. Il continua d'être professeur de mathématiques et de physique dans un autre établissement, un collège pour jeunes filles où cette fois-ci les élèves étaient plus respectueuses. Constantin Tsiolkovski travaillant comme professeur, travaillait aussi énormément chez lui et sa passion scientifique lui permit d'établir des théories en avance sur son temps. En se basant sur les mathématiques, les lois de la physique et de la chimie, il avait d'ailleurs rencontré Dmitri Mendeleiev au début du siècle dernier, il démontre les applications qui peuvent en découler. Le moteur à vapeur, il s'y intéresse mais va bien plus loin, il imagine un moteur à réaction, puis une fusée qui serait propulsée à l'aide de « propergols » (Hydrogène et oxygène liquides). Il imagine aussi une fusée qui comporterait plusieurs étages, il décompose les masses de chaque élément, décrit comment ils doivent se séparer, par quel stratagème et à quelle altitude exacte l'engin doit être propulsé jusque dans l'espace. Il précise comment doivent être réalisés les différents éléments des moteurs des fusées, comme les tuyères directionnelles nécessaires à la stabilité constante de l'engin pendant toute l'élévation dans l'atmosphère jusque dans l'espace. Chaque détail est évalué, comme celui du largage d'un premier étage suivi d'un autre. Le tout est un problème de calculs et d'évaluation des quantités dans les réservoirs respectifs. Il consigne tous ses travaux dans ses recueils qui un jour seront publiés, mais c'est seulement à l'âge de 61 ans qu'on reconnaît son génie et qu'il est élu à l'Académie des Sciences de l'URSS en 1918. Il ne s'intéresse pas spécialement à la politique et la révolution bolchevique ne l'affecte pas.

Arnaud Rivière apporte son point de vue :

- C'est ce qui l'avait peut-être sauvé, de ne pas s'occuper de politique à cette époque. En fin de compte on ne peut pas savoir exactement, peut-être était-il monarchiste, tsariste introvertis mais suffisamment intelligent comme on le sait, pour n'en souffler mot à personne, ou bien au contraire athée marxiste comme l'étaient les matérialistes de son temps. Voltaire l'était bien avant lui. En tout cas il l'avait échappé de peu, car les intellectuels étaient persécutés, déportés pour des riens !

S'exclame Arnaud Rivière au milieu des participants de la NSEA au nombre d'une centaine. Vladimir Toumanov continue en reprenant son souffle de temps en temps :

- Tu as peut-être raison Arnaud, mais je dois dire qu'à ce sujet on ne sait pas trop. Pratiquement autodidacte, à l'Académie des Sciences il était écouté et ses idées nouvelles passionnaient les académiciens. Tsiolkovski se livrait parfois à des expérimentations et lorsqu'une fusée durait plus longtemps dans son élévation qu'une précédente, sa barbichette frétillait de satisfaction et il retenait les détails qu'il enregistrait dans ses notes. Le cosmos le passionnait à tel point qu'il prouva par les mathématiques et la physique qu'on pouvait non seulement envoyer des objets dans l'espace et que ceux-ci graviteraient sur une orbite autour de la Terre, pendant un certain temps cela va sans dire et qu'en fin de compte ils viendraient s'écraser sur terre en passant par les impitoyables traversées de l'atmosphère. La vitesse anéantit la matière par le frottement des carcasses des aéronefs, contre les molécules, les atomes de l'air en grande quantité, qui fusionnent. Les atomes invisibles de l'air se comportent à grande vitesse tout à fait comme la matière, car ils en font partie intégrante. Il tient compte jusqu'aux dangers des radiations cosmiques en provenance des étoiles éclatées que sont les supernovae, les rayons gamma et insiste sur la nécessité de réaliser des protections spécifiques pour les scaphandres des futurs voyageurs de l'espace. Déjà en 1895, il avait alors 38 ans il affirmait scientifiquement, c'est à dire à l'aide de tracés, de croquis et de formules mathématiques, qu'on pouvait lancer dans l'espace un vaisseau à une altitude de 36,000km très précisément, en tenant compte de l'attraction terrestre, la force inertielle, la vitesse de libération, puis ensuite celle du ralentissement d'un vaisseau, pour le rendre géostationnaire en le positionnant juste au-dessus de Moscou par exemple. Il ira beaucoup plus loin et cette idée le poursuivra jusqu'à son dernier souffle, il avait imaginé qu'on pourrait laisser filer un filin à partir d'un vaisseau spatial jusqu'à la surface de la Terre et l'arrimer à un point d'ancrage. A partir de cette étape, un ascenseur spatial pourrait fonctionner. Tout semblait correct mais il fallait se rendre à l'évidence, le filin ne tiendrait jamais le coup. La force attractive de la Terre exercée sur le poids du filin le ferait tendre et à moins d'un kilomètre à peine, le ferait casser et cela tout au long des 36,000 km. Il faudra trouver un câble suffisamment robuste et le plus léger possible pour réussir un tel exploit, expliquait-il. Il côtoyait les académiciens, des physiciens, des inventeurs, des amis, mais personne ne lui avait apporté de solutions véritables auxquelles il aurait pu confronter ses idées, ses projets avant-gardistes. Le temps passe en réflexions. Il s'était marié assez tôt et son épouse lui apporte le réconfort, elle croit en lui et cela l'encourage à toujours persévérer. Il a comme une marotte les tout dernières années de sa vieillesse : le filin ! Il faut trouver la solution pour le filin, tout le reste est vérifié mathématiquement, les tensions posent toujours problème jusqu'au jour où il entreprend avec des étudiants en science, avec très peu de soutien de l'Académie des Sciences, de construire un dirigeable. Un gros tube, un zeppelin, c'était d'époque, ce n'est pas lui qui l'avait inventé mais il en voulait un. Il avait déjà lancé des ballons gonflés avec différents gaz, hélium, hydrogène, CO_2, mais la décision avait été prise de construire un véritable dirigeable. Oui, il avait une idée en tête. Le dirigeable servirait la science de toute façon, on pourrait toujours l'arrimer quelque part. En fait, il avait aussi trouvé la solution pour le filin. Bien sûr qu'il eût fallu que le filin fût robuste, mais maintenant selon ses calculs, à chaque portion de cinq kilomètres se trouverait un ballon robuste lui aussi et d'une totale étanchéité, avec de l'hélium enfermé pour l'éternité. Chaque ballon comme son dirigeable, soutiendrait non seulement le poids des portions de cinq kilomètres du filin, mais aussi celui de l'ascenseur montant vers le vaisseau géostationnaire. Nous proposerons à la NSEA un protocole précis en ce qui concerne le procédé que nous suggérons d'adopter. D'ailleurs Hans Gotten est déjà dans une phase de préparation de ce vaste chantier européen au sein de notre organisation. Le vaisseau s'agrandirait régulièrement et deviendrait peu à peu la station spatiale géostationnaire. L'idée était ancrée dans sa tête, mais le génial Tsiolkovski vieillissait. Il est mort le 19 septembre 1935. Lors des funérailles, ses admirateurs et les étudiants avaient réussi à gonfler le dirigeable qui venait d'être terminé. Le dirigeable avait suivi d'en haut le cercueil et la procession funèbre jusqu'à la tombe de Constantin Tsiolkovski. L'hommage lui avait été rendu avec dans le ciel, un des derniers objets de ses rêves. La décision que nous tous avons prise, a pour origine les rêves et les calculs de Constantin Tsiolkovski et sa mise en application a commencé à Falaise Crevaux sur la colline. La station de la colline de Falaise Crevaux porte le nom de « Station Tsiolkovski » comme vous avez bien voulu lui accorder.

Vladimir Toumanov ajoute :

- Autre chose mes amis, demain nous prenons l'avion pour Mirny, nous sommes attendus sur le cosmodrome de Plessetsk. Nous partirons tout de suite après le « zawtrak » vers l'aéroport de Sheremetyevo. Un avion spécial nous est réservé, nous utiliserons le « Touchka » que vous connaissez, celui de Domodedovo qui assure aussi Moscou-Baïkonour. Vous vous sentirez à l'aise à bord puisqu'il vous est familier, ce sont les mêmes hôtesses et les mêmes équipages.

Le lendemain matin, les représentants de la NSEA que sont William Lorren, Arnaud Rivière, Orson Trueman et Alberto Salicio prennent le petit déjeuner dans la grande salle à manger de l'hôtel « Lastotchka». Ils sont accompagnés, chacun d'un ingénieur et d'une attachée de direction. Le « Zawtrak » est toujours copieux en Russie, on mange bien le matin, car le break de midi est partout aléatoire, il faut tenir jusqu'en fin d'après midi et attendre le « Ujen » le souper du soir. Le buffet suédois comme l'appellent les Russes est une longue table recouverte d'une aussi longue nappe blanche, sur laquelle de nombreux plats sont posés comportant : jambon en tranches, tranches de saucisson, confitures de prunes, de cerises, d'abricots, compotes de pommes, puis fromage blanc, beurre, fromage en tranches, œufs durs, œufs à la coque et œufs brouillés, de la « gretchka » la fameuse kasha. Le sarrasin grillé cuit, c'est délicieux avec du beurre. La « gretchka » protège de la faim toute la journée, avec elle on peut tenir jusqu'au soir et comme si tout cela n'était pas suffisant, une « assistante » avec un tablier blanc et un bavolet dentelé blanc dans les cheveux prépare à la demande, pratiquement sans s'arrêter, des blinis. C'est à chacun de choisir de quoi garnir les blinis épais et aérés. On peut les couvrir de crème fraîche ou de confiture. Une jeune femme déléguée de Vladimir Toumanov que William et Alberto fins connaisseurs trouvent jolie, annonce en anglais avec un accent qu'adore William:

- Ladies and gentlemen, you're kindly requested to proceed to the bus outside of the hotel which is already waiting for you... et que nous vous demandons de bien vouloir ne pas trop faire attendre, étant donné que nous avons un avion à prendre dans deux heures. Prenez vos bagages, car nous reviendrons à Moscou Sheremetyevo seulement après demain. Tous vos vols sont réservés pour votre retour chez vous. Vous pourrez passer la dernière nuit au Shevotel de l'aéroport après votre retour de Plessetsk. Le départ du bus est prévu dans trente minutes, à tout à l'heure !

Le temps de finir toilette et maquillage des assistantes de direction, le staff international de la NSEA s'installe dans le bus avec bagage dans la soute. Vladimir Toumanov était rentré chez lui la veille à Moscou, mais le lendemain matin, il attend l'arrivée du bus à Sheremetyevo à neuf heures précises. Le bus traverse des forêts de sapins, de pins et de bouleaux puis des champs bordés de buissons et de ravines. Il arrive très précisément devant l'entrée des départs de l'aéroport. Toumanov est sur le pas de la grande porte coulissante. Le staff composé d'une douzaine de représentants NSEA descend, chacun prend son bagage et suit Vladimir jusqu'à l'embarquement à bord du TU-154 un des avions dédiés au service des bases spatiales russes. En montant à bord, on s'aperçoit qu'effectivement les hôtesses sont de vieilles connaissances, les gens de la NSEA sont chaleureusement accueillis et même le commandant de bord se déplace pour saluer ceux qu'il connaît. Le « Touchka » décolle presqu'à la verticale. Un autre petit déjeuner est servi et très vite c'est l'atterrissage sur l'aéroport de Mirny. De là un bus emmène le groupe jusqu'à la base. Le directeur du cosmodrome accueille les participants au meeting spécial qui prennent place dans la grande salle du bâtiment de l'administration. Le début commence par des congratulations, puis un résumé historique des activités de la base en ce qui concerne les lancements des fusées et des satellites.

- La situation géographique de Plessetsk est idéale pour tous nos lancements ayant pour but de placer des satellites qu'ils soient russes ou autres. En effet nous travaillons beaucoup avec l'Agence spatiale NSEA européenne et nous coopérons aussi avec l'agence spatiale NSEA américaine et aussi la NSEA de la Chine, mais notre activité principale est axée sur nos propres programmes. Nous avons des contrats avec d'autres agences mondiales pour lesquelles nous utilisons nos fusées Molnya, Cosmos, Soyouz, Rockot et Angara. Cette dernière est opérationnelle depuis quelques années déjà et nos lanceurs sont parfaitement adaptés pour les satellites sur orbites inclinées basses et aussi géostationnaires. Notre situation géographique de haute longitude nous donne une certaine prédisposition pour certains programmes. Comme sur tous les autres sites, nous avons eu des accidents à déplorer, il y a toujours une part de danger mais nous devons et nous voulons plutôt nous concentrer sur les marges de réussites. Plessetsk est dans région climatique particulière, vous vous apercevez bien qu'ici il fait plus froid qu'à Moscou. Nous bénéficions en quelque sorte de ce froid, mais surtout l'hiver, lorsque la température est de −40° et parfois −45° , les étages à ergols, propergols de nos fusées préfèrent ces températures qui leur sont plus supportables que celles que vous pouvez avoir à Houston ou à Kourou. Cet aspect des choses climatiques nous permet de remplir les réservoirs avec plus de souplesse que dans d'autres stations de lancements. Vous - vous remplissez les réservoirs en hydrogène, oxygène au tout dernier moment avant un lancement, tandis qu'à Plessetsk nous pouvons nous permettre de les remplir la veille. Cela dit, les états majors américain, européen, chinois et russe m'ont donné pour mission aujourd'hui de vous indiquer que la NSEA a bien étudié la possibilité de construire une base « Tsiolkovski-II » à une vingtaine de kilomètres d'ici, et d'autre part que la NSEA américaine a étudié de son côté la faisabilité de construire sa base « Barker-III » également de type Tsiolkovski en Alaska et que la Chine, pour sa part voulait construire la sienne dans les montagnes près d'Urumchi, qu'ils voulaient appeler base « Ming-IV ». Nous pensions apporter un complément avec nos trois bases à la station commune en construction à Falaise Crevaux. Cette nouvelle stratégie a été étudiée dans tous les détails par nos quatre groupes. Nous avons approché les organisations internationales aéronautiques, afin de connaître les contraintes pour éviter les vols à proximité d'une ligne reliant la terre à une base géostationnaire. Il s'agit de zones de vigilance précise au moment où un aéronef s'en approche. Les organisations aéronautiques internationales s'étaient réunies à l'OMN et avaient accepté cette innovation exceptionnelle dans le transport aérien pour ce qui concerne l'éviction des alentours de Falaise Crevaux et de la ligne reliant la terre à la base « Kostia » en altitude. On devra simplement ajouter un certain nombre de protocoles comme on le fait pratiquement quotidiennement en matière de trafic aérien. Une zone à l'échelle planétaire est amplement suffisante avec ses contraintes et la NSEA a décidé d'abandonner pour les décennies à venir les trois projets « Tsiolkovski-II » - « Barker-III » et « Ming-IV » pour ne se concentrer qu'uniquement sur « Falaise Crevaux ». Je vous propose maintenant de nous rendre au restaurant de votre hôtel « Sadovaya Beriozka » (*le bouleau du jardin*).

Le groupe arrive à l'hôtel où il passera une nuitée. Chacun s'installe et rendez-vous est fixé pour le déjeuner ou plutôt le souper. A certaines occasions surtout à Plessetsk, c'est comme ça, il n'y a pas d'heure spécifique lorsque la faim commence à tirailler l'estomac, on se rend à la salle à manger. La salle est accueillante, avec fresques sur les murs comportant des fusées, des cosmonautes flottant dans leur scaphandre en apesanteur spatiale, des satellites et des plateaux des sites de lancement au milieu de sapins et de bouleaux, une table en u est installée. Aux participants de la NSEA se joignent une vingtaine de personnes du cosmodrome de Plessetsk. Commencent les toasts traditionnels russes avec pour pousser une zakouska, un petit verre de vodka. Des toasts sont prononcés par des personnes bien intentionnées mais sur lesquelles on ne sait absolument rien. C'est seulement plus tard qu'on fait connaissance avec des responsables des lancements, des ateliers de montage, des physiciens, des chimistes, des logisticiens astrophysiciens comme des logisticiens beaucoup plus joyeux des transports de toutes sortes. Tous les transporteurs picolent pendant leur repos. Les discussions sont inévitablement dirigées sur les missiles de la Russie et les explications sont données d'une manière formatée par les uns et les autres. Tous savent répondre sur ce sujet particulier et en d'autres mots selon les consignes, « oui, il y en a mais vous ne pourrez pas les voir, ni vous en approcher, d'ailleurs qui vous dit qu'il y en a dans la région... ». Parmi les Russes se trouvent les trois cosmonautes de la mission précédente vers Mars, Serguei Koniakov, Mikhaïl Avkcentiev et Anatoli Volkov. Pendant le joyeux repas les cosmonautes plaisantent avec leurs collègues et amis, mais on leur pose inévitablement des questions, comme le fait Alberto Salicio :

- Et comment ça va pour vous les gars, vous ne vous ennuyez pas de trop de Mars sur Terre, comment va la santé, vous avez bien repris des forces. C'est vous qui êtes en relation avec les équipages qui sont sur Mars en ce moment, comment ça va pour eux, quand est-ce qu'ils reviennent, *tou* crois qu'ils reviendront normalement, il y a des risques, qu'est ce que vous pensez ?

Mikhaïl Avkcentiev répond :

- Bien sûr, nous avons tous été très fatigués après notre retour sur terre, comme les autres. Vous et Orson, vous le savez bien. Cela a été pareil pour Robert Hicks, Oliver Fergusson, Jimmy Strattford, Hans Gotten, Stéphane Viardeau, nous avons eu besoin de toute une année complète pour récupérer nos forces, maintenant tu vois nous pouvons aussi proclamer des toasts avec vous sans problème - tiens je lève mon verre pour toi Alberto qui pose de bonnes questions. Buvons à la santé d'Alberto mes amis.

Mikhaïl et les autres ont avalé cul sec leur petit verre de vodka à la santé d'Alberto dans la bonne humeur au milieu des rires, mais Mikhaïl continue, car il souhaiterait répondre à toutes les questions qu'on lui pose :

- Oui mes amis, chaque jour, mais aussi chaque nuit lorsque que nous nous réveillons, nous avons encore l'impression d'être sur Mars ou parfois dans nos vaisseaux et personnellement je préfère la sensation de me trouver sur Mars plutôt que celle de me sentir dans l'espace restreint de nos engins. Il faudra à l'avenir agrandir le volume des espaces de vie des vaisseaux, c'est primordial pour garder le moral ou alors plonger les voyageurs de l'espace pendant au moins cinq à six mois dans un sommeil artificiel et les réveiller à temps pour les manœuvres d'atterrissage sur la planète rouge ou une autre. (*En lui-même Mikhaïl pense plutôt, pour ne pas devenir complètement fou*). Nous sommes en communication quotidienne et très différée avec nos amis qui se trouvent sur Mars. Peu à peu ils maîtrisent le potentiel que nous leur avons laissé, ils ont rétabli le fonctionnement des deux centrales, celle du traitement des glaces pour l'eau et les électrolyses pour palier aux quantités des bonbonnes d'hydrogène et d'oxygène qu'ils veulent absolument garder en réserve et ils ont raison, c'est ainsi que nous avions procédé. Dès leur arrivée ils ont rechargé les barrettes de Plutonium à partir des containers BU et la petite centrale atomique approvisionne parfaitement tout le campement. La centrale nucléaire a été agrandie et perfectionnée grâce aux modules complémentaires apportés par nos vaisseaux cargo. Les tentes rigides ont été restaurées, réparées suite aux outrages des tempêtes, des grands vents de sable et comme nous en 2017, ils ont semé des légumes dans les tentes serres que nous avions installées. La centrale nucléaire a un régime, un potentiel bien supérieur qu'à notre époque, les températures sont correctement dirigées aussi bien dans les modules d'habitation que dans les autres bâtiments et aussi dans les serres. La nouvelle mission, avec les nouveaux équipements est bien plus efficace qu'avait été la nôtre, ils aménagent, améliorent et construisent les fondations de ce qui deviendra la base permanente des terriens sur Mars. Nous pensons que les missions prochaines seront à vocation sans retour nécessaire, sauf au bout de plusieurs « oppositions favorables ».

William Lorren se tortille les doigts et se lance dans des questions sophistiquées qu'il a peine à exprimer en les enrobant de longues phrases à la fâcheuse habitude anglo-saxonne, en faisant des vagues à ses cheveux blancs arrivant presque aux épaules et en revenant sur la question posée par Alberto sur les risques de retour sur Terre, à quoi répond un autre cosmonaute, Sergueï Koniakov :

- William, nous vous connaissons tous depuis des années, comment vous, un des spécialistes de la NSEA posez-vous de pareilles questions, alors que vous connaissez les réponses. Alors vous voulez savoir dans quel état d'esprit les cosmonautes, astronautes sont dans ces moments là – alors ma réponse serait comme celle qui émanerait de mes camarades de l'espace, c'est aussi simple que cela. Nous sommes concentrés sur notre travail qui demande une attention sans faille et nous surmontons notre stress, nous avons des moments d'émotion, mais la peur n'écarte pas le danger, alors encore une fois nous restons concentrés sur tout ce que nous faisons. S'il devait nous arriver quelque chose de néfaste, ce serait le destin et nous ne nous en apercevrions peut-être même pas, si vous voulez tout savoir, mais ce sont des questions intimes William. Servez-nous encore un petit verre pour ne pas penser à des choses négatives et ayons confiance dans nos génies, à votre santé !

C'est maintenant au tour d'Alberto qui a une question qui lui trotte dans la tête depuis longtemps et que William se pose aussi :

- Et les femmes *alora,* et les femmes, comment veux *tou* laisser des hommes *sour* Mars sans retour avant plusieurs années sans les femmes ?

William compatit :

- Ces messieurs de la NSEA ne sont tout de même pas inhumains à ce point, non ! Nous en parlons suffisamment lors de nos réunions et l'expérience que vous avez eue lors de la première expédition montre bien qu'il devrait y avoir une parfaite parité, je veux dire – un homme, une femme, mais l'autre problème est celui de la formation, quelle sera la formation spécifique des ces femmes, nous avons dans nos effectifs des femmes physiciennes, médecins et techniciennes, seront-elles au goût des astronautes, comment allons nous résoudre ces questions fondamentales, je ne sais. Ce que je sais par contre c'est que Hans Gotten avait dû se lancer dans la télépathie pour rêver un peu et chose incroyable, sa promise qu'il n'avait jamais vue sur Terre avant son départ pour Mars, l'attendait à son retour lors de l'atterrissage de son vaisseau. Koniakov, toi tu devenais psychotique dérangé, tu n'arrivais même plus à penser à ton travail au risque de périr. Je vais vous dire une chose, je veux bien partir sur

Mars ou pour une autre expédition, mais j'emmène avec moi mes deux petites fées – oh elles ne sont pas astrophysiciennes mais pour que je puisse être efficace dans mon travail j'ai besoin de mes petites fées !

Alberto réplique :

- Et pourquoi pas trois petites fées, loufoque que *tou* es William, moi je dis qu'il vaut mieux pour les spationautes que les femmes soient jeunes et jolies, des blondes, des brunes et des rousses. *Tou* ne vas tout de même pas envoyer la dottore Stidworthy, celle qui confirme l'accréditation des astronautes à Houston, elle leur fait peur à chaque visite. Ils l'ont mise à ce poste justement pour tester le courage des hommes et si *tou* l'envoies sur Mars, *tou* peux être sûr que les Terriens de Mars ne se reproduiront jamais avec des femmes comme elle. Avec celles dont je te parle, il y aura beaucoup d'enfants sur Mars. Les petits enfants, c'est idéal ils peupleront de nouveaux mondes. Bien entendu, tout ça seulement après que des endroits soient rendus totalement habitables et terraformés. Je répète, de jolies jeunes femmes et qui aiment plaire aux hommes, je me méfie des savantes. Si vous voyez ce que je veux dire.

Tout à coup Alberto se dresse sur son fauteuil, il regarde Arnaud droit dans les yeux, qui n'a pas l'air de comprendre ce qui se passe et il lui lance:

- Et pourquoi, *tou* te moques de moi, toi aussi *tou* as un accent qui fait rire les Américains quand *tou* parles en anglais !

Arnaud répond :

- Je ne me moque pas de toi, mais ce sont tes amis qui se moquent de moi quand ils ricanent entre eux. Lorsque je parle les gens m'écoutent sauf les plaisantins, mais ce n'est pas grave. En fin de compte ce sont toujours pour nous des sujets de rigolades et de taquineries, les accents des uns et des autres, il ne faut pas t'inquiéter pour cela. Ecoute moi, l'Espagnol n'arrivera jamais à prononcer le « j » il prononcera toujours « ié » quitte à voir planer au-dessus de sa tête la menace de passer comme pendant les grandes inquisitions du début du premier millénaire, sur le bûcher. Tout comme les Anglais qui n'arriveront jamais à prononcer le simple « r » et qui font « weu » et ont du mal avec les chuintantes, ou les Russes qui n'arriveront jamais à prononcer les chuintantes « in » « ain » « an » ou les nasales « on » et qui les transforment en « ène », « ane » ou « one » et qui n'arriveront que très difficilement à se débarrasser du « r » roulant ou le « u » qu'ils transformeront en « i » ou bien encore les Français qui arrivent difficilement à prononcer le « th » anglais et qui font « z » à la place et qui placent l'accent tonique à la fin de chaque mot et le Chinois qui avale toutes les consonnes. Moi je propose qu'on continue tous à nous moquer les uns des autres. Que rien ne change.

- *Tou* as raison, Arnaud, nous ne nous sommes jamais disputés, nous travaillons ensemble depuis des décennies, c'est le travail qui compte avec des résultats et aussi notre bonne humeur.

Vladimir Toumanov annonce que le lendemain matin aura lieu la visite du site du cosmodrome de Plessetsk. On se souhaite bonne nuit et chacun rejoint sa chambre à l'hôtel « Sadovaya Beriozka ». Le lendemain matin après le petit déjeuner, un minibus attend en bas du perron. Le chauffeur est accompagné par Vladimir Toumanov, Mikhaïl Avkcentiev, Anatoli Volkov et Sergueï Koniakov, ainsi les explications sont mieux distribuées aux collègues de la NSEA. Le minibus quitte les abords de l'hôtel et se dirige avec à son bord les représentants de la NSEA vers une route bordée de bouleaux et de sapins qui peu à peu disparaissent et laissent un espace dégagé à perte de vue, un sol couvert d'une herbe fine vert clair parsemé de petites fleurs printanières. Loin au-delà du bas côté de la route on aperçoit la longue double barrière, sans fil barbelé mais suffisamment haute pour empêcher les intrus de pénétrer sur le cosmodrome. Léonard interpelle Mikhaïl Avkcentiev :

- Dis-moi Mikhaïl, il me semble que les sécurités mises en place ont l'air bien légères sur un cosmodrome comme Plessetsk ! A quoi répond Mikhaïl :

- Ne crois pas cela Léo, car bien malin celui qui à cet endroit aurait l'idée saugrenue et malsaine de commettre un acte malveillant.

Les Russes sont patriotes, même une babouchka réussirait à faire fuir un terroriste.

- Une babouchka ? Tu plaisantes ? Réplique Léo et Mikhaïl répond :

- Non je ne plaisante pas, tu veux que je te dise pourquoi – demande à Vladimir, c'est un secret et je t'en ai déjà trop dit. Personne de nous ne te dira les raisons même sous la torture. Secret d'état. Par contre nous arrivons sur le site de lancement numéro « trois » ! On voit les plateaux de service des fusées en partance et les bâtiments techniques tout autour, ça ressemble à tous les autres sites de lancement.

Vladimir Toumanov assis derrière le conducteur mais à droite se retourne et dit :

- Mes amis, en effet les sites de lancement n'ont rien de spécial, quelques techniques diffèrent mais l'essentiel est le même partout. Voilà nous arrivons – tous ces bâtiments de trois étages à gauche sont les ateliers, les laboratoires et les bureaux de notre PCHE. Vassili emmène nous au PCHE je te prie.

Vassili arrête le minibus près d'un bâtiment de type « bunker » en béton armé, gris foncé au toit arrondi, entourant le PCHE à une dizaine de mètres et se prolongeant sur une cinquantaine de mètres en ligne droite. Vladimir :

- Venez, descendez. Tout le monde est là, alors allons-y. Nous allons d'abord faire le tour de l'embouchure du PCHE. Comme vous pouvez voir les murs sont épais selon les normes NSEA et les parois protégées comme à Houston et à Baïkonour, c'est à dire recouvertes de « Graphite carbonique » Ce revêtement brûle intensément lors du premier lancement, puis il se fige pour toujours, il devient graphite inhérent aux parois béton du puits. Nous allons prendre l'ascenseur à l'entrée du bâtiment circulaire, le poste de commandement. Il y a là quelqu'un que vous connaissez !

Léo poli avec les dames et un peu hypocrite en même temps laisse sa joie exploser, et en russe devant les traits impassibles de William et Alberto :

- Mais, dites-moi que c'est vrai ! C'est vous Nadejda Fiodorovna ? Vous avez pu vous dégager de vos obligations de Baïkonour ?

La dame russo-kazakhe, un peu imposante répond à Léo avec son grand sourire :

- Oh les Français sont là, bonjour messieurs, je suis contente de vous revoir. Oui en effet mon mari m'a donné laissée partir pour l'inauguration. Venez suivez-moi, nous allons prendre l'ascenseur du puits de service. Nous allons descendre en deux fois pour ne pas être très serrés. Huit personnes à la fois. Bien huit personnes avec moi s'il vous plaît, voilà, nous vous renvoyons l'ascenseur et nous vous attendons en bas.

L'ascenseur s'arrête 120 mètres plus bas, neuf personnes en sortent, puis il remonte à la surface pour le deuxième « reijs » comme dit Nadejda Fiodorovna, pour embarquer les autres. Le deuxième groupe rejoint le premier au fond du puits, les uns accueillent les autres avec des crissements de voix bizarres l'air surpris, comme s'ils ne s'y attendaient pas :

« Alors, ça a été ? – Il est confortable cet ascenseur, hein ? – Ouais, ça va vite, hé ? – On ne sent rien à la descente, hein ? – Toi tu ne sens rien ! Et bien moi j'ai cru laissé mon âme en haut ! – Moi je remonte par l'escalier ! – Attends après la visite voyons ! »

Arnaud ajoute :

- Ce ne sont pas les spationautes qui parlent. On n'envoie pas des petites filles dans l'espace et lorsqu'on enverra des jeunes femmes, elles seront entraînées, petites natures de bureaucrates que vous êtes.

Alberto dit en regardant Hans :

- Dis donc Arnaud, c'est moi qui accompagnerais les jeunes femmes dans l'espace, mais là je remonte à pied…

- Dis pas de bêtises Alberto, pour remonter ça ira mieux, c'est la descente qui est impressionnante, la montée se fait les doigts dans le nez !

- Bah, on verra bien si c'est dans le nez ! Répond Alberto.

Nadejda Fiodorovna, habituée à faire la guide prend son air autoritaire, une habitude de sa petite jeunesse komsomole et elle parle anglais :

- On vous a dit, pas vrai, que les parois en béton armé sont épaisses de trois mètres n'est-ce pas ?

Orson ne tient pas sur place et lui lance avec son accent américain :

- Nadejda Fiodorovna, we have made all the plans, we know better than anybody else, my God! (*Nous avons réalisé les plans, nous savons mieux que quiconque, nom de dieu!*) A quoi elle répond en continuant simplement son intervention sans broncher aucunement :

- Oh, I know, that you know, (*oh je sais que vous savez*) les hublots de la chambre d'observation ont une épaisseur de quatre mètres à cause de la très haute température dégagée par les boosters lors de l'expulsion du complexe fusée-vaisseau. Voilà, je pense que nous pouvons remonter à la surface, merci pour votre attention.

Arnaud dit à son tour :

- Bon, nous savons tout cela, félicitations à votre équipe. Nous allons à la réception maintenant Nadejda ?

- Oui, allons à la réception, messieurs on nous attend ! Conclut Nadejda Fiodorovna.

Arrivé à la surface du sol, le grand ascenseur confortable s'est arrêté avec souplesse. Le groupe sort du bâtiment technique du puits de service et longe sur une centaine de mètres le pourtour de l'orifice du PCHE et se dirige en direction du minibus. Le minibus charge les treize personnes, roule quelques cinq cents mètres et s'arrête. Les responsables de la NSEA descendent et se dirigent vers l'entrée du bâtiment administratif et de contrôles techniques. Le bout du couloir au long tapis rouge aboutit à une grande salle somptueusement décorée de couleurs éclatantes, rubans, rideaux, nappes des tables, napperons et vaisselle. De nombreuses personnalités sont déjà présentes. Les visiteurs étrangers de la NSEA sont accueillis par tous avec beaucoup d'égards, de courtoisie et de gentillesse à la manière propre aux Russes. Des toasts, des encouragements, des remerciements et des discours suivent ainsi qu'un bon buffet. Après les festivités, en fin d'après midi, Vladimir Toumanov, les trois cosmonautes russes et Nadejda Fiodorovna accompagnent le petit groupe à l'avion « Touchka » qui attend sur le tarmac du petit aérodrome de Mirny. Au revoir aux cosmonautes et vieux amis et à Nadejda Fiodorovna tandis que Vladimir Toumanov accompagne les personnes de la NSEA jusqu'à Moscou-Sheremetyevo où chacun reprend son vol sur sa destination personnelle.

Juillet 2021 dans le monde et à Falaise Crevaux. Rendez-vous général a été fixé pour tous les responsables de la NSEA à la nouvelle base stratégique de « Falaise Crevaux » en Guyane française, un mois et demi après le voyage en Russie. L'activité industrielle est en pleine effervescence, que ce soit en France, en Allemagne, en Espagne, en Russie ou aux Etats Unis d'Amérique et en Chine. Le Brésil s'est considérablement investi en Guyane française sur la base que la France a bien voulue nommer « européenne » du fait de la coopération de tous ses voisins européens. Dans le monde beaucoup de troubles font rage et les pays membres de l'OMN font leur possible pour apaiser les désaccords. Certains pays se disent exaspérés et s'apprêtent sérieusement au recours à la bombe atomique, les autres pays membres répliquent et essayent de raisonner les belligérants de ne pas se lancer dans des affrontements qui deviendraient irréparables et qui compromettraient à jamais la paix dans le monde. Si un gouvernement avait recours à la bombe atomique, la suite des événements ne serait qu'une réaction en chaîne. Tous ceux qui se sentiront menacés se lanceront dans une guerre nucléaire généralisée, les morts se compteraient par millions et les destructions seraient désastreuses. La pollution nucléaire sur la planète serait irrémédiable et ses méfaits dureraient des centaines et des milliers d'années. Les populations fuiront leurs pays tandis que les pays de destination souhaitée, refuseront l'entrée sur leur territoire, les conflits se généraliseront et face à l'opprobre des nations les unes envers les autres, céderont la menace et la peur qui planeront au-dessus de tous les pays militarisés.

Mais au cours des dernières années deux mille et vingt, les pourparlers continuent, des apaisements se réalisent, des conflits s'apaisent, la paix est maintenue tant bien que mal. Des familles riches ont déjà réussi à monopoliser l'accès aux premiers départs vers la prochaine exoplanète. Les places sont très chères, très rares et les magazines spécialisés font tout pour convaincre les populations que le vingt et unième siècle n'enverra que des techniciens, des scientifiques et des travailleurs, tandis que les découvreurs, les explorateurs et les aventuriers suivront beaucoup plus tard. Et les spécialistes bien informés ajoutent « peut-être ». Des listes sont constituées par des sociétés qui se sont octroyé le droit d'exploitation de territoires sur la planète Mars vers laquelle à chaque opposition plus ou moins favorable, partiront entre six et huit vaisseaux spatiaux, si les finances futures le permettront. Mars se peuplera peu à peu et très vite des personnes n'en reviendront plus, car elles s'y installeront. Définitivement. Les expéditions antérieures avaient tout préparé pour ceux qui suivaient après les années « vingt » du vingt et unième siècle. La construction des différentes fusées adaptables toutes entre elles, pour ce qui concerne les modules deuxième et troisième étages, s'est accélérée. La mobilisation de toutes les bases de la NSEA est générale et la coordination des constructions de fusées et vaisseaux spatiaux aux Etats Unis, en Russie, en Chine, en Allemagne en Italie et en Angleterre est en harmonie technique. Les pièces indispensables aéronautiques et électroniques sont fabriquées aussi bien en Espagne, en Corée du Sud, au Japon, en Malaisie, en Australie et ailleurs. La coordination financière et politique entre tous les pays concernés par l'exploration spatiale est parfaitement définie et respectée. Les pays concernés par les programmes de la NSEA avancent concrètement dans la conquête de l'espace. Tous les gouvernements impliqués font face aux protestations internes de leur pays respectif, car chaque pays a des obligations autrement plus importantes et urgentes à accomplir. Chômage, amélioration des conditions de travail et des conditions de vie en général, construction de logements, transports de passagers et de marchandises, distribution des richesses trop souvent inégalement réparties et toutes les politiques inhérentes à la fonction publique et administrative. Il faut d'abord trouver des solutions rapides aux problèmes les plus urgents à résoudre – « la conquête spatiale doit venir loin derrière toutes les préoccupations humaines » est le leitmotiv des syndicats de tous les pays. Ce leitmotiv est répercuté par les représentants des pays membres auprès de l'OMN à New York et des doutes commencent à fomenter.

Cependant les choses avancent à Falaise Crevaux. Les ports de Cayenne et Cachoeira do Firmino sont en effervescence. On croyait qu'après la construction de la route entre Cayenne et Falaise Crevaux, que les activités du port brésilien chuteraient, mais du fait du développement continuel de toute la région, les deux ports ont dû améliorer leur potentiel respectif par la modernisation des infrastructures. A Cachoeira do Firmino l'installation de trois silos de stockage à ciment est à peine suffisante, le va et vient continuel des camions les vident en moins d'une semaine. Le réapprovisionnement par bateau est devenu une routine pour les cimentiers brésiliens et allemands. Le port de Cachoeira do Firmino, pratiquement inexistant au début du vingt et unième siècle à part pour les activités de pêche locale, a été agrandi et étendu aux rochers environnants qui servent de rempart aux vents et aux hautes vagues, lors des tempêtes. De gros blocs de rochers ont été déversés en bordure de l'océan. Des quais en béton armé ont été construits, des grues installées par les entreprises spécialisées de Saint Nazaire. La longueur du port de Cayenne a été étendue sur les plages environnantes. Sur les quais nouvellement bétonnés, de nouvelles grues ont fait leur apparition, elles viennent de Saint Nazaire également. Les frontières guyanaises sont désormais complètement étanches, sécurité oblige. Le chômage a tellement diminué dans la région que des travailleurs arrivent par avions complets en provenance de la métropole française et des pays européens. La construction d'immeubles et de maisons individuelles est au deuxième rang des activités de la Guyane, après les travaux industriels. Le monde entier envoie des équipes de reportage, car aucun autre endroit du vaste monde sauf le nouveau très grand barrage sur le Nil au Soudan, ne suscite autant d'intérêt que la Guyane dans ses réalisations aux destinées spatiales. Vaste monde, façon de parler, car notre Terre vue simplement du bord de la frontière du système solaire, n'est qu'un tout petit point à peine perceptible dans l'espace par la caméra de Voyager-1, avec toute son histoire et son avenir confondus au niveau cosmique, où le temps n'est pas assujetti à l'horlogerie du système solaire, le temps biologique de nos habitudes, il s'agit là du temps cosmologique. A l'hôtel de « l'Envolée » à Kourou, les délégations des bases de la NSEA arrivent les unes après les autres. Le premier arrivé est Stéphane Viardeau, Arnaud lui ayant demandé d'être présent, il vient de Houston, il est assis sous les parasols de « l'Envolée » en train de prendre un rafraîchissement. Il est suivi de Léonard Templer et Arnaud Rivière. Le minibus de la NSEA les attendait à l'aéroport de Cayenne et les a conduits immédiatement à « l'Envolée ». Une fois descendus du minibus, ils aperçoivent Stéphane sous le parasol. Trois sodas sont servis à la table ronde sous le palmier et ce sont de bien chaleureuses retrouvailles. Les deux vieux amis ont gagné leur chambre attitrée, tandis que la navette est repartie à l'aéroport attendre les autres membres de la NSEA. Dans le hall des arrivées, apparaissent en même temps, mais les uns derrière les autres jaillissant de la file du contrôle des passeports, William Lorren, Pamela et Belinda et aussi Vladimir Toumanov qui a fait escale à Londres. Le chauffeur du minibus conduit les quatre personnages à « l'Envolée » et retourne encore une fois, en fin d'après midi à l'aéroport. Orson Trueman arrive en compagnie de Tchang Wising qui a fait escale à JFK. Le premier en provenance de Boston et le deuxième d'Urumchi via Beijing. Tous deux sont conduits à « l'Envolée » et le chauffeur retourne encore une fois à la rencontre de trois autres personnages qui se sont retrouvés à JFK et qui ont pris le même avion sur Cayenne, un Boeing-737, Alberto Salicio, Lars Rasmusen et Hans Gotten. A dix neuf heures, tous les acteurs directeurs des zones de la NSEA se retrouvent dans la grande salle à manger de « Chez Lorette ». Comme on le sait,

« L'Envolée » et « Chez Lorette » sont situés face à face dans cette petite zone à part au milieu de palmiers et de palétuviers tout près des zones de la station spatiale européenne de Kourou. On s'y retrouve souvent à l'ombre des arbres et sous les parasols orangés. Après les « bonjour, content de te voir, comment ça va, how was your flight », tout le monde prend place à la très grande table habituelle pour les grandes occasions. Joseph arrive comme d'habitude et demande pour les apéritifs, « qui prend quoi ». C'est à ce moment qu'Héloïse fait son apparition dans la salle, elle fait la bise à tous sauf à Lars Rasmusen à qui elle tend la main, elle ne le connaît pas. Joseph se gratte la nuque et dit :

- Ma foi vous êtes douze, plus toi Héloïse…

Joseph ne veut pas prononcer le mot treize, sa superstition vaudou est toujours ancrée en lui et en lui-même, dans sa tête, il continue son stratagème :

- Je vais demander à Ewic de m'aider, comme ça, ça fait six, plus sept – voilà, j'suis malin moi aussi !

Et comme si de rien était, Joseph demande à voix haute cette fois-ci :

- Bon, qui prend quoi ? Pastis, pastis, o-m planteu, o-m planteu, encow o-m planteu, whisky un, deux, o-m planteu et toi Héloïse tu veux garder la tête foide, un jus d'orange – allez, c'est pa-ti !

Quelques instants plus tard Joseph est accompagné d'Eric et tous deux distribuent les apéros. Joseph revient encore une fois et demande :

- Quelqu'un veut encore un apéwo ? Non, bon, ils vont vous amenez les plats.

A partir de ce moment, on ne reverra plus Joseph de la soirée, car lorsqu'il sert les apéritifs, il en profite pour se servir deux rhums planteur et aller discuter sur un banc, sous les parasols avec un voisin, que chassera tard dans la nuit, Lorette. En attendant Lorette et les filles n'ont pas arrêté les allers et venues entre la grande table et la cuisine. Tous les plats ont été apportés, les poulets à la ratatouille, le boudin à la pu-wée, les steaks traditionnels mais aux sauces à arracher l'âme, saucisses de Francfort pourquoi pas pour Lars et Hans et le vin Bordeaux « Château Péréac ». C'est encore une fois l'occasion de faire une fête mémorable chez « Lorette ». En fin de soirée, Arnaud annonce :

    - Mes amis, comme vous le savez demain matin, l'hélico Mi-6 de notre base fera deux rotations entre Kourou et Falaise Crevaux. Le premier vol est prévu vers dix heures et le deuxième à midi. Beaucoup d'obligations nous attendent là bas à l'occasion des inaugurations de la centrale nucléaire, du PCHE et de la base de l'ascenseur spatial.

A la fin du dîner, quelques personnes prennent encore le thé sous les parasols qui protègent de l'humidité tombante. Les vingt mètres de la largeur du chemin vers « l'Envolée » sont traversés en une trentaine de pas. L'humidité de cette soirée presque étouffante pousse chacun dans sa chambrée se reposer du voyage et du repas. Le lendemain matin après le petit déjeuner, les deux vols en Mi-6 ont eu lieu et en trois heures de temps, tout le monde se retrouve à Falaise Crevaux dans la grande salle toute neuve sentant encore la peinture fraîche mentholée. Il faut dire que c'est Héloïse qui a donné le « feu vert » des deux départs de l'hélico et c'est elle qui a suivi les transferts de la base de Kourou jusqu'à l'arrivée à Falaise Crevaux, la deuxième grande base spatiale de la Guyane. Héloïse supervise tous les départs des fusées avec leur satellites ou leur vaisseau en direction de l'espace, mais pour ce qui concerne le Mi-6, elle ne laissera à personne son guidage jusqu'à destination – surtout lorsqu'il s'agit d'assurer le transfert des autorités les plus importantes de tout le vaste programme spatial international. Benjamino Canopilieri est rayonnant, il montre les chambres neuves du grand hôtel construit en deux ans et à quatorze heures on doit déjà entamer l'inauguration de la nouvelle base spatiale. Les douze responsables de la NSEA ont pris place autour de quatre tables, si bien que deux tables sont occupées par deux personnes seulement et les deux autres par quatre. Des rafraîchissements sont servis par des jeunes femmes des villages de la jungle environnante. Elles sont sobrement vêtues à la manière européenne, joli tablier blanc brodé sur le pourtour et bavolet bordé de dentelle dans les cheveux. Des hors d'œuvres et des plats de toutes sortes suivent, toujours accompagnés de ce vin de Bordeaux « Château Péréac » qui a su s'implanter bizarrement dans les sphères aérospatiales mondiales et même cosmiques, puisqu'on en consommait sur Mars lors de la première expédition. Orson Trueman fait un discours, suivi de celui de Léonard Templer. La fête de l'inauguration durera trois jours et trois nuits. Mais aujourd'hui, le premier jour, c'est jusque très tard dans la nuit que des invités et tous ceux qui ont pris part à la réalisation de l'énorme chantier discutent, se délassent et rêvent aux aventures que produira le projet pharaonique, presque achevé. Après les premiers discours suivent ceux des autres comme ceux de Tchang Wising, Hans Gotten, William Lorren et Alberto Salicio qui dans une espèce d'euphorie lance à Lars Rasmusen :

- Dis donc, Lars, surtout n'oublie pas que les espaces de vie de nos spationautes, astronautes doivent être parfaits, imagine tout ce que tu veux, mais ils devront s'y sentir bien !

- Tu parles des vaisseaux ou de la base « Kostia » Alberto ? A quoi Alberto répond :

- Des deux mon capitaine, des deux ! Partout où ils se trouveront et pendant des années, des dizaines et des centaines d'années, ils devront bien se sentir. Il ne faudra certainement pas que tu fasses du rationnel comme vous avez l'habitude de faire en Scandinavie, il faut qu'il y ait de la vie, du mouvement, si tu vois ce que je veux dire !

Lars répond :

- Si j'ai bien compris, tu veux que les spationautes aient des femmes avec eux, c'est ça que tu sous-entends, on te connaît - mais c'est prévu, il y aura des femmes et des hommes sur la base « Kostia ». Pour le reste, tu veux aussi parler de l'agencement, oui, oui, yes, yes, je m'en charge et je suis prêt à répondre à toutes vos questions.

- Oh, mais, c'est du domaine des psychiatres, il leur faudra prévoir tous les comportements humains et éviter des troubles de tous genres. Bien sûr que si, c'est du domaine des anthropologues et des spécialistes du comportement humain, mais moi je te parle des plantes et des décorations que tu y mettras, je dis qu'il faudra arrêter avec la sobriété et le dénuement, car les loisirs seront restreints, n'est-ce pas ?

- Bien sûr qu'il y aura des plantes et des fleurs et aussi des légumes, mais là encore une fois je dis que ce n'est pas de mon domaine, il y a des spécialistes pour cela, comme pour tout le reste.

Léonard Templer conclut :

- Ce que vous dites tous les deux est sensé. Il est bien entendu que dans tous les domaines des spécialistes interviennent. Pour ce qui est du domaine agricole, la base « Kostia » ne sera absolument pas dépourvue de légumes, ni de fruits, ni de plantes d'agrément – tout est prévu et c'est peu à peu, progressivement que des installations pérennes prendront racines sur « Kostia » pour des centaines d'années. Nous ne serons plus là pour voir se réaliser la conquête d'une exoplanète, mais je ne m'en soucie pas, car nous autres, nous avons pris l'engagement de nous concentrer sur la construction du futur pour l'humanité et non spécialement pour nous-mêmes. Non, nous ne serons plus là pour le voir, mais nous savons ce que nous avons prévu pour ceux qui après plusieurs générations seront dans un nouveau monde qui devra être prometteur. Le diamètre de la belle planète que nous choisirons sera soit plus grand, soit plus petit que celui de notre Terre et le temps de sa rotation sera soit inférieur, soit supérieur. Notre système biologique est entièrement assujetti aux caractéristiques de notre planète bleue - alors aux humains qui seront sur l'exoplanète de décider et d'opter, soit de garder pour leur horloge biologique les données terrestres, ou de s'acclimater et de s'accoutumer à la nouvelle horloge exoplanètaire. La nouvelle vie pourra paraître complètement incohérente à nos yeux de terriens, mais ils devront s'y habituer et faire avec. Imaginez qu'un jour exoplanètaire puisse durer cent cinquante trois heures terriennes comme sur Pluton, ou bien, neuf heures et cinquante cinq minutes comme sur Jupiter, il faudra s'y habituer en espérant que l'exoplanète sera vraiment aussi belle et favorable à la vie que la nôtre. En attendant le moment venu, certains partiront, ils nous quitteront et n'auront plus la nécessité en tête de préserver la Terre, quant à nous, nous devons tout faire pour diminuer les pollutions en tous genres. Pollution de l'air par les fumées des usines, des véhicules, des produits chimiques agricoles et industriels, fumée des avions que même les grands spécialistes en aéronautique minimisent en prétendant que l'avion est le moyen de transport le plus sûr et le moins polluant ; mais comment peuvent-ils penser pouvoir endormir la conscience des gens ? Croient-ils vraiment qu'on ne s'aperçoit pas que le ciel dans tous les endroits du monde est traversé, transpercé par des dizaines de tracées polluantes que les réacteurs déversent dans notre atmosphère ? Oh c'est très peu si vous faites le calcul en comparaison avec les autres pollueurs ! Diront-ils. Encore une fois, comment peut-on affirmer avec arrogance que ce que nous voyons de nos propres yeux est illusoire, car mes amis à chaque fois qu'un avion prend son envol, c'est quatre vingt dix à cent tonnes et plus de kérosène qu'il emporte pour en déverser les fumées de CO_2 dans l'atmosphère et une partie dans nos poumons. Oui il faut réduire la construction aéronautique effrénée. Je dis cela alors que nous sommes tous des utilisateurs réguliers de ce moyen de transport et que tous nos astronautes sont d'abord passés par l'aéronautique. Je veux dire qu'il faut opter pour la modération, une mise à niveau dans tous les domaines pour pouvoir vivre sainement sur notre belle planète et tout faire pour qu'elle demeure belle.

La préservation de la Terre est le sujet essentiel sur ce site de l'avenir de la conquête spatiale. Certains ne vont même pas se coucher et discutent à travers la nuit avec une tasse de thé ou bien une bière renouvelée. On reconstruit le monde, on échange des idées, puis on essayera d'apporter une aide aux associations dont le but est la préservation de l'environnement sur Terre. Il faudra arrêter le laisser-aller, le je-m'en-foutisme des terriens, enseigner, expliquer, prendre des mesures, influer les partis politiques et les administrations de tous les pays industrialisés et aider les pays que les océans menacent d'engloutir, lutter contre le réchauffement climatique. Il faudra essayer, il n'y aura pas d'autres solutions car ce ne sont pas ceux qui quitteront notre planète qui amélioreront les choses ici bas. D'abord ils ne le pourront pas car ils partiront uniquement pour sauver une petite partie de l'humanité en cas de catastrophe galactique ou humaine. Ils partiront uniquement pour que l'être humain, tel qu'il est bon ou moins bon n'ait pas existé pour rien, qu'il soit encore prolongé quelque part dans le cosmos. *L'homo sapiens sapiens.* « Et l'homme vit que cela était bon ! ».

William fait encore quelques pitreries devant Alberto Salicio qui ne peut que constater que Pamela et Belinda sont vraiment aux petits soins de leur maître et amour. Alberto se met à faire la cour à une guyanaise et les pitreries continuent, si bien que William rit de bon cœur avec ses deux petites fées comme il les appelle, à ses côtés. Souriant et bien engoncé dans son fauteuil, il demande à Hans :
- Toi qui est psychaitre, Hans que penses-tu de tout ça, l'homme peut-il encore s'améliorer ?
Hans Gotten se lance dans une légère diatribe :
- Ach William, je ne suis pas aussi gai, dans le sens joyeux que toi, l'autre jour j'ai dit à ma femme que la vie était bien lugubre sur terre lorsqu'on prend en compte la totalité des horreurs que l'être humain peut perpétrer. J'avais regardé un film de suspens *idiote* à la télévision entremêlé de crimes horribles sur des femmes et je lui ai dit que j'avais perdu mon temps pour rien et que c'était déprimant. Elle m'a répondu que le scénario avait été basé sur des faits réels et qu'un livre en avait été tiré. Alors Je lui avais répondu que ce n'était pas moi qui lirais un torchon aussi sordide. Tu sais ce qu'elle m'a répondu ? Tu ne peux pas le savoir, alors je vais te le dire ce qu'elle m'a dit. Elle m'a dit simplement : « Tu n'as qu'à lire Cendrillon ! »
- Hans, c'est toi le psychiatre qui doit interpréter les choses !
S'exclame William et Hans continue :

- Ach William, psychiatre oui, comme mon père et mon grand-père, c'était dans les mœurs de la famille, puisque nous avons même une clinique psychiatrique à Munich, mais là où ma pensée diverge de la tienne, c'est qu'en matière de réincarnation nous sommes tous mal placés pour en parler.

William se redresse dans son fauteuil et lance à Hans :

- Je ne t'ai jamais parlé de réincarnation, moi. D'abord il faut que tu saches qu'en Angleterre la grande majorité des Anglais, je dis bien des Anglais et non des habitants qui sont nombreux à avoir des origines de l'ancien Commonwealth, cette majorité est complètement athée. Nous avons le plus grand pourcentage d'athées en Europe et peut-être au monde. Je n'ai jamais été influencé par les Indous, non je n'ai pas parlé de réincarnation !

Et Hans continue :

- Ah j'avais cru, bon, n'oublions pas que nous sommes des scientifiques et tout notre monde professionnel et notre entourage est un monde qui baigne dans les sphères de la science pure et dure, qui ne croit que ce que nous avons véritablement observé, testé et vérifié. Tout le reste de la pensée n'est que supposition et romantisme puisqu'on ne peut rien vérifier. Notre cheminement dans le monde est d'abord innocent à notre enfance, puis il devient freudien en traversant une période nietzschéenne. Nombreux sont ceux qui croient en la réincarnation, d'autres à une vie après la vie, d'autres encore à rien du tout. On n'a pas été y voir à part les rêveurs.

Arnaud Rivière apporte son point de vue, dans la conversation qui prend une tournure dialectique :

- Freud s'était intéressé aux rêves et il en avait déduit des fantasmes inassouvis irréalisables dans la vie réelle, une sorte de refoulement des envies. Si l'on considère sa science comme basée sur l'observation et l'étude des comportements humains, les rêves ne sont que ce refoulement dans l'ouate de l'inconscient. Nous sommes tous d'accord là-dessus. C'est en quelque sorte le cerveau qui divague dans un romantisme bénéfique et maléfique, moralement positif ou négatif selon les normes nietzschéenne du bien et du mal, comme dans ses livres, « Gai Savoir, Par-delà bien et mal », d'où les cauchemars ou le bien-être dans les rêves, l'un et l'autre sont irréels. Alors rêver de réincarnation, rêvons si nous voulons, si cela nous fait du bien. Pourquoi pas l'éternité de notre âme pendant qu'on y est, pourquoi pas, mais le scientifique laisse le rêve dans les sphères des études de Freud. Les rêves se passent pendant que le cerveau ne réfléchit plus, puisqu'il se repose et ses neurones se laissent aller au gré du flux sanguin qui les aiguille au gré des pulsions non orientées sciemment par notre psychisme. Oui notre psyché est chimique et celle-ci oriente les réactions physiques dictées par nos neurones aussi bien dans la vie courante que dans les rêves. Les neurones ont un mouvement physique activé par des flux électriques de très basses intensité, dont l'unité est une espèce de nano-électronvolt, flux électriques produits par les réactions chimiques de notre cerveau, comme des piles ou plutôt des batteries électriques. Mais lorsqu'on est éveillé, c'est notre psyché consciente qui dicte nos faits et gestes. Notre caractère avec toutes ses spécificités en découle. Tandis que dans les rêves, l'inconscient joue son rôle dans le laisser-aller des neurones qui se reposent.

Voilà qu'Orson s'y met aussi, car après un bon repas terminé par le champagne toutes les langues se délient :

- Nous sommes tous d'accord Hans et Arnaud. Dans la vie courante nous travaillons sur du tangible et du concret, quant aux rêves, personnes ne peut s'immiscer dans notre intimité. L'autre jour j'avais rêvé que j'étais clochard et que je dormais sous les arcades du pont de Brooklin, et que la nuit, des bénévoles de l'Armée du Salut, la « Salvation Army » étaient venus me chercher pour m'emmener dans leur centre du Bronx. Je m'étais réveillé brusquement en hurlant et ma femme s'était mise à me consoler : « What's the matter darling ? Oh you had a nightmare, I see !» M'avait-elle dit et je lui avais répondu, « yes honey, again a nightmare ». Oui chérie, encore un cauchemar, toujours le même, le bien contre le mal, le faible face au puissant. Et elle m'a rétorqué «Oh darling, mais c'est toi le puissant et tu fais le bien ! ». Avant de me rendormir je lui avais répondu : « et si j'étais le faible et que je faisais le mal – ou que j'étais le puissant et que je faisais le mal – ou que j'étais le faible et que je faisais le bien – ou que j'étais le riche, le puissant et que je faisais le bien…ou le mal. Elle s'était rendormie en me disant, « Dès demain, tu arrêtes de lire ton Nietzsche ».

Léonard tient à apporter une précision qui lui tient à cœur :

- Lorsque tu parles du cerveau humain Hans et que tu dis que les neurones sont actionnées par de l'électricité que produit notre cerveau par des processus chimiques comme des batteries, d'abord une piles s'use et s'éteint assez rapidement mais les batteries se rechargent continuellement, je pense que c'est ce que tu as voulu souligner, mais je voudrais ajouter que la science « suppose » aussi que le cerveau émet des ondes très puissantes, puisqu'il y a réaction chimico-électrique, dont le crâne est l'émetteur. Il n'y a pas que le crâne qui émet des ondes électromagnétiques, tout notre squelette humain et aussi celui des animaux émet aussi des neutrinos. La science ne va pas « supposer » trop longtemps, il faudra rapidement trancher et donner des explications quant au devenir de ces ondes dans le cosmos. Nos réflexions deviennent trop comment dirais-je, en dehors de l'espace-temps. A propos Arnaud, c'est bien demain matin qu'on va visiter le PCHE ?

Et Arnaud répond :

- Oui mes amis, demain après le petit déjeuner nous irons visiter la centrale nucléaire et le PCHE l'après midi. Je propose de visiter la base de l'ascenseur spatial, après demain.

Les convives sont en fait sur leur propre territoire de la NSEA en Guyane. Depuis le début de l'après midi, après le café, le thé ou le digestif, les discussions sont très étiologiques et diverses. Certains s'allongent dans des chaises longues sous l'ombre d'un parasol, près des palmiers, d'autres font une petite sieste dans leur chambre sous un ventilateur fixé au plafond. Aux environs de dix sept heures, les représentants de la NSEA reviennent sur la terrasse ombragée toute neuve. Certains profitent de la grande piscine et l'ambiance de fête continue. Petits canapés et gâteaux salés ou sucrés, le verre de champagne à la main est devenu inséparable. Le soir tombe vite sous l'équateur et les gens de la NSEA rejoignent la grande salle. Toutes les fenêtres à baies vitrées sont ouvertes et au fond sur une estrade un orchestre musette joue des airs agréables et connus de tous. Le dîner se passe dans la bonne humeur jusqu'au dessert. Les festivités s'arrêtent pour la nuit. Le lendemain matin après le petit déjeuner, les hommes et les femmes - tous ceux qui sont impliqués dans les programmes de la NSEA embarquent dans deux minibus qui les amènent jusqu'à la centrale nucléaire à l'écart du centre de Falaise Crevaux. Les responsables d'Atomic Techno se chargent de la visite du site. D'abord les deux minibus font le tour du site stratégique sur une route en travaux avec des nids de poule et des crevasses provoqués par des pluies souvent torrentielles. A l'intérieur deux larges cheminées crachent déjà des vapeurs éparses, la centrale est en marche. Dans la salle des opérations des hommes et des femmes habillés de blouse blanche et coiffés d'un casque jaune avec une raie bleue au milieu sur laquelle on peut lire en lettres blanches « Atomic Techno » s'affairent devant des écrans d'ordinateurs ou manipulent sans empressement des boutons et des manettes.

Albert demande :
- Sinon tout est automatique, no ?
- Bien sûr !
Répond un responsable. Dans la salle de réunion une réception attend les invités. Un grand buffet est disposé avec des canapés de toutes sortes à la charcuterie, au saumon, au fromage, de nombreuses crudités vin de Bordeaux « Château Péréac » et champagne. Une baie vitrée donne directement sur la salle des opérations d'un côté et sur la jungle de l'autre. Benjamino Canopilieri explique :
- Dès le mois prochain les premiers lancements auront lieu au départ de Falaise Crevaux indépendamment de ceux de Kourou. Jamais auparavant une puissance aussi intense n'a été développée pour le lancement d'une fusée avec ses étages par un système électromagnétique de cette ampleur. La raison première de la construction de notre centrale nucléaire est celle d'alimenter le

nouveau système que la NSEA a mis au point, mesdames et messieurs le « PCHE ». Au moment du départ de la fusée une décharge de cent vingt cinq mégawatts sera instantanément parcourue dans les circuits des coils-bobines des électroaimants, qui sont tous précédés par des transformateurs adaptés pour chaque module. A chaque départ, inutile de vous mentionner que des baisses de tension se feront sentir dans toute la zone de Falaise Crevaux, mais ces soubresauts électriques ne dureront que cinq secondes à chaque fois. Notre centrale alimentera Falaise Crevaux pour la totalité de ses besoins. Des essais ont été concluants en ce qui concerne l'alimentation du PCHE que nous allons visiter tout à l'heure. Monsieur Templer, je crois que vous avez été désigné pour couper le ruban bleu, blanc rouge pour la mise en fonction officielle de la centrale, voici les ciseaux, à vous monsieur Templer !

Léonard Templer s'avance surpris, il s'adresse à Orson d'abord, puis à tous les autres ensuite :

- Je suis confus, je ne m'attendais pas à cela, pourquoi moi Orson ? Orson lui répond dans une forme interrogative :

- Pourquoi toi et pourquoi pas toi ?

- Oh, j'ai compris, c'est parce que je suis le plus vieux, mais ne vous en faites pas, je tiens le coup. Dans ma famille on vit vieux. Enfin. Je coupe ce ruban et je déclare solennellement en fonction notre centrale nucléaire de Falaise Crevaux !

Les bravos du petit groupe retentissent et tous les visages au grand sourire font se croiser les regards de bonne humeur de la veille. La fête continue. Des barrettes de Plutonium et d'Ur-238 avaient été acheminées ici à Falaise Crevaux quelques jours auparavant. Tous les circuits électriques avaient été installés depuis des mois en prévision de l'événement final. Avant l'électricité était produite à partir des nombreux groupes électrogènes. En fait, Falaise Crevaux a arrêté tous les groupes électrogènes et les connections sont devenues effectives, déjà deux jours avant l'arrivée de l'équipe complète de la NSEA. Le PCHE a également été testé en même temps. Dorénavant tout est prêt pour entamer la suite de tous les programmes. Le champagne coule à nouveau. Un dernier coup d'œil est jeté à travers une vitre épaisse sur la piscine qui recueillera quelques barrettes d'uranium en vue de leur enrichissement pour servir autre part, tandis que les premières arrivées sont en fission dans la coque épaisse entourée de plomb et de béton armé. En fait le coupage de ruban n'a été que symbolique puisque la centrale marche depuis deux jours déjà. Arnaud Rivière invite maintenant tout le groupe à se rendre à bord des deux minibus pour continuer à découvrir et inaugurer les grandes réalisations toujours cosmogoniques de la nouvelle base de « Falaise Crevaux », devenue un centre d'intérêt mondial :

- Mes amis, nos chauffeurs nous attendent, prenons place à bord des minibus et je vous propose maintenant de nous rendre sur le site de notre PCHE !

Les deux véhicules roulent maintenant sur la toute nouvelle route qui relie Falaise Crevaux à la « Base PCHE ». La piste est large et Vladimir Toumanov en connaissance de cause dit :

- Je vois que les travaux d'aménagement de la piste sont loin d'être terminés, mais c'est normal, c'est comme à Plessetsk, mais chez nous, rappelez-vous, le PCHE est tout prêt du cosmodrome, il est sur le même site. A Falaise Crevaux c'est différent !

Arnaud répond :

- Tu as raison Vladimir, ici le PCHE est relativement proche de notre nouvelle ville comme chez vous, sauf que nous l'avons construit bien à l'écart du site de la « Base Tsiolkovski ». La dernière fois lorsque vous étiez venus ici, c'était un chemin avec des caniveaux à travers la jungle, alors que maintenant c'est une véritable piste d'acheminement des fusées lorsqu'on les aura reconstituées à partir des hangars qu'on aperçoit au fond. Ils font partie justement du site d'assemblage. Ils comprennent les ateliers et les tunnels d'assemblage des étages des lanceurs, des modules divers et des vaisseaux. La dernière portion des grands travaux est comme on peut le constater, la construction de ces entrepôts.

Bientôt les deux minibus suivis de plusieurs voitures jaunes actionnant leur gyrophare alors qu'il n'y a personne alentour, arrivent sur le pourtour du PCHE. Une large surface d'un kilomètre de rayon entoure un mur circulaire en béton armé de deux mètres d'épaisseur. Le diamètre du PCHE fait quinze mètres. Juste à deux mètres de celui-ci se trouve le puits de service. Le PCHE s'enfonce à cent vingt mètres sous terre. Près du puits de service un blockhaus en béton armé a été posé avec un dôme à l'épreuve du feu des moteurs des fusées. C'est de cet endroit que tous les matériaux sont descendus jusqu'aux étages de déchargement. Le déchargement se fait soit au niveau d'un sas du module d'un étage de la fusée, soit au sommet même de la fusée, comme pour le vaisseau habité ou le cargo porteur de satellites. Le monte-charge descend jusqu'à cent vingt mètres de profondeur pour les besoins techniques du système. Le puits de service comporte deux ascenseurs et un monte-charge. Nadejda Fiodorovna de la NSEA de Baïkonour en connaisseuse apparaît soudain souriante et prend les choses en main. Elle ajuste son gros chignon de cheveux noirs en y piquant une longue barrette, rectifie son décolleté en tirant la pointe du triangle vers le bas, tire un pli de sa jupe entre le pouce et l'indexe sur le côté gauche et invite les responsables de toutes les agences NSEA à l'écouter :

- Chers amis, Arnaud m'a demandé de guider en quelque sorte notre visite du PCHE de Falaise Crevaux, bien que celui-ci se trouve loin de ceux qui me sont les plus familiers, je veux parler des PCHE de Plessetsk et de Baïkonour. Vous savez que nos systèmes ont été standardisés, c'est pourquoi lorsque je regarde les installations de Falaise Crevaux je me sens à l'aise. C'est comme chez nous, je devrais dire comme chez nous tous à Baïkonour et à Plessetsk ou à Houston. Comme chez nous ici à Falaise Crevaux. Douze d'entre nous peuvent prendre le monte-charge et les autres peuvent prendre les ascenseurs. Il faudra appuyer sur le bouton « salle de service », surtout pas plus bas, car nous n'y avons rien à voir.

Alberto Salicio rouspète un peu et pince Pamela entre les côtes qui réagit en regardant l'air implorant William tout en poussant un : « Oh ! William, c'est encore Alberto qui m'embête ! »

William dit à Alberto :

- Va donc avec les autres sur le monte-charge, nous, nous irons en ascenseur avec Pamela et Belinda – venez mes petites fées…

Alberto rejoint Arnaud, Orson et les autres. Arrêt au premier niveau. Les deux groupes se rejoignent et Nadejda Fiodorovna explique :

- Ce niveau est modulable, il peut être relevé ou au contraire abaissé selon les types de lanceurs qui se présenteront au PCHE. Les ajustements sont évalués sur cinquante mètres ce qui permet de travailler sur tous les types de lanceurs, que cela soit les « Protons », « Longue Marche », « Atlas », « Delta » les nouvelles « Saturne » je veux dire les « Arès » et les « Adrianes ». Je propose maintenant de nous rendre au fond, au niveau de la salle de service.

L'ascenseur arrive le premier, suit le monte-charge et les deux Roux Combaluziers se vident de leurs occupants qui s'engouffrent dans la salle de service. Comme partout sur les autres sites, la salle est séparée du puits principal, le PCHE par une vitre épaisse de quatre mètres. Orson s'avance s'adresse à ses compagnons et demande à un technicien :

- Par la vitre, on ne peut pas voir l'intérieur du puits – Monsieur, voulez-vous nous ouvrir le pare-feu, je vous prie.

Le technicien acquiesce et avertit :

- Monsieur Rivière, vous allez sentir un fort courant d'air qui aspire vers le haut du puits - ce n'est rien c'est normal. Vous avez les barres de protection, car comme vous le savez il y a encore douze mètre en dessous.

L'épais pare-feu de quatre mètres d'épaisseur coulisse soudain et laisse apparaître les barres garde-fou. Arnaud prend la parole et Nadejda Fiodorovna acquiesce de la tête. Il s'approche des barres et regarde d'abord vers le haut, puis en bas.

- Viens voir Léonard, tu ne l'as pas encore vu, regarde ça ! Et Léonard répond :

- Oui ben, c'est comme les autres, c'est bien ! On ne peut pas voir l'extrémité du puits en haut, heureusement qu'il y a les rampes qui éclairent !

- Sauf que maintenant c'est du PCHE qu'il s'agit et non plus du PCHP, finit le danger pyrotechnique, les explosions poudre qui propulsaient la plate-forme hydraulique. Le haut du puits est recouvert d'une coupole protectrice contre les intempéries et les poussières. Maintenant mes amis, le PCHE est doté d'une force propre et sans danger ni pour les fusées ni pour tout l'environnement. Avec le temps on s'améliore, on améliore les idées et les techniques suivent. Approchez et regardez vers le haut du puits. Les bobines-coils créent un champ magnétique comme l'être humain n'en a jamais réalisé. Les plaques inductrices ont une épaisseur d'un mètre tout au long du puits jusqu'à son embouchure, elles ont pour fonction la réalisation d'un champ magnétique dirigé vers l'extrémité du puits. Pour réaliser ce champ, les bobines-coils aussi importantes qu'au LHC sont protégées de la chaleur intense par les parois inductrices étanches. Si bien qu'après un lancement, un autre peut suivre immédiatement. C'est là notre nouveau système, il est vrai que nous nous sommes inspirés des EMAPS des porte-avions de la marine moderne où c'en est fini d'utiliser des catapultages hydrauliques à vapeur, ce temps est révolu. La plate-forme qu'on aperçoit en dessous est large de douze mètres. C'est elle qui propulsera les fusées, les lanceurs avec leur vaisseau avec une force jamais égalée, sauf peut-être celle des barrages hydrauliques les plus gros. Mais on ne peut pas comparer, car les barrages hydrauliques dirigent une force extraordinaire vers le bas en suivant la direction de l'attraction terrestre, tandis que nos installations dirigent la force vers le haut, c'est à dire à l'encontre de la gravité, l'attraction terrestre. Non seulement notre système doit combattre l'attraction terrestre, pour atteindre le niveau ou le point « zéro » lorsque l'engin entame le décollage, il doit le soulever d'un millimètre, un centimètre, puis cent mètres en une fraction de cinq secondes – c'est là que le combat contre l'attraction terrestre est le plus intense. On doit réaliser par les forces électromagnétiques une intensité de trois mille cinq cents tonnes de poussée. Nous arrivons à atteindre cette intensité grâce à notre centrale nucléaire et uniquement grâce à la centrale nucléaire. Nous avons dû discuter et convaincre les gouvernements et les associations pour la protection de l'environnement, protection à laquelle nous sommes intrinsèquement attachés car c'est de l'avenir de notre planète qu'il s'agit, mais il s'agit aussi de la conquête du cosmos nécessaire aussi aux habitants de notre planète, pour l'avenir de l'humanité. Chacun s'approche des barres garde-fou, se penche, regarde en haut, puis en bas. On ne peut pas voir grand chose à cause des protections thermiques. Le signal de remonter à la surface est donné. Même ceux qui ont contribué quotidiennement à la réalisation de ces prouesses techniques, depuis des années sont indéniablement surpris par une telle débauche d'ingéniosité humaine. Les minibus et les voitures de service emmènent maintenant les responsables de la NSEA dans le bâtiment du poste de commandement des opérations du PCHE de Falaise Crevaux, au bout du site, à peine à un kilomètre du puits. Seules deux fenêtres aux vitres épaisses ont vue sur le PCHE, tout le reste du bâtiment est en béton armé et plusieurs portes blindées situées à l'arrière. Héloïse parle avec les techniciens qui montrent aux gens de la NSEA les différents postes de contrôle avec claviers et écrans. On serre les mains, on se congratule et le groupe rejoint l'hôtel de Falaise Crevaux.

Au restaurant de l'hôtel, c'est une nouvelle réception. Tout à coup Stéphane Viardeau s'écrie :

- Mais regardez les gars ! Y'a Lorette ! Et comment se fait-il que tu sois là Lorette ? Et Lorette répond :

- Et comment, comment, pour les grandes occasions, ils font appel à moi à Falaise Crevaux, remarque c'est la deuxième fois, mais à chaque fois qu'il y aura la fête ici, j'y serai aussi. Tu peux demander à Arnaud tu verras, c'est lui qui a décidé. Ici ils n'ont pas l'instinct de ce qu'il faut pour bien recevoir les gens. C'est pour ça, c'est tout. Et Stéphane demande :

- Et les autres sont là aussi, non ?

- Bien sûr qu'ils sont là, regarde : Joseph apporte les apéwo !

- Bon, qui veut, quoi ? Ewic, viens ils sont encore sept plus six, prends les commandes côté fenêtres et moi côté salle. Allez, tu prends quoi Stéphane, un hum planteu, bien et toi Alberto pareil, hum planteu, et toi William un whisky, d'acco et les petites fées – deux jus de fruit et Arnaud un pastis, bon j'y vais. Eric de son côté continue.

- Hans, une coupe de champagne, Vladimir champagne, et vous autres ? Champagne, Orson champagne et bé je laisserai la bouteille !

Entre-temps Lorette envoie les filles apporter sur les tables comme elle le fait à Kourou, les hors d'œuvres de toutes sortes et dit à Joseph :

- Apporte encore du champagne et le « Château Péréac ».

Joseph est au service de tous ceux qui veulent boire quelque chose comme d'habitude, sauf qu'aujourd'hui il se tient bien, il n'est pas chez lui, il ne s'isole pas avec un copain de passage pour siroter son « hum planteu » jusqu'à la fin du service qui sera très long. Des journalistes ont envahi d'autres tables de l'hôtel restaurant et quelques-uns sont à l'écoute d'Orson à qui des précisions avaient été demandées. Orson explique les raisons essentielles de la conception du PCHE, tout en buvant son champagne par intermittence :

- L'évidence qui nous a sauté aux yeux depuis l'année 2008 a contribué à la réalisation de notre concept. Les coûts pour envoyer une fusée dans l'espace sont extrêmement élevés. Les fusées sont construites avec des réservoirs à ergols importants, des centaines de tonnes en fait. Je ne vais pas entrer dans des détails que vous pouvez obtenir auprès des constructeurs selon le type des fusées, mais ces centaines de tonnes représentent du poids important qu'il faut soulever et propulser avec les charges utiles. Notre plus grand obstacle dans la conquête du cosmos est justement le poids. Non pas le poids qui se retrouve dans l'espace, car celui-là est très maniable – on peut en effet le propulser avec une poussée de quelques 50 grammes ou 90grammes pour les plus évolués des moteurs ioniques. Ce n'est pas la masse qui se trouve dans l'espace sidéral mais plutôt l'énergie qu'il faut déployer pour propulser nos engins à travers la troposphère, la stratosphère, la mésosphère pour atteindre l'ionosphère. Mais une fois atteinte l'ionosphère, il ne reste qu'à peine 20 à 13% du poids que la fusée avait à son départ de terre. La fusée, c'est à dire le lanceur avec ses étages, ses modules et son vaisseau représentent 3500 tonnes pour la plus grosse des fusées. Les boosters en premier, puis le premier étage suivi du deuxième brûlent jusqu'à 87% d'ergols du poids total. Pour envoyer dans l'espace un vaisseau qui voguera vers une certaine destination, celui-ci aura dû perdre 87% de sa masse initiale. C'est la fusée elle-même qui propulse sa masse à travers toutes les couches de l'atmosphère pour se libérer de l'attraction terrestre et du frottement de l'air. C'est elle toute seule qui doit contenir toute cette énergie emmagasinée sous forme de masse complémentaire. Alors, il nous est venu une idée au début du vingt et unième siècle. Qu'au lieu de placer une masse cinq à six fois plus importante que le vaisseau lui-même dans les ergols au détriment de la mission, il fallait trouver une idée, une solution, c'est à dire au moins réduire une telle masse. Cette solution a l'avantage de nous permettre d'emporter beaucoup plus de matériel et d'équipements utiles, plutôt que de s'encombrer d'une masse dont on pourrait peut-être se passer. Il s'agit bien entendu d'une masse d'ergols supplémentaire. Ce n'est plus la fusée qui décolle en brûlant la plus grande partie de son comburant jusqu'à 15 tonnes-seconde, juste pour s'élever d'un centimètre - c'est la Terre qui expulse la fusée. C'est le puits PCHE qui produit la plus grosse poussée pour élever la fusée d'un centimètre – à ce moment précis, la fusée allume ses boosters et le premier étage. Aidée de la propulsion électromagnétique hydraulique, la fusée n'a déjà plus eu besoin, d'au moins deux cent tonnes de comburant. Elle est expulsée du puits et vole déjà avec ses propres moteurs à travers la troposphère. Je répète, elle n'a pas eu besoin de brûler deux cents tonnes de comburant supplémentaires. Mesdames et messieurs, s'en suit une économie non négligeable de charge et de volume. Deux cents à trois cents tonnes de carburant ou comburant inutilisées, plus volume utile augmenté dans le vaisseau. Voilà notre enjeu. Si nous gagnons en propulsion, je sais que tout cela a un coût, mais nous gagnerons en efficacité dans le temps. Toutes nos dépenses seront très vite amorties. Demain nous irons inaugurer notre deuxième base sur Falaise Crevaux, mesdames et messieurs j'ai nommé « La base de l'Ascenseur spatial - Tsiolkovski » !

Les verres de champagne tintent et se remplissent au milieu de desserts fastueux. Dans une pièce en retrait de la grande cuisine aux longs « pianos » les cinq lave-vaisselle bourdonnent. Lorette est fatiguée et son équipe aussi. Ils se joignent aux festivités et restent assis nonchalamment dans des fauteuils. Ils regardent les feux d'artifice qui éclairent le ciel au-dessus de la jungle sur fond de musique entraînante. Joseph fait danser Lorette, puis l'équipe de Kourou de « Chez Lorette » part se reposer, car le lendemain, la fête continue dans le nouvel hôtel tout neuf de trois étages de Falaise Crevaux. Le lendemain matin le petit déjeuner est proposé dans la grande salle à manger. Sur une grande table à la nappe blanche, le long des fenêtres ouvertes donnant sur un petit plan d'eau parsemé de plantes aquatiques, au milieu duquel une fontaine coule sans fin, la cime des arbres de la jungle attire l'attention et fait oublier un court instant les délices du matin que l'équipe de Lorette a déjà disposés. Les responsables de tous les coins de la planète de la NSEA montent dans les deux minibus et des voitures de journalistes les suivent le long des cinq kilomètres qui séparent Falaise Crevaux de la « Base de l'ascenseur spatial ». A travers la jungle, le long de la route asphaltée large mais qui n'a rien de semblable avec celle qui mène au PCHE, la circulation est inexistante. Le convoi accède à l'endroit authentique qui porte le nom de « Falaise Crevaux », la petite colline à laquelle on a donné le nom de l'explorateur qui était passionné par cette région isolée, énigmatique et mystérieuse du monde. Si Jules Crevaux n'avait pas poussé sa curiosité d'explorateur jusqu'à la frontière de l'Argentine sur une fleuve dans lequel pullulent anacondas et crocodiles et surtout, pire encore les peuplades sauvages anthropophages de l'époque, il aurait vécu au moins cinquante ans de plus. L'être humain est plus dangereux que les pires des animaux sauvages et Léonard Templer dit en descendant du minibus :

- On veut aller découvrir des exoplanètes, mais même si les conditions y seront viables, on ne saura jamais sur qui et sur quoi on pourrait tomber – des monstres peut-être comme dans les films de science fiction, qui pourraient nous écraser à l'arrivée. Moi je n'irais pour rien au monde autre part, ça c'est sûr. Des jeunes voudront toujours tenter le coup, la curiosité l'emportera sur la patience, enfin on verra bien avec le temps, va !

De loin déjà, on aperçoit à l'horizon la colline. En fait c'est comme un gros rocher posé au milieu de la jungle, mais lorsque le convoi s'en approche, le rocher devient peu à peu colline boisée et arrivé à sa base, c'est une montagne. Une montagne couverte de verdure, d'arbres tropicaux de petite taille au milieu d'un entremêlement de lianes. C'est « Falaise Crevaux ». A la base de la colline, la Companiya Brasiliana do Construcciones do Brasilia a réalisé un dégagement de plusieurs hectares. Une petite ville est en plein développement, des bâtiments de plein pied en jonchent le pourtour. Deux bâtiments seulement atteignent le deuxième étage. Le premier qu'on aperçoit du parking de la colline est un hôtel, rien à voir avec le grand luxe et le deuxième est un bâtiment administratif de la République française. Arnaud Rivière montre du doigt l'hôtel et dit :
- C'est là qu'on reviendra tout à l'heure pour la petite fête. En attendant montons là-haut !
A partir du parking, une route goudronnée est tracée jusqu'à une plate-forme d'une surface d'un hectare, presque en haut de la colline. Le convoi s'arrête et les occupants sortent des minibus et des voitures. De ce point de vue panoramique on peut voir la nouvelle petite ville de Falaise Crevaux, l'aérodrome à mi parcours et un dégagement à peine perceptible, le site du PCHE ainsi que celui de la centrale nucléaire avec ses deux cheminées qui ne crachotent que de la vapeur. Sur la plate-forme un long panneau métallique indique sur fond blanc faïencé en lettres bleues le nom de « Base Tsiolkovski ». Ce qu'on appelle ici le point d'ancrage est un blockhaus qui recouvre trois cent mètres carrés au milieu de la plate-forme. Celle-ci est épaisse de dix mètres de béton armé coulé sur des rochers eux-mêmes

creusés par des trépans sur cent mètres de profondeur, dans lesquels ont été coulés des câbles de la plus grosse épaisseur que le monde des bâtisseurs de ponts, chaussées suspendues et gratte-ciel n'en a jamais vus ; trente cinq centimètres de section. Douze ancrages sont solidaires de la plate-forme comme les pivots des dents vissées dans les os d'une mâchoire. Selon les concepteurs, on pourrait même tirer la planète Terre dans l'espace par cet ancrage si cela était possible et nécessaire. Au milieu de la plate-forme le blockhaus de trois cent mètres carrés est le lieu stratégique technique pour toutes les activités futures de la « Base Tsiolkovski ». D'autres bâtiments techniques entourent le « carré » très spécial et abritent du matériel très divers de construction, des machineries enrouleuses de câbles, des moteurs électriques hyperpuissants et des outils. Arnaud Rivière représentant la France qui accueille le monde dans les projets les plus audacieux du modernisme s'adresse maintenant à d'autres représentants de la NSEA et aux journalistes et quelques curieux locaux :

- Chers amis, la grande boucle est prête à accueillir le crochet du câble qui sera le lien permanent entre notre « Base de l'ascenseur spatial » et la « Base Kostia ». Les agences NSEA du monde sont déjà au travail pour entamer les étapes de la réalisation de la « Base Kostia » la base géostationnaire que nous commencerons par placer à l'endroit précis que nous avons déterminé, c'est à dire à 36,000km, elle sera pratiquement au-dessus de Falaise Crevaux. Une courbure de la ligne sera inévitable et c'est prévu ainsi. Le monde se demande comment nous allons procéder. Beaucoup parmi les scientifiques dénigrent nos plans et les sceptiques voudraient qu'on arrête les travaux et les dépenses. Nous n'avons qu'effleuré le plan de faisabilité de ce projet fantastique. Tout reste à faire. Orson Trueman, Tchang Wising et Vladimir Toumanov répondront à vos questions. Les premiers lancements vers le point géostationnaire commenceront au mois de mars 2023. Nous prévoyons la fin des travaux pour la « Base Kostia » aux environs de 2040. Nous ne serons plus là pour voir se réaliser notre grand projet, c'est pourquoi nous vous invitons tous à notre petite réception en bas de la colline au nouveau pub restaurant bucolique qui vient de prendre le nom de « Greenwich Village » !

Un dernier coup d'œil sur le panorama et un autre au zénith du ciel bleu, sans oser le Soleil, vers l'endroit dans le ciel où se trouvera un jour la « Base Kostia » et les nombreuses personnes présentes reprennent minibus et voitures, d'autres descendent à pied jusqu'en bas de la colline sur le grand parking. Un nombre impressionnant de machines de BTP excavatrices, tractopelles, bétonnières petites et très grandes y stationnent. Les véhiculent s'arrêtent, se garent et leurs occupants rejoints par les piétons se dirigent vers le pub-restaurant «Greenwich Village ». « Greenwich Village » est entouré de vieux palmiers que les excavatrices ont épargnés pendant les travaux de terrassement, ayant été bien entendu, que cet endroit deviendrait le rendez-vous privilégié de tous les techniciens de la région. On aperçoit les cheminées de la centrale nucléaire à travers les arbres et en contrebas de la terrasse où aime prendre déjà place la clientèle, coule une petite rivière que les villageois traversent à pied. La rivière coule tout doucement et quelques rochers font entendre un petit clapotis qui rend « Greenwich Village » bucolique à souhait. Face au soleil redoutable, la terrasse est à l'abri des palmiers, mais la vraie fraîcheur est bien à l'intérieur où déjà William avec Alberto et Tchang commandent de grandes « pint » de bière « brown ale » et « lime ale » à la pression. Le jeune barman n'arrête pas et semble prendre son travail avec délectation, tout en souplesse dans une sorte de danse qu'il a instaurée, en faisant des allers et venues derrière le zinc cuivré du comptoir continuellement lustré. A chaque commande, il s'estime obligé d'accomplir des pitreries en lançant les grands verres au-dessus de sa tête, pour les rattraper derrière son dos et les placer juste en-dessous du bec à pression dont il actionne le manche en faisant une pirouette complémentaire, totalement inutile. Les grandes boissons sont déposées devant les trois consommateurs et William dit à Tchang :

- Tchang, pourquoi veux-tu m'imiter, la « pint » est bien trop grande pour toi ?

C'est Alberto qui répond à sa place tandis que Tchang contemple sa « pint » en réfléchissant comment il devra s'y prendre pour avaler une telle quantité :

- T'en fais donc pas William, nous en prendrons une deuxième pour lui donner une chance de nous rattraper. Et voilà qu'arrive Orson qui s'immisce à son tour au bar pour dire au jongleur d'abord et aux autres après:

- « Bud » please ! Tchang ne te dépêche surtout pas, nous t'attendrons à la quatrième ! Et Tchang enchaîne :

- C'est sur la Lune que nous vous attendrons Orson, avec « Troisième Lapin Agile » pendant que vous, vous boirez votre bière. La bière chinoise est très bonne aussi, le monde entier nous l'achète par milliers de containers, mais nous en buvons en petites quantités pas comme vous.

Alberto répond :

- Tu dis qu'elle est bonne, mais tu oublies de dire, seulement quand elle est fraîche ! Et William ajoute :

- Là tu exagères Alberto, toutes les bières doivent être bues fraîches, sinon ça deviendrait de la tisane !

Encore une réception, mais cette fois-ci cela se passe au « Greenwich Village ». Au bar les hommes descendent quelques bières, d'autres des boissons plus fortes car rien à craindre pour eux, ils rentreront tous tard dans la nuit à bord des minibus ou avec chauffeurs qui n'auront bu que de la limonaderie. Au plafond tout neuf pendent des ventilateurs d'un autre temps, ambiance oblige et les lampes aux abat-jour à la lumière orange tamisée trônent au milieu des tables, sur lesquelles d'innombrables canapés appétissants invitent à prendre place. Un orchestre joue en sourdine des airs sud américains. Dans les conversations on peut entendre que des indépendantistes guyanais veulent qu'on les considère en priorité pour tout ce qui concerne l'exploitation du patrimoine guyanais. Ces revendications existent depuis des décennies et de nombreux interlocuteurs disent comprendre une telle position. La situation s'accroît avec le développement de la Guyane qui devient un centre d'intérêt mondial.

Léonard Templer donne son appréciation :

- La République française maintient l'ordre, les revendications sont inévitablement entendues. Des pourparlers ont lieu entre les instances nationales et les indépendantistes, mais les réponses demeurent secrètes. Faudra-t-il faire face aux indépendantistes et se tenir sur la défensive ou au contraire trouver des solutions apaisées, là est la question. Une puissance européenne, la France a été colonisatrice d'un pays dépourvu de toute infrastructure, de toute organisation quelle qu'elle fût, dont aucune instance officielle ne revendiquait son appartenance, du temps de Jules Crevaux. La légitimité que la France a su organiser a été la vie en communauté de la manière la plus équitable possible au profit de la population de l'époque. L'évangélisation a certainement beaucoup contribué à ces efforts. Il n'y avait aucune idée malintentionnée en Jules Crevaux, au contraire il aimait ce peuple qui vivait en symbiose avec la nature. On raconte toujours ces histoires que l'homme blanc a ramené la syphilis et d'autres maladies que les autochtones n'avaient jamais connues et subies avant leur arrivée, mais on oublie de dire dans quelles conditions vivait cette population de la jungle, surtout en ce qui concernait la mortalité infantile. Depuis le dix neuvième siècle, la Guyane s'est développée grâce à la France et après une période de stagnation, son importance est devenue mondiale. Les Guyanais français doivent occuper les toutes premières places dans l'industrie, le commerce et les infrastructures du territoire et pouvoir envoyer leurs enfants dans de bonnes écoles et universités, mais céder les rennes du pouvoir sur le territoire à des indépendantistes serait inadéquat. Dorénavant les enjeux sont mondiaux et ne peuvent être gérés autrement que par ce qui est « l'establishment ».

Au « Greenwich Village » la soirée continue en musique. Tard dans la nuit les responsables de la NSEA reviennent à l'hôtel de la nouvelle ville. Le lendemain matin après le petit déjeuner, ils partent de la base en hélicoptère à bord du MI-6 qui effectue trois vols aller-retour :

Falaise Crevaux-Kourou-Falaise Crevaux, répartis jusqu'à dix sept heures. Encore une soirée « chez Lorette » et le lendemain matin chacun regagne une base NSEA de notre planète à bord d'un long courrier. Etats Unis, Chine, France, Russie, Angleterre, Allemagne et Italie.

En fait dès le mois d'août 2021 la construction du projet spatial international s'intensifie. Des modules sortent de Florange en France et sont expédiés en Allemagne ou en Italie afin de les équiper d'éléments complémentaires ou dans des unités d'ateliers appropriés comme les salles blanches ou les unités de test de résistance des matériaux aux chocs ou aux variations de températures extrêmes, etc. A la fin du processus primaire, Vladimir Toumanov est sollicité pour envoyer un avion cargo Antonov-124 pour transporter un étage de fusée ou un module de vaisseau d'Allemagne ou d'Italie à destination non plus de Cayenne, mais plutôt à celle de l'aérodrome de Falaise Crevaux. Héloïse a changé de lieu de travail, elle est installée dorénavant à Falaise Crevaux, elle est heureuse de se retrouver dans le modernisme technique dernier cri de l'aérospatiale. Héloïse accueille l'AN-124 en lui communicant les données du nouveau champ d'aviation dont la piste unique est longue de 2800 mètres (1°82N et 52°.3W) météo ciel dégagé, heure G.M.T., vitesse et force du vent, piste « 8 » alors qu'il n'y en a qu'une, mais c'est ainsi qu'on l'appelle par rapport à son orientation au Nord. Le gros avion visible de loin s'approche et descend tranquillement en provenance du Sud. Lorsque l'avion survole la jungle à basse altitude juste avant d'atterrir, les villageois mettent leurs mains sur la tête, en ayant un geste comme pour se cacher, esquiver l'ombre ralentie du monstre des airs. L'avion roule presque jusqu'en bout de piste, tourne et revient vers les hangars. Les moteurs comme le souffle d'une grosse bête à quatre poumons s'arrêtent, dans un léger grincement métallique typique. Quelques minutes passent, les équipements aéroportuaires s'apprêtent au pied de l'appareil comme le gros groupe électrogène mobile, des chariots, une grue mobile et la passerelle. L'avion ne réagit pas, pas de signe de vie ni à l'emplacement des portes, ni dans les hublots. Héloïse lance un message radio : « Bienvenue à Falaise Crevaux, messieurs. When you're ready please proceed with our ground team ! ». Au bout de cinq longues minutes la porte latérale s'ouvre, la passerelle s'approche et enclenche son système indéfectible d'arrimage étanche. Les salutations et la transmission des documents se font instantanément. Douane et administration font le nécessaire et le débarquement commence par le pont avant qui s'abaisse jusqu'au niveau du chariot bas spécialement conçu pour recevoir les éléments de fusées, de vaisseaux ou d'autres modules. Après un laps de temps de quelques secondes, un tracteur roule jusqu'à l'intérieur du fuselage et ressort avec un gros tube de cinq mètres de diamètre et douze de long, pendant qu'à l'autre bout de l'avion au pont arrière se réalise une manœuvre identique dans le sens inverse avec un autre module. Héloïse n'a plus rien de spécial à faire, rien à l'horizon jusqu'à nouvel ordre, alors elle vient contempler le déchargement. Le manège des déchargements d'avions ou de convois venant de Cayenne devient de plus en plus fréquent. Les assemblages se font désormais à Falaise Crevaux dans plusieurs hangars, certains fermés, d'autres juste abrités de la pluie et du vent.

Un autre jour du mois de janvier 2023, un convoi exceptionnel arrive de Cayenne par la toute nouvelle route goudronnée avec ses nombreux gyrophares orange et bleus qui tournicotent dans tous les sens, bien que la voie soit pratiquement déserte. Un tracteur avec remorque basse sur six essieux amène le premier étage d'une fusée arrivée par voie maritime. Auprès du PCHE, le premier étage est immédiatement désarrimé et soulevé à l'aide de sangles et de crochets, puis posé par la puissante grue sur le site du puits. Six camions à plateau arrivent aux abords de l'élément fusée et la grue arrime six boosters l'un après l'autre au corps du premier étage. Le tout est encore soulevé de deux mètres et le premier élément avec ses six boosters vides s'enfoncent dans la profondeur du PCHE pour reposer sur des béquilles, sur la plate-forme coulissante ajustée au premier niveau. A l'intérieur du puits les hommes s'affairent à vérifier, régler, tester les arrimages et les interstices entre fusée, parois, et rails et que le tout soit bien aligné le long des moteurs linéaires à induction forte du système hydraulique électromagnétique. Le jour suivant un nouveau convoi arrive, puis encore un atterrissage d'un avion très gros porteur – d'autres éléments sont livrés, soulevés et ajustés au premier étage de la fusée « Adriane-5 ». C'est une fusée de la NSEA à quatre étages que l'on vient de former. Premier étage avec six boosters, deuxième étage propulseur moteur « Volcan », troisième étage avec moteur « Volcan » et module utile, quatrième étage « vaisseau » et coiffe au-dessus. Le même procédé se déroule à Houston sous les yeux d'Orson Trueman et Stéphane Viardeau en mission permanente sur la base américaine de la NSEA, mais avec une fusée « Atlas-5 ». Une coordination telle que sur la base NSEA de Shenzhou une mise à feu se prépare aussi dans les mêmes conditions avec une fusée « Longue Marche-6 ». Il ne reste plus qu'à la base NSEA de Plessetsk de terminer la préparation du lancement d'une fusée porteuse « Proton » remodernisée. Baïkonour prépare également son lancement avec une fusée « Soyouz » pour compléter la charge qu'enverra la base de Plessetsk. Sur chacune des bases de la NSEA la coiffe revêt une particularité déjà utilisée depuis les années 2015 – celle-ci servira lors du retour sur terre de pare-feu à la rentrée dans l'atmosphère, mais aussi de parachute lorsque le vaisseau se retournera pour actionner son moteur « Volcan » de quatre vingt quinze tonnes de poussée. Les détails des problèmes technologiques ont tous été résolus en ce qui concerne le volume utile, la capacité des réservoirs avec leurs ergols, la puissance nécessaire que devront développer les moteurs « Volcan », le temps nécessaire au ralentissement dans les couches denses de l'atmosphère et le freinage final ; c'en était fini de faire tomber une capsule conique avec ses parachutes à l'intérieur de laquelle se trouvaient plusieurs astronautes pétrifiés. Le temps des atterrissages en douceur était enfin arrivé. Les concertations entre les bases de la NSEA avaient duré des années, avec voyages incessants des décideurs de la grande organisation d'exploration spatiale internationale, des allers, retours, invitations sur invitations, vidéo conférences permanentes et le temps des décisions finales ont amené les réalisations effectives à se faire au quotidien et celles-ci sont portées à la connaissance immédiate de tous les acteurs. C'est ainsi que la décision des concepteurs devient à tout jamais fixée à un point extrêmement précis dans l'espace. Le point géostationnaire de la station qu'on s'apprête à monter, n'est pas exactement au-dessus de Falaise Crevaux mais plutôt à trois cent soixante kilomètres à l'ouest au-dessus du Brésil. Le Brésil ne peut rien contester ni prétendre car le nouveau territoire international ne se trouvera pas sur, ou plutôt au-dessus d'une région administrative, reconnue appartenant à une nation – même si l'espace aérien au-dessus d'un pays est sous le contrôle juridique et militaire de ce pays, il ne le devient plus à des altitudes non atteignables par des « boulets de canons », c'est à dire à plus de trente six milles kilomètres d'altitude. Le point géographique de la « Base Kostia » sera à trois dimensions, 53°5' de longitude, 4°5' de latitude, 36, 000,000 mètres d'altitude.

Au mois de mars 2023 la base de Houston envoie sa fusée à quatre étages. 117km d'altitude largage des boosters, 350km d'altitude largage du premier étage et le complexe continue sa course par la force inertielle et par de petits coups de jets pour atteindre l'altitude de 36,000 kilomètres, il s'agit maintenant de stabiliser le complexe module-vaisseau sur l'orbite en le retournant de 178° et de lutter contre l'attraction terrestre sur l'orbite GTO encore elliptique, c'est pendant ces périodes d'ajustement que l'étage trois consomme les deux tiers de ses ergols jusqu'au point « GEO ». L'orbite atteinte en apogée, deux, trois petits jets par heure pendant vingt quatre heures émis par de petits réacteurs latéraux et le complexe se fige pour des années à cet endroit précis du cosmos. Le premier élément de cinq tonnes est « géo-placé ». En fait, il s'agit d'un module espace de vie. La coiffe est dégagée et placée de côté. Toutes les autres fusées suivent et pratiquent des manœuvres identiques.

Les réalisations de 2023 en Chine. Deux « Longue Marche-7 » sont envoyées par la NSEA. Cent vingt tonnes sont ainsi hissées en « orbite basse LEO » et un module moteur contribue à placer deux mille cinq cent kilogrammes en « GEO » pour la construction de la « Base Kostia ». De leur côté les Européens envoient trois « Adriane-6 » à six boosters chargées de douze tonnes chacune et les placent en « orbite basse » et poursuivent avec deux tonnes chacune jusqu'en « GEO » via l'orbite d'injection « GTO » au même endroit que les Américains et les Chinois ont placé leurs modules. Les Russes ont de leur côté envoyé deux fusées « Protons à six boosters » qui ont placé vingt tonnes chacune en orbite basse. Le troisième étage de chaque « Proton » effectue toutes les opérations d'injection sur l'orbite « GTO » de transfert. C'est ce qui leur coûte le plus cher, du fait de l'éloignement de la base de Plessetsk de l'équateur. Ils sont ainsi obligés d'imposer à leurs fusées de lutter contre une certaine inclinaison supplémentaire, d'ailleurs sans conséquence mais légèrement plus astreignante que pour un vol de Falaise Crevaux. Après séparation des boosters, puis du premier étage qui redescend brûler dans les couches denses de l'atmosphère, chaque complexe envoie et place trois tonnes de module utile en « GEO ». Les Américains ont très vite construit deux fusées «Ares» bien que ce type de fusée ait été abandonné depuis le programme «Apollo», «Ares» est une copie améliorée de «Saturne-V». Les quatre agences NSEA ont placé en quelques vols, une centaine de tonnes à un endroit géostationnaire précis. Un tel début des opérations est extrêmement coûteux mais nécessaire pour créer les prémices de la première station spatiale géostationnaire à 36,000km de distance de la surface de la Terre ou à 42,378km depuis le centre du noyau terrestre. Il y a eu « MIR » et « l'ISS » en orbite « LEO » mais peu à peu la « Base Kostia » devient la plus grande aventure spatiale des Terriens qui construisent un satellite complètement artificiel, qui s'agrandit à chaque fois qu'un module complémentaire vient s'ajouter à un autre. En attendant que la « Base Kostia » soit totalement opérationnelle, les responsables de la NSEA se réunissent dans chaque pays dont fait partie l'organisation afin de trouver des solutions à tous leurs obstacles. Les plus grands problèmes faisant face aux défis sont justement concentrés à Falaise Crevaux en Guyane. Benjamino Canopilieri a bien suivi les instructions de la NSEA et la « résidence spatiale » de Falaise Crevaux dédiée à tous les personnels de la grande organisation est depuis son inauguration fonctionnelle et confortable. Après quelques mois, un restaurant privé fait déjà partie de l'ensemble immobilier de l'organisation spatiale internationale. Des bureaux sont équipés pour chaque membre des quatre agences. Hôtel, piscine, jardins aux arbres encore bien petits mais à la pelouse constamment arrosée sur lesquels donnent plusieurs salles de réunion. Tout est prévu afin de travailler efficacement. La piste de l'aérodrome reçoit tous les types d'avions passagers et cargos si bien qu'on envisage pour le futur de construire une deuxième piste parallèle à la première. Pour l'instant Héloïse gère facilement le réseau local aérien tout aussi bien que les lancements du PCHE, du fait d'un trafic restreint pour la totalité des opérations aéronautiques et spatiales. Héloïse est affairée et lorsque qu'un tir se prépare au PCHE, elle laisse les opérations aéroportuaires à sa collègue qu'elle s'est adjointe pour la seconder. Parfois Héloïse ne sait plus où donner de la tête, mais c'est bien elle qui a su organiser son statut de « personne irremplaçable ». Elle a pris grand soin au préalable de former une autre jeune femme, tout aussi alerte qu'elle au poste qu'elle occupait à Kourou sur la base spatiale franco-européenne. Néanmoins il ne peut pas y avoir de tension entre les deux femmes car une certaine distance les sépare, autrement cela aurait été crêpage de chignon, sachant qu'elles ont toutes deux un caractère pratiquement identique face aux responsabilités professionnelles. Il faut dire qu'Arnaud Rivière s'est aperçu de cet état de chose et Héloïse a été invitée, à d'abord œuvrer au sein du PCHE et seulement dans un deuxième temps à la tour de contrôle de l'aérodrome. Il faut dire que les tirs du PCHE sont loin d'être hebdomadaires, alors Héloïse a toute sa place à la tour du petit aéroport où le trafic est loin de battre le plein, mais de loin supérieur à celui du PCHE.

Les bureaux d'études de tous les pays concernés travaillent sur les directives de la NSEA et c'est à Falaise Crevaux que les appels d'offres sont analysés pour devenir contrats et commandes. Hans Gotten a rendu visite à Arnaud Rivière et Léonard Templer à Fontainebleau. Il a déployé une liasse de documents avec plans sur une grande table. Le lendemain matin, tous les trois sont partis par le premier vol d'Orly pour Cayenne. Une réunion au sommet est organisée à Falaise Crevaux en présence de William Lorren, Alberto Salicio, Orson Trueman et Vladimir Toumanov qui se sont spécialement déplacés pour l'occasion. Hans Gotten donne des précisions :

- Je rappelle que des calculs nous ont permis de toujours considérer, tout au long du câble les points de rupture possible, mais pour les éviter, nous devrons estimer son épaisseur à chaque portion. Tous les autres calculs nous ont montré une inévitable rupture à des endroits bien précis, nous avons donc établi, qu'au début du câble, environ tous les cinq kilomètres les bases intermédiaires couplées chacune à un aérostat ne pèseront pas plus de mille kilogrammes sur les premiers cent kilomètres jusqu'à la limite de Karman. Avec un total de 7000 tronçons d'une tonne du début de l'ancrage sur Terre et atteignant jusqu'à 10 tonnes au dernier tronçon avant la station géocentrée, nous aurons en tout plus de 30,000 tonnes. Les tronçons au-delà de 1000 km d'altitude seront bien entendu, proportionnellement espacés jusqu'à la station. Nous avons trouvé ces solutions face aux dilemmes de la gravité, par rapport aux poids spécifiques sur les tronçons et toujours les vents et les tensions encourues. Bien entendu des études sont en cours pour considérer des matériaux très légers et extrêmement résistants comme les nanofibres de carbone et celles de roche volcanique de chez les Russes, Vladimir tu peux nous en parler, dès maintenant.

Vladimir Toumanov :

- En fait les stations couplées aux aérostats aboutiront un peu au-delà de la limite de Karman. Vingt et un aérostats de taille moyenne. Au-delà de cette limite de la mésosphère, à 450km d'altitude dans la thermosphère et l'exosphère, nous pensons répartir une dizaine d'aérostats d'une conception moins élaborée que les premiers, du fait de la décroissance de la gravité et de la raréfaction atmosphérique. Une tension amoindrie s'effectuera uniquement en direction de la station géocentrée. Chaque station intermédiaire sera arrimée comme pour les téléphériques à l'aide de crochets plats épousant la forme du câble. La construction sera très longue, mais je crois que des idées nouvelles surgiront entre-temps. La production des câbles en nanofibres est lancée avec contrôles de qualité dans plusieurs pays pour chaque livraison à Falaise Crevaux. Je vous remercie pour votre attention.

Arnaud Rivière :

- Alors, comment allons-nous y prendre pour faire bouger les choses et le plus tôt possible. Les lancements se font de Kourou, Baïkonour, Plessetsk, de Houston et de Falaise Crevaux, comme nous avons l'habitude de le faire. Nous plaçons le deuxième étage avec chaque vaisseau à 200 km d'altitude en dirigeant notre lanceur légèrement vers l'ouest selon la procédure. A cet instant, lors de l'acquisition réalisée, l'orbite est circumterrestre. Le deuxième étage et le module vaisseau font un tour d'orbite en environ une heure et dix minutes. Puis le deuxième étage actionne un jet, une impulsion de son moteur selon nos calculs en direction de l'orbite que nous avons choisie à 36000km d'altitude, ou plutôt de distance à partir du sol terrestre. Après acquisition de l'orbite, ce deuxième étage contenant encore des ergols, actionne son moteur pour se retourner de 178° et freine sa vitesse sur sa trajectoire stabilisée, jusqu'à l'obtention de la position voulue – c'est à dire juste en face de Kourou, mais à 36,000km de distance. Tous les arrimages suivants se feront en utilisant cette logistique. C'est ainsi que nous procéderons.

Des années ont passées. En 2045 de nombreux projets ont abouti comme cela avait été prévu selon les études des réalisations spatiales. Les puits PCHE fonctionnaient et envoyaient des fusées auxquelles étaient amarrés modules et vaisseaux en direction de la station la base « Kostia ». De là, les « convois » ont vogué vers les bases sur la Lune et une dernière fois sur Mars. D'autres sondes spatiales traversent la matière sombre du cosmos pour explorer davantage l'univers à titre expérimental. Tous le monde scientifique de la recherche et de l'exploration de l'univers a ralenti la conquête spatiale, qui tend à devenir aux yeux des terriens comme futile. Seules demeurent les considérations théoriques auxquelles on ne donne plus autant d'importance qu'au début du vingt et unième siècle. Le monde se ressaisit dans une constatation mondiale de l'état de la planète Terre. Les conflits continuent et s'aggravent, les gouvernements et les organisations internationales sont débordés par les flux migratoires en tous sens, la famine et l'explosion démographique effrénée et aussi la pollution continuelle de la mère nourricière qu'est la planète Terre.

Des câbles avaient bien été déployés et lancés depuis la limite de Karman à plus de 110 km d'altitude au départ du dernier aérostat arrimé à une petite plate-forme de service intermédiaire. Ce câble majeur est aussi arrimé à la base de la « station Tsiolkovski » de l'ascenseur spatial à Falaise Crevaux. Chaque tronçon de cinq kilomètres est délimité par une plate-forme de service avec son aérostat, si bien que le ciel au-dessus de Falaise Crevaux est un secteur interdit à la circulation aérienne, seule Héloïse savait comment s'y prendre pour faire atterrir ou décoller un appareil – elle les faisait passer par un couloir au nord, ainsi les avions ne venaient pas chatouiller le secteur interdit. Depuis les années trente, on peut voir de très loin, le chapelet qui part de Falaise Crevaux jusqu'à se perdre dans le ciel bleu le jour et la nuit chaque plate-forme fait clignoter ses feux de position verts et rouges comme des éoliennes, des avions ou des navires au milieu de l'océan. L'ascenseur spatial fonctionnait jusqu'à la base « Kostia » de laquelle descendait un câble avec des plates-formes espacées de plus de dix kilomètres et plus au-dessus 10,000km - le tout protégé par un système « BERS » contre les astéroïdes, mais le temps d'acheminer les modules cargo prenait un mois pour parvenir à la station géostationnaire et les moyens de propulsion étaient revenus aux anciens systèmes pyrotechniques, l'énergie solaire ayant été complètement déficiente. Après deux années de service, le câble a rompu à plusieurs endroits et il pendait par section au gré des vents sur plusieurs tronçons, avec toujours l'un des bouts attiré par la surface terrestre et l'autre amarré à son aérostat. L'utilité de l'ascenseur spatial n'a pas été concluante et même sa maintenance n'est plus assurée. Tout ce qui pend ne gène pas pour autant les autorités de la NSEA dont les financements ne sont plus assurés non plus par les pays membres. On laisse aller les choses. En France, déjà dans les années 1960 l'ingénieur Bertin avait dû abandonner son projet de « train suspendu » entre Etampes et Orléans et ce malgré une gigantesque construction de rail suspendu à un viaduc continu, avec ses équipements de train révolutionnaire. Les fenêtres de tirs sont constamment mises à jour par habitude, pour des trafics hypothétiques entre Terre, Lune et Mars, mais les lancements entre Falaise Crevaux et « Kostia » se poursuivent parfois comme pour assurer une permanence à l'exemple de l'ancienne « ISS ». Depuis 2040 tout marche au ralenti. On approvisionne et on entretient les bases, mais tout projet de voyage spatial en vue du déplacement d'êtres humains est totalement arrêté. Jamais la « base Kostia » ne voguera propulsée par des puissants moteurs nucléaires et ioniques dans le cosmos pendant des milliers d'années. C'est annulé. On avait envisagé en 2033 que la base « Kostia » chargerait des effectifs triés et choisis. Cela aurait été le grand départ pour une exoplanète. Les amarres auraient été déconnectées, les moteurs auraient été mis en marche et doucement au début et de plus en plus vite, la base « Kostia » se serait lancée dans la traversée de la matière sombre, la matière noire transparente. La vitesse de croisière aurait été celle de la vitesse maximale atteinte, l'îlot aurait continué par la force inertielle additionnée de la force de propulsion des moteurs ioniques qui n'auraient décru que dans cinq cents ans ou même peut-être mille. On avait beaucoup réfléchi et tout projet de rejoindre une exoplanète par les petits enfants des petits, petits enfants des premiers explorateurs de l'espace a été remisé pour une date ultérieure, pour au moins mille ans.

Toutefois les programmes ayant pour but la découverte de l'univers ne s'arrêteront jamais vraiment. La jonction entre la base de Falaise Crevaux en Guyane à la base « Kostia » dans l'espace se fait uniquement par des fusées envoyées depuis les puits PCHE, à grands frais, c'est la raison pour laquelle les opérations se font d'une manière spasmodique. La solution du roulis pour créer une pesanteur n'est pas encore appliquée et celle-ci est réservée pour un jour lorsqu'une traversée cosmique sera envisagée pour de longues années. L'approvisionnement de la base « Kostia » se fait afin qu'elle devienne de plus en plus autonome. Pendant une trentaine d'années son agrandissement a continué par des constructions extraordinaires et chaque étage porteur de nouveau module a été placé d'une manière étudiée d'avance pour servir soit de garage, soit d'entrepôt de marchandises ou d'habitation confortable. A l'intérieur ces modules sont aménagés en conséquence. Des excursions sont organisées comme pour monter en haut du quatrième étage de la Tour Eiffel. Les scientifiques, les comités déontologiques et autres concernés avaient définitivement décidé de suspendre le projet depuis 2035. C'en était terminé de s'aventurer vers l'inconnu et une mort certaine pour des aventuriers potentiels mais écervelés. On ne devait plus jouer avec la vie. Venaient s'interférer d'une manière inattendue les religions par dessus toutes les autres considérations de faisabilité financières et scientifiques. On continue le progrès mais on arrête l'extravagance. Il était inutile de faire quitter la Terre à des centaines de personnes, sans qu'elles aient le moindre espoir, soit de revenir, chez elles, soit de trouver une exoplanète réellement habitable comme celle qu'ils auraient quittée. Il avait été jugé inapproprié de désarrimé « l'îlot Kostia » pour une traversée intergalactique. Cette décision de la NSEA n'avait pas empêché la poursuite de la construction de la base « Kostia » qui a déjà des fonctions inestimables avec les expériences qu'on y pratique, tant sur la santé des hommes que sur les progrès scientifiques physiques, chimiques et surtout agro-alimentaires pour le futur de l'humanité. La base est aussi un tremplin pour la Lune et Mars, une base de ravitaillement et de propulsion améliorée pour les complexes fusées-modules-vaisseaux, habités ou cargos. Les puits PCHE avaient considérablement fait progresser la propulsion des complexes spatiaux. La base « Kostia » permet aux engins spatiaux de venir accoster et s'arrimer à des plots standardisés. Un vaisseau spatial qui serait en partance pour un voyage à l'intérieur de notre système solaire, quitterait la surface de la terre en se délestant de la plus grande partie de ses ergols - la base îlotienne servira à son réapprovisionnement optimal. La base «Kostia» pourra toujours ajouter un certain nombre de modules complémentaires nécessaires à la poursuite d'une mission. Des modules qui seront équipés de moteur « Volcan » assemblés à Falaise Crevaux pour pratiquer l'atterrissage à destination à l'aide de rétro-réacteurs. Il fallait définitivement oublier les exoplanètes, même si la tentation était grande, car on ne pourra certainement jamais, dans notre logique humaine, résoudre l'insoluble problème du temps et des distances cosmiques. Quant aux fusées qui se rendront sur Mars, la Lune et plus tard sur Europe une les lunes de Jupiter ou Titan une lune de Saturne, l'utilisation des rétro réacteurs nécessitera toujours une grande consommation d'ergols, comme déjà mentionné, la base « Kostia » y pourvoira.

Tout n'était pas perdu, loin de là. L'idée restait en suspend malgrè toutes les décisions que l'on pensait irrévocables, il fallait une nouvelle technique pour les câbles, sauver les aérostats et des humains prêts à tout qui quitteraient Terre sans regrèt et n'ayant pas d'appréhension devant de possibles souffrances ou même la mort.

En 2045 Stéphane Viardeau a soixante dix ans, Amanda sa compagne en a soixante deux. Bien souvent Stéphane laisse Amanda seule avec sa cousine Kathy à Houston où elle s'occupe toujours de son hôtel « Flying Saucer ». Kathy officie toujours au restaurant et à tour de rôle les deux cousines se relaient derrière le « desk » de la réception. Les visites d'astronautes et du staff de la base de lancement américaine représentent la clientèle principale du « Flying Saucer » depuis le vingtième siècle. Une nouvelle génération continue à se complaire dans cet endroit que privilégient tous les acteurs du monde aérospatial américain, mais avec une différence notoire, celle d'une fréquentation de plus en plus épisodique. Rares sont les fêtes d'autan. Stéphane passe beaucoup de son temps malgré son statut de retraité, à Falaise Crevaux. Falaise Crevaux stagne depuis les années 2035. Dans la ville, aucune nouvelle construction n'est en vue et les bâtiments de la « Base Tsiolkovski » de l'ascenseur spatial ne sont pratiquement plus entretenus. Les matériels rouillent et tout se dégrade. Le pub de « Greenwich Village » est fermé et aussi squatté – des portes et des fenêtres claquent au vent. Seul l'hôtel est encore ouvert et c'est là que se retrouvent le personnel d'ingénieurs, de techniciens, et d'hommes de maintenance. Ils sont de permanence et en attente d'un hypothétique lancement. Stéphane raconte volontiers aux jeunes, à la fin d'un repas, le rêve de la vieille génération disparue et les circonstances de leur disparition :

- On m'a raconté que léonard Templer avait atteint quatre vingt cinq ans et il voyageait encore assez souvent. Sa femme ne voulait jamais l'accompagner. Un jour il a pris l'avion pour Reykjavik. Il avait voulu rencontrer un sage, le chef d'une tribu inuit. Le sage l'avait reçu et il passa deux nuits chez lui. Au troisième jour il était parti en scooter des neiges sur la banquise qui n'était pas encore submergée par les eaux de l'Océan Arctique au début du printemps. Très loin, il s'était arrêté pour toujours. Il s'était déshabillé, puisqu'on a retrouvé ses affaires bien rangées, et il était allé au devant des ours blancs qui, affamés l'ont dévoré. Il avait voulu servir à quelque chose une ultime fois. Tous ses autres collègues sont décédés chacun leur tour et l'un d'eux avait dit : « Que leurs ondes éternelles continueront toujours à planer sur tout ce qui avait animé leur vie ».

Quelqu'un ayant connu ces équipes demande :

- Et les autres, que sont-ils devenus ? Stéphane répond :

- Tchang Wising était téméraire sans en donner l'air, il avait voulu essayer la dernière centrifugeuse chinoise à Urumchi. Il avait pratiquement quatre vingt dix ans, il en est mort il y a deux ans de cela. Hans Gotten est tombé mort sur le coup suite à une rupture d'anévrisme, lors d'une visite aux malades du troisième étage de sa clinique de Munich, alors qu'il était à la retraite depuis vingt cinq ans. Dieu et la pensée humaine l'avaient achevé. Vladimir Toumanov était tombé dans le grand fleuve « Iénisséï » complètement ivre au milieu de pêcheurs ses comparses alcoolisés à la vodka. Le courant fort l'avait emporté. Arnaud Rivière est mort dans son lit en plein cauchemar cosmique, il tombait dans un trou noir selon sa femme toujours de ce monde. Orson Trueman est décédé d'une indigestion agrémentée d'une crise cardiaque finale, après un repas gargantuesque comme il les aimait, c'était en 2025. Alberto Salicio avait suivi une très jolie touriste jusqu'en haut de la Tour de Pise. Il s'était retourné maladroitement, puis il est tombé à sa base dans une dernière extase.

- Et le William avec ses deux petites fées ? Demande un autre.

Stéphane se rappelle et répond :

- William Lorren est mort en 2028 à Londres dans son quartier de Nottinghill Gate, dans les bras de l'une de ses petites fées, pendant que l'autre, complice de la première préparait du thé à la bergamote et des œufs à la coque.

Des réunions et des discussions continuent toujours et l'on peut entendre des sujets très différents. Soudain à Fontainebleau quelqu'un dit :

- Ne se font appeler « philosophes » que ceux qui prétendent l'être et ceux qui les appellent « philosophes » sont seulement ceux qui ont adopté cette façon élogieuse de qualifier quelques personnes, qui se sont bien placées dans la société pour propager leurs convictions, par une sorte de mode dans les médias devenue tradition. Il serait certainement plus juste de qualifier quelqu'un de « philosophe » une personne de référence indéniable, qui aurait su créer un courant de pensée exceptionnel inédit, mais après sa mort car de son vivant une telle personne évolue chaque jour et sa pensée se module au gré des circonstances. Cela n'empêche pas les conversations et les échanges de pensées philosophiques ou terre à terre, bien au contraire car chacun touche d'une manière fréquente sinon quotidienne à tous les aspects philosophiques au cours de sa vie, souvent autour de sujets aussi prédominants que les flux migratoires étonnants des dernières décennies.

Ainsi les discussions n'en finissent pas, de l'élaboration des projets et de leur réalisation concrète et matérielle dans l'extrême sophistication des techniques les plus élaborées, jusqu'aux réflexions profondes. La personne de la NSEA de Fontainebleau fît encore cette remarque :

- Je me souviens de Léonard Templer, il habitait dans le Roussillon à Rennes-les-Bains. Un jour une réunion se tenait au mois d'août 2015 au sommet de la colline de Rennes le Château, juste au-dessus. Il m'avait semblé qu'une véritable prise de conscience s'était opérée chez ceux qui l'écoutaient ce soir-là, sur l'état de l'Humanité et de notre Terre nourricière, notre planète. C'était à l'occasion d'une manifestation annuelle qu'on appelait « Nuits des étoiles ». Léonard Templer avait réuni autour de lui les habitants de son village. Il racontait les événements de son temps. Il parlait de la sonde « New Horizons » de la NASA lancée en 2006. Cette sonde de l'organisation spatiale américaine était passée très près de Pluton le jour du 14 juillet, à 11,000 km de distance. On savait déjà, disait-il que Pluton n'était plus dans notre système planétaire solaire. La planète Pluton est semble-t-il attirée par une autre masse gravitationnelle que l'on n'a pas encore découverte dans le nuage d'Oort, à plus de sept milliards de km de nous, mais Pluton était la planète du fin fond du système solaire. Il en donnait des détails connus depuis longtemps des astronomes, en disant qu'il fallait savoir que son atmosphère est composée à 99,5% d'azote et de gaz divers comme du méthane et du dioxyde de carbone entre autres. L'azote est une très bonne chose, sauf que la température moyenne est de –240°. Pluton n'a rien d'une planète hospitalière, ni Neptune, ni Uranus, ni Jupiter, ni Saturne qui toutes sont des planètes gazeuses à l'atmosphère irrespirable, elles n'ont rien d'hospitalier pour nous les humains, seules des lunes peuvent encore attirer notre attention, comme Titan, une lune de Saturne dont l'atmosphère est aussi composée d'azote comme sur Terre, mais aussi de méthane et une température de $-180°$, l'eau y est gelée à tout jamais, comme Europe une lune de Jupiter. L'énorme éloignement de ces lunes ne permet pas d'entrevoir des voyages pour les humains avec leurs scaphandres astreignants. Nous connaissons bien Mars du fait de nos voyages répétés, une véritable ville construite par les terriens s'y trouve. Cette ville faite de modules et de briques assemblées est devenue notre station spatiale permanente. Mars si proche de notre Terre (228 millions kilomètres en moyenne – entre 58 millions de km au mieux lorsqu'elle est en opposition par rapport à la Terre en périhélie et à 378 millions de km de la Terre, lorsqu'elle se trouve en conjonction en aphélie derrière le Soleil – sa révolution autour du Soleil est de 687 jours) elle n'a rien d'hospitalier non plus, bien qu'on puisse y vivre temporairement, mais dans un environnement complètement artificiel. La température sur Mars est de $-100°$ en moyenne et au plus beau de l'été celle-ci peut atteindre les $20°$, mais le bombardement des rayons cosmiques en fait un endroit extrêmement dangereux. L'atmosphère est composée surtout de dioxyde de carbone et de quelque 5% d'azote, on y mourrait instantanément si l'on ôtait son scaphandre. Ceux qui y séjournent sont les scientifiques et quelques aventuriers – tous rêvent à leur retour sur Terre. Lassitude, découragement, épuisement physique et morale devant le danger permanent, tout cela précède un retour tout aussi fatigant.

Vénus belle du soir et du matin, déesse de l'amour et de la beauté des Grecs et des Romains, Minerve, Aphrodite, et de toutes les civilisations à la plus grande luminosité de tous les astres -3,9 de magnitude est invivable, pression écrasante, désolation et fournaise la caractérisent. Mercure si proche du Soleil, pire encore – rien à y faire. Il existe des milliards de galaxies avec d'autant plus d'étoiles et d'autant plus de planètes, des milliards et des milliards de planètes dans l'univers à tel point qu'il est logiquement impensable que d'autres planètes ne puissent supporter la vie. Si la vie provenait de l'évolution de la matière cosmique dans l'univers, comme cela est admis de penser à notre époque, il y aurait une multitude de planètes susceptibles d'accueillir des voyageurs terrestres, ce sont les exoplanètes mais, elles sont toutes tellement éloignées que même si l'on en croit des spécialistes de l'astrophysique que dans un certain avenir l'homme pourrait « essaimer » l'univers, on peut se demander, par quels moyens extraordinaires encore innimaginés pourrait-il le faire. Il nous reste une seule alternative et la plus merveilleuse, c'est celle d'améliorer les conditions de vie sur notre belle Terre, car elle est belle non seulement avec ses paysages, mais aussi lorsque les astronautes la voient de l'espace, lorsque les sondes envoyées par les agences d'exploration spatiale nous en envoient les photographies, blanche et bleue au milieu du noir cosmos. Toujours améliorer les conditions de vie pour l'homme, mais aussi préserver notre Terre par tous les moyens. Limiter et même arrêter l'explosion démographique dans le monde. Produire de l'alimentation saine en respectant le travail bien accompli, sans tromperie, respecter l'environnement, réduire toutes les pollutions, tout faire pour réduire les effets néfastes qui contribuent à l'augmentation de la température à la surface de notre belle planète, tempérer l'effet de serre en réduisant les pollutions routières, aériennes, des usines, respecter les tris sélectifs et le recyclage des déchets, etc. Notre Terre vaut mieux que tout le reste de l'univers qui nous apparaît comme inhospitalier et inaccessible dans son ensemble immédiat. Tout ce que nous savons c'est grâce à eux, à ces personnes étranges qui savaient beaucoup de choses sur l'univers, comment celui-ci s'était réalisé, comme les aborigènes qui regardent le ciel la nuit et racontent aux villageois, que d'abord était le règne minéral, puis le végétal et animal dont l'être humain est issu. Nous savons que pour aller sur une exoplanète, il faudrait voyager plus vite que la vitesse de la lumière ce qui est impossible. Il y aurait distorsion du temps et de l'espace. Notre vitesse maximale, celle que nous maîtrisons nous les terriens est 21,000 fois inférieure à ce qu'elle devrait être pour se rendre loin dans le cosmos vers une planète qui nous conviendrait. Si les aborigènes vivent avec la nature et comprennent l'univers, c'est qu'ils savaient ce qu'avait découvert Hans Gotten bien plus tard : La communication avec d'autres mondes habités par la seule voie de communication instantanée possible, la télépathie. Notre cerveau n'utilise qu'une petite portion de son potentiel, les entraînements neuronaux sont devenus la matière principale des universités et la déontologie mondiale réfrène les abus de l'homme sur l'homme, de l'humain sur l'humain et prône la protection de l'enfance et le respect absolu de la jeune fille, de la femme.

Que les choses s'améliorent ou au contraire empirent sur notre Terre, dans les rues des grandes villes du monde et sur les routes des campagnes envahies par les détritus circulent de braves riches, des voyous petits et grands et des femmes dans de grosses voitures 4x4 noires aux vitres très teintées, persuadés d'être intouchables et tous les autres.

Les terriens côtoient les extraterriens et le mode de télécommunication instantanée a été établi par eux jusqu'à des mondes extrêmement éloignés

Note

Les noms d'organismes ont été changés, sauf ceux qui reflètent une réalité universellement connue. Toute ressemblance des personnages de ce roman avec des personnes réelles serait fortuite, sauf ceux qui réflètent une réalité historiquement connue. Tous les lieux géographiques ne sont empruntés qu'à des fins de description de scènes de fiction. Toutes les données de ce texte sont dans le domaine public. Toute reproduction même partielle doit obtenir l'autorisation de l'éditeur. ©Lys Editions Amatteis

Table des matières

428

Lys Editions Amatteis
ISBN 978-2-86849302-6

Achevé d'imprimer en janvier 2018 par lulu.com USA
Dépôt légal : janvier 2018

www.ingramcontent.com/pod-product-compliance
Lightning Source LLC
Chambersburg PA
CBHW060808030726
47503CB00002B/390